西方文艺理论名著教程（第三版）（上）

THE CLASSIC WRITINGS OF WESTERN LITERATURE THEORY

胡经之 主编
王岳川 李衍柱 副主编

北京大学出版社
PEKING UNIVERSITY PRESS

图书在版编目(CIP)数据

西方文艺理论名著教程. 上/胡经之主编. —3 版. —北京：北京大学出版社,
2016.3
（博雅大学堂·文学）
ISBN 978-7-301-26851-3

Ⅰ.①西… Ⅱ.①胡… Ⅲ.①文艺理论—西方国家—高等学校—教材 Ⅳ.①I0

中国版本图书馆 CIP 数据核字(2016)第 017135 号

书　　　名	西方文艺理论名著教程（第三版）（上）
著作责任者	胡经之　主编　王岳川　李衍柱　副主编
责任编辑	延城城
标准书号	ISBN 978-7-301-26851-3
出版发行	北京大学出版社
地　　　址	北京市海淀区成府路 205 号　100871
网　　　址	http://www.pup.cn　新浪微博：@北京大学出版社
电子信箱	pkuwsz@126.com
电　　　话	邮购部 62752015　发行部 62750672　编辑部 62767315
印　刷　者	三河市北燕印装有限公司
经　销　者	新华书店
	965 毫米×1300 毫米　16 开本　34 印张　575 千字
	1986 年 11 月第 1 版　2003 年 6 月第 2 版
	2016 年 3 月第 3 版　2019 年 11 月第 3 次印刷
定　　　价	62.00 元

未经许可，不得以任何方式复制或抄袭本书之部分或全部内容。
版权所有，侵权必究
举报电话：010-62752024　电子信箱：fd@pup.pku.edu.cn
图书如有印装质量问题，请与出版部联系，电话：010-62756370

西方文艺理论名著教程(第一版)
获国家教育委员会第二届全国高校优秀教材二等奖

顾　问　　钱中文
主　编　　胡经之
副主编　　王岳川　李衍柱
编辑委员会（以姓氏笔划为序）
　　　　王岳川　李寿福　李衍柱　邹贤敏　胡经之　曾繁仁
撰稿者
　　　　胡经之(深圳大学)绪论
　　　　邹贤敏(湖北大学)第一、二章
　　　　李秀斌(黑龙江大学)第三、四章
　　　　李咏吟(浙江大学)第五、六、七章
　　　　林宝全(广西师范大学)第八、十一章
　　　　周均平(山东师范大学)第九、十、十八章
　　　　李衍柱(山东师范大学)第十二、十三、十五、十七章
　　　　曾繁仁(山东大学)第十四、十六章
　　　　李寿福(浙江大学)第十九、二十二、二十六章
　　　　朱克玲(浙江大学)第二十、二十一章
　　　　傅其三(湘潭大学)第二十三、二十四章
　　　　边平恕(杭州师范学院)第二十五章

目录

绪论　西方古典文艺理论发展历程 /1

　　第一节　古希腊罗马与中世纪文论思想 /2

　　第二节　文艺复兴与启蒙运动文论思潮 /5

　　第三节　近代文艺理论发展趋势 /9

　　第四节　西方文艺理论的学术史意义 /12

第一章　柏拉图和他的《文艺对话集》 /14

　　第一节　生平和时代 /14

　　第二节　哲学观和政治观 /15

　　第三节　美论 /17

　　第四节　艺术论 /19

　　第五节　柏拉图文艺思想对后世的影响 /28

第二章　亚里士多德和他的《诗学》 /31

　　第一节　生平、时代和著作 /31

　　第二节　《诗学》的方法论和一般艺术原理 /32

　　第三节　《诗学》的戏剧观 /42

　　第四节　《诗学》的局限性 /49

　　第五节　《诗学》的地位和影响 /51

第三章　贺拉斯及其《诗艺》 /53

　　第一节　贺拉斯的生活时代与生平著作 /53

　　第二节　《诗艺》的主要文艺思想 /55

　　第三节　《诗艺》对后世的影响 /61

第四章　郎吉弩斯及其《论崇高》 /63

　　第一节　《论崇高》产生的社会背景 /63

　　第二节　《论崇高》的文艺思想 /64

　　第三节　《论崇高》对后世的影响 /72

第五章　普罗提诺的《九章集》 /75

　　第一节　柏拉图诗思传统的新型综合 /76

　　第二节　"三一原理"与心灵的内在运动 /80

第三节　神秘论诗学与心灵想象的自由/85

第六章　奥古斯丁的《忏悔录》与《上帝之城》/90
　　第一节　奥古斯丁与忏悔体文学的兴起/90
　　第二节　异教批判与奥古斯丁的神学化诗学/104

第七章　托马斯·阿奎那的《神学大全》/117
　　第一节　复兴亚里士多德的思想传统/117
　　第二节　诗学与神学的内在调和/122
　　第三节　通过理性证明或消解圣经神话/126
　　第四节　德性生活与艺术观照的意义/130

第八章　但丁谈《神曲》的信与达·芬奇论画的笔记/135
　　第一节　文艺复兴时期的文艺理论/135
　　第二节　但丁谈《神曲》的信
　　　　　　——《致斯加拉大亲王书》/137
　　第三节　达·芬奇论画的笔记/141

第九章　新古典主义的诗学法典：布瓦洛的《诗的艺术》/148
　　第一节　新古典主义的形成与《诗的艺术》的创作/148
　　第二节　《诗的艺术》的结构和它所阐明的
　　　　　　新古典主义诗学原则/152
　　第三节　《诗的艺术》的历史地位和评价/167

**第十章　狄德罗《关于美的根源及其本质的
　　　　　哲学探讨》与《论戏剧诗》/169**
　　第一节　生平著作及其文艺美学的哲学基础/169
　　第二节　《论美的根源及其本质的哲学探讨》
　　　　　　所阐明的美学思想/172
　　第三节　《论戏剧诗》所建构的严肃剧的"诗律学"/189

第十一章　布封的《论风格》/201
　　第一节　布封的生平与著作/201
　　第二节　布封《论风格》的主要内容/202
　　第三节　布封的《论风格》对后世的影响/207

第十二章　维柯的《新科学》/210
　　第一节　《新科学》的题旨、结构和方法/210
　　第二节　《新科学》提出的新的文学观念/216

第三节　维柯在西方美学文艺学史上的地位和影响/226

第十三章　莱辛的《拉奥孔》和《汉堡剧评》/230
第一节　莱辛的时代、生平和文学实践活动/230
第二节　莱辛文艺观的出发点和方法论/233
第三节　《拉奥孔，或称论画与诗的界限》/239
第四节　现实主义戏剧理论的重要历史文献
　　　　——《汉堡剧评》/250
第五节　《拉奥孔》和《汉堡剧评》所产生的巨大影响/258

第十四章　康德及其《判断力批判》/261
第一节　生平与思想/261
第二节　《判断力批判》的结构与基本内容/263
第三节　《判断力批判》中的文艺思想/266
第四节　《判断力批判》在欧洲文艺理论史上的
　　　　地位、影响及其局限性/279

第十五章　《歌德谈话录》与歌德的文艺观/283
第一节　文艺与现实生活的关系/284
第二节　"创作方法"：古典的和浪漫的/287
第三节　从特殊到一般，"显出特征的整体"/290
第四节　艺术风格，民族文学与世界文学/299

第十六章　席勒的文艺观和他的《论素朴的诗
　　　　　　与感伤的诗》/306
第一节　席勒的生平、著作和研究文艺理论的
　　　　出发点/306
第二节　论素朴的诗与感伤的诗/310
第三节　论美/324
第四节　审美教育/330
第五节　席勒文艺思想的地位、贡献和局限性/333

第十七章　黑格尔和他的《美学》/337
第一节　黑格尔的生平、著作和《美学》
　　　　在他整个思想体系中的地位/337
第二节　黑格尔《美学》的结构和方法/340
第三节　黑格尔的"美的艺术哲学"的基本内容/344

第四节 马克思、恩格斯对黑格尔《美学》的批判继承/368

第十八章 华兹华斯及其《〈抒情歌谣集〉序言》/372
第一节 生平和时代/372
第二节 诗的本质:"强烈情感的自然流露"
　　　 诗的目的:"普遍的和有效的真理"/375
第三节 诗的题材:选择日常生活特别是田园生活/382
第四节 诗歌的语言:采用人们真正使用的
　　　 日常语言/387
第五节 诗人的禀赋:六种能力及想象/391

第十九章 雨果的《克伦威尔》"序"/398
第一节 雨果的时代和他的创作道路/398
第二节 浪漫主义与《克伦威尔》"序"的发表/400
第三节 《克伦威尔》"序"是法国浪漫主义的宣言书/402
第四节 《克伦威尔》"序"的影响和评价/411

第二十章 《〈人间喜剧〉前言》和巴尔扎克的
　　　　　现实主义理论/413
第一节 巴尔扎克生活的时代及批判现实主义思潮/414
第二节 巴尔扎克的现实主义理论/416
第三节 现实主义理论的继承与发展/424

第二十一章 丹纳的《艺术哲学》/429
第一节 "种族、环境、时代"三要素说/430
第二节 "特征"说——对艺术本质的认识/438

第二十二章 左拉的"实验小说"理论/445
第一节 实证哲学、实验医学和自然主义/445
第二节 自然主义的基本含义/447
第三节 自然主义的方法论——实验论/453
第四节 自然主义理论的影响和评价/455

第二十三章 《1847年俄国文学一瞥》与
　　　　　　别林斯基的文学理论/458
第一节 别林斯基的思想发展过程/459
第二节 别林斯基的现实主义文学理论/462

第三节　别林斯基的文学批评思想——"行动中的
　　　　　美学"/476
　　第四节　别林斯基的现实主义理论的意义和影响/482
**第二十四章　车尔尼雪夫斯基及其《艺术与
　　　　　现实的审美关系》/484**
　　第一节　人本主义与车尔尼雪夫斯基的哲学观/485
　　第二节　《艺术与现实的审美关系》所阐明的文艺观/487
　　第三节　《艺术与现实的审美关系》在美学史上的
　　　　　地位和影响/502
**第二十五章　杜勃罗留波夫及其《俄国文学
　　　　　发展中人民性渗透的程度》/505**
　　第一节　杜勃罗留波夫及其文学批评活动/505
　　第二节　人民性原则提出的基础/510
　　第三节　人民性原则的内容/513
　　第四节　人民性和现实主义相统一/515
第二十六章　托尔斯泰的《艺术论》/520
　　第一节　托尔斯泰的时代和他的艺术观/520
　　第二节　艺术是传达感情和相互交际的手段/523
　　第三节　要使感受者觉得艺术品正是自己要创造的/527
　　第四节　情感与博爱精神/530

第三版后记/532

绪论　西方古典文艺理论发展历程

西方文艺理论的历史悠久,有两千多年的发展历程。

文艺理论是在文艺实践的基础上产生的,它虽然有相对独立的历史,却不能离开文学艺术这种社会现象而孤立发展。

文学艺术是一种复杂的社会现象。它既是人类活动的一种独特形式,又是这种活动的特殊产物。单以文学而论,如美国文艺学家艾布拉姆斯在60年代末所说,就涉及了四个要素:世界、作者、作品、读者(《镜与灯:浪漫主义文论及批评传统》)。刘若愚在《中国文学理论》(1975)中也肯定了文学涉及这四要素,只是对它们的相互关系有不同的理解。叶维廉在《比较诗学》(1983)中虽又增加了一些要素(文化、历史、语言等),但仍然承认四者为最基本因素。这些要素相互制约,形成多种多样的关系,诸如作品与作者的关系、作品与读者的关系、作者与世界的关系、作品与作品的关系、个体作品自身的关系等等。艾布拉姆斯考察了古希腊以来欧洲的文艺理论发展史,得出这样的结论:历史上各种文艺理论的区别,就在如何分析这四种要素的相互关系。不同的文艺理论,时而突出某些要素,侧重某种关系,时而突出另一些要素,侧重另一种关系。这就形成了西方文艺理论的错综复杂和丰富多彩。

历史的发展像螺旋一样,并非都是直线上升,而是常有停滞甚至倒退。然而,就历史的整个发展过程而言,人类还是在不断进步,掌握的真理也在不断扩大和加深。西方文艺理论的发展,恐怕也是这样,它有许多谬误,也提供了不少真理。应该怎样评价历史上各种各样的文艺理论?列宁说得好:"判断历史的功绩,不是根据历史活动家没有提供现代所要求的东西,而是根据他们比他们的前辈提供了新的东西。"[①]评价西方历史上的文艺理论也应该如此,要看那一时代的文艺理论是否比前一时代的文艺理论提供了什么新的真理。

---

① 《列宁全集》第2卷,人民出版社1984年版,第154页。

"每个理论都有其出现的世纪"。① 文艺理论的发展,既离不开整个社会的土壤,因而同每个时代的物质文明和精神文明的发展相照应;又接受前代理论材料的影响,因而自有其相对独立的运行轨道。正如人类居住的地球既围绕太阳公转而受"他律"制约,又在自身旋转而受"自律"支配,西方文艺理论的发展也是按照"他律"和"自律"所形成的"合力"来运行的。很难把西方文艺理论的发展轨迹清晰地呈现出来,我们只能标示出发展过程中一些重要的"点",把这些"点"连接起来,也许有助于掌握它的"线"。纵观西方文艺理论发展的历史过程,可以标示出这样一些"点"来:古希腊文艺理论的创立、罗马的古典主义理论、中世纪神学理论的统治、文艺复兴的理论振兴、法国的新古典主义理论、启蒙运动的理论开拓、浪漫主义文艺运动、现实主义文艺思潮、马克思主义文艺理论的兴起和资本主义社会形形色色文艺思想的多元发展。

第一节 古希腊罗马与中世纪文论思想

自有文学出现,就有对文学的见解和看法产生。古希腊吟咏诗人在诵诗的同时,就常对文学发表自己的见解。例如,荷马在其史诗的开端,就向诗神呼求灵感。一些戏剧家、修辞学家也常抒发对文学的看法,例如,阿里斯托芬就在自己的剧作中展开对戏剧评判标准的辩论。这些有关文学的见解和看法,影响着古希腊文艺理论的创立,但本身还未有理论概括。

古希腊文学艺术极为繁荣,史诗、戏剧、雕塑、音乐、建筑等都蓬勃发展,到了公元前5世纪的伯里克利时代,臻于顶峰。随后又出现了哲学高峰,其中萌生了精彩而丰富的美学思想,试图对生活和艺术中的美学问题进行哲学思考。毕达哥拉斯、赫拉克利特、德谟克利特等从自然科学观点去解释美学现象,苏格拉底更从社会科学的角度去解释美学现象。古希腊的美学思想还没有从哲学中分离出来,主要是对社会、自然的哲学思考,其中当然也包括文学艺术。只就对文学艺术的哲学思考而言,古希腊的美学探索集中在这样两个问题上:一是文学艺术的社会基础,二是文学艺术的社会功用。这也正是随后发展起来的古希腊文艺理论所关注的问题。因此,古希腊的美学思想、文艺理论在一开始就接触到文艺与社会的关系这个根本问题。

西方文艺理论的开始,是在柏拉图和亚里士多德的时代。

---

① 《马克思恩格斯全集》第1卷,人民出版社1960年版,第113页。

柏拉图出自苏格拉底门下，主要活动在公元前4世纪。柏拉图并无系统的文艺理论专著，在《理想国》里只是附带提及文艺，《对话录》也不是专门探讨文艺问题的，采取的又是漫谈、辩论的方式。但是，柏拉图对文艺的见解和看法接触到了文艺和社会的关系问题，在西方文艺理论史上影响深远，不容忽视。柏拉图接受先辈哲人的模仿说，承认文学艺术模仿现实世界。但是，他所理解的现实世界，又是对理式世界的模仿。理式世界第一性，现实世界第二性，艺术世界第三性。艺术世界只是"摹本的摹本""影子的影子"，"和真理隔着三层"，永远低于现实世界，更低于理式世界。中世纪的神学就把柏拉图的客观唯心主义予以发挥，用理式世界来论证"彼岸世界"的存在。但是，文艺复兴、启蒙运动、浪漫主义文艺运动中都出现了对"理式"的新的解释，把它理解为"理想"，从而发展为文艺要表现理想的理论。柏拉图还把文艺作品的创作归结为神赐迷狂，文艺的社会作用只能激起人的情欲，使人卑劣，因而要把诗人逐出"理想国"。实际上，柏拉图心目中的文艺有不同等级，高尚的文艺是神赐的，低劣的文艺是模仿的。但柏拉图期望文艺能使人的精神境界提升，于人有益，对后世的文艺理论影响极大。

在古希腊创立文艺理论的独立体系的，是亚里士多德。

亚里士多德是柏拉图的门生，有十八年师生情谊。然而，亚里士多德同柏拉图的基本观点是对立的。亚里士多德的文艺理论，主要在《诗学》和《修辞学》中予以阐发，本来就是为了同柏拉图论辩而作。但他并不仅限于论辩，而是着手创建一个关于史诗和戏剧（主要是悲剧）的理论体系。在这个理论体系中，文学和社会的关系问题被置于首位，但不是停留在泛泛而论，而是以作品本身这个环节为中心，着重解剖文学作品的构成，分析作品的各种因素和成分，探索情节、人物、场景的统一，区分悲剧、喜剧、史诗等不同文学类型的特点。亚里士多德肯定文学模仿现实世界，但并不承认现实世界之上还有理式世界。诗人按照或然律和必然律来模仿世界，描述可能发生或应该发生的事，因而能在特殊中见普遍，偶然中见必然，合情而又合理。文学的社会功用，并非如柏拉图所说只能激起情欲、使人卑劣。文学能使人的内心"净化"，即使是悲剧，虽然能激起哀怜和恐惧，但经过"净化"可以导致心境的平静，使人产生快感，获得精神享受。尽管对文学的"净化"作用尚需作科学的说明，后人的解释众说纷纭，但它发人深思，启发后世的文艺理论去探索这种特殊的社会功能。亚里士多德关于作品是个有机整体的思想，至今仍有价值。作品作为整体，不是构成因素的简单总和，其内部之间是一种有机的联系,因而它大于部分相加之和。在亚里士多德看来,一个有开头、中腰、结尾的事物,若其中的三个构成部分的位置可以互换,则称"总体";若三个构成部分的位置不可互换,则为"整体"(参阅《形而上学》)。文学作品就是这样的有机整体。亚里士多德的文艺理论体系,是古希腊时代的杰出成就。车尔尼雪夫斯基称赞:"亚里士多德是第一个以独立体系阐明美学概念的人,他的概念竟雄霸了二千余年。"①

亚里士多德以后,古希腊文明走向衰颓,文学艺术的中心也由雅典转向罗马,史诗、戏剧已经产生不了鸿篇巨制,牧歌、田园诗、哀歌等倒出现不少,文艺理论则无多大建树。亚里士多德诗学原稿长期散失,在洞穴中埋没了将近两个世纪,到公元前1世纪才被发现,运回雅典,不久又从雅典运回罗马。在罗马时代的文艺理论基本上停留在整理、阐述亚里士多德思想体系的水平,缺乏创造性。罗马帝国时代的文化尊奉希腊古典,因而被称为罗马古典主义。

罗马古典主义时代的文艺理论,可以贺拉斯的《诗艺》和朗吉弩斯的《论崇高》为代表。

贺拉斯的《诗艺》是用韵文写的诗体书信,它注重作品本身,致力于探讨文学体裁,制定格式规则,这奠定了后来蔚为大观的古典主义理论。贺拉斯拉受了传统的艺术模仿自然之说,但同时又提倡模仿古典,创作必须"合式",人物塑造重类型共性。关于文学的社会功能,贺拉斯发挥了亚里士多德的见解,提出既要给人教训,又要给人乐趣,二者结合,寓教于乐。

朗吉弩斯的《论崇高》虽然也是书信,但可看作谈论雄伟文体的专论。原稿长期散失,直到16世纪才在巴黎发现,但已丢失六页,1554年才得以出版。《论崇高》在西方首次把崇高作为审美范畴来考察,接触到了亚里士多德所未涉及的问题。朗吉弩斯把雄伟文体和作者的崇高心灵、激动读者人心这三个环节联系起来,说明雄伟文体来自作者的崇高心灵,崇高风格是"伟大心灵的回声",它去影响读者,激动人心,使人"狂喜"和"惊叹"。朗吉弩斯对崇高的推崇,冲破了贺拉斯对平正之论的维护,在文艺理论上有所前进,对于后世特别是启蒙运动、浪漫主义的文艺理论产生了巨大影响。

朗吉弩斯之后,罗马帝国已走向衰落。柏拉图的学说在此时日益受到重视,产生了新柏拉图主义。这一学派的创始人普罗提诺,是古希腊罗马哲学的殿军,中世纪神学的始祖。他的美学思想,虽然在艺术美和自然美的关

---

① 车尔尼雪夫斯基:《美学论文选》,缪灵珠译,人民文学出版社1957年版,第129页。

系问题上同柏拉图稍异,并且肯定真善美的统一,但最后都把世界本原归结为"太一"——它类似柏拉图所说的"理式"。

从4世纪到13世纪约一千年的中世纪时代,神学统治一切。古希腊哲学受泛神论影响,尽管相信万物有灵,但目光还注视着现实。中世纪的哲学变成了神学,现世的一切都归于上帝的恩赐。中世纪神学仇视和排斥世俗的文学艺术,文学艺术只在民间发展。这个时代虽有美学,但只是神学的附庸,不以文学艺术为主要对象,不朝探索文学艺术的规律这个方向深入,美学被引向抽象思辨,最终走向对上帝的崇拜。中世纪两位美学家奥古斯丁和托马斯,在美学上有所前进,例如关于美和丑的对立统一、真、善、美的联系和区别,给后人以启发,但这些见解完全被笼罩在神学体系中。在文艺理论领域,并无创见和建树。

只有到了文艺复兴时代,西方文化达到了第二个高峰,文艺理论才又一次振兴起来。

第二节 文艺复兴与启蒙运动文论思潮

文艺复兴是欧洲在14世纪到17世纪发生的文化运动。

所谓文艺复兴,是古典学术文化的复活和再生。但文艺复兴运动的实质并不是要回到古希腊、罗马,而是在复兴古典文化的基础上创造新文化。

文艺复兴最先在意大利萌生、发源,逐渐发展到欧洲其他地方。

意大利本来就是罗马文化的直接继承地,古希腊、罗马的文化传统绵延未绝。意大利又处于东西文化交流中心,资本主义萌芽最早发生。中国的造纸、印刷技术传到西方,过去靠手抄的古典文献终于可以印成书籍广为流传,这也促成了文艺复兴的到来。1453年,保存古希腊文化较多的罗马帝国灭亡,流传在拜占庭的古典文献流入意大利,逐渐在意大利流传。例如,亚里士多德的《诗学》在中世纪湮没无闻,到了1498年才在威尼斯出现了完整的拉丁文本,1508年出版了希腊文本,在16世纪,《诗学》的版本竟多达十余种。贺拉斯的《诗艺》也被译成意大利文出版。古希腊、罗马著作的出版,促成了文艺复兴,也带来了文艺理论的兴盛。

文艺复兴的先驱是但丁。他是中世纪最后一位诗人,又是新时代最初一位诗人,对推动意大利民族文学的发展起过很大作用。但丁的文艺思想带有中世纪痕迹,又具有新时代特征。他为自己的《神曲》作解释的著名书信,阐明了作品本身所具的多层意义(字面的意义和寓言的意义),对后世有一定影响。

意大利文艺复兴时代的文艺理论是围绕着古典文艺理论的评价、解释而振兴的。在16世纪的意大利已产生了"今古之争",这为17世纪法国更为宏大的"今古之争"开了先河。

文艺复兴时代的文艺理论丰富多彩,约有三种类型。

一、仿效亚里士多德用笔记方式写出来的较为严谨的文艺论著。如明屠尔诺在1564年出版的《诗的艺术》,画家达·芬奇的《画论》《笔记》。

二、模仿贺拉斯用韵文形式写出来的各种艺术论。最著名的是维达在1527年出版的《论诗艺》三卷,影响甚大,有代替贺拉斯《诗艺》之势,直到法国布瓦洛在1674年出版了《诗的艺术》,才又取而代之。

三、为维护自己的文艺见解而作的文艺论辩。意大利诗人塔索在1559年出版的《言论》和1594年的《论英雄传》,就是为自己的《耶路撒冷解放记》作辩护而发表的文艺见解。马佐尼曾在1572年和1587年两度著文为但丁《神曲》辩护,驳斥了古典主义的责难,表现出了浪漫主义倾向。英国的锡德尼在1595年发表的著名论文《为诗一辩》,也是针对否定戏剧的高森而作的论辩,肯定了戏剧的社会价值,特别是道德价值。

文艺复兴时代的文艺理论,探索比较广泛,涉及多方面的问题,主要有:

一、文艺模仿现实,能给人以真理。中世纪教会否定文艺能显示真理,文艺复兴时代则肯定文艺同哲学一样,能给人以真理。例如达·芬奇就把诗和画都看作哲学,把文学艺术叫作镜子,认为它反映现实,创造第二自然。文艺复兴时代的文艺理论发展了亚里士多德的模仿说,文学艺术不只是模仿人的行动,而且也模仿心理活动以至自然中的一切事物,这一时期把文学艺术的对象扩大到人的生活的各个方面。

二、文学艺术对社会有益。中世纪教会把文学艺术看作魔鬼,只会伤风败俗。文艺复兴时代的文艺理论则认为文学艺术能净化心灵,寓教于乐。锡德尼在《为诗一辩》中特别重视文学的社会作用,把诗看作历史和哲学的结晶,地位之崇高仅次于《圣经》。诗具有特殊的魅力,可以使孩子不顾游戏,老人不会打盹。诗尤其具有道德教育作用,它创造了引人入胜的意象来表征道德,于娱乐中教导人心。锡德尼用了这样一个比喻:自然界只是一个铜的世界,诗却为人类铸造了一个黄金的世界,使世界变得更美好。

三、对文学艺术的特点有了较深入的了解。中世纪的美学紧紧束缚于神学,把美和艺术分割开来。文艺复兴时代的文艺理论打破了神学束缚,把美和艺术统一起来,探索艺术中真和美、善和美的关系。对于文艺如何模仿现实,有较为深入的探讨。马佐尼在《为喜剧申辩》中,把艺术区分为二:模仿艺术和非模仿艺术。模仿艺术也有两种类型:真实模仿,模仿现实中存在的实际事物;幻觉模仿,是艺术家凭借自己的心灵创造出事物来。越来越多的人看到了想象、虚构在文艺创作中的作用,能辨别出美和真的联系和区别。美和善的关系问题,在文艺复兴时代也被提出来,但人们大多还分不清美善之别,常把美善混为一谈;个别人片面理解美,把美归结为艺术形式,而把艺术内容归结为善。

  文艺复兴经历了三百多年,是欧洲由封建主义到资本主义过渡的伟大历史转折时期,也是一个伟大的精神解放和思想酝酿的时代,但还并不成熟,而只是走向成熟时期的一座桥梁。

  意大利的文艺复兴在十六七世纪之后已告消退,西方的文化中心已由意大利转向法国。但是,文艺复兴在法国却走了样,在17世纪的法国形成了一个古典主义时代。为了与罗马的古典主义相区别,后称它为新古典主义。

  法国的中央集权君主制,调和封建贵族和上层资产阶级的利益。这个中央集权国家以罗马帝国为光辉榜样,梦想恢复过去的光荣。它穿着罗马帝国的服装,演出世界历史的新场面,在文化上也借用罗马的古典主义建立法国的文化。

  法国古典主义文艺主要是戏剧,高乃依、拉辛、莫里哀都以戏剧创作著称。古典主义的文艺理论集中表现在布瓦洛的《诗的艺术》中。

  《诗的艺术》是模仿罗马贺拉斯的《诗艺》用韵文写成的新古典主义理论。布瓦洛尊崇罗马古典主义的创作原则,并进一步发挥,把文学体裁分成不同等级,为每种体裁制定了格式规则。例如把古希腊、罗马时代就产生的史诗、悲剧、喜剧定为大体裁,而其他都是小体裁;悲剧必须严格按照"三一律"写作,"舞台表演自始至终只能有一个情节,要在一个地点和一天内完成"。布瓦洛还规劝剧作家要"研究宫廷,认识城市"。

  布瓦洛的文艺理论在当时的法国占统治地位,但也有一些人如帕罗对古典主义表示不满,要求冲破它的束缚。法国古典主义时期始终都有"今古之争"。"古"派以布瓦洛为首,维护古典主义法则;"今"派以帕罗为首,要求变通,"把脚移到一个新的制度上去站着"。在这里,已经可以隐约听到启蒙运动的响声了。

  新古典主义消退之后,欧洲在18世纪出现了启蒙运动。

  法国新古典主义是文艺复兴在法国中央集权统治下的变态发展。随着

"第三等级"的发展壮大,在18世纪初的法国发生了启蒙运动,这是文艺复兴的继续和发展。

启蒙,就是要用知识去"照亮"人类,打开眼界,冲破愚昧黑暗,建立"理性的王国"。启蒙运动表现在文艺领域,就是要冲破古典主义,开创新的道路。但这是一个逐渐发展的过程。

启蒙运动的最早代表伏尔泰对古典主义传统尚很留恋,把高乃依、拉辛视作珍宝,而把莎士比亚比作粪土。但伏尔泰反对以古非今,在《论史诗》中承认史诗要有发展,不能囿于旧有传统。启蒙运动的另一代表卢梭则把当时的文艺一概否定,把文学艺术看作罪恶之源,高呼"回到自然"。但是卢梭自己的创作、书信体小说《新爱洛伊丝》,却是感情自由奔放,充溢着感伤主义精神,成为浪漫主义文学的前驱。启蒙运动在文艺理论领域中的最大代表是狄德罗。他的文艺理论有多方面的建树:一是戏剧理论,二是造型艺术理论,三是美学理论。狄德罗既不像伏尔泰那样留恋古典主义,又不像卢梭那样否定一切文艺,而是多方面地研究了戏剧、绘画等多种艺术,并且进行了创作实践,把美学理论和文艺实践结合起来,对文艺理论做出了巨大贡献,对于后世的浪漫主义和现实主义文艺运动都起过积极作用。

在法国启蒙运动中还出现过一位布封,1753年他在法兰西学院发表了著名的演说《论风格》,曾轰动文坛。布封从作家和作品的关系、作品本身的内容和形式的关系方面,阐述了风格的成因和表现,对后人有启发。

启蒙运动在较为落后的德国也有反响。德国的启蒙运动是由一个古典主义运动开始的。在德国也曾发生过"今古之争",不过,此时争论的已不是今古优劣,而是德国应向英国还是法国借鉴。莱比锡派崇尚法国古典主义,而屈黎西派则推崇英国的浪漫主义倾向。德国启蒙时代的文艺理论侧重于对古典文艺的探讨,并且富于哲学思考。

鲍姆加登在西方首次用"美学"来命名自己的著作,美学成了一门独立的科学。温克尔曼致力于研究古典艺术的特点,1764年发表的《古代艺术史》,探讨艺术的起源、发展和衰颓,找寻各个时代、民族艺术的不同风格,这在西方亦属开创。德国启蒙运动的文艺理论,到了莱辛臻于高峰。莱辛的《拉奥孔》集中研究了诗画的异同,在文艺理论史上是不朽之作,他所开拓的领域,至今还吸引着人们去做新的探索。莱辛的《汉堡剧评》和《文学书简》,同法国的狄德罗相呼应,建立了新兴市民的戏剧理论和现实主义文学理论,它的影响远远超出了德国。

18世纪70年代,德国发生了一场声势浩大的文学运动,史称狂飙运动,它推进和发展了启蒙运动。狂飙运动的美学纲领体现于赫尔德尔和歌德合编的《德国的风格和艺术》(1773年),它要求自由和个性解放,标志着德国资产阶级的民族意识觉醒。青年歌德、席勒都积极参加了这个运动。"这个时代的每一部杰作都渗透了反抗当时整个德国社会的叛逆精神。"①狂飙运动的文学艺术富有感伤主义和浪漫主义情调,它影响了18世纪末、19世纪初在欧洲出现的浪漫主义运动。

第三节 近代文艺理论发展趋势

浪漫主义和现实主义是欧洲19世纪最重要的文艺思潮,各有自己的创作和理论。

浪漫主义文艺运动是法国大革命和由此而来的欧洲民主民族解放运动高涨的必然产物,这个文艺运动遍及整个欧洲。

1789年法国资产阶级大革命以后,欧洲各国纷纷掀起民主革命和民族解放运动,激起人的意志、情感等精神的高涨。德国古典哲学竭力夸大人的精神的主观能动作用,法国空想社会主义幻想"立即解放全人类",英国经验主义美学特别重视想象、幻想、情感的作用,这些都对浪漫主义文艺运动发生过重大影响。

浪漫主义文艺运动继承和发扬了狂飙运动、感伤主义和前浪漫主义文艺的传统,反对17世纪以来统治文坛的古典主义,希望冲破束缚,争取个性解放和创作自由。

但是,浪漫主义不是一个统一的运动。由于人生态度和思想倾向的不同,浪漫主义有积极和消极之分。积极浪漫主义面向社会,向往未来,对人生持积极态度。消极浪漫主义则面向个人,缅怀过去,对人生消极逃避。

由于德国的特殊社会条件(经济落后、政治分裂、资产阶级软弱等),德国的浪漫主义主流趋向消极,其理论代表为施莱格尔。积极浪漫主义未能得到正常发展,而是和古典的优秀艺术传统相结合,形成了一种独特的文艺——德国的"古典"文艺。德国的"古典"文艺不同于法国新古典主义的文艺,而是既有现实主义特点又有浪漫主义特点的文艺,它以古希腊的"高贵的单纯与静穆的伟大"作为典范,创造出一种完美的文艺,幻想通过它来培养个性完美、和谐的人。这就是以歌德和席勒为代表的文艺,不过,席勒

---

① 恩格斯:《德国状况》,见《马克思恩格斯全集》第2卷,人民出版社1957年版,第634页。

更倾向于浪漫主义,而歌德更倾向于现实主义。这样的文艺思想集中表现在包括康德、歌德、席勒、黑格尔在内的德国古典美学之中。以康德、歌德、席勒、黑格尔为代表的德国古典美学和文艺理论,是对欧洲文艺的理论总结,它的意义远远超出于德国,是世界美学宝库中的重要财富。

英国的浪漫主义文艺运动,最先是具有消极倾向的湖畔派诗人掀起的。湖畔派诗人华兹华斯和柯律勒治受德国施莱格尔兄弟的影响,除了创作浪漫主义诗歌,还曾系统地阐发过浪漫主义文艺主张。两人合编的《抒情歌谣集》,华兹华斯曾两度作序,鼓吹诗歌要以自然美为土壤,写出宇宙的永恒,突出诗歌创作中想象、感情、沉思的作用。柯勒律治的《文学生涯》,对文学创作做了较深入的分析,把文学作品作为一个有机整体来考察,对20世纪的文艺理论颇有影响。稍后,英国出现了积极浪漫主义诗人拜伦、雪莱,在19世纪初期对湖畔派诗人进行了论争。雪莱在《伊斯兰的起义》序言中,在未完成的论文《诗辩》中,都提出诗歌应该"激发人们追求美好卓越的强烈愿望"。

浪漫主义在法国,同时出现了积极的和消极的两种倾向。消极浪漫主义以夏多勃里昂为代表,积极浪漫主义以史达尔夫人为代表。两者都否定古典主义传统,但消极浪漫主义缅怀封建正统王朝,而积极浪漫主义倾向于自由资产阶级。夏多勃里昂创作的诗歌、小说、游记,正如马克思给恩格斯的信中所说:"用最反常的方式把18世纪贵族阶级的怀疑主义和伏尔泰主义同19世纪贵族阶级的感伤主义和浪漫主义结合在一起。"[①]斯达尔夫人的《论文学》和《论德国》,用历史比较方法来代替古典主义的法则,阐发自然环境决定文艺面貌:同一个欧洲,南北的自然环境不同,形成了南方文学(古典主义)和北方文学(浪漫主义);浪漫主义文学比过去的文学更有力,它"用我们自己的感情来感动我们自己"。

1824年之后,法国浪漫主义文艺运动以伟大作家雨果为中心,达到了世界高峰。雨果在1827年发表的《〈克伦威尔〉序言》是积极浪漫主义的美学纲领,提出了崭新的浪漫主义美学原则。由于雨果的积极活动,法国浪漫主义历久不衰,一直延续到19世纪后期。但自19世纪30年代后,法国、英国、俄国等都先后发展了批判现实主义。法国的司汤达、巴尔扎克,英国的狄更斯,俄国的普希金、果戈理最先表现了批判现实主义的创作趋向,逐渐在欧洲形成一种文艺思潮,产生了现实主义文艺理论。

[①]《马克思恩格斯全集》第28卷,人民出版社1973年版,第401页。

浪漫主义文艺理论重视作家同作品之间的关系,对文艺创作中的心理因素特别重视。现实主义文艺理论则重视社会同文艺的关系,着重探讨社会对创作的影响和作品对社会所起的作用。

创作了法国第一部成熟的批判现实主义小说《红与黑》的司汤达,在1822年发表了《拉辛和莎士比亚》,可称是法国批判现实主义的第一部理论著作。在这里,司汤达否定古典主义而提倡"浪漫主义"——不过,在他心目中的浪漫主义,实际上主要是现实主义。这个时候还未出现"现实主义"一词,在席勒的论著中曾用过类似于它的词句,但要到1892年法国画家库尔贝在评福楼拜的《包法利夫人》时才启用"现实主义"一词。创作了宏伟的《人间喜剧》的巴尔扎克,虽然也未用"现实主义"一词,但在《〈人间喜剧〉前言》中却总结了他丰富的创作经验,肯定和论证了现实主义创作原则。

在英国,以狄更斯、萨克雷为代表的批判现实主义,重视揭露现实的社会矛盾,反映了"政治和社会的真理"(马克思语)。

英、法等国的批判现实主义都是资产阶级取得胜利以后社会矛盾日益暴露时的产物。俄国的批判现实主义则是封建制度走向灭亡、资本主义刚刚兴起时的社会矛盾的反映。

俄国的现实主义由普希金所奠基。果戈理的创作,确立了俄国批判现实主义的原则,屠格涅夫、冈察洛夫、奥斯特洛夫斯基、涅克拉索夫等人创作的批判现实主义作品,汇成一股洪流,发展到契诃夫、托尔斯泰成为高潮。俄国批判现实主义是欧洲19世纪文艺的高峰。

俄国许多著名批判现实主义作家时常发表文艺见解,或者总结自己的创作经验,托尔斯泰的《艺术论》就是他对文学艺术的系统看法,其中不乏真知灼见,值得重视。同时,俄国在文艺理论领域里也涌现出一批代表人物,别林斯基、车尔尼雪夫斯基、杜勃洛留波夫就是杰出的代表,他们为世界文艺理论宝库增添了新的财富。

马克思主义文艺理论的产生,把文艺理论史推向崭新的阶段。与此同时,随着资本主义由盛转衰,社会矛盾激化,产生了各种各样的文艺思潮,文艺理论向多元发展。在19世纪后半期到20世纪初期,已经产生了形形色色的文艺理论:法国有丹纳的社会学文艺理论、左拉的自然主义和波特莱尔的颓废主义,英国有王尔德的唯美主义,德国有叔本华、尼采的悲观主义等等。越往后发展,就越加使人眼花缭乱了。

第四节　西方文艺理论的学术史意义

西方文艺理论对于我们能有什么意义？为什么我们要去了解和研究西方文艺理论的发展史？

无疑，我们所要建设和发展的，乃是具有中国特色的马克思主义美学和文艺学。我们的文艺理论，既要是马克思主义的，又要有中国特色，这当然不是靠单纯移植西方文艺理论所能做到，也不是靠照搬中国古典文艺理论所能奏效的。

不错，中国古典文艺理论的整理和研究十分重要，这是建设和发展具有中国特色的马克思主义美学和文艺学的必要条件。中国古典文艺理论自成体系，如果能用马克思主义把它总结出来，当是功德无量。但是，中国古典文艺理论体系并不能取代具有中国特色的马克思主义文艺理论，正如德国古典美学并不能代替马克思主义美学一样。中国古典文艺理论对于我们来说，也只是一个思想资料，是建设和发展具有中国特色的马克思主义美学和文艺学的理论材料。整理和研究中国古典文艺理论，是建设和发展具有中国特色的马克思主义美学和文艺学的必要而非充足的条件，还需要有另外一些前提，而了解和研究西方文艺理论就是必要条件之一。

"只有确切地了解人类全部发展过程所创造的文化，只有对这种文化加以改造，才能建设无产阶级的文化。"只有既了解中国的、又了解西方的文艺理论发展过程，并对中国的和西方的文艺理论加以改造，才能建设和发展具有中国特色的马克思主义美学和文艺学。

故步自封使人愚蠢，放眼世界启人聪明。马克思主义的高明在于它善于吸取人类一切有价值的东西。对于西方的自然科学，人们敢于吸取，那么社会科学、特别是文艺理论呢？是不是一无可取？

还在 50 年代中期，毛泽东就鲜明地提出："要向外国学习科学的原理。学了这些原理，要用来研究中国的东西。"这里所说的"科学的原理"不只是指自然科学，也包括社会科学："自然科学、社会科学的一般道理都要学。"也许文学艺术特殊，创作和理论都不值得我们注意？事实不然。"艺术又怎样呢？中国的音乐、舞蹈、绘画是有道理的，问题是讲不大出来，因为没有多研究。应该学外国的近代的东西，学了出来以后来研究中国的东西。"这也就是我们常说的"他山之石，可以攻玉"，借用别人的工具来制作自己的东西。其实，马克思主义就是从西方来的，今天我们用它来作为根本方法，解决中国的实践问题。"近代文化,外国比我们高……艺术是不是这样呢?中国某一点上有独特之处,在另一点上外国比我们高明。小说,外国是后起之秀,我们落后了。"如果承认这是事实,那就迫使我们不得不去探索西方文学艺术的规律,了解西方的文艺理论。

当然,了解和研究西方文艺理论,并非照搬、移植。"应该学习外国的长处,来整理中国的,创造出中国自己的、有独特的民族风格的东西。"吸取西方文艺理论的长处,来整理中国的理论资料和经验材料,其中当然包括中国古典文艺理论这样的材料,但更重要的是社会主义文艺实践的经验材料。吸取西方文艺理论,整理中国的东西,目的在于创造出中国自己的、有独特的民族风格的东西,这既不是西方的,又不是中国古典的。这正如人们对鲁迅的评价:"鲁迅的小说,既不同于外国的,也不同于中国古代的,它是中国现代的。"具有中国特色的马克思主义文艺理论,既不是西方文艺理论,又不是中国古典文艺理论,而是中国现代的文艺理论。

世界各国的文学艺术既有共性,又有个性,是两者的统一。世界各国的文艺理论既揭示了文学艺术的普遍规律,又探索了各自的特殊规律。文学艺术的基本原理,"这是中外一致的,不应该分中西"。各国的文学艺术又有各自的特殊规律,这就应该加以区分。中国和西方的文艺理论既有共性,又各有个性,互有优劣,各有短长。困难在于:我们怎样才能知道西方文艺理论的长短和优劣?

这只有以马克思主义作根本方法,把西方文艺理论和中国传统的文艺理论进行比较研究。有比较才能鉴别,不作比较,就无法知道彼此的短长、优劣。只停留在西方文艺理论本身的领域,正如只局限于中国传统文艺理论的范围内一样,都不可能真正掌握自己的特点,更无法了解彼此的异同。彼此的特征是在相互关系中见出的。把彼此中的任何一方孤立起来,都不能揭示出各自的特征。因此,运用马克思主义的方法对中西文艺理论进行比较研究,是建设和发展具有中国特色的马克思主义美学和文艺学的必由途径。

然而,要做这样的比较研究,首先还需要创造更为基本的前提,那就是:无论是对于西方文艺理论,还是对于中国传统的文艺理论,都要分别弄清事实、摸清情况。事实不清、情况不明,说不上进行比较研究,更何谈取长补短、扬优弃劣?!

第一章 柏拉图和他的《文艺对话集》

第一节 生平和时代

柏拉图(Plato,前427—前347)是古希腊著名的哲学家,西方文艺理论的主要奠基人之一。其父母是雅典的贵族,先辈曾是雅典的国王或执政。他的幼年和少年时代经历了伯罗奔尼撒战争,公元前407年成为苏格拉底的学生,潜心于哲学研究,直到老师去世(前399)。接着到滑稽戏发源地麦加拉和埃及、意大利漫游,埃及的等级制度给他留下了深刻的印象,在意大利结识了毕达哥拉斯学派的信徒,受其唯心论的影响。公元前396年回到雅典开始写对话。他40岁时(前388)应西西里岛的叙拉古僭主老狄奥尼索斯的邀请,住在宫廷讲学。最初得到优待,并和僭主的妻舅狄翁结成莫逆之交。后因与僭主意见不合,于同年愤然回到雅典建立学园,采取前后连贯的讲课和对话方式,亲授数学和哲学,直到公元前347年去世,享年81岁。这期间,据说他曾两次重访叙拉古札,想实现他的"理想国",但都没有成功。

柏拉图生活在希腊(雅典)由盛转衰的社会大动荡的时代。他出生前不久,伯里克利时期(前443—前429)——雅典的"黄金时代"刚刚完结,伯罗奔尼撒战争又刚刚开始。这次战争,是古希腊城邦历史的转折点,奴隶制城邦制度从此走向衰落。这是一个阶级斗争日益剧烈,对新的生活方式之探求日益迫切的时代,古典时代的城邦业已显得狭隘,人们要求另一种更广大的适合于新社会关系的共同生活的方式。有人主张扩大民主制,有人主张回到"祖先的秩序"。而战后,雅典经济崩溃,一般人民更加穷困,社会上产生了"理想国"思想,要求平均财富。由于城邦制度不能适应奴隶制经济政治发展的新形势,奴隶主阶级则觉得民主政体已不能更好地保障其利益,寄希望于强有力的专政。面对民主制衰落,社会败象丛生的局面,柏拉图作为思想家焦思苦虑:社会为什么会发展到这一步?用什么办法才能使社会逃脱厄运？他当然不可能从社会制度上去找原因，而只能从精神领域(思想、伦理、道德等)去寻找、去反思，试图为国家、社会、人民找到新的出路。

从文化艺术的发展看，柏拉图也是处在一个转折时期。早在公元前8世纪至公元前6世纪，希腊的建筑、雕塑、诗歌和戏剧已发展到很高水平，到公元前5世纪达到了顶峰，公共文化娱乐活动也十分活跃。但到柏拉图时代，文艺高峰转到了哲学高峰。希腊哲学的繁荣是与艺术的黄金时代同时开始的，特别是在公元前5世纪至公元前4世纪出现了蓬勃发展的局面，诡辩学派处于全盛时期。当时文艺高峰虽已过去，但丰富的文艺成果留了下来，它在希腊社会生活中所起的巨大影响，不能不引起哲学家们的密切注意。他们面临的任务是要从哲学的高度去阐明艺术的本质和作用，总结创作活动和欣赏活动的经验。柏拉图就是在这样的政治历史和文化艺术的背景下进行活动的。他根据他的政治、哲学思想提出了对美和文艺的看法。他的美学、文艺思想既是那个特定时代的产物，又深深打上了他个人的印记。

柏拉图写过近四十篇对话，其中有不少篇直接或间接关涉美学、文艺学。朱光潜选译的《柏拉图文艺对话集》最能代表他的美学、文艺思想。

第二节 哲学观和政治观

柏拉图的美学、文艺思想是建立在他的哲学思想和社会政治思想的基础上的，只有了解他的哲学观、政治观才能把握其美学观、文艺观。

理式论是柏拉图哲学体系的核心。"理式"，或译为理念、观念、理型、模式等，是柏拉图构想的一个境界。柏拉图认为，在物质世界以外，还有一个理式世界。他说：当我们给许多个别的事物加上同一的名称时，我们就假定有一个理式存在。在他看来，理式是实体，思想中的理式世界永恒不变，绝对存在；而感觉只是幻影，感觉中的物质世界变化无常，转瞬即逝，只不过是理式世界的苍白的影子、模糊的映像。理式是万物的原型，万物是它的摹本。比如床，他认为世界上有三种床：一是世界上本来就有的理念的床，不妨说它是神造的；二是木匠用床的理式制造出来的个别具体感性的床，即人们生活中所用的床；三是画家所画的床。柏拉图说，只有第一种床才是真实存在、永恒不变的；而木匠所造的床，不过是对床的理式的模仿，是理式的影子，是不真实的；而画家画的床就更不真实了，是摹本的摹本、影子的影子，和真实存在的第一种床"隔着三层"。按柏拉图的观点，你能看到理式的床你就有知识,如只看到第二、三种床就只有"意见";哲学家才对理式的床感兴趣,才有知识,一般人只关心具体的床,只有意见而无知识。哲学的目的正在于认识一般、不变和永恒的东西。

显然,柏拉图的理式论割裂、颠倒了一般与个别、普遍与特殊、共性与个性的关系,把一般当作先于个别的独立的存在,成为个别的真正来源,也就是夸大了理式的作用,使理式世界和现实世界完全脱离。这是典型的客观唯心论,正如列宁所说:它是"野蛮的、骇人听闻的(确切些说:幼稚的)、荒谬的"。但是,柏拉图的理式论也包含着"合理的内核",闪现出"聪明的唯心主义"的智慧之光。柏拉图为什么如此陶醉于理式?人的认识为什么非要有理式呢?因为每一种物都区别于另一种物,它具有一系列本质特征,如果我们不知道这些本质特征,就无法区别事物,就无法认识世界。而这些本质特征的总和就是物的理式,它对于物的存在和我们对物的认识是完全必要的。没有物的理式就没有物自身,没有现实世界。柏拉图理式论的价值,就在于他第一次自觉到必须用普遍作为说明一切个别的根据,抓住了这个人类认识世界整个行程中的转折点,以朴素的方式提出了自然规律和社会规律问题,使人类对世界的认识超越了原始思维阶段。因此,柏拉图的理式论是人类认识发展的必然结果,是哲学史上的一个里程碑。[①]

柏拉图的政治观是他的哲学思想在政治领域里的应用和引申,而建立"理想国"是他的政治观的核心。柏拉图站在保守的贵族立场,对希腊世界流行的各种政体一一作了考察,认为现存政体一个比一个坏,既对民主政体持剧烈的批判态度,又不完全倒向极端的贵族专政。他憧憬一个没有贫穷、没有堕落、没有暴虐、没有战争的社会,这样的社会既可克服现有各个城邦固有的弊端,又可作为一切城邦仿效的模式。在他向往的"理想国"里,根据神学目的论把公民分为三个等级:神用金子造的统治者,神用银子造的武士,神用铜铁造的农夫和手艺人。奴隶根本不算人,不能列入等级。这种等级制是固定的、永恒的。"一旦铜铁作成的人掌握了政权,国家便要倾覆。"[②]这就是要人服从命运的安排,不要怨尤,不要反抗。在"理想国",人的灵魂分理智、意志、情欲三部分,相当于国家的三个等级,与此相应的是智慧、勇敢、节制三种美德。统治者应像人的理智那样支配一切,具有智慧的美德;军人应像意志那样坚强有力,像狗一样服从统治者的指挥,其美德是

[①] 参见杨适:《哲学的童年》,中国社会科学出版社 1987 年版。
[②] 《古希腊罗马哲学》,商务印书馆 1982 年版,第 233 页。

勇敢;劳动者像人的情欲,必须具备节制的美德,像绵羊那样服从统治者。三种美德的和谐的结合就是"正义",即"商人、辅助者和监护者这三个阶级在国家里面各做各的事而不互相干扰"①,意志和情欲受理智的统治。这是"理想国"的理想人的性格。实现这种"理想国"的主要条件是"哲人之治"。因为根据苏格拉底知识即道德的观点,哲学家是爱知识和追求真理的人,是唯一能认识正义和真善美的理式的人,有权进行统治;而劳动者是没有知识,也就是没有道德的人,只能心甘情愿地接受统治。那么包括哲人、武士的统治者从哪里来呢?柏拉图认为,必须对具有金银质的儿童进行文艺、数理、哲学教育。他的教育思想的核心,就是为"理想国"的统治培养人才。对"理想国"的描绘和向往,集中反映了奴隶主贵族的政治理想。正如马克思所指出的:"理想国只是埃及种姓制度在雅典的理想化。"②必须指出的是,柏拉图所推崇的理想国是靠知识、德性统治,与靠出身门第的奴隶主贵族的统治有所区别,与重视法律和平民的权力的奴隶主民主制也不同。柏拉图在其晚年的《法律篇》中,政治观有了较大的发展,主张以法治代替人治,提出了君主与平民之间的混合政体。

第三节 美 论

在柏拉图之前,希腊人对美的认识处于朦胧的状态,流行着各种各样的观点。比如,毕达哥拉斯关于美在抽象的数理关系的观点,赫拉克利特关于美产生于对立物的斗争的观点,德谟克利特关于美属于人类社会的现象的观点,苏格拉底关于美在于对人的效用和价值的观点,等等。柏拉图在早期写的《大希庇阿斯篇》中,对当时流行的美的观念做了引人入胜的批判性的考察。当然,古代希腊的美的概念,比现代通常限定在审美价值范围内的美的概念要广泛一些,美与善、好几乎没什么区别,道德的、认识的价值也包含在美的概念之内。柏拉图的美论也不例外。

《大希庇阿斯篇》认为,美不是具有美的属性的具体事物(小姐、母马、竖琴、汤罐之类),它应是超出美的事物之上的一种性质;美不是使事物显得美的质料或形式(黄金之类),它应是比任何质料或形式更具概括性的一种性质;美不是某种物质或精神上的满足(钱多、身体好、受人尊敬、葬礼隆

---

① 《古希腊罗马哲学》,商务印书馆1982年版,第230页。
② 《马克思恩格斯全集》第23卷,人民出版社1972年版,第405—406页。

重等），它应是比任何此类满足更持久稳定的一种东西；美不是恰当、有用或有益（木汤匙与金汤匙、粪筐与悲剧等），它应是与人的欲求相关而又超乎其外的一种东西；美不是由视、听引起的快感，它应是与人的快感相连而又超乎其上的。柏拉图批判否定了所有公认的对美的定义，但没找到一个更好的定义，以至最后借谚语发出了深长的慨叹："美是难的。"那么《大希庇阿斯篇》的意义何在呢？在我们看来，其意义就在于第一次提出了"美本身"的概念，将"美本身"与美的事物、美的特质区别开来，将"什么是美"与"什么是美的"区别开来了。这个先于美的事物的所谓"美本身"究竟是什么？《大希庇阿斯篇》的回答是："一切美的事物有了它就成其为美的那个品质。"到中期写的《会饮篇》更明确指出"美本身"就是一种先验的绝对的美的理式，这种理式美"是永恒的，无始无终，不生不灭，不增不减的。……一切美的事物都以它为源泉，有了它，那一切美的事物才成其为美"。这就是说，最高的美存在于理式之中，只有理式美才是真实的，是美本身，是"纯粹的美"，而事物美不过是它的幻象、影子。柏拉图对美的本质的探讨，把人类对美的认识从感性直观上升到理性思辨，从自发上升到自觉，比前人向前跨进了一大步。

理式论是柏拉图美的本体论的哲学基础，与理式论紧密相连的"回忆说"则是柏拉图美的认识论的哲学基础。他认为，人的灵魂是不朽的，人在降世以前，他的灵魂在理式世界是自由而有知的，一旦转生为人，灵魂就进入了肉体的牢笼，他便失去了自由，把本来知道的知识也遗忘了。因此，要重新获得知识，就必须超越、摆脱一切现实物质生活的干扰，闭目塞听，冥思苦索，努力去回忆自己灵魂原来对于理念世界的认识。在《会饮篇》中，柏拉图据此考察了人的审美过程，认为人对美的认识是"先从人世间个别的美的事物开始，逐渐提升到最高境界的美"，即从形体美——心灵美——行为制度美——学问知识美——彻悟美的本体。人不能一开始就观照到绝对美，而须通过审美实践逐步提高自己的感受力、鉴赏力。这个过程也就是人对美的理式的回忆过程：人生下来之前已有了关于"美本身"的知识，灵魂下降尘世之后暂时把它"忘记"了，通过具体事物美唤起自己的回忆，才能重新见到"美本身"。但是，只有少数哲人才有这种回忆理式美的本领，美和劳动者是绝缘的。虽然柏拉图最后将美归结为绝对的、永恒的，堕入了形而上学，但他将人类对美的认识看作一个"逐渐循阶上升"的过程的理论，在美学史上还是第一次，标志着人类对美的思考的深入。同时，柏拉图还认识到物质世界、精神世界都是审美对象，从而打破了传统美学的局限，开拓了美的领域。这也是一个重大突破。

第四节 艺术论

一 艺术的本质:模仿与灵感

柏拉图艺术论的核心是区分了灵感与模仿、灵感诗与模仿诗,使诗摆脱了技艺的束缚而获得自由,使艺术的本质回归于诗。

在柏拉图眼里,有两类诗人,一类是"凭技艺的规矩"写诗,一类是"依诗神的驱遣"写诗,二者的区别在于后者能"得到灵感,有神力凭附着",而前者仅凭技艺知识去模仿,得不到灵感。(《伊安篇》)《斐得若篇》把灵感诗人归入"爱智慧者,爱美者,或是诗神或爱神的顶礼者"之列,是第一流;把模仿诗人和其他模仿的艺术家归入第六流。这种划分有无道理?有何意义?要回答上述问题,必须从古希腊诗与艺术的对立讲起。当时,艺术即技艺,含义较广,包括所有技术性、规范化的工作,其特点是模仿,与美和创造性无联系。诗不是艺术,它因具有吟诵的属性、形而上学的意义及伦理教化的性质而被独立出来,与艺术形成对立,它的特点是灵感,与美和创造性分不开。所以古代希腊人崇拜诗人,瞧不起艺术家。柏拉图接受了这个流行的观点,并使之理论化、系统化。

先谈模仿(主要材料出自《理想国》卷十)。模仿最初的含义指巫师在祭祀中表演的节目(舞蹈、音乐、唱诗),后来也表示雕塑、戏剧中的现实再造。到公元前5世纪,它从祭典术语转成哲学术语,表示外在世界的再造,用到艺术实践上便产生了艺术模仿现实的思想。这一传统的看法在柏拉图以前即已流行,赫拉克利特、德谟克利特就提出过艺术模仿自然的观点,把自然看作艺术的蓝本、原型,带有朴素唯物主义的因素。可是到柏拉图手上,经过理式论的改造,传统的模仿说就染上了唯心主义的色彩,模仿成了"临摹""摹本",是对外在世界的一种功利的、被动的、忠实的抄录。他认为,手艺人制造的东西,"不是真实体,只是近似真实体的东西",是理式的不完全的摹本。诗人、画家又模仿工匠的产品写诗作画,其作品(史诗、悲剧等)只是事物的表象而不是事物的真实,是幻象而不是实在。所以,"模仿和真实体隔得很远,它在表面上像能制造一切事物,是因为它只取每件事物的一小部分,而那一小部分还只是一个影像。"柏拉图心目中有三种世界:理式的、现实的、艺术的。艺术世界依存现实世界,现实世界又依存理式世界,而理式世界是永恒不变、超越时空的真理。也可以说,理式世界第一性,感性世界第二性,艺术世界第三性。因此,"从荷马起,一切诗人都只是模仿者,无论是模仿德行,或是模仿他们所写的一切题材,都只得到影像,并不曾抓住真理"。这是诗的第一大罪状,也是柏拉图反对模仿诗的原因。

显然,柏拉图是瞧不起"模仿者"的。他认为艺术家虽能模仿一切,但不懂哲学,无专门知识。诗人的知识不及御车人、医生、渔夫,人们从诗里也学不到这方面的知识。荷马就没替哪国建立过较好的政府,没指挥过一场战争,没什么发明,对国家和社会无益。荷马只歌颂英雄,但对英雄并无真正的认识,否则"他会宁愿做诗人所歌颂的英雄,不愿做歌颂英雄的诗人"。柏拉图认为"真正的艺术家对自己所模仿的东西具有真知识",而只有真正的哲学家才配做真正的诗人。哲学家是第一等,合乎哲学家标准的诗人也属第一等。他把艺术和模仿诗人看得很低,固然和希腊的艺术家当时在社会上的低贱地位有关,但也说明在他的心目中艺术不是自然的照相,更不等于自然。照抄现实的作品,没有揭示"理式"即事物本质的作品,无创造性、和美无联系的作品,并不是真正的艺术。艺术应追求事物的本质真实,要向人们提供真理,从这个角度看,柏氏的这个观点还是有道理的。

柏拉图批判模仿和模仿诗的第二大罪状是,这类艺术伤风败俗,会破坏"心灵的城邦"。他认为模仿诗产生的快感对人是有害的。人性中有理智,也有情欲,前者是理性部分,后者是无理性部分,两者时常冲突,但情欲应受理智的节制。对模仿来说,无理性部分最易模仿,理性部分不易模仿。这是因为模仿的对象不是真理(理式),模仿所依据的心理作用不是理智。模仿诗人为了讨好群众,博取名利,就常利用人性的弱点,着重容易激动的情感和容易变动的性格,来迎合人性中的脆弱感情,满足群众的情欲,使之摆脱理智的节制,得到快感,而不愿费心思去模仿人性中理性的部分,帮助理智去节制情欲。他的作品不过是低劣者和低劣者的配合,是离真理、理智很远的低劣者,其作用是种下恶因,"逢迎人性的无理性的部分","培养发育人性中低劣的部分,摧残理性的部分"。这种对心理的坏影响,这种快感在悲剧和喜剧中表现最突出、最严重。柏拉图心目中的理想人要中正、平和、不悲不笑,让一切欲念、快感枯萎,这才能担负起统治、保卫城邦的任务。可是悲、喜剧专门在人心中灌溉、滋养欲念和快感。如悲剧专门滋养观众的"感伤癖"和"哀怜癖",喜剧投合、挑动观众的"诙谐欲念",都不利于培养"理想国"的统治者和保卫者。在柏拉图看来,希腊艺术中的模仿诗只能达到事物的表象,只能触及观众、听众、读者灵魂中的低级因素,远离真、善、美的本体,对这种过于平庸和粗俗的艺术必须予以批判改造。

再谈灵感(主要材料出自《伊安篇》《斐得若篇》)。在否定模仿和模仿诗的同时,柏拉图极力肯定灵感和灵感诗。这是他的艺术论中最有价值的部分,包括了创作中一系列重大理论问题,涉及艺术规律中深层次的问题。"灵感"之说也不是柏拉图的首创。荷马在史诗开章之首呼告诗神缪斯,酒神祭者在如醉如狂的状态中唱出即兴诗,品达谓灵感得之于天赋,德谟克利特指出:"没有心灵的火焰,没有一种疯狂式的灵感,就不能成为大诗人。"柏拉图据理式论集其大成并加以发展,提出了系统的"灵感说":神启——迷狂。他认为,诗人的本领不是凭技艺而是凭灵感,而灵感来自神力,诗人靠神的启示才具有创作能力并进入创作过程:"诗人制作都是凭神力而不是凭技艺","都是受到灵感的神的代言人"。"诗人们是神圣之种,凭诗神和美神的帮助,他们往往在其诗歌中能达到真理"。这里的神,就是柏拉图的最高理念,是真善美统一的最高理念、最高理想。他还认为,灵感指"诗神凭附时的迷狂心理","诗人是一种轻飘的长着羽翼的神明的东西,不得到灵感,不失去平常理智而陷入迷狂,就没有能力创造,就不能做诗"。这显然夹杂了原始社会的迷信,带有浓厚的宗教色彩,是信仰诗神的产物,是对神话中的古老传说的肯定。"灵感"在古希腊文的原意,指神赐的灵气,或灵气的吸入。在文艺上的原始意义,指创作时一种神性的着魔,即迷狂。柏拉图"灵感说"的核心就是迷狂。他说:"迷狂有两种,一种是由于人的疾病,一种是由于神灵的凭附,因而使我们越出常轨。"寓言的、宗教的、诗歌的、爱情的迷狂属于后一种,"都由天神主宰"。可见诗歌的迷狂不是一些人解释的疯狂,而是"神灵的禀赋",是由神灵感召的一件美事:

> 此外还有第三种迷狂,是由诗神凭附而来的。它凭附到一个温柔贞洁的心灵,感发它,引它到兴高采烈神飞色舞的境界,流露于各种诗歌……若是没有这种诗神的迷狂,无论谁去敲诗歌的门,他和他的作品都永远站在诗歌的门外……

这里所描绘的正是文艺家创作过程中的一种潜意识的非理性的心理状态:诗人感情高涨,全神贯注,进入忘我境界。这时诗人浮想联翩,文思泉涌,获得创造的喜悦,甚至狂喜。这是创作过程中的最佳状态,往往产生好的作品。柏拉图看到文艺创作不是纯理智的逻辑思维,单凭理智不能创造优秀的诗歌,诗的产生有赖于诗人高涨的热情。所谓"迷狂远胜于清醒","神智清醒的诗遇到迷狂之诗就黯然无光",正道出了情感和想象在创作中的重要作用。清醒的诗即模仿诗,迷狂的诗即灵感诗。灵感诗的特点在于它出自人类的本性,是"心灵生殖力"的产物,因而能触及审美主体灵魂中的高级因素,能超越功利,达到真善美的本体。剥去"灵感说"神秘的外壳,我们看到的是柏拉图对艺术本质的深切体验和准确把握。别林斯基这样赞赏柏拉图的灵感迷狂说:"这种质朴地、按照幼稚的古代精神表现出来的关于灵感的看法,就其深刻性来说,是令人惊异的。……他所说的疯狂,指的是那种神妙的激情……这是合理的疯狂神妙的疯狂,它使一个人远远地上升于这个明智的世界之上,与众神并驾齐驱……"①

与写诗靠理智还是靠灵感这个问题相联系,古希腊还存在天才与技艺之争。古希腊诡辩学派的修辞术还喜欢高谈技艺、规矩,他们不在探求事物的本质上下功夫,而专门制定一些琐碎的规矩,以为只要学得了这套"秘方",就会写出好文章。有的修辞家苦心搞出一套"诗的艺术"(即诗的"技巧"),作为写诗的"秘诀"教人。柏拉图鄙视生产劳动,包括与生产劳动相联系的技艺活动,鄙视诡辩学派所谈的技艺、规矩,而提倡灵感、天才,并把天才同神助相联系。他说,作家若想成为出色的修辞家,必须有三个条件,"第一是生来就有语文的天才"。他认为,有艺术天才的诗人的作品,往往比只凭技巧的诗匠的作品更好。这是有道理的。匠人的作品合乎技艺的规矩,但没有创造性和才气。这是因为具有审美特质的文艺作品不仅仅是某些可以传授的技巧的产物,它不可能仅仅通过遵循某些已知的技艺、规矩就能创造出来,还需要艺术创造的才能。马克思主义并不否认天才,因为人类创造性的活动都是需要天才的。柏拉图凭经验和直觉看到了天才的重要性,并且主张诗人的天赋才能要和知识、练习结合起来,认为只有学习哲学、自然科学和近代所谓"心理学",才能"穷究心物的本质"。这些见解都是有价值的。但他把天才完全解释成天赋甚至神助,那是唯心的。他完全否定技艺修养,也走了极端。

柏拉图区分灵感与模仿、灵感诗与模仿诗的理论观点,长期以来并未引起研究者的重视,不少论者只着眼于"灵感说"本身,局限于创作论,而没从二者的对比中,从艺术本质论去理解、把握、阐释柏拉图。其实,柏拉图轻模仿重灵感,否定模仿诗赞美灵感诗,意在以理式论为哲学基础去探讨艺术,把诗从传统的"艺术"中独立出来,揭示其非功利的、创造的、与美相联系的本质。如果说理式论标志着人类认识的一个飞跃,那么在理式论的基础上

---

① 《别林斯基选集》第 2 卷,时代出版社 1953 年版,第 474 页。

从灵感与模仿的对比中揭示出艺术的本质,则可以说标志着古希腊进入了文学自觉的时代。

二 艺术的审美特性:魔力与浸润心灵

柏拉图对"诗的魔力"有敏锐的感受,在《理想国》里反复谈到它,承认"能引起快感"。即使是对那些"违背真理",要赶出"理想国"的诗,他"也很感觉到她的魔力"。他说,这种快感不是生理上的,与搔痒所产生的那种快感、嗅觉的快感毫不相同。它同美联系在一起,形式美产生的快感是不夹杂痛感的,内容美引起的快感与痛感混合在一起,能给人精神上的愉悦,是一种审美快感。如果从作品中去掉产生快感的因素,它就不美了,像是"青春的芳艳已经枯萎了"的花,对读者没有"迷惑力"。对于艺术的感染作用,柏拉图做了生动的描述:神把灵感输送给诗人,诗人又把灵感传给无数听众、读者,正像磁石吸铁一样。"磁石不仅能吸引铁环本身,而且把吸引力传给那些铁环,使它们也像磁石一样,能吸引其它铁环,有时你看到许多个铁环互相吸引着,挂成一条长锁链,这些全从一块磁石得到悬在一起的力量。诗神就像这块磁石,得到这灵感的人们又把它传递给旁人,让旁人接上他们,悬成一条锁链。"(《伊安篇》)这十分形象地道出了文艺的吸引力、感染力,也就是我们常说的文艺的美感作用。它的"魔力"相当厉害,如伊安朗诵荷马史诗,当他"朗诵哀怜事迹时,就满眼是泪;在朗诵恐怖事迹时,就毛骨悚然"。这就在一定程度上揭示了审美快感的特殊性质:审美主要是一种情感体验,是对审美对象的直接感受,整个心灵呈现为某种特定的情感状态。当然,柏拉图完全排斥了理性在审美中的作用是错误的。这种审美特性和理式论也分不开。在他看来,审美就是对美的理式("美本身")的"凝神观照",审美快感就是观照到美的理式时心灵上产生的一种"欢喜"。所以这种快感不是肉体的,而是精神的、圣神的、形而上的。审美活动与一般的认识活动不同,艺术的感染作用也不同于伦理教育作用,柏拉图用"引人入胜"概括它的特点,即具有由情感体验所带来的生动性、丰富性和愉悦性。

柏拉图不但发现了艺术特有的美感作用,而且明确提出美感作用的对象是人的心灵,文艺作品对人的灵魂能产生潜移默化的影响。诗的真正和最终目的在于影响和塑造人的灵魂,从而使世界走向完美。他很重视音乐(包括文学在内),认为音乐的节奏与乐调"有最强烈的力量浸入心灵的最深处,如果教育的方式适合,它们就会拿美来浸润心灵,使它也就因而美化;

如果没有这种适合的教育,心灵也就因而丑化。……受过这种良好的音乐教育的人可以很敏捷地看出一件艺术作品和自然界事物的丑陋,很正确地加以厌恶;但是一看到美的东西,他就会赞赏它们,很快乐地把它们吸收到心灵里,作为滋养,因此自己性格也变得高尚优美"(《理想国》)。"浸润心灵"四个字道出了艺术审美教育的独特功能。他在《法律篇》里还说:"我心目中的教育就是……让快感和友爱以及痛感和仇恨都恰当地植根在儿童的心灵里",达到"心灵的和谐"。这是说,对青少年进行艺术审美教育,可以培养他们正确的审美观念和审美判断力,使他们的思想感情在艺术审美教育中得到升华,灵魂得到净化。正因此,他一方面攻击希腊悲剧,责备诗人专门逢迎人性中低劣的部分即情感,灌溉它、滋养它,断言诗对于读者、听众的心灵是一种毒素,"愈美,就愈不宜讲给要自由、宁死不做奴隶的青年人和成年人听",愈应该排斥。另一方面,他又想了很多办法来发挥艺术陶情冶性的美感作用,比如主张艺术家描绘自然美,认为这能"使我们的青年们像住在风和日暖的地带一样,四周一切都对健康有益,天天耳濡目染于优美的作品。像从一种清幽境界呼吸一阵清风,来呼吸他们的好影响,使他们不知不觉地从小就培养起对于美的爱好,并且培养起融美于心灵的习惯"(《理想国》)。

三 艺术创作的辩证法:有机统一与适应心灵

列宁在具体分析哲学上的唯心主义时说:"聪明的唯心主义比愚蠢的唯物主义更接近唯物主义。"①所谓聪明的唯心主义,指辩证的唯心主义或唯心的辩证法。柏拉图是西方较早出现的比较聪明的唯心主义者,在他的客观唯心主义哲学体系中包含着若干辩证法因素。在古希腊,赫拉克利特提出过矛盾统一的思想:"互相排斥的东西结合在一起,不同的音调造成最美的和谐;一切都是斗争所产生的","艺术也是这样造成和谐的"。② 苏格拉底强调用综合和分析的方法研究现象与规律、感觉与概念的关系,寻求事物的本质真理,即"如其本然地看出一和多",把"纯一"和"杂多"统一起来。柏拉图的唯心辩证法是把概念对立起来的方法。他吸收了赫拉克利特的朴素的辩证思想,发展了"苏格拉底式的辩证法",认为考察任何哲学问题都必须把相反的意见彼此对立起来,所谓"对立面却不能没有对立面",

---

① 《列宁全集》第38卷,人民出版社1986年版,第305页。
② 《古希腊罗马哲学》,商务印书馆1982年版,第19、202页。

要认识真理就只能从某物存在和某物不存在这两个假定出发。比如冷与热、燥与湿是相反相成的,它们如果产生一种恰到适合节度的和谐,就会风调雨顺,没有灾害。他把这种辩证法比作学习中的"主要乐曲",说只有通过它,才"能够正确说明一切真实存在"。所以要"把辩证法摆在一切科学之上,作为一切科学的基石"。① 柏拉图运用唯心辩证法观察、解释文艺创作,提出了一些合乎辩证法的艺术原则。如音乐的和谐是高音低音相反相协造成的,节奏是快慢的相反相融,诗的格律根据长音和短音的配合;思想与文辞、节奏与歌词、有益与快感都是对立的统一;喜剧的存在是因为"没有可笑的事物,严肃的事物就不可理解"。最重要的是艺术结构的有机性和创作与欣赏的辩证关系。

柏拉图主张艺术要靠对立因素的调和,据此,他对作品的艺术结构提出了"有机统一"的原则。《巴曼尼得斯篇》就反复论述过有机统一的思想:一切个别事物都组成一个包括首端、中间和末端的独立存在的实际世界,"是一个具有部分的、完备的整个"。"它既是一又是多,既是整个又是部分","整个和部分必然分有一。因为整个是一个整个,部分是整个的部分"。②这就是说,一与多、部分与整体是对立统一关系,它们互相渗透,互相转化,有机地联结在一起。《斐得若篇》把这一思想运用到写作上,指出:"每篇文章的结构应该像一个有生命的东西,有它所特有的那种身体,有头尾,有中段,有四肢,部分和部分,部分和全体,都要各得其所,完全调和。"还说:"悲剧要把这些要素安排成一个整体,使其中部分与部分以及部分与全体都和谐一致。"柏拉图提出的文章布局的两个法则——"头一个法则是统观全体,把和题目有关的纷纭散乱的事项统摄在一个普遍概念下面","第二个法则是顺自然的关节,把全体剖析成各个部分"——分析和综合,仍是以有机统一为依归的。正是从艺术作品结构的有机性,柏拉图发现了"文章的秘诀:合乎艺术的文章既不能太长,也不能太短,要长短适中"。这些都告诉我们,艺术作品应是有生命的整体,其内部构成诸因素不能随便增减,随便拉长或缩短,否则会破坏整体的内在有机性和外在的完美;而强调有机统一实际上又是同揭示事物的必然性和本质密切相关的。柏拉图在两千多年前就提出文艺创作中的这条重要的美学原则,确实难能可贵。

关于创作与欣赏的关系,柏拉图说,作家应该"尽量按照艺术来写作"。

---

① 《古希腊罗马哲学》,商务印书馆1982年版,第206页。
② 柏拉图:《巴曼尼得斯篇》,陈康译,商务印书馆1982年版,第185—187、282—286页。

怎样才算写得合艺术,怎样又算不合艺术?他运用心理学进行分析,认为这取决于作品能否适应欣赏者心灵的需要。在他看来,文章、作品的类别和心灵、性格的类别之间有一种对应关系:"某类文章适宜于某类心灵,某种原因会使某种文章对于某种心灵必能说服,对于另一种心灵必引起疑心",难以发生影响;每类心灵的性质不同,人的性格也就随人而异,而"艺术适应人的性格",因为"某种性格的人,受到某种性质的文章的影响,由于某种原因,必然引出某种信念。至于另样性格的人就不易被说服,显然其他情况相同"。艺术若投合人的天性、生活方式或习惯,人就会从中得到快感,称赞作品的美,反之就会贬斥作品的丑。艺术的功能既然在"感动心灵","把真善美的东西写到读者心灵里去",那么作家必须知道欣赏者心灵的种类,研究欣赏者心灵的性格,对之做出"精确描绘",看看心灵在哪方面是主动的、发生影响的,对哪种事物发生什么影响;在哪方面是被动的,承受影响的,从哪种事物承受什么影响,然后按照欣赏者心灵、性格的特点和需要来写作,"对象是简单的心灵,文章也就简单,对象是复杂的心灵,文章也就复杂",根据不同的对象,决定哪时应该用简要格、悲剧格、愤怒格等等,哪时不应该用。柏拉图说,这是诗人"应该走的大路"。艺术不但要适应欣赏者的心灵、性格,还应积极地影响、改造人的心灵、性格。所以柏拉图在谈到当时的戏剧、音乐时,严厉地批评那些"为迎合裁判人的低级趣味而写作"的诗人,要求裁判人"不应凭剧场形势来决定"对作品的评价,"他应该敌视一切迎合观众趣味的勾当",不然会"导致诗人的毁灭""戏剧的衰败"。撇开鄙视群众的贵族意识不谈,"适应"不等于"迎合"的观点是可取的。作家研究欣赏者的心灵,既是为了适应,又是为了提高他们。这里包含着创作与欣赏的辩证关系:创作是欣赏的对象,欣赏又影响、推动创作。马克思说:"生产不仅为主体生产对象,而且也为对象生产主体。"①柏拉图虽只是刚刚开始接触到这个问题,对两者的辩证关系认识得过于原始、简单化,但他毕竟是西方第一个提出这个问题的人。

四 艺术的社会功用:有益与规范

柏拉图是根据建立"理想国"的要求来看待文艺的社会功用,认识和改造希腊文艺的。《理想国》卷二、三、十对此做了系统的论述。卷三有一道历史上很有名的逐客令:

---

① 《马克思恩格斯选集》第 2 卷,人民出版社 1972 年版,第 95 页。

如果有一位聪明人有本领模仿任何事物,乔扮任何形状,如果他来到我们的城邦,提议向我们展览他的身子和他的诗,我们要把他当作一位神奇而愉快的人物看待,向他鞠躬敬礼;但是我们也要告诉他:我们的城邦里没有像他这样的一个人,法律也不准许有像他这样的一个人,然后把他涂上香水,戴上毛冠,请他到旁的城邦去。至于我们的城邦哩,我们只要一种诗人和故事作者:没有他那副悦人的本领而态度却比他严肃;他们的作品须对于我们有益;须只模仿好人的言语,并且遵守我们原来替保卫者们设计教育时所定的那些规范。

一要有益于城邦,二要合乎城邦制定的规范。这是柏拉图对文艺社会功用的基本观点。这二者是相联系的:要有益,需合乎规范;只有合乎规范,才能有益。

柏拉图深知文艺潜移默化的影响,很强调文艺的效益和作用。他的"理想国"的教育制度不外两个方面:"对于身体用体育,对于心灵用音乐",而后者更重要。"用故事来形成儿童的心灵,比起用手来形成他们的身体,还要费更多的心血。"他一面要把诗人和诗逐出"理想国",另一方面又准许诗人回来,条件是能"证明她不仅能引起快感,而且对于国家和人生都有效用"。他说:"如果证明了诗不但是愉快的,而且是有用的,我们也就可以得到益处了。"他认为当时的抒情诗、史诗等文艺作品,只有快感而无效用,要是准许它们进入"理想国",后果不堪设想:"你的国家的皇帝就是快感和痛感,而不是法律和古今公认的最好的道理了。"效用者,即对实现"理想国"有无效益和作用。他对史诗、悲剧、喜剧产生的快感深恶痛绝,也只是因为这种快感破坏了人们"心灵的和谐",毁坏了人们"心灵中的城邦",从而破坏了城邦的正义。他把"效用"放在首位,是要抵制、消除这种快感,压抑正常的人性。当然,柏拉图对文艺并非外行,他深知艺术的力量,但若违背了他说的"真理",则宁可不要这种艺术力量。

柏拉图还从制度上制定了一套文艺法律、文艺规范,把文艺纳入奴隶主贵族"理想国"的政治轨道。这套规范(模式)很具体,写什么、不写什么、歌颂什么、反对什么,用什么样的体裁、语言、节调,都规定得清清楚楚。柏拉图据此对文艺进行大"清洗",逐字逐句审查、删改,毫不留情。比如,从内容上说,写神要遵守"神学的原则",遵守法律和规范。按规范,神是尽善尽美的化身,描写神只能歌颂他的善和美,把他写得完美无缺。用这去检查荷马和悲剧家的作品,柏拉图给他们戴上了"大不敬、不真实、不合宜"的帽子。他主张把描写神的弱点的内容从作品中"一律勾销",因为青年人看了、听了就会觉得既然神和英雄都有这些弱点,那么自己也有这些弱点就是应该的了。这对保卫城邦和培养城邦的保卫者是不利的。从形式上说,柏拉图认为文学形式有单纯叙述、模仿叙述和混合体三种,他反对戏剧形式,认为模仿不是保卫者的事,因为"模仿这玩艺如果从小开始,一直继续下去,就会变成习惯,成为第二天性,影响到身体、声音和心理方面"。对音乐的形式,他甚至规定乐调只能保留勇猛的和温和的两种,排斥悲哀的、文弱的乐调,节奏要简单,复杂的不要。

在柏拉图的眼里,这种合乎城邦的规范,对城邦有效用的艺术,是非常优美、非常高尚的。它能充实奴隶主贵族的闲暇,合乎奴隶主贵族的精神需求,体现奴隶主贵族的政治理想和道德理想。其晚年的《法律篇》里的一段话,集中表现了他对这一具有强烈排他性的理想艺术的执着追求:

> 高贵的异邦人,我们按照我们的能力也是些悲剧诗人,我们也创作了一部顶优美、顶高尚的悲剧。我们的城邦不是别的,它就模仿了最优美最高尚的生活,这就是我们所理解的真正的悲剧。你们是诗人,我们也是诗人,是你们的同调者,也是你们的敌手。最高尚的剧本只有凭真正的法律才能达到完善,我们的希望是这样。所以你们不要设想我们会突然允许你们在市场搭起舞台,介绍你们这批演员的美妙的声音,把我们自己的声音掩盖住,让你们向我们的妇女们、儿童们以及一般平民来谈论我们的制度,用的不是我们的语言,甚至是和我们的语言相反的语言。一个城邦如果还没有由长官判定你们的诗是否宜于朗诵或公布,就给你们允许证,他就是发了疯。所以先请你们这些较柔和的诗神的子孙们把你们的诗歌交给我们的长官看看,请他们拿它们和我们自己的诗歌比一比,如果它们和我们的一样或是还更好,我们就给你们一个合唱队;否则就不能允许你们来表演。

柏拉图把他理想的艺术紧紧捆绑在"理想国"的政治车轮上,暴露了其艺术观狭隘、保守、落后的一面。这与他对艺术本质、艺术规律的认识是相矛盾的。实践证明,凡是既用宽阔的艺术眼光又用狭隘的政治眼光来看待艺术、要求艺术的人,都难以逃脱这种政治与艺术的永恒矛盾。柏拉图是西方美学史上陷入这个矛盾的第一人。

第五节 柏拉图文艺思想对后世的影响

鲍桑葵曾评价说:"在柏拉图那里,我们既可以看到完整的希腊艺术理论体系,同时又可以看到一些使它破产的概念。"这话有一定的道理。正因此,柏拉图的美学、文艺思想对后世的影响是深远而复杂的。

古罗马时期,朗吉弩斯受"迷狂说"的启示,在《论崇高》里专门提出了情感的重要性,要求作家把磅礴的热情灌注到作品中,使作品产生强烈的效果,"像剑一样突然脱鞘而出,像闪电一样把所碰到的一切劈得粉碎",这才能感动读者,让他们"狂喜"。

古代与中世纪之交,普洛丁把柏拉图美学思想与埃及的宗教哲学结合起来,建立了具有浓厚神秘主义色彩的新柏拉图主义。在中世纪,"经院派"学者又把新柏拉图主义附会到基督教的神学上去,使柏拉图的美学、文艺思想统治了大部分中世纪。如普洛丁依据柏拉图物的"分享说"提出神的"放射说",认为上帝("太一")是真善美的统一体,是一切美的根源,一切物体美不在物质本身而在物体分享到神所"放射"的理式,艺术美也不在物质而在艺术家的心灵所赋予的理式。他还杂糅"灵感迷狂说"和东方宗教的一些观念,宣扬文艺活动为一种神秘力量所支配的反理性主义。

文艺复兴时代,在意大利、法、英等国盛行研究柏拉图的风气,不少著名的人文主义者都是柏拉图的信徒,或没有完全摆脱柏拉图和新柏拉图派的影响。他们走不出"理式说"的樊笼而接受了"绝对美"的概念,甚至因此混淆了柏拉图的"理式"和亚里士多德的"普遍性",把亚里士多德说的诗的"普遍性"误解为"绝对美"。他们模糊了美与善、文艺与伦理的界限,用狭隘的道德观点评价文艺,提出"诗学即神学"的口号,这也是源于柏拉图和新柏拉图派的美即善,上帝(最高理式)是美与善的最后根源的观点。

启蒙运动和浪漫运动时期,柏拉图的影子清晰可见。开创英国研究美学风气的夏夫兹博里,是新柏拉图派的代表人物。新柏拉图主义者温克尔曼,则是德国启蒙运动的先驱。赫尔德、席勒、施莱格尔也在不同程度上是柏拉图主义者或新柏拉图主义者。康德虽然认为美是主观的,不涉及任何欲念和概念,具有合目的形式,但又承认美的最高的范本、鉴赏的原型只是一个概念,必须依照它来评定一切审美对象。这和柏拉图的最高理式说颇为相近。从哲学体系上看,黑格尔的美学、文艺思想与柏拉图较为接近。"美是理念的感性显现"这一重要思想,与"分享说"就大体相同。黑格尔把艺术放在哲学之下,最后让哲学吞并艺术,跟柏拉图轻视感性世界,用哲学代替艺术,否定艺术应有的地位也一脉相承。浪漫运动中十分流行的天才、情感、想象三大口号,更是明显地来源于柏拉图的"灵感迷狂说"。

19世纪以后,柏拉图的幽灵在西方美学和文艺理论中随处游荡。拿

"理式说"来说,叔本华把以意志为主宰的主观唯心主义和柏拉图式的客观唯心主义杂凑在一起,认为一个事物之所以是美的只是由于它是柏拉图式的理式的表现;理式越高级,体现它的个别事物就越美。在他看来,艺术也是"关于理式的知识",是艺术家对于所谓永恒理式的主观认识。至于柏拉图和新柏拉图派反理性的美学、文艺思想,对西方现代美学与文论的影响就更大了。比如"德国狂飙突进时代的天才说,尼采的'酒神精神'说,柏格森的直觉说和艺术的催眠状态说,佛洛依特的艺术起源于下意识说,克罗齐的直觉表现说以及萨特的存在主义,虽然出发点不同,推理的方式也不同,但是在反理性一点上,都和柏拉图是一鼻孔出气的"①。与此同时,柏拉图的美学、文艺思想也影响过像车尔尼雪夫斯基这样的革命民主主义者和像托尔斯泰这样的现实主义大师。托翁在《艺术论》中强调的艺术感染说,就渊源于柏拉图以磁石吸铁比喻文艺具有深远的感染力量的观点。而车尔尼雪夫斯基甚至认为柏拉图的著作比亚里士多德的具有更多"真正伟大的艺术思想"。这都告诉我们,柏拉图的美学、文艺思想对后世的影响是非常复杂的,不能把它简单化。

参考书目:

1. 《柏拉图文艺对话集》,朱光潜译,人民文学出版社1980年版。
2. 吉尔伯特、库恩:《美学史》,第2章,夏乾丰译,上海译文出版社1989年版。
3. 阎国忠:《古希腊罗马美学》,第3章,北京大学出版社1983年版。
4. 蒋孔阳、朱立元主编:《西方美学通史》第1卷,第7章,上海文艺出版社1999年版。
5. 汝信、夏森:《西方美学史论丛·柏拉图的美学思想》,上海人民出版社1963年版。

思考题:

1. 为什么说柏拉图是西方美学和文艺理论的奠基人?
2. 如何认识柏拉图美学与文艺思想对后世影响的复杂性?

---

① 朱光潜:《西方美学史》上卷,人民文学出版社1979年版,第60页。

第二章 亚里士多德和他的《诗学》

第一节 生平、时代和著作

亚里士多德(Aristoteles,前384—前322)出生在斯塔吉拉城,这是希腊北方一个靠近马其顿的城邦。他父亲是马其顿的御医,但在他童年时就去世了。亚里士多德从小就受到很好的教育,对自然科学有浓厚兴趣。17岁那年,他被送到雅典柏拉图学园,在柏拉图门下受教和工作达20年之久。公元前347年柏拉图去世后,他才离开学园,到小亚细亚的爱索斯办学并结婚。公元前343年受聘于马其顿王腓力二世,任王子亚历山大的教师。亚历山大后来成了建立亚历山大帝国的著名霸主。7年后(前335)亚里士多德回到雅典,创办吕克昂学园,广招门徒,专心教育和著述,使学园成为古希腊科学发展的主要中心之一。其间,正驰骋于欧、亚的亚历山大给自己的老师以很大帮助。在学园,他常和学生们在林荫道上边散步边讨论学术问题,故在哲学史上被称为"逍遥学派"。公元前323年,亚历山大客死巴比伦。雅典亲马其顿派被推翻,反马其顿风潮席卷各地,亚里士多德被控有渎圣罪,逃往卡尔西斯,次年去世,享年73岁。

如果说柏拉图是生活在希腊由盛转衰的时期,那么亚里士多德则处在希腊历史的一个大转折点上。伯罗奔尼撒战争后,雅典和斯巴达两败俱伤,北方的马其顿异军突起。公元前338年,马其顿王腓力打败雅典军队,结束了希腊各邦的军事反抗,实际上统治了希腊,于是希腊的古典时代就告终了。从此希腊人丧失了自己的独立,先后成为马其顿、罗马帝国的领地,进入了希腊化时期。亚历山大虽然建立了自己的大帝国,但并无自己独特的文化,只是将希腊文化和东方文化杂糅在一起,所以他设想、实施的一套对亚里士多德并无影响,同样,亚里士多德也影响不了他。比如在政治上,亚历山大把城邦化为市区或行省,而亚里士多德不为这一历史进程所动,仍坚持唯有城邦是生活的中心,社会的本质只有在城邦形式中才能得到真正的确定。他的社会政治观点,既不是马其顿式的军事专制,也不是柏拉图的斯巴达式的理想国,而是希腊中等奴隶主阶级的温和民主制。亚里士多德不像柏拉图有浓厚的参政意识,他关心政治但很少介入政治,他也想为动荡混乱的希腊政局寻求一个使社会稳定下来的药方,但并不急于把药方付诸实践。他关心与倾心的仍然是学术文化。雅典在政治、经济上的衰落,并没有立即导致雅典文明的衰落。当时的雅典依然是希腊青年神往的地方,是"希腊的学校",全希腊的学者汇集于此,学术空气十分活跃。亚里士多德虽与马其顿有特殊的关系,但他长期生活在雅典,受希腊文化的熏陶,是地地道道的希腊人。

亚里士多德著述丰富,几乎触及当时的一切知识部门。马克思称他为"古代最伟大的思想家",恩格斯称他为古希腊哲学家中"最博学的人"。这些颇多建树、影响千百年的著作,是那个时代文化发展的必然结果,也是他批判继承柏拉图的产物。他对自己的老师实际上是批判多于继承。"吾爱吾师,吾更爱真理"就是他的名言。他的主要著作有:《工具论》(逻辑学)、《物理学》《形而上学》《论灵魂》《政治学》《伦理学》《诗学》。这些著作对之前的希腊哲学和科学的发展做了总结,并提出他自己的看法。亚里士多德是欧洲思想史上第一个创立这些学科系统的人。

第二节 《诗学》的方法论和一般艺术原理

亚里士多德是逻辑学的创始人、古典形式逻辑的奠基者,写成了欧洲第一部逻辑学著作《工具论》。他从形式逻辑角度研究了概念、判断、推理及其思维规律,还触及了辩证逻辑问题。恩格斯说他是"古代世界的黑格尔"。正因为亚里士多德是自然科学家和逻辑学家,所以他很重视科学研究中的方法论。他抛弃了柏拉图等人运用的直观的甚至神秘的哲学思辨,对客观世界进行冷静的客观的科学分析。方法论的转变,使他成为古代希腊第一个用科学的观点、方法研究美学、文艺问题的人。《诗学》的方法论有两个特点:一是严谨的逻辑推理。他先确定诗是研究的对象,比较它和其他艺术的异同,求出其特点,接着把诗由类到种地进行分类,分析各种诗的成分和各成分的性质,然后找出规律;二是自然科学方法和社会科学方法结合。早期的希腊哲学家们是用自然科学的观点、方法去观察、解释美学和文艺问题。到了苏格拉底、柏拉图,则用社会科学的观点和方法研究文艺,把眼光从自然转向人。亚里士多德把两者结合起来,达到了更高的发展。如生物学的有机整体概念和情节的有机统一性,心理学、伦理学和悲剧的模仿对象,病理心理学和"陶冶说",历史学和诗的起源,等等。两种方法的结合,使亚里士多德的文艺见解更富于科学性。

《诗学》是西方第一部从理论内容到理论形态都比较完整的美学、文论专著,深刻体现了亚里士多德的方法论。全书现存26章,可分为五个部分:

1. 序论,包括1—5章,阐述艺术分类的原则。
2. 悲剧论,包括6—22章。
3. 史诗论,包括23—24章。
4. 批评论,即第25章。
5. 史诗与悲剧之比较,即第26章。

在希腊艺术的鼎盛时期,神话、史诗、悲剧、喜剧、诗歌、音乐是希腊教育的主要教材,诗人是公认的"教育家""第一批哲人",艺术和诗人的地位是很高的。但是,当时希腊人还没有把艺术和手艺、技艺区别开来,视艺术家为地位卑微的"匠人"或"手艺人"。朱光潜先生说:"这个历史事实说明了希腊人离艺术起源时代不远,还见出所谓'美的艺术'和'应用艺术'或手工艺的密切关系。"[①]处在希腊文艺高峰刚刚过去的时代,面对如此丰富的文艺遗产和文艺在公民社会生活中的重要地位,柏拉图区分了灵感与模仿、灵感诗与模仿诗,拼命把诗从"艺术"中拉出来,使诗获得独立。但他还没有从理论上揭示艺术的相对独立性,恢复诗人应有的地位。而不从理论上揭示艺术的特点,就不能认识和掌握艺术独特的本质和功能,不可能概括出一般的艺术原理。亚里士多德在总结希腊文艺经验的基础上,把柏拉图的艺术理论向前推进了一步。他在《形而上学》里根据人类活动的特点,首先把科学划分为"理论科学""实践科学""创造科学",艺术属第三类,其特点是创造。接着,他在《诗学》第一章又把"美的艺术"从一般艺术中划分出来,谓之"模仿的艺术",其特点是模仿,而不是形式的因素。他认为,诗人之所以为诗人,只是因为他是模仿者,而不是因为他是某种格律的使用者。针对只从形式着眼去看艺术的错误倾向,他指出:

> 即便是医学或自然哲学的论著,如果用"韵文"写的,习惯也称这种论著的作者为"诗人",但是荷马与恩拍多克利除所用格律之外,并无共同之处,称前者为"诗人"是合适的,至于后者,与其称为"诗人",

---

① 朱光潜:《西方美学史》上卷,人民文学出版社1979年版,第47页。

毋宁称为"自然哲学家"。

这就严格区分了艺术和哲学、诗人和哲学家,为艺术和诗人争得了独立的地位。不仅如此,亚里士多德还具体规定了模仿的对象。他在论证了诗描述有普遍性的事之后说:"与其说诗的创作者是'韵文'的创作者,毋宁说是情节的创作者;因为他所以成为诗的创作者,是因为他能模仿,而他所模仿的就是行动。"(第九章)这就是说,艺术模仿的对象是"行动中的人",是完整的、活生生的人生。对艺术内容的这种规定,从本质上揭示了艺术的特征,也从更深的层次上指出了艺术和哲学的区别。

揭示"美的艺术"的本质特征,既是古希腊文艺发展对理论本身提出的要求,又为亚里士多德回答柏拉图对(模仿)诗的攻击提供了一个立足点。《诗学》正是以此为立足点,以艺术的本质和功用为中心,论述了艺术的根本原理。

一 艺术与现实的关系

柏拉图以理式论为哲学基础,从否定现实世界的真实性来否定文艺的真实性。亚里士多德针锋相对,认为柏拉图的理式论"只不过是使用空虚的语言和诗意的比喻而已",除了使问题更复杂,根本不能用来解释世界。他提出一系列的论证,说明"理式"是子虚乌有的东西。他说,在寻求把握我们周围事物的原因时,引进另外一些与这些事物数目相等的"理式","有如一个人想要计算事物,却认为事物太少就不能计算,于是把事物的数目扩大,然后才来计算一样"。他还说,"理式"说明不了客观世界可感觉的万物的变化,因为它"既不能在可感觉的东西里面引起运动,又不能引起任何变化",它"绝不能帮助人们认识其他的事物……也不能对事物的存在有所帮助"。最有原则意义的是下面一段话:

> 再者,说实体和那些以之为实体的东西会彼此独立,似乎也是不可能的;那么,"理念"既然是事物的实体,如何能够独立存在呢?在《斐多》篇里面关于这一点是这样说的——"形式"乃是存在和生成两者的原因;但是,当"形式"存在时,那些"分有"它们的东西还是未产生出来的,除非有某个东西来开始这种运动;而许多东西却产生出来了(例如一座房子或一个戒指),这些东西我们认为是没有自己的"形式"的。因此很显然,就是其他的东西也都能由于那些产生上述东西的同样原

因而存在和产生出来。①

理式论的根本错误,在于它割裂了一般概念与个别事物的关系,把"理式"看成是在具体事物以外独立存在的东西。亚里士多德正确指出,一般只能存在于个别之中,普遍概念不能离开具体事物而存在。他说:"当然不能设想:在看得见的房屋之外还存在着一般的房屋。"列宁对此作了肯定的评价:"亚里士多德对柏拉图的'理念'的批判,是对唯心主义,即一般唯心主义的批判",是对唯心主义基础的破坏。② 因为一切唯心论哲学的共同特征,就是割裂一般与个别的关系。亚里士多德对理式论的批判是机智的、击中要害的,但也是不彻底的。他并没真正搞清一般和个别的辩证关系,既要坚持普遍性的原则,又摆脱不了直观性,最后陷入"稚气的混乱状态"(列宁)。而且他在当时也不可能看到理式论在人类认识发展过程中的意义和价值,把其中的"合理内核"也丢掉了。

亚里士多德在批判柏拉图"理式论"及其模仿说的基础上提出了自己的模仿说。《诗学》开宗明义:"史诗和悲剧、喜剧和酒神颂以及大部分双管箫乐和竖琴乐——这一切实际上是模仿,只是有三点差别,即模仿所用的媒介不同,所取的对象不同,所采的方式不同。""模仿"是《诗学》的中心概念和出发点,是亚里士多德艺术理论的基础。亚里士多德不仅仅是恢复了古希腊的传统看法,认为现实世界是真实的,因之模仿现实世界的文艺也是真实的,他的模仿说比后者要深刻得多。在他看来,宇宙间每一个别事物都是物质与形式的统一,而物质是潜能,形式是实现,从潜能变成实现是万物的创造行为。因此模仿不是抄袭事物的外形,而是一种创造性的活动。这在《伦理学》里有十分清楚的阐述:

> 艺术就是创造能力的一种状况,其中包括真正推理的过程。一切艺术的任务都在生产,这就是设法筹划怎样使一种可存在也可不存在的东西变为存在的,这东西的来源在于创造者而不在所创造的对象本身;因为艺术所管的既不是按照必然的道理既已存在的东西,也不是按照自然终须存在的东西——因为这两类东西在它们本身里就具有它们所以要存在的来源。创造和行动是两回事,艺术必然是创造而不是行动。③

---

① 《古希腊罗马哲学》,商务印书馆1982年版,第284、287—288页。
② 列宁:《哲学笔记》,人民出版社1956年版,第288页。
③ 朱光潜:《西方美学史》上卷,人民文学出版社1979年版,第70页。

不管这个看法有多少唯心主义、形而上学的东西，把艺术和创造者（艺术家）联系起来，认定艺术是创造，这是很有见地的。

那么艺术的创造性表现在什么地方呢？或者说亚里士多德的模仿说的深刻性表现在哪里呢？

第一，突破了"艺术模仿自然"的朴素唯物主义观点，提出艺术模仿的是"行动中的人"，实际上是以现实的人生为艺术模仿的对象，把传统的模仿说提到了现实主义的高度。

奴隶制经济和政治的发展，推动和改变着人们的认识。把眼光从自然转向人生（社会），是古希腊哲学社会观点和艺术观点的一个重大转变。公元前5世纪至公元前4世纪，出现了一批被称为"智者"的哲学家，他们中的一部分人，政治上具有民主派的倾向，对于自然界的看法倾向唯物论。但他们不像以前的唯物主义哲学家那样注意自然界，他们注意的中心已转向社会理论和人的认识方面。如普罗泰戈拉说，"至于神，我既不知道他们是否存在，也不知道他们像什么东西"，而"人是万物的尺度，是存在的事物存在的尺度，也是不存在的事物不存在的尺度"。① 不过他们对社会和人的认识往往带有主观唯心主义倾向。这个转变表现在艺术理论上，是从柏拉图开始，而由亚里士多德完成的。车尔尼雪夫斯基正确指出："无论柏拉图或亚里士多德，都认为艺术的尤其是诗的真正内容完全不是自然，而是人生。……亚里士多德的《诗学》没有一个字提及自然；他说人、人的行为、人的遭遇就是诗所模仿的对象。"②但车尔尼雪夫斯基忽略了很重要的一点，即亚里士多德同主张客观唯心论的柏拉图之间的根本差异。当亚里士多德说"模仿者所模仿的对象是在行动中的人"时，他是根据一般不能离开个别这一命题，以当时已存在的文艺作品为实际材料，去探寻艺术规律的。因而易于避免唯心主义的空想，做出较符合实际的结论，充实了、深化了传统模仿说的内容。以人生为模仿对象，这既是对光辉灿烂的古希腊文艺的一个总结，也是艺术走向自觉时代在理论上的一个具体表现，给模仿说注入了现实主义的生命。

第二，模仿的本质在于通过个别表现一般，通过特殊表现普遍，它不仅反映现实世界的个别表面现象，而且揭示生活的内在本质和规律，因而艺术比普通的生活更高、更真实、更美。这里包含着我们今天所说的典型性的最

---

① 《古希腊罗马哲学》，商务印书馆1982年版，第138页。
② 车尔尼雪夫斯基：《美学论文选》，缪灵珠译，人民文学出版社1957年版，第144页。

精微的意义,是贯穿《诗学》的一条红线,是亚里士多德艺术理论中最有价值的部分,在西方文艺理论史上最早为典型说奠定了基础。

亚里士多德很重视解释世界,探求事物形成、运动、变化和灭亡的原因。他认为,宇宙万物的成因有四种:质料(物质)因、形式因、动力因、目的因,而最根本的是物质和形式,动力因和目的因都可以概括进形式因。于是"四因论"约而为"二因论"。这个理论既承认物质的客观存在,又将物质及其形式割裂开来,认为"形式"(实际上是柏拉图说的"理式")高于物质,从唯物主义始,以唯心主义终。根据"二因论",每一个别事物都是形式与物质的结合,普遍相与特殊体的辩证统一,从特殊体可以看到普遍相。亚里士多德把这个原理运用到艺术上,认为艺术的本质就在于通过特殊体表现普遍相,达到真实性。他曾把诗和历史做了美学史上很有名的一个比较:

> 诗人的职责不在于描述已发生的事,而在于描述可能发生的事,即按照可然律或必然律可能发生的事。历史家与诗人的差别不在于一用散文,一用"韵文";希罗多德的著作可以改写为"韵文",但仍是一种历史,有没有韵律都是一样;两者的差别在于一叙述已发生的事,一描述可能发生的事。因此,写诗这种活动比写历史更富于哲学意味,更被严肃地对待;因为诗所描述的事带有普遍性,历史则叙述个别的事。所谓"有普遍性的事",指某一种人,按照可然律或必然律,会说的话,会行的事,诗要首先追求这目的,然后才给人物起名字;至于"个别的事",则是指亚尔西巴德所作的事或所遭遇的事。(第九章)

历史叙述已发生的事,其中不少是偶然的,彼此间缺乏内在联系,不合乎可然律或必然律;诗描述可能发生的事,它们的前后承续合乎可然律或必然律。本来历史著作也要揭示历史发展的客观规律,但在古希腊时大多还局限于编年纪事,不能体现出历史的必然性。亚里士多德对历史的认识也受到这个局限,但他把诗和历史比较的用意仍是深刻的:诗所模仿的是现实世界的本质和规律,而不是偶然的现象;诗不能离开具体事物来叙述一般,而要通过特殊的、个别的人物事迹来显露其中隐藏着的必然性与普遍性。他还认为,要做到这一点,必须打破专门采用传统故事作为悲剧题材的框框,允许诗人运用虚构进行艺术创造,使个别能鲜明、集中、生动地显示一般。他说:

> 在悲剧中,诗人们却坚持采用历史人名……但有些悲剧却只有一两个是熟悉的人物,其余都是虚构的;有些悲剧甚至没有一个熟悉的人

物,例如阿伽同的《安透斯》,其中的事件与人物都是虚构的,可是仍然使人喜爱。因此不必专采用那些作为悲剧题材的传统故事。那样作是可笑的。(第九章)

这告诉我们,悲剧不必拘泥于只写已发生的事,那不一定都符合可然律和必然律;悲剧中的事件与人物完全可以虚构,只要符合可然律和必然律,这种虚构仍会得到观众的喜爱,因为符合可然律和必然律虚构的个别人物和事件,更能充分反映出现实世界的普遍性和必然性,更能调动观众艺术欣赏的积极性和创造性。允许虚构,给诗人的艺术创造打开了广阔的天地,提供了充分的自由;但自由又不是无限制地想入非非,而须符合可然律或必然律。艺术的创造性,寓于自由与必然的辩证统一之中,这完全符合艺术的特点和规律。亚里士多德推崇索福克勒斯,主张"按照人应当有的样子来描写"(第二十五章),要诗人向优秀的肖像画家学习,"画出一个人的特殊面貌,求其相似而又比原来的人更美"(第十五章),也都反映出他对这个艺术规律的认识。不过,由于亚里士多德在一般与个别的辩证法上"陷入毫无办法的困窘的混乱状态"①,他并没有具体解决典型与个别的辩证关系问题。在典型理论的某些重大问题上,亚里士多德的论述也带有明显的局限性。

对于模仿的本质,亚里士多德下述见解是卓越而又带有总结性的:"写诗这种活动比写历史更富于哲学意味,更被严肃地对待。"这里也包含着对柏拉图反理性的批判。如何理解诗的哲学意味?亚里士多德既严格区别诗与哲学、诗人与哲学家,重视诗的特征,又看到在揭示事物的本质和规律上,诗应该达到哲学的高度,诗人应该有哲学家的眼光和头脑。他所说的诗的哲学意味,同他的哲学观点分不开。一是"潜能"与"现实",他认为现实世界永远处在变动之中,已存在的现实可以消亡,未存在的潜能可变为现实,而潜能实现为现实的过程,就是运动与创造的过程。诗描述可能的事,就是描述尚未现实存在但将要存在和生长的事物,描述运动和创造中的世界。二是必然与偶然。他认为现实世界是遵循一定的因果关系运动的,因果关系除必然外还有偶然、可然。诗描述可能的事,就是按可然律和必然律去描述,反映出事物的客观规律;这反映可采取必然的形式,也可采取偶然、可然的形式,因而引人入胜,生意盎然,不同于哲学讲义。

---

① 《列宁全集》第38卷,人民出版社1986年版,第416页。

二 艺术的社会作用

柏拉图认为,诗人专门挑动人的情欲,滋养观众、听众的快感——"感伤癖"和"哀怜癖",而情感只不过是人性中卑劣的、无理性的部分,是应该用理智加以压抑、节制的,否则就会破坏城邦的"正义",危害奴隶主贵族的利益。亚里士多德从自己的伦理思想出发,回答了柏拉图的指责,为诗和诗人进行辩护。他丰富和发展了赫拉克利特的伦理观点,认为情感、欲望是人性中固有的,是人的特殊本质即人的功能的表现,有权利要求得到满足;但人的功能还表现为能过有理性的生活,所以人们在追求快乐和幸福的生活时,情感一定要以理性为指导。《诗学》第十三章指出,正是由于理性的指导,才使观众怜悯某些人物,发生恐惧之情,或不怜悯某些人物,不发生恐惧之情。从而驳斥了柏拉图的所谓"哀怜癖""感伤癖"不受理性控制的观点,为情感做了有力的辩护。总之,理性是神圣的,是人性中最好的部分,情感对人也是有益的,如悲剧就能陶冶人的情感。一个有理性的人必须使理性和情感保持正当的关系,促进人格全面和谐的发展。

亚里士多德还进一步探讨艺术的起源,从文艺的心理基础方面,论证了文艺的社会作用。他说:

> 一般说来,诗的起源仿佛有两个原因,都是出于人的天性。人从孩提的时候起就有模仿的本能(人和禽兽的分别之一,就在于人最善于模仿,他们最初的知识就是从模仿得来的),人对于模仿的作品总是感到快感。经验证明了一点:事物本身看上去尽管引起痛感,但惟妙惟肖的图像看上去却能引起我们的快感,例如尸首或最可鄙的动物形象。(其原因也是由于求知不仅对哲学家是最快乐的事,对一般人亦然,只是一般人求知的能力比较薄弱罢了。我们看见那些图像所以感到快感,就因为我们一面在看,一面在求知,断定每一事物是某一事物,比方说,"这就是那个事物"。假如我们从来没有见过所模仿的对象,那么我们的快感就不是由于模仿的作品,而是由于技巧或着色或类似的原因。)模仿出于我们的天性,而音调感和节奏感(至于"韵文"则显然是节奏的段落)也是出于我们的天性,起初那些天生最富于这种资质的人,使它一步步发展,后来就由临时口占而作出了诗歌。(第四章)

把模仿(有在意识中再现对象的意思)和音调感、节奏感(人的审美感受能力)看作是人的天赋本能,认为艺术起源同人的意识产生有联系,艺术产生过程离不开人的美感能力的作用,这在客观上揭示了艺术起源的主体条件,具有肯定人的本质力量的意义。这是当时人取代自然而成为学术文化的主要对象这一进步社会思潮的反映。用人的天性解释艺术起源,既是对艺术的赞美,为诗的生存和发展争取了合法的地位,又是对柏拉图"神启""神授"的艺术的神秘主义和贵族主义观点的批判。

对诗的起源的论述,包含着亚里士多德对艺术的社会功能的清醒认识,这是其主要价值所在。首先,他非常重视艺术的认识作用。本来,他批判理式论时,已指出现实世界是真实的存在,因此模仿现实世界的文艺也是真实的,具有认识价值。这里,他把模仿和认识联系起来,认为人的最初的知识就是从模仿得来的,艺术之所以使人产生快感,就因为人一面在欣赏,一面在求知,它也确实为人提供了真实的知识,能引导人认识生活。这是由于诗模仿的是可能发生的事,通过个别揭示事物的内在本质和规律。正如《形而上学》里说的:

> 艺术家比只有经验的人较明智……因为艺术家知道原因而只有经验的人不知道原因。只有经验的人对于事物只知其然,而艺术家对于事物则知其所以然。①

亚里士多德不仅指出艺术能认识真理,而且指出艺术的真实不同于其他科学的真实:"衡量诗和衡量政治正确与否,标准不一样;衡量诗和衡量其他艺术正确与否,标准也不一样。"(第二十五章)前面拿诗和历史相比,是强调诗的真实性的本质,这里拿诗和社会道德、技艺相比,是要强调诗的真实性的特点。他认为,诗的真实一要反映必然和普遍性,服从诗所要达到的目的——引起怜悯与恐惧之情;二要"惊人",即有强烈的艺术感染力,服从诗人的美学理想。不能用社会道德的真和一般技艺的真去要求、苛责诗人。亚里士多德把作品中的不真实、错误分为两种:艺术本身的和偶然的。但不管出现何种不真实之处,只要合乎上述两个要求,就不必太追究,都可以为之进行辩护。他说:"如果诗人写的是不可能发生的事,他固然犯了错误;但是,如果他这样写,达到了艺术的目的……能使这一部分诗或另一部分诗更为惊人,那么这个错误是有理由可辩护的。""如果有人指责诗人所描写的事物不符实际,也许他可以这样反驳:'这些事物是按照它们应当有的样子描写的。'"(第二十五章)显然,这都是为了强调诗的特有的认识作用。

---

① 转引自朱光潜:《西方美学史》上卷,人民文学出版社 1979 年版,第 74 页。

其次，亚里士多德还很注重诗的审美价值。在他看来，快感不只由模仿引起，还"由于技巧或着色或类似的原因"，包括"音调感和节奏感"、布景等。形式和技巧本身都可以表现出美，给人以美的享受。《诗学》通过对史诗、悲剧的具体分析，反复阐述艺术性的重要，要求诗人注重艺术效果，遵循形式美和艺术性的客观法则，对一些缺乏艺术性的写法提出了批评。比如，一出剧的布局要做到"结构完美"，就不能"随便起讫"，而要遵循一定的方式。又如，诗人运用格律也不能随心所欲，必须根据内容的需要来选择。

为进一步揭示艺术的审美价值，亚里士多德把生物学上的有机整体观念引入诗学，认为美是体积大小和各组成部分之间的有机整体。第七章说："一个美的事物——一个活东西或一个由某些部分组成之物——不但它的各部分应有一定的安排，而且它的体积也应有一定的大小；因为美要倚靠体积与安排，一个非常小的活东西不能美，因为我们的观察处于不可感知的时间内，以致模糊不清；一个非常大的活东西，例如一个一万里长的活东西，也不能美，因为不能一览而尽，看不出它的整一性。"如果孤立地看这段话，除"把美看作客观事物存在的一种方式"的观点，与柏拉图用理式论解释美截然不同外，其有机整体思想只不过是对柏拉图观点的承袭。但是从整体看，亚里士多德的创造在于把有机统一同必然律联系起来，使之具有深刻的美学意义。他指出：

> 悲剧是对于一个完整而有一定长度的行为的模仿……所谓"完整"，指事之有头，有身，有尾。所谓"头"，指事之不必然上承他事，但自然引起他事发生者；所谓"尾"，恰与此相反，指事之按照必然律或常规自然的上承某事者，但无他事继其后；所谓"身"，指事之承前启后者。所以结构完美的布局不能随便起讫，而必须遵照此处所说的方法。（第七章）

> 史诗的情节也应像悲剧的情节那样按照戏剧的原则安排，环绕着一个整一的行动，有头，有身，有尾，这样它才能像一个完整的活东西，给我们一种它特别能给的快感……（第二十三章）

这里说的"自然发生""戏剧原则"，指事情按或然律或必然律彼此相继，前事是因，后事是果，后一事须合情合理地从前一事产生。艺术的审美价值不仅表现为事物外表的美，还包含着事物的内在关系——部分和部分、部分和整体之间的关系是有机的，是符合可然律和必然律的。正因此，亚里士多德极力反对在布局中安进一些和前后无必然、或然联系的"插曲",认为那会破坏作品的有机统一;反对有些诗人不去着力创造符合必然律、或然律的完整有机的情节,而只是从五光十色的布景、过于雕琢的辞藻、过火的表演这些外来的帮助中追求艺术效果,认为那是难以产生真正的审美快感的。把必然律和可然律引入形式美,使审美和认识相联系,形式被内容所规定,这是颇为深刻的。

亚里士多德还指出了艺术的道德教育作用。他是一个艺术的功利主义者,常常用自己的伦理观点去看艺术的目的。他认为每一个人的本性是由"为了共同的善"构成的。每一种艺术和科学的研究,同样每一种行动和目标,都可以说是志在求得某种善。《政治学》明确提出艺术的目的是善:"在一切科学和艺术里,其目的都是为了善"——城邦的"正义",中间层奴隶主阶级的"共同利益"。① 在《修辞学》里,他把美定义为一种善:"美是一种善,其所以引起快感,正因为它善。"②这即是说,善是美的构成要素,美归根到底是为了善,有了善,快感才构成美。这观点在《诗学》中有鲜明的反映。亚里士多德说,悲剧作品应当对观众"打动慈悲之心"(满足道德感),"引起怜悯或恐惧之情",使人们的情感得到"陶冶",这才合乎"悲剧的精神"(第十三章)。他还认为,必须从道德上去判断悲剧作品中写的一切是否适当。"在判断一言一行是好是坏的时候,不但要看言行本身是善是恶,而且要看言者、行者为谁,对象为谁,时间系何时,方式属何种,动机是为什么,例如要取得更高的善,或者要避免更坏的恶"(第二十五章)。亚里士多德对善的解释当然是唯心主义的,但他的确看出了艺术和伦理的密切关系,把道德教育作用放在重要地位。

第三节 《诗学》的戏剧观

《诗学》不但深刻论述了艺术的本质和意义,还建立了一套完整的悲剧理论、悲剧规则。而对艺术一般原理的探讨,又是以悲剧为主要研究对象进行的。别林斯基曾说:"戏剧诗是诗的最高发展阶段,是艺术的冠冕,而悲剧又是戏剧诗的最高阶段和冠冕。所以悲剧包含着戏剧诗的全部实质,包

---

① 转引自《哲学研究》,1980 年第 5 期,第 54 页。
② 转引自朱光潜:《西方美学史》上卷,人民文学出版社 1979 年版,第 84 页。

括着它的一切因素。"①因此可以说,亚里士多德的悲剧理论、悲剧规则对一般戏剧和艺术有普遍指导意义。《诗学》是古希腊唯一有系统的戏剧理论、戏剧规则著作,也是欧洲戏剧理论、戏剧规则的奠基之作。《诗学》第六章提出了戏剧史上第一个比较完整的悲剧定义:

> 悲剧是对于一个严肃、完整、有一定长度的行动的模仿;它的媒介是语言,具有各种悦耳之音,分别在剧的各部分使用;模仿方式是借人物的动作来表达,而不是采用叙述法;借引起怜悯与恐惧来使这种情感得到陶冶。

这个著名的定义全面揭示了悲剧的性质和特征,集中表述了亚里士多德的悲剧观、戏剧观,也是对古希腊悲剧创作的较好总结。《诗学》中大大小小的悲剧规则都是以此为依据制订的。柏拉图标举灵感,鄙视技艺(规则),把诗与"艺术"对立,以获得美和艺术的自由;亚里士多德则重视规则,论证诗是"艺术"中的一类,而对灵感不着一字。从这个角度来看,《诗学》就是一部艺术规则学。

一 悲剧的特性——"对行动的模仿"

悲剧是"行动的模仿",这是《诗学》中最重要的一个观点。在古希腊,戏剧作品所以称为 drama,就因为是借人物的动作来模仿,drama 一词源出 dran,含有"动作"的意思。多里斯人据此自称首创悲剧和喜剧。第三章引用了这条词源学上的材料,说明戏剧从一产生就与"行动""动作"密不可分。行动对戏剧具有根本意义,是戏剧基本特征之所在。亚里士多德排列悲剧艺术六大成分,把情节——戏剧行动置于首位,性格占第二位,往后是言词、思想、形象、歌曲。第六章说:

> 六个成分里,最重要的是情节,即事件的安排;因为悲剧所模仿的不是人,而是人的行动、生活、幸福[人幸福与不幸系于行动];悲剧的目的不在于模仿人的品质,而在于模仿某个行动;剧中人物的品质是由他们的"性格"决定的,而他们的幸福与不幸,则取决他们的行动。他们不是为了表现"性格"而行动,而是在行动的时候附带表现"性格"。因此悲剧艺术的目的在于组织情节(亦即布局),在一切事物中,目的是至关重要的。

---

① 伍蠡甫主编:《西方文论选》下卷,上海译文出版社 1979 年版,第 383 页。

悲剧中没有行动,则不成为悲剧,但没有"性格",仍然不失为悲剧。大多数现代诗人的悲剧中都没有"性格",一般说来,许多诗人的作品中也都没有"性格"……

因此,情节乃悲剧的基础,有似悲剧的灵魂;"性格"则占第二位。悲剧是行动的模仿,主要是为了模仿行动,才去模仿在行动中的人。

亚里士多德对情节与性格关系的看法,同今人距离较大,但不能因此简单地斥之为"偏颇"。他是从自己的道德观去认识情节的意义和作用的。他认为,人的性格的善恶不是先天的,而得自后天,是在行为的习惯中养成。《尼各马可伦理学》中说:"道德方面的美德没有一种是由于自然而产生的","道德方面的美德乃是习惯的结果"。"在美德方面,我们由于首先运用才获得它们",例如,由于行为公正、有节制、勇敢而成为公正的、有节制的、勇敢的。① 多行善则性善,多行恶则性恶,反复的行为养成了性格的倾向,性格是过去行为的产物。但人的性格一旦形成,它就具有了行为的潜能;平常人以理性控制感情,他的性格不易暴露,然而在关键时刻(如生死关头),性格就会充分暴露,反过来影响行为,决定人物的抉择意向,选择未来的行为。总之,过去的行为决定人的性格,性格又决定人选择未来的行动,性格最终还得通过行为表现出来。这就是行为与性格的辩证关系。亚里士多德重视情节,原因之一就在于此。原因之二,古希腊崇尚英雄主义和社会活动,艺术家只有重视情节,重视人物行为的崇高与卑下,才能吸引观众,充分发挥戏剧作为教育公民的手段的作用。这表现了亚里士多德对戏剧美学特征——无冲突即无戏剧——的认识。虽然《诗学》中没有"戏剧冲突"的概念,但有这一概念可包含的基本内容。如:"悲剧所以能使人惊心动魄,主要靠'突转'与'发现'此二者是情节的成分。""此二者"正是悲剧冲突的集中表现。又如把情节分成"结"和"解"两部分,也就讲的是戏剧冲突的形成、发展、激化、解决。可以说"情节第一"是符合戏剧艺术的特征的,决不是什么"唯情节论"。但亚里士多德也没有轻视性格。恰恰相反,他处处拿情节和性格对比,正说明性格在他心目中的地位。第十五章专门论述性格刻画,要求性格必须善良、适合、相似、一致,而关键还是"求其符合必然律或可然律"。当然,亚里士多德对性格重要性的认识没达到文艺复兴以后的高度,那是时代的条件使然,也是戏剧本身的发展限制了他,不可苛求。

---

① 《古希腊罗马哲学》,商务印书馆1982年版,第322、323页。

行动作为悲剧模仿的对象,应当是"一个严肃、完整、有一定长度的行动"。这个限定语很重要。悲剧是对于一个严肃的行动的模仿,这和悲剧的性质有关。古希腊人对悲剧的概念着意在严肃,不着意在悲。有些悲剧以大团圆结局,但整出剧的气氛是严肃的。亚里士多德总结了这一点,认为由于诗人个性不同,诗便分为两种:"比较严肃的人模仿高尚的行动,即高尚的人的行动,比较轻浮的人则模仿下劣的人的行动",前者最初写的是颂神诗和赞美诗,后来成为悲剧诗人,后者最初写的是讽刺诗,后来成为喜剧诗人。可见悲剧是一种严肃的艺术,它同人的最高的善是联系在一起的。史诗也是如此。柏拉图攻击荷马的作品"伤风败德",亚里士多德却肯定:"荷马从他的严肃的诗说来,是个真正的诗人,因为惟有他的模仿既尽善尽美,又有戏剧性"(第四章)。严肃的艺术总是以追求善和至善为目的。希腊悲剧的精神正在于斯。

所谓"完整",指戏剧模仿的行动有矛盾的开端、发展、结局,三部分之间有内在的必然联系,是一个有机整体。也即第八章说的:"里面的事件要有紧密的组织,任何部分一经挪动和删削,就会使整体松动脱节。要是某一部分可有可无,并不引起显著的差异,那就不是整体中的有机部分。"

所谓"有一定长度",指情节的长度和厚度,所包含内容的多少要适当,既要"以易于记忆为限",又要容纳得下戏剧事件的相继出现和剧情的转折。在古希腊,根据雅典戏剧比赛的惯例,在一个白天(太阳一周)之内要演完一个剧作家的三出悲剧,外加一个笑剧。所以亚里士多德规定了悲剧的时间限制:"就长短而论,悲剧力图以太阳的一周为限。"(第五章)就时间上的集中性所产生的效果而言,悲剧优于史诗:"悲剧能在较短时间内达到模仿的目的","比较集中的模仿比被时间冲淡了的模仿更能引起我们的快感"。(第二十六章)亚里士多德关于史诗和悲剧在时间上的区别的话,后来却被法国古典主义者附会成时间一致律,这该是他所始料未及的。

所谓"一个行动",指严肃、完整、有一定长度的行动具有单一性,即悲剧情节的进程和结局是单一的,也即后世概括的情节(动作)一致律。这是保证作品达到完整的必要条件。而达到单一的关键是行动的一致。第八章说:"有人认为只要主人公是一个,情节就有整一性,其实不然;因为有许多事件——数不清的事件发生在一个人身上,其中一些是不能并成一桩事件的;同样,一个人有许多行动,这些行动是不能并成一个行动的。"这是由于许多事件、行动之间并无必然联系,不能构成一桩完整单一的事件、行动。

因此,有的史诗由好几个行动构成,它就可提供好几出悲剧的题材。当然,单一不等于简单。"一个行动"应是一个丰富而完整的世界,"一个完整的活东西",富有艺术魅力的单个生命体。

完整、单一、适度,构成了戏剧的"整一化"原则,是亚里士多德对悲剧、戏剧理论和规则的重要贡献。

二 悲剧的主角——"过失说"

从心理效果看,悲剧艺术的性质在于唤起怜悯与恐惧之情。那么选择什么样的人物作悲剧主角,就成了至关重要的问题。因为"悲剧是行动的模仿,而行动是由某些人物来表达的,这些人物必然在'性格'和'思想'两方面都具有某些特点"(第六章)。正是这些特点使悲剧主角成为怜悯与恐惧的对象。亚里士多德从悲剧艺术的效果出发,把社会道德观念引入艺术欣赏活动,深入分析了悲剧观众的心理,提出了著名的"过失说":

> 怜悯是由一个人遭受不应遭受的厄运引起的,恐惧是由这个这样遭受厄运的人与我们相似引起的……此外还有一种介于这两种人之间的人,这样的人不十分善良,也不十分公正,而他之所以陷入厄运,不是由于他为非作恶,而是由于他犯了错误,这种人名声显赫,生活幸福,例如俄狄浦斯、堤厄斯忒斯以及出身于他们这样的家族的著名人物。

(第十三章)

第十五章论及悲剧性格的刻画时,又重申了悲剧主角须具有与一般人相似而又善良的特点。亚里士多德认为,悲剧主角首先是善良的人,他陷入逆境而遭难,不是因为有什么恶德败行。如果是恶人遭难,那是罪有应得,不值得怜悯;如果是恶人得福,只会引起观众的反感。但悲剧主角又不十分善良。如果十分善良(毫无错误)而遭大难,那或者是意外的惨剧,或者是受害而引起的义愤。所以一个善良的人因犯了过失而陷入厄运,但灾祸不是罪有应得,就会唤起怜悯之情。可见悲剧的结局是悲剧主角自身的过失造成的,而不是什么传统的命运观念和因果报应观念。悲剧主角还应是与我们普通人相似的人,或者说是"比我们今天的人好",但其遭难"和我们自己类似"。只有比一般人好,而又与一般人相似的人,才能在遭受不应遭受的厄运时,使观众同情他,与之共悲欢、同忧乐。他的灾祸在观众如同身受,从而引起恐惧之情。观众只有与剧中人同感,才会从剧中人的厄运中取得道德教训,怕自己也会像剧中人那样犯错误而遭难。所以恐惧既是为剧中人,是观剧时产生的共鸣,又是为自己,是观剧后的反省。

如何评价"过失说"?我们知道,希腊悲剧源于宗教祭祀,渗透了原始宗教意识,特别是命运观念。可是一部《诗学》,不见"命运"一词出现。这说明亚里士多德敢于向传统观念挑战,从命运转向现实历史("行动中的人"),转向人自身的过失,从而标志着人的自我意识的觉醒。这也正是从史诗时代到悲剧时代的标志。《诗学》力主悲剧优于史诗,原因就在此。西方文学艺术中可贵的"反思"传统,大概也发源于"过失说"。你可以指责亚里士多德没看到人的行为过失与社会历史的内在的、必然的联系,但你不能不看到"过失说"所具有的美学的和社会的价值。

三 悲剧的作用——"陶冶说"

在悲剧定义中,亚里士多德强调悲剧应当"借引起怜悯与恐惧来使这种情感得到陶冶"。引起怜悯与恐惧之情,这是悲剧独特的快感,它使人们的思想感情得到陶冶,产生好的影响和作用。"陶冶",原文是"卡塔西斯"(Katharsis)。自从文艺复兴以来,西方许多学者对卡塔西斯的含义做出了种种颇为分歧的解释,我国学者对之也有不同的看法。要正确理解卡塔西斯的作用,必须顾及提出它的社会历史条件,联系亚里士多德的政治观,特别是伦理观来考察。

亚里士多德处在希腊奴隶主民主制的危机时期。奴隶制城邦本身所固有的矛盾日益激化,城邦面临瓦解的局面。作为中等贵族奴隶主的思想代表,亚里士多德极力寻求缓和奴隶与奴隶主的矛盾,消除社会上的动荡与混乱,稳定奴隶制国家的途径。政治上,他主张城邦国家应由具有适度财产的中等奴隶主来统治,因为这个阶级"人数很多",可以成为贫富两个敌对阶级的"仲裁者"。从这里出发,针对宣扬极端禁欲主义的犬儒学派和主张极端享乐主义的昔勒尼学派,他提出了社会成员必须遵守的一套"中庸之道"的道德理论。他把人的激情和行动分为过多、不足和适度三种状态,认为"过度和不足乃是恶行的特性,而中庸则是美德的特性"。他说:

> 我是指道德上的美德;因为正是它才与激情和行动有关,而正是在这些里面,有着过多、不足和中间。例如,恐惧、信心、欲望、愤怒和怜悯,以及一般说来愉快和痛苦种种感觉,都可以是太过或太少,而这两种情形都是不好的;但是,在适当的时候、对适当的事物、对适当的人、由适当的动机和以适当的方式来感觉这些感觉,就既是中间的,又是最好的,而这乃是美德所特具的。关于行动,同样地也有过多、不足和中

间……因此,美德乃是一种中庸之道……①

他还认为,道德方面的美德乃是习惯的结果,"伦理"就是由"习惯"一词略加改变而形成的。"道德方面的美德没有一种是由于自然而产生的;因为没有任何由于自然而存在的东西能够形成一种违反自然的习惯……我们的美德既不是由于自然、也不是由于违反自然而产生的;毋宁说,我们是由于自然而适于接纳美德,又由于习惯而达于完善。"②

亚里士多德的道德观同他对悲剧社会功用的认识有直接的联系。他非常重视悲剧的道德教育作用,而卡塔西斯就是实现这一作用的有力手段。人所具有的怜悯和恐惧既不能过分,也不能不足,而应保持适度。这才合乎中庸之道的美德。悲剧不仅要引起观众的恐惧与怜悯之情,更要通过卡塔西斯的作用使怜悯与恐惧成为"适度"的感情,从而有益于人的身心,有益于人的道德修养。同时,适度的怜悯与恐惧之情是由习惯养成的。把过强或过弱的感情转变为适度的感情,就是要养成一种新的习惯,以代替旧的习惯。卡塔西斯的作用,就是帮助观众养成新的习惯,使过强或过弱的恐惧与怜悯之情转变为适度。

这种新习惯怎样养成?或者说悲剧所引起的怜悯与恐惧是怎样起着卡塔西斯作用的呢?亚里士多德首先指出,怜悯与恐惧乃是一种痛苦的情绪,而悲剧引起的怜悯与恐惧之情却是一种"特别的快感",能给观众以感情上的满足。关于这种快感的性质,文艺复兴时期意大利的文学批评家、《诗学》的注释者卡斯特尔维屈罗说过:"产生这种快感的场合是:当看到别人不公正地陷入逆境因而感到不快的时候,我们同时也认识到自己是善良的,因为我们厌恶不公正的事。我们天生都爱自己,这种认识自然引起很大的快感。这就是看到别人遭受不合理的苦难,认识到这种苦难不能降到我们或者我们一样的人的头上,我们默默然,不知不觉地就明白了世途艰险和人世无常的道理。"③这说明,悲剧引起的恐惧与怜悯是一种求知的快感。它可以强化心灵,"把人引到最高尚的方向"。艺术快感的性质还有坏的一面,它也可以强化心灵,"把人引到最淫荡最自私的情欲"④。卡塔西斯的作用,正是要充分发挥艺术快感对于人的好的、有益的一面,即帮助观众养成

---

① 《古希腊罗马哲学》,商务印书馆1982年版,第320—321页。
② 同上书,第322—323页。
③ 《古典文艺理论译丛》第6辑,人民文学出版社1963年版,第23页。
④ 黑格尔:《美学》第1卷,朱光潜译,商务印书馆1979年版,第58页。

适度的怜悯与恐惧之情，通过艺术快感获得知识，使悲剧有益于道德教化，启发人和教育人。使过度或不足的情感转变为适度的情感的方法，是使人在适当的时候、对适当的事物和人、由适当的动机、以适当的方式，经过多次反复，通过潜移默化的熏陶，产生适度的感情。在剧场里，观众尚处于潜伏状态的过强或过弱的情感，随着悲剧情节的发展而引起波动，他们对剧中与自己相似的善良的人，因过失而遭受的苦难表示一定限度的怜悯之情。当观众想起自己也可能遭受同样的苦难时，恐惧之情会油然而生，但这也是有限度的，因为他们以为自己可以小心避免。至于那些过于幸福、无所畏惧、或自以为人间苦难已集于一身、不再有所畏惧，因而不易动怜悯之情的人，也会由于剧情的进展而感到自身的幸福并不牢靠或看见人间还有比自己更痛苦的人，而产生一点怜悯之情，同时产生一点恐惧之情。上述这些人所产生的怜悯与恐惧之情都是受理性指导，比较适度的。这样，看一次悲剧，观众的感情受一次锻炼，经多次反复，就能养成一种新的习惯，潜伏在内心。等到他们在现实生活中碰到别人或自身遭受苦难时，就能自我控制，使情感适度，或能自我激发，使情感达到适当的强度。这就是悲剧的卡塔西斯作用。

综上所述，悲剧的卡塔西斯的实质，就是悲剧引起的怜悯与恐惧的快感，使观众理解悲剧人物遭受厄运的根源，认识到悲剧人物的"过失"所必然要带来的严重后果，帮助观众养成中允平和的"适度"的激情和行动，以利于希腊奴隶制国家"乱中求治"。这个艺术观点有鲜明的社会历史内容，是亚里士多德所代表的中等奴隶主贵族阶级的政治观、伦理观在艺术思想上的曲折反映。中外一些学者把卡塔西斯或解释为宗教中的"净化"，即通过悲剧的怜悯与恐惧来净化其中的痛苦、利己、凶杀等坏因素；或解释为医学中的"宣泄"，即通过悲剧的怜悯与恐惧使其中过分强烈的情绪因宣泄而达到平静，因此恢复和保持住心理的健康。不论哪种说法，都是把卡塔西斯当成纯心理学的概念，单纯从心理学角度去推测它的含义，而有意无意地抹煞了其中包含的社会阶级内容，离开了悲剧的本质和功用。

第四节 《诗学》的局限性

亚里士多德对文艺问题的观察比柏拉图客观，论述也比柏拉图合理，阶级意识不甚鲜明。但在有的地方仍流露出奴隶主贵族阶级的偏见。第二章说："喜剧总是模仿比我们今天的人坏的人，悲剧总是模仿比我们今天的人好的人。"这里的好坏，以是否贵族人物、是否具有贵族道德为标准。第十三章规定悲剧主角的条件之一，便是"名声显赫，生活幸福"的贵族家族的"著名人物"，把悲剧当作奴隶主阶级的专利品。又如他虽然承认妇女、奴隶也有善良的，但又断言"妇女比较坏，奴隶非常坏"，而且"勇敢或能言善辩与妇女的身份不适合"（第十五章），表现出对奴隶和妇女的轻蔑和鄙视。

亚里士多德在区分人类活动时，把文艺这种创造活动同认识、实践分立，认为艺术应表现出神的庄严静穆，艺术欣赏也应在静观默想中进行，才是最高的境界。这反映了奴隶主的美学理想和生活理想。所以，尽管他非常重视悲剧的社会作用，但其出发点和归宿仍是"适度"、中庸之道，而把强烈的激情和行动引导到平静无为。《诗学》对喜剧特性的论述，就鲜明地表现出这种静观的文艺思想。第五章说："喜剧是对于比较坏的人的模仿，然而，'坏'不是指一切恶而言，而是指丑而言，其中一种是滑稽。滑稽的事物是某种错误或丑陋，不致引起痛苦和伤害，现成的例子如滑稽面具，它又丑又怪，但不使人感到痛苦。"丑里不包含恶，滑稽不会引起痛苦或伤害，这就抽掉了"丑""滑稽"等喜剧概念的积极社会内容，取消了喜剧讽刺和鞭挞生活中丑的事物的特殊社会功能。亚里士多德的静观的戏剧、文艺观，有其深刻的历史根源与阶级根源，是古希腊社会所崇尚的以中庸、平和、被动为特点的生活和美学节奏的必要组成部分。

《诗学》从本质不能离开可感觉的事物这个命题出发，把审美理论和艺术实践结合起来，因之较多唯物的、辩证的气息。但在唯物主义和唯心主义之间摇摆不定，是亚里士多德思想的特色。《诗学》也时见唯心的形而上学的杂质。比如，根据唯物史观，悲剧冲突实质上是社会矛盾的典型化，悲剧的根源存在于社会物质生活条件之中，然而亚里士多德的悲剧观常常沐浴着纯道德的圣水，把悲剧冲突的实质抽象地归结为善与恶的冲突，单纯用悲剧主角的伦理"过失"去解释悲剧根源。又如，亚里士多德重情节，认为人物的性格要通过人物的行为来表现，这有一定的道理，但他用静观的观点看问题，没看到行为的发展又必然要影响到性格的发展，所以主张性格"必须一致"，前后一贯，不允许有发展、变化。特别是他还把某些创作经验绝对化、规范化，铸成固定的模式、规则要别人遵守，忽视了文艺创作的多样性、丰富性、创造性，暴露出他的形而上学的思想方法。

《诗学》的意图是要总结希腊文艺，特别是悲剧、史诗创作的经验，为文艺创作制定出一套导向性和规范性的艺术规则，让诗人和艺术家遵守。除上面说的以外，亚里士多德的总结还受到了两个方面的限制，从而带来了片面性。首先，他的总结以柏拉图为靶子，处处针对柏拉图，在批判中树立自己的理论观点。所以,《诗学》涉及的理论问题只限于柏拉图提出过的,其他一些重要问题就没顾及。比如悲剧的心理效果,他只针对柏拉图论及的"哀怜癖"和"感伤癖",提出"怜悯和恐惧"来研究,对悲剧引起的其他感情因素和积极影响,则弃置不论。其次,他的总结还受自己的艺术趣味偏颇的限制,有些地方不够客观,有些批评有矫枉过正的毛病。如他重悲剧而轻喜剧,论悲剧又以索福克勒斯的作品为典范,对欧里庇得斯指责过分。因此,他提出的悲剧原理和规则就缺乏普遍性,不能完全概括其他悲剧诗人的作品。"逆转"是《诗学》的重要理论内容之一,但解释不了埃斯库罗斯的著名悲剧《普罗米修斯》。欧里庇得斯剧作中心理描写的经验,就没有进入《诗学》的性格论。

第五节 《诗学》的地位和影响

第一,《诗学》是古希腊进步文艺思想的结晶。古希腊时期,从文艺思想的哲学基础看,存在着唯物主义和唯心主义两种倾向。柏拉图是唯心主义文艺思想的最大代表,亚里士多德的《诗学》则代表着唯物主义文艺思想的最高成就。他继承并发展了赫拉克利特等人的朴素唯物主义和辩证法思想,利用当时最新的科学成就,对古希腊丰富的文艺实践和光辉成就做了精细的分析和扼要的总结,对柏拉图的唯心主义文艺思想进行了较深入的批判与吸收。在这个基础上建立了自己的带有唯物主义和现实主义倾向的文艺理论体系。《诗学》肯定文艺的真实性,认为模仿必须揭示客观事物的内在本质和规律,强调有机整体概念;肯定文艺的社会作用,指出文艺创作的心理根据和理智过程,破除神秘的命运观。这些原则和论点,都闪耀着古代唯物主义的思想光芒。

第二,《诗学》是西方主要美学概念的根据。《诗学》总结了希腊文艺的成就,建立了具有规范作用的理论,在西方文艺思想界具有"法典"的权威,成为马克思主义美学和文艺理论产生以前的主要美学概念的根据,为西方文艺理论的建立和发展奠定了基础。比如,唯物主义的"模仿说",被视为西方现实主义理论的源头。文艺要揭示现实的本质和规律,在个别人物的事迹中见出必然性与普遍性,做到普遍与特殊的统一,这是后来艺术典型理论提出的基础。"按照人本来的样子来描写"和"按照人应当有的样子来描写"的论述,成为后世现实主义和浪漫主义两种不同创作方法的滥觞。"利用似是而非的推断""把谎话说得圆",含义深刻,是"艺术幻觉"说的起源。艺术可以化自然丑为艺术美,这个原理也出自《诗学》。从莎士比亚、高乃依、莱辛到黑格尔、车尔尼雪夫斯基,两千多年来的悲剧理论提出的主要范畴,也大多是以《诗学》为依据的。这都证明车尔尼雪夫斯基对《诗学》的评价是正确的:"《诗学》是第一篇最重要的美学论文,也是迄至前世纪末叶一切美学概念的根据","亚里士多德是第一个以独立体系阐明美学概念的人,他的概念竟雄霸了二千余年"。①

第三,《诗学》是西方文艺思想的万流之源。《诗学》在欧洲产生影响大约始于15世纪末叶。16世纪,《诗学》在意大利流行。自此以后,注家蜂起,论者济济,注释、研究和仿写的著作数不胜数。由于《诗学》中有些论点自相矛盾,内容上可能有失真之处,更由于后世学者都是站在自己的立场上,按自己的观点,为形成自己的理论、学派而"各取所需",有的把它当成偶像,变为教条,有的发挥其错误的部分,有的更把片面的解说、偏见、歪曲强加给它,如古典主义者取其"适度"说,经验主义者取其艺术引起快感之说,形式主义者取其形式因论,等等。因此,历来对《诗学》的解释形形色色,围绕《诗学》进行的激烈论战,直到今天还在继续。这在文艺理论史上是少见的。《诗学》在欧洲,有如万流之源,其影响所及不限于一个时代,也不限于一个流派。对此,我们必须用历史唯物主义观点和方法予以研究,对这部影响深远的著作的历史功绩、现实意义和局限性,做出科学的评价。

参考书目:

1. 《诗学·诗艺》,罗念生、杨周翰译,人民文学出版社1962年版。
2. 吉尔伯特、库恩:《美学史》,第3章,夏乾丰译,上海译文出版社1989年版。
3. 阎国忠:《古希腊罗马美学》,第4章,北京大学出版社1983年版。
4. 蒋孔阳、朱立元主编:《西方美学通史》第1卷,第8章,上海文艺出版社1999年版。
5. 汝信:《西方美学史论丛续编·亚里士多德的〈诗学〉》,上海人民出版社1983年版。

思考题:

1. 试比较亚里士多德、柏拉图文艺思想的同与异。
2. 亚里士多德的悲剧论述评。
3. 亚里士多德《诗学》对后世的影响及其局限性。

---

① 车尔尼雪夫斯基:《美学论文选》,缪灵珠译,人民文学出版社1957年版,第129页。

第三章 贺拉斯及其《诗艺》

第一节 贺拉斯的生活时代与生平著作

公元前73年—公元前71年，斯巴达克斯领导的奴隶起义动摇了罗马奴隶制度的统治基础。起义被镇压之后，通过长期侵略战争特别是三十余年的残酷内战，恺撒的甥孙屋大维成为当时罗马唯一具有无限权力的统治者，这就是历史上所谓奥古斯都的元首政治，从而结束了共和国后期的纷扰动乱，实际上开始过渡到罗马史上的帝国时期。

但是政治上的暂时稳定，掩盖不了生产力的发展与落后的奴隶制生产关系之间的尖锐矛盾，消除不掉日趋激烈的奴隶对奴隶主、平民对贵族、穷人对富人的斗争。罗马统治阶级为了巩固帝国的军事统治，停止了苛捐杂税和没收土地，集中力量于军事、交通、贸易、政治、法律以及农业、水利、建筑等实际工作，取得了突出的成就，使奴隶经济出现了繁荣，文化上也进入鼎盛时期。

屋大维比较重视文化工作，对为其政权服务的文化活动积极支持，对替他歌功颂德的作家备加庇护，以笼络民心，维持政权。因此，具有直接实用价值的艺术与科学在罗马文化里占据着优势。当时，建筑艺术空前发展，形成了罗马特有的建筑形式。屋大维曾自称将泥土的罗马变成了大理石的罗马。宏大的建筑既显示国力的强盛，又炫耀统治的稳定。与建筑发展相适应，雕刻、壁画等造型艺术也有较大发展。音乐在社会生活中仍占有重要地位。华美的乐队音乐随着哑剧的产生而被创造出来。文学上，有最杰出的诗人维吉尔、贺拉斯和奥维德的作品。仿效希腊的罗马史学比较发达，与屋大维同时的李维，被尊为罗马最杰出的史学家。希腊的伊壁鸠鲁派和斯多噶派的哲学思想，在帝国有着最广泛的影响。卢克莱修是当时最著名的哲学家，他的哲学诗篇《物性论》，就阐发和宣扬了伊壁鸠鲁的唯物学说。而居于统治地位的，是斯多噶派的静观寡欲，力图提高道德和智慧的人生哲学。

　　罗马文化是在希腊人的强烈影响之下发展起来的。公元前2世纪以后，罗马征服了全部地中海区域，从而更广泛地接受了希腊文化和亚历山大里亚文化的影响。在文艺上，无论创作还是理论，罗马人都强调"模仿古人"，以希腊古典为范本，在奥古斯都时代形成了崇拜古典的风气，而鲜有独创的贡献。罗马文学中最重要的作家维吉尔创作的史诗，就是以荷马为楷模的。罗马美术家们则挑选了公元前5世纪—公元前4世纪古典时期的作品作为自己的典范。"希腊文艺落到罗马人手里，'文雅化'了，'精致化'了，但是也肤浅化了，甚至于公式化了。"①在这个罗马文学的"黄金时代"，已露出西方古代文化衰颓的明显征兆。罗马文化艺术发展过程中的这个倾向，是符合罗马帝国的政治需要，为屋大维的文化政策所鼓励的。正如朱光潜先生深刻分析的："他们没有余力，也没有需要，在哲学和文艺方面独自开辟一个新天地，由于罗马和希腊同是奴隶社会，基础大致相同，意识形态不妨一致，所以罗马接受希腊古典遗产是顺理成章的事。此外，在罗马本土以及罗马所统治的许多地区，希腊语是广泛流行的，文化教育也主要是希腊的。利用原已存在的统一的文化作为从思想上统一被征服的各民族的统治工具，这从政治角度来看，对于维持罗马帝国的政权是有利的。"②这也正是罗马古典主义和贺拉斯的古典主义诗学理论产生的主要原因。

　　贺拉斯（Quintus Horatius Flaccus，前65年—前8年）是早期罗马帝国的诗人、文艺批评家。他生于意大利南部的一个村镇。父亲是一个获释的奴隶，家中有一点资财，所以能够送他先后到罗马和雅典受教育，学习文学和哲学。他在青年时代便受到希腊文化的熏陶，使他非常推崇古希腊文化。当罗马独裁者恺撒被刺死的时候，贺拉斯正在雅典求学。那时雅典仍是共和派代表人物活动的中心，贺拉斯同许多罗马青年一起参加了共和派军队。公元前42年，共和派在腓力浦战役中败北，贺拉斯自称"弃盾而逃"。

　　公元前40年，贺拉斯乘大赦之机回到罗马，当时父亲已死，家产被没收，生活贫困，他设法谋得一个小差事，以维持生活，同时从事诗歌创作。他的诗歌才能很快引起了维吉尔等人的注意。公元前39年，经维吉尔的介绍，他加入了亲屋大维元首政治的麦刻纳斯文学集团。

　　由于贺拉斯的作品歌颂了罗马帝国的统治，也由于他在一些诗篇中所

---

① 朱光潜：《西方美学史》上卷，人民文学出版社1979年版，第100页。
② 同上书，第99页。

宣扬的伦理观,适应了奥古斯都整顿社会道德、恢复古代风尚的需要,所以他很快受到了屋大维的赏识。在他参加了那个文学集团约六年之后,屋大维赐予他一座庄园。他就在这座宁静的庄园里继续他的创作。贺拉斯的这种生活经历和社会地位,不可避免地要在他的文学创作和理论主张中反映出来。

贺拉斯的早期作品有《讽刺诗集》两卷和《长短句集》。这些作品的主要内容是进行道德说教,嘲笑吝啬、贪婪、淫靡等各种恶习,并从伊壁鸠鲁的"合理享乐"的伦理观出发,宣扬中庸的生活哲学和闲适的田园之乐,反映了罗马由动乱向专制过渡时期人们普遍存在的消极心理状态,表现了一定的共和倾向。还有《歌集》四卷,内容比较庄重、严肃,多为抒情诗。但是,抒情成分较弱,充满着对当时流行的伊壁鸠鲁派和斯多噶派伦理观的议论,反映了诗人放弃共和理想,决意同新制度合作的倾向。抒情诗的另一个重要主题,是关于幸福、爱情和友谊。他认为,真正的自由幸福在于保持内心的宁静,对灾难和死亡无动于衷,及时而适度地享受人生之乐。公元前17年,贺拉斯奉奥古斯都之命,为罗马每隔110年举行一次的世纪庆典写了《世纪之歌》,这使他获得了更大的荣誉。他还有《书札》两卷:第一卷的内容与讽刺诗相近;第二卷的内容以文艺评论为主,《诗艺》就是其中之一。

第二节 《诗艺》的主要文艺思想

《诗艺》本是一封写给皮索氏父子的诗体书信。在信中,贺拉斯主要谈自己的创作体会,同时也提出一些理论主张。这封书简发表后不到百年,就被罗马修辞学家昆提利阿努斯称之为《诗艺》。

这封以《诗艺》著称的无题书信凭借传统的诗学理论,总结了当时新诗学的特点和他本人创作实践,大体上反映出当时人们对于文艺的见解。归纳起来,《诗艺》主要阐述了如下文艺思想:

一 继承了古希腊模仿说的传统

贺拉斯不是哲学家,他不像柏拉图和亚里士多德那样,根据各自的哲学思想体系去深入探讨文艺的本质问题。在文艺与现实的关系上,他只是接受了艺术模仿自然的观点,并从"适度""合理"这个基本思想出发,强调作家应有生活经验、真实感情,主张作家到生活中去观察,到风俗习惯中去寻找模型,从那里汲取活生生的语言。在他看来,这样做的目的是为了把作品中的人物写得合情合理,使人们流连忘返。

贺拉斯继承了古希腊模仿说的传统,可他并不赞成艺术对自然作单纯的模写。他接受了亚里士多德的思想,明确地提出艺术可以创造,但创造要"合式"。他说:我们诗人要求有大胆创造的权利,"但是不能因此就允许把野性的和驯服的结合起来,把蟒蛇和飞鸟、羔羊和猛虎,交配在一起"。① 如果"在一个题目上乱翻花样,就像在树林里画上海豚,在海浪上画条野猪"②,那么这种不伦不类的凑合,不是创造,也不是艺术。所以,真正的艺术作品,既要大胆创造,又要和谐统一。同时,他也借鉴了亚里士多德的见解,强调艺术可以虚构,但是虚构要"合理"。虚构的目的在于引人喜欢,因此必须切近真实。贺拉斯不愿意人们在戏剧里看到荒诞性的情节,因为类似从拉米亚的肚子里掏出一个活生生的婴孩那种不切真实的荒谬虚构,使人既不能轻信,又不忍目睹。显然,贺拉斯对于艺术真实性的理解,是同事件的合理性和可信性紧密联系在一起的。

二 提出了古典主义的诗学原则

在奥古斯都时代,诗坛上存在着两种不同的倾向:一是亚历山大里亚派的形式主义倾向,它的诗风纤靡,感情颓废,脱离现实,忽视内容,追求新奇的表现手法;一是古拉丁诗派的复古主义倾向,它提倡以古拉丁诗为典范,以古色古香自诩,主张厚古薄今,看不起当代诗坛上的新人新作。贺拉斯极力反对这两种倾向,力主以古希腊文学为典范,创立新诗派,建立新诗风。在维吉尔和贺拉斯的创作中,正是借鉴了古希腊文学的形式,融进了罗马的民族精神,创作了具有现实内容的新诗歌。

新的文学实践要求有新的总结。作为古典主义鼻祖的贺拉斯,就是在这种情况下提出了古典主义的诗学原则——借鉴原则和合式原则。

第一,借鉴原则。把古希腊文学作为典范加以借鉴,这是贺拉斯古典主义诗学的一条重要原则。

贺拉斯主张采用希腊的史诗、悲剧、喜剧和抒情诗所提供的古典题材;但是,这样做并不像古拉丁诗派那样奴从古人,而是进行创造性的借鉴。用他的话来说,是从公共的产业里,得到私人的权益。他对作家借鉴传统题材提出了具体要求,即一不要写得平凡,"沿着众人走俗了的道路前进";二不

---

① 《诗学·诗艺》,罗念生、杨周翰译,人民文学出版社1962年版,第137页。
② 同上书,第138页。

要奴从古人,"把精力花在逐字逐句的死搬死译上";三不要作茧自缚,墨守成规,"不敢越出雷池一步"。① 他提出这些要求的目的,是想在借鉴中求创新。

他所谓的创新,包含着内容和形式两个方面。就内容来说,借鉴古典传统题材并非原封不动,而是要经过一番改造和创新;同时,也不轻视罗马帝国的现实题材。他赞扬罗马诗人的创造精神,肯定他们敢于不落希腊人的窠臼,并且在作品中歌颂本国的事迹,以本国的题材写成悲剧或喜剧,赢得了很大的荣誉。就形式来说,他特别强调语言文字的新陈代谢。他认为,人有盛衰,文字亦然。每一个时代都要出现一些标志着本时代特点的语言;但是,不论创造出多少光辉优美的语言,它都难以长存千古。因为创造新的语言是文学表现新内容的需要。万一作家要表达的内容很深奥,必须用新字才能表明,那么作家就可以创造一些古人所没有听见过的字。不过"这种新创造的字必须渊源于希腊",罗马诗人应当日日夜夜揣摩希腊的范例。否则,就不能为人们接受。可见他的创新,并没突破古典主义的局限。尽管如此,借鉴原则的基本精神,仍在于批判当时存在着的复古主义和形式主义这两种倾向。

第二,合式原则。这个原则体现了贺拉斯文艺理论的主导思想。它像一条明线贯穿于《诗艺》之中。

贺拉斯十分看重从希腊古典作品中所绎出来的"原则"和教条。他要罗马诗人学习古希腊,其中一个主要目的是借鉴它的原则。古希腊文学的最高原则是什么呢?照他的理解,这个原则就是"合式"。所谓"合式",就是从形式到内容都应当和谐统一、合情合理。

贺拉斯从"合式"这个总原则出发,对文学创作提出了一系列的要求,主要体现在两个方面。首先,在作品总体方面,要求和谐统一,注意作品的整体美和总效果。他设想了一幅画像:美女的头长在马颈上,四肢是由各种动物的肢体拼凑而成,身上又覆盖着各色羽毛,下身是一条又黑又丑的鱼尾巴。他说这种"胡乱构成的,头和脚可以属于不同的族类"的画像,岂不令观者捧腹大笑?他还以塑像为例说明,如果雕像鼻歪眼斜,即使工匠把人像的指甲和鬈发雕得再惟妙惟肖,也是徒劳无益的。因为作品没有表现出整体美,它的总效果是不好的。因此,他主张作品结构要首尾一致,恰到好处,艺术家要善于使细节美服从整体美;他反对脱离作品内容而随意卖弄辞藻,

---

① 《诗学·诗艺》,罗念生、杨周翰译,人民文学出版社 1962 年版,第 144 页。

他把那种"摆得不得其所"的华丽藻饰和不能与表达思想感情和谐一致的段落,起了一个"大红补丁"的著名绰号。

其次,在人物性格方面,要求"自相一致"。他提出,剧中人物的语言要切合身份、职业、地域、民族等特点。"如果剧中人物的词句听来和他的遭遇(或身份)不合,罗马的观众不论贵贱都将大声哄笑。神说话,英雄说话,经验丰富的老人说话,青春、热情的少年说话,贵族妇女说话,好管闲事的乳媪说话,走四方的货郎说话,碧绿的田垄里耕地的农夫说话,科尔科斯人说话,亚述人说话,生长在忒拜的人、生长在阿耳戈斯的人说话,其间都大不相同。"①同时他又提出,人物性格要契合年龄特点,契合各种年龄的人所常有的一般特征。作家在创作的时候,必须注意不同年龄者的习性,给不同的性格和年龄者以恰如其分的修饰。儿童、少年、成年、老年,都有不同的性格特点,作家不要把青年写成个老人的性格,也不要把儿童写成个成年人的性格。作家必须永远坚定不移地把年龄和性格特点恰当地配合起来。他还提出,或则遵循传统,或则独创;但作家所创造的东西都要自相一致。也就是说,如果写传统的人物就要切合传统人物性格的特征。譬如写阿喀琉斯,就必须把他写得急躁、暴戾、无情、尖刻;写美狄亚就要写她的凶狠;写伊娥,就要写她的流浪;写俄瑞斯忒斯,就要写他的悲哀。如果写新创造的人物,那也必须注意他的性格特征从头到尾都要一致,不可自相矛盾。

贺拉斯的"性格论",有一定的合理因素,但也有很大的局限性。按照他的要求,各种年龄和各种身份的人物性格,只有共性而没有个性;传统的人物性格定型之后,只能一成不变。这就必然导致人物性格的类型化和定型化。因此,这种"性格论"不是典型化的性格论,而是类型化和定型化的性格论。亚里士多德是性格统一论者,但不是性格发展论者,而贺拉斯仍未能突破亚里士多德的这个局限。在他看来,人物性格有矛盾就不能"合式",有发展便不能统一。所以在"性格论"问题上,他只懂得和谐统一,却不理解对立统一或对立和谐的辩证法,由此也暴露出"合式"原则的局限。

贺拉斯的"合式"原则不是随意提出来的,它有一定的思想根源和社会根源。从思想根源上看,它是继承了柏拉图的"有机统一说"和亚里士多德关于悲剧情节"整一性"的原则。从社会根源上说,它是根据罗马贵族阶级的等级观念和艺术趣味提出来的。在当时的宫廷生活中,一切都必须依照一定的规矩行事,言谈举止都必须切合一定人物的地位和身份。所以,在奥

---

① 《诗学·诗艺》,罗念生、杨周翰译,人民文学出版社1962年版,第143页。

古斯都时代,"合式"原则不仅是"有机统一"说在诗艺中的体现,也是贵族生活原则在艺术世界中的反映。

三 阐述了寓教于乐的艺术功用

贺拉斯从功利主义的艺术观出发,从"教"与"乐"的结合上,提出诗人创作的目的在于"给人益处和乐趣,他写的东西应该给人以快感,同时对生活有帮助。……如果是一出毫无益处的戏剧,长老的'百人连'就会把它驱下舞台;如果这出戏毫无趣味,高傲的青年骑士便会掉头不顾。寓教于乐,既劝谕读者,又使他喜爱,才能符合众望"①。贺拉斯的这一简明扼要的概括,一方面揭示了文艺的特点和规律,另一方面也反映出他所谓"教"与"乐"的贵族性质。

贺拉斯明确地认识到,文艺具有"教"与"乐"两种功能,而且"教"的作用很重要。他引述希腊奥菲士和安菲翁的神话故事,说明古代诗人用他们的作品教导人们划分公私,判别敬渎,制止淫乱,建立邦国。诗歌可以鼓舞人们的战斗精神,也可以为人们指出生活的道路。同时,"劝谕读者""给人益处"的思想内容不能和盘托出,它总是通过一定的艺术手段表现出来,即寓思想内容于艺术形式之中,使人们在艺术享乐的时候受到教益。这就是贺拉斯的"寓教于乐",是"教"与"乐"的有机统一。

贺拉斯是以贵族阶级的长老和骑士的眼光与口味,来判明艺术有无益处和趣味的。他以贵族老爷的态度,指摘平民百姓没有鉴赏力。他毫不掩饰地说:"观众中夹杂着一些没有教养的人,一些刚刚劳动完毕的肮脏的庄稼汉,和城里人和贵族们夹杂在一起——他们又懂得什么呢?"②在他看来,平民百姓只适合看一些粗俗的民间艺术,而那种艺术是很庸俗的。他说:这些作品"虽然引起买烤豆子、烤栗子吃的人的赞许,却使骑士们、长老们、贵人们、富人们反感"③。所谓"既劝谕读者,又使他喜爱,才能符合众望",完全是以贵族的利害、贵族的好恶为准绳,与平民百姓毫不相干,足见贺拉斯关于"教"与"乐"的观点染上了浓重的贵族阶级色彩。

尽管如此,在艺术的社会功用问题上,贺拉斯却起到了承前启后的作用。在他之前,艺术的"教"与"乐"的问题,曾被前人从不同的角度提出过、

---

① 《诗学·诗艺》,罗念生、杨周翰译,人民文学出版社1962年版,第155页。
② 同上书,第148页。
③ 同上书,第150页。

探讨过,但却不曾像他这样简洁而明确地阐述过。荷马主张诗给人以快感,赫西俄德主张诗给人以教育,都只是各自强调了问题的一个方面。柏拉图是将二者对立起来,指摘诗的快感能破坏它的教育作用。亚里士多德虽然没有把二者对立起来,但是,他仅从欣赏者方面看到了求知与快感、悲剧的教育功能与净化作用之间的一致性,他没有从创作者方面提出"教"与"乐"的结合与统一。在贺拉斯以后,"寓教于乐"说产生了深远的影响。

四　强调了诗人的基本修养

根据"合式"原则,针对当时写作弊病,贺拉斯认为要提高作家的创作能力,发挥艺术的教化功用,就必须加强艺术家的基本修养。这主要是:

第一,培养正确的判断力。贺拉斯特别强调判断力在创作中的作用。古典主义者一般也都相信理性,他们把理性看作判断事物好坏的标准。贺拉斯正是由此而提出一个重要思想,即"要写作成功,判断力是开端和源泉"[①]。这是贺拉斯的一句名言,也是后来古典主义作家的信条。它的意思是:要使作品写得好,首先要有正确的判断和思考。照他看来,"如果一个人懂得他对于他的国家和朋友的责任是什么,懂得怎样去爱父兄、爱宾客,懂得元老和法官的职务是什么,派往战场的将领的作用是什么,那么他一定也懂得怎样把这些人物写得合情合理"[②]。由此可见,依照贵族阶级的情理,按照古典主义的"合式"原则,知道应该写什么,不应该写什么,以及怎样写才恰如其分。这就是贺拉斯所说的正确"判断力"或正确思考的真谛。而要获得正确的判断力,首先需加强哲学修养,这是作家获取光辉思想和懂得写什么的前提。还应当到生活中去观察,到风俗习惯中去寻找模型。

第二,加强人格修养。贺拉斯认为,要使艺术达到寓教于乐的目的,作家首先应当有高尚的灵魂。然而,在当时的罗马上层社会中却充满着铜臭和贪欲,伊壁鸠鲁派的自享其乐的学说,被庸俗化为单纯追求"感官享受"。而文学对权贵的依附,更使它失去了圣洁的品格。因此,贺拉斯把希腊诗人与罗马诗人做了一番比较之后,十分感慨地说,如果让铜臭和贪得的欲望腐蚀了诗人的心灵,我们还怎能希望创作出来不朽的诗歌呢!因此,后来的古典主义者也往往把作家人格修养看作艺术修养的基础。

第三,强调天才与苦练相结合。当时流行一种错误的看法,认为天才近

---

① 《诗学·诗艺》,罗念生、杨周翰译,人民文学出版社1962年版,第154页。
② 同上。

乎装疯卖傻的迷狂,一些庸才诗人也佯作疯癫,仿佛只有这样才能博得诗人的雅号,还有一些诗人觉得如果不把诗写得像狂人呓语,就不能显出诗人的天才。这种不健康的倾向,在亚历山大里亚诗派中表现最为突出。怀有文学改革主张的贺拉斯,极力反对上述倾向,认为诗歌毕竟是作家头脑清醒时的产物,天才与疯狂毕竟是两回事。他还多次强调,诗人只有天才是不够的,还需勤学苦练。如果有人问:写一首好诗,是靠天才,还是靠艺术呢?他的看法是:"苦学而没有丰富的天才,或者有天才而没有训练,都归无用;两者应该相互为用,相互结合。"①他既强调诗歌最忌平庸,诗人必须有天才,又指出如果没有经过刻苦训练而获得纯熟技巧,即使有了天才,也是毫无意义的。

第四,端正创作态度。贺拉斯认为,由于"诗人和诗歌都被人看作是神圣的,享受荣誉和美名"②。因此,端正作家的创作态度,明确作家的社会责任,是十分必要的。这就要求每一个诗人都应当肯于花工夫去仔细琢磨自己的作品,越是感到自己的作品有价值,就越要对它精益求精,不要一写完就急于发表。特别要学会分辨批评的真伪,善于听取忠实的批评。他打比方说:"出殡的时候雇来的哭丧人所说所为几乎超过真正从心里感到哀悼的人;同样,假意奉承的人比真正赞美(你的作品)的人表现得更加激动。"③所以,诗人必须善于分辨真朋友与假朋友。他称赞那些严厉的批评家,因为他们虽然批评尖刻,但都是与人为善的。他把文艺批评比作"磨刀石",虽然它自己切不动什么,但它能使钢刀锋利。对于一位正直而有修养的作家来说,善于听取有益的批评,不被假意的捧场所迷惑,是使其创作不断取得成就的一个重要条件。

第三节 《诗艺》对后世的影响

贺拉斯是西方古典主义的奠基者。在《诗艺》中,他所提出的古典主义诗学原则和文学改革主张,并没有从根本上改变当时的文学倾向,颓废文风和形式主义一直延续不断,过了奥古斯都时代更是有增无减。尽管如此,《诗艺》还是对后世产生了一定的影响,不同时代的人们都从中择取自己所

---

① 《诗学·诗艺》,罗念生、杨周翰译,人民文学出版社1962年版,第158页。
② 同上。
③ 同上书,第159页。

需要的东西。

《诗艺》中流露的一些保守思想,确立的一些清规戒律,特别是它的"合式"原则,深得中世纪神学家们的喜欢。

《诗艺》对现实生活的肯定,对普遍人性的肯定,对文艺社会作用的肯定,这又大大地激发了文艺复兴时期的作家和评论家对它的热情。

《诗艺》对国家君主的高度评价,对理性原则的充分肯定,对古典主义诗学原则的大力提倡,都为17世纪古典主义批评家和作家提供了理论依据。布瓦洛所坚持的理性原则,除了接受笛卡儿的理性主义的影响之外,主要是对贺拉斯提出的"理智判断"与"合式"原则的继承和发展。在人物性格论方面,布瓦洛重复了贺拉斯的类型说。布瓦洛的一条重要美学原则,就是要求作家在一切方面都效法古希腊罗马艺术,特别是罗马艺术。所以,贺拉斯关于借用古代题材和英雄业绩进行创作的主张,常为17世纪古典主义剧作家所效法。

《诗艺》中阐发的"寓教于乐"的思想,受到了18世纪启蒙运动作家的推崇。因为他们也十分强调文学的宣传教育作用。

到了19世纪,崇尚感情的浪漫主义思潮及其文学作品的产生,便与崇尚理性的古典主义相矛盾,它们相互抓着头发经过了一番厮打之后,古典主义思潮才败下阵去。从此以后,贺拉斯及其《诗艺》的影响才逐渐减退。

总之,贺拉斯关于文艺的一些主张,有可取的一面,也有保守和教条的倾向。作为古典主义批评家的贺拉斯,他的文艺思想是缺乏独创性的,而且他所制定的一些古典主义诗学原则,早已为近代作家的创作实践所突破。但是,作为一个诗人,他从自己和同时代人的创作实践中,总结出来的某些经验教训,和从中阐发出来的理论主张,两千年来仍不失为真知灼见,至今仍可以供我们借鉴。

参考书目:

1. 《诗学·诗艺》,罗念生、杨周翰译,人民文学出版社1962年版。
2. 朱光潜:《西方美学史》上卷,第4章,人民文学出版社1979年版。
3. 蒋孔阳、朱立元主编:《西方美学通史》第1卷,第13章,上海文艺出版社1999年版。

思考题:

1. 贺拉斯提出的古典主义诗学原则的主要内容是什么?
2. 评析"寓教于乐"。

第四章 朗吉弩斯及其《论崇高》

第一节 《论崇高》产生的社会背景

在古罗马文论中,继贺拉斯的《诗艺》之后,影响较大的要属《论崇高》了。可是这篇著作被埋没了很久,它没有被同时代人所提到,在后来一段相当长的历史时期,它也被人们忘掉了。直到文艺复兴时期,才由人文主义者弗朗契斯科·罗波尔台里将此文发表。1674年,法国新古典主义批评家布瓦洛把它译成法文,并详加评注,多次重版,引起了学者们的广泛注意。

然而,它的作者是谁,成书于哪个时代,至今说法不一。最初,学者们认为它是公元3世纪的雅典修辞学家卡苏斯·朗吉弩斯所作。此人曾做过帕尔米拉国皇后吉诺比亚的顾问,公元273年,在罗马帝国镇压帕尔米拉国叛乱时被杀害。到了19世纪初,有些学者对上述看法提出了异议,认为《论崇高》的作者不是3世纪的朗吉弩斯,而是1世纪另一位修辞学家朗吉弩斯。从此,关于《论崇高》的作者问题,便异说纷纭,莫衷一是。至今仍没有充分的史料根据,确证它的作者究竟是谁。因此,这个问题现在只好存疑。为了阐述问题方便起见,我们姑且就称他为朗吉弩斯(Longinus)。

至于《论崇高》成书于哪个时代,我国的学者们看法也不尽一致。有的认为它是公元1世纪的作品,有的认为,从《论崇高》引用的《旧约·创世纪》第一章中"神说,要有光,就有了光"这句话来看,它可能不属于基督教在罗马尚遭禁止和迫害的公元1世纪。

近代的研究家几乎一致认为,《论崇高》比贺拉斯的《诗艺》问世较晚,作者不是罗马人而是希腊人,并根据下述原因确认这篇著作是写于公元1世纪40年代。从论文的整个体系看,它所涉及的问题性质,对于1世纪中叶的文学艺术创作具有迫切的意义;从论文批驳凯齐留斯的激烈口吻看,作者与他可能是同时代人,而凯齐留斯则是1世纪在罗马享有盛名的批评家;从论文所抨击的社会问题看,诸如政治腐败、道德堕落、民主自由的丧失,因而不可避免地扼杀和毁掉了天才,并引起雄辩术的衰落,等等,这一切都切中1世纪罗马帝国的时弊;从论文所提到的人和事及其语言风格方面的特点看,都可以认定《论崇高》是写于公元1世纪的。

当时的罗马帝国在经济、政治和文化等方面的社会状况如何呢?在经济上,出现危机。罗马帝国初期的奴隶制经济有所发展,特别是各行省的农业、手工业还曾出现过繁荣的局面。但到了1世纪中叶,统治者挥霍无度,国库空虚,行省的租税负担加重,危机四起。在政治上,加强帝制。随着君主政权的确立,皇帝以恐怖的手段进行独裁统治。先前奥古斯都的元首政治,尽管在实际上是由屋大维操纵着国家大权,但在形式上毕竟还存在着共和制的国家机构。然而到了这个时候,就连那点形式上的东西也都被洗刷得一干二净。君主施行高压手段,对付奴隶的反抗,对付心怀不满的自由人,对付贵族中的异己者,借以巩固帝王的统治地位。在文化上,追求形式主义。本来,罗马继承了希腊的文化遗产,形成了一种希腊化的罗马文化。但到了1世纪,这种文化中的弊病有了恶性发展,完全被浮夸、献媚和形式主义所腐蚀。无病呻吟与矫揉造作是当时文学的通病。诗人们不是写一些肉麻的歌功颂德的赞美诗,就是写一些脱离现实的牧歌。公元前1世纪罗马文学的"黄金时代",此时已沦为"白银时代"。在散文方面,曾经以广大听众为对象的雄辩艺术,这时候也蜕变为毫无内容的学馆里的吟诵。历史家为了歌颂帝王的功绩,竟不惜歪曲史实。建筑艺术虽有发展,也多是追求富丽堂皇的外表。当时的艺术品,只追求精致形式,而缺乏生气勃勃的内容和崇高的风格。

那个时候,罗马依然是帝国文化的中心,云集在那里的四方学者,特别是希腊学者,在社会文化生活中,日益取得了越来越重要的地位。他们不满异族的统治,他们当中的优秀分子,积极效法自己的祖先,力图建立古典的传统,提高被奴役的祖国的威信。到了公元1世纪中叶,随着政治黑暗,君主暴政迫害天才;道德败坏,贵族生活穷奢极侈;文风颓废,艺术趣味日趋衰落,他们的上述思想情绪,就显得更加强烈和突出起来。

《论崇高》就是在上述社会条件下产生的。

第二节 《论崇高》的文艺思想

《论崇高》是作者写给朋友的一封信,也是一篇思想深刻、内容充实、颇有见地的文艺论著。从文章看,作者是一位博学多才、具有真知灼见的人物。为了探求崇高的本质,他运用分析和比较的方法,研究了大量的生活现象、心理现象和艺术现象,还研究了哲学和历史,其中包括荷马的史诗、萨福的抒情诗、埃斯库罗斯等人的悲剧、德谟斯梯尼的雄辩术、柏拉图的哲学、希罗多德的历史,等等。他把广泛的理论概括同具体的艺术分析结合起来,不仅分析了崇高的概念,探讨了崇高在审美和心理上的作用,而且从理论主张到批评实践都提出了独特的见解。下面仅就其主要的文艺思想分述如下。

一 首次从审美的范畴提出了"崇高"的概念

《论崇高》的真正价值,在于作者从审美的范畴首次提出了"崇高"的概念。这是朗吉弩斯对西方美学最重要的贡献。

"崇高"在古希腊罗马人那里,并不是什么崭新的字眼,然而在朗吉弩斯之前,"崇高"仅属于修辞学的范畴。被朗吉弩斯所批评的凯齐留斯,就曾写过一篇讨论崇高风格的论文,题目也叫《论崇高》。它没有弄清楚整个问题的严肃性,完全抓不住这个问题的要点,没有明确地阐述"崇高"在审美方面的真正性质,于读者无益。

朗吉弩斯并不否认崇高与修辞的联系,认为美妙的措辞就是崇高精神特有的光辉。他认为"用语言表达的思想和表达思想的语言总是密切相联的"[①],并指出浮夸、幼稚和假感情是使用文辞的三大弊病,是与崇高概念水火不相容的。但是,他认为崇高首先是一种美,而且这种美来自客观和主观两个方面。就客观来说,大自然中有崇高的事物,像尼罗河、多瑙河、莱茵河、大海洋、天上的星光、埃得纳火山等等,它使人们感受到大自然的宏大和高超,崇高就存在于这些比我们自己更神圣的事物之中。就主观来说,人生来具有一种追求崇高事物的强烈愿望,做庸俗卑陋的生物并不是大自然为我们人类所订定的计划;人生长在世间,经常可以看到自然界处处富于精妙、堂皇、美丽的事物,久而久之,潜移默化,养成一种向往崇高的审美理想和热爱崇高的审美情趣,培育出由伟大的思想和激动的感情所构成的伟大心灵。如果说宏大和高超是构成崇高的一般因素,那么超凡的力量和激情则是构成崇高的重要因素。由此可见,朗吉弩斯的崇高,一方面在于客观外界的伟大事物,另一方面也在于人的主观所具有的伟大心灵,这两者的结合,就是他关于"崇高"的总概念。针对当时的社会状况,作者运用这个总概念对人的思想、情感、言论、行动和文艺作品等所反映出来的崇高精神的

---

① 伍蠡甫主编:《西方文论选》上卷,上海译文出版社1979年版,第128页。

探讨,远比仅仅局限于对自然界崇高事物的研究更为深刻。

朗吉弩斯不忽视"崇高"的客观现实基础,但更强调作家的人格对崇高风格的形成所具有的重要意义。他认为,诗人必须先有伟大的人格才能有崇高的风格,崇高风格是伟大人格在语言上的反映。崇高语言主要有五个来源:一是"庄严伟大的思想";二是"强烈而激动的情感";三是"运用藻饰的技术";四是"高雅的措辞";五是"整个结构的堂皇卓越"。其中,思想、情感是属于作家的人格问题,这两个崇高的来源"主要是依靠天赋";技术、措辞、结构,则属于作家的风格、技巧问题,这三个"可以从技术得到些助力"①,而技术是可以在后天学到的。在这五个"崇高"的来源之中,最重要的是崇高的思想。亚里士多德没有触及过作家的人格问题。贺拉斯虽然涉及了,但他只从反面提出,认为当铜臭和贪得的欲望腐蚀了作家的心灵,作家就不能写出好的作品。而朗吉弩斯则从审美的高度看待作家的人格修养,并把这视为作家艺术修养的基础。这就把贺拉斯的思想提高了、升华了。在他看来,一个作家如果被金钱和享乐的贪求所腐蚀,并成为它们的奴隶,那就等于把作家的整个身心投入深渊。他说:"惟利是图,是一种痼疾,使人卑鄙,而但求享乐,更是一种使人极端无耻、不可救药的毛病。……人们一崇拜了自己内心速朽的、不合理的东西,而不去珍惜那不朽的东西,上述的情况,就必然会发生。他们再也不会向上看了;他们完全丧失了对于名誉的爱惜,他们生活败坏,每况愈下,直至土崩瓦解,不可收拾。他们灵魂中一切崇高的东西渐渐褪色,枯萎,以至于不值一顾。"②只有作家有了崇高的人格,读者的灵魂才能为真正的崇高所提高,读者才能真正获得一种无比的喜悦。显而易见,与贺拉斯比较,朗吉弩斯重视人格修养更富有积极意义。

朗吉弩斯虽然把作家的人格主要归之于天性,强调崇高是由一个人精神上的天赋本性所决定;但是,他并不因此而否认后天的培养和训练对于作家人格修养的意义。他主张作家伟大人格的修养,可以通过艺术陶冶和自然陶冶来实现。他提倡从希腊古典作品中吸取伟大的精神,以陶冶性情。他说:"对于那些想向古人学习的人来说,从古人伟大的气质中,就有一种涓涓细流,好像从神圣的岩洞中流出,灌注到他们的心苗中去,因此连那些看来不容易着迷的人也受到了启示,在古人伟大的魅力下,不觉五体投地

---

① 伍蠡甫主编:《西方文论选》上卷,上海译文出版社 1979 年版,第 125 页。
② 同上书,第 131 页。

了。"①至于自然陶冶,他认为:当人们观察整个生命的领域,看到它处处富于精妙、堂皇、美丽的事物时,就能立刻体会到人生的真正目标究竟是什么了。

当然,他主张的艺术陶冶和自然陶冶,决不是在人格上被动地接受某一种有益的影响,而是主动进取,在陶冶中同它们竞赛。照他的理解就是:不仅要模仿过去伟大的诗人和作家,并且还要同他们竞赛。大自然生了我们,就像把我们放在某种伟大的竞赛场中,要我们既做它的丰功伟绩的观众,又做它的雄心勃勃、力争上游的竞赛者。

《论崇高》提出的关于作家人格修养的见解反映了作者的人生观,也是作者处于当时社会中的一种心理和情绪的表征,含有批判和抗争的意味。在作者看来,当时那种专制政治,不论它打扮得如何正派,仍然是"灵魂的笼子,公众的监牢"。因为只有"民主是天才的好保姆",自由"能培养才士的大志"。② 所以,他的人格标准具有政治的、道德的和美学的意义。

崇高就是"伟大心灵的回声"③这句名言,包含着丰富深刻的思想内容,是朗吉弩斯整个理论体系的核心。所谓回声,就是显现。伟大心灵的回声,就是伟大精神力量的显现。有声响、有言词的可以显现;无声响、无言词的也可以显现。或者说,在特定的情境中,崇高也许根本就用不着说什么话。朗吉弩斯说得好:"一个毫无装饰、简单朴素的崇高思想,即使没有明说出来,也每每会单凭它那崇高的力量而使人叹服;阿雅克斯在冥界的沉默是伟大的,比他说的任何话更为高超。"④朗吉弩斯对荷马描写的这个场面深有理解,在他看来,让阿雅克斯说什么呢?去责备奥德赛,还是与奥德赛和解,二者都不可取,因为那样会破坏崇高的意境,有损于阿雅克斯的英雄形象。而荷马让阿雅克斯含怒不语地离去,更具有感人肺腑的精神力量。因此,阿雅克斯的沉默是伟大的沉默,是崇高思想和崇高力量的显现。照朗吉弩斯的理解,看一个人的行为,或一个作家的作品风格是否崇高,其主要标志就是看他是否有一种伟大的思想、伟大的人格和伟大的精神,即是否有一颗伟大的心灵。

---

① 伍蠡甫主编:《西方文论选》上卷,上海译文出版社1979年版,第127页。
② 同上书,第130页。
③ 同上书,第125页。
④ 同上。

二 艺术作品应当有强烈的感染效果

朗吉弩斯不仅分析了崇高的概念,而且进一步探讨了崇高在文艺欣赏和文艺批评中的作用。在他看来,艺术作品应当具有强烈的感染效果,这种效果主要来自于作家崇高的感情。这是朗吉弩斯文艺思想中的一个重要观点。关于艺术的感染效果问题,在朗吉弩斯之前,贺拉斯曾经触及过,但是,由于贺拉斯严守古典诗学的传统,他更看重文艺的教育作用。罗马的修辞学家也特别强调散文的说服作用。朗吉弩斯却并不满意这些传统的看法,对艺术作品提出了更高的要求。他认为,作家应当有崇高的感情,这是使作品产生强烈感染效果的根本前提,是迷住读者、激起读者强烈共鸣的重要条件。

朗吉弩斯所说的崇高感情是什么样的感情呢?

第一,崇高的感情不是一般的热情。热情有助于崇高感情,但是崇高感情与一般热情不是一回事。因为有些热情是卑微的,像怜悯、恐惧、烦恼、嫉妒,以及对钱财和荣华富贵的追求等。崇高感情所引起的效果,则是一种仰慕崇高事物,驱使人们向往壮丽、尊严的热情,从而获得激昂慷慨的喜悦,这与卑微感情有明显的区别。从一般意义上说,这个看法是有道理的。但是,把所有的怜悯与恐惧都列入卑微的感情之中,未尝不是一种偏见。亚里士多德认为怜悯与恐惧是由于正义的同情激发起来的,是悲剧所产生的主要审美效果。柏拉图则否定恐惧与怜悯的审美效果及其教育意义。在这一点上,朗吉弩斯的观点倒是接近于柏拉图。

第二,崇高的感情是恰到好处的真情。"没有任何东西像真情的流露得当那样能够导致崇高;这种真情如醉如狂,涌现出来,听来犹如神的声音。"①这就是说,从作家方面看,作家应当有真情实感,而且只要它"流露得当",就会导致崇高。无可置疑,这是针对当时那种无谓的雕琢、乏味的浮夸、矫饰的感情等形式主义倾向而提出来的。虽说朗吉弩斯对真情的理解,与柏拉图的"迷狂说"有些近似,但他毕竟强调了这种如醉如狂的真情,不是任其随意表露,而是要"流露得当"。在他看来,情感不仅需要创作欲望来鞭策,而且需要理智去控制。"那些巨大的激烈情感,如果没有理智的控制而任其为自己盲目、轻率的冲动所操纵,那就会像一只没有了压舱石而飘流

---

① 伍蠡甫主编:《西方文论选》上卷,上海译文出版社1979年版,第125页。

不定的船那样陷入危险。它们每每需要鞭子,但也需要缰绳。"①这一思想,连同所谓"流露得当""恰当强度"和"恰当时刻"等,都是对古典诗学合式原则的发扬。从读者方面看,具有高度审美能力,最善于"分辨出崇高的真假"的欣赏者,仿佛从作家涌现出来的如醉如狂的真情中,听到了神的声音。

结合作家和读者两方面来看,"流露得当"的真情"能够导致崇高"的观点,包含着感情共鸣的原理。当作家奔放的真情流露得当,就会产生共鸣;当作家矫揉造作地把感情搞得"冷冰冰",或弄得"假惺惺",都只能使人生厌,而不会引起共鸣。在无需抒情的场合抒发不得当的空泛的感情,或者抒发了远远超过具体情境所许可的感情,也都不会使人产生共鸣。

第三,崇高的感情能使人达到狂喜状态。"崇高的语言对听众的效果不是说服,而是狂喜。一切使人惊叹的东西无往而不使仅仅讲得有理、说得悦耳的东西黯然失色。"②这是作家应当努力追求的最好效果。这种狂喜,要比当时修辞学家强调散文的说服功用,比贺拉斯提出的文艺的娱乐作用,都更为深刻,更为强烈。因为狂喜这种审美的心理状态,是一种感情的白热化,它不仅能获得"说服"和"娱乐"的效果,它还能引起人的"惊叹"。所以崇高的语言效果,不仅仅在于说服,更重要的是在于强烈的感化。因此,朗吉弩斯所要求于作品的,不是平淡无奇的广度,而是思想的深度和感情的强度,也就是作家的气魄和力量,在作品中所产生的狂飙闪电般的效果。他十分强调激情在创作中的巨大意义,认为激情如果能在创作的关键时刻得到恰到好处的表现,它就会像剑一样突然脱鞘而出,像闪电一样把所碰到的一切劈得粉碎,这样,它就把作家的全部力量在这闪耀之中完全显现出来了。根据这种见解,他认为《伊利亚特》充满着戏剧性的动作和冲突,感情真挚而热烈;而《奥德赛》正缺少这种优点,它虽然壮观犹存,但却光华已逝了。他还把德谟斯梯尼与西塞罗这两位演说家都比作火,不过前者像旋风那样的烈火;后者像一片永不熄灭的燎原大火,虽说广度有余,但速度和强度都远不如前者。前者仿佛是耸峙的高峰,后者却是一片汪洋的大水,所以前者比后者更伟大。

三 强调作家的想象对艺术创作的重大作用

朗吉弩斯继亚里士多德提出艺术虚构问题之后,对与作家的思想和激

---

① 伍蠡甫主编:《西方文论选》上卷,上海译文出版社 1979 年版,第 123 页。
② 同上书,第 122 页。

情的力量密切相关的艺术想象问题,做了进一步的阐释。

他认为,人们热爱崇高事物能激发起无限的想象力。对于一个伟大的作家来说,由于对一切伟大的事物,一切比他自己更神圣的事物的热烈追求,所以"即使整个世界,作为人类思想的飞翔领域,还是不够宽广,人的心灵还常常超越过整个空间的边缘"①。在他看来,作家的想象力是不受客观事物的限制的,如果他具有崇高的思想感情,具有追求伟大事物的人生目的,那么他的想象力就会突破其周围的环境,甚至超越宇宙空间。从积极意义上说,追求崇高事物的思想激情,必然伴随着丰富的想象力,有益于创作;从消极方面理解,这里所说的想象力有点"神性",近似于柏拉图的"灵魂回忆说"。朗吉弩斯还认为,作家与读者是艺术上的伙伴。作家的创作,读者的欣赏,都少不了艺术的想象。所以他提出:"风格的庄严,恢宏和遒劲大多依靠恰当地运用形象。……这词现在一般用于这种场合,即说话人由于其感情的专注和亢奋而似乎见到他所谈起的事物并且使听者眼前产生类似的幻觉。"②足见想象是作家在精神高度集中和感情高度兴奋的时候,将那不在眼前的事物浮现于心中的一种心理状态。它是把作家思想感情形象化地表现出来的一种重要手段,对于积极欣赏艺术作品的读者和观众也是不可少的。

值得注意的是,朗吉弩斯还将诗人的想象与演说家的想象加以比较,企图探索艺术想象的特征。他指出,虽然两者都有激发人们情感的企图,但是两者采用想象的目的不同。诗人用想象的目的在于感染人,使人惊心动魄;演说家用想象的目的在于说服人,使人听了之后更加明晰。诗人的想象可以容许神话般的夸张;演说家的想象"主要在于其有力和真实",即在于对真实证据的有力强调。

四 提出了评价艺术作品的普遍永恒的标准

朗吉弩斯提出,要掌握真正崇高的明确理论和标准,是一件很困难的事情,"因为文章风格的评判是长期努力的最后成果"③。这表明,第一,评价作品应当有明确的理论和标准;第二,艺术理论的概括,只有在长期分析具体艺术现象、总结艺术实践的基础上才可能取得积极的成果。这就肯定了

---

① 伍蠡甫主编:《西方文论选》上卷,上海译文出版社1979年版,第129页。
② 同上书,第128页。
③ 同上书,第124页。

艺术理论与艺术实践相联系的必要性。

用什么样的标准和方法去分析具体艺术现象呢？他说得很明确："我将指出的方法将会使我们在能够凭规则来区别的范围内，可以分辨出崇高的真假"，即"如果任何作品，在一个敏锐而有修养的人一再听过之后，不能使他的灵魂适应崇高的思想，如果它所表达的，缺乏有余不尽之致，如果你听得它越久，就越不想听它——这里就未必有真正的崇高了……。但是如果这个作品，是不同凡响，无懈可击，难于忽视，或者简直不容忽视，如果它又顽强而持久地占住我们的记忆，这时候我们就可以断定，我们确实已经碰上了真正的崇高了"。于是他得出结论："一般讲来，凡是大家所永远喜爱的东西，就是崇高的真正好榜样。当所有不同职业、习惯、理想、时代、语言的人们，对于某一作品，大家看法完全相同的时候，这种不谋而合、异口同声的判断，使我们赞扬这一作品的信心，更加坚定而不可动摇。"①评价作品的好坏，要看它是否能永远博得各时代、各民族和各阶层读者的一致喜爱。这就是朗吉弩斯关于评价艺术作品的普遍永恒的标准的实质。

由于朗吉弩斯在评价作品的时候，对于时代的考验赋予了如此重要的意义，所以他主张作家在创作的时候，既要想象出前代杰出人物会如何评审自己的作品，又要重视后代人将怎样评判自己的著作，这是推动作家在创作中精益求精的最强大的动力。凡是害怕时代考验的作家，他的思想不会成熟，他的感情不会崇高，他的作品也不会流传千古。因为他们只知道一味贪求金钱和享乐，他们完全丧失了对于名誉的爱惜，所以他们只能急于凑成一些速朽的东西。而真正杰出的作家及其伟大的艺术作品，其生命力量是没有穷尽的。在朗吉弩斯看来，荷马、德谟斯梯尼、柏拉图等人的作品，都是不朽的，只要花开着，水流着，就会永葆它们的青春。真正的批评家应该珍惜那些可以永世长存的伟大作品。

朗吉弩斯依照普遍永恒的标准，反复强调希腊古典作品的崇高品质，力图引导读者向古典学习。同时，他还积极鼓动大家用竞赛的目光注视这些卓越的榜样，并努力超过他们。他引用柏拉图的话说，有一种缺乏智慧和善良的人，他们成天寻欢作乐，醉生梦死，从不翘首展望真理，也不抬头高瞻远瞩，所以他们享受不到纯洁而持久的快乐。他们只是像畜生一样，两眼永远朝下，看着土地，看着自己的食槽，只知吃饲料，长肥肉，繁殖下一代。他认为，这是一种人生的道路。还有另一条人生道路，是把人们引向崇高的道

---

① 伍蠡甫主编：《西方文论选》上卷，上海译文出版社1979年版，第124页。

路,"这就是模仿过去伟大的诗人和作家,并且同他们竞赛"。他说:"在我看来,如果柏拉图没有竭尽全力与荷马较量高低,像一个年轻的竞技者,想跟大家一致夸奖的人来比赛,也许好胜心切,不免意气,但毕竟从比赛中得到了不少益处……正如赫西俄德所说,对于凡人来说,这样较量一下是好的。"①因此,他的结论是:要做雄心勃勃、力争上游的竞赛者,争夺光荣的桂冠是崇高的,即使在竞赛中为前人所挫败,也没有什么不光彩的地方。既坚持学习古人,又力求超过古人,在当时的历史条件下提出这个观点,实在难能可贵。

朗吉弩斯关于普遍永恒的标准的主张,说明他是自觉地把美学标准应用到文学创作和文学批评上去,认为评价作品的好坏,应当有标准,应当有广泛的群众基础,应当放在历史的长河中去考验。这无疑有其可取的一面。但他主张以普遍人性为哲学基础的抽象的、绝对不变的批评标准,忽视或抹杀了文艺发展的历史性和阶级性,则是错误的。

第三节 《论崇高》对后世的影响

《论崇高》的影响可以说是超越时代的。然而有趣的是,这篇著作的命运却很奇特,它虽然在后来受到很高的评价,可是当时的人们却对它一直保持着沉默。这并不是偶然的。

朗吉弩斯崇尚崇高的思想和感情,显然与当时的社会政治风气有密切关系。《论崇高》虽然以学术论文的姿态出现,但就其思想内容来说,实际上是针对当时的政治迫害、道德堕落、文风颓废所做的一种大胆的批判和强烈的抗议。他歌颂"心胸豁达,意志昂扬"的思想,歌颂"襟怀磊落,真挚激昂"的感情,歌颂崇高的人格,歌颂思想的自由和悲壮的沉默;他反对龌龊的心灵和卑微的感情,反对乏味的浮夸和愚蠢的做作,反对惟利是图和贪求享乐;他在奴隶制黑暗时代里,勇敢地发出了"奴隶中从来没有演说家"的凄厉愤懑的疾呼……一句话,我们仿佛从他的论文中,听到了一颗伟大心灵的回声,触到了那个时代激烈跳动着的脉搏。也许就是这种政治上的原因,《论崇高》一直被埋没,一直没有被同时代人提到。但是到了近代,当一些学者读到它的时候,认为它"像黄金一样宝贵"。它几乎被译成了欧洲所有的文字,引起了西方美学界的关注,特别是对于17、18世纪的欧洲文艺思

---

① 伍蠡甫主编:《西方文论选》上卷,上海译文出版社1979年版,第127—128页。

想,曾产生过重大影响。它恪守普遍人性,尊崇古代,受到古典主义者的青睐;它对天才、激情、想象的突出宣传,又为浪漫主义的文学和批评提供了武器。因此,人们认为朗吉弩斯是继亚里士多德之后,古希腊又一位伟大的批评家。

《论崇高》特别受到欧洲古典主义者的推崇。布瓦洛继 1674 年翻译评注这篇著作之后,又写了《朗吉弩斯〈论崇高〉读后感》,肯定了为大多数读者长期鉴赏的作品所具有的真正价值,认为"实际上只有后代的赞许才可以确定作品的真正价值"①。布瓦洛还进一步阐发了评价艺术作品的普遍永恒的标准,为自己同时代人高乃依和拉辛进行辩护,明确指出,评价作品价值的准则,不在于它的作家是否古老,而在于作品是否值得人们永恒的赞赏。

英国和德国的文学活动家们,如弥尔顿、德莱登、蒲柏、温克尔曼等,都程度不同地受到了朗吉弩斯的影响。德莱登在《悲剧批评的基础》中强调:朗吉弩斯一直是他所尊奉的导师。蒲柏在《批评论》中也特别提到了他,认为朗吉弩斯的崇高概念,几乎成为古典主义的标准,因此《论崇高》也被看作文学批评的一个范例。

《论崇高》还成为后人批判矫情文风的一种武器。1878 年,著名的德国作家卡尔·古茨诃在反对当时德国文学崇尚浮华的风气时,就曾向朗吉弩斯借用了反矫揉造作的理论武器。

朗吉弩斯关于"崇高"的概念,曾吸引了康德和柏克的注意,并在康德的《论优美感和崇高感》《崇高的分析》和《判断力批判》中得到了哲学上的发展。朗吉弩斯阐发的有关崇高的思想,对车尔尼雪夫斯基关于崇高的学说也有一定的影响。

总之,朗吉弩斯的文艺理论和批评实践,都标志着一代风气的转变:"文艺动力的重点由理智转到情感,学习古典的重点由规范法则转到精神实质的潜移默化,文艺批评的重点由抽象理论的探讨转到具体作品的分析和比较,文艺创作方法的重点由贺拉斯的平易清浅的现实主义倾向转到要求精神气魄宏伟的浪漫主义倾向。"②这是对朗吉弩斯及其《论崇高》在西方文艺理论发展史上的地位和作用所做的精辟的概括。

---

① 伍蠡甫主编:《西方文论选》上卷,上海译文出版社 1979 年版,第 304 页。
② 朱光潜:《西方美学史》上卷,人民文学出版社 1979 年版,第 115 页。

参考书目:

1. 朗吉弩斯:《论崇高》,见伍蠡甫、胡经之主编:《西方文艺理论名著选编》上卷,北京大学出版社1985年版。
2. 蒋孔阳、朱立元主编:《西方美学通史》第1卷,第14章,上海文艺出版社1999年版。

思考题:

1. 简述《论崇高》的主要内容:崇高的涵义及其产生的根源。
2. 《论崇高》的现代意义。

第五章　普罗提诺的《九章集》

普罗提诺(Plotinus，204—269)，生于埃及的吕科坡利(Lycoplis)，28岁到亚历山大城追随萨克卡斯(Amminius Saccas)等学习哲学达十一年之久，39岁出于研究印度和波斯哲学的目的，追随罗马皇帝戈尔狄安三世出征波斯，后避居蒂奥克，40岁定居罗马城，开始从事哲学教学和著述，他企图用宗教神秘主义原则将希腊和希腊化哲学中的主要学说加以体系化，这种探讨被哲学史家命名为"新柏拉图主义"。他的《九章集》(Ennead)包括54篇相互独立的论述，由其学生波菲利(Porphyry)编订成书，在公元299年正式发表，由于全书共六卷，每卷都包括九篇论述，所以，这部著作被名之为《九章集》。

《九章集》中，第一卷主要讨论道德伦理问题，其中涉及生命与人的本性，美德与至善，幸福与美感等问题；第二卷主要研究自然哲学问题，其中涉及天体运行，潜能与现实等问题；第三卷继续论述自然哲学的相关问题，其中涉及天命与爱，永恒与时间，神圣的理性等问题；第四卷则主要研究灵魂问题，其中涉及灵魂的本质，灵魂处于可分与不可分的实体之间，灵魂不朽，灵魂与肉身以及所有的灵魂是否属于同一种灵魂等问题。第五卷则主要讨论心智问题，其中涉及世界的三个原初本质：太一，心智和灵魂，心智之美，心智与理性和存在者之关系等问题。最后一卷则主要研究太一问题，其中涉及数和范畴，存在的杂多性，人和神的自由，太一与至善等问题。从以上内容可以看出，普罗提诺将希腊和希腊化时期的宗教性问题或精神心理问题都纳入到了一个自创的精神哲学或心灵哲学体系之中。普罗提诺在《九章集》第一卷和第五卷中特别讨论了美学或诗学问题，而他的哲学体系又构成了这种美学与诗学论述的基础，因此，我们有关《九章集》的解读可以在其心灵哲学体系中相对突出其诗学和美学的地位。

第一节 柏拉图诗思传统的新型综合

柏拉图与亚里士多德奠定了希腊哲学与美学的两种典范形态之后,后柏拉图与亚里士多德时期的思想家始终难以跳出这两大哲学磁场,尽管这两者之间具有思想的某种一致性,但人们更喜欢强调二者的对立与区别。相对而言,在希腊化时期,柏拉图的思想影响力更为明显。策勒尔指出:"新柏拉图主义是毕泰哥拉主义和中期柏拉图主义的直接延续,它把自身那种柏拉图、亚里士多德以及斯多亚学派的思想折衷的结合物与这两个流派结合起来。"[1]此外,普罗提诺将存在分成等级的思想是从帕奥西多尼乌斯那里搬过来的,不过,他采取了一种相反的认知立场,即帕奥西多尼乌斯从经验研究出发,由此上升到上层世界,而新柏拉图主义则采取从上到下的认知方式,竭力从超感觉世界中引申出感觉世界,这样,普罗提诺将全部兴趣专注于对这个超感觉世界的研究。普罗提诺积极致力于精神问题的探究和解释,在他看来,解决了精神生成的秘密也就解释了全部问题。因此,他的诗思完全从心灵玄奥与神秘出发。

应该说,普罗提诺的全部思想精髓还在于柏拉图主义,从诗学的立场上而言,普罗提诺的《九章集》很好地承继了柏拉图所开创的诗思传统,当然,这并非就外在形式而言,而是就其思想的内在方式和根本特质予以立论。柏拉图是在一种诗的方式中展开思的,他通过对话展开生动形象的论述,构造富有隐喻性内涵的哲学形象,直观地描述和表达他所构造的独有的精神世界。普罗提诺很好地利用了这一传统,他的思想也是通篇溢出一种诗意,他用简洁而明快的诗性语言独白式地表达着主观性的思想,构造着一种完满自足的精神哲学体系。

普罗提诺对柏拉图诗思传统的继承首先表现在对柏拉图所构拟的精神世界的理解之上。柏拉图所创立的一个精神哲学体系,一般可以表述为相论或理式论(theory of ideas),典型的表达方式是:即一类事物之所以是这类事物就是因为它们分有一个共同的相。柏拉图在《斐多篇》中写道:由于存在美的"相",这样,所有美的事物都在不断地分有着美的相,这种分有本身使一切美的事物具有美的特性。在柏拉图看来,在人们认知的事物中,任何具体的美的东西都是变动的、相对的,只有美的相才是永恒不变的绝对的

---

[1] E.策勒尔:《古希腊哲学史纲》,翁绍军译,山东人民出版社1996年版,第311页。

美,而且,美的相是决定一切美的事物之所以美的总根源。柏拉图这里所说的相既可以理解成一个静止的实体,更应理解为一种虚悬的精神事物,类似宗教神话中的"神"。柏拉图正是由此出发创制了他的"相"的分有的精神生成的哲学体系。

柏拉图的相的学说,有两种认知思路,即从下到上的认知路线和从上到下的认知路线。从下向上看,世界上每一个具体事物都有一个具体的"相",例如树木有树木的"相",河流有河流的"相",这个"相"是直观的,可以感知的,具有形象化和图形化特征,只要把这些具体的事物的相加以综合,我们就可以看到某一类事物的形相,或称之为图式,由此,一直向上追溯,即追问千千万万感性具体的事物的形相何以发生,这样就可以追溯到一个最高的、最本原的"相"上来,由这种追溯的方法可以得出一个结论,即所有感性具体的事物的相都是从这个最高的最本原的相流射出来。从下向上的认知是一种经验论的归纳的综合论的认知方式,与之相对的一种方式则是先验论的演绎的认知方式。柏拉图假定有一个最高的相,而且确认所有的事物都分有着这个共同的"相",这样,具体事物的相都与最本原的相有关。柏拉图的相不应被看作一个静止的事物,而应看作一种具有创生性力量的事物,即这个最高的包罗一切的相具有无限的潜能和力量,如同太阳和发光体一样,它可以将自己的光芒发散出来,照射到万事万物之上。这样,相与具体事物的特征,就可以给予一种相对明确的规定,例如,相是单一的,而具体事物则是组合而成的;相是不变的,而具体事物则是经常变化的;相是看不见的,只能由思想掌握,而事物是看得见的而且可以感觉到的;相是纯粹的,具体事物是不纯粹的;相是永恒不朽的,而具体事物总是要死亡的。当然,柏拉图从静观的角度来分析相的问题也面临着一个难题,即丑恶的事物或坏的事物也有一个"相",如果它也顺着从下向上的认知线路,岂不是也可找到一个"恶"的相,而这一点非常可怕。柏拉图看到了这一点,并由此创造了一个神学目的论观念,在他看来,相的分有,只能出自至善的目的,这就保证了"恶"的相找不到一个最高源头,因为我们不能说最高的相既派生善又派生恶,由于柏拉图的规定,这个最高的相便成了至善的象征,一切都从它发散出来。

不过,相的认知还存在一个问题,即柏拉图将人既看作一个具体的事物,这样人有人的共相,同时,它又将人看作相的认知者,这样,他实际上将人置于一个特殊地位之上。于是,这个可以认知"相"的主体便具有模仿和创造的能力,人的全部创造便出自对"相"的模仿。他以三种床为例,一是天然存在的床,二是木匠造的床,三是画家造的床。天然存在的床,在他看来即神造的床,这样,神和木匠都是床的制造者,画家却不能说是制造者,他只是前两种人所造的床的模仿者,因为他画的床与作为相的床隔着两层。这种观念在柏拉图的精神哲学体系中往往自圆其说,对此进行批判只能来自柏拉图思想的外部,但普罗提诺显然不是站在批判的立场上,而是站在认同并加以创造性理解的立场上,这样,普罗提诺直接由"相"这个概念衍生出"太一"(the One)这个概念,由"相"的分有而衍生出"太一"的流射观念,太一流射出"美",太一流射出"善",所有美的事物和美德都是从太一流射出来,这显然是直接改造柏拉图的诗思传统的一个结果。

其次,普罗提诺对柏拉图的灵魂学说也进行了巧妙的改造。柏拉图承认"相"的永恒性,同时又规定了相的分有性特征,这在很大程度上为他的灵魂学说奠定了基础,可以说,柏拉图的灵魂学说具有与"相"类似的一些特征。一方面,柏拉图从毕泰戈拉学派和奥菲斯教中继承了灵魂不朽和灵魂转回的观念,另一方面,他又发挥了灵魂的认知性和能动性思想,这样,灵魂既是永恒不朽的又是具有运动和创生能力的事物,这进一步显示了柏拉图思想的复杂性。柏拉图强调灵魂不朽,这为他的宗教至上信仰提供了重要依据;他强调灵魂的运动性和创造性特征,无疑又为理解人的生命活动提供了一个强有力的思想基础,可以说,柏拉图对灵魂的运动性和创造性的强调直接显示了人的主体性活动或精神性活动的本质特征。因为灵魂是不朽的,所以,柏拉图提出了"回忆说"。他认为:灵魂本来具有知识,但是在人出生时忘记了那种本有的知识记忆,这样知识成了一种非觉察状态,要将这些被遗忘的知识回想起来,就要通过学习去重新发现它,所以学习的过程就是一种回忆的过程,也是一种重新发现那种本有的知识的过程。在这里,灵魂的静止与运动的双重特性充分体现了出来。柏拉图还从灵魂的迷狂状态来考察灵魂的运动和不朽。在《斐德罗》篇中,柏拉图说:"凡是灵魂都是不朽的,因为永远运动的东西总是不朽的。那些能使另外事物运动也会被另外事物运动的东西,一旦不动了也就停止了存在。只有那自己运动的东西才不会停止它的运动,它不会放弃自己的本性,所以这种自己运动的东西是一切别的被运动的事物的运动的本原。"柏拉图对灵魂运动的最形象的比喻可以说是"灵魂马车"这一隐喻。他将灵魂比作两匹飞马和一个赶车人的组合,他认为人类灵魂的赶车人驾驭着两匹马,一匹温驯,一匹顽劣。如果灵魂是完善的,它就能高飞远举,控制生命世界的一切;如果灵魂的飞马失去了羽翼就会往下沉落而且必然死亡。因此,人必须想方设法驾驭好自己的灵魂飞车,像太阳神那样,使它永不偏离正道并勇往直前地飞回至善的极地,与神灵的净化的美德相会。柏拉图看到了人类生命情感的丰富复杂性,主张以理性去克制情欲和意志,从而达成个人灵魂的纯洁与安宁。

普罗提诺继承并发挥了柏拉图的灵魂观念。他认为灵魂是杂多的统一体,这种统一体必须或者是绝对的统一体,或者是某种不那么彻底和完美的统一体,但必然要比产生有形体自身的东西更完美。普通的灵魂比特殊的灵魂更有创造力,因为前者更接近心智。灵魂的光普照黑暗,即创造可感世界,这种创造是一种自然的行为。普罗提诺巧妙地改造了柏拉图的灵魂观,使这一灵魂学说服从他所构造的"三一原理"的精神哲学活动体系。

第三,普罗提诺对柏拉图诗思传统的继承与创造特别体现在他对《蒂迈欧》的创新性改造之上。柏拉图对最高的相和最高的灵魂的设想与展望都涉及一个本原的创造者的问题,在柏拉图看来,这个本原的创造者实质上就是神,如果说他前期的思想并没有意识到这一点的话,那么,他后期的思想则直接挑明了这一点。在《蒂迈欧》中,柏拉图将神这个概念用"Demiurge"这个词标明,这个概念本身与希腊哲学和后柏拉图时期的天父和上帝等观念可以说一脉相通,柏拉图将"Demiurge"视作创造者或伟大的工匠,这样,神就是创造这个世界的动因,这个神既是一个永恒不朽者又是一个伟大的创造者,与"相"和"灵魂"的最高本质特性相似。在柏拉图看来,神是一位至善者,他希望世上的一切事物都像他本人一样完美,所以,他要将这个杂乱无章的不规则的处于运动中的混沌体变成一个秩序井然的世界。于是,神把智慧放入宇宙的灵魂中,宇宙便获得了富有生命的事物,一切变得井然有序。在这一对话中,柏拉图将其最具宗教色彩的创世神学思想表达得淋漓尽致,他对宇宙的起源、时间、空间、人的灵魂和理性和生物的等级一一做了考察,构造了一个相当精致的神学体系,这个神学体系本身可以说直接促成了普罗提诺的"三一原理"(the three Hypostases)的精神哲学体系的创生。从《九章集》的相关内容的排列和论述来看,普罗提诺的思想与柏拉图的思想确有其内在一致性,策勒尔对此做了这样的概括:上帝的第一个创造物是精神,正如普罗提诺的前辈把真正的存在物(相)定为上帝的思想一样,柏拉图本人却把理性和思想归因于存在物。普罗提诺认为在递减的梯级中,思想处于接近本原的位置。本原的思想并不是漫无边际的,而是超时间的,在任何时刻都是完满的深思熟虑的思想。[①]

---

① E. 策勒尔:《古希腊哲学史纲》,翁绍军译,山东人民出版社1996年版,第316页。

可以说,柏拉图的诗思传统在普罗提诺的精神实践中得到了很好的继承,他的思想依然保持着柏拉图的精神性特征,这样,他既能沉入心灵世界做无边的遨游,同时又保持着创造与想象的诗意,他使这种精神世界的漫游保留着一种诗性的乐趣,而又不使它落实到现实关怀的历史层面上来。

第二节 "三一原理"与心灵的内在运动

普罗提诺的思想令人费解,这种费解不在于他对美和心灵活动的具体描述。在进行具体的诗意描述时,普罗提诺的心灵是健全的,并没有头脑发昏,但当他构造"原初三位一体原理"时,他则完全不顾客观实际,面对着心灵世界说着神秘而又难懂的胡话。他相信纯粹精神的事物创造着世界的一切,仿佛闭着眼睛讲述他所梦见的真理。普罗提诺继承了柏拉图与亚里士多德及希腊化时期的宗教神学思想,在文德尔班看来,新柏拉图主义的思想在于关注非物质世界的精神性特征。柏拉图的形而上学的非物质性实体(相)不再表现为独立的本质,而表现为构成理智式精神活动的因素。当"相"对于人类认识说来仍然是客观存在的、有决定力量的东西的时候,它们就变成了上帝的原始观念。这样,经验世界的无形原型吸进心灵的内在本性之中。与此相一致的是,理性精神或理智,普罗提诺定义为本身包含"多"的统一体,用形而上学的语言说,定义为由统一体所规定而又包含一连串的流射物的二元性,用人类学的语言说,定义为从高级的统一体产生众多的综合功能。[①] 普罗提诺认为,神是绝对超自然的最初存在,这种存在被誉为心灵上的完善统一体,心灵作为已经包含在统一体中的繁多的本原,一定来源于上帝。这个"一"先于整个思维、整个存在,它是无限的、无形的,并且超越了理性世界以及感性世界,因而没有意识,没有活动。普罗提诺将这个不可表达的"一"指定为太一,太一作为整个思想或整个存在之因,又被指定为善,指定为一切生成的绝对目的。普罗提诺探索超越性和内在性的统一又表现在这样的方向上:上帝的本质仍保持为绝对的"一",是不可变者,而可变性则属于上帝的创造。

按照梯利的理解,普罗提诺的上帝是一切存在物,一切对立和差异、精神和肉体、形式和物质的泉源,它自己没有对立和差异,而是绝对的"一",即排除了杂多和分歧的"一"。它是无所不包的太一,是无限的,可以从中

[①] 文德尔班:《哲学史教程》上卷,罗达仁译,商务印书馆1987年版,第315页。

产生一切,流射一切。杂多总是以统一为前提,统一先于一切存在,超越一切存在。① 虽然世界来自上帝,但他认为上帝并没有创造世界,因为它高于真善美,一切都依赖它。宇宙是出自上帝的流射物,是它无限权能或现实性的不可避免的流溢。所以,普罗提诺才会说:上帝是无限的喷泉,从中涌出流水,而无限的水源永不枯竭。上帝是太阳,从中辐射出光芒,而无损于太阳。说实在的,如果将普罗提诺的"太一"转换成通俗意义上的神或上帝,他的精神体系还可以找到一种人格象征性的对象物,若将他的"太一"理解成一个抽象的概念时,他的世界总是显得神秘而晦暗。这无疑给《九章集》的解释者带来了麻烦。

威利斯(R. T. Walls)指出:面对普罗提诺体系的评注者的首要困难是确立解释的顺序。一个好的建议是从其形而上学等级制度的顶点太一(the One)开始,然后通过他的宇宙的连续阶段向下前行抵达物质世界,由此进入到灵魂,最后又返回到太一之中。② 我国学者范明生在其相关解释中,也将《九章集》的文本顺序倒过来予以论述,即从第六卷开始,依次叙述到第一卷为止,他以为按照这种顺序更易把握普罗提诺的思想体系,这就涉及到对普罗提诺的"三一原理"的认知。按照普罗提诺的看法,神圣的事物具有三个本质:第一个本质是太一,第二个本质是心智,第三个本质则是灵魂。显然,在普罗提诺的思想中,这三个概念不是平行的,而是一个等级式构成系列。太一高于心智,心智高于灵魂,灵魂生成万物。无论我们采取怎样的方法,这个"三一原理"都很难解释得通,因为它不符合经验事实,以往哲学中的神人关系在他这里成了非神非人的关系。在他看来,事物依从这三个本质原理构成一种运动,即由太一行进到心智(Intelligent),由心智行进到灵魂,又由灵魂(Soul)进入到太一,构成一种内在的精神循环。普罗提诺认为,万物必须归结为一个单一的原因,这种原因本身是作为整体而不是作为组成部分发生作用的。这种创造的原理必须是一种没有组织部分的统一体,它把一切包含在自身之中,应该去寻求神,在神以外什么东西也寻求不到,神自身并不企求什么,神就是神自身,神是万物的包蕴者与尺度,神是内在的,神在万物的深处;外在的东西围绕着神,就是说,万物都依赖神,神是理性的原理和心智的原理,后者与神相接触,是从神获得存在的,是神使之成为心智原理。从这些表述里可以看到,普罗提诺是用诗在说话而不是用

---

① 梯利:《西方哲学史》,葛力译,商务印书馆1995年版,第137页。
② R. T. Walls, *Neo-platonism*, Charles Scribner's Sons, 1972, p.47.

逻辑在说话。如果说他在这里有什么创新的话,那就是他在神的至高无上性与灵魂的运动性和不朽性之间插入了一个不伦不类的"心智"。

按照普罗提诺的解释,我们可以设定某种东西是中心,围绕这个中心的是一个圆圈,如果说这个中心是"太一",那么从这个中心射出的第一个光圈是心智,第二光圈则是灵魂,照耀这两个圈的光必定是借来的,所以,灵魂的光达到它的极限就转成黑暗,这就是整个可感世界的来源。普罗提诺认为:太一是万物但又不是万物的一种。太一是完美的,因为它既不追求任何东西也不具有任何东西更不需要任何东西,它永远是充盈的,从中流溢出来的东西便形成了别的实体,太一还是语言文字所不可名状的。按照他的认识方式,太一、心智和灵魂是必须设定的三个原理,从这三个原理出发就可以解释世界运动的秘密,因为这三个原理完全可以满足解释的需要,所以理解世界的运动既不能多于也不能少于这三个原理。太一作为绝对原理必须和心智区别开来,心智又必须和灵魂区别开来,在他看来,灵魂最接近于物质。太一是终极至上的原因,是原因的原因,太一这个原初者是最完善的。普罗提诺人为地强调了他的思想的不同凡响性。他认为:"若把太一想作心灵或神,你就想得太谦卑了。用所有的理解资源去理解这个太一的'整体性',你就能更可靠地去认识太一比上帝更伟大,哪怕你超越了你能理解的最完善的统一性并直达上帝的统一性。因为太一必定是自存的,而且没有什么相伴随。这种自足性就是太一的整体性的本质。有某种事物一定是高度自足的,自治的,超越一切的,最完善的(并且没有任何需要)。"①太一这个第一原理是产生万物的力量,要是没有它,万物和心智都不会是原初的,作为源泉,它没有其他源泉。他还认为,不能把太一这个原理和善等同起来,它是善的源泉。心智和灵魂从第一原理流溢,而第一原理永不减少,在这场合唱中,灵魂受益于这个生命的源泉。这个流溢的过程不是像从物质流射出来那样会逐渐减少,而是说这种流溢是永恒的,因为它们来自一种永恒的原理,正像太阳照耀有多长久发光也就有多长久一样。太一是最完善的原始力量,因为每当任何一种别的东西充盈起来的时候,我们就看到它产生出别的东西,它不愿守着自己。其实,普罗提诺只需设计出这个"太一"就可以解释事物的运动,即创造一个神,但他人为地造成了理解的难度,即将这个"太一"设计成大全和完善的事物,说它是永生自足的,而且充

---

① Jason L. Saunders, *Greek and Roman Philosophy After Aristotle*, Simon and Schuster, 1966, p. 267.

满着无限的力量,但又说它不创造具体的事物。它仿佛是永不衰竭的流水,只提供能量,并不做功发电,这种做功发电的任务专属于"灵魂"。灵魂到底是神的灵魂,还是人的灵魂?灵魂如何能创造出万事万物,普罗提诺根本做不出清晰的说明。

普罗提诺要谈论的第二个原理是心智。他认为,从原初常住不变的太一首先流溢出来的是伟大的心智,一切事物在达到完备程序时都产生出别的东西,永远完满的东西则永远产生永恒的东西。心智是永恒的,包含一切精神存在于自身之中,它来源于"太一"的力量,除了那始初本原的太一之外,它没有别的来源。它被产生之后就会产生出其余的一切事物,产生出观念的美,产生出可知的善。在这种流溢式的生成过程中,心智是完满的平静,在其中一切都是尽善尽美的,它在自身中持有一切。普罗提诺认为:"在感性王国里,心灵美(loveliness)是心智范围内的崇高的一个标志,它展示了心智的力量和良善。所有的事物永远相似,在一种情形下,心智与神的存在相关,另一种情形下又与感觉相联;在一种情形下,心智与神的自在相关,另一种情形下又永远地分享神的美,直到它的力量达成圆满并再现心智的原初状态。"[①]它的认识不是通过探求而是通过拥有,它的福祉是自身固有而不是获得的,它牢固地拥有真正的永恒性。在他看来,心智是神,但不是最高的至上神,如果说太一是第一个神,那么心智就是第二个神。这样,心智的存在,必须包含在心智之中,因此,我们不要在心智本体以外去寻找心智对象。心智处于太一和灵魂之间,心智是灵魂的美的原因,是美自身,而太一是在美以外的。对灵魂来讲,什么是智慧的提供者,唯一的回答是心智本体。在他看来,真正的心智,聪明而没有终极,因此就是美自身。心智有两种活动,首先是理智地把握它自己的内容,其次是借此推进和接受认识它的超越的东西。前一种是指心智的观照,后者是指心智的爱。心智既然像太一,现在心智就仿效太一喷出巨大的能量来。这个力量是它自身的特殊形式,正如那先于它的本原太一所喷出来的一样。普罗提诺的这个心智概念和"三一原理"由于找不到可供参照的理论系统,因此极令人费解,心智在这里是否可以理解成一种人格精神,是比"太一"次一级的神?是唯一神力量的传导者?他的诗思中并未做答,因此,从他的论述逻辑本身,我们只能看到一种诗人的话语独白形式,却看不到一种理性的论证过程,因而,

---

① Jason L. Saunders, *Greek and Roman Philosophy After Aristotle*, Simon and Schuster, 1966, p. 246.

是否可以确立"心智"这一概念作为精神的一个梯级实在大可加以怀疑。

普罗提诺的精神第三原理即灵魂。在他看来,灵魂是常驻不变的,只是在运动和变化中产生出一种形相。灵魂是心智的形相,灵魂一旦被看得这样的尊贵,这样的神圣,那么你可以坚信,由于你拥有灵魂,你已经接近神了,但是越过这个神圣者,还有一个更神圣者,那是先于灵魂的心智和太一,它们是灵魂的源泉。普罗提诺指出:"毫无疑问,在更为有力的推理阶段,灵魂的职责是思想,但它也一定存在另一种形式,或者由于它源自心智原则而可以辨别得出。"①在谈到心智与灵魂的区别时,威利斯指出:"灵魂的沉思和心智之间的主要区别有两点:一是心智在一种单一的无限视域中领悟了整个心智世界,正如我们已经看到的那样,灵魂的沉思被迫从一个对象向另一个对象转变。二是心智的完美的自我意识,基于主体与客体之间的同一性,在灵魂层面上是不可能的。"②普罗提诺认为,灵魂流溢自心智,但与心智有别,心智原理继续保持在心智的存在之中,过着纯心智的生活,灵魂则尽力走向感觉领域。灵魂是一种本质,它不是由于在肉体中找到一个位置而成为存在的,灵魂存在于肉体生成之前。灵魂不断单独存在,灵魂的活动很像一位作曲家,起初是想创作他的音乐,然后就希望听到一支乐队把它演奏出来。除了少数人在少数时刻而外,灵魂总是束缚于身体之中,身体蒙蔽了真理,但在神圣世界那里,灵魂则是自由的。知觉和记忆都是灵魂的附加物,因此知觉是受肉体的手段影响的,灵魂使用肉体的器官作为它的工具。普罗提诺指出:"假如我们考虑灵魂是怎样围绕天体系统并引导一切通往它的目的地,那么,灵魂的本性和力量将更清晰更灿烂地显现出来。因为在全部广大的领域,灵魂都可以住宿,以至每一个空隙,无论大小都被赋予了灵魂。"③灵魂永远有某种超越性,通过一种逆转而走向心智的行动,这样,它就能解除肉体的束缚而翱翔。灵魂进入肉体并和肉体发生接触并不一定会受到损害,它以一种有意识的冲刺穿透更低级的领域,要是脱身得快,那么一切仍然是好的。灵魂的杂多性来源于心智,因为心智不只是一,它是一又是多。在他看来,灵魂虽然低于心智,但却是一切生物的创造者,灵魂创造了日月、星空和整个可见的世界。实际上,普罗提诺的灵魂概念也

---

① Jason L. Saunders, *Greek and Roman Philosophy After Aristotle*, Simon and Schuster, 1966, p. 243.
② R. T. Walls, *Neo-platonism*, Charles Scribner's Sons, 1972, p. 53.
③ Jason L. Saunders, *Greek and Roman Philosophy After Aristotle*, Simon and Schuster, 1966, p. 250.

充满着矛盾性,不能自圆其说,他的普遍的灵魂或世界灵魂观念与个体的灵魂的观念较难统一在一起。这个灵魂概念由于陷在纯粹思辨的神秘趣味中,既不具有毕泰戈拉学派的特征,也不具有柏拉图的特征,成了一种含义不明的论述。普罗提诺的"三一原理"可能是想挑战基督教中的"三位一体"观念,但他的这种流射三阶段显然要比基督教的"三位一体神话"牵强得多。实际上,我们完全不必过于在意普罗提诺"三一原理"的强制性规定,可以将这个"三一原理"重新纳入到神人关系中予以讨论,即作为"太一"的神将他的力量表现出来,按照合目的性意图就可以创造万事万物,"太一"赋予每一事物以"灵魂"或"生命",人正是通过"灵魂"去接近"太一",使生命获得一种完善的存在。

第三节　神秘论诗学与心灵想象的自由

普罗提诺在西方诗学史和美学史的地位不容低估,这在很大程度上与他对心灵的精神描摹有关,也就是说,作为一种哲学理论,他的原初"三一原理"理论并无多少价值,但从神学或诗学角度而言,它的作用就应另当别论。因为宗教信仰所面对的精神世界的问题,和文学创作所面临的精神问题虽带有一种神秘不可捉摸性,但有关心灵的诗意想象总能给人以启示。正因为如此,有关诗的解释与美感解释也总会充满某种神秘性,这在很大程度上是由于心灵的不确定性决定的,也就是说,普罗提诺的思想对于理解诗性神秘具有一定的启示作用。

对此,钱锺书在《谈艺录》中进行的相关论述可以帮助我们对普罗提诺思想进行深入理解。在《谈艺录》第 88 节中,钱锺书从法国神甫白瑞蒙(Henri Bremond)《诗醇》一书谈起,他认为"其书发挥瓦勒利(Valery)之绪言,贵文外有独绝之旨,诗中蕴难传之妙,由声音以求空际之韵,甘回之味。举凡情景意理,昔人藉以谋篇托兴者,概付唐捐,而一言以蔽曰:诗成文,当如乐和声,言之不必有物。陈义甚高,持论甚辩。"钱锺书追述了这一思想发展的历史线索,又特别谈到克洛岱尔(Paul Claudel)。他说:"克洛岱尔谓吾人性天中,有妙明之神,有智巧之心,诗者,神之事,非心之事,故落笔神来之际,有我在而无我执,皮毛落尽,洞见真实。与学道者寂而有感、感而遂通之境界无以异。""艺之极致,上诉真宰,而与造物者游,声诗也而通于宗教矣。"看来,钱锺书对中西诗艺这一神秘特质颇为欣赏。在他看来:"诗人之与神秘,特有间未达。读者奇文欣赏,心境亦遂与祈祷相通云。"与此同时,他还将这种诗学取向与德国浪漫派相比较,他特别引申诺瓦利斯(Novalis)的《碎金集》中的诸篇什予以说明。诺瓦利斯提出:"诗之感通于神秘之感,皆精微秘密,洞鉴深隐,知不可知者,见不可见者,觉不可觉者。如宗教之能通神格天,发而为先知预言也。""真诗人必不失僧侣心,真僧侣亦必有诗人心。"钱锺书在追踪这一思想过程时特别指出:"抑德国浪漫派先进之说,源出于普罗提诺(Plotinus)。普罗提诺,西方神秘主义之大宗师,其言汪洋芒忽,弃智而以神遇,抱一而与天游,彼土之庄子也。白瑞蒙虽基督教神甫,而所主张,实出于教外别传。诗醇中固未道普罗提诺,顾为其支与流裔,则无疑义。"钱锺书对普罗提诺称赏有加,他说:"普罗提诺则不然。以为世间万相,皆出神工而见天心,正可赖以为天人间之接引,乌可抹杀。故作书深非宗教家之断视绝听,空诸缘蕴。而谓好声色藉感官之美,求道理者以思辨之术,莫不可为天人合一之津梁。普罗提诺之所以自异于柏拉图者,在乎绝圣弃智。柏拉图之理(Idea)乃以智度;普罗提诺之一(One),只以神合。必须疏瀹而心,澡雪而精神,搉击而智,庶几神明往来,出人入天。白瑞蒙之论旨无不于焉包举矣。然则穷其根柢,白瑞蒙与德国浪漫派先进同出一本,冥契巧合,不亦宜乎。"①从钱锺书的论述可以看到,神秘主义在浪漫派诗歌中有其突出表现,而法国象征派诗歌和德国浪漫派之思想实与新柏拉图主义的代表人物普罗提诺有关,这样,普罗提诺便成了西方神秘主义诗学的大宗师。诗与神秘,神秘主义与诗心有着天然的契合与统一性,因此,钱锺书充分肯定了普罗提诺的诗学地位。钱锺书所论列的普罗提诺显然是从积极意义上立论,诗确喜欢道说神秘,而神秘经验本身非诗性言说方式不能道说,因而,普罗提诺的神秘主义想象与道说本身是有意义的。也就是说,我们不可多从哲学方面探究普罗提诺而应多从诗学和神学方面认识他的《九章集》所蕴含的美学价值。

  思想的神秘主义从理性分析而言,自然漏洞百出,而从诗性体验而言,则可以说最大限度地描摹和把握了一种神妙莫测的独特的精神世界和心灵状态,神秘主义诗学重在开拓人的视界,拓展人的神智,使人畅游翱翔于自由自在的审美世界之中,因而,普罗提诺的诗学对此后的浪漫派诗学和象征主义乃至神秘主义的诗学都起到了一种指导作用。就美学自身而言,普罗提诺的不少论述确实见解独到,而且真正把握了美感经验中那种自由而神秘的精神特征。

---

① 钱锺书:《谈艺录》,中华书局1984年版,第268—274页。

首先,他认为心灵使物体为美。在他看来,心灵是这样一种东西,它使得我们称之为美的物体具有了美。因为它是某种神圣的东西,似乎就是美的一部分。所以,凡是它所能接触到和控制的东西,它都能使它们成为美的事物,只要它所触及的对象能够分有美。他还认为:物体美是什么?它是第一眼就可以感觉到的美。当心灵认出它并使它屈从于自己时就欢迎它,表现它。但心灵者看到丑的东西,它就背离它。它悸动不安,拒绝它,因为丑不能与心灵相契合,它与心灵相异。他还认为一切天生就能够获得形式和理念的无形物体,只要它还没有分享神和理念,就是丑的。他还指出:必须使视觉的主体符合或近似于视觉对象后才能进行观照。除非眼睛变得像太阳一样,它才能看到太阳。除非心灵变得美,它才能看到第一种美。因此,只有每个人首先自己和神一样伟大和美,他才能看到神和美。普罗提诺指出:"来自另一个世界的力量只能是神(Being)和神的美。没有神的美不可能存在,也没有神能离开美;遗弃美,神就丢失了它的某种本质。神是令人向往的,因为它与美同一;美是可爱的,因为它就是神。"①

其次,普罗提诺重视视觉美感与心灵的内在沟通。在他看来,美主要诉诸视觉,就文词安排和各种音乐来说,也诉诸听觉,因为乐曲和节奏是美的。从感觉范围逐渐上升到更高级的心灵,就有美的生活,美的行为,美的学问以及道德品性的美。那么是什么使得眼睛看到了物质的美,让耳朵听到了声音的美呢?为什么所有来自心灵的都是美的呢?是否存在着一种原则,一切事物者因此而美,抑或有一种美只限于外形体现,而另一种美则无形呢?最后,一种美或多种美的原则是什么?当美的客体出现在观赏者面前,呼唤他们,引诱他们不再注意别处并且使他们在观看中充满喜悦时,是什么吸引了他们的眼睛?他认为如果我们搞清楚这一点,立刻就有了一个深入研究的立足点。他还针对流行的美学观进行真理式辨析,例如许多人认为,部分与部分以及部分与整体之间的对称再加上一些悦目的颜色,就构成了眼睛可见的美。这就是说,美绝不是没有各个部分的东西,只能是一种复合之物,只有整体才是美的,各部分本身并不美,只有结合为整体时才是美的。实际上,普罗提诺并不同意这种流俗的见解,他认为,如果整体美,那么各部分也应该美,因为美的整体不可能由丑的部分组成,它的法则必定贯穿各个部分。所以,真正打动人的美是揭示了完善比例的东西,而非完善的比例本

---

① Jason L. Saunders, *Greek and Roman Philosophy After Aristotle*, Simon and Schuster, 1966, p. 285.

身。如果雕像更像活人，它也不会因此而变得更美，即使其他部分更适合比例。一个丑陋的活人不是比一个美好的雕像更美吗？因为活人更吸引人，他之所以吸引人是因为他有心灵，而他之有心灵在于他分享了更多的善或美的理念。

他还以两块石头作比，设想有两块石头并排放在一起，一块不成形但未被艺术加工，另一块已被艺术处理并成为一具神像或人像或一个美神像或一个诗神像。如果是一个人像，它不是哪一个人的像而是各种美的综合。这块被赋予美的形式的石头，它之所以美并非因为它是石头，而是因为艺术赋予它以理念。材料没有理念，理念存在于人心里，人在它进入石头之前就已经想到它。理念存在于人心里，并非是因为他有眼睛和双手，而是由于他的艺术。所以，他在心中所构思的美比雕像更美，它没有完全进入到石头中去，仍留在他的心里。石头所产生的美来自它，而少于它。总之，"这种美不能在石头上保持艺术家心里所构思的那种纯洁，而只能美到石头被艺术家征服的程度"。普罗提诺还谈到：物质世界的美，如果人们没用眼睛看到或了解的话，就像天生的瞎子一样，那么，它们就无法判定它为美；同样，人们也无法判定高贵的行为和知识的美等诸如此类的美，如果人们不是喜爱它的话，也无法判定道德的美。只有用自己心灵去观看的人才会见到这种美，一旦见到它们，心灵就会感到比上述美感更加强烈的喜悦和敬畏，因为他们现在接触到真实界。这种美所引起的情绪是：惊喜，心醉神迷，渴望、爱慕和悲喜交集。所以，普罗提诺谈到："当一个人观看具体的美时，不应使自己沉湎其中，他应该认识到具体的美不过是一个形象，一个暗示和一片阴影。他应当超越它，飞升到这种美的本源那儿去。"

文德尔班对此做了这样的评价，对于普罗提诺说，感官世界本身不是邪恶的，正如它本身不是善良，但是因为在感官世界里光亮照进黑暗，因为它表现出的是存在和非存在的混合体，所以它（感官世界）是善的，只要它是上帝或善的一部分；另一方面，它是邪恶的，只要它是丑或恶的一部分。[1]普罗提诺由于区分了感官世界和物质所以能公正地处理现象中的积极因素，因为创造力是通过精神和灵魂作用于物质的，所以凡是在感官世界里真正存在的东西明显地就是灵魂和精神。在他看来，物体的本质是呈现在感官形象中的这种精神或理智因素，这种崇高的本质亮透感官现象就是美的实质之所在。凭借精神的光辉洞照物质，整个感官世界变得美丽了，仿照愿

---

[1] 文德尔班：《哲学史教程》上卷，罗达仁译，商务印书馆1987年版，第333页。

望而形的个别事物的美在其中了。可以说,他超越了希腊美学的传统观念,"希腊人所创造并享受的美此时被认为是精神使其感官现象具体化中取得胜利而感自豪的力量。这种概念又是精神的胜利,精神在开展活动中最后认识到了自己的本性,并将它当作世界本原。"①这样,就可以对普罗提诺的诗学形成一个基本性认识,即我们不必过于在意普罗提诺"三一原理"的内在矛盾和神秘主义倾向,而应致力于普罗提诺对美和艺术自身的认识,因为在他对美和艺术的展望中充满着一种诗意的自由想象的精神。也就是说,普罗提诺一方面将古希腊罗马思想的神秘主义诗思做了进一步的推进,另一方面,它又给后来的神秘主义诗学想象提供了一种支撑,即在诗的神秘想象中,存在与自由同一,神与人同在,人们可以从中体验自由的乐趣。当然,这种神秘主义诗学的虚幻主义和反现实主义倾向值得我们保持足够的警惕,这样,才不至于将诗性想象与现实批判混淆和颠倒。

参考书目:

1. Jason L. Saunders, *Greek and Roman Philosophy After Aristotle*, Simon and Schuster,1966.
2. R. T. Walls, *Neo-platonism*, ,Charles Scribner's Sons,1972.
3. 范明生:《西方美学通史》(1),上海文艺出版社1999年版。
4. 钱锺书:《谈艺录》,中华书局1983年版。
5. Waldyslaw Tatakrkiewicz, *History of Aesthetics*, Mouton,1970.
6. 文德尔班:《哲学史教程》,罗达仁译,商务印书馆1987—1993年版。

思考题:

1. 普罗提诺的"三一原理"的形成及其与柏拉图的灵魂观念的区别。
2. 如何评价普罗提诺的神秘论诗学?
3. 普罗提诺的《九章集》对西方神秘主义诗学的影响。

---

① 文德尔班:《哲学史教程》上卷,罗达仁译,商务印书馆1987年版,第334—335页。

第六章 奥古斯丁的《忏悔录》与《上帝之城》

奥古斯丁(Aurelius Augustine,354—430),由于他对基督教思想的巨大贡献,被罗马天主教封为圣徒(Canonizel),西方思想史家认为他是早期基督教时期最伟大、最有影响的思想家之一。他出生于非洲,曾经是一个浪子,并憎恶基督教,但是在公元387年,却成了一名虔诚的基督徒。他一生著述很多,其中《忏悔录》是他的一部自叙传式著作,《上帝之城》则是他的一部捍卫基督教神圣经典和纯粹信仰的著作。这两部著作对西方诗学和美学的影响虽不是直接的,但由于与基督教经典的内在一致性,特别是通过个人性体验展示了信仰的伟大力量,因而,对西方文学和诗学影响至为深远。

根据塔塔科维兹的意见:"基督教美学的基本原则是由西方的拉丁作家系统阐述的,与此同时,它在东方也由希腊教父作者制定出来。奥古斯丁出生虽略晚于希腊教父们,但是由于他生活在罗马帝国时期,读过古代作家们所写的有关文学著作,而且由于他在处理美学问题上的伟大能力和他对美学的更为特殊的兴趣,所以他建立了比希腊教父作家更完整的基督教美学。"[①]这一评述也适合评价奥古斯丁在西方诗学史上的地位。

在本章中,我们围绕《忏悔录》和《上帝之城》这两部著作试图联系西方诗学史与美学史探究以下几个方面的问题:(1)奥古斯丁的《忏悔录》与《圣经》的关系;(2)奥古斯丁的忏悔论诗学与西方忏悔体文学的兴起;(3)奥古斯丁的《上帝之城》与西方古典文化或异教文化之关系;(4)奥古斯丁的信仰论诗学与《圣经》诗学之关系。

第一节 奥古斯丁与忏悔体文学的兴起

一 源于宗教活动的忏悔体文学

文学起源的一种重要途径便是通过人类的宗教活动来探索自然和人生

---

① Waldyslaw Tatakrkiewicz, *History of Aesthetics*(Ⅱ), Mouton, 1970, p.47.

的奥秘,吟唱神秘而又美妙的诗篇。在宗教意识的支配下,人类为诸神吟唱和颂赞,讲述诸神的奇迹性故事,构造圣徒的传奇,这一切又在宗教纪念性与仪式性活动中有效地通过心灵记忆和文字保存下来,这些最初的颂神诗和人类信仰神灵奇迹的叙事便是原初的宗教文学,由于它所具有的特殊性质即人对神的感恩与赎罪意识,所以,可称为忏悔体文学,它通常被结集编入宗教圣典文本之中。当这些忏悔体文学既构建着纯粹的信仰又满足着人们对神秘的好奇心时(因为它既是感性形象的又是理性抒情的),一些富有诗人气质的圣徒在宗教激情的支配之下以此为基础再创新的颂神诗篇,表达内心的虔敬与感激,从而形成新的宗教文学特别是忏悔体文学。忏悔体文学说到底就是企求通过坚贞的信仰来获得神的恩宠,从而使灵魂获得极度欢悦的一种抒情方式,它是感恩与自责的统一体,即赞颂神圣生活的超越性而贬斥世俗生活的现实性,力图使人类生活进入一种虚幻的心灵完善境界。这种纯粹的忏悔体文学由于受制于宗教观念,因而,它还不能广泛地探索人性生命的真实。也许是有感于纯粹颂神诗的局限,西方文艺复兴时期以后,一些激进的、具有宗教情感的诗人和艺术家,试图用一种非宗教的体验形式来探索宗教性人生问题,从而使宗教领域的忏悔体文学发生了一种演化,构成了一种没有宗教意图但又具有深层宗教意识的文学形式。事实上,宗教对文学的影响,具体表现为抒情主体或叙事主体对原罪和生命沉沦或生命过失的一种反思性忏悔,并力图拯救或提升人的生命境界。这种独有的精神取向具有宗教原典式忏悔体文学的一般特征,所以,这种文学形式实际上可以称之为广义的忏悔体文学。无论是广义的忏悔体文学,还是狭义的忏悔体文学,实质上都与宗教观念有关,涉及宗教的深刻的人生问题。可以说,奥古斯丁的《忏悔录》就是这种思想信念的典范式表达。

在西方文学乃至文化史上,奥古斯丁具有特殊的地位,这一地位在基督教世界已获得了广泛的认可,而在文学理论界还未受到充分的重视,这在很大程度上与我们对忏悔体文学的认识不足有关。可以说,奥古斯丁的忏悔体文学不仅是对圣经文学的出色继承,而且也决定了忏悔体文学的新的发展方向。正如皮特·布朗所言:忏悔这个词并不限于一个现代人所理解的意思,即它只是对罪的忏悔,"忏悔这个词来自《圣经·诗篇》,对奥古斯丁来说,这是每一个人与上帝交谈的唯一方式,正如大卫王向他的祈祷者显示的那样。"①他那种独有的诗人气质和独特的人生际遇使他的《忏悔录》创作

---

① 参见《忏悔录》英译本(*Confessions*)导言,中国社会科学出版社1999年版。

具有重大的诗学意义和宗教意义,在忏悔体文学兴起与演变的历史上,奥古斯丁无疑具有特殊的地位。

首先,奥古斯丁的忏悔体文学显示了宗教与文学的独特联系。远古人类历史文化证明,宗教与文学具有一种天然的统一性品格,在巫术思维或神话思维时代,文学即宗教,宗教亦文学。且不说宗教诗篇是最早被保存下来的诗歌,单就宗教与文学的精神活动方式而言,它们就是以神秘自由的想象与真诚信仰的抒情方式来表现生命的自我理解。原初的文学浸透着一种强烈的宗教精神,宗教则无法离开文学这种形象化与语言化的传播方式,可以说,任何神秘庄严的仪式所展示出的宗教教谕力量,都无法与宗教歌诗和神话的力量相比。因此,宗教很自然地继承或有效地利用了文学这种独特的表达方式,这也决定了原初的文学在人类精神生活中的核心地位。如果说宗教与文学的关联在原初的宗教活动或宗教仪式中还具有特殊的生命力的话,那么,在神学日益发展之后,宗教的内在本质则与文学渐行渐远,尤其是在基督教教父哲学兴起之后,一些神学家觉得基督教神学的理性分析与逻辑证明,比圣典的抒情诗篇和历史神话叙事更有价值,或者说,他们对圣典的读解更注重其神学理性的价值,而相对忽略其文学抒情的价值。这种理性神学的兴趣,使原初的忏悔体文学的宗教力量被削弱,其文学价值则仅仅被用于宗教教义的传播之中。奥古斯丁的贡献在于,他不仅善于对圣经神话进行神学的解读,而且也很重视个体的独特宗教体验通过诗体形式来进行叙事和抒情传达。事实上,他在基督教传播史上构成巨大影响的不是《上帝之城》,而是《忏悔录》,因为《忏悔录》更适合诵读和体悟,而《上帝之城》则适合作神学的历史反思,《忏悔录》作为公元4至5世纪的一部忏悔体文学无疑具有特殊的意义。它一方面使人在宗教领域能够承继古希腊罗马的抒情传统;另一方面,又可以通过极具个性并极具抒情魅力的个人性话语领悟,体验到宗教信仰的神秘和诗性的智慧。

其次,奥古斯丁的忏悔体文学是对圣经文学的一种继承。《圣经》作为一部圣典,其宗教意义无可替代,其文学意义亦不可低估。事实上,西方文学史在叙述公元1世纪后西方文学和欧美各国文学时,都将《圣经》置于一个特殊地位。这不仅因为《圣经》具有丰富的文学表现形式和文体形式,而且也因为《圣经》的伟大而丰富的思想内容,同时还在于《圣经》的各种语言的译本直接纯净了其民族语言,使英、法、德、俄、意等国的文学语言具有了一个崭新的开端,所以有人直接把《圣经》作为新世纪文学的一个伟大开端。因而继承圣经文学的传统在西方文学的历史演变过程中显得十分重要,而公元4世纪左右,还没有一位文学家和宗教家像奥古斯丁这样热衷于通过个人体验式的抒情话语来表达自己对《圣经》神话和思想的文学理解和诗意想象。《圣经》的文体多样性可以通过神话故事、英雄传奇、历史书、诗篇、先知书、书信、传记和启示录来证明,而且还可以通过诗歌、戏剧和小说等形式来证明。对于大多数信徒来说,福音书、书信、圣咏、雅歌、约伯记等的宗教与文学地位是无可取代的。《旧约》和《新约》内的每一部作品和每一句重要的话语都与西方近现代文学的精神有一种深刻的渊源关系。奥古斯丁显然最初强化了这一点,并开启了宗教抒情的个人化形式,这种宗教抒情本身不仅激活了文学的想象力,也影响到了宗教的诗性探索。"我愿向你忏悔我的耻辱,为了你的光荣。我求你,请容许我用现在的记忆回忆我过去错误的曲折过程,向你献上欢乐之祭。"[1]这就是奥古斯丁对待基督教信仰中的上帝的一个基本态度。

　　第三,奥古斯丁的忏悔体文学维持了一种正统的基督教神话观念和神学观念。在《圣经》叙事中,由于叙述者时时刻刻在构拟神与人之间的特殊关系,即向上帝感恩和向上帝做赎罪的忏悔,因此,忏悔意识是无处不在的,但忏悔意识毕竟不是其核心内容。《圣经》的核心内容在于确立上帝的三位一体形象,在于确立其对三位一体的圣父、圣子、圣灵的神灵信仰。上帝的三位一体形象不是通过抽象叙述来构造的,我们甚至在《圣经》中找不到"三位一体"(the Trinity)这个词,但上帝与耶稣的形象鲜明生动,在《旧约》中,神学诗人致力于刻画上帝的形象,上帝用话语创造了世界,又用泥土造了人。在上帝的创世工程中,上帝对人情有独钟,并与人类的远祖订立了契约,上帝许诺亚伯拉罕的子孙繁盛,亚伯拉罕则保证只信唯一神,并行割礼作为与上帝立约的标记。可是,在宗教神话的历史演变中,人们相信,政治争斗的递变和人的堕落使上帝加重了对人的处罚乃至绝望。人类的基本缺陷在于欲望的泛滥,各种各样泛滥的欲望或者背离了上帝之道的一切行为皆被视为罪(sins)。基督教中人的罪感意识具有一种特殊的强化作用,与现代法律意义上的"罪"不同,它似乎相当于汉语中的"过""过失"之义。人类的原罪不仅在于性欲,也在于贪欲、权欲和各种各样的非道德欲望。

　　正是这种罪过、罪感,决定了人的不完满性,按照基督教的信仰,人死后必得进入天国才能永生,其重要保证之一在于灵魂的无垢,而且必须接受真正的审判,公正的审判决定人进入天堂或地狱。因而,基督教中的罪感具有

---

[1] 奥古斯丁:《忏悔录》,周士良译,商务印书馆1994年版,第51页。

多重意蕴,相对上帝而言,人之罪表现为不虔诚、不纯洁;相对于宗教伦理而言,人之罪有悖于灵魂的纯洁;相对于神学目的论而言,罪感人生需要拯救,通过他者拯救与自我拯救,信仰则是拯救的最高准则。这种罪感意识就决定了忏悔的必要性,因为"原罪"是对上帝恩典的一种负面回应,面对恩典,人不仅没有感恩,而且背离或遗弃了恩典,没有恩典意识,上帝与人的契约也就不具任何效力。按照基督教的观念,人一旦背离上帝,就不会受到上帝的恩宠,一旦人处于被遗弃和被惩罚之中,灵魂就永远不能安宁,生活就永远没有幸福。所有的圣徒都力图让人明白这一点,先知们以杜鹃啼血的方式在呼号、在冥思、在暝想,在宗教诗篇中表达感恩。这样,先知式的忏悔体文学自身也就成了一种情感呼号与渴望信仰的心灵方式。

不仅如此,奥古斯丁还将《新约》神话与神学的内容贯穿到《忏悔录》之中。耶稣神话承继《旧约》中的救世主神话而来,具有大胆的创新精神,并强有力地继承且合理地改造了旧约神话的精神,使耶稣作为圣子之身份出现。上帝化身为人子,经历人世的苦难,通过担当苦难自身展示给人们一种启示,并以其亲自关爱的方式将爱的神话推至高峰,三位一体神话的构拟与十字架神话的象征意义,使人类自身更加深刻地认识到了"罪恶"与"苦难"之间的关联。表现在忏悔中,则是人对上帝的恩慈的感激,抒情式忏悔显得更具有诗的意境和激情。

由此可见,纯粹的忏悔体文学与宗教活动密切相关,由于宗教活动与文学活动都是一种精神性活动方式,尽管宗教还要形之于具体的仪式并实施相应的宗教行动,但其精神特性显然具有内在的一致性。说到底,宗教与文学都需要激情,需要以一种超越性方式对人生形成一种关爱。文学和宗教正是在自由的精神创造中让人的内心获得一种充实,只不过,文学更偏重感性的生命活动,偏重人的生命存在的关爱,它重视人的情感与欲望,重视人的意志与理想。它以人为本,通过人的生命活动来探究人生的意义。文学永远向人生开放,但宗教活动的目的是为了纯洁信仰,试图通过信仰来构造独特的生命世界。因而,它在一定程度上漠视人的生命情感和正常的生命欲望,试图通过对灵性生活的夸张想象来控制人的生命欲望和世俗情感。以神为中心的宗教信仰生活的美丽是通过否定情欲和个人意志来实现的,而以人为中心的文学的美丽,则是通过展示人的自由生活理想和诗性精神生活来实现的。纯粹的忏悔体文学显然以宗教精神为内心的灵魂,以宗教与文学共有的生命激情作为叙事与抒情的动力,以文学的文体方式作为表现形式,达成神圣抒情与生命沉思的宗教艺术目的。这种忏悔体文学消解了宗教的神圣庄严性和刻板淡漠的特性,使之具有一种亲切的信仰体验。与此同时,这种忏悔体文学又因其精神的单一性和对生命情感需要的漠视乃至否定而显示出一种内在的局限。因而,狭义的忏悔体文学可以这样来定位:它服务于宗教活动本身,使宗教信仰自身充满诗意与激情,能够展示独特的宗教心理与自由想象的天地,它使生命显得神圣、高贵,与此同时,它又服务于宗教,否定人的正常生命情感,使诗意抒情自身显示出单调的宗教神圣性。

二 《忏悔录》的话语意识与抒情方式

《忏悔录》的诞生,无疑是宗教史、文学史或思想史上的一件大事。忏悔虽然作为一种宗教仪式在日常宗教活动中自然地进行,但真正撰写一部《忏悔录》并使之成为一种精神典范绝非庸常之辈可为。在湮没无闻和浩如烟海的基督教文献中,释经的作品和讲述信仰奇迹的神话式作品屡见不鲜,但真正将个人的生命信仰旅程作一种体验性与反思性的诗意表述,必须具备许多前提条件:如浪子回头式地投身基督信仰之中,这在基督教宣教上具有特别的号召力;创作者的精神领悟力与创造力及其在宗教活动中的地位,确能对信仰的本真意义和生命的内在秘密形成深刻而独特的认识,奥古斯丁显然具备了这些条件。

他的《忏悔录》首先是一部生命回忆之书,而且它是以基督教精神作为个人生命价值判断的唯一依据。可以说,奥古斯丁的生命旅程是一个人的自由生命历程,青少年时期酷爱拉丁文,喜欢维吉尔的埃涅阿斯等传奇故事,热衷于写诗和戏剧演出并获奖励,与朋友们四处游荡,寻欢作乐,不喜欢荷马史诗,也不喜欢希腊文。也就是说,他对罗马传统充满了热爱,实际上又通过拉丁文间接地接纳了希腊文化和思想传统。这种自由的心性支配着奥古斯丁青少年时期的生活,决定了他不崇信他母亲所信奉的基督教,而宁愿在摩尼教等宗教中沉浮。《忏悔录》的前九卷以圣典语式和基督精神为依托,赞美上帝,同时对青少年时期的生活进行反思与忏悔并叙述自己精神转变的历程。后四卷则是对圣经神话的体验性诠释。从这部抒情性自传可以看出,32岁是奥古斯丁信仰发生根本性转变的一年,从此,他皈依基督教,成了一个纯粹而又高尚的圣徒。这种生命叙述与沉思的基调决定了《忏悔录》的诗学语式的独特性:主体性第一人称叙述与独白式倾诉共同构成一种和声。

主体性第一人称叙述在诗学上是一个具有优势同时又具有局限性的一

种文学语式。作为抒情语式,"我"的独白与倾诉是合法的而且具有文学表达的特权。在《忏悔录》中,奥古斯丁选择的是"我"的独白语式,这不仅可以保证抒情与叙事的真实性,而且足以使倾诉性的情感内容在表达上不受拘束。《忏悔录》作于奥古斯丁的信仰转变之后,因而,贯穿作品的是基督教精神以及抒情主体对上帝的感恩与赞美。从宗教方面看,奥古斯丁捍卫了宗教的神圣性与信仰的诚挚性,而从文学方面看,奥古斯丁显然漠视了人的生命情感的正常地位,对人的生命活动进行了宗教性贬损,这无论在主观上还是客观上都强化了宗教信仰的重要性。显然,奥古斯丁通过"我"不仅要树立一个忏悔者形象,同时也试图确立一个坚定的信徒形象,这一方面使"忏悔"的含义泛化,另一方面也使生命被贬合法。

宗教意义上的"忏悔"是忏悔主体面对神灵的一种倾诉,是自我内心按照基督教精神对个人的罪与恶的一种反思与忏悔,是对上帝的一种自觉认同,并且对自我的历史形成一种否定,以信仰为第一要求来否定个体的全部的生命情感活动。所以,忏悔总带有一种强制性和审判性的特质。实质上,从《忏悔录》来看作为主体性的第一人称叙述者,并未特别强调真正的罪恶,而是强化了心灵信仰的主体性与纯粹性,一般说来,抒情者强化了主体性内心活动的倾诉式表述所具有的忏悔意义。这样,忏悔实际上并不完全是强制性的心灵审判,而是一种相对自由的心灵独白与信仰归依。按照法律意义的界定,罪恶主要是对他人和国家的生命财产的一种侵占与不公正掠夺,这是一个人对另一个人的施暴与不公正,是一个人对社会公正秩序的背叛,杀人、抢劫、密谋颠覆、侵占、受贿等是人的社会罪恶。宗教意义上的忏悔虽肯定无疑地否定这些特大罪恶,但它同时又将罪恶观念无限扩张,如奥古斯丁对儿时的偷梨行为反复忏悔,就是将罪恶夸大的一种标志,而将荷马史诗与个人的创作演出也视作一种罪恶,显然是对合法性生命活动的宗教原罪式夸张。因而,忏悔实际不能从法律意义上的罪恶观念上去理解,只能从宗教的心理净化意义上去理解。

这样,忏悔本身就是忏悔主体拼命压抑个人的自然生命情感的活动,是一种否定现实活动而归依于纯粹心灵信仰的活动,是一种极度地夸张信仰的无限真实性和无限神圣性的一种活动。因而,主体性第一人称叙事和独白式倾诉实质上只服务宗教信仰的纯粹性本身,于是,对个人生命活动的极度否定和对上帝的极度赞美,以及归依于主的夸张式牺牲就成了奥古斯丁的单一性话语意识。

其次,《忏悔录》标志着心灵的想象与精神世界的充分主体性及其独特的文学价值。这就是说,奥古斯丁不自觉地维护并开创了心灵化诗学或信仰化诗学的合法地位。如果将西方诗学的两大传统做一比较就可看到,圣经诗学与古希腊诗学的根本区别在于:前者强调思想主题的唯一性、信仰的中心性和文学的宗教性,即在文学创作的主题上必须以基督教的内容为中心,以圣典为中心,将圣典视作文学创作的母本;在文学想象中,上帝的形象、人对上帝的诗情只能是崇拜之情、感恩之情和精神新生的欢悦之情;宗教文学创作的目的必须以基督教的宗教信念作为唯一的价值依据,即文学必须服务于宗教,使宗教精神更能在文体的多样性和文学的抒情性与形象性中深入人心。圣经诗学在文体上的开创性贡献直接影响了奥古斯丁的《忏悔录》中的叙述与抒情风格。后者则强调主题的丰富性、生命的神圣性、想象的自由性和文学的审美性,虽然希腊宗教在其文学发展过程中也显示了其历史性影响,但希腊宗教自身的多神信仰和自然主义崇拜的精神决定了希腊宗教对人性的充分尊重,对生命的充分肯定。希腊诗学开创的是对自然、自由和生命、想象的充分重视,它归依于人的生命自由,而不是神圣信仰。

圣经诗学与古希腊诗学有着根本性区别。由于奥古斯丁对希腊诗学的否定,他自然归依于基督教诗学,这就使得他在信仰上以基督教精神为基本依托,在抒情上以赞美生命为唯一目的,在文体上则取法乎圣典本身。从《忏悔录》的引文来看,奥古斯丁直接引证《诗篇》中的句子161次,引证《创世纪》60次,引证《罗马书》等章节20次左右。这说明,《忏悔录》的话语意识和文体意识与圣经诗学有着十分密切的关系。在《圣经》中,"诗篇"共有150章,大多由大卫和所罗门而作。必须承认,《诗篇》的主体性抒情是强烈的,但也应该看到,《诗篇》在主题上相对单一,即赞美上帝;在内容上比较空洞,因为所有的隐喻和明喻都是为了赞美上帝,表达一种主体性感恩;在宗旨上,则明显具有一种宗教教谕性倾向。奥古斯丁也多少承继了这种文学风格。实事求是地说,从文学的情感与思想表达意义上而言,《忏悔录》的内容显得单一而不丰富。由于奥古斯丁《忏悔录》的主导目的是为了赞美上帝,表达内心的自然归依的喜悦之情,因而,即使是有关个人生活的回忆性叙述,内容也显得相当空洞。实质上,奥古斯丁在创作上面临着一种艰难的挣扎。因为按照回忆性的叙事话语,奥古斯丁的《忏悔录》应以叙事本身为主导,这样,奥古斯丁本人的生活经历便会显得丰富生动,如他的顽皮、他的颂诗才能、他的演出、他的放浪、他的欧洲和非洲之旅等等,完全可以展示出一个青年的自由活泼的心灵。但这种叙事内容自身同时也给宗教信仰者提出了一种挑战,即叙述得越详细,就会与宗教精神形成根本性背离,因为这些正常自然的生命活动本身没有罪恶,不需忏悔,按照希腊罗马人的生命观念还值得充分肯定。在奥古斯丁的内心中,他一方面要表达浪子回头归依基督的庆幸,因为他把归依上帝视作节日般的自由生活方式,内心充满感恩般的幸福,另一方面又要表达自我青年时代的迷昏。前者作为一种内心生活,不适宜作叙述,只能进行单调的抒情独白,后者作为一种历史经历,不适宜作抒情,只适合进行生动的叙述,这种不和谐性最终在奥古斯丁宗教理念的支撑下决定了他的《忏悔录》以抒情压倒叙事。这样,事件本身成了一个抽象的骨架,失去了文学自身的生动活泼性,而抒情又因其思想与语式的单一变得缺乏感染力,想象也变得单调且具抑制性。他说得很明白,"我愿回忆我过去的污秽和我灵魂的纵情肉欲,并非因为我流连以往,而是为了爱你,我的天主"①。

这种挣扎的必然性结果是《忏悔录》在宗教教谕中具有特殊的意义,而在文学上则显得地位不高,这在某种程度也决定了西方文学的历史评价原则,即按照希腊诗学原则创作的文学是自由的文学,富有生命力的文学,易于表证丰富的人类生活本身,既能正视现实,又能表达个体的生命理想,而按照圣经诗学原则创作的文学则是宗教的文学,它服务于宗教本身,在文学想象和情感表达上显示出一种宗教认知的狭隘与单调。所以按照希腊诗学原则创作的文艺复兴之后的文学成了自由的文学,而中世纪文学则由于受到特殊的宗教观念制约,其思想情感表达和文学想象显示出不可避免的单一性。因此,从这个意义上说,圣经诗学的强制作用只可能限制文学的自由发展,当然,这并非指要绝对排斥圣经诗学,实际上,圣经诗学的内涵可以促进文学的发展,尤其是对《圣经》的宗教道德论主题和人性主题的关怀能够深化文学探索自身。

第三,《忏悔录》的积极意义在于确立了神圣体验在圣经诗学乃至西方诗学中的核心地位。强调体验性并强调神圣体验的精神独特性成了《忏悔录》的一个中心性内容,独白式倾诉性内容就是奥古斯丁对个人生活进行神圣体验和反思的内容,体验性意识可以无限扩张主体的自由心灵,并使之达成一种深刻的感悟与认知。"主啊,请使我得知并理解是否先向你呼吁而后认识,或是先认识然后向你呼吁。但谁能不认识你而向你呼吁?因为不认识你而呼吁,可能并不是向你呼吁。"②这样,关于上帝形象的体验与构

---

① 奥古斯丁:《忏悔录》,周士良译,商务印书馆1994年版,第25页。
② 同上书,第3页。

拟便成了一种抒情性忏悔的精神出发点。"主,请你俯听我的祈祷,不要听凭我的灵魂受不住你的约束而堕落,也不要听凭我倦于歌颂你救我于迷途的慈力,请你使我感受到你的甘饴胜过我沉醉于种种欢乐时所感受的况味,使我坚决爱你,全心全意握住你的手,使我有生命能从一切诱惑中获得挽救。"①"我现在需要的是你,具有纯洁光辉的,使人乐而不厌的,美丽灿烂的正义与纯洁,在你左右才是无比的安宁与无忧无虑的生活。"或者说:时间分过去的现在、现在的现在和将来的现在三类,比较确当。当三类时间存在于我们心中,别处就找不到。过去的现在便是记忆,现在的现在便是直接感觉,将来的现在便是期望。"如果可以这样说,那么我是看到了三类时间,我也承认时间分三类。"②

这样,奥古斯丁的体验观具有独特性内容,即心中只有上帝,上帝的形象可以无限想象,上帝的大能、恩慈和灵魂拯救可以无限夸张。时间只有现在,记忆、感知、期望无不是为了主的恩慈。由于他的宗教信仰至上观,奥古斯丁对艺术和审美本身有着本能的信仰排斥,他甚至将音乐歌声战胜信仰理智也视作一种罪。"回忆我恢复信仰的初期,怎样听到圣堂中歌声而感动得流泪,又觉得现在听了清澈和谐的歌曲,激动我的不是曲调,而是歌词,便重新认识到这种制度的巨大作用。""我在快感的危险和具有良好后果的体验之间真是不知如何取舍,我虽不作定论,但更倾向于赞成教会的歌唱习惯,使人听了悦耳的音乐,但使软弱的心灵发出虔诚的情感。"③看来,审美与信仰的矛盾,在奥古斯丁那里也始终是一种矛盾,尽管他以体验为支撑,不但充实体验的理性内容与情感内容,但他同时又在极力排斥情感内容,这样,忏悔本身就不可避免地显示了诗学的真正缺陷。

三 忏悔体文学逸出宗教语域

奥古斯丁的忏悔体文学创作在西方文学史上对宗教诗人的创作产生了直接的影响,不仅如此,他还以其真诚的理想影响到了不信教的文学创作者。事实上,这正是对圣经诗学传统的双重继承,即一方面为了宗教可以牺牲文学,为了信仰可能牺牲情感,同时为了信仰可以利用文学,为了信仰可能进行想象性体验。在中世纪,由于宗教处于决定性地位,文学不自觉成了

---

① 奥古斯丁:《忏悔录》,周士良译,商务印书馆1994年版,第18页。
② 同上书,第247页。
③ 同上书,第216页。

神学的奴仆。正如基督教哲学一样，这种圣经诗学法则使西方近千年的文学除了民间文学遗产和古希腊罗马文学遗产外，再未增加任何独创性的自由内容，作家只能从生存体验本身出发，通过生命的沉思感应《圣经》中的精神内容或叙事抒情主题，使生命具有一种深沉而又博大的情感。

文艺复兴运动可以说是对基督教传统的一次有力反击，在基督教主宰千年的体制中，人文主义精神的觉醒来得并不容易，但一旦找到了突破口，异教文化和异教思想便开始获得合法性地位。自然主义和自由主义的思想在经验论与唯理论的争辩中获得了正常发展，尤其是启蒙主义艺术与启蒙主义思想的合作，它们带来了西方文化的真正革新。主体性精神体验以及对内心生活的高度推重，使作家在创作中把心灵表现放置到了一个从未有过的高度。基督教神秘主义与理性主义在启蒙思想的反击与吸收中得到了批判继承，1645年，卢梭也创作了一部《忏悔录》，这标志着一个崭新的开端。卢梭的《忏悔录》是否有感于奥古斯丁的同名著作而为，虽然作者并未明言，但可以肯定，以卢梭的博学多识，他对奥古斯丁的这部名著应该说不陌生，事实上，他在《忏悔录》中叙述过他曾熟读奥古斯丁等神学家的名作。这样，采取同名著作可以得到两个解释：一是认同是奥古斯丁的心灵独白方式，以最具影响力的基督教活动的忏悔方式进行心灵表白，对个人的生命历程进行系统的回顾；二是不满意奥古斯丁的忏悔方式，以更真诚、更坦白、更自然的方式，以非基督教精神作为思想支撑或者说以自然与自由的人性观念作为价值支撑来评判个人的生命历程，以便与宗教意义上的忏悔形成一种对比，告诉人们真正意义上的忏悔到底是什么。如果是前一种理由，那么，卢梭的忏悔体文学可以视作对奥古斯丁的一种继承；如果是后一种理由，那么，卢梭的忏悔体文学可以说是对奥古斯丁的一种解构。

卢梭的《忏悔录》标志着西方忏悔体文学发展的一个转折点。事实上，自卢梭始，忏悔体文学逸出了宗教语域，所以，从实际效果而言，卢梭的忏悔体叙事可以说是将奥古斯丁颠倒了的东西重新颠覆过来。卢梭的《忏悔录》确实忠实地记录了主体的心灵性历程，他的坦诚与大胆不能说后无来者，但确属前无古人。尽管人们对卢梭的真诚忏悔程度还表示怀疑，因为按照人们的理解，人的卑劣与卑微心理肯定要比卢梭所叙述出来的一切更可怕，或者说，卢梭在《忏悔录》中还有隐恶倾向，即他肯定还有无法为人道出的事实没有叙述出来，但我们应对卢梭所充分表达出来的一切表示敬意。卢梭作为一个日内瓦公民所具有的自然主义与自由主义理想，在其思想的审美自由精神的历史生成过程中确实很难找到一个历史线索，因此从卢梭所叙述出来的材料看，他虽直接受惠于基督教教会教育，直接受惠于富有基督仁慈精神的信徒的巨大帮助，但他不是一个虔诚的信徒，卢梭并不敌视基督教，他首先是一个自由意义上的思想者，一个热衷于自然与自由体验的思想者。

相对奥古斯丁而言，卢梭的忏悔体文学首先是恢复了生命真实与心灵真实的合法意义。卢梭不像奥古斯丁那样，只把人看作宗教意义上的人，他首先把人看成一个社会的人，这样，他就恢复了人的自然性与社会性。他不漠视人的个性，相反，高度重视人的生命存在的合法性。这表现在忏悔体文学的文体选择上，他选择了自叙传或独白体；表现在话语方式上，以叙事为主体，以抒情作为调节手段；表现在思想主旨上，以个人的生命体验和心灵历程为主体，偏于客观性叙述；这种话语方式的转变显示了文学的独立意义，它不再服从于宗教，也不再屈从于基督教信仰，而是从人自身出发，从个体的生命经历出发，以回忆与体验作为思想核心。卢梭的探索表明，忏悔体文学最适宜的话语方式是主体性叙述，尽管他不可避免地要融入主体性抒情，但第一人称叙述无疑是最主要的基调。由于卢梭没有从某种信念出发，而是从自我生活经历出发，因而，他直接将人带入到他的生活世界中。他以一种最亲切、最真诚、最没有姿态的自然方式将个人生命经历娓娓道来，他假想中的读者是他所信赖的亲密的朋友，他的忏悔式叙述让我们去理解他的生活、他的心理、他的选择，让我们消除对他的种种误解，尤其是那种道德论的指责。卢梭并未过分夸张他的天才，而是平实地叙述了他自己的经历。

"忏悔"在卢梭这里显示了与奥古斯丁相似的意义，忏悔即一种真诚的内心独白，奥古斯丁的忏悔是面对上帝的自我内心独白与感恩式抒情，他所忏悔的是基督教意义上的罪恶，而不是法律社会学意义上的罪恶，这种忏悔实质上是主体性的内心情感活动，尽管奥古斯丁在忏悔体写作中有"罪"的自责与忏悔，但在接受者那里，这并不是真正的罪，而是一种非纯粹的信仰生活。卢梭的忏悔不是面对上帝的有罪的自责，也不是面对法官与贵族的有罪的自责，而是一种面对自我的内心反思活动，一种富有理性的个人生活价值判断，超脱了法律社会学意义上的罪责概念。这样，忏悔可以分成宗教意义上的自我评判活动和道德意义上的自我评判活动。卢梭选取的是道德论的自我评判，他的忏悔本身并无过分的道德罪错，但作者对华伦夫人的感恩与背弃，对儿时的亲友的感恩以及个人在社会生活中的无意错误的悔悟，则多少体现了他的忏悔论立场。苏格拉底的"无人有意犯罪者"在卢梭这里获得了一种巧妙的回应。

卢梭的忏悔式独白表明，他在自然主义与自由主义道德论意义上并无重大的罪责与过失，尽管在基督教伦理意义上，他有不少罪错，但这些大多是由环境逼迫而成。卢梭的《忏悔录》主要展示了人的精神的崇高与心灵的美丽，这种精神性崇高是由他的自然主义的道德论立场决定的。自然主义的道德论是一种重视人自身的价值立场，即在评判一个人的生活行为是否合乎道德时，首先看它是否符合生命伦理，只要是自然的合乎人性的，就是道德的，反之，就是不道德的。而社会上的流俗的道德评价准则是不管你的行为是否合乎人性，或是否合乎自然，而在于你的行为是否违背宗教伦理和世俗法则，像卢梭与华伦夫人的特殊关系一直被上流社会和贵族阶层视之为非道德的，而在卢梭看来，这种合乎自然伦理的人性活动无悖于道德。他认为，他的一切行为都出自天然，出自弱者的选择和高尚者的爱心，出自有信仰者的那种高度同情心，他的生命活动本身纯粹出于自然，不是非道德的，也无损于真正的道德，相反，那些标榜道德之士，以道德法官自居，对他人进行中伤伤害，才是真正的非道德与反道德，因为这些道德卫道士在社会生活中对他人的损害，恰恰是对道德的一种嘲弄。

当然，卢梭也对真正的道德归罪表示良心上的不安与真诚忏悔，核心事件则是青年时期的偷窃行为、诬陷玛丽、将自己的婴儿送育婴堂而不承担哺育责任，尤其是诬陷玛丽一事，他的忏悔是沉重的。"这种残酷的回忆，常常使我苦恼，在我苦恼得睡不着的时候，便看到这个可怜的姑娘前来谴责我的罪行，好像这个罪行是昨天才犯的。每当我生活处于平静状态时，这些回忆带给我的痛苦就比较轻微，如果在动荡多难的生活中，每逢想起这件事来，我就很难再有以无辜受害者自居的那种最甜美的慰藉。""我可以说，稍微摆脱这种良心上的重复的要求，大大促使我决心撰写这部忏悔录。"[①]在卢梭的这部忏悔录中也充满了感恩，不过，这份感恩是献给那些心灵高尚的人，那些富于基督爱心的活生生的人，而不是直接献给上帝。

必须承认，这种独白式陈述，尤其是关于自我生活真实的独白式陈述确实需要勇气，事实上，将自我真实地袒露出来，正如前面所叙述的那样需要许多前提，否则就没有典范意义。在奥古斯丁和卢梭之后，这种自我忏悔本身受到了挑战，可以说，奥古斯丁式忏悔树立了一个宗教典范，而卢梭式忏悔则树立了一种个人性典范。很难说卢梭之后再无传人，但人们出自对这种忏悔体文学的恐惧与怀疑，于是，将自我隐遁起来，或者通过一个假定者

[①] 卢梭：《忏悔录》，黎星、范希衡译，人民文学出版社1982年版，第105页。

的身份来达成心灵忏悔或表达。也就是说,忏悔体文学在卢梭之后转入了一个新的航道,即通过小说虚拟和假定的方式来达成忏悔体文学的内心独白与真实抒情的个人要求,不再采用自叙传的形式,这就进一步使忏悔体文学溢出宗教语域和道德语域,同时又能很好地介入到宗教论域和道德论域之中。

这种泛化的忏悔性要求,既可以看作宗教对文学的一种感召,也可以看作文学对宗教的一种回应,因为它们秉有共同的精神使命。事实上,忏悔体文学在近现代小说中得到了一种特殊的发展。以俄语文学为例,陀思妥耶夫斯基与托尔斯泰使忏悔体形式在其小说创作中具有了特殊的位置,应该说,这两位作家本人的生命活动带有宗教或道德意义上的罪错,这种罪错本身使他们心灵焦灼不安,而成为小说创作的核心主题。陀思妥耶夫斯基在《罪与罚》中展示了这个问题,在不平等并充满罪恶的社会中,贫贱的善良者为了生存不得不犯罪,这罪错本身在法律上是无法责罚的,而在道德上又值得忏悔。托尔斯泰在《安娜·卡列尼娜》和《复活》中都正视了这一问题。以德语文学为例,卡夫卡的生活与文学创作也体现了一种凝重的罪责性思考,作为一种社会存在形式的象征,《城堡》中的罪责源自那种无所不在的制度性的漠然约束,它对人性的摧残和压抑甚至可以用非罪错来表示,因为表面上看不到一个施罪者。就他个人的生活而言,他始终充满一种罪责畏惧,由此而形成的宗教道德沉思是:谦卑给每个人(包括孤独的绝望者)以最坚固的人际关系,而且立即生效,当然唯一的前提是,谦卑之所以能够这样,是因为它是真正的祈祷言语,同时又建立崇拜者与真正的宗教信仰的最牢固的关系。人可以从忏悔或祈祷中汲取进取的力量。

因此,忏悔体文学不仅标示着一种宗教性力量,也标示着一种道德力量,它是对生存的最深入、最贴己的反思。忏悔自身就是忏悔主体自身把自我推入到心灵的审判台前进行心灵审视,寻找良心的自慰,也通过对责错的忏悔而达成良心的安宁。因为忏悔标志着一种力量,一种深入地探索心灵,探索人性,探索生命存在价值的力量,忏悔作为一种第一人称叙述与抒情,确实具有感动人心的力量,事实上,西方思想史和文化史上的这两部《忏悔录》永远标志着一种信仰的尊严、道德的尊严与生命的尊严,它也是一种评判方式,让我们在心灵的审判台前能够真正地评判自己,从而获取人生进取的力量。所以,忏悔体文学的意义是不容低估的。

第二节 异教批判与奥古斯丁的神学化诗学

一 异教文化传统批判

奥古斯丁在《忏悔录》中诗意地叙述了他皈依基督教的心灵历程,事实上,他真诚而充分地表达了一个虔诚的信徒对于基督教本身的热诚理解。在皈依基督教之后,他的中心工作即在于宣教与布道,传播基督教理想,为基督信仰进行强有力的亲历性辩护,正因为如此,《上帝之城》在奥古斯丁的宗教生活中具有特殊的地位。这部神学著作由于既与西方古典文化密切相关,又深入讨论了基督教神话思想的真理性意义,因而,它同时也可以看作一部代表中世纪文艺创作倾向的神学化诗学。应该说,奥古斯丁的本原意图在于对神学信仰的捍卫而不是对诗学的探讨,但是,当他将文学纳入他的信仰体系之中时,自然也就体现了他对诗学的宗教性理解,应该说,这种理解对于认识中世纪文学艺术具有特别重要的意义。

与后来的基督教神学家相比,可以说,奥古斯丁对希腊罗马文化更加熟悉。如何对待古希腊罗马文化遗产,这不仅是奥古斯丁面临的精神难题,也是早期基督教思想家共同面临的一个精神难题。一方面,他们将希腊罗马文化视作异教文化世界的遗产,将古希腊罗马文化视作一种与基督教信仰有着根本对立的文化;另一方面,他们又无法从基督教经典自身找到一种宗教哲学建构的精神资源,所以,他们又不得不巧妙地利用古希腊罗马思想为基督教信仰的神圣性辩护。奥古斯丁也选择了这样一种矛盾的立场,一方面,他在《上帝之城》对异教世界的宗教信仰予以根本否定;另一方面,他又借鉴柏拉图和新柏拉图主义的思想为基督教信仰做辩护。穆尔专门谈到:在米兰,奥古斯丁读到了新柏拉图著作的拉丁文译本,这些著作为奥古斯丁在理智上接受基督教开辟了道路。因为在这派哲学中,二元论和怀疑论均已得到克服,奥古斯丁从此认识到基督教义的合理性由此可以成立。当然,新柏拉图主义对奥古斯丁的意义,决不仅仅是促使奥古斯丁通向教会的桥梁,可以说,新柏拉图主义思想深入到他的宗教体验中,对他的思想产生了普遍而持久的影响。在奥古斯丁的早期著作中,柏拉图主义占有支配性地位,到了后来,虽然奥古斯丁的写作主要是根据圣经和教会的精神,但他的这种基本哲学立场没有改变。"柏拉图主义者与保罗一样,都教导他说,灵魂必然从肉体的情欲中解脱出来,才可能开始上升到上帝那里。"①可以说,奥古斯丁对古希腊罗马思想文化的这种折衷调和倾向是自然完成的,并不存在根本性冲突,因为西方文化内部的沟通与融合必然有其历史合理性。

尽管如此,奥古斯丁并未放弃对古希腊罗马宗教信仰进行强有力的批判,特别是对古罗马宗教的深刻批判,这种批判主要针对罗马宗教神话而展开。在古代宗教信仰中,宗教信仰的理想具体表现在神话形式中。神话既是一种通俗的文学形式,特别是一种极富感染力的口传文学形式,同时又是一种形象的宗教表达形式,甚至可以说神话是宗教神学原初的直观的表达形式。一般说来,大多数宗教信仰者正是通过神话的教谕形式确立个人信仰,并将神话的想象性表述视作一种真理性表达,因而,神话在古代文化特别是在宗教信仰中具有十分核心的地位。古罗马时期建造的万神殿至今仍是古罗马宗教文化的一种象征,据巴洛介绍,罗马宗教起初是家族的宗教,随后才成为国家的宗教,家族神话一旦被神圣化,国家也就因此变得神圣。当家族聚合成为社会之时,家族的崇信和仪式也就构成国家崇信的基础。起初,国王就是祭司,当诸王业已消逝,"神圣事物之王"的称号依旧得以留存。"罗马本身是由众多意大利部落融合而成,它们都有各自特殊的崇祀,无疑带有各自的家族特型。"②值得注意的是古罗马宗教神话与古希腊宗教神话的同构化倾向。从文化事实本身来说,古希腊宗教与古罗马宗教都属于多神教系统,古希腊宗教在经历了混乱的发展和区域性宗教神话整合之后,逐渐形成了以奥林波斯神为十二主神的宗教信仰系统,即在凸显十二主神的基础上包容了诸神信仰系统。③ 应该说,古罗马宗教神话在历史生成方式上与古希腊宗教神话有相似之处,因此,古罗马宗教神话在其历史传播过程中就发生了一种有趣的现象,即罗马神话削弱了本有的地方性特征,使主神信仰系统与古希腊宗教的主神信仰系统逐渐对应起来。只不过,同一个神灵或者叫拉丁语名,或者叫希腊语名,仿佛这两种宗教神话是同源共生的。在我看来,这可能与希腊文化在罗马共和国文化构建的历史过程中所具有的优势地位有关,因此,古希腊思想文化比古罗马早期文化要成熟和智慧得多。

这样,奥古斯丁对罗马神话信仰的批判,也可以视作对希腊神话文化的一种批判,他反对用这种神话材料作为国民的教育读本。奥古斯丁谈道:

---

① 穆尔:《基督教简史》,郭舜平等译,商务印书馆1981年版,第102页。
② 巴洛:《罗马人》,黄韬译,上海人民出版社2000年版,第8—10页。
③ 这一点可参考李咏吟:《原初智慧形态:希腊神学的两大话语系统及其历史转换》(上海人民出版社1999年版)一书中的相关论述。

"作为一种诗学传统,罗马文学对斯卡瓦罗(Scaevola)为什么反对这种教育作了一个相当清晰的说明。因为诗人提供了这样一种被歪曲了的诸神形象,诸神的神性皆不能与一个善良者的德性相提并论。一个神被认为是一个小偷,另一个神又被认为是一个通奸者,诸如此类。各种各样的堕落和荒唐言语和行为都被用于描述诸神,三个女神进行一场竞美比赛,维纳斯赢得了胜利,失望的候选人毁灭了特洛伊。朱庇特本人则变成一头公牛或一只天鹅,乐于得到某个妇人的宠爱。一个女神同一个人间男子结婚,撒登(Saturn)吞吃了他的孩子。任何可以想象的奇迹,每种可以设想的罪恶都能在这种诗学传统中发现,当然,它远离神圣生活的本质。"①显然,奥古斯丁对这种罗马宗教神话信仰持否定态度。可以说,古希腊罗马宗教神话信仰的自由主义传统和浪漫主义传统与基督教的神圣信仰有着根本性对立。

奥古斯丁的异教文化批判显然是站在基督教立场上的。从当时特定的历史事实可以看到,奥古斯丁的异教文化批判至少有两个具体意义:一是对正在兴起的基督教的正统地位进行了有效的维护,二是对虽已走向边缘但在奥古斯都大帝时代又有所抬头的异教文化思潮,特别是希腊文化思潮进行了强有力的抨击。

首先,作为一个浪子回头式的基督教徒,奥古斯丁对基督教本身产生了一种异乎寻常的热情,而且与自己的青春生活彻底诀别,这就必然使他对基督信仰的真理性有着特别的认同。从人类精神生活演进的历史可以看到,信仰的激情具有一种奇特的力量,宗教生活本身可能也正是看到了人类精神生活的这样一个特点,所以,人们极力争夺这一地盘。一个人的精神生活或信仰对他的现实生活选择具有更大的制约性,也就是说,一个人的灵魂一旦被一种宗教信仰所控制,他的现实生活选择就会带有强烈的主观意志性。因此,宗教领袖或神学家力图以最独特的教谕方式利用人性的弱点达成灵魂统帅的目的。就奥古斯丁自身而言,他正是通过富有激情的话语方式与体验方式传播福音并召唤信众,以便达成捍卫基督信仰的神圣性之目的。所以,《上帝之城》中有关希腊罗马文化的否定性批判与基督教思想的系统阐释具有一种不容置疑的信仰性特征。

其次,通过奥古斯丁的异教文化批判,可以看出,一神教信仰与多神教信仰具有一种内在的不可调和性,宗教化艺术观与诗性艺术观之间也难有调和的可能性。只要站在现代文化立场上来理解宗教,就可以发现,宗教本

---

① 《上帝之城》英译本(*The City of God*),中国社会科学出版社 1999 年版。

身具有特别的复杂性,如果就其基本信仰的精神特点而言,大致可以将宗教信仰分成一神论信仰与多神论信仰两大体系。可以说,宗教信仰是在人类精神生活成长的历史过程中不可避免的一个历史阶段,也就是说,宗教信仰是人类生活的历史发展过程中的一种必然现象。所以,宗教与艺术的内在关联是无可回避的问题。从宗教对艺术创作的实际影响来看,多神教对艺术的滋养与激励在自由想象方面显然要优于一神教对艺术的滋养与激励。因为前者的万物有灵观念使创作者可以在任何场景下拟人化地写作而不必服从一个唯一神创世的观念,而后者则必须把杂多的事物都归依于唯一神的恩慈与大能。就西方文学艺术发展的历史过程而言,代表多神教信仰的希腊宗教与神话主宰了西方的自由艺术的精神创造活动,而代表着一神教信仰的基督教则主宰了服务于基督信仰的教堂艺术。当然,也有一些具有基督教精神的艺术将圣经神话予以泛神论理解,使艺术葆有一种美妙的宗教精神。

这个现象本身实际上涉及的是艺术的独特地位和认知方式。在多神教信仰中,宗教的认知方式类似或等同于艺术的认知方式,原始艺术的认知方式也常常带有浓厚的宗教文化特点。而一神教信仰中,艺术的地位是受制于宗教的,即艺术是服务于宗教的艺术,艺术创作的精神探索不能超越圣典所确立的精神认知方式。这样,艺术是宗教的艺术,是服务于宗教的艺术,而不是自由的艺术,这一点正与我们所坚持的自由的艺术观相矛盾。因此,从神学立场出发的艺术认知观念也就必然带有这样认知的局限。

不过,也应看到,奥古斯丁对异教文化的批判是有所保留的,他并未采取专断和极端的否定方式。这说明,在奥古斯丁的神学思想中,他还葆有对异教文化的宽容理解,只是在他的审美价值取向中对此不予认同罢了。吉尔伯特比较客观地采集了奥古斯丁有关异教文化艺术批判的各种言论,证明奥古斯丁在后期的宗教皈依中确实有意识地背离了感官的艺术。"奥古斯丁争辩说,只有《圣经》中有自由的文学,而那些献身于所谓文艺的人,与其说是自由的人,不如说是奴仆,《圣经》应该取代人们对渎神的神话诗,演说家漂亮的谎言以及难以捉摸的哲学的关注。"[1]

二 创世神话的真理性辩护

《上帝之城》可以说是奥古斯丁专心致意对圣典进行解释的一部著作,

---

[1] 吉尔伯特、库恩:《美学史》,夏乾丰译,上海译文出版社1989年版,第161页。

即使在论述结构方面他也尽力与圣典(Scripture)的文本排列顺序保持某种一致性。在《上帝之城》第 2 卷中，奥古斯丁对圣典中的内容有时甚至做了逐字逐句的神学化证明，由此可见，《圣经》在奥古斯丁思想形成过程中的特殊地位。从西方诗学的发展过程来看，由于不少诗学理论家对《圣经》和奥古斯丁关注不够，因而，对西方诗学在古希腊诗学发展成熟之后的近千年的诗学历史状况缺乏应有的认知。历史的真实状态是，在基督教取得了西方文化的正统地位之后，基督教思想和理念渗透到了中世纪西方文化的方方面面之中，这当然包括文学艺术。一方面，圣典本身具有乃至取代了文学创作的地位，即以《圣经》代替了个人化文学创作，或者说，个人化创作成了《圣经》故事的一种图解。事实上，即使从古罗马早期文化发展来看，罗马人精于事功、军事、法律、政治而不擅长于文学艺术，他们的诗艺基本上是对古希腊文学的一种模仿。即使是具有一定独创精神的维吉尔，相对古希腊诗人而言也只能算作一个文学创新的小儒。所以，中世纪西方文学所盛行的那种模仿风气一方面可能与罗马人的文学创作习惯有关，另一方面也可能与《圣经》本身的巨大影响力和经典性教育的传播地位有关。在创作习性与经典神圣地位的双重压力下，罗马人在诗学上和文学上的独创性贡献自然就大打折扣。不过，为了将西方诗学发展的真实面貌呈现出来，我们就不可忽视《圣经》和奥古斯丁在基督教文化世界中的地位。由此出发，可以将西方诗学的另一种传统予以充分观照，同时，也将宗教对文学的影响客观呈现出来。

当然，这首先就要涉及如何评价神话的问题。人们历来将神话视作一种文化现象，但很少有人将神话视作一种特殊的文学，顶多将神话传说本身视作一种口传文学或民间文学。实际上，神话对于文学的意义远非如此。神话是人类早期文化中最具普遍性和本质性特点的一个构成部分。神话是一种思维方式的真实表达，也是思维活动的最真实的成果，同时，它也是古代宗教信仰的真实记录。神话体现了一个民族最具本质性的精神创造方式和目的性追求。只是神话从来都是寄生性的，它寄生在宗教言词中，寄生在本原思维之中，寄生在神秘体验与理性认知之中，寄生在英雄传奇与历史叙述中，也寄生在人类的想象性解释中。离开了神话思维就无法还原古典文化本身，即使是科学发达的今天，神话思维方式依然具有特殊的力量，因而，关注神话就是关注西方古典诗学的内在本质特性。

一般说来，希腊宗教神话或神话思维对希腊文学艺术的实际影响是众所公认的，尽管现有的诗学解释本身还未给予充分关注。不过，对基督教圣典的神话认知则存在分歧与争议,具体存在着两种对立的认知倾向:一种是承认圣经神话构造并客观地分析和评价圣经神话的逻辑构成与观念体系,如施特劳斯的《耶稣传》;另一种则否认《圣经》的神话特性,将《圣经》中所记述的一切视作真实发生的事情,并对圣典中的一切奇迹进行真理性认知和辩护。自然,神话并非真实,甚至可以说,神话是虚假和幻像的代名词,神话并不具有客观真实的认知价值。可是,在古典文化中则不同,在神话的原创者那里,他们的神话创造本身被当作一种严肃认真的事件,没有虚假、幻象的成分。这说明,有关神话的认知,古人与今人有着根本性区别。应该说,现代人的神话认知观念更具有科学合理性。在科学认知不发达的时代,神话代替了科学,制约并主宰了人的思想,自然也有不可忽视的历史价值。按照科学认知的法则,我们应该真实地面对神话,只不过,在还原其本来面目时,要尽量扫除浮荡在历史真实上面的虚幻的烟尘,即认同其历史思维方式并寻求合理的解释,但不能为了神话本身而拼命进行真理性诠释和辩护。尤其是在宗教迷信还将神话视作真实的今天,对神话的客观理性解释尤其必要。

因此,在认知圣典的核心地位时,首先要将《圣经》还原到神话文化语境中去。① 也就是说,《圣经》首先是一本神话书与历史书,也就是说,在圣典的成书过程中或在宗教神学家的圣典创制与整理工作中,神话的想象与历史的论述混淆在一起,有时历史的东西抹上了神话的色彩,有时神话的东西又被虚构成真实发生的历史。《圣经》的这一创制特点是有其历史必然性的,因为在远古文化的历史生成的过程中,任何一种文化都离不开神话的诗性思考和想象,离不开宗教神话的那种独特的精神创生力量,这样,神话性与历史性的必然交融成了古代经典的一种基本品格。

奥古斯丁在《上帝之城》中所进行的基本工作可以说都是在为圣经神话进行真理性解释与辩护,这一工作从非宗教的意义上而言可以说价值不大,因为替神话的东西做辩护必然显示出与科学相对立的虚幻性。但是,从宗教意义上而言,尤其是从基督教护教意义上讲,奥古斯丁的工作本身就是一件伟大的功业,因而,《上帝之城》在基督教神学史上具有不可替代的地位。如果撇去奥古斯丁对圣经神话所做的真理性证明工作,深入奥古斯丁的思想本质中去,那么,我们依然可以从他对创世神话的真理性辩护中得到

---

① 有关圣经神话体系的详细认知,可参阅李咏吟:《审美的智慧:美学解释与神话解释》,沈阳出版社1999年版,第188—226页。

别样的启示。

圣经神话本身有其宗教信仰的合理性，因为宗教本身就是从超验领域出发，而不是从现实经验领域出发，从思想出发点来看，宗教与科学确有根本性对立，实在难以调和。如果从神话的角度去认知圣经神话，那么，就可以找出一组互相关联的神话，构成一个具有想象合理性与可信性的神话体系。例如：创世神话、福音神话等。每一神话构成，都有其明确的宗教意图，在神话的实际作用过程中，神话本身主要扮演一种实施教谕的作用。把圣经神话当作神话来处理，这一行为本身确实含蕴着一种危险，即神话的解构可能带来信仰的贬抑。事实上，在现代《圣经》解释中就形成了两个基本的派别：一个派别坚持神话即真理，通过圣经神话解释去表达信仰的真理，另一个派别则主张"解神话化"，即解除神话，不要把神圣叙事本身看作一种神话，或者说忽略神话叙事的外在形式，而直接进入到信仰的本质理解中去。

奥古斯丁在《上帝之城》中采取回避神话的解释方法，将《圣经》叙述中的所有神圣事件视作真理而予以分析与阐释，他的这种理解方式代表了一种典型的宗教解释意向。奥古斯丁在公元5世纪完成这一著作，之所以回避神话，这是由多种理由决定的。首先，奥古斯丁不像现代基督教神学家那样必须面对科学理性的挑战，在奥古斯丁的时代，还没有人对圣典中的神圣叙事表达科学理性式的怀疑，因而，奥古斯丁完全可以把神圣叙事视作真理性事件；其次，奥古斯丁在罗马帝王的"王权"日益向神权提出挑战时，必须充分维护神权的神圣地位，唯有充分诠释神圣叙述或圣经神话本身，或者说，只有对神圣叙事进行充分的真理性证明，才能焕发信徒内在的激情。

奥古斯丁对圣经神话的真理性阐释主要围绕圣典本身予以展开。他对圣典的解释与现代基督神学的解释倾向有很大的不同。现代基督神学偏重对《新约》神话的解释而有意忽略《旧约》神话，奥古斯丁则相反，他虽没有完全忽略《新约》，比方说，对耶稣基督的"三位一体"神话和保罗的传教神话予以了充分关注，但奥古斯丁对《新约》的内涵乃至细节未予关注是一个不争的事实。可以说，《上帝之城》一方面是对异教世界的神话信仰的批判，另一方面则是对《旧约》神话的系统阐释。

奥古斯丁顺着《旧约》的文本编辑顺序，对最重要的经典章节和中心人物事件予以细读式解释，《创世纪》中的每一句重要的神圣叙述和论断，可以说都得到了奥古斯丁逐字逐句的关注。"摩西五经"中的核心事件与核心人物，包括摩西、约书亚，奥古斯丁都予以充分重视。对大卫和所罗门的诗篇以及先知书,特别是"弥赛亚"(救主)诞生的神话,奥古斯丁在"三位一体"的总体神话框架中进行了认真而深入的讨论。他对《创世纪》特别关注。对于基督教神学家而言,《创世纪》预示着最重要的三个神话,一是"三位一体"神话,或曰上帝神话,这是神宗教神话信仰得以成立的关键,也是基督教最具特色的信仰基础;二是创世神话,即上帝以语言创造世界,通过对上帝以语言创世的辩护和强调证明上帝的伟大和信仰的必要性,展示了上帝信仰的最独异的一面。在奥古斯丁那里,所有的神圣叙述本身都是真理,容不得任何怀疑,对于他来说,一切都可以进行充分的宗教申辩,而且可以由此成为信仰之根基;三是契约神话,这个契约神话,即上帝两次与人立约,上帝与亚伯拉罕立约,成为信仰最强有力的支撑。上帝许诺亚伯拉罕以"众国之王"的地位,而且许诺亚伯拉罕的子孙繁衍,国力强大,同时许诺亚伯拉罕的子孙以"迦南地",当然,这一切都以亚伯拉罕的子孙信仰上帝为前提。奥古斯丁特别强调了这一神话的意义,他一方面突显了上帝之伟大,另一方面则强调信仰之坚定性,他的这一意图显然是基督教正统神学的立场。[①]

如果站在诗学的立场上,我们不妨采取弗莱的立场来理解《圣经》。弗莱在《伟大的密码》中将《圣经》视作一种特殊的文学,他不仅探讨了文学与宗教的共同之处,而且特别探讨了宗教对于深化文学探索的积极意义,这落实到生存层面上,即"原罪"与"灵性"的冲突、生存体验与深层渴望的统一。"原罪"使人陷于情欲之中,心灵没有自由,生命一片昏暗,充满空虚与绝望,而原罪与"属灵"的冲突,只能通过信仰与自由来协调。而"属灵"则是一种生命的拯救,人类在信仰中可以走向幸福与自由。因而,奥古斯丁的神学探索也标志着一种信仰诗学在西方诗学中的特殊地位问题,信仰诗学即关注诗与宗教的一种内在的沟通,诗与宗教对自由的一种终极式思考。所以,神话的科学理性解释和神话的真理性解释都有助于深化对人类精神生活的理解,奥古斯丁在希腊神话诗学传统之外突出了圣经神话诗学的特殊地位,也可以说是对诗学的一种特殊贡献,尽管这种信仰论诗学本身对感性生命的自由具有阻抑性作用。

三 "上帝之城"与信仰的激情

《上帝之城》是一部包罗万象的著作,不仅涉及罗马古典文化,也涉及

---

① 奥古斯丁的一个经典陈述是:"没有真正的宗教就没有真正的德性。"见《上帝之城》英译本(*The City of God*),中国社会科学出版社1999年版,第891页。

西方早期的政治与历史现实。更为重要的是,他不仅对圣典做了出色的解读,而且提出了"上帝之城"的理想的模式。这部饱含诗情、想象与理性的著作对人类精神生活的探究确实不同凡响。奥古斯丁不仅以"上帝之城"作为著作的标题,而且也将"上帝之城"作为一个核心概念予以论述。正如约翰·欧米拉所言:"上帝之城这个概念,或者确切地说,两个城邦(天城与地城)概念在奥古斯丁这部伟大著作的后十三卷中得到了充分表达。该书第十一卷至第十四卷论述两个城邦的起源,第十五卷至第十八卷论述城邦创建至基督来临的历史进程,第十九卷到第二十二卷论述两个城邦的命运。"①约翰·欧米拉对《上帝之城》结构的表达是符合实际的,事实上,正面阐释"上帝之城"的具体内涵是奥古斯丁这部著作(下卷)的主要任务。

  在基督教兴起之后,如何处置"王权"与"神权"的关系是一个关键问题,特别是在罗马皇帝的王权不断受到尊崇和膜拜的文化格局下,"神权"的地位得不到充分的重视。在"王权"与"神权"之间,奥古斯丁明显地贬抑"王权"而抬高"神权"的地位。当然,这种主观意图又不好直接予以表白,所以,他追根溯源式地对古希腊罗马的王权崇拜观念和多神崇拜观念予以批判,把古希腊罗马宗教中的神灵的放纵和非道德与人的贪欲(lust)联系起来,而且对这种放纵的贪欲崇拜所导致的恶劣后果予以深刻的批判和否定。也就是说,古希腊罗马文化一直崇尚的生命欲望不仅在现实生活中,而且在宗教神话信仰中都得到了充分表现,这种宗教神话文化只可能教谕人们扩展个人欲望,而不会使人追求灵魂的净化与道德的完善,结果,这可能使人类生活日益堕落,置身于罪恶的深渊和永远不得拯救的境地。在奥古斯丁看来,所有这一切就是"地城"(Earthly City)不可避免的历史命运,因此,他否定这个世俗生活的城邦,主张建立一个"天城"(Heavenly City),这个天城也就是"上帝之城"。

  "上帝之城"这个概念与"天城"联系在一起,理解起来有些困难。在奥古斯丁那里,上帝之城即天城,这天城虽也可理解为"天上之城",但更为准确的理解应该是"灵魂之城""精神之城"或"信仰之城"。上帝之城概念与"天堂"概念是和谐统一的,在基督教信仰中,最美好的国度是"天国",天国是虚无缥缈之乡,是纯粹的灵魂之乡。从这一观念里可以看出,奥古斯丁追求的是灵魂的福乐之境,追求的是信仰的极乐境界,也就是说,他贬抑现世生活,而主张追寻灵魂生活。这是信仰者所引导的唯一方向,也是所有的宗

---

① 参见《上帝之城》英译本(中国社会科学出版社1999年版)导言。

教能够许诺的人类的最高去处。为了贬抑现世生活,或者说为了消解"王权"的至高地位,奥古斯丁对"天城"与"地城"进行了情感色彩鲜明的对比。他说:"我们知道,两个城邦是由两类爱所创造的,地城是由自爱所创建,它轻视上帝,天城则由上帝之爱所创建,它意味着对自我的轻视。""事实上,地城之民以它自身为荣耀,天城之民则以主为荣耀,前者从人那里寻找光荣,后者则从上帝那里寻找至高荣耀和道德觉悟的证据。""地城之民在它自己的荣耀中抬头,天城之民则对上帝说:你是我的荣耀,你让我抬起头。前者,起支配作用的欲望使它对品行端正的人逞威风,正如它使诸国屈从那样。后者,那些被授权和从属于主的人在爱中服侍上帝,以他们的智慧为统帅,以他们的顺从为信念。""地城的人爱他自己的力量被展示在他的强有力的首领身上,天城的人则向他的上帝说,我的主,我的力量之源,我爱你。"①在这里,奥古斯丁把天城之民与地城之民的根本差异做了真正的区分,他否定"王权"的神圣地位而肯定"神权"的至高地位。

可以说,在处理"王权"与"神权"何者优先的问题时,奥古斯丁是从"现世生活"与"灵魂生活"何者优先的问题入手的,这同时也涉及诗的处理方式与宗教的处理方式何者更具合理性的问题。应该说,奥古斯丁对问题本身的认知是相当清醒的,因为古希腊罗马文化传统非常重视现世生活,这不仅可以通过真实的历史材料予以证明,也可以在希腊罗马神话和文学艺术中获得间接的证据和支撑。对于古希腊罗马诗人而言,他们坚信现世生命存在的神圣性,他们首先要歌唱的不是神的美而是人的美,即使是神之美,仿佛也是为人所设计的,因此,古希腊罗马神话中的神有的就是国王形象,如宙斯;有的是美男子形象,如阿波罗;有的则是华贵的公主和王后,如赫拉。即使是对于神灵,他们也并没有将他们设想成不食人间烟火的抽象神灵或至美品格的化身,而是让他们保持人性的丰富性并使人类可以亲近。这种神话创制方式不仅代表希腊罗马神话创制者或这个民族浪漫而又乐观的生命想象,同时也体现了他们对现世生命的讴歌和崇拜,事实上,他们正是以此作为生命的最高价值取向,他们并不关心生命在死之后的处境与归宿。这一文化传统自然崇尚生命意志与权力自由,自然崇拜力量、欲望和智慧,它必然发展出对人的正常欲望的肯定,也必须形成对王权的尊崇,当然,这并不意味着他们放弃平等与自由、正义与幸福的人生信念,在这些现世道德法则的支配下,古希腊罗马世界的现世生活充满了诗意想象与生命幸福

---

① 《上帝之城》英译本(*The City of God*),中国社会科学出版社1999年版,第593页。

感。当然,古希腊罗马的民主政制与正义理想总会受到新的权力的颠覆,陷入一种战争与和平的循环中,也就是说,诗人们所奢求的自由、幸福、平等观念总会受到挑战,因而,人们寄托一种神圣宗教或道德宗教的方式予以解决,通过灵魂的拯救来达成永生的幸福。

按照西方诗学的自由创造原则,诗人、作家和自由的生命崇拜者依然心仪希腊罗马文化传统,企求在这种诗意的浪漫中重建人类生活的理想国,这也是我们在评价西方诗学思想传统时乐于归依的一种生命价值原则。但是,这一原则自身确实面临着局限性,即追求现世生活幸福的人们永远无法解决贪欲与残暴、战争与恐怖、非人道与罪恶等历史现实问题,因而,基督教信仰等于给西方人打开了另一扇窗。这种纯粹的精神信仰自然有许多问题在现世生活中得不到落实,但是,只要抱着一种同情的立场,就能看出它也具有某种启示性价值。也就是说,对精神生活或灵魂的至善追求也有利于人类生活的自由重建。

穆尔对奥古斯丁的这一精神意图做了这样的解释,这种解释本身是站在奥古斯丁的立场上的。上帝使人成义的恩典解放了人的意志,使它有了从善的而不是作恶的自由;这种恩典激发人的善意或爱心,使人的内心得到新生,由于圣灵的进驻,人心便发出了对至高无上、永恒不变的善,即上帝的喜悦和爱心,"它使人心中充满了爱,用善的愿望取代了恶的欲念","只有靠上帝的恩典,人才能信仰基督,或至少有这种愿望"。但恩典并不施加给一切人,只给予上帝所拣选的人,而这种拣选并不以被拣选者身上的任何东西作为前提条件。恩典的概念排除功过思想,奥古斯丁说,上帝的恩典如果不是恩赐的,就不成其为恩典了。①

从奥古斯丁有关"上帝之城"的全部论证可以看出,他的思想全都源自《圣经》,特别是《圣经》的《旧约》部分。在他的诗意想象与激情论述中,他极度地表达了对"上帝之城"的敬慕,并表达了对天城居民的向往与崇敬,而对地城居民则进行了毫不留情的贬抑。他认为,"上帝之城"这个概念和思想源自神圣经典的启示。"我们这里所论述的上帝之城是由那些圣典所证明了的,那种超越人类天才作品之上的至高权能并非取决于人类心灵的偶然冲动,而是明显地归依于上帝的最高神意的指导力量,所以,圣典显示出超越人类所有文献之上的至尊权威。"②事实上,我们在《圣经》中确实可

---

① 穆尔:《基督教简史》,郭舜平等译,商务印书馆1981年版,第108页。
② 《上帝之城》英译本(The City of God),中国社会科学出版社1999年版,第429页。

以找到这样的词句:"光荣的事物属于您,上帝之城。""主是伟大的,在我们的上帝之城中受到至高赞美,在他的圣山上,上帝把快乐播撒到整个大地。""在强有力的主的城中,在我们的上帝之城中,上帝已经建立了永久的城。""大河中轻快的溪流,把欢乐带到上帝之城,把昂贵的礼物奉献给圣殿,在她心中的上帝将永远不会动摇。"

奥古斯丁正是这样,通过"上帝之城"的构拟与诗意想象,通过对天国的灵魂生活的描述,试图将读者带入到这种信仰天地之中。"我们知道有一个上帝之城,我们盼望成为这城中的居民,带着爱并受圣城的创建者的支配,但是地城的居民宁可要他们自己的神灵而不要圣城的创建者,不知道它是众神之神。"①奥古斯丁的《上帝之城》感染了《圣经》的一种根本性特质,即信仰的狂热和言词的空洞。《圣经》中的言词除历史叙述部分之外,大多是对上帝的热情颂赞之词,因而从非宗教的立场上去理解就显得特别空洞,奥古斯丁的《上帝之城》中对神圣经典的虔诚解释和激情表达也具有类似的特性,我们很难找到奥古斯丁对基督信仰的理性反思,也不能获得灵魂信仰的理性价值证明。因此,他对"上帝之城"的描摹,实质上就是对灵魂生活的一种展望,是对信仰者的一种召唤,是对圣徒激情的一种内心抒发。有一点值得注意,即奥古斯丁虽未对《新约》部分进行充分的信仰证明,但他从来就没有忽略将耶稣基督视做人与神的伟大调解者,同时,也将耶稣基督视做上帝的伟大儿子,他说:"作为神,耶稣就是目的地(goal);作为人,他就是道路。"②这样,作为圣父、圣子、圣灵的"三位一体"神话在奥古斯丁这里得到了充分的诗性证明。

所以,奥古斯丁的《上帝之城》通过对异教文化的批判试图将人带入信仰之城,并充分展示信仰的激情。从诗学意义上而言,这是基督教信仰对文学精神的一种内在规定,不过,大多数文学创作者并未遵循奥古斯丁的路线,去努力证明上帝信仰的重要性,而是从神圣经典中找到了许多矛盾的形象,从一种宗教与非宗教交融的意义上去探究人类生活的本质,探究信仰与道德的力量,探索人类原罪与人类自我挣扎的心灵历程。因而,《圣经》作为基督教的神圣经典虽然从纯粹信仰的角度来看对文学的制约力量很大,但是,由于它本身展示丰富复杂的历史内容,特别是正视了人在信仰与怀疑中,在原罪与拯救的历史性挣扎中的内心痛苦与渴望,因而,也就具有了特

---

① 《上帝之城》英译本(*The City of God*),中国社会科学出版社1999年版,第429页。
② 同上书,第431页。

殊意义。从这个意义上说,《上帝之城》正是人类精神生活的一种自由表达,它提供了一种神圣信仰,指明了道德完善和心灵净化的路径。奥古斯丁的忠告是:"我们应当保持宁静并去想象,我们应当去想象,也应当去爱;我们应当去爱,也应当践履。"①对于《上帝之城》这部书无论是进行诗学的理解,还是作审美道德论的理解,都可以对今天的西方文学发展历程形成一种独立的价值判断。

参考书目:

1. 《忏悔录》英译本(Confessions),中国社会科学出版社1999年版。
2. 《上帝之城》英译本(The City of God),中国社会科学出版社1999年版。
3. 卢梭:《忏悔录》,黎星、范希衡译,人民文学出版社1982年版。
4. 费里埃:《圣奥古斯丁》,户思社译,商务印书馆1998年版。
5. 奥古斯丁:《忏悔录》,周士良译,商务印书馆1994年版。

思考题:

1. 奥古斯丁的《忏悔录》体现了怎样的诗学价值取向?
2. 奥古斯丁的忏悔论诗学与圣经诗学的关系。
3. 奥古斯丁的忏悔论诗学与西方忏悔体文学之关系。

---

① 《上帝之城》英译本(The City of God),中国社会科学出版社1999年版,第1091页。

第七章　托马斯·阿奎那的《神学大全》

托马斯·阿奎那(Thomas Aquinas,1225—1274),意大利神学家和经院哲学的代表人物。年轻时代在蒙特卡西诺修道院受教于本尼迪克教派的神父,后在巴黎和科隆跟随大阿尔伯特学习,1250年升为神父。他直接参与汇编和注释亚里士多德的著作,并受到大阿尔伯特运用亚里士多德的理论证明基督教教义的影响,从此学业精进。1250年他在老师的推荐下登上了巴黎大学的讲坛,最初只有讲解《圣经》的资格,后来才得以教授伦巴德的《箴言录》并作了四卷本的注疏,这部论著的出版为他带来了声誉,但由于受到法兰西斯派会士的反对,1254年他被巴黎大学辞退,随后罗马教廷又于1256年批准托马斯回到巴黎大学任教。他在教学的基础上,写出了《论实有与本质》《论自然原理》《反异教大全》《论君主体制》《论犹太体制》《论上帝的能力》《神学大全》《论恶》《论灵魂》《论爱》《论希望》《论基本德行》等大量著作,此外,他还注释了亚里士多德的《后分析篇》《物理学》《论灵魂》《形而上学》《尼各马可伦理学》《政治学》等著作。

《神学大全》(Summa Theologica)是托马斯的一部极有影响的神学著作,其中包含着丰富的哲学思想、神学思想,同时也涉及诗学和美学问题。①塔塔科维兹认为,托马斯论述美学问题是因为他不能将美学问题从他的哲学体系中遗漏,当他讨论其他主题需要论述美时,他就写下了有关美学意见,他的这一论述很符合托马斯的诗学和美学思想实际。

第一节　复兴亚里士多德的思想传统

皮吉斯(Anton C. Pegis)在托马斯·阿奎那的基本著作的导言中花了一

---

① 全书共3卷,第1卷共119题,第2卷分上下册,上册114题,下册189题,第3卷只有90题,总共812题,2669条论证材料。中国社会科学出版社1999年影印出版了2卷4册《神学大全》英译本。

定的篇幅描述了西方13世纪的文化历史状况,这是拉丁文化与希腊文化、犹太文化和阿拉伯文化交会并形成急剧冲突的一个世纪,思想的多元碰撞使基督教神学也面临着急剧的变革,许许多多的问题在13世纪开始成型,"这就是圣托马斯·阿奎那生活的世界"。皮吉斯的论述至少透露了这样一个消息,即东西方思想处于一种开放式的自由碰撞时代,基督教神学的发展面临着必然的选择,具有显著地位的奥古斯丁主义受到了巨大挑战。与皮吉斯一样,梯利也正视了亚里士多德思想在经院哲学发展中的卓越地位。他说:"亚里士多德的哲学是一个完备的思想体系,是希腊智慧最高发展的产物。""这个体系包括人类知识的各个部门,得出了确定的结论,又运用明晰精确的语言予以表述,而且它具有固定的词汇。""亚里士多德学说本身有许多内容符合经院哲学的要求。如果发生分歧,经院哲学家不难采取方便的解释或改变其学说以适应教会的观点。亚里士多德指出有一个纯粹精神的上帝存在,他和宇宙不同又超越宇宙,可是,他是宇宙的初因和终极的原因。这种有神论和二元论思想加强了基督教的观点。亚里士多德提供了一个彻底的目的论的自然观。""亚里士多德的哲学是使人类知识领域有条理之体系,正如旨在使由启示而来的知识领域有条理的教义体系一样完备。"[1]

托马斯处于一个特殊的世纪,一方面,基督教神学经历了近千年的历史发展过程,教义基本固定,有关圣典的解释也基本定型,但它不断地受到其他新型哲学的挑战;另一方面,基督教神学要想吸收新的思想,又要受到基督教内部的保守信徒的反对,思想的重建工作无法得以自由展开,这正是矛盾所在。当时,巴黎大学是这种保卫神学和重建神学的中心地,开明的大阿尔伯特作为教会的长老,最早尝试以亚里士多德的哲学为基础创制经院哲学的体系,他选择了一种调和的立场,即以奥古斯丁的神学理论作为基督教信仰方面的权威,而以亚里士多德的思想作为自然科学和理性神学的权威。当时,特定的历史事实是:正统神学派的思想依然以《圣经》和奥古斯丁作为思想的理论支柱,因为奥古斯丁的神学思想在公元4世纪至5世纪即已定型,距离托马斯的时代已有800多年。虽然奥古斯丁的神学思想直接源自圣典,而且最大限度地吸收和综合了希腊柏拉图主义的思想,但这种灵性主义的思想毕竟主要偏重于对信仰的纯粹激情诠释,而且他对圣经神话的诠释和证明主要是一种诗意的想象和抒情,缺乏理性的逻辑的证明。如果

---

[1] 梯利:《西方哲学史》,葛力译,商务印书馆1995年版,第208页。

说,这种激情论证的方式在基督教信仰中的历史作用巨大,或者说对基督教信仰的捍卫具有无可替代的作用的话,那么,在面对一个崇尚科学实验、经验实证和逻辑推理的新时代,这种激情抒发显然缺乏一种新颖的说服力,因此,选择新的途径丰富基督教神学思想,促使基督教神学的重建已变得不可避免。

正是在这个关键时刻,亚里士多德的著作由于阿拉伯人的翻译和注解正对拉丁文化世界产生着强大挑战,但是,在基督教传统中,长期以来形成的对亚里士多德思想的敌视使不少基督教思想者将亚里士多德视作基督之敌,这样,运用亚里士多德思想重建基督教神学就是一种具有挑战性的行为。即使是在最保守的思想系统中,任何新的思想挑战都会引起人们的热情回应,托马斯正好适应了这一点,由于他年轻气盛,没有过重的思想包袱,加之他对亚里士多德著作出色的个人性读解,使他在亚里士多德的思想系统中看到了一束强光,而且自信能给基督教神学带来全新的理论格局。

托马斯复兴亚里士多德传统首先不是为了否定传统基督教神学,不是以否定奥古斯丁意义上的基督教神学为前提,而是运用亚里士多德的思想重建和重新诠释基督教思想,保护基督教教义的正统性和合法性,并且从理论上证明圣经神话和基督教教义的真理性。托马斯无疑为基督教神学开辟了一条崭新的言路。皮吉斯说得好:"争论圣·托马斯的亚里士多德是不是历史上的亚里士多德,或者是不是希腊和阿拉伯评注者心中的亚里士多德都是无益的。圣托马斯知道这一点,他经常批评亚里士多德以使之变得更清晰,他对历史上的亚里士多德并非无知。为了保卫他认为正确的观点,他宁可忽略亚里士多德的失误。从这一点看,它可以称之为圣·托马斯的亚里士多德主义,因为在这一点上,它允许亚里士多德的缺陷被纠正和被完善。"①具体说来,托马斯眼中的亚里士多德是可以加以改造的对象,他不必忠实于亚里士多德的原意,依托亚里士多德其实是为他思想的构建找到了一个强有力的支撑。

其次,复兴亚里士多德传统对于托马斯来说就是对亚里士多德的思想体系的全面改造式理解。托马斯全面地审视了亚里士多德的理论,倘若亚里士多德的理论本身可以服务于基督教神学的目的,他就不加改造地接纳,假使亚里士多德的思想不能完全符合基督教神学的目的,他就加以巧妙的改造。至于本来的亚里士多德思想如何,并不是托马斯优先考虑的问题。

---

① 参见《圣·托马斯·阿奎那基本著作集》英译本导言,中国社会科学出版社1999年版。

这样，托马斯继承了亚里士多德的灵魂与肉体二分的观点，即灵魂是肉体的形式，灵魂本身不是一个完整的独立体，它必须同肉体相结合才能成为一个完整的独立体。对于托马斯来说，亚里士多德在《形而上学》和《物理学》中所提出的运动的观点，对于上帝存在的证明意义重大。在他看来，关于上帝的存在，有多种证明的方法。第一种证明是运动的证明，即凡是运动的事物，总是为另一事物所推动。凡是被推动的，无非是它存在着被推向某一方面的可能性。至于推动者，它本身是现实的，因为运动无非是引导事物从潜能变成现实。因而，凡是被动的，必定为另一个所推动，所以，如果某事物的运动是被动的，则它本身必定为另一个事物所推动，同时，其他事物又必定为另一个其他事物所推动。然而，这又不能无限制地推论下去，因为这样就会没有第一个推动者，因而也就没有什么运动可言，所以，最后必然追溯到一个不为其他事物所推动的第一推动者。在托马斯看来，这个第一推动者就是上帝。托马斯认为能够证明上帝存在的第二种方法是有效因，第三种方法是根据可能性与必然性，第四种方法是根据事物中发现的等级，第五种方法是关于事物的条理。通过这些证明，他认为，应当有一个有理智的存在者，由于它，一切自然界的事物才达到目的，这个存在者，就是我们所说的上帝。① 应该说，托马斯的这一论证方法引起了人们的极大兴趣，因为此前有关上帝的存在只是通过信仰的方式来获得证明，而托马斯却能从理性与逻辑方面予以证明，这在认识上构成了神学的一次极大飞跃。

托马斯还巧妙地改造了亚里士多德的目的论概念。托马斯认为万事万物无不具有其目的，但是，归根结底，万物实现其完善本性的目的时无不反映着上帝创造的目的，所以万物最后都以上帝为目的。此外，托马斯还巧妙地改造了亚里士多德《政治学》和《伦理学》中的"德性"和"幸福"观念。他认为，亚里士多德只论述现世的幸福问题，但现世的幸福是短暂的，因而，真正的幸福是在来世，是要使灵魂进入天堂，唯有在上帝那里，幸福才是永恒的，人的美妙德性不仅要与关于上帝的信仰相似，而且要与基督教的教义相符合。这样，德性的修炼也就是一个理性认识与信仰协调统一的过程。

托马斯尽管力图纠正奥古斯丁的一些说法，但我们不应忽略这样一个事实，即在《神学大全》中，托马斯对奥古斯丁著作的引用频率甚至超过了《圣经》。这说明他既尊重奥古斯丁又力图纠正奥古斯丁的错误，但他并不

---

① 《圣·托马斯·阿奎那基本著作集》英译本，第 1 卷(1)，中国社会科学出版社 1999 年版，第 22—23 页。

排斥信仰，因为信仰是基督教的核心。他的做法是，不能为了信仰而排斥理性，也不能为了理性而拒斥信仰，实质上这两者是难于统一的。在奥古斯丁那里，信仰是出发点，是知识的先决条件，没有信仰就不会有真正的知识，最高的智慧在于信仰。如果你不理解，信仰会使你理解，信仰在先，理解在后。信仰是理解的途径，理智是信仰的动力。托马斯则认为知识包括自然知识和超自然知识，超自然知识的获得需要上帝的启示，只能通过信仰来获得，这样，理性与信仰所认识的真理并不是互相排斥而是互相印证，理性在追求真理时可以从信仰中得到好处。这种区别实质上与他们所依托的柏拉图哲学和亚里士多德哲学有关。

第三，复兴亚里士多德传统在托马斯那里实实在在表现为对亚里士多德三段论论证方法的继承。托马斯在对亚里士多德的《后分析篇》的注释中对三段论进行了详细探讨。根据托马斯的理解，这种三段论对于神学的证明或思想的证明是最直接和最普遍的。这样，三段论是一个用于证明的工具而不是用来发现的工具。在经院哲学家那里，三段论有八条规则，前四条规则涉及三段论的词项，后四条规则涉及命题。第一条规则是一个三段论包含的词项不能多于三个，第二条规则是结论中的词项不能比前提中的词项含有的意义更宽，第三条规则是中项不应进入结论，第四条规则是中项应该至少作为没有限制和一般的概念出现一次，第五条规则是从两个否定的前提不能得出结论，第六条规则是两个肯定的命题不能得出一个否定的结论，第七条规则是从两个特殊前提不能得出任何东西，第八条规则是结论应该从最弱的前提得出。托马斯在《神学大全》中的全部论述和证明严格遵循一般形式逻辑证明的方法，先提出论题，然后在答复中运用三段论的证明方法——加以证明和阐述，从而形成正确而坚定的结论，这种形式逻辑证明的方法虽源自亚里士多德，但实际上，托马斯都巧妙地加以运用到神学问题的证明之中而不重视形式自身。

有一点值得特别的强调，即托马斯注解了亚里士多德的大部分著作，却对亚里士多德的《诗学》无动于衷。亚里士多德作为一个知识体系的构建者，他客观地解释希腊诗学的一般特性，并对诗学的功能特征进行了具体说明。托马斯未涉及诗学中的一些问题，有两种解释，首先，按照神学的观点，神学家往往排斥情感表现的艺术，这样，文学和艺术就不可能进入神学家的视界；其次，神学家也并不绝对排斥文学，因为《圣经》就是充分利用了文学的形式来传播和表达独特的宗教思想。在托马斯那里，我们虽然看不到他对诗学的贬斥，但诗学显然在他那里具有特殊的含义，即审美与信仰、审美与理性的关联使基督教思想具有一种自由的扩张力。实质上,在基督教神学中,神秘主义或浪漫主义的解释学方法保留了诗学尤其是圣经诗学的合法地盘,而理性主义或逻辑主义的解释学方向则使诗学的论题具有了一种抽象的品性,在托马斯那里,论证的明晰性与简洁性成了一种诗性的自由表现。

第二节 诗学与神学的内在调和

托马斯以亚里士多德学说作为一种思想武器,涉及亚里士多德思想体系的许多方面,不过,托马斯对亚里士多德的思想表现出一种明显的选择性,即热衷于有益基督教神学建构的知识而相对忽视无助于基督教神学体系建构的知识体系。例如,他对亚里士多德的《政治学》《伦理学》和《形而上学》等著作详加注释并广泛引用,而对《修辞学》《诗学》等则未做专门研究。这种学术取向本身可以说明两个方面的问题:其一,托马斯集中精力构建他的基督教神学的形而上学体系,而无意于涉及其他精神学科;其二,诗学涉及的是感性具体的文学表现形式,托马斯缺乏诗学方面的审美趣味。因此,要想在《神学大全》等著作中直接找出托马斯有关于诗、美感和艺术本质问题的讨论并不是一件易事。不过,在托马斯的相关著作中,我们也找不到他敌视诗学与美学的直接证据。正因为这样,托马斯在构建神学体系的同时,也保留了诗学和美学的合法地位。

应该说,托马斯有关神学与诗学之关系的立场不同于奥古斯丁。奥古斯丁特别重视诗学与神学之关系,特别是基督教神学与诗学的内在调和问题,而托马斯则不太重视诗学与神学的直接联系。从外在原因来看,这可能与二者的不同生活道路和精神趣味相关。奥古斯丁从小热衷于拉丁文学,尤其喜爱吟诵拉丁诗篇并能进行创作,因而,在诗的趣味方面表现出一种强烈的情感化倾向。在皈依基督教之后,奥古斯丁特别感兴趣的东西可以说全在于《圣经》,神圣经典本身如同清泉一直滋养着他的思想,他的全部著述都可以视作对经典本身的一种注释,特别是对于经典中的诗歌,他表现了一种空前的兴趣,他对《诗篇》中的经文的运用达到了相当自由的地步,而且,像《上帝之城》《忏悔录》等著作的写作就直接来源于《圣经》诗篇的灵感。至少,在奥古斯丁那里,他赞赏诗学与神学的合作,一方面,运用诗性表达方式去诠释神学理想与观念可以使信仰本身充满激情;另一方面,运用诗的想象方式可以使信仰本身获得形象直观而又自由真切的宗教体验,因而,基督教意义的诗学与神学在自由心性体验方面形成了完善的合作。托马斯的成长道路则不同，他自幼信仰基督教，受到来自家庭和教会两方面的思想熏陶，因而，他几乎没有异教式生命体验，而是直接与基督教信仰深深契合，他在修道院和那不勒斯大学学习期间就已坚定了基督的信仰，而且于1224年参加多明尼克修道会并发誓做信仰基督和忠于罗马教会的终身卫士，随后在巴黎大学和科院大学专门学习基督教神学理论，已成了极具思想智慧又具宣教才能的辩护士。特别值得提出的是，在托马斯的时代，理性主义在基督信仰中的地位日益加强，这些经历和思潮本身决定了他致力于从理性方面去探究神学的奥秘而不再局限于从诗学或神话想象方面去探究神学。

如果要涉及思想方式和价值取向的差异，那么，奥古斯丁和托马斯对待诗学与神学的不同态度就更好理解了。奥古斯丁的神学之根基一在于柏拉图主义，一在于其神圣经典主义，也就是说，奥古斯丁一方面维护柏拉图式的精神思想方式，另一方面则致力维护《圣经》的经典性地位。从《上帝之城》可以看出，奥古斯丁对基督教神学信仰的阐释在很大程度上可以看作对圣经神话的出色解读。一般说来，基督教神学的原初构造就是通过"三位一体神话"来体现的，在这种神话神学中，神话观念是通过神话形象和神话事实来说明的，神迹往往是信仰的一种有效证明方式。对于奥古斯丁来说，将圣经神话体系本身予以理性认知与逻辑证明，就足以还原或恢复圣经神话神学体系的本来面目，使神话神学的想象性或形象性内容可以得到理性抽象式认知和说明，这样，神话神学就不仅是神话，而且是一种信仰与激情或信仰与理性相统合的思想体系。托马斯的理性神学选择的是一条与奥古斯丁完全不同的思想认知道路，我们自然不能说托马斯不熟悉《圣经》，但他不是从《圣经》文本的秩序来构建神学体系则是一个不争的事实。经过教父哲学和经院哲学的不懈努力，基督教神学逐渐转向了以教会为核心的一种教会神学体系，他们不是从《圣经》出发，而是从一些确定的约定俗成的理性观念出发，即从"上帝"这个抽象的最高神学观念，证明上帝的永恒性、单纯性、完美性、至善性、无限性、统一性，证明圣父、圣子、圣灵的三位一体的真理，证明天使的善与天使的地位，证明人的肉身与灵魂的统一，证明德性的重要性，证明原罪与信仰的关系。这种体系是一个抽象的独立于《圣经》又不与《圣经》相违背的神学体系，是基督教信仰者经过理性反思和神学实践逐步确立的一种理性信仰体系，是能够从理论上回应信徒的疑问的一种理论体系。在《圣经》神话神学发展到一定阶段之后，确实需要这样一种建立在理性反思和逻辑论证基础之上的精神信仰体系，但是，这种偏重于理性的神学体系更多地服务于神学家或神职人员的思想需要,而远离一般信徒的思维方式,或者说超越了一般信徒的思想需要,对于一般信徒而言,唯《圣经》至上,通过《圣经》自身的解读完全足以建构一个坚实的信仰系统。可以说,理性神学是神学发展到一定阶段的产物,是神学适应教会独立发展的一种必然结果,它体现了思想的一种较高层次的要求,但相对于一般信徒而言,它缺少形象性、直观想象性、情感性,因而,往往显得枯燥僵硬。对于大多数人来说,他们更热衷于神话神学本身。由于奥古斯丁给予了神话以特殊地位,因而,他的神学解释充满了形象性、诗意性和激情性,甚至可以说,他的全部论证就是为了证明圣经神话的完善性与正确性,因而,奥古斯丁使诗学与神学在基督教信仰中得到了很好的统一。而托马斯则有意克服奥古斯丁以来的那种主张信仰为了理解,信仰追求理解的原则,试图调和理性与信仰,神学与哲学之间的对立,这样,他无疑降低了神话的地位,或者说有意地解构神话,使神话想象恢复为一种理性经验。他认为神恩如此附加在人的本性上,不仅不破坏人的本性,而且使人的本性更加完善,所以,上帝赐给我们的信仰之光并不破坏我们所拥有的自然理性的光辉。这样,理性与信仰所认识的真理,并不相互排斥而是相互印证,同样,理性也有助于说明和解释信仰的真理。人的理性通过自然的受造物上升到认识上帝,信仰则相反,使人们通过上帝的启示去认识上帝。理性与信仰是和谐的,在托马斯那里具体表现为通过理性去重建信仰,这样,神话形象本身的附会式说明就不如逻辑论证那么重要,这就使得神学与诗学各自寻求独立的发展道路。

如何评断托马斯这种使神学与诗学分离的努力呢?这就应该认真探讨神学与诗学的本有的关系或神学与诗学可能的历史性关系。

从精神生成的历史可以看出,神学与诗学本原地具有一种内在关联性,在原始文化生成的历史过程中,诗学通过神学的方式予以保存,神学通过诗学的方式予以传播,它们天然地具有一种亲缘性联系。可以说,诗学因为有神学的认知方式的支撑,所以可以探究深刻而复杂的生命问题,对生命本身的疑问形成一种智慧性回答;同时,神学也因为诗学的方式而具有一种神秘而又浪漫的意趣,神学因为有诗学的支撑,信仰本身才显示出一种生命的亲切与和谐,人类生活现实与不可知的神秘世界之间构建了一种和谐共在的审美关系。事实上,通过历史的反思就可以发现,神学往往是通过对信仰活动的反思,构建出一个神人共在的形象化体系或理性生活秩序,从而对人类生活本身形成一种行为方式的约定,达成一种心灵的安宁与圆满。这种面对信仰活动的反思,最初总是通过形象或事件本身来表达思想和演绎思想,继而通过思想概念去确证形象和丰富形象,使形象的内涵予以确定化。无论是神灵的想象,还是对神灵信仰的解释,都能最大限度地满足人们的一种精神生活需要并解除人的苦闷和困惑。诗学则永远通过生动的言词构造形象本身或通过形象本身的生成诠释个人的情感,表达个人的自由想象,达成对内在生活或外在生活的自由理解,继而通过对语言形式法则和形象的构拟技术的反思,形成对心灵世界和生命世界的独特认知,从而最大限度地理解人与人的生活。这里,既有感性具体的生活历史现象,又有对神秘莫测的事件发展的描述,诗学永远面对变动的生活现实,对永远变动的独立的个人生活观察进行自由表达。因而,神学与诗学在面对心灵的神秘与自由方面确有共同之处,它们以各自独立的理解方式达成对生命的解释,这样,神学与诗学的和谐至少可以构成浪漫与神秘的自由想象空间,最大限度地扩展心灵的无限想象力。更为重要的是,神学可以深化诗学的理解,使诗学能够更加深入而理性地去探究生命本身的神秘,与此同时,诗学也能使神学永远保持一种开放性立场,不断地对人类生命的神秘性作出新的解说,而不至陷入一种僵死的教条化理解秩序之中。可以说,基督教与柏拉图主义传统的融合,一直保留着诗学与神学共有的精神地盘,使基督教的灵修主义和神秘主义对精神体验与探险具有独特的思想价值,而且,从德国浪漫派和西方神秘主义诗学的发展路向而言,这种神学与诗学的合流永远使人类的精神探索具有一种自由而神秘的诗意,而且足以使人们在这种神秘的诗意体验中自由地去展望审美的自由与想象的自由,为人类的心灵保留着一片自由天空。西方现代诗学的浪漫化或存在论的体验化倾向实际上有效地证明着柏拉图主义或奥古斯丁主义的神学与诗学的历史地位和现实意义。

从这个意义上说,托马斯促使神学与诗学分离,对于纠正奥古斯丁主义的时代性认知困境有其积极意义,它开辟了基督教神学的另一片天空,但这种分离却使托马斯堵塞了基督教诗学发展的道路,同时也制约了基督教神学自由发展的可能性。在托马斯将基督教神学理性化之后,基督教神学满足于一种大全式的理性证明,这种证明并非像托马斯想象的那么有说服力,而是深刻地表现出理性证明的精神局限,硬要将在神秘想象和心灵直观的上帝予以理性化和抽象化,等于在很大程度上堵塞了人们从情感想象和心灵信仰或神话思维方向接近上帝的道路,这样,单一的理性本身确实显得有些僵硬。事实上,当尼采高喊"上帝死了"的时候,一些神学家认为,这只不过表明基督教形而上学神学体系中的"上帝"死了,而《圣经》中的上帝则永远活在人们心目中。这个论断本身在很大程度上可以说恰如其分地评价了托马斯促使神学与诗学分离的历史功过。可以说,托马斯堵塞了基督教神学与诗学在精神上自由结合的可能性,但绝不能说托马斯的理性神学证明完全无助于诗学,实际上,他所构建的神论或上帝论思想体系,人论或人性论思想体系在很大程度上又丰富了诗学的生命理解方式,深化了诗学对生命与信仰本身的深度理解,因此,托马斯对诗学的贡献仍是值得重视的。

第三节 通过理性证明或消解圣经神话

站在诗学的立场上来看待托马斯的神学思想,就会发现,诗学与神学不仅涉及两种不同的认识方式,而且涉及对事物本身的两种不同话语形式。诗学的认识方式是一种形象的方式,它主要通过叙述和抒情形式表达思想,而理性神学的认识方式则是一种概念的方式,它主要通过概念的界定和论题的证明来表达其思想。相对理性神学而言,《圣经》的认识方式是一种形象的方式,它通过诗的形式和神话叙事的形式来表达一种独特的信仰观念,揭示世界的奥秘,这种方式是一种诗学的形式,正如我们在谈论《圣经》诗学时所看到的那样,宗教创建者极好地利用了文学的表达形式并规定了文学表达的特殊目的和特殊思想取向,即通过文学形象创造的形式构建出形象而真切的神学信仰系统。在托马斯这里,诗学与神学的关系具体表现为基督教诗学或《圣经》诗学与基督教理性神学之关系。应该说,形象化的神学比理性化的神学更具思想表现力,更容易确立信仰的价值系统。形象化的神学依托的是诗与散文叙事,所以它与文学密切关联;理性化神学依托的是概念和逻辑证明,所以它与哲学一脉相依。这两种不同的表现方式各有特殊价值,一般说来,在宗教实践和信仰活动中,形象化神学更能满足人们对神秘的直观认识和想象性认识的需要,理性化神学则更能满足人们对宗教神话或宗教实践活动本身的一种理性反思需要。

如果说《圣经》作为一种形象化神学体系具有充分的诗学意义的话,那么关于《圣经》的理性反思作为一种理性化神学体系则更具哲学意义。事实上,形象化神学完全通过文学的方式予以表达,就上帝形象的创造而言,《圣经》是通过一个系统神话来构造完成,上帝形象本身也是通过想象和历史奇迹的叙述而不断加以整合而获得完整认识的。作为创世神话中的上帝,由混沌一片的世界中创造出日与夜、天与地、海洋与大陆,特别值得重视的是,上帝创造一切都是通过"上帝说"(Then God Commanded)来完成,上帝按照一种合目的性的意图完善地创造了世上的一切。这种本原的神话方式，既包含着原初的认识，也包含着神秘而自然的想象；既包含着一种敬畏的情感，又包含着一种话语的快乐。正是通过这一个个神话与历史真实的关联，通过上帝的神话与人类生活的历史关联而展示了人类世界的丰富复杂性。对于创作者而言，他只愿将上帝的伟大置入感性具体的历史事件和生命场景中去，他可以通过抒情和叙述凸显上帝的伟大，或者说他只能用上帝的形象本身说话，而不必用一种归纳或演绎的方式来解释上帝，通过形象化创造来描摹和想象上帝永远是一种原初的创造，它在宗教中至为关键，或者说，本原的宗教信仰都是通过这种形象化方式创造的，而理性化神学只能谈论形象化的上帝，只能证明上帝，它并没有创造出什么。可以说，文学家为宗教创造出上帝，神父则为了宗教捍卫上帝、证明上帝，前者是一种创造性认知，后者是一种解释性认知。

　　问题在于，当上帝形象被原初的创造者创作完成之后，它就很难获得新的发展，如果这种上帝形象还能在文学领域得到发展，那么，这种发展常常偏离了宗教的轨道，而且因为它不具原创性而具有虚拟性，不能使人们产生宗教式崇敬，所以，但丁在《神曲》中、弥尔顿在《失乐园》和《复乐园》中虽然也正视了上帝形象，但这种创造对于上帝形象本身并无任何贡献，它更多的不是对上帝形象的创造，而是对人的形象的创造。因而，对于宗教信仰者和实践者来说，在形象化神学发展成熟之后，他们更为紧迫的任务不是创制神话，而是要解释神话。理性认知本身可以说是对形象神化神学或宗教神话的一个巨大超越，这种超越虽不能重新创造上帝形象，但却可以深化人们对上帝形象的反思性认识。

　　如果说奥古斯丁和教父们有关上帝形象的认识更多的是对经典的解释和对上帝的崇敬或抒情的话，那么，托马斯所面对的问题则是要如何超越奥古斯丁传统，进一步认识上帝本身，甚至在更高的思想层面来证明上帝存在或上帝神话的真理性。托马斯显然没有停留在奥古斯丁式想象性认知和神秘体验之基础上，由于他坚信理性与科学认知的特殊价值，所以，他试图从理性与科学出发去证明上帝的存在，这无疑是对前托马斯时期神学的一次巨大挑战。奥古斯丁等神父们并非不想证明上帝的存在，而是没有找到一种符合理性思维的逻辑证明方式，在他们看来，如果脱离个体的神秘经验，就不知如何证明上帝的存在。

　　托马斯实际上也无法从经验领域去证明上帝的存在，可以说，从经验领域去证明神秘事物的存在是一种过于古老的方式，在很大程度上，只能通过信仰本身去印证这种神秘存在的真实性。从经验去证明神秘事物或一种心灵性事实，永远只能依靠信仰、暗示和心理性方式。托马斯发现，在亚里士多德那里，实证性方式占据了支配性地位，虽然用实证性经验方式永远也无法证实上帝的存在，但托马斯还从亚里士多德那里发现了一种思辨性逻辑方法或抽象逻辑证明方法。这种逻辑有效性的证明方法是一种理性虚构的方法，即通过逻辑论断本身可以获得对事物认知的有效性证明。也就是说，只要设定《圣经》中创造的一些事实作为逻辑前提，就可以证明上帝的存在。与此同时，人格类比法在这种逻辑证明中也发挥着重要的作用。在托马斯之前，很少人运用这种证明方法获得神学上的成功，托马斯综合各种有关上帝的认识方式，通过逻辑证明本身获得了肯定式结论。这种证明方式本身在当时极为新颖，虽然今天已无人相信这种证明。

在《神学大全》中，托马斯几乎都在运用一种有些令人窒息的论述方式，先罗列有关上帝认知或人性认知的不同观点，作为辩论的对象（objection），然后进行总答复（reply）或针对问题本身做出"我的回答"（my answer）。有关"神"的证明，托马斯在《神学大全》中一共涉及了119个大问题，在每一个问题之下，他又设计了10个左右的问题，环环相扣，一个问题接一个问题地深入论证，实际上，他是用一种思辨逻辑的方式来虚拟上帝神格的大全性、完善性和伟大超凡性。这样，《圣经》中的形象化的上帝就变成了一个个命题：上帝的存在，上帝的单纯性，上帝的善良，上帝的无限，上帝在事物中的存在，上帝的不朽，上帝的永恒，上帝的统一性，上帝的名号，上帝的生命，上帝的意志，上帝的爱，上帝的公正与慈善，上帝的远见，上帝的权能，神圣的位格，圣灵的名号，天使的知识，天使的意愿，天使的爱，灵与肉的统一。应该说，托马斯所涉及的这些问题并非全是他的创造，但应该看到，他比此前任何一位神学家都更全面、更严肃认真、更具逻辑理性地解释基督教所涉及的全部神学内容，或者说，有关上帝的知识，在他那里获得了全面的探讨，这样，全部的"圣经神话"在托马斯那里都变成了真理。

有关上帝与信仰在人类生活中的地位是西方文学创作或诗学一直无法回避的问题，那么，认识托马斯的一些观点，可能有助于我们对"神"的认知，也有助于理解信仰在人类生活中的核心地位。例如，在谈到"上帝的爱"时，托马斯针对上帝的爱是否平等这一问题做了分析与解答。在他看来所有善的事物都是美的，所有美的事物都是善的，因为爱一个事物就是待它以善，任何事物都会在两种方式中或多或少得到爱。一种方式是：意志本身作为行动的一部分，它或多或少是热烈的。在这种情形下，上帝对一事物的爱并不多于另一事物,因为他爱所有事物的意志行为是恒一的、单纯的、永远相同的。另一种方式是善良本身作为行为的一部分,人们总是对他所爱的事物充满善良意愿。在这种情形下,我们可能会说对这一事物的爱超过了另一事物,因为我们将付出更多的善意,即使我们的意愿并不能更强烈些。在这种情形下,我们必说上帝爱某些事物甚于其他。因为上帝的爱是事物至善的原因,如同已经说过的那样,没有一种事物比另一种事物更完善,假如上帝对一种事物并未给予比另一事物更大的善。① 从这里可以看出,事物的美与善,在托马斯看来都是上帝赋予的,上帝赋予事物以善,它就会因此而善,上帝赋予事物以美,它就会因此而美。在他看来,上帝泛爱万物,所有上帝对每一事物的爱都是平等的,像这样的理性论证无疑有助于深化对《圣经》诗学的认识。

托马斯用这种理性证明神话的方式将圣经神话的全部事物都变成了真理,这样,理性论证本身也就成了对神学真理的辩护。必须指出,托马斯有关圣经神话神学的证明涉及丰富复杂的情感、心智与信仰问题,因而,对于诗学和美学的启示也是多方面的。托马斯在《神学大全》中特别谈到美与善的关系。他说:"一个事物的美与善从根本上说是同一的,因而他们建基于同一事物,换言之,形态相同,这就是为什么善被当作美来赞扬的原因。但他们存在逻辑上的差异,因为善与欲望相关(善存在于所有事物的欲望中),因此,它关涉目的方面(欲望存在于通往某一事物的运动中)。另一方面,美则与认知力相关,因为那些被认为美的事物在被审视时给予人以快感。因此美包含着适当的比例,因为当人们喜欢某物时在感觉上事物的适当比例使人快乐(delight),因为感觉是一种理性认知的基础,审美是一种认知能力,既然知识借助于同化(assimilation),外观与形式相联,那么美则属于形式因的本质的体现。"②托马斯对美与善的关系的这种看法实质上与他对神的看法有关,既然世界上的一切都是上帝合乎目的的创造,那么这就可以看作上帝给予人们的一种好意。上帝所创造的一切本来是善的与美的,既然美与善是同一的,那么,上帝创造的事物具有美的特性也就必然具有善的特性,反过来,上帝创造的事物具有善的特性也就一定是美的。由于托马斯局限于他的上帝观或神观来讨论美与善,因而,也就具有一种独立的思想

---

① 《圣·托马斯·阿奎那基本著作集》英译本,第 1 卷(1),中国社会科学出版社 1999 年版,第 219 页。

② 同上书,第 47 页。

特性,与我们通常站在非神学的意义上讨论美与善的问题就有所不同。

可以说,托马斯对上帝观的解释确实系统而完整,事实上,他将形象化上帝或神话神学予以理性化的证明,确实使神话变成了有说服力的神学真理。难怪 1323 年约翰 22 世教皇为了树立托马斯学说的权威性而册封他为"圣人",他把托马斯喻为黎明前的启明星,照亮了教会前进的道路,而且,他将托马斯著作中的每一个章节都看成无与伦比的天才的话语。不过,必须看到,托马斯这种完全排斥形象化神学的理性主义努力,虽然给理性神学本身带来了新的解释模式,但这种解释方式本身的机械化必然最终要让位于那些源于《圣经》的诗意化言说,因为越来越多的思想者不仅想追求神学庄严,同时也想追求神学的优美。这一点,无疑给诗学或诗意的思提供了合法席位。

第四节 德性生活与艺术观照的意义

托马斯并不拘泥于《圣经》的原初话语,可以说,他将《圣经》所涉及的全部重要问题通过神人二维予以充分展开,如果说他的神论是对信仰上帝的理性证明,那么,他的人论则是对神学目的论的真正展开。在《神学大全》中,托马斯涉及了如下"人学"论题:人类的灵魂是否易于腐化堕落(corruptible)、灵与肉的统一、什么是从属于灵魂的力量、心智的力量、纵欲的力量、人的意志、人的自由选择、理解的模式和秩序、人类灵魂的最初形成、亚当(First man)的肉身的生成、妇人的形成、人的生命灵魂的最初形成、人的生命期限或末日、在无罪状态下人的支配权、神圣政府、论人的行为、自愿与非自愿的行为、人类行为的善与恶、人的习惯、人类习俗形成的根源、人的德性及其本质、道德主体、德性与情感的关系、道德德性、神学化的德性、德性的意义、德性生活中的平等、罪的界定、犯罪的主体、罪的起因、原罪及其本质、罪的惩罚与犯罪的后果、法的本质、自然法与人为法、旧法与新法的道德因素、蒙羞的根源,等等。

从《神学大全》所罗列的人学问题中可以看出,托马斯既讨论圣经神话中的人,又讨论世俗生活中的人;既讨论基督教意义上的人,又讨论自然律法和社会律法意义上的人,这样,托马斯实际上充分地讨论了人的许多重要方面,特别是人类生活的道德本质,可以说,托马斯所讨论的这些人性问题不仅是神学所关心的,也是诗学极为关心的,甚至可以说基督教神学意义的人学观念对于非基督教意义上的诗学探索也会提供许多有益启示。巴特曾谈到:"人被允许存在于为男人和女人的相遇之中,人无须避开此一相遇。因为人无需为此而感到羞惭,人无需因自己现实地生存于这领地之上而内心不安。人们可以承认这件事,正像他承认其他一切属于他的人存在的东西那样。人们甚至可以承认,这似乎恰恰是自己的存在之特别突出的,重要而美好的规定,人可以对此干脆称是。"①托马斯特别强调人在上帝信仰中的境遇,人与上帝的立约不仅建立了自己的宗教信仰,同时也建立了自己的道德原则。作为一个带有原罪的人,始终要受到来自欲望深处的各种挑战,人经不住考验,就有可能堕入欲望的深渊,因而,罪与忏悔似乎成了人的一种本有的宿命。这一点,对于西方文学艺术的影响至为巨大,在陀思妥耶夫斯基和托尔斯泰那里,人一直受着罪的折磨,这种心灵折磨本身使人充满了痛苦与困惑,如何最大限度地摆脱罪恶的折磨,恢复到心灵的平静状态,似乎唯有在上帝的信仰实践和上帝许诺的道德律法中才能真正得以拯救。因而,人的境遇和人的罪恶成为托马斯讨论的问题就并不奇怪。

看来,在《神学大全》中,托马斯提出比《圣经》中所提到的更为广阔的摆脱罪恶的途径,限制罪恶,走向至善的道德,往往成为人类生活的一种价值追求。在托马斯看来,德性是指一种力量的完善状态,因为所独具的理性力量决定了人不只是单纯地行为而是多方面地被习惯所决定而行为,所以,人类的德性是习惯。一种习性之所以被称为德性,一方面是因为它具有善的准备,另一方面则因为这种准备而在实际的德性实践中发挥了作用。托马斯进而指出:艺术只是制造某些物品的一个正当的方法,这些制造品的德性,不在于人的意欲能力的任何意向中,而在于它所制造出来的物品自身的优越性。艺术家自身出于什么愿望去从事这一工作并不重要,只有当他制造出那种物品来才是值得赞许的。于是,可以恰当地说,艺术是人的外在活动的一种习性,而它和思维的习性有其共同点,思维的习性也只从事于它们所考虑的事物的性质。所以,艺术作为一种德性的表达而言,它和思维的习性有同一立足点,也就是说,不论是艺术或是思维的习性,它们都不会在实际运用中产生出一种善行来,因为它们只在善行的准备性(preparedness)这一点上才会发挥积极作用。

在托马斯看来,艺术是创作的一种正当的方法,而审慎(prudence)则是行为的一种正当方法。创作意志和人的其他行为不同,因为创作如建筑和切割等是从事于外物的一种动作,而意志行为如看和希望等则是停留在行

---

① K.巴特:《教会教义学》,何亚将、朱雁冰译,三联书店1998年版,第333页。

为者自身的一种动作。艺术是从事于外在的创作,每一种在其活动范围中是一个完善的方法。艺术品的善性并不是人类意欲的任何善性,而只是制造物自身的善性,因为意志的纯正是审慎的纯正而不是艺术本质的纯正。审慎是一种德性,对于人类生活是特别必要的,于是艺术的善性(artistic goodness)不会在艺术家自身找到,唯在于由艺术而造成的事物中去寻找,因为艺术是创作的一个正当方法,而创作因其从事于外物,它不是创作者的一种完善,而是被创作出来的事物的一种完善。在托马斯看来,不完满的美是完善的美的反射,这种不完满的美通过审美和德性的作用逐渐趋向于完美。但是,审慎的善性则在行为者自身可以找到,他的行动和行为就是他自身的完善,因为审慎是行为的一种正当的方法。所以,在艺术中,要求艺术家自律是应该的,但是他应该创造出一件善的艺术品来。对艺术家要求说,他只能通过艺术本身说话,只能不断创造出好的艺术作品来。

在托马斯看来:"一个行为的善或恶,正如某种事物一样,取决于它的存在的圆满或这种圆满的缺乏。"①在他看来,善与恶是意志行为的本质性差异,因为善与恶在本质上从属于意志,正如真与假在本质上从属于理性一样,这种意志行为是通过真与假的差异来进行本质性区分的,根据这一点,我们才能说一个见解是正确还是错误的。因此,善与恶的意志是不同种类的行为,这种行为种类的区别是根据对象作出的,正如上面提到的。因此,意志行为的善与恶是可以适当地从对象中推知出来的。② 托马斯认为:"过错式的恶不一定会因为追求善而被克服,但惩戒式的恶一定为会因为追求善而受到打击。"③

所以,托马斯认为在美好的事物中心智与理性占优,相反,在丑恶的事物中灵魂的较低级部分处于优势地位,因为它遮蔽和牵扯着理性,正如上面提到的那样。因此,原罪被称为性欲(concupiscence)而不叫无知,虽然无知同样被包含在原罪的世俗的缺点中。④ 正因为这样,托马斯强调行善避恶应作为人必须遵守的一条最基本的自然法则,其他一切自然法则都要以它为基础,因为人人都有追求善的自然本性化倾向。既然人的本性最为自然的一种倾向是完善自我,即倾向于追求符合自我本性的一种善,这样,善就

---

① 《圣·托马斯·阿奎那基本著作集》英译本,第 2 卷(2),中国社会科学出版社 1999 年版,第 319 页。
② 同上书,第 335 页。
③ 同上书,第 657 页。
④ 同上书,第 677 页。

成为人的本性生活的一个首要对象,人内在的首要倾向即在于追求这种符合本性的善。这一点落实到生命情境之中去,保存自己的生命就可以看作善的行为,同样,杀害生命就应看作一种恶的行为。

　　为了使这种神学的思考更符合人类社会的本性,托马斯对神法、自然法和人法做了具体探讨并规定了人的法律义务和道德义务,从而使信仰与道德在现实生活中很好地统一起来。托马斯认为,一个人对另一个仍然自由的人的管理,当前者为了后者自身的幸福或公共幸福而指导后者时是能够发生的。由于两种缘故,这种统治权可以在无罪状态下的人与人之间存在。首先,因为人天然是个社会的动物,因而人即使在无罪状态下也宁愿生活在社会中,可是,许多人在一起生活,除非其中有一个人被赋予权力来照管公共幸福,否则就不能有社会生活。第二,如果有一个人比其余的人聪明和正直,那就不应当不让这种天赋为其余的人发挥作用。托马斯发现,在人的身上可以发现三重性秩序,第一种是由理性的统治所产生的秩序;第二种是从我们的一切行动和经验同那应当在各方面成为我们指导原则的神法准则相比较时出现的;第三种则是政治秩序,以规定人对其必须与之创造共同生活的同伴们的行为。为此,他还将政治家与艺术家进行比较。在他看来,在每一个艺术家的心中,已经存在着他将凭其艺术加以创造的那件东西的概念。同样地,在每一个统治者的心中,也一定已经存在着规定那些臣民应该对他的统治采取何种行动的理想。对于那些尚待由艺术加以创造的事物的理想,一般称为应该如此创造的事物的范本或实际艺术,同样地,就治理那些受其支配的人们的行动的统治者来说,他心中的理想具有法律的性质。上帝依仗其智慧成为万物的创造者,他对万物的关系正如艺术家对他的艺术产品的关系一样。所以,就万物都由神的智慧所创造这一点来说,神的智慧所抱有的理想就具有一个范本、艺术式理念的性质;同样地,被认为是推动万物以达到它们的适当目标的神的智慧所抱有的理想,就具有法律的性质。①

　　从以上探讨中可以看到,托马斯并未像奥古斯丁那样贬低或贬抑尘世生活,而是强调道德理想与信仰实践的统一,强调美善理想与生活实践的统一,因而,在托马斯那里,只要人能顺着所指定的目标生活并按照神所规范的德性生活规则来进行实践,就一定能使生活本身充满德性的光辉,因而,对于信仰中的人和世俗生活中的人,他是充满乐观态度的,这也表达了他对

---

① 《阿奎那政治著作选》,马清槐译,商务印书馆1991年版,第110—111页。

人的一种本质信赖。

　　从这里可以看出,托马斯对人的理解是全面的,他带着艺术的眼光去看待生活,所以,他常将艺术家与政治家,将艺术创作与德性实践进行类比,丰富了我们对生命本质的独特理解。从诗学的立场上看,托马斯对人的本质、人的社会生活本质和宗教信仰之关系的探讨,无疑有助于深化对审美道德探究的诗性理解。由此可见,托马斯仿佛在明示艺术家:只有带着诗性的眼光,带着神学的庄严去探究人类生活和生命幸福的本质,才会使生活充满诗意,才会因此使艺术探索本身具有道德内涵和宗教内涵,从而形成对生活的丰富性理解与把握。

参考书目:

1. 《托马斯·阿奎那基本著作集》英译本,中国社会科学出版社1999年版。
2. 《阿奎那政治著作选》,马清槐译,商务印书馆1991年版。
3. Waldyslaw Tatakrkiewicz, *History of Aesthetics*, Mouton, 1970.
4. 梯利:《西方哲学史》,葛力译,商务印书馆1995年版。
5. 傅乐安:《托马斯·阿奎那基督教哲学》,上海人民出版社1990年版。

思考题:

1. 如何理解托马斯·阿奎那对亚里士多德思想的巧妙改造?
2. 托马斯对美与善的认识及其对艺术的认识有什么特点?
3. 从托马斯关于神与人的论述看基督教诗学的一般特点。

第八章 但丁谈《神曲》的信与达·芬奇论画的笔记

第一节 文艺复兴时期的文艺理论

文艺复兴是 14 世纪至 17 世纪初发源于意大利并席卷全欧的文化和思想上的革命运动。它砸断了封建统治者和教会的精神枷锁，使近代自然科学生气勃勃地诞生了，文学艺术也获得空前的繁荣，欧洲文化从此达到了历史上第二个高峰。恩格斯曾给它以高度的评价，指出"这是一次人类从来没有经历过的最伟大的、进步的变革"①。

这一伟大变革，是封建制度瓦解和资本主义萌芽的过渡时代的必然产物。它涉及政治、哲学、宗教、文学、艺术和科学等多方面的领域。新兴的资产阶级以人文主义为思想武器，向着中世纪的神学、经院哲学、禁欲主义、文学艺术为宗教服务的思想展开了剧烈的斗争。"人文主义"（Humanism）一词源于拉丁文"Humanus"，意为"人的"。人文主义，以"人"为本，以别于中世纪神学之以"神"为本，因此它恰好同教会神学处于针锋相对的地位：以现世主义对来世主义，以感情解放对禁欲主义，以人的崇拜对宗教信仰，以唯物主义对神秘主义，以求知欲望对迷信盲从。这股思潮对中世纪以来神学在学术上的垄断地位以致命的打击，其基本特征正如恩格斯所说，是"明快的自由思想"②。文艺复兴的巨人们，举起人文主义的旗帜，一方面在反封建反教会的斗争中起着推动历史前进的作用，另一方面他们没有像现代资产阶级那样受到阶级的局限，在哲学、科学、文学、艺术等领域里人才辈出，形成了前所未见的新局面。仅从文艺范围来看，新兴资产阶级冲破了中世纪封建教会文艺的樊篱，建立了宣扬以"人"为中心的、为本阶级服务的

---

① 《马克思恩格斯选集》第 3 卷，人民出版社 1972 年版，第 444 页。
② 同上书，第 445 页。

人文主义新文艺。在三百多年中，涌现出像但丁、薄迦丘、拉伯雷、塞万提斯、莎士比亚、达·芬奇、拉斐尔、米开朗基罗等众多杰出的诗人、小说家、戏剧家、画家、雕刻家。他们的优秀作品，以强烈的时代感和历史感以及高度的艺术概括力，创造了一系列不朽的艺术形象，深刻反映了这一时期的历史真实，表达了新兴资产阶级的理想和广大人民的愿望，推动了欧洲文艺的发展，为近代资产阶级文艺奠定了基础，对人类文化做出了巨大的贡献。

与人文主义文学艺术的诞生和发展相适应，这一历史时期的文艺理论，在反对封建宗教文艺思想，为新兴资产阶级的世俗文学的发展开辟道路方面，也取得了重大的成就。但丁的《论俗语》《致斯加拉大亲王书》、薄伽丘的《但丁传》《异教诸神谱系》、达·芬奇的论画笔记、特里西诺的《诗学》、基拉尔底·钦提奥的《论传奇体叙事诗》、明屠尔诺的《诗的艺术》、卡斯特尔维屈罗的《亚里士多德〈诗学〉的诠释》、瓜里尼的《悲喜混杂剧体诗的纲领》、塔索的《论诗的艺术》、马佐尼的《〈神曲〉的辩护》、锡德尼的《为诗一辩》、培根的《学问的推进》、维伽的《当代编剧的新艺术》等等，都是这一时期有代表性的文艺理论的著述。

尽管文艺复兴时期的文艺理论还没有完全摆脱中世纪神学意识的影响，但从整体来看，它是新兴资产阶级反对封建教会文艺的斗争在理论上的反映。当时的作家、文艺理论家在唯物主义思想指导下，以复兴古典文艺为口号，继承了古代希腊罗马文学艺术和文艺理论的现实主义传统，总结新时代文艺的创作经验，在文艺理论的一系列基本问题上提出了适应于新兴的人文主义文艺发展需要的理论观点：

在文艺与现实的关系问题上，他们继承亚里士多德的《诗学》，一方面坚持"艺术模仿自然"的传统现实主义观点，主张艺术应像一面镜子一样反映生活的真实，另一方面又提出诗人不能抄袭自然，而要充分发挥艺术想象（艺术虚构）的创造作用，写出"第二自然"，或升入"另一种自然"，使艺术真实高于平凡的生活真实。

在文艺的社会作用问题上，他们针对中世纪教会以伤风败俗为理由对文艺的攻击，一方面借用中世纪盛行的诗的讽喻说，另一方面继承古罗马贺拉斯的"寓教于乐"的理论，为诗的合法存在辩护，并提出诗的教化说，强调文艺既要给人以娱乐，更要给人以教育，充分肯定世俗文艺的道德价值和美学价值。

在文学的语言方面，他们从传播人文主义的新思想和建立民族文学的客观需要出发，主张推翻作为表达封建意识的工具的拉丁语的独霸地位，采用为人民群众所能了解的生动活泼的俗语写作。

在文学的体裁问题上,他们主张文学体裁应随时代的发展而发展。根据艺术反映现实内容的需要,可以打破古代悲剧、喜剧之间的严格界限,创作悲喜混杂剧,同时主张上层人物和普通人民均可以同时出现在剧中。

此外,在艺术表现方面,文艺复兴时期的理论家们,把艺术摆在自然科学的基础上,借助自然科学的观点和方法,探求形式美构成的原因和规律,强调艺术家要着意追求艺术表达方面的科学技巧,认为艺术家在处理手法上所出现的难能的技巧,是美感的来源之一,充分肯定艺术技巧对表现作品艺术美的重要意义。与此同时,他们主张艺术应当表现理想美,即把分散在个别物体中的美集中起来,加以理想化,创造出高于自然的艺术美。

所有这些理论主张,对推动人文主义文艺的蓬勃发展,都起到了积极的作用。为了更具体地了解这一历史时期文艺理论的特征,后面拟着重介绍但丁的《致斯加拉大亲王书》和达·芬奇的论画笔记中的文艺思想。

第二节 但丁谈《神曲》的信——《致斯加拉大亲王书》

但丁·阿里盖利(Aligieri Dante,1265—1321)是中世纪与近代交替时期最杰出的大诗人,意大利民族文学的奠基者,欧洲文艺复兴运动的先驱。恩格斯曾高度评价这位杰出的诗人:"封建的中世纪的终结和现代资本主义纪元的开端,是以一位大人物为标志的。这位大人物就是意大利人但丁,他是中世纪的最后一位诗人,同时又是新时代的最初一位诗人。"[①]

但丁于1265年生于佛罗伦萨的贵族之家。在他生活的时代,佛罗伦萨是新兴的市民阶级同封建贵族激烈斗争的中心。这种斗争突出地表现为归尔弗党同吉伯林党的斗争,归尔弗党代表市民阶级,主张依靠教皇统一意大利;吉伯林党代表封建贵族,称为皇帝党。但丁在青年时代加入归尔弗党,积极参加反对封建贵族的斗争。1300年归尔弗党取得胜利,但不久该党又分裂为黑、白两派。黑党亲近教皇和贵族,白党则亲近工商界和人民。但丁在佛罗伦萨的政治活动中,始终站在白党方面,维护人民的利益。1301年末,黑党夺得政权,置罪于但丁,判以终生放逐,并没收其财产。在近20年的流放生活中,但丁始终坚持自己反对教皇干涉内政、建立统一的意大利国家的政治理想,不向反动势力屈服。1321年,但丁客死于腊维纳。

---

① 《马克思恩格斯选集》第1卷,人民出版社1972年版,第249页。

但丁的著作主要有《新生》《宴会》《神曲》《论俗语》《论王国》和《书信集》(十三篇)等。其中《神曲》是一部具有强烈政治倾向性的作品,它以广阔的画面和巨大的艺术力量,深刻反映了新旧交替时代意大利的社会生活和政治斗争,最早鲜明地表达了新时代的新思想——人文主义,因此被誉为一部具有世界意义的文学名著。

《神曲》问世后,但丁曾将这部著作的《天堂》篇献给斯加拉族的亲王康·格朗德①,并为此写了一封解释《神曲》的信——《致斯加拉大亲王书》。此信可看作《神曲》的绪言或引论,从中我们可以见出但丁的文艺思想。信的内容有33点,谈了六个问题:主题、主角、形式、目的、作品名称和作品所关系到的哲学。现将这六个问题归纳为三个方面来阐述。

一 关于作品的思想意义

但丁在谈到《神曲》的主题思想之前,先阐明中世纪所普遍流行的诗的"寓意说"(或称为"讽喻说")。他说"这部作品的意义并不简单","可以说它具有多种意义","我们通过文字得到的是一种意义,而通过文字所表示的事物本身所得到的则是另一种意义。头一种意义可以叫作字面的意义,而第二种意义则可称为譬喻的、或者神秘的意义。为了更好地阐明它的意义,这种处理方式可以就下面这行诗考虑一下:'当以色列逃出埃及,雅各的家族逃出说外国语言的异族时,犹太就变成他的圣域,以色列就变成他的权力。'假如你就字面而论,出现于我们面前的只是以色列的子孙在摩西时代离开埃及这一件事;可是如果作为譬喻看,它就表示基督替我们所作的赎罪;如果就道德意义论,我们看到的就是灵魂从罪恶的苦难到天恩的圣境的转变;如果作为寓言看,那就是圣灵从腐朽的奴役状态转向永恒的光荣的自由的意思。虽然这些神秘意义都有各自特殊的名称,但总起来都可以叫作寓意,因为它们同字面的历史的意义不同"。

这段关于作品寓意的论述,从表面上看与新柏拉图主义的代表人物神学家托马斯的"讽喻说"并无什么区别,但值得注意的是,但丁这里引用"讽喻说"的目的不是为了解释圣书,而是用以解释世俗文艺,解释他的《神曲》的形象描绘所蕴含的深刻的现实意义。他告诉人们,按照"讽喻说",《神

---

① 康·格朗德于1311—1329年为意大利勿罗拉地方斯加拉族的亲王。《神曲》天堂篇第17篇通过但丁远祖的魂灵之口赞颂康·格朗德具有博施济众的美德。大约但丁被放逐寄寓该地时,曾接受过他的慷慨的保护和恩泽,故后来但丁以《天堂篇》相赠(参见《神曲》第三部第17篇的注①⑫)。

曲》的主题有两层意义。第一层,整个作品写的是"亡灵的境遇",即人死后灵魂在地狱、净界、天堂的情况。这无疑是一种宗教意识。可是但丁却说,那不过是字面意义,此外还有第二层更深的意义:"如果从寓言意义看,则其主题是人,人们在运用其自由选择的意志时,由于他们的善行或恶行,将得到善报或恶报。"照但丁看来,作品主题的寓言意义显然比其字面意义更为重要。惟其如此,他在谈到作品的主角时,强调"全书和部分的主角是人,这一点贯串全书"。而在谈到作品的目的时,则明确指出它"是要使得生活在这一世界的人们摆脱悲惨的境遇,把他们引到幸福的境地"。

　　从上述但丁运用"寓意说"对《神曲》的主题、主角、目的的解释中,我们可以明显地看出他与当时神学派相对立的人文主义文艺观。首先,他宣称他的作品的主题是写人而不是写神;作品的主角是人而不是神;作品的创作目的是为了人的幸福而不是为了教会的利益。在神的绝对权威凌驾于一切之上的中世纪,这可谓是一种离经叛道的宣言。《神曲》通过诗人幻游三界与各种鬼魂交往的形象描绘,热情赞美人的才能、智慧和爱情,无情揭露教会的罪恶,愤怒鞭挞僧侣阶级的腐败,正是这种以人为本的反叛精神的体现。在《净界》第二十四篇中,他借与鬼魂谈论《新生》的创作,明确宣称:"我是一个人,当爱情鼓动我的时候,我依照他从我内心发出的命令写下来。"这是但丁从人出发的创作思想的最清楚的表白。后来的文艺复兴时期的作家正是继承了但丁的这一创作思想,而打出人文主义文学的旗帜与封建神学文艺相抗衡。其次,但丁强调作品要表现的是人的"自由选择的意志",这实际上是提倡文艺反映新兴资产阶级要求摆脱封建制度和教会思想的束缚,追求个性解放的斗争。这一点后来也成为人文主义文学的一个鲜明标志。其三,他主张文学应如实表现人因其功过(善行或恶行)而得到正义的赏罚(善报或恶报)。这就是说,人的价值在于自己社会行为的善恶,而不在于他的政治地位和教会品级。《神曲》正是按照这一崭新的人的价值观把不少为非作歹的主教、僧侣放到地狱受罚,而把一些爱国志士和进步思想家放在天堂享福,这同样是人本主义思想在文学中的体现。总之,"讽喻说"到了但丁手里已成为宣扬人文主义思想、反对教会的文艺理论武器。

二　关于作品的表现形式

　　但丁认为作品的形式也有两层含义:一是"文章的形式";一是"处理的形式"。前者指的是作品的篇章结构,后者则是指作品内容的艺术表现方法(手法)。就第一层意义讲,《神曲》是按照三重分法来安排篇章结构的。第一重分法,全书分为三首长歌(地狱、净界、天堂三部);第二重分法是每首长歌分为若干首短歌(33曲);第三重分法是每首短歌又分成若干诗行(每三行一节)。作品的这个三棱形的结构,虽然十分匀称、严整,但他所强调的"三"这个数目,却是建立在中古神学"三位一体"的神秘意义和象征性概念之上的,因而是不可取的。从《神曲》的艺术表现看,其独到之处主要还在第二层含义上,即但丁所说的"处理形式或方法"的多样性上:它是"诗的"——讲究韵律和修辞,有叙事有抒情;它是"虚构的"——达到了幻想和真实的奇妙结合,如后来薄伽丘所说的"把真理隐藏在虚构的美好之中"①;它是"描写的"——对人物、景象进行逼真的刻画和栩栩如生的描绘;它是"比喻的"——用象征的手法寄寓深刻的现实内容,用贴切的形象比喻,描绘事物的特征和人物的心理状态;它是"散论的"(有人译为"旁及的")——在叙事描述中往往借题发挥,旁及古今事件、抨击时弊。此外还有许多哲学上的论证如"界说分论、证明、反驳和举例"等等。尽管《神曲》在局部的艺术表现上还存在着抽象说教、神秘象征、繁琐论证等违反艺术规律的缺陷,但从整体来看,由于但丁善于综合运用多种写实的和浪漫的手法去表现丰富广阔的社会内容和切身的生活感受,因而使得这部巨著能够突破中世纪梦幻文学的窠臼而取得较高的艺术成就,使现实主义与浪漫主义在作品中有机地融为一体。

还值得一提的是,但丁在信中明确宣称《神曲》这部喜剧是用"妇女交际用的俗语"写成的。这决不是他出于自谦而贬低《神曲》风格之词,而是主张从创作实践上推行他在《论俗语》中所提出的建立意大利民族文学语言的纲领。他在《论俗语》中说:"所谓俗语就是小孩在刚一开始分辨语辞时就从他们周围的人学到的习用语言,或者更简短地说,我们所说的俗语就是我们模仿自己的保姆不用什么规则就学到的那种言语。"②但丁认为俗语比文言(拉丁语)高贵、自然,更具"光辉"性。因此,他才一反封建教会文学的陈规,不采用拉丁语,而用意大利的民族俗语来写作,用"光辉""自然"的俗语表现世俗的内容,这不仅使《神曲》成为当时广大人民群众所喜爱、传诵的作品,而且也表现了诗人反对文学脱离群众的倾向,从创作实践上促进

---

① 薄伽丘:《异教诸神谱系》,见伍蠡甫主编:《西方文论选》上卷,上海译文出版社1979年版,第177页。
② 伍蠡甫主编:《西方文论选》上卷,上海译文出版社1979年版,第162—163页。

了意大利民族语言和民族文学的形成和发展。

三 关于作品的社会作用

但丁在信中谈及作品所涉及的哲学思想时,提出《神曲》是属于道德行为范畴的哲学(或称为"伦理学"),"因为全诗和其中各部分都不是为思辨而设的,而是为可能的行动而设的。如果某些章节的讨论方式是思辨的方式,目的却不在思辨而在实际行动"①。这段话谈的是文学的哲学基础,但却涉及文学的社会作用问题。但丁由于受教会神学教育的影响,在创作中没有摆脱思辨哲学的影响,但可贵的是他在这里能明确提出诗不是为思辨而设,而是要影响人们的实际行动。正如朱光潜先生所指出的:"这个提法是新的,深刻的,比起贺拉斯的教益说更为明确。但丁的实际生活斗争使他明白了文艺的最终目的还是在于实践。"②这一观点贯串于《神曲》全书之中,作品处处肯定人的现实活动,强调人的进取精神,鼓励世人积极投入现实的斗争。

总之,《神曲》是欧洲中世纪到近代的一部划时代的杰作,而但丁解释这部巨著所阐发的强调以"人"为主题的文艺思想,则是开创了文艺复兴时期人文主义文艺理论的先河。自然,应当指出,正如超现实的"神"并不存在一样,超阶级的"人"也是不存在的。但丁及其后继的人文主义者所谓的"人",剥去其抽象的外衣,实质上正是资产阶级自身。而他们所倡导的人文主义文学,实质上乃是资产阶级文学。

第三节 达·芬奇论画的笔记

列奥纳多·达·芬奇(Leonardo da Vinci,1452—1519)是意大利文艺复兴时期杰出的艺术家,是那个时代"多才多艺和学识渊博方面"的"巨人"之一。恩格斯曾对他做过这样的高度评价:"列奥纳多·达·芬奇不仅是大画家,而且也是大数学家,力学家和工程师,他在物理学的各种不同部门中都有重要的发现。"③芬奇的绘画代表作《最后的晚餐》《蒙娜丽莎》等作品历经数百年,至今仍闻名于世。在长期的绘画实践中,他探讨了力学、解剖

---

① 朱光潜:《西方美学史》上卷,人民文学出版社 1979 年版,第 140 页。
② 同上。
③ 《马克思恩格斯选集》第 3 卷,人民出版社 1972 年版,第 445 页。

学、透视学、明暗学等科学理论。30岁左右开始记录自己艺术创作的心得和科学研究的成果,准备写成绘画论、力学和解剖学三部著作,可惜终未实现。芬奇于1519年5月2日逝世,享年67岁。

芬奇逝世后,他的画论笔记以各种手抄本形式流传于世,后人据其遗存的笔记手稿编纂成《画论》和《笔记》。芬奇的画论笔记,虽然大半内容是谈透视学、解剖学、光影学、配色等绘画的基础科学和具体技巧问题,但也有不少属于一般艺术理论方面的内容。其中关于现实主义的艺术思想,在文艺复兴时期的人文主义文艺理论中具有一定的代表性,对后世也颇有影响。

一 艺术应像一面镜子忠实反映自然

中世纪的神学家极端仇视世俗文艺对现实生活的反映。他们认为上帝的心灵是自然万物的源泉,艺术归根到底只能表现上帝的心灵,因此,艺术被视为神学的奴婢。到了文艺复兴时期,人文主义艺术家为了把艺术从神学的桎梏下解放出来,致力于复兴古代希腊的艺术模仿自然的学说,把师法自然作为自己的审美标准和行动纲领。在这方面,芬奇可说是一个突出的代表。据传芬奇不信任何宗教,他认为当一名哲学家比当基督徒高明得多。他继承古希腊唯物主义认识论,认为"我们的一切知识都起源于感觉"[①]。他把那些不从经验中产生,又未曾被经验检查,即未经过感官知觉的知识,统统都宣布为"虚假而极端谬误的"。他说:"一切真科学都是通过我们感官经验的结果。""如果我们怀疑得自感性的知识的确切性,那么我们应当怎样去加倍怀疑那些与感觉背道而驰的东西,比如上帝的本质、灵魂以及诸如此类事物",这无异于宣布那些主张艺术表现上帝心灵的教会艺术观是反科学的谬论。

芬奇排斥艺术从属于神学的唯心观点,力主把绘画当作一门科学。因为它是以感性经验为基础的,而且是以最高贵的感觉——视觉为基础。他根据朴素的唯物论反映论,认为绘画作为一种视觉艺术,它以自然为源泉,是"自然界一切可见事物的唯一的模仿者",因此,它是"自然的合法的女儿",画家必须以自然为师。基于此,芬奇提出了著名的艺术再现自然的

[①] 本文所引芬奇的论述,均见戴勉编译的《芬奇论绘画》(人民美术出版社1979年版)和朱光潜选译的芬奇的《笔记》(载于《世界文学》1961年8、9月号),不另一一注明出处。文中一些评述,亦适当参考了前书的序言与题解。

"镜子说"："画家的心应当像一面镜子，将自己转化为对象的颜色，并如实摄进摆在面前所有物体的形象。应该晓得，假设你不是一个能够用艺术再现自然一切形态的多才多艺的能手，也就不是一位高明的画家。"他把师法自然看作艺术创作的一条基本原则，认为画家如果只懂得抄袭他人的风格，而不直接去模仿自然，那么"他在艺术上只配当自然的徒孙，不配当自然的儿子"。他还以意大利的绘画发展史为例，证明画家取法自然，绘画就昌盛，反之，"彼此抄袭成风"，艺术就不断衰落，一代不如一代。画论笔记就是按照艺术模仿自然、再现现实这一基本精神，把人和自然当作画家的重要课题来探索和研究的。芬奇的"镜子说"，虽是就绘画须再现自然而说的，但却形象地概括了艺术必须反映现实的普遍创作规律，因此对后世现实主义文学颇有影响。莎士比亚在《哈姆雷特》里就继承了芬奇的这一看法，主张"演戏的目的，从前也好，现在也好，都是仿佛要给自然照一面镜子，给德行看一看自己的面貌，给荒唐看一看自己的姿态，给时代和社会看一看自己的形象和印记"①。从忠实反映自然，到忠实反映社会和时代生活的真实面貌，这可以说是对芬奇的"镜子说"的进一步发展。

二 艺术家应以理性为指导去反映自然，使作品既源于自然，又高于自然

芬奇主张艺术应像一面镜子一样忠实反映自然，但这并不意味着要艺术家去抄袭自然、照搬自然。他认为艺术要真实地反映现实，不能单凭感官认识世界，还必须用理性去理解世界。他指出："那些作画时单凭实践和肉眼的判断，而不运用理性的画家，就像一面镜子，只会抄袭摆在面前的一切东西，却对他一无所知。"由此可知，芬奇主要是在说明艺术的源泉这个意义上，使用"镜子说"，而不是把艺术家能动的创作活动同镜子的照物等同起来。否则艺术创作就成了排斥思维的机械性活动，从而也就取消了创作。

那么，所谓"理性"是指什么而言呢？从画论笔记的具体论述看，大体包含这样两层意思：其一，是指透视学、光影学、人体解剖学等方面的科学知识。芬奇认为画家在这些理性知识的指导下创作，就能把握住自然的规律，寻求到事物质的形态中的和谐比例，真实地反映自然万物的形态美，否则就只能停留在抄袭自然的低级水平上，而在艺术上无所成就。其二，是指创作

---

① 译文采自《哈姆雷特》第3幕第2场，朱生豪译，人民文学出版社1957年版。

过程中的艺术思维活动。芬奇经常强调"艺术思索"的重要性,他指出:"画家应该研究普遍的自然,就眼睛所看到的东西多加思索,要运用组成每一事物的类型的那些优美的部分。用这种办法,他的心就会像一面镜子真实地反映面前的一切,就会变成好像是第二自然。"这段话值得注意的是,它要求画家在观察研究普遍自然的基础上,从中选择出对表现"事物的类型"最有代表性的材料,加以集中、概括,使创造出来的艺术形象,既真实地反映面前的一切,又似乎是与面前的真实不同的"第二自然"。这实际上已涉及艺术的理想化和典型化的问题。

芬奇认为"画家与自然竞赛,并胜过自然"。画家之所以能够"胜过自然",是因为画家笔下的自然,是通过画家的心创造出来的。"绘画科学的神圣性质,将画家的心灵变得和神灵的心相仿佛。"他不仅能自由地思考着大自然中多种多样事物的产生,而且能创造它们:"假如画家想见到能使他迷恋的美人,他有能力创造他们。假如他想看骇人的怪物,滑稽可笑的东西,或者动人恻隐之心的事物,他是他们的主宰与创造主。假如他愿意创造荒无人烟的地区,炎热气候中的浓荫之地或寒冷天气中的温暖场所,他也全能办到。要山谷,他可创造山谷。要从高山之巅俯览大平原或瞭望海的水平线,他是主人;若想从深谷仰望高山或从高山俯视溪谷和海滨,他也是主人。"总之,"画家是所有人和万物的主人",他能主宰宇宙的一切,创造出"自然中存在与不存在的形象"。"由于本质、由于实在、由于想象力而存在于宇宙的一切,画家都可先存之于心中,然后表之于手。他并且把它们表现得如此卓越,可以让人在一瞥间同时见到一幅和谐匀称的景象,如同自然本身一般。"芬奇在强调艺术模仿自然的基础上,所提出的这些关于艺术创造的主观能动性的见解在一定程度上概括了现实主义的审美创造的特点。18世纪德国启蒙时代的伟大作家歌德,就继承了他的这一美学观点,提出了"艺术家对于自然有着双重关系:他既是自然的主宰,又是自然的奴隶"的现实主义创作论。①

三 艺术应以表现人和人的思想感情为中心

自从但丁发出作品应以人为主题,以人为主角的号角后,随着资产阶级人文主义运动的深入发展,文艺复兴时期,各类艺术的思想内容和主要形象都渐渐从神转向人,绘画领域表现得尤为突出。如前所述,芬奇在复兴古代

---

① 《歌德谈话录》,朱光潜译,人民文学出版社1978年版,第137页。

艺术模仿自然说时,把上帝的本质和灵魂等当作与感觉背道而驰的东西而加以否定。在谈到绘画的主旨时,他又明确指出:"一个优秀画家应描写两件主要的东西——人和他的思想意图。"这是排除神学,强调以人为中心的时代精神在绘画领域中的集中反映。正是在这一思想指导下,芬奇在理论上以极大的热情和精力从事人体比例和人体解剖的研究,而在创作实践上则强调画家要深入到生活中去多多观察人们生动活泼的手势和表情。他主张绘画不仅要求形似,而且要求神似,画像的动态要表现出人物"心灵的意向"。他说:"绘画里最重要的问题,就是每一个人物的动作都应当表现它的精神状态,例如欲望、嘲笑、愤怒、怜悯等。""一个用动作最完善地表达出激动了他的热情的人物,最值得赞许。"这些见解,对中世纪禁欲主义的艺术理论无疑是一个有力的打击,它给艺术带来了新的生命。在芬奇的笔下,画像不再有中世纪绘画中那种抽象化的呆板、僵冷的面孔,而是现实生活中的活生生的人。蒙娜丽莎那充满着信心和蕴含着对新时代生活的喜悦的微笑;《最后的晚餐》中门徒们在听到耶稣说"你们中间有一个人要出卖我"时的骤然波动的不同神态,都是芬奇从现实出发,以高度的艺术手腕刻画人物内心活动的杰作。据说芬奇为寻觅叛徒犹大的形象,曾有一年之久经常到无赖汉聚集之处观察研究他们的相貌和动态。芬奇的绘画实践始终贯串着这种可贵的现实主义创作精神。

四　艺术家应重视自身的道德和艺术修养

芬奇的画论笔记中有一部分属于谈论画家修养的重要内容,值得注意的有以下几点:(1)画家必须做到理论与实践的结合。他说:"科学是将领,实践是士兵。"一方面实践必须有坚实的理论做指导,理论之于实践,犹如罗盘对航船一样的重要;另一方面,理论也不能脱离实践,若脱离就是"最大的不幸"。因此,芬奇经常勉励学习绘画的人,从少年起就要勤学苦练,掌握临摹和素描的基本功,养成所学之知识用于实践的习惯。(2)艺术家应到大自然和生活中去学习。芬奇有一句名言:"谁能到泉源去吸水,谁就不会从水罐里取点水喝。"在他看来大自然是艺术之源,画家是自然和人之间的中介,他要再现自然的创造物,他的精神就要包罗自然万象,而这只有向自然学习才能做到。因此,要重视观察和研究自然、人生,田野里、广场上、旅途中处处都是学习的场所,山川、草木、人的动态表情均为学习的资料。画家应在广泛收集生活素材的基础上,去粗存精,在脑中形成一个形象的宝藏。芬奇本人就十分热心于旅行,他的游踪遍及意大利的名川大山。

他在旅途中不倦地学习自然,或作风景写生,或观察海潮涨落,或探索空气云彩的变幻原因,或研究风土人情。惟其如此,在他笔下的风景,一石一木,一山一水都贯注着生命。(3) 艺术家应注重美德修养,不应为追求金钱而创作。芬奇劝画家要精心琢磨作品,注意自己作品在社会上的声誉,不要为追求财富而粗制滥造。他说:"人的美德的荣誉比他财富的荣誉不知大多少倍。古今多少帝王公侯,可是却没在我们记忆中留下一丝痕迹,就因为他们只想用庄园和财富留名后世。岂不见多少人在钱财上一贫如洗,但在美德上却是豪富呢?"他认为为美德而奋斗才是精神和肉体双方的食粮。而那些靠钱财满足食欲与肉欲的人,如同下贱的畜牲一样可鄙。他批评那些因报酬微薄而偷工减料,因报酬丰厚而才干得出色的画家是"蠢货",是"伪君子"。此外,芬奇还要求画家要有严于律己、虚心听取别人批评的精神。芬奇关于画家修养的一系列主张,都是为贯彻他的现实主义创作原则服务的。

综上所述,芬奇汇集他毕生创作经验写成的画论笔记,虽然不是系统的文艺学论著,但却包含着文艺复兴时期丰富的人文主义、现实主义的创作思想,他继承了古希腊艺术模仿自然的传统观点,却又不拘泥于对这一观点的传统解释。他根据自己的创作实践经验,总结出艺术既要"师法自然"又要"胜过自然"的创作规律,辩证地解释了艺术与自然(现实)的审美关系。他的审美创造思想在西方文艺理论史上占有重要的地位,值得我们借鉴学习。

同其他资产阶级的文艺理论家一样,芬奇的艺术见解也不可避免地带有时代和阶级的局限性。如他论述绘画与现实的关系,主要是谈艺术与自然的关系,而较少从艺术与社会的现实斗争的联系去论述,对艺术的社会功用也谈得少。在比较各种艺术种类的高低时,虽然对各类艺术的特征谈了许多独到的见解,但为了替绘画辩护,往往强调视觉艺术高于听觉艺术,抬高视觉形象而贬低诗的想象形象,这就未免失之偏颇。

参考书目:

1. 但丁:《致斯加拉大亲王书》《论俗语》,见伍蠡甫、胡经之主编:《西方文艺理论名著选编》上卷,北京大学出版社1985年版。
2. 但丁:《神曲》,王维克译,人民文学出版社1983年版。
3. 达·芬奇:《笔记》《画论》,见伍蠡甫、胡经之主编:《西方文艺理论名著选编》上卷,北京大学出版社1985年版。
4. 蒋孔阳、朱立元主编:《西方美学通史》第2卷,第11章、第16章,上海文艺出版社1999年版。

思考题：
1. 但丁《致斯加拉大亲王书》的理论价值及其对后世的影响。
2. "镜子说"述评。
3. 达·芬奇的绘画理论与实践。

第九章　新古典主义的诗学法典：
布瓦洛的《诗的艺术》

布瓦洛(Nicolas Boileau-Despraux,1636—1711)是法国新古典主义最重要的理论代表,他因《诗的艺术》的发表,获得极大的声誉,被称为"巴纳斯山的立法者",即古典主义诗歌立法者的意思,《诗的艺术》则被称为古典主义的法典。俄国大诗人普希金曾说:布瓦洛为古典主义诗歌写作了一部《可兰经》。

1633年11月1日布瓦洛出生于巴黎,父亲是巴黎高等法院的主庭书记官。1657年毕业于巴黎大学,考取并司职律师。他的创作有《讽刺诗》12篇、《书简诗》12篇。由于布瓦洛写了几首献媚于路易十四的书简诗,受到国王的赏识,被命名为宫廷诗人。以后又用了五年的时间,精心撰写出了其诗学专著《诗的艺术》,1674年发表,轰动文坛,被称为"伟大世纪的文学信条的宣言"。它为法国古典主义建构了系统的理论纲领,布瓦洛也因之成为古典主义文艺理论的最高权威。其后,他又翻译了郎吉努斯的《论崇高》,发表了《郎吉努斯〈论崇高〉读后感》。1684年布瓦洛在路易十四的褒荐下,当选为法兰西学院院士,成为40个"不朽者"之一。1711年3月13日,布瓦洛逝世于巴黎。

第一节　新古典主义的形成与《诗的艺术》的创作

新古典主义文学理论及《诗的艺术》的形成有其特定的社会思想文化背景。

1. 政治背景:君主专制的产物。新古典主义及《诗的艺术》适应了17世纪法国君主专制的政治需要,是资产阶级与封建贵族既斗争又妥协的产物,起着维护和巩固绝对王权的作用。

17世纪,正值文艺复兴的中心逐渐由意大利北移至法国。当时的法国在欧洲居于举足轻重的地位。因为,经过16世纪末长达30年的宗教战争实现了国家政治上的统一之后,在法王路易十三和路易十四统治时期,黎塞留和玛扎里尼相继执政。他们在政治上不断加强中央集权,在经济上大力发展资本主义经济,在外交上谋取在欧洲的霸权,到路易十四亲政之时,国家分裂、王权旁落、经济凋敝、民不聊生的状况早已成为历史,法国成了欧洲最强大的中央集权的君主专制国家,路易十四实现了"朕即国家"的理想,赢得了"太阳王"的称号。

但17世纪的法国仍然在进行着由封建制向资本主义的过渡,这是资本主义进一步发展的时期,也是没落的封建阶级为了维护自己的统治、强化王权的时期。尽管资产阶级在经济上已日益形成对贵族阶级的威胁,而且其中的上层人物有的已成为"穿袍贵人",然而在政治上毕竟没有形成一种压倒封建贵族的力量。封建贵族为了维护奢侈生活,不能不依靠资产阶级的钱袋,新兴的资产阶级由于自身力量的弱小,也不能不寄希望于开明君主,为自己的发展提供条件。资产阶级和封建贵族处于既斗争又妥协的势均力敌的状况。马克思指出:"君主专制发生在一个过渡时期,那时封建等级趋于衰亡,中世纪市民等级正在形成现代资产阶级,斗争的任何一方尚未压倒另一方。"①"国家权力作为表面上的调停人,暂时得到了对于两个阶级的某种独立性。……它使贵族和市民等级彼此保持平衡。"②

在这样的历史条件下,封建贵族与资产阶级在文艺上谁也无法占据统治地位,新古典主义文艺思潮的出现,实际就是资产阶级与贵族阶级既斗争又妥协的产物。一方面,它在百般迁就君主专制的前提下,委婉曲折地反映了一些资产阶级的利益和愿望;另一方面,封建统治者为了维护和强化封建王权,必然要在意识形态领域强调理性和秩序。轰动一时的由法兰西学院组织和发起的对高乃依悲剧《熙德》的批评和论争,就是典型的一例。新古典主义及其理论法典《诗的艺术》实际上是君主专制在思想文化上的直接产物,它在文艺领域起着维护王权的作用。

2. 哲学背景:笛卡儿的唯理主义为新古典主义及布瓦洛的《诗的艺术》的形成提供了认识论和方法论的哲学基础。在认识论上,笛卡儿把理性同感性割裂开来,片面夸大感觉经验的相对性,认为感性认识都是虚假可疑的,只有理性才是证明存在的唯一可靠的标准。在笛卡儿看来,"理性"是天赋予人的一种判断分辨真假、善恶、美丑的能力或标准。每个人的理性都

---

① 《马克思恩格斯选集》第1卷,人民出版社1972年版,第179页。
② 同上书,第168页。

先天地包含有一些不言自明的公理,人类的全部知识体系都是由这些公理演绎出来的。因此,只有符合理性的知识才是真理,而真理必须是明晰、清楚、明白的。

在方法论上,笛卡儿从怀疑一切开始,排斥经验归纳法,只承认理性演绎法,认为一切真知,都是通过理性直观和理性演绎才获得的。他在"我思故我在"这个"一切知识的基础"上,提出和制定他的以分析和演绎(综合)为特征的四条方法论原则:

第一条是:决不能把任何我没有明确地认识其为真的东西当作真的加以接受,也就是说,小心避免仓促的判断和偏见,只把那些十分清楚明白地呈现在我的心智之前,使我根本无法怀疑的东西放进我的判断之中。

第二条是:把我所考察的每一难题,都尽可能地分成细小的部分,直到可以而且适于加以圆满解决的程度为止。

第三条是:按照次序引导我的思想,以便从最简单、最容易认识的对象开始,一点一点逐步上升到对复杂的对象的认识,即使是那些彼此之间并没有自然的先后次序的对象,我也给它们设定一个次序。

最后一条是:把一切情形尽量完全地列举出来,尽量普遍地加以审视,使我确信无遗漏。①

由理性至上的根本原则所决定,笛卡儿唯理主义体现出重理性轻感性、重理智轻情感、重共性轻个性、重一般轻特殊、重必然轻偶然、重群体轻个体等一系列特点。就其时代阶级实质来说,虽然这种理性主义认为理性的具体化就是国家,就是君主专制,强调君权高于一切,必须遵守绝对王权,因此受到封建统治者的欢迎,很快成为统治思想,但它的出现也打破了神学的权威,符合科学发展的内在规律,因而具有进步意义,在当时产生了广泛而巨大的影响。正像卡西勒指出的那样,笛卡儿的精神渗透了一切知识领域,支配了文学、伦理学、社会学,对新古典主义及布瓦洛的《诗的艺术》的一系列基本原则的形成,起到了导航定向的关键作用。正如吉尔伯特指出的:"正是布瓦洛,在其他所有批评家之前,把诗歌同化于笛卡儿哲学关于明晰性和鲜明性的观念中。"②缪朗山也指出:布瓦洛"把笛卡儿的唯理主义全部运用到文

---

① 笛卡儿:《方法谈》第二部,见《十六—十八世纪西欧各国哲学》,商务印书馆1975年版,第110页。
② 吉尔伯特、库恩:《美学史》上卷,夏乾丰译,上海译文出版社1989年版,第282页。

艺批评上:'尊重理性'是他的美学的基本原则,'模仿自然'是创作的基本规律,'真善美的统一'是他对文艺的最高理想,这些主张一条红线似的贯串于《论诗艺》中,这是唯理主义在美学上的具体体现。"①

3. 创作实践背景:新古典主义作家丰富的创作实践,为《诗的艺术》提供了创作实践基础。法国古典主义文艺思潮与君主专制政体的盛衰共始终,相同步,大体经历了三个时期。第一,过渡时期(约1600—1660),在亨利四世和路易十三执政下,那时君主专制逐渐成长和巩固起来,国家的统一、社会秩序的整饬,带来文学艺术的繁荣,同时也就要求文艺规范化,古典主义的精神正在孕育。第二,全盛时期(约1660—1688),路易十四执政下,君主专制在统一民族和促进社会经济发展上曾起过一些进步作用,君主奖励文艺,唯理主义盛极一时,公民义务的逐渐确立,戏剧艺术的改良发展,这一切给古典主义提供政治、哲学、道德、艺术的基础,古典主义遂成为雄霸文坛的主导思想。第三,衰落时期(约1688—1714),在这一时期,宫廷的审美标准趋于定型化、模式化、理性化,"三一律"等创作上的清规戒律已明显地阻碍文艺的发展。古典主义逐渐变成了毫无生气的形式主义、歌功颂德的贵族主义,已走向日暮途穷。② 布瓦洛的《诗的艺术》于1674年发表,大体处于全盛时期的中后期,也就是说,早在布瓦洛《诗的艺术》及布瓦洛成为古典主义最重要的理论家之前,新古典主义文艺思潮就已存在几十年了。

在理论上,除了古希腊、罗马的理论家外,新古典主义的先驱者马莱伯就已提出在文艺创作中一切服从理性的支配,清洗方言、俚语、古字、外文,实现法语"纯洁化"的主张。布瓦洛在《诗的艺术》中高度评价了他的功绩,认为"他在法国第一个使人在诗里感到正确的音律和谐","这位可靠的诗宗就是现代的作家也当作楷模敬奉"。此后,夏普兰作为法兰西学院的组织者,以官方评论家的身份,起草过对高乃依悲剧《熙德》的批评意见,从而使"三一律"成为戏剧创作必须恪守的准则。其后,经过厚古派与崇今派之争,复古派与雕琢派之争,宗教文学与通俗文学之争,以及诗歌和戏剧改革运动,古典主义在17世纪中期达到全盛,为布瓦洛的《诗的艺术》提供了丰富的思想资料。

在创作上,高乃依、拉辛和莫里哀等古典主义大师在戏剧艺术上所取得的成就和经验,以及他们作品中表现出的崇拜理性、崇尚古典、拥护王权的

---

① 缪朗山:《西方文艺理论史纲》,中国人民大学出版社1985年版,第392—393页。
② 同上书,第352页。

思想倾向,直接为布瓦洛制定古典主义法规提供了实践的依据。

4. 文化传统背景:新古典主义文学理论及《诗的艺术》的产生,与法兰西民族的历史文化传统也有一定的关系。法兰西作为拉丁民族,是古罗马的直接继承者。奥古斯丁时代的政治、文化、艺术是法兰西人心目中崇敬和效法的对象。而对古希腊艺术相对来说就不太注重效法。与民间文化艺术联系较少的罗马艺术,和情绪热烈的希腊艺术相比,确实显得严格冷峻得多。古罗马的文化理论也以保守理性为特征。这些自然会对新古典主义文艺理论及《诗的艺术》的形成产生一定的影响。布瓦洛的《诗的艺术》和贺拉斯的《诗艺》就有着直接的承继关系。

第二节 《诗的艺术》的结构和它所阐明的新古典主义诗学原则

《诗的艺术》是一部集古典主义之大成,为君主专制在文艺上制定政策的著作。始写于1669年,直到1674年方告完成,1100诗行。全书的结构由四章组成。第一章是总论,阐述了理性是诗歌创作与批评的首要的和根本的原则,概括说明了诗歌创作与批评的一般规律。第二章论"次要的"诗体,包括牧歌、悲歌、颂歌、商籁等等。第三章论"主要的"诗体,主要是悲剧、喜剧和史诗的性质、规律和创作原则。第四章论作家的道德修养及文艺的社会作用。全书以理性为中心,以追求真善美的统一为归宿,它所阐明的新古典主义诗学原则主要有如下内容。

一 膜拜理性原则

古典主义文艺理论的哲学基础是唯理主义,因此,唯理主义的最高范畴"理性"也就合乎逻辑地成为古典主义文艺理论的最高准则。理性是正确判断是非、辨别真伪的能力。这种能力是天赋神授、人人均等的,因此具有普遍性和永恒性,它时不古今,地无东西,人同此心,心同此理。一切从理性出发,一切以理性为归依。因此理性也是文艺创作的灵魂,是决定创作成败的关键,是衡量作品价值高低的根本标准。在文艺创作中,无论情节的安排、音韵的选择、语言的提炼、性格的塑造,都必须在理性的指导下进行。布瓦洛在《诗的艺术》的开篇部分明确指出:

> 因此,首须爱理性:愿你的一切文章永远只凭着理性获得价值和光芒。①

对于理性的顶礼膜拜溢于言表。在布瓦洛看来,艺术创作涉及许多复杂的因素,如文艺与现实、情感与理智、形式与内容、自由与规范、人物与环境、音韵与节奏等等。它们相互矛盾,相互制约,又相互影响、相互依存,这一切因素,只有以理性为核心,才能各安其位,有机地统一在一起;这又恰恰是作家获得以"价值和光芒"的关键所在。

1. 在情感和理智的关系上,要求情感服从于理智。布瓦洛作为一个有创作实践经验的诗人,并不反对艺术表现情感。在论述悲剧时,他强调作家的"文词里就要有热情激荡,直钻进人的胸臆,燃烧、震撼着心房",从而使人获得"甘美的恐惧""怜悯的快感"。② 布瓦洛反对冷漠、缺乏情感的枯燥的议论,但他同时认为:在情感与理智的关系中,必须把理性放在第一位,情感必须服从理性,作家要凭理性而不是凭感情去决定写什么和怎样写。

2. 在内容与形式的关系上,要求形式服从于内容,以内容为主导。具体来说,表现在以下三个方面。

首先,文词从属于文思,或曰语言从属于思想。布瓦洛说:

> 有些人思想模糊,脑子里一团混沌,
> 仿佛是经常裹着一层浓密的乌云。
> 纵然有理智光明,也不能把它穿透,
> 因此你写作之前先要学构思清楚。
> 全要看你的文思是明朗还是暧昧,
> 你的文词相应地就是含糊或清晰。
> 你心里想得透彻,你的话自然明白,
> 表达意思的词语自然会信手拈来。③

布瓦洛认为"言为心声",只要思想明确、透彻,词语自然就会清晰、明白。因此作家必须注重思想,而文思从属于理性,只有遵循理性原则,才能获得明晰而充实的思想,才能找到简洁而有致的语言。

其次,音韵从属于义理。在布瓦洛看来,理性是"主",音韵是"仆",二

---

① 伍蠡甫、胡经之主编:《西方文艺理论名著选编》上卷,北京大学出版社1985年版,第182页。
② 同上书,第194页。
③ 同上书,第186页。

者主仆分明,相辅相成,既不能主仆分离,更不能主仆颠倒。他说:

> 不管写什么题目,或庄严或是谐谑,
> 都要情理和音韵永远地互相配合,
> 二者似乎是仇敌却并非不能相容,
> 音韵不过是奴隶,其职责只是服从。
> ……
> 在理性的控制下韵不难低头听命,
> 韵不能束缚理性,理性得韵而愈明。
> 但是你忽于理性,韵就会不如人意,
> 你越想以理就韵就越会以韵害义。①

再次,结构从属于理性,即作家要按照理性原则安排作品结构,使各部分和谐一致,构成一个有机整体。布瓦洛要求作家:

> 必须里面的一切都能够布置得宜,
> 必须开端和结尾都能和中间相配,
> 必须用精湛技巧求得段落的匀称,
> 把不同的各部门构成统一和完整。②

戏剧情节的安排更应该符合理性要求的严整性。他说:

> 情节的进行、发展要受理性的指挥,
> 绝不要冗赘场面淹没了剧本的主题;
> ……
> 要处处充满热情,并经过精细剪裁,
> 场与场间的联系要永远紧凑不懈。③

3. 在自由与规范的关系上,要求艺术形式规范化。规范化是中央集权的君主专制在文艺上的必然要求,是膜拜理性在文艺上的必然结果。这种规范化表现在文艺创作的方方面面,涉及人物类型化、语言典雅化、体裁固定化、创作模式化诸多内容。人物类型化下文专论,此处仅论及后三方面。

a. 语言典雅化。布瓦洛指出:

---

① 伍蠡甫、胡经之主编:《西方文艺理论名著选编》上卷,北京大学出版社1985年版,第181—182页。
② 同上书,第187页。
③ 同上书,第208页。

> 不管你写的什么,要避免鄙俗卑污;
> 最不典雅的文体也有其典雅的要求。
> 无聊的俳优打诨蔑视着常情常理,
> 曾一度炫人眼目,以新颖讨人欢喜。
> ……
> 提高你的笔调吧,要从工巧求朴质,
> 要雄壮而不骄矜,要优美而无虚饰。①

b. 体裁固定化。就是严格要求作家遵循悲剧与喜剧的界限,不容混淆二者,悲剧只能以英雄人物、帝王将相等高贵人物为主人公,而喜剧也只能以市井小人、卑微之徒作为主人公,等等。这成了以后狄德罗和莱辛等启蒙主义文论家建立市民戏剧的主要攻击目标之一。

c. 创作模式化。最突出地表现在所谓戏剧创作的"三一律"上。"三一律"在17、18世纪新古典主义的统治下成了不可移易的金科玉律。当时在法国文坛上,在戏剧创作中是否遵循"三一律",是文艺创作理论中重大的争论问题。法国著名文学史家朗松指出:"只是在17世纪,'三一律'才成为文学的规律,美好'趣味'的不容置疑的规则。"②"'三一律'具有一种使有教养的人们心神向往的思想,而这个思想就是:要精确地模仿现实,能够引起适当的幻想。就其真正的意义讲来,'三一律'是最低限度的制约性。"③

布瓦洛在《诗的艺术》中,以笛卡儿的理性主义为指导,从理论上对"三一律"做出了概括:

> 但是我们,对理性要服从它的规范,
> 我们要求艺术地布置着剧情发展;
> 要用一地、一天内完成的一个故事,
> 从开头直到末尾维持着舞台充实。④

"三一律"在戏剧创作艺术中的作用有两面性,从积极方面来讲,的确

---

① 伍蠡甫、胡经之主编:《西方文艺理论名著选编》上卷,北京大学出版社1985年版,第184—185页。
② 依据朗松的《法国文学史》,见《普列汉诺夫哲学著作选集》第5卷,汝信等译,三联书店1974年版,第471页。
③ 同上。
④ 伍蠡甫、胡经之主编:《西方文艺理论名著选编》上卷,北京大学出版社1985年版,第195页。

对当时戏剧和舞台演出中出现的混乱局面,起到了一定的规范作用,推动一些作家写出了优秀的作品。但也由于"三一律"强调"要用一地、一天内完成的一个故事",因而给戏剧的创作和演出带来了束缚和局限性。马克思曾深刻地指出:"毫无疑问,路易十四时期的法国剧作家从理论上构想的那种三一律,是建立在对希腊戏剧(及其解释者亚里士多德)的曲解上的。但是另一方面,同样毫无疑问,他们正是依照他们自己艺术的需要来理解希腊人的,因而在达西埃和其他人向他们正确解释了亚里士多德以后,他们还是长时期地坚持这种所谓的'古典'戏剧。"①

4. 在文艺与现实的关系上,要求作品应具有"似真性"或"像真性"。"似真性"或"像真性"即理性所认定的"真实"或"逼真"。在布瓦洛看来,真是美的依据,美总是符合理性的,是符合理性所认定的真理的,美的也就是真的;而真的即是理性的,真的也就是美的。所以美必须以真为依据,把真作为自己追求的目的,只有符合"真",才会显得"美"。他在《书简诗》中说:

> 只有真才美,只有真才可爱,
> 真应该统治一切,寓言也非例外;
> 一切虚构中的像是真实的虚假,
> 都只为使真理显得像耀眼晚霞。②

在《诗的艺术》中布瓦洛也表达了同样的看法:

> "切莫演出一件事使观众难以置信:
> 有时候真实的事演出来可能并不逼真。
> 我绝对不能欣赏一个背理的神奇,
> 感动人的绝不是人所不信的东西。"③

> "所有这全盘虚构既华贵而又高妙,
> 都是诗人的雅兴焕发为千般创造,
> 他装饰、美化、提高,放大着一切事物,

---

① 马克思、恩格斯:《论文学与艺术》,人民文学出版社1982年版,第414页。
② 参见朱光潜:《西方美学史》上卷,人民文学出版社1982年版,第187页。
③ 伍蠡甫、胡经之主编:《西方文艺理论名著选编》上卷,北京大学出版社1985年版,第195页。

发现处处是鲜花,采起来得心应手。"①

从上引几段话中我们可以看出布瓦洛关于文艺真实性问题的主要观点是:第一,文艺作品必须真实,真实可信才能征服读者,打动观众。因此,艺术家必须把真实放在极为重要的地位。第二,这种真实不是生活之真、个别之真、偶然之真、现象之真,不是对生活事实原封不动的照搬和挪位的"真实的事",而是契贴理性,符合"真情",不悖常理的普通的、必然的、恒常的、本质的、绝对的真实,是经过了艺术家的理性改造的比真实的事实的现实更真实的"虚假的真实"。这种真实也就是布瓦洛所说的"似真性"或"像真性"。第三,要达到或实现这种虚伪的真实或似真性,"文艺创作就应仿照理性的标准和似真的原则",凭虚构充实内容,凭神话引人入胜,凭借虚构或理想化,对事物进行"装饰、美化、提高、放大",即对现实进行艺术加工或把现实理想化,从而"使自然更逼真,使真理更鲜明"。

布瓦洛强调真实,看到了艺术真实与生活真实的区别,提出了"真实的虚假""似真性"或"像真性"等有意义的命题,并做了较系统的阐释和发挥。他还指明了虚构及理想化是达到或实现艺术似真性的方法或途径。这些都有重要的理论意义。但受其唯理主义的限制,从学理上来说,他的真实论重共性轻个性,容易导致主观化、概念化、理想化。

二 模仿自然原则

布瓦洛是古希腊模仿说的继承者,在《诗的艺术》中,布瓦洛认为文艺要表现理性,就必须模仿自然。在他看来,"真即自然",只有自然才可能给诗歌提供理性所需要的真和美,才能使所有的人都同样地得到理性的满足。"只有真才美,只有真才可爱。"而"自然就是真,一接触就能感到",为了求美,就要求真,也就是模仿自然。理性、真、美、自然四位一体,虽然说法不同,实质则都是一个。因此布瓦洛在《书简诗》第九章中强调说:

> 虚伪永远是无聊乏味,令人生厌,
> 惟有自然是真实,人人都可以体验,
> 在一切事物中人们喜爱的只有自然。

他还一再告诫作家:

---

① 布瓦洛:《诗的艺术》第三章,任典译,人民文学出版社1959年版,第173—176行。

>切不可乱开玩笑,损害常情常理:
>我们永远也不能和自然寸步相离。①

>因此,你们,作家啊,若想以喜剧成名,
>你们惟一钻研的就应该是自然人性。②

但布瓦洛的模仿说是建立在唯理主义基础上的,和传统的模仿说有很大不同。这主要表现在:

首先,内涵不同。亚里士多德、贺拉斯所说的"自然",是指客观现实的人的生活。而布瓦洛所理解的"自然",既不是自然界或大自然的风光景色,也不是客观的感性的现实世界,而是指体现在事物之中的"事之常理"和体现在人性中的"人之常情",特别是指他们凭理性所认定的普遍永恒的"人性"。也就是说,"自然即人性",模仿人性也就是模仿自然。

其次,范围不同。古希腊的模仿说要求模仿自然、社会。布瓦洛则把市井、乡村的世俗生活排除在模仿自然的范围之外。在他看来,诗人惟一应该研究、模仿的自然是"城市"和"宫廷"。他明确提出"好好地认识都市,好好地钻研宫廷,二者都是同样地经常充满着模型"③。他强调悲剧要表现帝王将相、宫廷生活,描写显赫的人物,使用典雅的语言。他对有平民倾向的莫里哀极其反感,在《诗的艺术》中指责说:

>可惜他太爱平民,常把精湛的画面,
>用来演出那些扭捏难堪的嘴脸,
>可惜他专爱滑稽,丢开风雅与细致,
>无聊地把塔巴兰硬结合上太伦斯。④

"太伦斯"是布瓦洛所赞许的古罗马喜剧家,"塔巴兰"是当时法国有名的小丑,莫里哀借古人的喜剧艺术技巧来表现世俗生活,在主张"不管你写什么,都要避免鄙俗卑污"的布瓦洛看来,就是亵渎神圣。显而易见,布瓦洛的模仿自然在范围上排斥了市井和乡村的世俗生活,表现出鲜明的贵族倾向。

再次,目的不同。亚里士多德和贺拉斯认为模仿自然的目的是显示真

---

① 伍蠡甫、胡经之主编:《西方文艺理论名著选编》上卷,北京大学出版社1985年版,第208页。
② 同上书,第206页。
③ 同上书,第207页。
④ 同上。

理和净化心灵，布瓦洛则认为模仿自然的目的是为了取悦读者，"讨人开心"和"令人愉快"，使丑的事物变得悦目和有趣。他说："绝对没有一条蛇或一个狰狞的怪物，经艺术拟出来而不能供人悦目；一枝精细的画笔引人入胜的妙技，能将最惨的对象变成有趣的东西。"①艺术成功地模仿自然当然会使读者产生一种愉悦感，这是布瓦洛对文艺社会作用的一个重要认识，这一认识无疑是有合理性的。但是受布瓦洛哲学观、政治观以及对模仿自然的内涵、外延理解的制约，在他那里艺术模仿自然所取悦的对象，显然有着深刻的时代、阶级烙印。

布瓦洛要求作家恪守自然、研究自然、模仿自然，主要是模仿普遍永恒的人性。这种抽象的人性表现在人物塑造和人物形象的创造上就是类型说。他继承和进一步发挥了贺拉斯提出的类型化理论。布瓦洛虽然朦胧地感到人物性格具有多面性，对英雄人物既不能写得渺小可怜，也不能写得毫无缺点，人物生活的环境影响着人物性格，人们要研究各国各时期的习俗，因为"风土的差异便形成性格的特殊"。但是，对理性的膜拜终究限制了这些闪光思想的深化和发展。布瓦洛提出的类型化人物创作原则的主要内容有：

第一，保留传统人物的性格。主要指悲剧中的人物性格，因为古典主义的悲剧大多取材于历史传说，而历史传说的人物性格已为人所共知，成为定型，作家不宜改动。

> 写阿伽曼侬就该写他骄蹇而自私，
> 写伊尼就该写他对天神畏敬之情。
> 凡是写古代英雄都该保存其本性。②

第二，新塑造的人物性格定型化：

> 你打算单凭自己创造出新人物，
> 那么你那人物要处处符合他自己，
> 从开始直到终场表现得始终如一。③

第三，某种品性的类型性格。主要指喜剧中的人物性格。因为喜剧人

---

① 伍蠡甫、胡经之主编：《西方文艺理论名著选编》上卷，北京大学出版社1985年版，第193页。
② 同上书，第198页。
③ 同上书，第199页。

物无传统可依傍,就要以一般概括个别、以共性替代个性,写成某种品质或性格的类型:

> 谁能善于观察人,并且能鉴识精审,
> 对种种人情衷曲能一眼洞彻幽深;
> 谁能知道什么是风流浪子、守财奴,
> 什么是老实、荒唐,什么是糊涂、嫉妒,
> 那他就能成功地把他们搬上剧场,
> 使他们言、动、周旋,给我们妙呈色相。①

第四,与一定年龄相称的普遍性格。

> 光阴改变着一切,也改变我们性情:
> 每个年龄都有其好尚、精神与行径。
> ……
> 你教演员说话万不能随随便便,
> 使青年像个老者,使老者像个青年。②

类型是对性格的抽象和概括,却成了布瓦洛人物塑造的出发点和归宿。显然按这种抽象逻辑的模式创造出来的人物很难有生动的个性,从而也就很难达到典型的高度。而且,既然一个人只会有一种性格,这种性格还一以贯之,那么在艺术创作中,艺术家就往往从某种性格品质或抽象观念出发,塑造某种定型人物,这样,人物就成了概念的传声筒,成了观念的演绎物,成了抽象品质的代名词。

奥夫相尼科夫曾结合古典主义代表作家的创作实践,论析过新古典主义及布瓦洛关于人物塑造理论的根本缺陷。他说:古典主义作家塑造的"性格是脱离条件、地点和时间而孤立存在的,它仿佛是经过蒸馏的产品,是抽象思维活动的产物。对他来说,重要的是表现吝啬、虚伪的抽象概念。古典主义的艺术典型与类概念是等同的。因此,古典主义者不但恢复了同一原则,而且还提出了创造典型的抽象—逻辑手法。这一手法(更准确地说是这一方法)的实质就在于,生动的主体被分解了,只取具体个人的一个特点,而将其他特点都舍去,并将所需要的这个特点加以无限的夸大,盖过

---

① 伍蠡甫、胡经之主编:《西方文艺理论名著选编》上卷,北京大学出版社1985年版,第206页。
② 同上书,第206—207页。

其他一切特点。吝啬鬼、伪君子的典型就这样产生了。一切个性的东西,情调和色彩的一切细微差别都消失了。典型形象变成为干巴巴的几何学抽象概念。普希金曾经很准确地看到了这种情况:'莎士比亚同莫里哀不一样,他所创造的人物不只是某种欲念、某种恶习的典型,而是有七情六欲,各种各样毛病的活生生的人……在莫里哀的笔下,吝啬鬼就是吝啬鬼——仅此而已;在莎士比亚作品中,夏洛克的特点是吝啬、狡诈、喜爱报复、溺爱子女、机智。在莫里哀的作品中,伪君子追逐他恩人的妻子时是虚情假意的;在图谋财产时是虚情假意的;讨一杯水喝时是虚情假意的'"①。奥夫相尼科夫的这些观点,对读者全面认识类型说无疑是有启示的。

三 崇尚古典原则

布瓦洛是一个提倡崇古、仿古、学古的理论家,他以古希腊罗马的文艺为典型称颂荷马:

> 他仿佛向维纳斯盗得了百媚宝带。
> 他的书是众妙之门,并且是取之不尽;
> 不论他拈到什么,他都能点石成金。
> 一经到他的手里臭腐也变为神奇;
> 他处处叫人欣赏,永远不使人疲倦。

他要作家爱荷马的作品,真诚地向荷马请教:

> 你爱他的作品吧,但必须爱得诚虔;
> 你知道加以欣赏就算是获益匪浅。②

他赞扬古希腊诗人忒奥克里托斯和古罗马诗人维吉尔的诗歌"都是神到之作"。他号召作家们对古希腊罗马古典作品"应该爱不释手,日夜加以揣摩"。在他看来,古典作品已包罗万象,内容应有尽有,技巧也已十分完备,手法取之不尽。古典作品所以具有强大的生命力和高度真实性,原因在于他们对自然的描写已达到了尽善尽美的程度,表现出了真正的普遍和永恒的人性。诗人只要能认真效法,很好地利用这些经验与方法,就能保证获得艺术上的成功。

---

① 奥夫相尼科夫:《美学思想史》,吴安迪译,陕西人民出版社1986年版,第98页。
② 伍蠡甫、胡经之主编:《西方文艺理论名著选编》上卷,北京大学出版社1985年版,第202—203页。

在布瓦洛看来,崇尚古典的主要原因如下:

首先是由于古典文艺体现了理性原则。布瓦洛深信文艺具有普遍永恒的绝对标准。这个标准就是作为文艺表现的主要内容要具有普遍性和永恒价值的理性、良知或人性。它时无古今,地无东西,人同此心,心同此理,在一切时代、一切情况下都是一样的。只有符合理性的作品才必然具有普遍性和永恒性,只有符合理性,经受住人类理性千秋百世考验的作品才是最好的作品。古希腊罗马有的文艺作品经受住了时间的考验,并且受到大多数人的普遍赞赏,因此,理所当然地是后人学习的典范和效法的楷模。布瓦洛说:

> 大多数人在长久时期里对显有才智的作品是不会看错的。例如在现时,人们已不再追问荷马、柏拉图、西塞罗和维吉尔是否伟大;这是一个没有争论的定论,因为这是两千多年以来人们一致承认的。①

> 我尊敬这类作家,并不是因为他们的作品流传得这样长久,而是因为它们在这样长久时期里博得人们的赞赏……一个作家的古老对他的价值并不是一个准确的标准,但是人们对它的作品所给的长久不断的赞赏却是一个颠扑不破的证据,证明人们对它们的赞赏是应该的。②

其次,古典文艺体现了模仿自然的原则。在布瓦洛看来,古典作品所以经得起时间的考验,正因为古人善于观察和模仿自然。古典作品代表了古人模仿自然的最高成就,是古人模仿自然、表现人性的最成功的范例,它的成功的经验和创作准则,是施诸万世的金科玉律。布瓦洛认为:"荷马之令人倾倒是从大自然学来"③,"法国最大的作家们的作品的成功,正要归于这种模仿"④。他以高乃依、莫里哀为例,说明他们正是从古人那里学得"艺术里最精妙的东西",创作出"许多最美的剧本"。成功的经验表明,模仿古典是模仿自然、表现自然的最好方法或终南捷径。

布瓦洛强调学习古典,有合理因素。古代优秀作家由于长期的艺术实践,确实积累了丰富的创作经验,尤其他们对自然和人生的创造性地艺术描

---

① 《西方美学家论美和美感》,商务印书馆 1980 年版,第 83 页。
② 布瓦洛:《朗吉努斯〈论崇高〉读后感》,朱光潜译,见伍蠡甫主编:《西方文论选》上卷,上海译文出版社 1979 年版,第 306 页。
③ 布瓦洛:《诗的艺术》,任典译,人民文学出版社 1959 年版,第 18 页。
④ 伍蠡甫主编:《西方文论选》上卷,上海译文出版社 1979 年版,第 305 页。

写,更是给给后世文学的发展留下了巨大的精神宝库。新时代的作家学习古人,借鉴遗产,革新创造,符合文艺本身发展规律。但如果盲目崇拜,唯古是瞻,以学习古人代替学习生活,感应时代,以模仿代替创造,以继承代替革新,那就必然源流错位,本末颠倒,不仅违背历史,也违背文艺发展的规律。在这个问题上,布瓦洛的理论有明显的偏颇。

四 劝善惩恶的道德原则(尊爱道德原则)

布瓦洛高度重视文艺的社会伦理教化作用、作家的社会使命感及作家的人格修养。在他看来,善的问题或道德问题是衡量文艺作品的一个基本准则。文艺的审美理想和劝善惩恶的社会功能是统一的。文艺创作要想获得成功,必须将社会政治伦理行为的善与审美趣味及获得"妙谛真知"的"真"结合在一起。他指出:

> 作者们,我有忠言,请为我侧耳静听。
> 你那丰富的虚构是否想受人欢迎?
> 那么,你的缪司要多花些说论鸿言,
> 处处能把善和真与趣味融成一片。
> 一个贤明的读者不愿把光明虚掷,
> 他还要在欣赏里能获得妙谛真知。①

他还从诗歌发展史的角度肯定文艺的教育功能。他说:

> 无数著名的作品载着古圣的心传,
> 都是利用着诗来向人类心灵输灌。
> 那许多至理名言能处处发人深省,
> 都由于怡人之耳然后能深入人心。
> 九缪司造福人类真乃是名目繁多,
> 此所以希腊当年对她们时供香火。②

在《诗的艺术》中,布瓦洛对语言的提炼、爱情的描写、情绪的渲染乃至性格的刻画等等的论述,都在相当程度上考虑到了道德因素。

在布瓦洛看来,要实现和充分发挥文艺的社会功能,关键在于作家自身

---

① 伍蠡甫、胡经之主编:《西方文艺理论名著选编》上卷,北京大学出版社1985年版,第213页。
② 布瓦洛:《诗的艺术》,第四章,任典译,人民文学出版社1959年版,第159—164行。

的修养。对此,布瓦洛从正反两方面表述了自己的思想。

一方面,布瓦洛尖锐批评了当时法国文坛违背文艺社会作用和作家道德人格修养的种种流弊。

首先,反对嫉妒,不择手段,欺世盗名。他告诫作家:

> 你尤其要避免的是那卑污的妒嫉,
> 是那些庸俗之徒邪恶的疯狂风气。
> 一个卓绝的作家不会有这种习染,
> 人之所以生妒嫉是由于自己平凡。
> 这种忌人之才名而妄图竞赛之流
> 不断地鬼鬼祟祟在权贵门前奔走,
> 他原想踮起脚跟竭力与别人相比,
> 结果他不能比上,便想把别人压低。
> 我们自尊自爱吧,莫干这卑劣勾当,
> 靠阴谋获得荣名徒见其钻营丑相。①

其次,反对专为金钱,迎合读者。在布瓦洛看来,当时法国文坛有些贪财牟利之徒,丢弃荣誉背叛道德,亵渎艺术危害风化,为迎合读者的低级趣味,"满纸都诲盗诲淫,写罪恶如火如荼"。他说:

> 为光荣而努力啊!一个卓越的作家,
> 绝不能贪图金钱,把得利看成身价。
> 我知道,高尚之士凭着自家的笔杆,
> 获得正当的收益,非罪恶,无可羞惭;
> 但是我不能容许那些显赫的诗人,
> 不爱惜既得荣名,专在金钱上打滚,
> 拿着他的阿波罗向书贾进行典当;
> 把这种神圣的艺术变成了牟利勾当。②

再次,反对片面追求辞藻技巧、附庸风雅的习气。布瓦洛谴责说:

> "到处都是雕花呀,到处都是缓带形;"
> 我跳了二十页想看看是否结束;

---

① 伍蠡甫、胡经之主编:《西方文艺理论名著选编》上卷,北京大学出版社 1985 年版,第 214—215 页。
② 同上书,第 215 页。

> 哪知还是在花园,简直是无法逃出。
> 莫学这些作家啊,避免这浮词滥调,
> 累赘的无用细节你应该一概不要。①

另一方面,布瓦洛对作家道德人格修养提出了明确要求。首先,强调作家要有道德义务感和社会使命感,具备社会教化意识,自觉发挥文艺的社会作用。他说:

> 你的作品反映着你的品格和心灵,
> 因此你只能示人以你的高贵小影。
> 危害风化的作家,我实在不能赞赏,
> 因为他们在诗里把荣誉丢到一旁,
> 他们背叛着道德,满纸都诲盗诲淫,
> 写罪恶如火如荼,使读者喜之不尽。②

其次,要求作家应有严肃的创作态度和独特的艺术表现力。他认为诗人作诗要忌平庸,不要追求夸奖,要虚心接受批评。他反对诗人仅凭情感和才气的急就章,强调应在理性指导下从容写作,反复修改,精益求精。他说:"要十遍、二十遍修改你的作品:要不断地润色它、润色、再润色才对;有时可以增添,却常要割爱删弃。"③"要爱听人正谬,欣然地修改作品,凭理智从善如流。"④

布瓦洛特别重视作家个人的道德人格修养,认为一个爱道德的有德作家,才能具有无邪的诗品。艺术家有了高尚的人格,才能使作品纯洁、典雅、高贵,从而起到社会教育的良好效果。他说:

> 一个有德的作家,具有无邪的诗品,
> 能使人耳怡目悦而绝不腐蚀人心;
> 他的热情绝不会引起欲火的灾殃,
> 因此你要爱道德,使灵魂得到修养。⑤

---

① 伍蠡甫、胡经之主编:《西方文艺理论名著选编》上卷,北京大学出版社1985年版,第183页。
② 同上书,第213页。
③ 同上书,第187页
④ 同上书,第212页。
⑤ 同上书,第214页。

他号召艺术家应"自尊自爱",认清自己的使命和灵魂修养的必要性和价值,要"为光荣而努力",拥护王权,歌颂贤明君主,"刻画英雄人物要以圣主为楷模,掘发诗情来歌颂圣主战绩",号召诗人们像维吉尔用史诗来歌颂奥古斯丁那样来歌颂路易十四。这突出显露了布瓦洛道德原则理论的阶级实质。

目前国内关于布瓦洛文艺理论体系的主要内容及其相互关系的主要看法大体分为"三原则"说和"四原则"说。缪朗山认为布瓦洛的美学体系包括理性原则、自然原则和道德原则三大原则,"这三个原则虽然各有妙用:理性原则是认识现实的原则,自然原则是描写现实的原则,道德原则是作家修养的原则,但是这些原则是彼此补充,互相为用的。他对文艺的最高理想是真善美的统一,而最终目的在于文艺的社会功用"①。"四原则"说以马新国主编的《西方文论史》为代表,即在三原则基础上增加了古典原则,认为:"在布瓦洛的新古典主义理论中,理性、真、善、美是四位一体的,艺术的最高理想就是理性、真、善、美的和谐统一。"②这些概括都认为布瓦洛以真善美的统一为最高理想,都是很有道理的。但我们认为:"三原则"说未提"古典原则",似乎不能充分反映古典主义的全部特征;"四原则"说对各个原则的关系的认识还需要进一步探讨。我们主张"四原则统一"说,认为这四个原则并不是平列的,其中理性是古典主义的最高的也是核心的范畴。因此,理性原则是根本原则,其他原则都是由它派生、延伸出来的。四大原则统一于理性,就是真善美的统一也是统一于理性。

布瓦洛追求把"善和真与趣味融成一片",即达到真善美的统一。这是他的最高审美理想或最高的标准。他正是以此去评价文艺作品的。布瓦洛提出和论述的真善美统一的思想是可贵的。它的长处在于把理性、自然、古典、道德看作紧密联系、不可分割的,甚至视理性、真、善、美四位一体。其局限在于他毕竟没有给"美""乐"独立的地位。布瓦洛并非完全没有看到美的价值。例如他对艺术形式非常重视,认为只有高度重视艺术形式,并审慎地加以选择和运用,才能使艺术"尽善尽美"。但是他仅仅把美作为达到真善目的的手段或工具。在他那里,理性就是美,真就是美,自然就是美,善就是美,最终美服从、服务于真善,甚至被真善所压倒、所湮没,而没有自身独立的地位。

---

① 缪朗山:《西方文艺理论史纲》,中国人民大学出版社1985年版,第416页。
② 马新国主编:《西方文论史》,高等教育出版社1994年版,第131页。

第三节 《诗的艺术》的历史地位和评价

在法国历史文化的发展过程中，《诗的艺术》作为17世纪古典主义艺术实践的理论总结，是适应了君主专制的需要的。如果说君主专制在当时乃是"作为文明中心、社会统一的基础再现的"话，那么，与之相适应的古典主义作为一种意识形态，对这种制度的形成和巩固无疑是起过促进作用的。正如法国历史学家热尔曼等所指出的："在法国文化发展的过程中，古典主义占据了一个重要的阶段。古典主义反映了在巩固民族统一的事业中前进了一大步……古典主义文化反映出在民族形成的过程中，君主专制制度所起的进步作用，正是这种文化促进了18世纪的资产阶级反对封建主义的斗争。"[①]

从文艺创作和文艺理论本身的发展来看，《诗的艺术》与古希腊亚里士多德的《诗学》和古罗马贺拉斯的《诗艺》一脉相承而又重点相异。如果说亚里士多德侧重制定了最初的古典规范，贺拉斯重点回答了要不要学习古人的问题，那么布瓦洛则主要论述的是为什么要学习古人及如何学习古人的问题。在《诗的艺术》中，布瓦洛提出过一些重要见解，表现出他作为一个时代的代表性美学家的真见卓识。他强调文艺家应面向社会，"善于观察人，并且能鉴识精审，对种种人情衷曲似一眼洞彻幽深"，在现实中吸取创作灵感，提出了"研究宫廷，认识城市"的口号。尽管这些要求在当时所包括的范围主要涉及贵族和新兴资产阶级的生活圈子，但毕竟表现出了他对现实的尊重。在论及艺术真实性时，他强调了真实对艺术的重要意义，看到了艺术真实不同于生活事实，认为前者比后者更可信、更合情理，因而艺术应对现实进行美化、提高、放大，发展了前人对艺术真实与生活真实关系的思想。在艺术形式上，他主张语言要规范，结构要严谨，有很强的具体针对性，在一定意义上推动了艺术的发展，对法国文学语言的形成起了很好的促进作用。在文艺标准上，他把大多数人对某一作品的长期鉴赏作为衡量艺术作品价值高低的标准，也表现出了某种历史主义的态度及合理性。

布瓦洛的诗学思想是古典主义文艺理论的最高形态，它概括了一个时代文艺的风貌和特征。法国文学史家尼萨尔认为："《诗的艺术》不只是一

[①] 热尔曼、克洛特·维腊尔：《法兰西民族的形成》，转引自阿尔泰莫诺夫等：《十七世纪外国文学史》，田培明等译，上海译文出版社1981年版，第195页。

个卓越的人的作品,还是一个伟大世纪的文学信条的宣言。只把它局限在诗作品上去应用就未免误解布瓦洛的精神和《诗的艺术》的价值了。布瓦洛的教训不限于能以诗句表达出来的思想,也不限于诗的语言;它们扩及一切思想与一切思想的表达方式,推而广之,扩及一切以求真为理想的艺术。这就使我们了解了为什么我国一切艺术的卓越人物都一直推崇布瓦洛,每一门艺术都可以说在他的著作中认出了它的规律与精神。《诗的艺术》表现着法国人在艺术方面的良知良能;它把一切都压缩成一般的原则,每个读者按照他精神的广阔与细致的程度,都可以从这些原则中演绎出若干推论,构成现代所谓之美学。"①布瓦洛及其《诗的艺术》的历史价值就在于此。

不过,《诗的艺术》毕竟产生于17世纪的法国,毕竟是以君主专制政治为背景,体现了贵族阶级的审美趣味和艺术观点。它虽然凭借王权的赏识和理性主义的册封而影响长达百年之久,但经过启蒙主义运动和浪漫主义运动的大浪淘沙,它作为一个时代的文艺理论法典和宗主的荣耀已风光不再,这也是历史的必然。

参考书目:

1. 伍蠡甫、胡经之主编:《西方文艺理论名著选编》,北京大学出版社1985年版。
2. 缪朗山:《西方文艺理论史纲》,中国人民大学出版社1985年版。
3. 布瓦洛:《诗的艺术》,任典译,人民文学出版社1959年版。

思考题:

1. 《诗的艺术》体现了怎样的新古典主义原则?
2. 《诗的艺术》有怎样的历史影响?

---

① 布瓦洛:《诗的艺术》"引言",任典译,人民文学出版社1959年版。

第十章 狄德罗《关于美的根源及其本质的哲学探讨》与《论戏剧诗》

第一节 生平著作及其文艺美学的哲学基础

一 生平和著作

狄德罗(D. Diderot,1713—1784)出生于法国朗格尔(Langres)一个富裕的制造刀具的手工业者家庭。最初受教育于朗格尔的耶稣会,1732年获巴黎大学文科硕士学位。精通希腊文、意大利文和英文,学识渊博,比较全面地掌握了他所处时代的自然科学和社会科学发展的各类知识,以致被认为是自亚里士多德以后涌现出来的具有更加综合精神的学者,他是法国18世纪启蒙运动和百科全书派的领袖,是近代著名的唯物主义哲学家、美学家和文艺理论家。

1746年发表第一部哲学著作《哲学思想录》,崇尚理性,明确对上帝表示怀疑,指责上帝凶残,认为上帝并无赏功罚罪的作用,指责宗教宣传是"用最可疑不过的事情,来证明最不可信的东西"。这部标志狄德罗哲学开端的著作,在当时曾"引起轰动"[①],但不久就遭到最高法院下令禁止。接着于1749年发表著名的《谈盲人的信》(全名为《供明眼人参考的谈盲人的信》),使他成为当世的"著名原创性思想家"[②]。在该书中,狄德罗从洛克的感觉论出发,实现了从自然神论、泛神论向唯物主义和无神论的思想转变。以后他又在《对自然的解释》(1754)、《达朗贝尔和狄德罗的谈话》和《达朗贝的梦》(1769),以及《关于物质和运动的哲学原理》(1770)等著作中,论证了世界的物质性,并从根本上否定了上帝的存在。

---

① 安德烈·比利:《狄德罗传》,张本译,商务印书馆1992年版,第73页。
② 《不列颠百科全书》,1910—1911年,第8卷"狄德罗"词条。

作为一个启蒙思想家,狄德罗主要的成就体现在由他主编的《百科全书》(全名《百科全书,或科学、艺术、工艺的理性词典》)。1751年出版第一卷,1772年出齐。其宗旨,正像他自己在"百科全书"词目中所宣称的那样:"百科全书就是要把分散于世界各处的知识收集起来,将其概貌和结构展示给当代人,并传诸后世,从而使前人的作品也能为后代所用。这样,我们的子孙将不仅会比我们受到更多的教育,而且也将比我们更为高尚和幸福,在人类面前,我们也将因此而死无遗憾了。"①这部辉煌的巨著,采用的是百科全书的形式,贯彻的是启蒙思想的内容。《百科全书》第一卷刚出版不久,皇家政务会议就于1752年2月,借口其中有敌视皇家权威和宗教的观点,发布命令查禁。狄德罗本人也由此而遭到当局的迫害。

狄德罗本人为《百科全书》全部十七卷所撰写的词目共计有四大卷,占到全部篇幅的四分之一左右。其内容包括哲学、哲学史、美学、政治思想、心理学、语言学以及科学哲学等。他在论述这些条目的内容中,全面发展了欧洲近代唯物主义哲学,从而为1789年—1793年的法国大革命做了理论上、思想上和舆论上的准备。恩格斯对狄德罗为代表的唯物主义思想家给予了很高的评价。他说:"法国的唯物主义者没有把他们的批评局限于宗教信仰问题;他们把批评扩大到他们所遇到的每一个科学传统和政治设施;而为了证明他们的学说可以普遍应用,他们选择了最简便的道路:在他们因以得名的巨著《百科全书》中,他们大胆地把这一学说应用于所有的知识对象。这样,唯物主义就以其两种形式中的这种或那种形式——公开的唯物主义或自然神论,成了法国一切有教养的青年的信条。它的影响是如此巨大,以致在大革命爆发时,这个由英国保皇党出来的学说,竟给了法国共和党人和恐怖主义者一面理论旗帜,并且为《人权宣言》提供了底本。"②

狄德罗本人又是个多产的作家,著有小说《布尔邦两朋友》《修女》《定命论者雅克和他的主人》《拉摩的侄儿》,剧本《一家之主》《私生子》等。在戏剧理论方面著有:《与多华尔的谈话》(1757)、《论戏剧诗》(1758)和晚年写的《演员奇谈》(1769)等。在艺术理论方面著有:《论画》(1765)、《沙龙随笔》等。他的美学思想的代表作是《关于美的根源及其本质的哲学探讨》。

---

① 坚吉尔编:《丹尼·狄德罗的〈百科全书〉》,辽宁人民出版社1992年版,第160页。
② 恩格斯:《社会主义从空想到科学的发展·英文版序言》,见《马克思恩格斯选集》第3卷,人民出版社1972年版,第394—395页。

狄德罗是一个多才多艺的思想家,他不论谈论什么问题,都极富有启发性。比如《论画》就曾博得歌德和莱辛的赞叹,歌德称《论画》对画家来说是一支有力的火炬,莱辛说《论画》的"每一句名言都像电光一闪,照耀着艺术的奥秘"。

二 文艺思想和美学思想的哲学基础

狄德罗的文艺思想和美学思想的核心概念是自然和理性。他的世界观的基础是唯物主义和无神论,他的思想体现了第三等级强烈反封建的要求,崇尚第三等级市民社会的审美趣味。

狄德罗坚持带有辩证法因素的唯物主义自然观,他把宇宙万物归结为是由物质元素构成的东西的总和,称之为自然。他认为整个世界的统一性在于世界的物质性。他说:"要假定任何一个处在物质宇宙之外的实体,都是不可能的。决不能作出这一类的假定,因为从这一类假定里是推论不出任何东西来的。"① 狄德罗把整个世界看作一个有机的整体。他认为"如果现象不是彼此联系着,就根本没有哲学"。整个世界,不仅是彼此联系着的,而且是处在永恒运动变化之中:"在运动界和植物界一样,一个个体可以说有开始、成长、延续、衰颓和消逝;那些整个的物种就不会也是一样吗?"②

狄德罗进而将整个自然划分为三个领域:(1)就物质世界而言的自然;(2)就精神性质而言的自然,指人类精神生活的外在表现;(3)就人类社会而言的自然,指社会生活中人与人之间的关系。也就是说,狄德罗所讲的自然,意指离开人的意识而独立存在的客观世界中一切可感事物及其现象。他所讲的"艺术模仿自然",具体指的就是模仿这种离开人的意识而独立的物质世界、精神世界和人类社会中的种种现象。

狄德罗所使用的"理性"这个概念,至少有两种含义:(1)就认识论上,与感性认识相联系的理性认识意义上的"理性";(2)就启蒙思想意义上的那种"理性",它是与盲目信仰某种权威、宗教、学说根本相对立的。

狄德罗在认识论上接受以洛克为代表的唯物主义的感觉论,但他并未停留在一般的感觉论阶段(即便是唯物主义的感觉论),而是充分认识到,

---

① 狄德罗:《关于物质和运动的哲学原理》,见《狄德罗哲学选集》,江天骥等译,商务印书馆1959年版,第116页。
② 狄德罗:《对自然的解释》,同上书,第104、80页。

必须从这种低级的以感觉为特征的感性认识阶段,上升到高级的理性认识阶段。他充分肯定思维在认识活动中的能动作用,而理性正是到执行这种思维的职能。他说:"如果我舍弃了理性,我就再没有导引者了:我将盲目地接受一种第二性的原则,并且假定那正成问题的东西。"①狄德罗强调理性认识,强调理论思维,将感觉和作为理性认识的思维或观察和思考,看作人类的认识机制。与此同时又重视实验,以此来检验人的认识正确与否。他认为感觉、理性、实验三者并重,彼此密切联系,不可分割,不可偏废:"我们有三种主要的方法:观察自然、思考和实验。观察收集事实,思考联结事实,实验证实联结的结果。观察必须勤奋,思考必须深刻,而实验则必须精确。"②狄德罗与其他启蒙思想家一样,将理性看作批判传统宗教、社会和封建专制制度以及有关的传统观念的锐利武器。从而使理性成为批判旧时代一切陈腐信仰的武器,成为摧毁一切腐朽势力的武器。恩格斯指出:

> 在法国为行将到来的革命启发过人们头脑的那些伟大人物,本身都是非常革命的。他们不承认任何外界的权威,不管这种权威是什么样的。宗教、自然观、社会观、社会、国家制度,一切都受到最无情的批判;一切都必须在理性的法庭面前为自己的存在作辩护或者放弃存在的权力。思维着的悟性成了衡量一切的惟一尺度。③

狄德罗正是将他的带有辩证法因素的唯物主义自然观和认识论,以及进步的理性的社会历史观,比较自觉地应用到有关美学——文艺理论中,从而创立了体现启蒙思想高峰的文艺学、美学思想体系。

第二节 《论美的根源及其本质的哲学探讨》所阐明的美学思想

《论美的根源及其本质的哲学探讨》亦被称为《论美》,是狄德罗为《百科全书》第二卷(1752年出版)所写的美的条目,也是西方美学史上具有里程碑意义的美学论文。在这篇论文中,狄德罗以其具有辩证法因素的唯物主义为基础,对自古希腊以来的有关美的研究做了系统总结,提出了"美在

---

① 狄德罗:《哲学思想录增补》,见《狄德罗哲学选集》,江天骥等译,商务印书馆1959年版,第35、36页。
② 叶秀山、傅东安编:《西方著名哲学家评传》第5卷,山东人民出版社1984年版,第353—354页。
③ 《马克思恩格斯选集》第3卷,人民出版社1972年版,第56页。

于关系"的核心命题,建构了西方美学史上难得的唯物主义美学理论体系,从而将西方美学对美的本质的认识提升到一个新的阶段。该文主要内容包括:对种种流行的关于美的本质的观点的分析批判;提出"美在于关系"的理论体系;揭示审美判断上产生种种分歧的根源的三大部分内容。

一 美的研究的困难性及对种种流行的美的本质观点的批判

狄德罗首先提出和论述了美的本质问题研究中出现的诸多矛盾情况。在他看来,美的本质是人们谈论得最多的事物,但又是人们最不熟悉的事物。具体来说,大家都在议论美,但对诸如美的根源、本质等问题看法各不相同或一无所知或抱怀疑态度;差不多所有的人都同意世界上存在着美,其中许多人还强烈地感觉到美之所在,但懂得美的人却又是那样的少。通过这些矛盾的揭示,狄德罗突出了美的本质问题研究的困难性和必要性。

在此基础上,狄德罗站在时代的高度,按照历史顺序,依次分析批判了从古希腊柏拉图起到安德烈神甫为止关于美的本质的七种代表性观点。

1. 对古希腊柏拉图观点的批判。狄德罗认为,柏拉图探讨美的主要目的,在于使他的同胞不受智者派的诓骗,"而不是热衷于把真理传授给他的弟子"①。他指出,柏拉图在其著作《斐德罗》篇和《大希庇亚》篇中,虽然列举出许多美的例子,倒不如说是在告诉我们什么不是美,而丝毫也没有告诉我们什么是美。他在《斐德罗》篇中,谈论人们对美的自然爱好比谈论美本身还要多,好像只不过是和一个朋友在一个优美宜人的地方度过一段惬意的时刻而已。至于《大希庇亚》篇,柏拉图不过是要把一个自以为是的智者(指希庇亚)羞辱一番而已。这里对柏拉图对美的本质的哲学探讨及美学史意义视而不见,明显地表现出狄德罗对柏拉图客观唯心主义美学观的否定和评价的偏颇。

2. 对古罗马神学家圣奥古斯丁观点的批判。狄德罗指出,奥古斯丁认为美的显著特征是"单一体",即一个整体的各个部分彼此间的精确关系,这种关系使该整体成为"单一体"。例如,某幢房子各部分彼此相似、对称、协调、均衡、一切都化为统一的一个整体,从而使人的理性得到满足。由此,应该承认,在我们精神之上存在着一种本原的、至高无上的、完整无缺的统一性,而这种统一性正是美的基本准则。正因为这样,奥古斯丁得出结论,

---

① 《狄德罗美学论文选》,张冠尧等译,人民文学出版社1984年版,第21页。

"构成各种美好形式和本质的可以说就是'统一性'"①。狄德罗认为奥古斯丁将一切美都归结为"统一性"的观点是不能成立的,奥古斯丁所讲的统一性,"在我看来与其说这构成美的本质,毋宁说是构成完善的本质"②。

3. 对德国哲学家和数学家沃尔夫观点的批判。沃尔夫将美与丑同人们对事物的喜欢与讨厌即好与恶联系起来,进而将美包含在完善之中,认为这种完善能引起人们心里的快感,而美又分成真实的美和完善的美两类,其中真实的美,由真实的完善所产生;表面的美,则由表面的完善产生。狄德罗指出,沃尔夫"把美和由美引起的快感以及完善混淆了"③,因为,尽管有些事物本身并不美,但却能给人以快感;而有些事物本身虽美,却不能给人以快感。尽管任何事物都臻于完善的可能,但是有的事物连一点点美也不可能具有。就嗅觉和味觉这两种感官来说,它们的所有对象都是这样的。

4. 对瑞士哲学家和数学家克鲁萨观点的批判。克鲁萨在其1714年发表的《论美》这部著作中,试图就美的本质问题的主观差异作出解释,并将以下五点作为美的特征:多样化、统一、规则、秩序、比例。狄德罗指出,克鲁萨的缺点在于,并未对作为美的五种特征本身作出说明。他实质上"想以美的这种定义中所包含的模糊不清的东西"来给美下定义,"这种定义并非来自美的本质,而仅仅是来自人们对美的存在所感到的效果"④。这样克鲁萨在给美的定义添加诸多内容的时候并没有发觉,越是增加美的特性,就越把美特殊化了。也没有发觉这样一个事实:虽然他的本意是论述一般的美,但他一开始就定出一个概念,这个概念只能适用于有数的几种特殊的美⑤。其根本的缺陷,在于以特殊的美来给普遍的美下定义。

5. 对英国伦理学教授哈奇生观点的批判。狄德罗认为,哈奇生"创立了一种独特的学说"⑥,"把美理解为可以用人的美的内在感官感觉到的东西"⑦。他的原著中,"有大量对如何在美术实践中达到完美境界的手段的精辟见解"⑧。因而狄德罗对哈奇生"显然奇怪有余而根据不足的学说"⑨

---

① 《狄德罗美学论文选》,张冠尧等译,人民文学出版社1984年版,第3页。
② 同上书,第21页。
③ 同上。
④ 同上书,第4页。
⑤ 同上书,第21—22页。
⑥ 同上书,第5页。
⑦ 同上书,第5—6页。
⑧ 同上书,第14—15页。
⑨ 同上书,第14页。

进行了最为详尽和具体的分析批判。首先,狄德罗批评哈奇生等将"内在的感觉"与反思的能力分割开来。因为审美感决非属于神圣不可侵犯的"第六感官",而且哈奇生也并未"证明他的第六感官的现实性"。① 其次,狄德罗认为:哈奇生"那个多样化中寓有一致性的原则并不是一个普遍原则……这个原则一点也不适用于另一类型的美,即抽象真理和普遍真理所证明的美"②。再次,狄德罗从认识论高度,批评哈奇生将绝对美归结为主观的精神的感觉,而不是认为绝对美的事物本身固有的性质。至于在相对美上,哈奇生也犯了同样性质的错误,错误地将相对美归结为是美在我们心里引起的快感;而不是从事物自身中找到这种相对美的根源。

6. 对笛卡儿学派哲学家安德烈神父的观点的批判。狄德罗肯定安德烈神父《论美》一书的贡献,认为安德烈是直到目前为止,对美这个问题研究得最为深入的人,他的学说是"最缜密、最广泛和最有连贯性的学说"③。但其唯一不足之处,也许就是没有论述我们内心所产生的比例、秩序和对称的概念的根源,因为,从他谈到这些概念时所用的崇高语调看来,人们看不出他认为这些概念是后天获得的、人为的,还是先天具有的。④

7. 狄德罗还对修道院长巴特的观点进行了批判。他指出:巴特在《论功与德》一书中所提出的"世界上只有一种美,它的基础是实用。因此,凡是安排得最能产生人们所期望的效果的东西就最美"的学说⑤,"把实用当成美的惟一基础,那就比上述任何一种学说更蹩脚了"⑥。

狄德罗通过对以上七位代表人物及其观点的分析,实质上是对柏拉图以来有代表性的种种唯心主义美学观的批判,提出并建构了他以关系范畴为核心的唯物主义美学理论体系。

二 "美在于关系"的丰富内涵与范畴

在美学史上,美学家们关于美的本质的概括不胜枚举,如美在效用、美在形式、美在理念、美是愉快、美是完善等等,狄德罗则认为"美在于关系",并在《论美》的第二部分对这一核心命题做了系统论证。从而在西方美学

---

① 《狄德罗美学论文选》,张冠尧等译,人民文学出版社1984年版,第22页。
② 同上。
③ 同上书,第15页。
④ 同上书,第22页。
⑤ 同上书,第19页。
⑥ 同上书,第22页。

史上第一个真正把"关系"作为自己整个美学理论的基础,建构了到他为止整个美学史上最为重要的唯物主义美学体系。

1. 美的根源在客观事物

美从哪里来,是美的本质的探讨首先的基本的不可回避的重大问题。在这一基本问题上,狄德罗坚持唯物主义认识论,坚持美在客观的唯物主义哲学路线。他通过对历史上唯心主义代表性美学观点的批判,通过对人类思维机制本质的考察,通过对美在关系中的关系的性质及其相关问题的论析,深刻揭示了美的根源在客观事物,为美在关系理论体系的建构和确立奠定了坚实的唯物主义基础。

首先,狄德罗对种种关于美的流行观点的批判,涉及面很广,但有一点非常集中,就是批判这些理论在美的根源问题上的唯心主义观点。例如,他批评了英国经验主义美学家哈奇生在美的认识上的唯心主义观点,狄德罗认为哈奇生的错误在于"不将绝对的美理解为事物中那样固有的性质,它自身就使事物美,与看事物和下判断的心灵毫无关系"。就是对他褒扬较多的安德烈神甫,他也指出"其惟一不足之处,也许就是没有论述我们内心所产生的比例、秩序和对称的概念的根源,因为,从他谈到这些概念时所用的崇高语调看来,人们看不出这些概念是后天获得的、人为的,还是先天具有的"①。在这些批判中,显出了狄德罗坚持唯物主义认识论的鲜明立场。

二是狄德罗通过对感觉与思维机制的关系的分析,揭示了人的思维机制的客观基础。他说:

> 我们感觉和思维的机能是与生俱来的,思维机能的第一步在于对感觉进行考察,加以联系、比较、组合,看到其相互之间的协调和不协调的关系等等。②

这里所说的"感觉和思维的机能是与生俱来的",意指我们生来就具有进行感性认识的能力,并在此基础上进行理性思考。这种说法并不是先验论的,也不是说人有天赋观念,而是说人类经过千百万年的进化,大脑能对客观事物作出反应,获得感觉,从而就感觉的内容即感性印象加以联系、比较、组合,上升到理性认识。

狄德罗还通过对人的思维机制与需要的关系的分析,揭示了抽象概念

---

① 《狄德罗美学论文选》,张冠尧等译,人民文学出版社1984年版,第22页。
② 同上。

形成的客观基础和内容的现实依据。就抽象概念的来源和形成来看,狄德罗认为,在直接感受上,人的思维机制和人的需要是与生俱来的。人的思维机能为满足人的需要而使两者结合在一起,人运用智力机能来满足需要,从而形成不同层级和不同类别的抽象概念。如关于秩序、配合、对称、结构、比例、统一的概念或大量配合得当的、匀称的、组合的、对称的、人为的和自然的物体的概念;关于比例失调、秩序紊乱的和杂乱无章的反面的抽象概念,以及由存在、数、长、宽、深等无数不引起非议的概念派生出来的秩序、关系、比例、安排、对称、合适、不合适;绝对美、相对美、普遍美、特殊美概念等等。如同人的思维机能来对客观事物的感觉一样,人们所拥有的各种抽象概念也都源自感觉,都是凭借感官而获得的,也就是说,作为理性认识的抽象概念是来源于以客观事物为基础的感性认识的。

狄德罗特别强调了抽象概念内容的客观性。他说:

> 这些概念,与其他一切概念一样,建筑于经验之上;我们也是通过感官而获得这些概念的。即使没有上帝,我们也同样会有这些概念;它们存在于我们心中远远地先于上帝存在的概念,它们与长、宽、深、量、数的概念同样实在,同样清晰,同样明确,同样真实。……不管人们用什么崇高的字眼来称呼这些关于秩序、比例关系、和谐的抽象概念——人们愿意的话,也可称之为永恒的、本原的、至高无上的、美的基本法则,这些概念总是通过我们的感官进入我们的悟性,正如那些最卑微的概念一样;并且它们只是我们头脑中的抽象物而已。①

这就是说,包括"美的基本法则"的概念虽是观念的、抽象的,但它的内容的基础却是客观的。它既不是上帝的创造,也不是本能的表现,而是来自客观事物,建筑在经验之上,通过感官进入人们的悟性,在实质上,它们只是我们头脑中的抽象物。

三是通过对"关系"的性质等问题的分析,把美在关系说奠定在唯物主义认识论的坚实基础之上。狄德罗认为"关系是一种悟性活动","尽管从感觉上说,关系只存在于我们的悟性里,但它的基础则在客观事物之中,这事物本身就具有真实的关系"。② 这种关系是客观存在的关系而不是精神中的关系,是美的存在物所共有的一种客观性质,是不以人的意志为转移

---

① 《狄德罗美学论文选》,张冠尧等译,人民文学出版社1984年版,第23页。
② 同上书,第30—31页。

的,在人"身外"的。他以巴黎的卢浮宫的门面说明美的这种客观性,他说:"不论有人无人,卢浮宫的门面并不减其美。"他还从关系的具体含义及分类的角度,强调了这一思想。在他看来,关系可分成真实的关系、见到的关系和虚构的关系三种,而作为事物的美的本质的关系则不是指第二性的见到的和虚构的关系,而是指客观的真实的关系。他说:"一个物体之所以美是由于人们觉察到它身上的各种关系。我指的不是由我们的想象力移植到物体上的智力或虚构关系,而是存在于事物本身的真实关系。这些关系是我们的悟性借助我们的感官而觉察到的。"① 不仅如此,狄德罗还进一步将美与美感划清了界限,指明前者是客观的、不以人的意志为转移的,而后者则是主观的、被各种主观因素所决定的。因而,他认为审美判断上的分歧并不能说明实在美的虚妄,从而否定美的客观性。他十分形象地指出,将西班牙酒同呕吐剂混在一起喝,会使人们讨厌西班牙酒,但不能改变西班牙酒本身是好的;一个瑰丽的前厅由于朋友在其中丧命而使人反感,但不能改变前厅本身的瑰丽;一个美丽的剧院因自己在其中演出被喝了倒彩而不觉其美,但"这座剧院并未失其为美"。这样将美与美感明确区分,既堵塞了把美与美感混为一谈的种种唯心主义观点的漏洞,也彰显了美在关系说的唯物主义性质。

2. "关系"与"美在于关系"

"美在于关系"这一命题的核心是"关系"。"关系"也是狄德罗美学思想的最高范畴或中心范畴,是其美学理论体系赖以建构的逻辑起点和基础。狄德罗美学理论的贡献和局限也都集中在"关系"上。因此,对"关系"的阐释论证就成为狄德罗美学体系能否确立的关键,对"关系"的认识和理解也就成为把握狄德罗美学思想核心的至关重要的问题。何谓关系?狄德罗本人所作的论述并不总是十分清楚,根据他在《论美》中的相关论述,他对"关系"的理解有如下几点:

(1) 从层次上说,关系是美最根本、最核心的品质。在狄德罗看来,美是我们对无数物体所应用的字眼,不过这些物体之间有多少差别,它们(这一切物体)都具有一种以美为其标记的品质。这品质,不是指构成物体独特的差异的那一类品质,因为它指的不只是某一物体是美,或是只有一类物体是美的,而是指存在于一切物体中的那种共性。正是由于这种品质,决定了物体是否美及其程度,决定了美的存在、增长、消失和变化。他指出:

---

① 《狄德罗美学论文选》,张冠尧等译,人民文学出版社1984年版,第31页。

在我们称之为美的一切物体所具有的品质中,我们将选择哪个品质来说明以美为其标记的东西呢?哪个品质?很明显,我以为只能是这样一个品质:它存在,一切物体就美,它常在或不常在——如果它有可能这样的话,物体就美得多些或少些,它不在,物体便不再美了;它改变性质,美也随之改变类别;与它相反的品质会使最美的东西变得讨厌和丑陋,总而言之,是这样一个品质,美因它而产生,而增长,而千变万化,而衰退,而消失。然而,只有关系这个概念才能产生这样的效果。①

狄德罗这里所讲的"关系",相当于柏拉图的美的"理念",但他们彼此的哲学基础不同。狄德罗的作为"关系"的那种品质是存在、贯穿于美本身客观事物之中的,建基于唯物主义之上,而柏拉图的"理念"则是先验的,同客观事物相分离的客观唯心主义。显而易见,狄德罗认为"关系"是美之所以为美的那个根本的核心的品质。

(2)从范围上说,关系是含义最广泛、范围最大,包容性最强的概念。在《论美》中,狄德罗使用了相当大的篇幅,阐明"关系"覆盖的范围。在他看来,关系和美几乎是同义词,而作为关系,它表明一切事物都是普遍存在着的。因此,"关系"的存在与"事物"或客观世界的存在几乎是同样普遍的。它可以涵盖到自古代以来与美的本质有联系的种种概念,如秩序、比例、和谐、统一等,包括以前美学所提出的所有公式,它不仅用于物质世界的自然,也适用于精神生活和社会生活。后来他在《论画》及其他艺术理论的论文中就把关系这概念推而广之,甚至可以涵盖到一切其他人们未曾明确提到过的有关美的概念。他说:"我认为,不论是怎样的关系,美总是由关系构成的,我不是指与好看相对的狭义的美,而是指另一层意义,我敢说那种意义更具有哲理性,更符合一般的美的概念以及语言和事物的本质。"②在他看来,"美在于关系"是对一个困难而复杂的问题所作出的简单的回答。在此,其他任何答案都是用不上的。如果你挑选一个你喜欢的其他品质来作为一般的美的特性,那么,你的概念将立刻被限制在空间和时间的某一点上。③ 人们所习惯在"美"的场合所使用的"伟大""崇高""对称""秩序"等概念,都是徒劳的,"惟一能适用于这一切物体的共同品质,只有关系

---

① 《狄德罗美学论文选》,张冠尧等译,人民文学出版社1984年版,第24—25页。
② 同上书,第31页。
③ 同上书,第34页。

这个概念"①。只有以"关系"才能揭示"美的本质",才能全面认识关于美的研究的历史。如他所说,"把美归结为对关系的感觉你就会获得自古以来美的发展史"②。

(3) 从思维过程上说,关系是一种悟性活动。狄德罗认为:"一般说来,关系是一种悟性活动,悟性在考虑一个物体或者一种品质时往往假定存在着另一物体或另一品质……其他的关系,不论是什么关系,也都如此。"③尽管"从感觉上说,关系只存在于我们的悟性里,但它的基础则存在于客观事物之中"④。"一个物体之所以美是由于人们觉察到它身上的各种关系,我指的不是由我们的想象力移植到物体上的智力或虚构的关系,而是存在于事物本身的真实的关系,这些关系是我们的悟性借助我们的感官而觉察到的。"⑤这就是说,客观的美的事物作用于人的感官,人凭借悟性(理解)觉察到借助感官传达的"关系",进而获得美。换句话说,在狄德罗看来,作为"美在于关系"的这种"关系",它的来源是客观的,出于需要,凭借感官接受客观事物的作用而产生的感觉所形成的,但又并不是仅仅凭借感官的直接运用就能自发地形成,这只是从其终极来源而言的,其真正的形成是属于悟性活动的产物。正是基于这种认识,狄德罗才认为"美在于关系"的美是属于悟性的产物,而不是指快感。他说:

> 这些关系不那么确切,容易在被抓住、被觉察后随即带来快感,正是这种情形使我们想象美是感情的问题,而不是理性问题。我敢断言,每当我们将从孩童时代起就熟悉的原则,习惯性地轻易而迅速地应用到我们身外的物体上时,我们便以为自己是从感情上来判断它们的;但是每当错综复杂的关系和新奇的物体使我们不能立即应用原则时,我们便不得不承认错误了。那时候,等到悟性判定物体是美的以后,快感才会产生。⑥

就狄德罗自身的理论体系而言,他的这种论断是合理的:因为,他是将"美"与"关系"范畴联系起来的,而"关系"范畴是属于悟性领域的。因此,

---

① 《狄德罗美学论文选》,张冠尧等译,人民文学出版社1984年版,第32页。
② 同上书,第34页。
③ 同上书,第30页。
④ 同上。
⑤ 同上书,第31页。
⑥ 同上书,第26页。

只有在悟性认识的基础上,才谈得到对作为体现这种关系的客观事物产生快感、感情等。这正是狄德罗的美学理论不同于在他以前的唯物主义的美学理论的地方,后者倾向于将美看作与感觉直接联系起来的感性的东西,而不是与悟性联系起来。

（4）关系呈现出的基本形态。狄德罗认为,尽管从感觉上说,关系只存在于我们的悟性里,"但它的基础则在客观事物之中,这事物本身就具有真实的关系"①。这种关系是客观存在的关系,而不是精神中的关系,是不以人的意志为转移的。在他看来,关系可分成真实的关系、见到的关系和虚构的关系三种,而作为事物的美的本质的关系则不是指第二性的见到的和虚构的关系,而是指存在于事物本身的客观的真实的关系。他说:"一个物体之所以美是由于人们觉察到它身上的各种关系,我指的不是由我们的想象力移植到物体上的智力或虚构关系,而是存在于事物本身的真实关系。"②这样就为关系奠定了唯物主义认识论的基础。

（5）关系是多种多样、变动不居的。狄德罗认为"美在于关系"这个原则是不可动摇、永远恒久的,"但这个原则的应用则可以千变万化"。"地球上也许没有两个人会在同一物体中看到完全相同的关系,会认为它具有同等程度的美"。事物本身的真实的关系,也是多种多样的。第一种是个别事物本身的内部关系,即一般美学所说的对称、比例、统一、变化、安排等等;第二种是事物与事物的相对关系,譬如,这朵花和那朵花比较的关系;第三种是个体与全体或个别事物与其环境的相对关系。譬如,"让他死吧"这句话与整个悲剧的关系;第四种是事物现象与人类意识的审美关系,譬如,一座宫殿的美与我们所感到的美的关系。就具体关系来说,它不仅包括自然关系,而且包括种种社会关系。不同的关系形成不同的美,正因为此,美也就丰富多彩、千差万别。不仅如此,在狄德罗看来,关系还是发展变化、变动不居的。既然美在于关系,那么关系发展变化,美也就会随着事物的内部关系及其与外部其他事物关系的变化而变化。他说:"对关系的感觉创造了美这个字眼。随着关系和人的思想的变化,人们创造出好看的,迷人的,伟大的,崇高的,绝伦的,以及诸如此类与物质和精神有关的无数字眼。这就是美的千差万别。"③狄德罗分析的高乃依著名的悲剧《贺拉斯》中"让他

---

① 《狄德罗美学论文选》,张冠尧等译,人民文学出版社 1984 年版,第 30—31 页。
② 同上书,第 31 页。
③ 同上书,第 33 页。

死"一句台词随关系变化而变化的例子,说明关系是不断变化的,美也随之千变万化。

3. 美因关系的不同而出现不同性质的美

狄德罗把美在于关系的原则扩展到各个领域,提出了具有独创性的范畴,初步建构了"关系美学"的范畴体系。

(1)"外在于我的美"和"关系到我的美"。狄德罗根据事物与人是否发生关系,首先把美分为两种:我把凡是本身含有某种因素,能够在我的悟性中唤起"关系"这个概念的,叫作外在于我的美;凡是唤起这个概念的一切,我称之为关系到我的美。① 接着他对自己的论点做了更为清楚的说明:

> 我说凡是其本身含有某种因素能够在我的悟性中唤起"关系"这个概念的一切,或:唤起这个概念的一切,这是因为,必须把物体所具有的形式和我对它们所抱有概念这个两者很好地加以区别。我的悟性不往物体里加进任何东西,也不从它那里取走任何东西。不论我想到还是没想到卢浮宫的门面,其一切组成部分依然具有原来的这种或那种形状,其各部分之间依然是原有的这种或那种安排;不管有人还是没有人,它并不因此而减其美,但这只是对可能存在的、其身心构造一如我们的生物而言,因为,对别的生物来说,它可能既不美也不丑,或者甚至是丑的。由此得出结论,虽然没有绝对美,但从我们的角度来看,存在着两种美,真实的美和见到的美。②

在狄德罗看来,"外在于我的美"和"关系到我的美",两者虽然都是美,但是它们之间有着原则的区别。

"外在于我的美",指的是"物体所具有的形式",即"真实的美"。例如,卢浮宫的门面,无论人们想到它与否,它总是客观地存在在那里的,"其一切组成部分依然具有原来的这种或那种形状,其各部分之间依然是原有的这种或那种安排,不管有人还是没有人,它并不因此而减其美"。这种"外在于我的美",尽管是客观的,但也只是针对人,或只是对可能存在的其身心构造一如我们的生物而言的。因为,对别的生物来说,它可能既不美也不丑,或者甚至是丑的。这里,狄德罗或多或少认识到"美"是属于价值领域里的范畴。"绝对的美"是指唯心论美学所说的最高的美、抽象的美、不依

---

① 《狄德罗美学论文选》,张冠尧等译,人民文学出版社1984年版,第25页。
② 同上。

存于事物的美、柏拉图式的理念的美,而"真实的美"并不归入这个范畴,因为它是依存于事物之上的,狄德罗否定有绝对的美,而承认有真实的美。

"关系到我的美",指的是作为认识的主体"我",对"外在于我的美""物体所具有的形式""所抱有的概念"即"见到的美"。它是主观的,是由于"外在于我的美"作用于我的感官所引起的感觉,凭借人的知性而获得的形式。在这个过程中,知性只起到对"获自物体所具有的形式"进行加工制作而并未对客观对象本身做任何增减:"我的悟性不往物体里加进任何东西,也不从它那里取走任何东西。"狄德罗在这里反复阐明的来源完全是客观的,它是"外在于我的美",由此才能形成主观的美的观念:"关系到我的美""见到的美"。

这两种美不是对立的。因为真实的美存在于事物的客观关系中,它的关系是事物本身的内部关系,它属于形式因素的范畴;而见到的美是存在于我们心中的,是事物在我心中所呈现的映象,它的关系是事物现象与人的意识的审美关系,它属于心理因素的范畴。这两种美因关系不同而有性质的不同。前者指美的根源,后者指美的认识。照狄德罗的体系看来,这两种美是可以统一的:就理论上来说,假如"我的悟性没有给事物添一点东西进去,没有去掉一点东西",那么我所见到的美就与对象所具有的真实的美完全一致。此外,人见到的美很难与真正的美完全一致,但是通过我们对于事物关系的认识的逐渐提高,我们关于美的概念可能逐渐完善,因此见到的美也就可能逐渐接近于真实的美。

(2)"真实的美"和"相对的美"。狄德罗从事物的关系着眼,进一步从更深的层次分析各种类型的美。他认为,任何一个物体,既可以孤立地对它本身进行观察,也可以与其他物体联系起来进行观察。由此提出真实的美和相对的美的两个概念。

"真实的美"。人们对某个物体本身的关系孤立地进行观察时,从它的构成部分之间就看到秩序、安排、对称、关系。因为这一切字眼,只是指对关系本身进行观察的不同方式。就这种孤立地对某个物体进行观察的意义而言,一切花都是美的,一切鱼都是美的。这就是"真实的美"。① 它是不依人的主观意识为转移的。

"相对的美"。是就一个对象与其他对象联系起来进行观察所形成的美。例如,将这花和别的花、这鱼和别的鱼联系起来进行观察,当我们说它

---

① 《狄德罗美学论文选》,张冠尧等译,人民文学出版社 1984 年版,第 27 页。

们美,意思就是:在同类的存在物之中,花中的这一朵、鱼中的那一条,在我心中唤起最多的关系观念和最多的某些关系。正是由于这种关系的性质不同,决定了它们对美的贡献不同。根据这种新方法观察物体而获得的美或丑,就是"相对的美"或"相对的丑"。狄德罗认为,这种相对的美或丑是建立在比较基础上的。显而易见,所谓真实的美是指个别事物本身的内部关系;所谓相对的美是指事物与事物比较的相对关系。狄德罗指出:

> 不论他们是从大自然中,还是从绘画、道德、建筑、音乐中借取例证,他们将发现,他们把那些本身含有某种因素能够唤起"关系"这个概念的一切,叫作真实的美,而把凡能唤起与应比较的东西之间的恰当关系的一切叫相对的美。①

真实的美是客观的存在,不以人的主观意志为转移,不论有人无人存在,它都不减其美。但是,客观的美总须通过人的主观意识来判断,否则其为美为丑从何而知呢?所以,狄德罗必须假定一个前提,就是"我的悟性没有给事物添一点东西进去,没有去掉一点东西",我的鉴赏力必须切合它,才能领悟它的美,这种美是受专断的自然因果律支配,所以它不一定与我们的审美判断有关。然而相对的美则不然,我们要拿一个对象同其他事物比较才能得出相对的美。狄德罗认为:

> 美是随着关系而产生,而增长,而变化,而衰退,而消失,正如我们前面所说的那样。②

"美在于关系",既然关系是多种多样的,随之而来取决于这种关系的美也必然是多种多样的,例如:人们在道德方面观察关系,就有了道德的美;在文学作品中观察,就有了文学的美;在音乐作品中观察,就有了音乐的美;在大自然的作品中观察,就有了自然的美;在人类的机械工艺的作品中观察,就有了人为的美;在表现艺术或自然的作品中观察,就有了模仿的美。总之,"不论哪个物体,不论你从哪个角度来观察同一物体中的关系,美将获得不同的名称"③。正因为如此,美才千变万化,丰富多彩。

三 关于产生审美判断分歧的原因

在阐明"美在于关系"这一关于美的根源、美是什么的根本原理之后,

---

① 《狄德罗美学论文选》,张冠尧等译,人民文学出版社1984年版,第28页。
② 同上书,第29页。
③ 同上书,第26页。

狄德罗进而对产生审美判断分歧的根源做了具体分析。他认为对这个问题的研究将最后肯定"美在于关系"这个原理。狄德罗的研究包括了造成审美判断分歧的总体原因或根本原因和具体原因两个方面。

1. 产生审美判断分歧的总体原因

狄德罗认为,"审美判断的分歧都是自然物和艺术品中所见到或增入的关系的差异的结果"①。审美判断的"一切分歧都来自人们在大自然或艺术的产品中见到的或引进的各种不同的关系"②。这两段译文虽然略有差异,但是都反映出产生审美判断分歧的总体或根本原因是"关系的差异的结果"或来自"各种不同的关系"。在狄德罗看来,美在于关系,审美判断的分歧也在于关系。如果说前面主要是异中求同,寻找隐匿在纷纭复杂、丰富多彩的美的事物中的共有的品质的话,那么,下面重点在同中求异,侧重对"既然有共同的品质,为什么还会有如此多的分歧和差异"作出学理阐释,其总的意图是要说明,分歧和差异是客观存在,但是它不仅不能否定美的事物的客观基础和共有品质(美在于关系),而且通过对其形成原因的科学分析,反而从另一方面最后肯定了美的根源在客观事物。美在于关系的原理说明,不仅美的根本性质、共有品质在于关系,就是审美判断的分歧也在于关系。不过前者在于关系的同的一面,后者在于关系的异的一面。如果说前面重点在正面论述美在于关系的话,那么这里(后面)则主要是从反面阐明美在于关系。无论是异中求同还是同中求异,无论是正面研究还是反面探讨,总起来看,它说明了不仅美在于关系,审美判断的分歧也在于关系。这正是狄德罗所谓"这项研究将最后肯定我们的原则"的主要含义。

2. 对产生审美判断分歧的具体原因的分析

狄德罗认为审美判断分歧产生的具体原因主要有十二个,其中既有客观原因,也有主观原因。

(1) 客观原因。狄德罗认为,导致人们在审美判断上出现分歧的客观原因主要有三种:

第一,关系的"度"。在狄德罗来看,既然美取决于关系,所以关系愈丰富,所获得的美也就愈丰富。因此,从单一的关系感觉得来的美,往往小于从多种关系感觉得来的美。例如,一张美的面孔或一幅美的图画给人的感受比单纯一种颜色要多,星光闪闪的天空胜过蔚蓝的帷幕,风景胜过空旷的

---

① 缪朗山:《西方文艺理论史纲》,中国人民大学出版社1985年版,第463页。
② 《狄德罗美学论文选》,张冠尧等译,人民文学出版社1984年版,第34页。

田野,乐曲胜过单音等等。但美与关系的数目并不是成正比的。关键在于"恰到好处",即"适度"。作品达不到这一点,多因缺乏关系而陷于单调,超过这一点又会因关系过多而显得累赘。但什么叫"恰到好处",恰到好处的那一点又在哪里,是因各种条件而众见纷纭的。这就必然造成分歧。狄德罗在探讨中实质上论及审美判断的两个重要问题。一是客观事物的关系是否美,要受到一定的"度"的制约,过犹不及,都有损于事物成其为美。二是对"度"的认识或确定受审美主体各种条件的制约。由于人们的知识和经验有多有少,判断、思考以及观察的习惯有深有浅,智力的天赋或也各有不同,于是人们便说某个物体是贫乏的或丰富的,混乱的或充实的,平庸的或累赘的。

第二,关系的种类(关系的多样性)。狄德罗指出:"人们看到大量各种各样的关系:有的相互加强,有的相互削弱,有的互相调剂。人们抓住全部关系还是只抓住一部分的关系,这就决定了人们对一个物体有截然不同的看法!"①他以不确定关系和确定关系的分类,通过说美的定理而不说美的公理的差别的比较,说明在关系的种类问题上的一个规律:"永远寓于关系中的美将与关系的数目以及觉察这些关系的困难程度成复合比例。"②

第三,基本关系的标准。狄德罗认为:就一件事物本身的基本关系的标准而言,它不是孤立的,例如关于男人、女人和小孩的高矮与对其美的认定,因此人们在对其作出审美判断时,就"不仅仅观察物体本身,而且还联系到它们在大自然,在大的整体中所占的地位"③。因此,在客观上人们对一件事物作出审美判断时,就会出现分歧。因为"人们对这个大整体的认识有深有浅,人们对物体大小所形成的尺度标准的精确性也就大相径庭",甚至我们永远不知道什么时候它是最准确的。④ 这样,在判断这种标准时就会出现分歧,作出不同的判断。

狄德罗在论述时也论及审美主体条件和主体接受的因素,但就基本性质而言,上述三种原因都属于客观事物本身固有的,是造成审美判断分歧的客观原因。

(2) 主观原因。狄德罗认为造成审美判断分歧的主观原因有九种:

第一,导致建立起偏颇和偶然关系的种种因素的影响。在狄德罗看来,

---

① 《狄德罗美学论文选》,张冠尧等译,人民文学出版社 1984 年版,第 35 页。
② 同上书,第 36 页。
③ 同上。
④ 同上。

由于受到诸如利益、情欲、愚昧、偏见、习惯、风俗、气候、习俗、政府、信仰、事件等种种因素的影响，导致人们不能正确地认识周围的物体，或者在人们心中唤起或不唤起本应唤起或不应唤起的种种概念，以致"消灭其中的十分自然的关系，而建立起偏颇的和偶然的关系"①，从而造成审美判断的分歧。

第二，判断者自身才能和知识的限制。狄德罗认为，人们判断客观事物时，总是受制于自身的技艺和知识，总"是从自己的技艺和知识出发来看一切事物的"②，这样势必导致对艺术作品评论时表现出某种职业的狂妄或夸张，对大自然的作品也"妄加评论"。例如，在一座花园中的许多马兰花中，好奇者眼中最美的该是他在其中发现罕见的体积、颜色、叶子和品种的那一朵，而画家从他的专业出发，全神贯注在光线、颜色、明暗，以及与他的技艺有关的形态等效果上，根本无视种花人所赞赏的特点，反而把好奇者所鄙视的那朵花奉为楷模。我们大家多多少少扮演着那个批评古希腊最著名的画家阿佩勒斯的作品的鞋匠的角色。我们只懂得鞋，却要评论腿，我们只懂得腿，却要论及鞋。这也不能不造成审美判断的分歧。

第三，对同一物体（事物）错误或不完全的抽象。狄德罗认为，审美判断是属于知性（理解）即理性认识领域，在本质上是一种理性认识活动。在他看来，在这种理性认识活动和抽象思维的过程中，我们的心灵具有主观能动性。它能够把分别接受来的概念联系起来，能够观察概念与概念之间的联系，能够通过物体概念与物体进行比较，能够任意扩大或缩小它的概念，最重要的是它能够由每一个仅仅反映概括事物实体本质不同属性、不同侧面的简单概念，通过分别考察每一个简单概念，并把每一个简单概念给予心灵的感觉印象结合起来，综合概括，全面把握，进行抽象化，形成反映概括事物整体性质和全面特点的实体本质的概念，即通过抽象化，实现由关于物体的简单概念到形成实体本质的概念的飞跃。这个实体本质的概念能够使一个人对于从未直接看到的本质产生清楚的概念。要达到这一点，需要具备诸多条件。如果他缺乏这个本质的简单概念组成中的任何一个概念，如果他缺乏觉察这些概念的必要的感官，那么，就没有任何一个定义能够使他产生他事先未能通过感官来觉察的概念。这样，在由简单概念到实体本质的概念的抽象过程中，就会出现错误的、不完全的认识或反映，从而形成大量错误的概念和不完整的概念，造成审美判断的分歧。

---

① 《狄德罗美学论文选》，张冠尧等译，人民文学出版社1984年版，第37页。
② 同上书，第35页。

第四,认识符号涵义模糊的影响。审美判断是一种精神活动,精神活动(事物)都是由符号来代替的,但任何符号的涵义都不可能极为精确,人们对它的理解也就或宽泛或狭窄,这也必然造成审美判断的分歧。

第五,教育、教养、偏见、好恶等的影响。人们对任何事物的判断,都是从各自的观点出发的,"全部立足于我们的观点"即人们对这些物体的优点和缺陷的看法。① 而人们各自的观点,都是与各自的教育和教养有关,与长期养成的偏见等密切相关,与某些人为的秩序观念所引起的对这些物体的好恶相关,所以,人们凭借各自所有的相应的感官感受客观事物,并循此作出判断时,就可能造成审美判断的分歧。

第六,个人感觉的变迁。狄德罗认为在感觉、感情,即感性认识简单概念的层面上,人们凭借各自的感官去认识客观事物时,同一客观事物并不是总能导引出同一感觉,而常常出现主体感觉和客观事物不相吻合的情况。例如:不同的人在同一时间里对简单概念有不同的看法;同一个人在不同时间里,对同一个物体也有不同的看法;同年龄的人们对同一事物看法不同,同一个人在不同年龄对同一事物看法也不相同。因为人们的感官、感觉、感情是处在不断的变化中的,这也必然造成审美判断的分歧。

第七,无法与主要概念分开的偶然概念的影响。狄德罗认为,当人们面对某个最美的对象时,会身不由己地、非常偶然地把令人厌恶的概念与这个最美的对象联系起来,并附加到这个对象上去,从而造成审美判断的分歧。例如对喜欢喝西班牙酒的人来说,西班牙酒本身永远是好的,它本身是不会导致恶心呕吐的,但只要在喝酒的时候吃点呕吐剂,就会讨厌它了,再看到西班牙酒的时候,就会身不由己地感到恶心。某个剧院在客观上是美的,但当我的剧本在该院上演时被观众唱过倒彩,或某个朋友曾经在该剧院过道里丧过命,如此,我就无法感觉到该剧院的美,因为人们身上与它相关的条件不同,与其相联系而身不由己地引起的联想是不美的。

第八,附带观念的联想(系)。狄德罗认为,当我们的判断面对的是既具有自然形式又具有人为形式的复合物体时,如建筑里的花园、装饰等等,我们的审美鉴赏便建立在另一类半理性、半随意性概念的联想上:与某个有害物体的举止、呼声、形状,颜色有稍稍相似之处,国家的舆论、同胞们的风尚等等,都会影响我们的判断。这些原因会使我们把鲜艳夺目的颜色看成虚荣或者心灵上、精神上某个劣点的标志,会使我们把反对流行于农民中

---

① 《狄德罗美学论文选》,张冠尧等译,人民文学出版社1984年版,第37页。

间、或者某职业、工作性格都为我们所憎恶和蔑视的人们中间的某些形式。尽管这些颜色和形状本身并没有任何可厌之处,但当附属的概念和颜色、形状的概念同时涌来,而我们无能为力,于是我们就反对这种颜色和这种形状。狄德罗的这一分析是非常深刻的,实际与憎恶和尚恨及袈裟的道理是一致的,属于现代审美心理学接近联想的范围。

第九,迷信作家的名气。狄德罗认为,一事物美不美,人们本该凭客观事物本身,凭客观事物整体中各部分之间的关系、秩序、对称、联系来进行审美判断。但在很多情况下人们却错误地凭作者的名字,来肯定其作品的完美,把它视为杰作,对它赞不绝口。这即使不是分歧,至少也是错误的。

狄德罗在引入对审美判断的分歧的根源的探讨时曾说:"这项研究将最后肯定我们的原则。"因此,在全面论析造成审美判断的分歧的总体原因和主客观具体原因之后,他就在这个意义上进行了总结。他说:"不论是哪些原因使我们产生判断分歧,我们毫无理由认为真实的美,即寓于关系的感觉中的美是虚幻的。这个原则的应用可以千变万化,它的偶然变化可以为论文提供题材,或引起文艺上的争执,但原则本身并不因此而失去其恒久的性质。"①

狄德罗以"美在于关系"为核心命题的唯物主义美学理论体系,既不同于同时代的英国哲学家休谟的"趣味无可争辩"的怀疑主义和不可知论,也不同于自柏拉图以来的种种唯心主义,从而在根本上同形形色色的唯心主义、怀疑主义和不可知论等等,划清了界限。

第三节 《论戏剧诗》所建构的严肃剧的"诗律学"

狄德罗不仅在美学上独标新说,在戏剧理论上也贡献卓著。在戏剧创作实践上创造了严肃剧或称市民剧这一新的剧种。在此基础上,他写作了三篇总结自己的创作经验和宣传自己的戏剧理论的论文:《关于〈私生子〉的谈话》(1757);《论戏剧诗》(或译为《论戏剧艺术》,1758)和《演员奇谈》(或译为《演员是非谈》)。其中《论戏剧诗》是他的戏剧理论的代表作。在这篇论文中,狄德罗从理论上彻底打破古典主义的金科玉律,系统提出了建立严肃剧的主张,全面阐述了自己的现实主义戏剧观。他关于严肃剧的理论,不仅在法国戏剧理论发展史上,而且在世界戏剧发展史上都开创了一个

---

① 《狄德罗美学论文选》,张冠尧等译,人民文学出版社1984年版,第41页。

新的阶段。对此韦勒克指出:狄德罗的"戏剧理论是当时他的批评著述中影响最大的。作为批评家的狄德罗大抵是通过这些早期的关于戏剧的论述而为人了解……可以把它们看作是反对法国剧坛的清规戒律,主张现实主义戏剧的一种呼吁:它们是提倡家庭悲剧这一新型体裁的宣言"[①]。

一 严肃剧理论的提出

狄德罗提出严肃剧有着现实、实践和理论的多重依据。

1. 现实依据:启蒙运动和资产阶级(第三等级)崛起的需要。在戏剧舞台上,自17世纪以来,古典主义一直占着统治的地位。为了服从专制统治的政治需要,新古典主义者顽固地坚持一种陈旧的戏剧观,认为悲剧和喜剧间有着不可逾越的界线,悲剧是以神话、传说、英雄崇高情节为题材,而喜剧则是以讽刺人间世态人情为题材。因此,要表现正面的理想人物,只能采用悲剧的体裁。悲剧语言只能用韵文,审美趣味和风格则必须"高雅";其中出现的人物必须是帝王将相、王公贵族。这样,悲剧只能成为以宫廷王室为首的封建阶级的工具。但是,随着时代的发展,贵族阶级日渐腐败,新登上历史舞台的第三等级中的资产阶级却不断壮大,愈益得势。因此那种古典主义的悲剧已经不可能反映新兴阶级的审美需要。新兴阶级自然也不甘心像在旧喜剧中那样,充当可笑的角色。他们越来越迫切地要求戏剧为本阶级铸造肖像,大造舆论,越来越迫切地要求戏剧反映他们的生活、趣味,表现他们的理想。现实生活在文艺领域提出的这一历史性的要求,与古典主义的种种清规戒律发生了深刻而尖锐的矛盾。正是在这种情况下,狄德罗顺应时代的要求,提出了打破古典主义戏剧框框,尤其是悲、喜剧的界限,建立市民戏剧即严肃剧种的进步主张。

2. 实践依据:英国泪剧为狄德罗的主张提供了实践依据。17世纪末叶,英国流行着一种感伤剧,又称流泪的喜剧(即"泪剧")。这种戏剧作品针对当时英国极度淫靡的社会风气,针对道德堕落的贵族阶级,用散文的语言、充满情趣的普通家庭日常生活的题材,宣扬英国资产阶级道德的高尚。狄德罗把这种艺术样式看作在戏剧作品中给资产阶级描绘肖像的最佳文体。狄德罗正是在总结英国流泪喜剧实践经验的基础上,提出了自己的"严肃剧"理论主张。

---

① 韦勒克:《近代文学批评史》第1卷,杨岂深、杨自伍译,上海译文出版社1997年版,第64页。

狄德罗在《关于〈私生子〉的谈话》中,借多华尔之口说:

一切精神事物都有中间和两极之分。一切戏剧活动都是精神事物,因此似乎也应该有个中间类型和两个极端类型。两极我们有了,就是喜剧和悲剧。但是人不至于永远不是痛苦便是快乐的。因此喜剧和悲剧之间一定有个中心地带。①

任何戏剧作品,只要题材重要,诗人格调严肃认真,剧情发展复杂曲折,那么即使没有使人发噱的笑料和令人战栗的危险,也一定有引起兴趣的东西。而且,据我看来,由于这些行动是生活中最普遍的行动,以这些行动为对象的剧种应该是最有益、最具普遍性的剧种。我把这种戏剧叫作严肃剧。②

在《论戏剧诗》中,狄德罗又把"严肃剧"称为"正剧"。他极力主张在法国民族中已有的一种诙谐而愉快的戏剧以外,增添一种严肃而感人的戏剧。他自己创作的剧本《私生子》,就是这种介乎喜剧和悲剧之间的严肃剧。从此"严肃剧"就作为介于悲、喜剧之间的"正剧"在艺术史上应运而生。假如说埃斯库罗斯是悲剧之父,阿里斯托芬是喜剧之父,那么,狄德罗就是西方的正剧之父。而且,狄德罗在18世纪中叶就从理论与创作两方面打破了古典主义的悲、喜剧界限,这比创立悲、喜交织的法国浪漫剧的雨果也足足领先了半个多世纪。

二 严肃剧的特点和功能

1. 严肃剧的基本特点

严肃剧不论是严肃喜剧或家庭悲剧,都是悲剧和喜剧的混合体。它既有逗笑的地方,又有严肃的场面,所以用严肃剧或正剧这名词来概括两者更恰当些。狄德罗对这种严肃剧或正剧的基本特征做了如下的概括:就主题而言,它并非不如在轻松愉快的喜剧里重要,而且还应该用更真实的方法去处理它;就人物性格而言,它是多种多样、新颖独特的,而且作者还应该更有力地去刻画他们;就激情而言,表现得越强烈,剧本的趣味就越浓;就风格而言,它更有力、更庄严、更高尚、更激烈,更富于我们叫作感情的东西,没有感情这个因素,任何风格都不可能打动人心。③ 他预言这种正剧必将取得成

---

① 《狄德罗美学论文选》,张冠尧等译,人民文学出版社1984年版,第90页。
② 同上。
③ 同上书,第135页。

功:"正派的严肃剧到处都会获得成功,而且在风俗败坏的民族中间的成功将必然超过其他任何地方。"①他特别强调:严肃剧应该以家庭的题材与宫廷的题材相对立,"表现自然中发生的一切";应该以市民的形象取代贵族人物,以市民的高尚道德鞭挞贵族阶级的腐化堕落,从而为市民阶级树碑立传,绘制出 18 世纪法国资产阶级的肖像。在他看来,只有市民及其道德才代表着"理智"和"人性",才是改造人和社会的根本力量。因此,新剧种应正面描写市民生活以及他们的理想人物,具有"市民的和家庭的"性质。对此,德国文学史家海特纳曾经说过:狄德罗的严肃喜剧无非是搬到舞台上去的风俗画。普列汉诺夫则进一步指出:"在资产阶级戏剧里,法国'中等阶级的人们'把自己的家庭美德去和贵族的极端腐化对立起来。"②这就指出了严肃剧是以反映市民阶级生活及其道德理想为其根本特征的。

2. 严肃剧的社会功能

狄德罗认为严肃剧有移风易俗、改造整个社会的巨大功能,有伟大的历史使命。他说:"任何一个民族都需要适合于他们的戏剧。假使政府在准备修改某项法律或者取缔某项习俗的时候善于利用戏剧,那将是多么有效的移风易俗的手段啊!"③在狄德罗看来,一切艺术的共同目标都是帮助法律引导人们"爱道德恨罪恶"。严肃剧展示人类的美德和本分的目的,在于陶冶和培育人们的德行。

狄德罗和亚里士多德一样,主要是从道德净化的观点来看文艺对公众的教育和改造作用。他把剧院视为陶冶心灵的道德熔炉。他在《论戏剧诗》中说:"只有在戏院的池座里,好人和坏人的眼泪才融会在一起。在这里,坏人会对自己可能犯过的恶行感到不安,会对自己曾给别人造成的痛苦产生同情,会对一个正是具有他那种品性的人表示所愤……。那个坏人走出包厢,已经比较不那么倾向于作恶了,这比被一个严厉而生硬的说教者痛斥一顿要有效得多。"④

狄德罗与亚里士多德有所不同,他认为严肃剧的净化作用可以使人改过向上,而不是像亚里士多德所说的那样,戏剧的净化作用,仅仅是洗涤了观众的"恐怖与怜悯"的不安情绪,在这点上,狄德罗的主张具有更深远的

---

① 《狄德罗美学论文选》,张冠尧等译,人民文学出版社 1984 年版,第 134 页。
② 普列汉诺夫:《从社会学观点论十八世纪法国戏剧文学和法国绘画》,见《译文》1956 年 12 月号,第 142 页。
③ 《狄德罗美学论文选》,张冠尧等译,人民文学出版社 1984 年版,第 204 页。
④ 同上书,第 137 页。

社会意义。

狄德罗认为,严肃剧道德上的严肃性和它的美感效果之间是可以也应该统一的。他指出,在戏剧系统的整个范围内,以人类的美德和本分为主题的严肃剧,能够直接提出严肃的道德问题,表现道德的严肃性。这样的戏剧是深受观念欢迎的,它也不会妨害戏剧动作的急剧发展,不会损害戏剧本身的美感效果,而且这种直接提出道德问题的严肃剧,往往能深深震动人的心弦,收到良好的美感效果。他指出,在这种戏剧中,诗人所要争取的真正的喝彩,不是一句漂亮的诗句以后陡然发出的掌声,而是长时间静默的压抑以后发自内心的一声深沉的叹息。严肃剧的巨大的艺术魔力,"是使全国人民因严肃地考虑问题而坐卧不安。那时人们的思想将激动起来,踌躇不决,摇摆不定,茫然不知所措;你的观众将和地震区的居民一样,看到房屋的墙壁在摇晃,觉得土地在他们的足下陷裂"①。狄德罗的这些论述,充满了革命的气息,表达了启蒙主义的时代精神,但狄德罗过高地估计了严肃剧及文艺的社会作用。

三 严肃剧理论的基本范畴

1. 自然、真实、想象

在严肃剧与社会生活的关系问题上,狄德罗提出严肃剧应揭示社会生活的内在规律,达到"真实"和"逼真"。

他明确指出:"任何东西都敌不过真实",戏剧的"完美正在于把情节模仿得精确","必须把事情如实表现,戏剧才将会更真实、更感动人、更美"。严肃剧要产生道德效果,就必须创造真实的情境,以打动观众的感情。"假使从在舞台上所找到的人物的真实的境遇出发,那么人物必然是热烈而动人的",观众会信以为真,与剧中人产生感情上的共鸣,并受其影响和感染;反之,如果剧作是虚假的,那么观众就不会被感动,也就达不到预期的效果。因此,剧作家必须"致力于严格地表现自然",让"自然如实地显示给我"。《和多华尔的谈话》也一再强调了这个意思:"……在戏剧如在自然里,一切都是互相联系着的。如果我们从某一方面接触到真实,我们就会同时从许多其它方面接触到真实。……我要不倦地向法国人高呼:要真实!要自然!……如果这种场面不比那些……矫揉造作的人物……,更能使人

---

① 《狄德罗美学论文选》,张冠尧等译,人民文学出版社1984年版,第139页。

深受感动，那就只能怪我们的审美趣味已经腐朽透顶了。"①严肃剧必须自然、真实，这是狄德罗对戏剧创作提出的一个基本要求。狄德罗同古典主义针锋相对。在17世纪古典主义者布瓦洛眼中，"自然"只是"都市"与"宫廷"的代名词，他认为只有那种高贵、典雅的上流社会才称得上是"自然"；相反，在狄德罗眼中，那种头披假发、涂脂抹粉、香喷喷的上流社会只是一种过分雕琢的"自然"。真正的、质朴的"自然"不应到卢浮宫去找，而要到教堂、乡村小酒店、街道、公园、市场乃至家庭中去找，他号召艺术家要走出小圈子，要把广阔的现实生活作为艺术的源泉。总之，要真实，不要虚饰，与其文质彬彬，毋宁原始野蛮，只要符合生活的本来面目，就是美的。他说："一般讲来，一个民族愈是文明，愈是彬彬有礼，他们的风尚就愈少诗意；一切在温和化的过程中失掉了力量。自然在什么时候为艺术提供范本呢？是在这样一些时候：当孩子们痛苦地揪着自己的头发绕着临死的父亲的床榻；当母亲敞开胸怀，用喂养过他的乳头，向儿子哀告……当披头散发的寡妇，因死神夺去她们的丈夫，用自己的指甲抓破脸皮；……我不说这些是善良的风尚，可是我认为这是富有诗意的。"②狄德罗又说："诗人需要的是什么呢？生糙的自然还是经过教养的自然？动荡的自然还是平静的自然？他宁愿要哪一种美？纯静肃穆的白天里的美？还是狂风暴雨雷电交作，阴森可怕的默夜里的美呢？……（显然他是喜欢后者的）诗需要的是一种巨大的粗犷的野蛮的气魄。"③

在狄德罗看来，这种"未经雕琢的自然""生糙的自然""动荡的自然"才是最真实的自然，才是最美的自然。有学者把这归结为狄德罗文艺思想中现实与浪漫的矛盾，或者前期与后期的不一致。我们认为这一方面是对古典主义矫揉造作的反拨所造成，另一方面是由启蒙运动精神的特点所致。

狄德罗在强调严肃剧创作应自然、真实的同时，又十分重视想象在创作中的重要作用。他说："想象是人们追忆形象的机能。"④"想象，这是一种特质，没有它，人既不能成为诗人，也不能成为哲学家，有思想的人，一个理性的生物，一个真正的人。"⑤无论是作家，还是哲学家、思想家，凡是一个真正的人都离不开想象。

---

① 转引自朱光潜：《西方美学史》上卷，人民文学出版社1979年版，第262—263页。
② 伍蠡甫主编：《西方文论选》上卷，上海译文出版社1979年版，第370—371页。
③ 同上书，第371页。
④ 朱光潜：《西方美学史》上卷，人民文学出版社1979年版，第357页。
⑤ 同上。

但是，想象与推理不同。狄德罗认为：想象根据假设，推理根据事实，二者出发点不同。共同点是都要遵从自然程序。他兼顾了两方面：一是虚构性；二是逻辑性。故他认为："诗人善于想象，哲学家长于推理。"但是，诗人不能完全听凭想象力的狂热摆布，想象有它一定的范围。这就是他的规则。想象是以艺术的逻辑规律为基础的，它不能离开事物的必然的因果关系。否则想入非非，流为空想，也就没有可信任性了。

2."情境"和"对比"

（1）"情境"。在严肃剧的人物创造理论中，狄德罗提出了"情境"的重要概念。他认为，人物性格如果离开了情境，那就无从表现，只能成为一种抽象的观念。因此他提出："现在情境却应变成主要的对象，而人物性格则只能是次要的"，情境"应该成为作品的基础"。他所说的情境是指当时的社会状况，特别是市民阶级的生活，人与人之间的各种错综复杂的关系。正如狄德罗反复强调的："情境，其中有多少重要的细节！有多少没有认识到的真理！从这源泉里能引出多少新的情境！""可是我们最不熟悉的就是情境，然而没有什么比情境更能引起兴趣"的。在狄德罗看来，人首先是社会的人，而不是单纯的生物的人，生存在社会中，人就与其阶级、职业、家庭、朋友等等发生关系，人的性格是在这些关系中形成的。在戏剧中创造的人物，他们个人的德行也主要是从他对社会、对家庭、对别人的关系上表现出来。美在于关系，把这个根本观点应用到戏剧创造上，就意味着：人物的性格是与其"环境"（circumstances，即主人公对其周围人物的关系）密切联系起来的，所以必须从环境来了解其性格；性格是通过"情境"（situation，即一切外在因素所造成的形势）来表现的，人物的性格随着戏剧情境的变化而逐渐展开。狄德罗认为，戏剧的情节线索是从人物性格引出来的，而人物性格又是根据情境来决定的。因此，"作为作品基础的应该是人物的社会地位、其义务、其顺境与逆境等"，也即"情境"①。这就是说，情节取决于性格，性格取决于情境，情境是最终决定因素，所以情境是戏剧的基础或中心。

在狄德罗看来，戏剧应以情境为主要对象或中心，有如下理由：

就戏剧艺术与美的关系来看，狄德罗之所以重视情境，是与其"美在关系"的根本美学思想密切相关的。狄德罗一直认为，美是"对关系的感

---

① 《狄德罗美学论文选》，张冠尧等译，人民文学出版社1984年版，第107页。

觉"①,"一个物体之所以美是由于人们觉察到它身上的各种关系"②。而戏剧的"情境",是剧中人物与周围环境所有关系的总和,是戏剧之所以美的基础。因此,"美在关系"的命题应用到戏剧中,就体现为"美在情境"。狄德罗主张戏剧应该以情境为主要对象,性格为次要对象,这并不等于说以情境代替性格,因为这两者是有辩证关系的:一切情节的纠纷是从人物性格引起的,但是人物性格又随着情境的变化而逐渐展开。狄德罗不是反对描写人物性格,他反对的是古典主义戏剧的类型性格。

就情境与性格的关系看,情境决定性格。狄德罗认为,个性是复杂的,人物的性格是各不相同的。这就如同树上的叶子,"没有两张叶子是同样绿的,没有两个人在动作和体态上是完全一样的"。"每一家的每一个人;每一个人的每一个时刻,都有它的相貌,它的表情。""一个人有时生气,有时很注意,有时好奇,有时爱慕,有时憎恨,有时轻视,有时高傲不顾,有时欣赏,他的心灵的每一个活动都表现在他的脸上。"狄德罗不仅看到了人物的性格是各不相同的,还看到了即使是一个人,也会在不同的时候表现出不同的神情。但是这种不同的性格、不同的表现,都是由人物生活的环境所决定的。所以他说:"人物的性格要根据他们的处境来决定。"这里所说的处境,也就是指情境。

就戏剧效果来说,狄德罗之所以重视情境,是因为情境比性格更能感染观众。他认为,"这个源泉比人物性格更丰富、更广阔,用处更大"③。情境无所不包,蕴含非常丰富。"人的社会处境",包括人的身份、地位以及他与周围环境各种关系的总和。情境无处不在,横向包容面宽。它不同于性格,性格是个别的,只要人物性格渲染过分一些,观众心里就会想,这人物并不是我;而情境却是普遍的,"在他面前展示的情境正是他的处境"。情境无时不变,纵向延伸度大。它更有新奇感,能够引发人的兴趣。狄德罗在《和多华尔的谈话》中说:"每天都有新的情境在形成,你要知道,世界上也许没有任何东西比各种社会情境对我们更为陌生,更应该使我们发生兴趣的了。"狄德罗认为引起兴趣的最好方法是:对剧中人隐瞒情境,让他们在不知不觉中构成纽结,一切事情都猜不透,他走向结局而毫未料及;对观众则把情境交代清楚,让他们作为剧中人的心腹,让他们知道发生了什么事情,

---

① 《狄德罗美学论文选》,张冠尧等译,人民文学出版社1984年版,第33页。
② 同上书,第31页。
③ 同上书,第107页。

正在发生什么事情,将要发生什么事情。然而,作者可以把情境甚至对观众也保守着秘密,而使得结局出乎意料。这两种情况产生两种不同效果:"由于守密,戏剧作家为我安排一个片时的惊讶,可是,由于把内情透露给我,他却引起我长时间的悬念。"狄德罗则主要使用后一种方法,因为这更能引起观众对剧中人物的注意。

(2)"对比"。"对比"或"对立",也是狄德罗戏剧理论的一个重要范畴。他认为,一般喜剧惯用两种不同性格的对比,比如,一个是焦躁粗暴的人,一个是镇静温和的人。狄德罗不主张这种机械的对比,而提倡另一种对比。他说:

> 真正的对比是性格和情境间的对比,不同的利害之间的对比。假使你要让阿尔赛斯特恋爱,就让他爱上一个风流的女子,如果是阿尔巴贡,就让他爱一个贫苦的女子。①

莫里哀《恨世者》的主角阿尔赛斯特基本上是一个正直高尚的人,他热烈追求真理,揭露封建贵族社会的罪恶,痛恨贵族阶级的虚伪、庸俗、无聊,但是他却偏偏爱上了一个搔首弄姿、无聊透顶的贵妇;他的性格就与他所处的情境发生了冲突;莫里哀《悭吝人》的主角阿巴公为了节省金钱,想娶一个贫苦的女子,而这个女子当然不会爱上他:不同人物的利益之间就发生了冲突。

狄德罗使用这种对比的理由是:"人物性格是由他们的情境来决定的。"离开情境,便无从表达性格,抽象的性格是没有的,性格总有其社会基础。所以性格与情境的对比具有更深刻的现实意义。

狄德罗反对当时戏剧界所惯用的性格对比,认为这种对比"在悲剧中使人不快,在严肃的喜剧中是多余的,在愉快的喜剧中也可以不用,因此只好把它留给趣剧这种低级喜剧"。因为在生活中,"性格和处境间的对比,利益和利益间的对比,却是随时都有的"。而生活中人物的性格却是千差万别,各有不同。倘若在戏剧创作中把一个性格和另一性格相对比,这样"无疑"是为了把其中的一个表现得更突出;但是人们只能在具有这些性格的人物同时出现时才获得这个效果:"如果这样,对白将何等单调!开展将何等不自然!"狄德罗认为性格的对比不能滥用,滥用人物性格的对比,就会显得"单调"和"不自然"。如果为了把一个剧中人和另一个剧中人的性

---

① 《狄德罗美学论文选》,张冠尧等译,人民文学出版社 1984 年版,第 179 页。

格对比,就把这两个剧中人拉在一起,那么戏剧中的许多事件和各场之间的联系就很难自然地连贯起来,这样"十有其九,对比要求这样一场而故事的真实性却要求那一场";于是戏剧违背了生活,妨碍了故事的真实性。再者,"假使用同样的力量描写两个相对比的人物,就会使戏剧的主题暧昧不明"。

狄德罗却提倡在诗中使用感情或景象的对比,他说:"至于我乐于在史诗、抒情短诗以及其它几种高级的诗歌体裁中看到的这种情感或形象的对比,假使有人问我这到底是什么,我将这样回答:那是天才的最明显的特性之一;那是在心灵中同时怀有极端的和相反的感觉的艺术,也可以说是从相反的方向去扣动心弦,在心灵中激起交织着痛苦和快乐、苦涩和甜蜜、温柔和恐怖的颤动。"[1]狄德罗提出的人与环境的对比,不同人物的利益间的对比以及使用感情或景象的对比,其目的都是为了创造性格,再现现实。

四 严肃剧的表现形式问题

狄德罗认为严肃剧不但在内容上要和古典主义戏剧划清界限,而且在艺术表现形式上也应该根本区别于古典主义。他说,古典主义不是要求作家"致力于严格地表现自然……而斤斤于考究艺术手段,所想的不是把他们所看到的自然如实地显示给我,而是按照一般的技巧来处理它"。因此,他对那些设下清规戒律的人特别不满,认为他们太不懂艺术了,说:"我对戏剧艺术愈是深思,我对那些理论家就愈怀反感,他们根据一系列特殊规律,制订出一般教条,这样,艺术中规矩充斥,而作者由于奴颜婢膝地拘守这些规律,就时常花费了很多的力气而写出比较不好的东西。"作家创作,应根据新剧种的内容的需要,全面地革新戏剧艺术的表现形式。使它的表现形式真实、自然、更接近生活。为此,狄德罗多方面地探讨了戏剧表现形式、技巧方面的问题,从语言形式、情节结构,到服装布景、舞台调度乃至演员表演,都提出了一整套富有独创性的见解。

古典戏剧是用韵文写的,狄德罗力倡改用散文语言来写戏,因为散文更接近生活现实。这是很大胆的。莫里哀曾试用散文来写喜剧对话,遭到古典主义者的鄙视。布瓦洛有意推崇他的《太太学堂》而冷落《吝啬鬼》,就因为前者是五幕诗剧而后者是散文剧。也有些正统派原谅莫里哀,因为他们本就轻视"格调较低"的喜剧,以为用散文凑合一番也无伤大雅。但是他们坚持认为悲剧是严肃的,非用韵文不可。狄德罗却说:未必。因为韵文会使

---

[1] 《狄德罗美学论文选》,张冠尧等译,人民文学出版社1984年版,第184页。

戏剧远离现实。他说,在戏剧里正如在社会里一样,每个性格都有一种与它相适应的语气,因此,戏剧的"台词应该逼真",要符合人物的身份和性格,而不能矫揉造作和千篇一律。这一原则的运用,成为戏剧形式的一大革新,到 19 世纪就占据了绝对优势。

在剧本的结构和情节方面要求做到自然和真实:情节应该"精选"和"善于节制","按照主题的需要做出适度的安排,并在它们之间造成一条几乎不可缺少的联系"。

关于戏剧的布景、服装、道具,狄德罗也提出了严格表现生活的现实主义要求。他说:豪华使一切遭到破坏,富丽堂皇的景象未必美,应该让布景师牢牢记住,舞台的画景应比其他一切类型的图画更严格而真实;舞台的陈设千万"不要太金碧辉煌,只要简单的几件家具就够了";"愈是严肃的戏剧体裁,服装就愈要简朴","用不着那一套花里胡哨耀眼的东西","在舞台上应该跟平常在家里一样"。① 总之,舞台艺术应该按照生活的样式,"把自然和真实表现给我们看",而"一切和自然与真实相对立的东西都是可笑和可厌的"。②

关于戏剧的表演,狄德罗除有专文即《演员奇谈》的论述以外,在《论戏剧诗》中也专门谈了这个问题。演剧论是狄德罗现实主义戏剧理论的一个重要组成部分,值得重视。他说:演技是戏剧的一部分,必须认真对待;如果对这一门不够熟悉,不能得心应手,那就不可能使它具备真实性。有一些演员之所以令人感到"讨厌和虚伪",那是因为他们为了"乞讨喝彩,脱离了剧情",是滥用感情的结果。演员的表演和说白应尽可能地接近自然和实际,演员要通过刻苦钻研人物的性格,努力掌握表演的分寸,"去适应他所扮演的角色,而不是让角色去适应演员"。因此,他对演员的素质提出了这样的要求:"希望他判断力高,我要他是一位冷静的旁观人;这就是说,我要他鞭辟入里,决不敏感,有模仿一切的才能,或者说,有扮演任何种类性格与角色的无往而不相宜的本领。"③这是讲的演员应当尊重生活、尊重角色的一面。另一方面,狄德罗也强调演员的创造精神。他以绘画为例,说明绘画和演技具有相同的规律:"画家有必要把自然情况改变一下,使之成为一种人为的情况;难道戏剧不是一样的吗?"这就是说,演员也应当尽量运用自己的权

---

① 《狄德罗美学论文选》,张冠尧等译,人民文学出版社 1984 年版,第 211 页。
② 同上书,第 213 页。
③ 《"演员的矛盾"讨论集》,上海文艺出版社 1963 年版,第 201—202 页。

利,按照时机和天才所启发的那样去做,如果这个演员既有感情,又有理智,那么"事情会进行得很好,用不着我来干预;相反,假使你是个泥塑木雕,那么,即使我尽量地干预,事情仍会进行得很糟的"。这是要求演员从生活、角色出发去创造生活、创造角色,而不只是消极、被动地模仿。

  狄德罗是近代唯物主义美学、文艺学、戏剧学、艺术学的伟大的开拓者和奠基人。他提出的"美在于关系"的理论,在美学研究领域开辟了一条新的思路和途径,尽管他的论述在学理上还不够严密和深刻,但它的影响却是巨大而又深远的。从车尔尼雪夫斯基的《论艺术与现实的审美关系》到中国当代美学家关于审美关系的研究,关于现实主义艺术论的研究,都可看出狄德罗的"美在于关系"说的影响,直至今天仍有强大的生命力。

  狄德罗关于严肃剧的理论,奠定了现实主义戏剧理论的基础,并对德国著名文艺理论家莱辛产生了重大影响。他提倡的严肃剧或称正剧,已成为现代戏剧的主导形式。

  狄德罗在美学、文艺学领域的贡献是多方面的。但由于他在历史观方面仍未上升到历史唯物主义,在方法论上也存有形而上学的、机械的因素,因此对他的美学观和戏剧观也只能放在当时的文化背景下加以研究和评述。

参考书目:

1. 比利:《狄德罗传》,张本译,商务印书馆1992年版。
2. 狄德罗:《狄德罗美学论文选》,张冠尧等译,人民文学出版社1984年版。
3. 朱光潜:《西方美学史》上卷,人民文学出版社1979年版。

思考题:

1. 狄德罗文艺理论有怎样的哲学基础?
2. 狄德罗的"美在于关系"有何理论贡献?
3. 狄德罗的"诗律学"有何特点?

第十一章 布封的《论风格》

第一节 布封的生平与著作

布封(Georges Louis Leclercde Buffon, 1707—1788)是法国启蒙运动时期一位卓越的自然科学家、思想家和文学家。他在哲学思想上反对神学的世界观,科学地解释了宇宙发展的过程;在科学上从事博物学的研究,是拉马克、达尔文的前驱;在文学上堪与伏尔泰、孟德斯鸠、卢梭、狄德罗等并驾。法国生理学家佛鲁伦在《布封的工作与思想史》一书中曾这样高度评价布封:"古代所不曾见到的东西,现代最前进的知识分子才勉强见到的东西,布封都把它通俗化了。那是因为他一身兼有思想天才与文笔天才。"①

布封1707年9月7日生于法国东部布尔哥涅省孟巴尔城的一个律师家庭。他从小喜爱科学,特别是数学。大学阶段学过法律和医学。1730年,布封结识了一位年轻的英国公爵金斯敦,在这位公爵的家庭教师、法国学者辛克曼的影响下,对博物学的研究产生了浓厚兴趣,经过几年的勤奋学习和研究,1734年(26岁)进了法兰西科学院,任力学系助理研究员,1739年转到植物系任副研究员,同年7月被任命为"法王御花园与御书房总管",他利用御花园的优越条件埋头博物学研究,数十年如一日,完成了一部36册的巨著《自然史》。

1749年,他的《自然史》头三册问世,轰动了全欧洲的学术界。此后随着这部巨著的陆续出版,布封的声誉不断提高。1753年,他当选为法兰西学院的院士,这是法国文学家的最高荣誉。入院时他发表了关于文风的演说,即著名的《论风格》,大声疾呼反对当时文坛上一种"绮丽不足珍"的风尚,甚至连在座的许多老资格的院士如孟德斯鸠、玛利佛以及新进的作家如狄德罗也受到了他的评论,因此,这篇演说影响颇大。布封于1788年4月

---

① 转引自《布封文钞》,任典译,人民文学出版社1958年版,第1页。

16 日卒于巴黎，享年 81 岁。

布封在《自然史》中对整个自然界及其发展做了唯物主义的描述和解释，把上帝从宇宙的解释中赶了出去，清除了宗教迷信和无知妄说。为此，他曾一度被巴黎大学神学院的教授斥为"离经叛道"，险遭宗教制裁。《自然史》中对许多动物肖像的描绘，语言优美，想象丰富，情趣隽永，将动物拟人化，生动而深刻地寄寓了作者美好的社会理想，因此这部分著述，既是科学读物又是绝妙的散文，具有较高的艺术性和文学价值。

他的《论风格》，在当时法国文坛起着"振衰起敝"的作用，至今仍是法国文艺理论方面的名著之一。

布封虽未参加以狄德罗为首的《百科全书》派，但他在自然科学和文学理论上的贡献，同样汇入了启蒙主义时代精神的主流。

第二节　布封《论风格》的主要内容

布封的《论风格》是一篇专门研究文学风格的著名论文。它批判继承了前人关于风格问题的现实主义文艺理论，并且紧密结合 18 世纪中叶启蒙主义文学反对虚伪、矫饰的贵族阶级文学的斗争，提出了一系列关于建立和发展优美文学风格的独到见解。这些见解大部分符合现实主义文学创作和鉴赏的艺术规律，因而至今对我们仍有深刻的借鉴意义。

《论风格》的内容，概括起来主要有以下三个方面：

一　作品的风格与创作主体——作家的关系

作为一个启蒙主义者，布封继承了文艺复兴时期的资产阶级人文主义思想，在自然史的研究中，他热烈地赞颂人的伟大力量，说凭着人类的智慧和双手，"今天大地的全部面目都打上了人力的印记，人力虽然是属从于自然力的，却常常比自然力还要伟大……"[①]布封把这种强调人的价值和力量的人文主义思想运用到文学领域，在探索文学风格的成因和表现时，极力强调作为创作主体的作家的思想、智力等对形成风格的决定作用。他的一句名言："风格就是人"（此语范希衡译为"风格即就是本人"，也有人译为"风格即是人本身"），是贯串全文的中心观点，也可以说是布封风格论的核心。布封认为"作品里所包含的知识之多，事实之奇，乃至发现之新颖，都不能

[①]　《大自然的各时代》，转引自《布封文钞》，任典译，人民文学出版社 1958 年版，第 77—78 页。

成为不朽的确实保证";因为"知识、事实与发现"如果仅仅被作家局限于"谈论些琐屑对象",或者"如果他们写得无风致,无天才,毫不高雅,那么,它们就会是湮没无闻的"。反之,如它们转入优秀作家手里,经更巧妙的手笔一写,则可能比原作还要出色些。可见,决定作品不朽的因素,主要不是"知识、事实、发现"等。"这些东西都是身外物,风格却就是本人。"①

"风格就是人"这句名言,过去往往被解释为"文如其人",这与布封原意不尽相符。布封的意思不仅讲作品的风格像作家的人格,而且强调作品的风格就是作家思想感情的表现形式,是作家本人的思想、感情、性格、气质、审美爱好、艺术才能等主观因素在作品中的印记和标志。唯其如此,他认为风格因人而异,它"既不能脱离作品,又不能转借,也不能变换"。这一观点与我国古代文艺理论家刘勰提出的"因内而符外"的风格论颇为相似,是符合于艺术规律的。文学艺术作品对社会生活的反映不是纯客观的、照相式的反映,而是要经过作家头脑的艺术加工的,因此不论作品的内容或形式都必然要深深地打上作家个人精神面貌和个性的烙印。作家的个性、才能不同,作品的风貌也就互相迥异。刘勰把这一规律概括为"沿隐以至显,因内而符外者","各师成心,其异如面"。② 布封则用"风格就是人"一语以蔽之。他们强调的均是创作主体——作家的主观因素对形成作品风格的重要作用。

在"风格就是人"这一总的命题下,布封反复论证了作品风格与作家的思想、感情、才智的密切关系。他着重指出:"风格是应该刻画思想的",同时认为风格还有赖于作家用感情的热力"给每一个辞语灌注生气"。只有这样,作家笔下的事物方能发出风格的光彩。"情感结合着光明,便更增加这光明,……于是风格就能引人入胜而且显得明朗。"所谓"光明",系指作家对客观事物的清晰的理性认识。布封的意思是说创作中作家的感情与理智应结合起来。他在另一篇题为《写作艺术》的短文中,对此曾做了进一步的论述。他说:"要想写得好,就必须把内心的热力和智慧的光明结合起来。"作家用"这双重感应"的心灵去接触、拥抱所描写的对象,"只有在自己充分地享受了那对象之后,才能用思想的表达方法使别人也能享受到

---

① 本章凡引用布封《论风格》一文的论述,均见范希衡的译文(载于《译文》杂志 1957 年 9 月号),不再一一注明出处。

② 《文心雕龙·体性》,见郭绍虞主编:《中国历代文论选》,第一册,上海古籍出版社 1979 年版,第 243 页。

它"①。这里,布封揭示了创作过程中艺术思维的"物我交融"的特征。作家只有把主观的感情热力和思想的光明同客观的描写对象融为一体,才能使作品具有能引起读者共鸣的好风格。由此出发,布封十分强调天才的作用,认为在风格的创造上,"规则不能代替天才;如果没有天才,规则是无用的"。作家在创造艺术形象时"应该处处使用天才的全部力量,展开天才的全部幅度"。布封所强调的天才,固然没有摆脱天赋诗才的唯心主义因素,但这里更多的是指作家要充分发挥各种主观因素的能动作用。正如他在谈到天才的作用时所说的:"风格必须有全部智力机能的配合与活动","所谓写得好,就是同时又想得好,又感觉得好,又表达得好,同时又有智慧,又有心灵,又有审美力"。这些主张对破除当时新古典主义在创作上设置的种种束缚作家手脚的清规戒律,无疑是很有积极意义的。

布封强调作家的思想、感情、智力等因素对风格的制约作用,矛头是针对当时文坛上还在风行的内容轻佻、风格矫饰的贵族文艺。因此,在论文中他不惜用了大量篇幅对各种脱离实际、单纯追求形式的文风进行了谴责和批判:

1. 反对在作品中故弄玄虚、滥用警语。布封认为一部作品的风格美,它的"光明",应当是由"一整个的发光体,均匀地散布到全文的",而一些作家往往置风格的整体美于不顾,只片面地抓住事物的一点、一角就卖弄才情,到处布置警语。布封指出这种"警言","完全和文章的热力背道而驰",它不过是硬让许多字眼互相撞击出来的"火星子",只能在人们眼前炫耀一下,很快就陷进黑暗里去了。"这种火星子是最违反真正的光明的。"

2. 反对运用纤巧的思想。布封指出,一些作家喜欢"追求那些轻飘的、无拘束的、不固定的概念",这种"巧思妙想",其实是与真正的雄辩相背离的。"作者在文章里把这种浅薄的、浮华的才调放得愈多,则文章就愈少筋骨,愈少光明,愈少热力,也愈没有风格。"

3. 反对专在字面上做功夫,涂抹空言。一些作家没有真情实感,没有思想,没有义理,只是在写作时,才呕尽心血去铺张词句,这实际上是在歪曲字义,败坏语言。布封批评这样的作家患了"精神贫瘠病",他的作品必然"毫无风格",或者说"只有风格的幻影"。布封认为"没有比这个更违反自然美的了,也没有比这个更降低作家的品格的了"。好的风格,应是言之有物,要自己深信,才能使人深信。

---

① 《布封文钞》,任典译,人民文学出版社1958年版,第13页。

从布封对一系列矫饰文风的批判中，我们可以进一步领略到，"风格就是人"的论断之所以精辟，就在于它揭示了文学风格的生命所在，风格不是浮华的外在装饰，而是由含蓄着无穷意蕴的内在灵魂产生出来的。只有不自欺的真诚，才能构成风格的真实性。布封高扬的是"文质相称""天然去雕饰"的自然审美观。其风格论对反对形式主义的文风，具有重要的意义。

二　作品风格与艺术表现形式的关系

虽然布封强调作家、作品的思想对风格的制约作用，但他并不是把风格与作家、作品的思想等同起来。在他看来，好的风格必须从好的思想内容中生发出来，但有了好的思想，并不就等于有了好的风格，这就涉及思想内容与艺术表现形式的和谐统一的关系问题。风格既离不开思想，也离不开艺术表现形式。

作品的艺术表现形式包括语言、结构、体裁等因素。布封在论文中着重从作品的内在形式——结构方面来论述形式对风格的重要影响。他说："文章的风格，它仅仅是作者放在他的思想里的层次和调度。如果作者把他的思想严密地贯串起来，如果他把思想排列得紧凑，他的风格就变得坚实、遒劲而简练；如果他让他的思想慢吞吞地互相承继着，只利用一些词句把它们联接起来，则不论词句是如何漂亮，风格却是冗散的、松懈的、拖沓的。"这说明了作品的内在结构对于作品的风格犹如骨骼对于人的体貌高矮一样的重要。同一种思想内容，因结构艺术的巧拙，自然会产生不同的风格效果。

怎样才能使作品思想内容的结构达到风格美的要求呢？布封认为关键在于艺术构思："在寻找表达思想的那个层次之前，还需要先拟定另一个较概括而又较固定的层次，在这个层次里只应该包含基本见解和主要概念：把这些基本见解和主要概念安排到初步草案上来，题材的界限才能明确，题材的幅度才能认清。"作家的构思只有解决好下列几个方面的问题，方能产生理想的风格：

1. 使主题具有统一性。作品的思想线索要前后连贯，形成"一根绵续不断的链条"，意思要和谐配合，主题表达要"逐步发挥、循序而进、层次匀整"，若任意"间断、停息、割裂"，就会破坏作品风格的整体美。

2. 从整体上合理布局。根据主题，确定题材的范围和幅度，用高度精审的辨别力，区分空洞的思想和丰富的概念，弄清题材的全部意义和全部关系，分别主从先后加以排列，从整体上做出合理的布局。为此，作家就应当不厌其烦地揣摩题目(描写对象),对题材加以充分的思索,借冥想(想象)之力赋予作品思想以实质和力量。

3. 预先考虑"全部精神活动会产生什么样的成果"。作家构思不能从专门耸人视听出发,主要应考虑"在读者的心灵上发生作用,针对他的智慧说话以感动他的内心"。

布封认为构思虽还不算风格,"但它却是风格的基础;它支持风格,引导风格,调整风格的层次而使之合乎规律"。作家只要构思充分、严密,动起笔来就会感到一种创作的愉快,文思纷沓而来,热力迸发,"风格一定既自然而又流畅""确切而简练、匀整而明快、活泼而井然"、典雅而庄重、真实而纯朴。反之,作家的笔就会像无缰之马任意驰骋,全文不协调,失去结构,也就失去了风格。

三 作品风格的客观基础

布封提出"风格就是人"的论断,强调作家主观因素对风格形成的重要作用,但他并没有因此而忽视形成风格的客观因素。如果说主观因素是风格的灵魂,那么,客观因素就是风格形成的基础。布封的这一观点,从他对风格内容的分析上可以明显看出。他认为"只有意思(一译为'义理')能构成风格的内容"。布封说的"义理",与新古典主义者布瓦洛所主张的"义理"在内涵上有质的区别。布瓦洛的"义理"强调的是一种先天的"良知",是用以规范一切的某种永恒不变的常理,带有明显的唯心主义性质。而布封则是根据唯物主义的自然观,认为"义理"是人们对客观事物(生活)的本质意义的认识。他在《自然史》第一册绪论谈及自然史研究法时,强调研究宇宙万物,先不要存着任何先入之见,而应当完全由我们自己的观察去引导我们达到真理。可知他所追求的"义理"是主观对客观真理的一种认识。他把这种自然的真理观引进风格论中,指出"义理"是风格的内容,"一个优美的风格之所以优美,完全由于它所呈现出来的那些无量数的真理。它所包含的全部精神美,它所赖以组成的全部情节,都是真理"。因此,他十分强调风格需与题材性质相结合,"一点也勉强不得,它是由内容的本质自然而然地产生出来的"。"壮丽之美只有在伟大的题材里才能有","题材是伟大的,笔调就应该经常是壮丽的"。关于这一点,他在《写作艺术》中讲得更为明确:"随着不同的对象,写法就应该大不相同","真正的才调只有题目本身才能提供出来",如果作品的才调不是从题目(事物的内在与外在特征)里抽绎出来,就会妨害题旨的畅达,这就好比"在不合适的地方种花,就等于栽荆棘"。① 他认为一个真正具有审美能力的作家,应当坚决抛弃那种从题外硬拉来才调的做法,因为这种主观做法只能导致风格的矫揉造作。布封的这些见解是很有道理的。因为作品的风格固然是作家创作个性的具体体现,但作家体现自己的个性决不是凭主观意志对题材内容任意摆布,而是要以特定的创作对象为载体,因而必然要受创作对象自身的特征的制约。布封的《自然史》中那些生动引人的动物肖像描绘,就是善于抓住不同动物的特征,融进自己独特的审美感受,因而才成为形象生动情趣隽永、风格简朴的绝妙的散文。自然,布封提出题材对风格表现的客观制约作用,并非认为一种题材只能有一种风格。问题的关键在于主体的审美个性与题材的性质是否契合,做到了这一点,同一题材在不同作家笔下也会创作出风格各异的作品来。布封十分反对风格的千篇一律,他说得好:"一个大作家绝不能有一颗印章,在不同的作品上都盖着同一的印章,这就暴露出天才的缺乏。"②

基于风格形成有其客观基础的看法,布封主张作家创作应师法自然。他说:"人类精神绝不能凭空创造什么,它只能在从经验与冥想那里受了精之后才能有所孕育。"他号召作家"在大自然的远行中、工作中去模仿大自然","以静观方法达到最高真理"。这些见解明显地体现了布封从生活实践出发去获取艺术感受和发挥艺术想象作用的现实主义美学思想。不过他所提出的"以静观方法达到最高真理",仍然带有明显的形而上学的痕迹。

第三节 布封的《论风格》对后世的影响

如上所述,布封从内容与形式的有机统一,从创作主体与创作对象的主客观契合上论证了文学风格的成因和表现。他的风格论是对亚里士多德以来的现实主义文艺理论传统的继承和发展,不仅在当时文坛上起着振衰起敝的作用,而且对后世现实主义风格论的发展也有着积极的影响。19 世纪写实派大师福楼拜曾说:"我曾经很惊讶,我在布封先生《论文笔》(即《论风格》——引者注)的箴言里发现了我们不折不扣的艺术理论。"③伟大的文学家歌德在他的现实主义艺术理论中论及风格时,一方面指出"一个作家的

---

① 《布封文钞》,任典译,人民文学出版社 1958 年版,第 14 页。
② 同上。
③ 转引自《布封文钞》引言,同上书,第 10 页。

风格是他的内心生活的准确标志"①;另一方面又强调风格须"奠基于最深刻的知识原则上面,奠基在事物的本性上面"②,认为只有达到主客观的和谐一致,达到物我交融之境,才是艺术所能企及的最高境界。这些精辟论述显然是接受了布封风格论的积极影响。黑格尔在《美学》里,直接引用布封的"风格就是人"的名言,指出风格是在作品的艺术表现里见出作者人格的特点,并认为独创性是"把艺术表现里的主体和对象的两方面融合在一起,使得这两方面不再互相外在和对立"③,这是对布封风格论的主客观统一说的发展和丰富。别林斯基曾提出:"文体(指风格——引者注)是思想的浮雕性","在文体里表现着整个的人,文体和个性、性格一样,永远是独创的"。并认为"在'文体'一词下,我们指的是作家的这样一种直接的天赋才能,他能够使用文字的真实涵义,以简洁的文辞表现许多意思,能够寓简于繁和寓繁于简,把思想和形式密切地融会起来,而在这一切上面按上自己的个性和精神的独创性的印记"。④ 别林斯基的这些现实主义风格理论与布封的风格论是一脉相承的。19世纪40年代,马克思曾引用"风格就是人"的观点尖锐批判普鲁士反动政府推行的文化专制主义,并对这一观点做了进一步的发挥,指出风格是构成作家"精神个体性的形式","同一个对象在不同的个人身上会获得不同的反映,并使自己的各个不同方面变成同样多不同的精神性质"。⑤ 马克思就是据此提出了尊重作家创作个性和风格多样化的艺术主张的。

  诚然,布封的《论风格》也还存在着一些局限性和不足之处。例如文中对内容决定形式,思想、理智(理性、义理)对风格的决定作用讲得比较充分,而对形式的相对独立性及其对内容的反作用,虽有一点论述,却仅仅局限在结构的范围之内。至于语言、体裁对风格表现的积极作用则论述得很少甚至没有涉及。在谈到艺术构思时,讲作家对思想内容的层次安排和调度多,讲感情和想象的作用少,有时甚至片面地提出"理智多于热情",作家不要"把内心深信的事物用过度的兴奋表示出来","每一个环节代表一个概念","笔的运行以它所应到的范围为度。不许它有其他的动作"等等,这

---

① 《歌德谈话录》,朱光潜译,人民文学出版社1978年版,第39页。
② 歌德:《自然的单纯模仿·作风·风格》,见王元化译《文学风格论》,上海译文出版社1982年版,第4页。
③ 黑格尔:《美学》第1卷,朱光潜译,人民文学出版社1962年版,第362—363页。
④ 《别林斯基论文学》,新文艺出版社1958年版,第234、227页。
⑤ 《马克思恩格斯论艺术》第4卷,曹葆华等译,人民文学出版社1966年版,第255—256页。

就不免要走向以理智限制创作激情的另一极端。这些过分强调理智在创作中的作用的偏颇观点，固然与启蒙运动需要宣扬理性以启迪人们的思想的时代要求有关，但也说明布封的哲学观点还基本上停留在机械唯物主义的水平上，因而他的艺术观终究未能彻底摆脱形而上学的羁绊。同时，旧唯物主义世界观也影响了布封未能进一步从阶级性、民族性、时代性等社会历史范畴去揭示文学风格形成的客观因素。

参考书目：

1. 布封：《论风格》，见伍蠡甫、胡经之主编：《西方文艺理论名著选编》上卷，北京大学出版社1985年版。
2. 《中国大百科全书》外国文学Ⅰ，布封条目，中国大百科全书出版社1982年版。

思考题：

布封《论风格》的主要内容及其对后世的影响。

第十二章　维柯的《新科学》

维柯(Vico,1668—1744)生于意大利南部的那不勒斯,是意大利著名的历史学家、法学家、语言学家、文化人类学家、美学家和文艺理论家,欧洲启蒙运动中涌现出的最杰出的思想家之一。幼年在一个天主教小学读书,大部分时间靠自学。后在一个西班牙贵族罗卡家当过9年家庭教师。因其家藏书很多,维柯在此学了很多东西。后在那不勒斯大学学过罗马法和修辞术。

在意大利启蒙运动中,维柯继布鲁诺和伽利略之后成了卓越的领导人物。罗马教皇的宗教裁判所对布鲁诺和伽利略的迫害对维柯思想影响很大。维柯一方面是一个虔诚的天主教徒,同时又是一个宣传自由思想的战士。1699年他被任命为那不勒斯的皇家历史编纂。1744年1月去世。

他的代表作是《新科学》。中译本是朱光潜先生晚年留下的译著,1986年由人民文学出版社出版。朱光潜认为,维柯的《新科学》和摩尔根的《古代社会》,使这两人成为人类学科学的先驱。克罗齐把维柯视为西方美学的奠基人。韦勒克认为:"在不持克罗齐观点的人看来,维柯倒是一位历史哲学家,甚至是个尝试建立一套历史演化论的社会学家。"[①]维柯的《新科学》在西方文化史和美学史上占有重要的地位。

第一节　《新科学》的题旨、结构和方法

一　《新科学》的题旨

1725年第一版时书的题名是:《关于各民族本性的一门新科学的原则,凭这些原则见出部落自然法的另一体系的原则》,因第一版所依据的原稿

[①] 韦勒克:《近代文学批评史》第1卷,杨岂深、杨自伍译,上海译文出版社1997年版,第178页。

已遗失,所用的标题似为《关于人类原则的新科学》。1744年7月维柯死后该书第三版时用的标题为:《维柯的关于各民族的共同性的新科学的一些原则》。《新科学》的标题,说明维柯所指的科学是广义的,它包括自然科学与社会科学,主要是指历史科学或社会科学。法学、历史学、语言学、诗学、哲学都在他的"科学"范围之内。总的题目是人类学,他在第一版的附信中就称他的著作是论"人类原则"的。

"新科学"的名称在意大利早已存在,伽利略写过《新科学的对话录》,他所说的"新科学"主要指自然科学,特别是数学、天文学和物理学。维柯的雄心却是在创建一种"人类社会的科学",像伽利略、牛顿在"自然世界"那样做出卓越的成绩。在他看来,霍布斯已在这门新科学的创立中做过尝试,他"从全人类整个社会中去研究人"。因此,维柯的《新科学》的主题是"部落自然法",由自然科学上升到社会科学＝历史科学＝广义的自然科学或"人学"。在《维柯自传》中,他自己就声称,他经过多年研究,"发现了哲学方面的一些新的历史原则,首先是一种人类的形而上学,这就是一切民族的自然神学"①。他还说:"本科学所描绘的是每个民族在出生、进展、成熟、衰微和灭亡过程的历史,也就是在时间上经历过的一种理想的永恒的历史。"②他要探讨的是各民族的起源和发展,人类思维的起源和发展,进而揭示其普遍性的规律。他的结论是:"因此,本科学就成了既是人类思想史,又是人类事迹史。"③维柯对文艺学的研究,也是从人类学这个大题目下进行的,他对诗学的研究,"诗性智慧的研究",又加深了他对人类学普遍规律的认识。他说:"我们发现各种语言和文学的起源都有一个原则:原始的诸异教民族,由于一种已经证实过的本性上的必然,都是些用诗性文字(Poetic Characters)来说话的诗人。这个发现是打开本科学的万能钥匙,它几乎花费了我的全部文学生涯的坚持不懈的钻研。"④韦勒克说,维柯在《新科学》中阐发了一种截然不同的诗歌和文学史的观念。"诗歌与理智是冰炭不相容的,它同感官发生联系,与想象和神话融为一体。诗人属于人类早期的英雄时代,那时候人们说的是一种比喻的语言,真正的符号语言。"⑤韦勒克认

---

① 维柯:《新科学》,朱光潜译,人民文学出版社1986年版,第659页。
② 同上书,第145页。
③ 同上书,第156页。
④ 同上书,第28页。
⑤ 韦勒克著:《近代文学批评史》第1卷,杨岂深、杨自伍译,上海译文出版社1997年版,第177页。

为,维柯最早告诉我们,诗歌是自然的一种必然产物,是人类心智的最初活动。

二 《新科学》的结构

全书包括序论部分,置在卷首有一个图形说明,下分五卷:(1)一些原则的奠定;(2)诗性的智慧;(3)发现真正的荷马;(4)诸民族所经历的历史过程;(5)各民族在复兴时所经历的各种人类制度的复归历程,最后是全书的结论。中译本中附有《维柯自传》和中译者的译后记,以及英译者的前言和引论。卷前的图形说明是全书的总纲,它既列举了人类各种活动和制度的要素,又说明了它们的发展和演变过程。人类学就是要研究人的本质,人类起源及其历史的发展。新科学是"从天神意旨的角度去研究各异教民族的共同本性,发现到诸异教民族中神和人两类制度的起源,从而建立了一套部落自然法体系"①。

三 《新科学》的方法论原则

1. 理性和经验结合。

维柯在自传中说:

> 维柯就自幸不曾拘守一家之言,而是落在一片荒野森林里凭自己的才能去摸索出自己的科研大道,就循此前进,不受派系成见的搅扰。②

在17—18世纪,欧洲的哲学思潮有经验派与理性派的矛盾斗争。经验派以培根为代表,理性派以笛卡儿、莱布尼茨为代表。康德、黑格尔为代表的德国古典哲学,从哲学美学思想上统一了这两大派,他们既重视理性,又重视经验。维柯在这种哲学思潮合流中起了桥梁作用。他抛弃了经验哲学那种蔑视客观和感性经验的抽象的"批判法",接受了培根的影响,认为培根以一人而兼备无人可比得上的普遍智慧和玄奥智慧,"在理论和实践两方面都是一个全人"③。

从确凿可凭的历史事实出发去研究历史,从中得出科学的原则,这是维柯坚持的一条重要原则。他说:"凭这些原则我们对确凿可凭的历史事实

---

① 维柯:《新科学》,朱光潜译,人民文学出版社1986年版,第26页。
② 同上书,第633页。
③ 同上书,第638页。

就可以追溯出它们最初的起源,这些事实靠最初的起源才站得住,彼此才可融会贯通。"①同时他又坚信理性的力量,认为"一切关于神和人的学术研究都有三个因素,即知识、意志和力量,其惟一原则是心思(the mind),用理性作为它的眼睛,神把永恒真理的光传到这眼睛"②。在这里又表现出维柯思想中的唯心主义和他的思想体系存在着矛盾,他声言各科学术的一些原则都来自神。"一切事物都来源于神,都经过一种循环返回到神,都要在神身上见出它们的融贯一致性;离开了神,它们就会是黑暗和谬误。"③

经验与理性结合,具体来讲就是史料学问与哲学批判结合,就是语言学与哲学的结合。哲学默察理性或道理,从而达到对真理(the true)的认识;语言学观察来自人类选择的东西,从而达到对确凿可凭的事物(the certain)的认识。他所说的语言学是广义的,"既包括历史,即语言的事实和事件的历史(无论是真的历史还是神话寓言),又包括希伯来、希腊和拉丁三种语言"④。维柯正是依据他所理解的"语言学原则"与哲学批判方法,去探讨人类如何从野蛮生活转入文明时代,探讨世界各民族的起源和发展。

2. 历史主义的原则。

维柯已经有了初步的历史发展观点,并以此去进行他的新科学的研究。他说:"每个民族在时间上都要经历过这种理想的永恒历史,从兴起、发展、成熟以到衰败和灭亡。"⑤

(1)历史从哪里开始,就应从哪里研究起。他说:"凡是学说(或教义)都必须从它所处理的题材开始时开始。"⑥

人类史的研究起点应从动物开始经人的方式来思维的时候开始。他说:依据"关于人类原则的科学","我们的研究起点应该是这些动物开始以人的方式来思维的时候,在他们的野蛮状态和毫无约束的野兽般的自由中,没有什么办法可以驯服他们的野蛮或约束他们的自由,只有对某种神的畏惧才是唯一的强有力的办法使失去控制的自由归顺于职责,为着发现在异教世界中的人类思维是怎样起来的,我碰上一些令人绝望的困难,花了足足

---

① 维柯:《新科学》,朱光潜译,人民文学出版社 1986 年版,第 81 页。
② 同上书,第 652 页。
③ 同上书,第 652—653 页。
④ 同上书,第 651 页。
⑤ 同上书,第 110 页。
⑥ 同上书,第 129 页。

二十年光阴去钻研"①。从而认识到研究人类史,则要"远从神圣历史(《圣经》)的一些起源去找本科学的最初起源"②。

  维柯以历史的发展观点,把人类世界史划分为三个大的时期:神的时代、英雄时代、人的时代。这三个不同时代各自有着不同的语言、宗教、政治、法律,有着不同的心理和艺术。在神的时代,人类处于野蛮状态,过着野兽般的生活,他们没有语言,没有自我意识,缺乏理性思维能力,是体魄健壮"巨人"。进入英雄时代(荷马时代)后,出现了赫尔库里斯、阿喀留斯那样体现时代精神的英雄的化身。随着阶级的出现,进入了人的时代。维柯是历史的循环论者,他认为人类文明发展到一定阶段,社会就变坏了(已有异化思想的萌芽),于是人类又循环回到野蛮时代,三个时代周而复始。在他看来,西罗马帝国灭亡进入中世纪,即是进入了"黑暗时代",回到了野蛮时代,文艺复兴又进入了英雄时代,但丁是第二个荷马,他研究的重点是古希腊罗马的历史。

  (2) 人类历史是由人类自己创造出来的。他认为人类历史发展的动力是人类自身,是人类自身的创造活动。这是维柯思想观点中最有价值的成分,是他历史观的核心。同时,他从研究最古老的事物中,看到了"毕竟毫无疑问地还照耀着真理的永远不褪色的光辉,那就是:民政社会的世界确实是由人类创造出来的,所以它的原则必然要从我们自己的人类心灵各种变化中就可找到。任何人只要就这一点进行思索,就不能不感到惊讶,过去哲学家们竟倾全力去研究自然世界,这个自然界既然是由上帝创造的,那就只有上帝才知道;过去哲学家们竟忽视对各民族世界或民政世界的研究,而这个民政世界既然是由人类创造的,人类就应该希望能认识它"③。这里显示出维柯思想中的历史唯物主义萌芽,他批判了长期存在的上帝创世说,这在 18 世纪是有重大理论意义和革命意义的。他把"人类世界是人类自己创造的"看作他的新科学的一条无可争辩的大原则。他说:"这个包括所有各民族的人类世界确实是由人类自己创造出来的。(我们已把这一点定为本科学的第一条无可争辩的大原则。因为我们从哲学家们和语言家们那里已费尽心思想找出这样大原则而终于使我们绝望了)。"④由于人类各民族世界是人类自己创造的,因此,人类历史应研究人类的产生和发展史,应从人类

---

① 维柯:《新科学》,朱光潜译,人民文学出版社 1986 年版,第 139 页。
② 同上书,第 658 页。
③ 同上书,第 134—135 页。
④ 同上书,第 573 页。

本身来研究。"如果谁创造历史也就由谁叙述历史,这种历史就最确凿可凭了。"①当然,维柯的世界观并未完全否定上帝创造世界,但他认为上帝只是创造了自然界,而人类世界则是由人类自己创造的。这在当时真可谓是石破天惊的大发现。维柯的思想,应当说是与马克思相通的。马克思十分重视维柯的观点,他在《资本论》的一个注释中说говор:"如维柯所说的那样,人类史同自然史的区别在于,人类史是我们自己创造的,而自然不是我们创造的。"②马克思批判地继承了维柯的观点,创立了历史唯物主义,从而真正科学地阐明了人民创造了自己历史的原理。把人类学、历史学等作为一门科学看待,应当说维柯建有不朽的功绩。这一点连系统论的创始人贝塔兰菲都承认。他说:"科学是研究规律的——在自然事件能够重复与再现的事实基础上确立规律。但相反历史是不会重复的,它只出现一次,而且因此历史只能是独特的,亦即描述离今或近或远发生的事件。与这种正统历史的观点不同,出现了异端,它们试图通过用于历史过程的规律来建立理论的历史。这个流派始于18世纪初的意大利哲学家维柯,后来在黑格尔、马克思、斯宾格勒、托因比、索罗金、克劳伯等人的哲学体系与研究工作中继续。这些体系之间显然有差别。但它们都同意历史过程不完全是偶然的,而是遵循可以确定的规则或规律。"③

(3)维柯方法论原则的基础:普遍人性论。维柯把人类发展史上出现的各民族的共同人性,看作提出一切公理的基础,而人本身则是衡量一切事物的标准。他说:"正如血液在动物躯体里流行那样,这些要素也流行在本科学里,灌输生气给它对各民族的共同性所做的一切推理"④,"由于人类心灵的不确定性,每逢堕在无知的场合,人就把他自己当作权衡一切事物的标准"⑤。他一方面提倡"要从全人类整个社会中去研究人",同时又主张人类对于它所不认识的一切,都要"把自己当作衡量宇宙的标准"。"人们在认识不到产生事物的自然原因,而且也不能拿同类事物进行类比来说明这些原因时,它们就把自己的本性移加到那些事物上去"⑥。

普遍的人性是从人类的需要和效益的基础上形成的人类的"共同意

---

① 维柯:《新科学》,朱光潜译,人民文学出版社1986年版,第145页。
② 马克思:《资本论》第1卷,人民出版社1975年版,第395页。
③ L.贝塔兰菲:《一般系统论》,秋同、袁嘉新译,社会科学文献出版社1987年版,第166页。
④ 维柯:《新科学》,朱光潜译,人民文学出版社1986年版,第82页。
⑤ 同上。
⑥ 同上书,第97页。

识",而这又是人类所共有的判断一切事物的原则。他说:"人类的选择在本性上是最不确凿可凭的,要靠人们在人类的需要和效益这两方面的共同意识(常识)才变成确凿可凭的。人类的需要和效益就是部落自然法的两个根源。""共同意识(或常识)是一整个阶级,一整个人民集体、一整个民族乃至整个人类所共有的不假思索的判断。"①但他又把人类的共同意识准则看作上天给予的旨意:"起源于互不相识的各民族之间的一致的观念必有一个共同的真理基础。""这条公理是一个大原则,它把人类的共同意识规定为由天神意旨教给诸民族的一个准则。"②

从普遍人性出发,维柯研究了人类各民族发展的一致性和规律,探讨了人类发展的未来,提出了自己的社会理想。他追求的是建立一个"人道的政府""人道的法","在这种政府里由于人的特性在理智性的平等,在法律下面,人人都被看成平等的,因为人人在他们的城市里都生来就是自由的,这就是一些自由民主城市的情况,其中全体或大多数人组成城市的公正的武装力量,因此,他们就是民众自由体制的主宰"。③ 这里充分体现了维柯的人道、民主、自由的倾向。

第二节 《新科学》提出的新的文学观念

在《新科学》中,维柯从人类学的观点,历史地探讨了艺术的起源和诗的本质特征,探讨了"诗性智慧"的发展,提出了一种新的文学观念。

一 关于诗的本质特性

1. 诗是感觉和情欲物化的产物。

维柯在《新科学》中,提出和阐发了一种全新的文学观念。他认为诗与理智是不相容的,它是感觉和情欲物化的产物。他说:"诗的最崇高的工作就是赋予感觉和情欲于本无感觉的事物。"④他认为世界在它的幼年时代是由一些诗性或能诗的民族所组成的。

> 人们起初只感触而不感觉,接着用一种迷惑而激动的精神去感觉,

---

① 维柯:《新科学》,朱光潜译,人民文学出版社1986年版,第87页。
② 同上书,第88页。
③ 同上书,第464—465页。
④ 同上书,第98页。

最后才以一颗清醒的心灵去反思。这条公理就是诗性语句的原则,诗性语句是凭情欲和恩爱的感触来造成的,至于哲学的语句却不同,是凭思索和推理来造成的,哲学语句愈升向共相,就愈接近真理,而诗性语句却愈掌握住殊相(个别具体事物),就愈确凿可凭。①

在这里维柯从诗的语言形式入手,区分了诗与哲学的不同特点:

(1)诗是凭情欲和恩爱的感触来造成的,哲学是凭思索和推理来造成的;

(2)诗以掌握殊相(个别具体事物)为特征,哲学则以体现和升向共相为特征。

这两点对我们把握诗的本质特征,有重要的启示。

2. 艺术是对自然的模仿。

从维柯谈诗与哲学的不同特点看,他们是表现说的先驱,但从本质上讲,他仍然是"模仿说"的提倡者。他认为最初各民族的人民都是些人类儿童,首先创造出各种艺术世界,然后逐渐创造出科学世界。由于儿童最长于模仿,因此人类的儿童也是从模仿开始。他的结论是:"诗不过是模仿","各种艺术都只是对自然的模仿,因此,在某种意义上都是实物的诗"。②

二 "关于诗性智慧"的特点和范畴

1. 诗性智慧的含义。

"诗性智慧"是《新科学》全书探讨研究的重点,是维柯美学、文艺学思想体系的核心范畴。维柯为了发现和阐明"诗性智慧",曾用了二十多年的时间。按照希腊原文 Posis(诗)这个词的含义就是创造。"诗人"就是制作者或是创造者。"诗性智慧"就是创造或构造的智慧,但它区别于以后发展起来的反思推理的玄学(哲学)智慧。维柯把理解"诗性智慧"看作打开新科学的万能钥匙。

朱光潜先生把诗性智慧等同于形象思维是有道理的,但因形象思维问题是近代的概念,它远比维柯说的"诗性智慧"要复杂得多。如果说艺术创造时的主要特征是在形象中的思维,那当然是对的。从这个意义上说,朱先生下面一段话是正确的:

---

① 维柯:《新科学》,朱光潜译,人民文学出版社 1986 年版,第 105 页。
② 同上书,第 231 页。

> 读过《新科学》的人不难看出:没有形象思维,就不但不能有人类历史发展的起点,而且也就不能有诗或文艺以及诗学或文艺理论。①

我们研究历史文献,我认为我们还是按文献的本来面貌研究好一些,因此叫"诗性智慧"比称形象思维为好。由此出发,我们再进一步看一下,维柯是怎样论述诗性智慧的特征、功用及其历史发展的。其实维柯本人也反对后来的学者把自己的认识强加给古人。他说:"至于流传到我们的诗性智慧起源所享有的那种巨大而崇高的尊敬,则起源于两种虚骄讹见,一种是民族的,另一种是学者们的,更多的是第二种。"②学者们的虚骄讹见主要表现在"他们认为他们所知道的一切就和世界一样古老"③。

2. 诗性智慧的基本特征。

(1) 诗性智慧是"世界中最初的智慧",是人类童年时代的一种认识。

维柯认为,诗的真正的起源,"要在诗性智慧的萌芽中去寻找。这种诗性智慧,即神学诗人们的认识,对于诸异教民族来说,无疑就是世界中最初的智慧"④。要研究诗性智慧,就要从研究古希腊神话开始。各异教民族所有的历史全部从神话故事开始。神话故事是"世界通史的正当的起点"⑤。在世界的童年时代,人类按本性说都是些崇高的诗人。古希腊人当时正处于世界的童年时代,连他最初的哲人也是些神学诗人。不仅希腊人,"最初各族人民到处都是些天生的诗人"⑥。

哲学思维或称玄学思维是在诗性智慧的基础上发展起来的。因此在人类史上诗的产生先于哲学和科学。维柯的这一思想已被现代心理学和人类学所证实。

在"诗性智慧"这一篇中,维柯开头一章先论述了什么是"智慧",一般的智慧的概念。他说:"智慧是一种功能,它主宰我们为获得构成人类的一切科学和艺术所必要的训练。"⑦

柏拉图认为:"智慧是使人完善化者。"⑧人作为人,是由心灵和精气构

---

① 见《西方著名哲学家评传》第5卷,山东人民出版社1984年版,第584页。
② 维柯:《新科学》,朱光潜译,人民文学出版社1986年版,第151页。
③ 同上书,第84页。
④ 同上书,第7页。
⑤ 同上书,第43页。
⑥ 同上书,第147页。
⑦ 同上书,第152页。
⑧ 同上书,第152—153页。

成的,或者说,是由理智和意志构成的,智慧的功能就在于完成或实现人的这两个部分。智慧是从缪斯女神开始的,《奥德赛》中关于智慧的定义是"关于善与恶的知识",以后叫占卜术。因此一切民族的凡俗智慧,最初的特性是指"凭天神预兆来占卜的一种学问"。神学诗人们都精通这种凡俗智慧。后来"智慧"发展为指"对自然界神圣事物的知识,这就是形而上学metaphysic 或玄学,因此也叫作神的学问"①。在希伯莱人中,在基督教中,"智慧就叫作神所启示的关于永恒事物的科学知识"②。

维柯把神学又分为
- A. 诗性的神学
- B. 自然的神学
- C. 基督教的神学

"天神意旨已把人类制度安排成这样:从诗性神学开始,这种神学调节人类制度,是用某些可感觉到的符号来象征由天神遣送给人们的神旨。"③因此,古代人的智慧是神学诗人的智慧,神学诗人就是异教世界的最初的哲人。

(2) 诗性智慧是粗糙的智慧,它起源于一种粗糙的玄学。它的基础是无知,它的基本特点是:强烈的感觉力、生动的想象力和创造力。

维柯写道:"诗性的智慧,这种异教世界的最初的智慧,一开始就要用的玄学就不是现在学者们所用的那种理性的抽象的玄学,而是一种感觉到的想象出的玄学,像这些原始人所用的。这些原始人没有推理的能力,却浑身是强旺的感觉力和生动的想象力。这种玄学就是他们的诗,诗就是他们生而就有的一种功能(因为他们生而就有这些感官和想象力);他们生来就对各种原因无知。无知是惊奇之母,使一切事物对于一无所知的人们都是新奇的。"④

原始人生活在极端艰难的条件下,生产力低下,只有靠自己的体力去与大自然搏斗,才能维持生命。他们没有认识事物本质规律的能力,没有推理反思的能力。"原始人心里还丝毫没有抽象、洗练或精神化的痕迹,因为他们的心智还完全沉浸在感觉里,爱情欲折磨着,埋葬在躯体里。"⑤他们在粗鲁无知中"只凭一种完全肉体方面的想象力"去进行创造。"能凭想象来创

---

① 维柯:《新科学》,朱光潜译,人民文学出版社 1986 年版,第 154 页。
② 同上。
③ 同上书,第 154—155 页。
④ 同上书,第 161—162 页。
⑤ 同上书,第 164 页。

造,他们就叫作'诗人','诗人'在希腊文里就是'创造者'。"①他们的想象力,是从感受中的个别事物把握想象性的类概念,并保存在自己的记忆力中。因此,诗性智慧,是在无知的基础上,发展起来的一种对待世界的感性的、个别的、在想象中支配和创造世界的能力。

3. "诗性智慧"的诸范畴。

维柯的重要贡献是具体地论述了人类童年时代所特有的"诗性智慧"的范畴概念。它所提出的重要范畴有:

(1) 惊奇。"惊奇是无知的女儿,惊奇的对象愈大,惊奇也就变得愈大。"②

惊奇的前提是对事物的无知,它的结果是新知识产生的起点,它是由人们的好奇心引起的一种感觉。

维柯认为,"好奇心是人生而就有的特性,它是蒙昧无知的女儿和知识的母亲。当惊奇唤醒我们的心灵时,好奇心总有这样的习惯,每逢见到自然界有某种反常现象时,例如一颗彗星,一个太阳幻相,一颗正午的星光,就立刻要问它意味着什么"③。类似的论述,《新科学》中不少,如他还说:"好奇心是无知之女,知识之母,是开人心窍的,产生惊奇感的。凡俗人至今还保留着这种特性,每逢看到一颗彗星,一种太阳幻相或其它自然界的离奇事物,特别是天象中的怪事,他们就马上动起好奇心,急于要了解它有什么意义。他们看到磁石对铁的巨大作用就感到惊奇。就连在现代,人的心智已受到哲学的教导和感发了,他们还认为磁石对铁有一种秘奥的同情,因而把整个自然界看作一个巨大的躯体,能感到情欲和恩爱。"④

(2) 想象。《新科学》中维柯把想象看作诗性智慧的主要推动力,可以说没有想象,就没有诗人的创造,就没有诗性智慧可谈。《新科学》出现在18世纪初期的南欧是想象理论方面的伟大事件。因为在整个理性时代,只有少数先驱者从事捍卫感情和幻想的工作。⑤

缪越陀里认为:想象力是机智选择的判断力,是人的道德力量和理智力量的奴仆。而维柯则解放了想象力,他认为:想象力不是其他任何之物的女

---

① 维柯:《新科学》,朱光潜译,人民文学出版社1986年版,第162页。
② 同上书,第98页。
③ 同上书,第99页。
④ 同上书,第163页。
⑤ 吉尔伯特、库恩:《美学史》上卷,夏乾丰译,上海译文出版社1989年版,第351—355页。

儿或仆人、侍从，而是一种独立存在，拥有独立价值的能力。① 《新科学》一书的主要美学思想是，诗人的想象是人类处在儿童期的天然表现。因此，儿童的心理活动，包括它的自发性和有形性，是唯一应该考虑和重视的。② 维柯说："凡是认识功能都要涉及想象。"③ 而想象不过是记忆的复现，记忆是各种女诗神的母亲。记忆在拉丁文中是 phantasis，就是想象或幻想，诗人的聪明或发明也不过是在所记忆的事物上的加工。他在1725年致盖拉多·德衣·安琪奥利的信中认为，想象是来自人的肉体的功能，是诗歌创作的主要特征，他说：

> 阁下所处的是一个被分析方法搞得太细碎、被苛刻标准搞得太僵滞的时代。使这个时代僵滞的是一种哲学，它麻痹了心灵里一切来自肉体的功能，尤其是想象；想象在今天被憎厌为人类各种错误之母。换句话说，在阁下所处的时代里，有一种学问把最好的诗的丰富多彩冻结起来了。诗只能用狂放淋漓的兴会来解释，它只遵守感觉的判决，主动地模拟和描绘事物、习俗和情感，强烈地用形象把它们表现出来而活泼地感受它们。④

诗的创作如果没有想象，就会停滞、僵化甚至走向死亡。想象与感觉判断，与情感、具体形象都不可分。想象是维柯美学、文艺学理论体系的核心。关于这一点，克罗齐的看法是对的，他认为维柯反对所有他以前的诗学理论，他提出的新的诗学原则，就是想象的原则，他由此出发，建立了他的诗学新体系。他的"那些关于语言、神话、文字和符号象征论的所有理论都是从'诗的新原则'里产生出来"⑤。

（3）隐喻、替换、转喻、比喻。维柯在"诗性智慧"第二章中把比喻隐喻看作诗性逻辑的重要定理。他认为最常用的比喻就是隐喻（metaphor）。诗性智慧最基本的思维方式就是以己度物的隐喻。它的特点是"使无生命的事物显得具有感觉和情欲。最初的诗人们就用这种隐喻，让一些物体成为具有生命实质的真实物，并用以己度物的方式，使它们也有感觉和情欲，这

---

① 吉尔伯特、库恩：《美学史》上卷，夏乾丰译，上海译文出版社1989年版，第351—355页。
② 同上。
③ 维柯：《新科学》，朱光潜译，人民文学出版社1986年版，第361页。
④ 见《外国理论家、作家论形象思维》，中国社会科学出版社1979年版，第24页。
⑤ 克罗齐：《作为表现的科学和一般语言学的美学的历史》，王天清、袁华清译，中国社会科学出版社1984年版，第75页。

样就用它们来造成一些寓言故事"①。隐喻是从各种哲学正在形成的时期开始出现的,隐喻的定理是具有普遍性的。他说:"值得注意的是在一切语种里大部分涉及无生命的事物的表达方式都是用人体及其各部分,以及用人的感觉和情欲的隐喻来形成的。"②例如用"首"(头)来表达顶或开始,天或海"微笑",风"吹",物体在重压下"呻吟"等。人正是在无知中把自己当作衡量世间一切事物的标准,在上述例子中人把自己变成整个世界了。"这种想象性的玄学都显示出人凭不了解一切事物而变成了一切事物"。面对世界的各种事物,"人在理解时就展开他的心智,把事物吸收进来,而人在不理解时却凭自己来造出事物,而且通过把自己变形成事物,也就变成了那些事物(这些就是近代美学中的'移情作用',empathy——中译注)。③"

替换(synecdoche)是以局部代全体或全体代部分。在诗性逻辑中,通过隐喻而产生的最具体的感性意象。这种具体的感性意象就是替换和转喻(metonymy)的来源。

转喻有几种情况:

(1)用行动主体代替行动,原因在于行动主体的名称比起行动的名称较常用。

(2)用主体代替形状或偶然属性的转喻,原因在于还没有把抽象的形式和属性从主体上面抽出来的能力。

(3)以原因代替结果的转喻。替换、转喻与隐喻的关系。他认为隐喻比替换和转喻更具有普遍性。替换和转喻的结合只显露出原始村野时代表现方式的贫乏。"在把个别事例提升成共相,或把某些部分和形成总体的其它部分相结合在一起时,替换就发展成为隐喻(metaphor)。"④

4. 变形。

这是维柯谈的诗性智慧的重要范畴。他说:"诗的奇形怪物(monsters)和变形(metamor-phoses)起于这种原始人性中的一种必要,即没有把形式或特性从主体中抽象出来的能力。按照他们的逻辑,他们须把一些主体摆在一起,才能把这些主体的各种形式摆在一起,或是毁掉一个主体,才能把这个主体的首要形式和强加于和它相反的形式离开来。把这种相反的观念摆

---

① 维柯:《新科学》,朱光潜译,人民文学出版社 1986 年版,第 180 页。
② 同上。
③ 同上书,第 181 页。
④ 同上书,第 182 页。

在一起就造出诗的变形怪物。"①"把一些观念分别开来,就造成各种变形。"②古老的寓言故事,就是一种变形形式。维柯认为学者们把攸里赛斯与普罗图斯在埃及搏斗的寓言故事解释为最初人类的愚笨和糊涂产生出崇高的学问。"他们正像婴儿一样,看着镜子试图抓住自己的印象,根据他们自己的形状和姿势的各种不同的变形,就想到一定有一个人在水里,老是在变成各种不同的形状。"③

5. 符号与象征。

维柯认为:"最初的人类都是用符号说话,自然相信电光箭弩和雷声轰鸣都是天神向人们所作的一种姿势或记号。……他们相信天帝用些记号来发号施令,这些记号就是实物文字,自然界就是天帝的语言。"④这种符号分为:A. 自然符号和实物符号。B. 语言、文字符号。符号是研究语言文字起源的重要范畴。维柯就是从研究符号入手论述语言的起源及其发展阶段的。他研究语言、文字的起源所依据的原则有三条:"(1)异教世界的原始人都凭一些有生命而哑口无言的实体,凭想象来构思成事物的意象或观念;(2)他们都通过与这些意象或观念有自然联系的姿势或具体事物去表达自己……(3)他们因此是用一些具有自然意义的语言来表达自己。"⑤维柯从语言发生学的视觉去研究诗性智慧的历史。他认为世界经历了神、英雄和人三个时代,与这三个时代相适应的有三种语言:一是象形文字;二是象征的,用符号或英雄们的徽纹的语言;三是书写语言,"供相隔有些距离的人们用来就现实生活的需要互通消息时所用的语言"⑥。与英雄时代相适应出现的语言,是一种象征性的符号,这里有英雄的徽帜,是一些哑口无言的比喻。进而通过隐喻、意象、类比和比较等全部诗性方式或手段,而发展成为有声语言。

符号本身,开始就带有象征性。在神话传说中亚波罗象征文明的光辉,"以凭这些文明光辉就辨认出英雄们之所以成为美的那种文明的美。女神维纳斯(venus)就象征这种文明的美。后来物理学家们把这种文明的美看

---

① 维柯:《新科学》,朱光潜译,人民文学出版社1986年版,第183—184页。
② 同上书,第184页。
③ 同上书,第357页。
④ 同上书,第165页。
⑤ 同上书,第194页。
⑥ 同上书,第195页。

作自然的美,甚至看作全部成形的自然的美"①。

6. 典型。

在《新科学》中已明确提出了典型的概念,不过他所说的典型仍然属于类型的范畴。维柯在诗性智慧的探讨中,发现诗的起源应从诗的本质即诗性人物性格中去找。他认为:新喜剧所描绘的是当前人类习俗,即苏格拉底派哲学家们所思索的人类习俗。希腊诗人深受这派哲学的影响,因而"能创造出一些光辉的范例,显示出一些观念(或理想)中的人物典型,用来唤醒一般村俗人。……但是悲剧展现在剧场上的却是英雄们的仇恨、侮慢、忿怒和复仇,这些都起自英雄们的崇高本性。这些本性自然而然地发泄于情绪、语言方式和行动,通常都是野蛮、粗鲁和令人恐怖的"②。

维柯谈典型时着重其理想性、普遍性的特征,他的观点在这方面与亚里士多德、贺拉斯一脉相承。他写道:

> 亚里士多德在《诗学》里说,只有荷马才会制造诗性的谎言("把谎说得圆"——中译注)。因为荷马的诗性人物性格具有贺拉斯朗所称赞的无比崇高而妥帖的特征。他们都是些想象性的共性(imaginative unversals),……希腊各族人民把凡是属于同一类的各种不同的个别具体事物都归到这类想象性的共性上去。(这里说的就是"典型","典型"不是抽象的共相——概念,而是想象的共相;即用形象形成的共相能代表某一类的人物性格。——中译注)例如阿喀琉斯原是《伊利亚特》这部史诗的主角,希腊人把英雄所有的一切勇敢属性以及这些属性所产生的一切情感和习俗,例如暴躁,拘泥繁文细节,易恼怒,顽强到底不饶人,狂暴,凭武力僭夺一切权力(就像贺拉斯在《论诗艺》里替他所总结的)这些特征都归到阿喀琉斯一人身上。③

维柯关于典型的观点可概括为:

(1)典型是想象的产物,是诗人创造出的"诗性的谎言"。

(2)典型是"想象性的共性。朱先生解释,它是用形象形成的共相,能代表某一类人的人物性格。是一种具有高度概括性的人物性格"。

(3)典型不是抽象化的人物性格,而是一种"恰如其分"的诗性人物性格。维柯说:"凡是最初的人民仿佛就是人类的儿童,还没有能力去形成事

---

① 维柯:《新科学》,朱光潜译,人民文学出版社1986年版,第357页。
② 同上书,第422页。
③ 同上书,第423页。

物的可理解的类概念(class concepts),就自然有必要去创造诗性人物性格,也就是想象的类概念(imaginative class concepts),其办法就是制造出来某些范例或理想的画像(ideal portraits),于是把同类中一切和这些范例相似的个别具体人物都归纳到这种范例上去。"①

(4)典型具有"整体的和谐"的特征。在谈到维纳斯女神的性格时,维柯认为,一个代表民政美的诗性人物性格,含有高贵、美和德行的意义。"第一种是'高贵',应理解为特属于英雄们的民政的美。第二种'美'就是自然的美,这是由人用感官领会的,但是只有那些兼有知觉和领悟的人才知道怎样辨认各部分及其整体的和谐(美的本质就主要在此)。"②

(5)典型体现民族的共同意识,是全民族所创造出来的。维柯以《伊利亚特》中的阿喀琉斯和《奥德赛》中的攸里赛斯为例说明,诗性的人物性格,"由于都是全民族所创造出来的,就只能被认为自然具有一致性(这种一致性对全民族的共同意识[常识]都是愉快的,只有它才形成一种神话故事的魔力和美);而且由于这些神话故事都是凭生动强烈的想象创造出来的,它们就必然是崇高的。从此就产生出诗的两种永恒特性,一种是诗的崇高性(poetic sublimity)和诗的通俗性(popularity,人人喜闻乐见)是分不开的,另一种是各族人民既然首先为自己创造出这些英雄人物性格,后来就只凭由一些光辉范例使其著名的那些人物性格来理解人类习俗(就像凭阿喀琉斯和攸里赛斯来理解希腊社会习俗,在我国曹操和诸葛亮,李逵和宋江,薛宝钗和林黛玉等等各角色也起着同样的作用——中译注)"③。总之,维柯对典型理论是有贡献的,他虽未摆脱贺拉斯的影响,但他从诗性智慧的角度,特别突出了想象性的诗性方面,这就弥补了亚里士多德、贺拉斯理论中的重大缺陷。另外,他对典型的魔力和美的理解,也是很有启示的。

维柯在《新科学》中所阐明的文艺理论主张,除上述两点主要的以外,对诗的功能也有明确的论述。他说:"'诗人'在希腊文里就是'创造者'。伟大的诗都有三重劳动:

(1)发明适合群众知解力的崇高的故事情节;(2)引起极端震惊,为着要达到所预期的目的;(3)教导凡俗人们做好事,就像诗人们也会这样教导自己……"④他在《诗的形而上学》中,又进一步发挥了这一思想,具体阐明

---

① 维柯:《新科学》,朱光潜译,人民文学出版社1986年版,第103页。
② 同上书,第280页。
③ 同上书,第424页。
④ 同上书,第162页。

了诗的任务:"伟大的诗有三重任务:(1)发明适合于群众了解的崇高的神话故事;(2)为着达到所想的目的,要使人深受感动;(3)教普通人按照诗人所教导去做合乎道德的事。从人类事物的这种性质就产生出一种永恒的特性,像塔什陀的名句所说的:'他们一旦虚构出,就立刻信以为真'。"①这些论述,在意大利启蒙运动中,不仅新鲜而且有价值。另外,维柯对理解力与想象的关系(如说"推理力愈弱,想象力也就愈强"),人类思维的发展过程(由诗性智慧——科学智慧)等方面的研究,也都有不少卓越见解。

第三节 维柯在西方美学文艺学史上的地位和影响

维柯是西方近代美学、文艺学和文化人类学的奠基人之一。他的学生、继承者克罗齐认为,维柯是"发现了美学科学的革命者",维柯的"真正的新科学就是美学"②。当然这一说法不太准确,史学家一般认为鲍姆加登才是美学的正式提出者,到康德、黑格尔才使美学成为一门独立的科学。但维柯在西方美学史上的贡献是彪炳史册的。

首先在方法论上,维柯一反笛卡儿的唯理主义,他与笛卡儿的"我思故我在"相对,提出了"认识真理凭创造"的口号。他在西方哲学史上是理性主义与经验主义辩证统一的过渡人物,起了承上启下的作用。他认为认识的本原是一种诗性智慧活动,是一种以想象为动力的创造和构成的活动。认识又是从诗性智慧发展到科学智慧的。维柯是在西方美学、文艺学研究上,运用历史发展的观点和方法的伟大先驱。尽管还有其幼稚和形而上学的一面,但如果像西方美学家鲍桑葵等人那样,忽视维柯这方面的贡献,则显然是是片面和错误的。

在西方美学、文艺理论史上,维柯又是人类文化学、比较文学、神话学(原型批评)的伟大先驱。他对古希腊两部伟大史诗的研究,对西方文学史研究有开创性的意义。在《新科学》第三卷"发现真正的荷马"的《附编》中,他简要地论述和勾勒了戏剧与抒情诗作者们的理性历史,探讨了悲剧的产生和发展。朱光潜先生认为这个《附编》,可以说是希腊罗马文学史的简明纲要。"这在近代西方是一篇最早编写文学史的尝试,话不多,却有不少

---

① 见《朱光潜全集》第6卷,安徽教育出版社1990年版,第365—366页。
② 克罗齐:《作为表现的科学和一般语言学的美的历史》,王天清、袁华清译,中国社会科学出版社1984年版,第64、75页。

的深刻的启示,是比较文学的典范。"①

维柯对诗学的研究的一个突出特点,用我们今天的话讲,就是宏观的历史比较研究。他不仅从人类历史发展,从哲学上、语言学、心理学、美学等方面研究诗学问题,而且特别注意纵横的历史比较。在《维柯自传》中有一段话很能说明这个问题:"他一天隔着一天轮流地把西塞罗和薄伽丘摆在一起、维吉尔和但丁摆在一起、贺拉斯和帕屈拉克摆在一起来研究,渴望要分辨他们之间的差别。他从阅读中认识到在所有的三种对比中,拉丁语比意大利语都优越得多。他的办法是按计划每一次都要把这两种语言中最优秀的作家们阅读三遍。第一遍把每一作品作为整体来掌握。第二遍注意起承转合的布局。第三遍更注意细节,搜集思想和语言的美妙特点,在书上做出标志而不另外记在笔记簿上,他认为这种办法需在利用原文可以照顾到上下文而不是断章取义,上下文是衡量有效思想和表达方式的惟一尺度。"②这里不仅说明了维柯的研究方法,同时也叙述了他学习、研究的态度和习惯。维柯不只是注意研究社会科学,还学习研究几何学、物理学、地理学等自然科学。这一切无疑对他的诗学研究都有直接的影响和作用。维柯不同于一些专业美学、文艺学家,把自己的视阈局限在较窄狭的领域,他的视野是广阔的,天文、地理、历史、数学、语言、心理等等,无不在他涉猎的范围之内。克罗齐说他的《新科学》就是美学科学未免绝对,但说维柯是在人类文化的大题目下研究诗学、文艺学和美学的,还是符合实际的。

在《新科学》中,维柯对"诗性智慧"的特点、范畴的探讨是独具特色的,是他《新科学》中对文艺学建设最有价值的部分。他的有关论述对西方近代文艺学研究有重大影响,特别对我们理解文艺的本质特征,理解长久争论的"形象思维"等问题,都是有意义的。

维柯思想的影响开始不大,以后对意大利、德国和整个西欧影响是巨大的。克罗齐是维柯的大弟子,他在整理维柯的著作、宣传维柯的思想方面起了重大的作用。维柯的思想对赫尔德、歌德、黑格尔也有影响。歌德在他的《意大利游记》(1787年3月5日)中就写过见到维柯的《新科学》时的心情。他说:"我把他们当作神圣礼物赠给我的《新科学》浏览一遍,认识到其中包含着女仙式的预言,预见到今后将会或应该实现的美好公正的世界,这些预言是以对生活和传统的深思熟虑为根据的。一个民族有这样一位老父

---

① 见《西方著名哲学家评传》第5卷,山东人民出版社1986年版,第573页。
② 维柯:《新科学》,朱光潜译,人民文学出版社1986年版,第620页。

亲(altervater)真是一件喜事。"①韦勒克断言歌德不一定看过《新科学》是无根据的。维柯的历史发展观点,对德国古典美学家的历史主义有着直接的影响。维柯与法国启蒙领袖卢梭、孟德斯鸠、狄德罗也有思想上的联系。卢梭的《论各种语言的起源》一书的前六章基本上复述了维柯的论点。狄德罗则把维柯看作孟德斯鸠的先驱。维柯本人受培根、霍布斯的影响是明显的。他的思想对英国的柯勒律治、罗伯特·弗林特、克林伍德都有影响。马克思在《资本论》中,对维柯的观点,特别是他关于"人类历史是由人类自己创造的"的看法尤为重视,维柯的这一观点已具有历史唯物主义的萌芽。

维柯的美学、文艺学思想,并非十全十美。他的历史主义并未上升到历史唯物主义。"由于他对历史同对哲学同样混淆,他否定最初人类的任何知性逻辑,把他们的物理、天地形质、星象、地势学,甚至于伦理、经济和政治都理解为诗学,这样,人类具体的历史阶段都成了诗的阶段。这样的阶段是根本不存在的,也是不可理解的。伦理、政治、物理,由于它们的不完善性,总是必然要有知性行为的。"②克罗齐批评的这一点应当说是有道理的,对于人类文化发展的复杂性,维柯讲得自然有点绝对,但他指出诗性智慧先于科学思维,又是逐渐被历史的发展证实。

参考书目:

1. 维柯:《新科学》,朱光潜译,人民文学出版社1986年版。
2. 克罗齐:《作为表现的科学和一般语言学的美学的历史》第5、6、7、8章,王天清、袁华清译,中国社会科学出版社1984年版。
3. 朱光潜:《维柯》,见《西方著名哲学家评传》第5卷,山东人民出版社1986年版。
4. 韦勒克:《近代文学批评史》第1卷,第七章,杨岂深、杨自任译,上海译文出版社1997年版。
5. 吉尔伯特、库恩:《美学史》上卷,第九章,夏乾丰译,上海译文出版社1989年版。

思考题:

1.《新科学》"新"在哪里?该书的意旨是什么?

---

① 见《西方著名哲学家评传》第5卷,山东人民出版社1986年版,第595页。
② 克罗齐:《作为表现的科学和一般语言学的美的历史》,王天清、袁华清译,第76页。

2. 阐明《新科学》的方法论原则。
3. 维柯提出的不同于柏拉图、亚里士多德的新的诗学原则是什么?
4. 维柯论述的"诗性智慧"的特点和范畴。
5. 维柯在西方文艺理论史上的地位和影响。

第十三章　莱辛的《拉奥孔》和《汉堡剧评》

第一节　莱辛的时代、生平和文学实践活动

高特荷德·埃夫拉姆·莱辛（G. E. Lessing, 1729—1781），是18世纪德国启蒙运动的杰出代表，优秀的剧作家、文艺批评家，德国民族文学和现实主义戏剧理论的奠基人之一。车尔尼雪夫斯基曾说："莱辛是历史的必然律令为了使他的祖国活跃起来所召唤来的活动家中的第一代的主要人物。他是德国新文学之父。他以一种专制独裁的威力支配着它。凡是最近德国作家中一切最卓越的人，甚至席勒，甚至在活动的全盛期的歌德本人，也都是他的学生。"[1]

18世纪中叶，莱辛所处的时代，是资产阶级启蒙运动蓬勃发展的时代。欧洲社会生活的中心问题是反对封建专制制度、反对教会的斗争，为行将到来的资产阶级大革命进行舆论准备。18世纪的德国，在政治、经济、文化各方面都比较落后。资本主义的生产关系虽然已经产生，但是比较微弱。关于当时德国社会的现实，恩格斯曾经写道："这是一堆正在腐朽和解体的讨厌的东西。没有一个人感到舒服。国内的手工业、商业、工业和农业极端凋敝。农民、手工业者和企业主遭到双重的苦难——政府的搜刮，商业的不景气。贵族和王公都感到，尽管他们榨尽了臣民的膏血，他们的收入还是弥补不了他们日益庞大的支出。一切都很糟糕，不满情绪笼罩了全国。没有教育，没有影响群众意识的工具，没有出版自由，没有社会舆论，甚至连比较大宗的对外贸易也没有，除了卑鄙和自私就什么也没有；一种卑鄙的、奴颜婢膝的、可怜的商人习气渗透了全体人民。一切都烂透了，动摇了，眼看就要坍塌了，简直没有一线好转的希望，因为这个民族连清除已经死亡了的制度

---

[1]《莱辛，他的时代，他的一生与活动》，见《车尔尼雪夫斯基论文学》中卷，辛未艾译，上海译文出版社1979年版，第265页。

的腐烂尸骸的力量都没有。""这个时代在政治和社会方面是可耻的,但是在德国文学方面却是伟大的。"恩格斯说:"只有在我国的文学中才能看出美好的未来。"①当时欧洲启蒙运动的中心在法国,德国的启蒙运动是在法国的影响下发生的。德国启蒙运动的直接目的是实现德国的民族统一,进而为资本主义的发展扫清道路。由于德国资产阶级力量的软弱,因此他们没有像法国那样立即准备进行政治革命的条件。德国启蒙运动的领袖们从莱辛、赫尔德到歌德、席勒,虽然看出德国当时的反封建、反教会的任务首先要从政治的统一来解决,但是他们又主张政治的统一可以不假道于政治革命,只要通过建立统一的德意志民族文化就可以实现。因此他们的主要活动都是在文学艺术方面。文艺理论领域的斗争显得尤为尖锐和突出。

德国启蒙运动初期的代表人物是戈特舍德(Gottsched,1700—1766),他的理论著作《为德国人写的批判诗学试论》(1730),可以说是布瓦洛的《诗的艺术》的翻版。他把法国新古典主义的理论和创作视为典范,移植到德国土壤上来,企图以此指导德国民族文学的发展。戈特舍德领导的新古典主义文学运动,在当时德国处于四分五裂的政治条件下,也未尝没有其进步的意义。它使德国文艺逐渐接近现代文明社会,开始走向规范化、统一化,语言文学开始纯洁化,促进了德国文学的发展。戈特舍德是莱比锡大学的教授,他的信徒甚多,又大半集中在莱比锡,因此形成了所谓的"莱比锡派"。

由于德国新古典主义维护的是封建君主制度,投合封建宫廷的艺术趣味,因此它不可能适应正在兴起的德国资产阶级的要求。戈特舍德用继承模仿法国新古典主义文学代替了自己的创造,忽视结合德国民族的传统和时代的要求加以革新,因此必然遇到代表市民阶级的知识分子的反对。于是便酿成了所谓莱比锡派和屈黎西派(以瑞士屈黎西的波特玛和布莱丁格为代表)的大论战。屈黎西派反对戈特舍德把法国新古典主义理论奉为金科玉律,强调作家不应把法国的高乃依和拉辛作为创作的楷模,而应学习中世纪德国民间文学,学习荷马史诗和英国文学,特别应学习莎士比亚的戏剧、密尔顿的史诗以及汤姆逊和扬恩等感伤派诗人描绘自然的抒情诗。由于屈黎西派的理论较符合当时德国市民阶级的需要,所以在论战中赢得了胜利。

---

① 恩格斯:《德国状况》,见《马克思恩格斯全集》第2卷,人民出版社1957年版,第633—634页。

与莱比锡派和屈黎西派论战相联系的是希腊古典文艺日益代替拉丁古典文艺而成为新兴资产阶级的崇拜对象。在德国对古希腊文艺进行研究的开创者是温克尔曼(J. J. Winchelmann, 1717—1768)。他在 1755 年发表《论古代雕刻绘画作品的模仿》一文,提出了希腊古典理想是"高贵的单纯和静穆的伟大"的观点,并以拉奥孔雕像群为例来说明自己的主张;同时,在这篇论文中他还论述了诗画一致说。他的这些观点,在 1764 年发表的他的名著《古代艺术史》中进一步得到发挥。温克尔曼的观点后来成为莱辛写《拉奥孔》的一个直接起因。

到了 18 世纪后半期,德国经济已从 30 年战争的创伤中逐渐恢复过来,资本主义生产关系有了一定的发展。在新兴的资产阶级中逐渐形成了一种新的精神状态;他们渴望自由,渴望民主,渴望从封建专制制度下得到解放,实现民族的统一。他们已不满足于推崇理性、脱离现实、脱离政治的倾向,统一和抗暴成了当时的政治口号。德国启蒙运动发展到莱辛才真正走上了高潮。

莱辛 1729 年 1 月 22 日生于萨克森的卡门茨的一个牧师家庭。少年时期入拉丁文学校,毕业后被推荐入迈森"圣阿芙拉公爵学校"求学,精通希腊文、拉丁文、英文和法文,涉猎了宗教、哲学、数学等学科,爱好希腊、罗马古典文学和德国文学,创作了第一个喜剧剧本《年轻的学者》。1746 年 9 月进莱比锡大学。1748 年 11 月到柏林,开始了自己的文学生涯,成为德国文学史上第一个靠写作维持生活的职业作家。1752 年在维滕贝格研究德国宗教改革时期的历史和罗马文学,在柏林主持出版《戏剧文库》;与门德尔松、尼科莱合办《关于当代文学的通讯》杂志,1759—1760 年秋他共写了 55 篇关于当代文学的评论,结集为《当代文学书简》。他的《文集》六卷也在这时出版。他还翻译了《狄德罗先生的戏剧》,介绍狄德罗的戏剧理论。1766 年撰写《拉奥孔,或论画与诗的界限》。1767 年完成喜剧《明娜·封·巴尔赫姆,或军人之福》。1769 年《汉堡剧评》出版。为了回答哈勒大学教授克劳茨对《拉奥孔》的攻击,在此期间莱辛还连续发表了 55 篇《关于古文明的通讯》(1768—1769)。1772 年完成悲剧《爱米丽娅·迦洛蒂》。1775 年写出悲剧《萨拉·萨姆逊小姐》。1779 年写成《智者纳旦》。1781 年 2 月 15 日,莱辛因脑溢血在不伦瑞克逝世,终年 52 岁。

莱辛是在德国启蒙运动酝酿和形成的历史时期成长起来的。他站在新兴资产阶级的立场,以高度的爱国主义热情,用文学批评和戏剧艺术为武器,积极投入了反封建专制、反教会的斗争。在莱比锡派和屈黎西派的论战中,他清楚地看到正在形成的德意志文学所应走的道路,不应是法国新古典主义的道路,而应结合启蒙运动的反封建的任务,批判继承德国民间文学、英国文学和古希腊文艺来建立德意志民族的新文学。他英勇顽强地在文学战线上向德国腐朽的封建势力进行全面的进攻。在《爱米丽娅·迦洛蒂》中,他直接把矛头指向了封建宫廷的最高统治者,用梅林的话说,"在这座抗暴的巨厦里,永恒的抗暴精神顺着每一根廊柱直冲霄汉"[1]。在《明娜·封·巴恩赫姆,或军人之福》中,"他行使了诗人的权力,惩罚了人世间的法律触及不到的那些大人物",辛辣地讽刺和鞭挞了封建专制制度,揭露了普鲁士的军国主义的残酷。在《智者纳旦》中,莱辛对那些"半吊子的启蒙运动家",设法把正在觉醒的群众关进凑凑合合搭起来的那个"理性的基督教"的羊圈里去的企图,进行了无情地嘲笑。在《寓言和故事》中又抨击了封建统治者的专横和教会的愚昧,并对文学领域中那种专事模仿、不求创新、华而不实、矫揉造作的倾向进行了讽刺。莱辛以自己的文学实践为德国文学的发展开辟了一条崭新的道路。

莱辛在文艺理论和美学方面的代表著作有三部:《当代文学书简》《拉奥孔》和《汉堡剧评》,而尤以后两部最为著名。在《拉奥孔》中,他从解剖典型的艺术作品入手,探讨了诗与画的特殊规律,批判了传统的诗画一致说,纠正了温克尔曼把古希腊艺术理想归结为"高贵的单纯和静穆的伟大"的片面观点;在《汉堡剧评》中,莱辛与狄德罗相呼应,奠定了近代现实主义戏剧理论的基础。下面我们重点讲一下《拉奥孔》和《汉堡剧评》中所阐明的文艺理论主张。

第二节 莱辛文艺观的出发点和方法论

莱辛作为德国启蒙运动的主要代表人物,他的一切活动都服从和服务于当时反封建、反专制、反教会的伟大斗争,他的文艺创作和文艺批评活动体现了新兴资产阶级变革社会的要求。当时德国先进知识分子提出的建立统一的德国民族文化与文学的问题,是德国历史发展必然提出的时代要求。而这也恰恰是莱辛的美学思想和文艺理论的总的出发点。他的著名理论著作《拉奥孔》和《汉堡剧评》,都是围绕着建立统一的德国民族新文学这一总

---

[1] 梅林:《莱辛的〈爱米丽娅·迦洛蒂〉》,见梅林:《论文学》,张玉书等译,人民文学出版社1982年版,第1页。

题目而展开的。我们只有抓住了这个总题目,才能理解:他为什么要专门探讨诗与绘画的界限?为什么要反对温克尔曼的静穆理想?为什么要批判法国新古典主义的理论教条?为什么要提倡市民戏剧?莱辛的文艺观,在政治上体现了新兴资产阶级的艺术理想和要求;在理论上,结合德国的实际批判继承和发扬了亚里士多德、狄德罗的现实主义美学思想;在创作实践上则以希腊古典文艺和莎士比亚为榜样,努力同新古典主义划清界限,强调创作真实地反映德国现实关系的作品。

莱辛与他的先驱者戈特舍德不同,他认为文艺首先应当着眼于平民,而不应当像法国新古典主义那样着眼于王公贵族。莱辛认为:"王公和英雄人物的名字可以为戏剧带来华丽和威严,却不能令人感动。我们周围人的不幸自然会深深侵入我们的灵魂;倘若我们对国王们产生同情,那是因为我们把他们当作人,并非当作国王之故。他们的地位常常使他们的不幸显得重要,却也因而使他们的不幸显得无聊。往往是全体人民都被牵连进去;我们的同情心要求有一个具体对象,而国家对于我们的感觉来说是过于抽象的概念。"①他赞成法国百科全书派作家的观点,认为如果有人相信贵族的爵位能感动我们,那是对人类心灵的冤屈,是对人的本性的误解。朋友、父亲、情人、妻子、儿子、母亲,总而言之,凡是人的神圣的名字,比一切都能令人感动,他们总是永远保持着自己的权利。他从民主主义的人道主义理想出发,强调作家应表现人的独立和尊严,他说:"我早就认为宫廷不是作家研究天性的地方。但是,如果说富贵荣华和宫廷礼仪把人变成机器,那么,作家的任务,就在于把这种机器再变成人。"②莱辛所说的人,主要是指新兴的资产阶级和广大人民群众。正因为如此,作家在创作的时候,首先应了解和熟悉自己描写的对象,要着眼于自己的时代,着眼于自己时代的最优秀的人。他说:

> 一个有才能的作家,不管他选择哪种形式,只要不单单是为了炫耀自己的机智、学识而写作,他总是着眼于他的时代,着眼于他国家的最光辉、最优秀的人,并且着力描写为他们所喜欢,为他们所感动的事物。尤其是剧作家,倘若他着眼于平民,也必须是为了照亮他们和改善他们,而绝不可加深他们的偏见和鄙俗思想。③

---

① 莱辛:《汉堡剧评》,张黎译,上海译文出版社1981年版,第74页。
② 同上书,第308—309页。
③ 同上书,第9页。

莱辛嘲笑古典主义作家高乃依笔下的人物,"都喘着英雄主义的粗气,甚至连不应该有英雄主义气质或者确实没有英雄主义气质的人物——作恶者——都是如此"①。他强调文艺的功利作用,目的是为了对人民群众进行"启蒙"教育,"照亮他们和改善他们",促使他们的觉醒,积极投入反封建、反专制、反宗教的伟大斗争。莱辛对莎士比亚的创作推崇备至。他把莎士比亚同荷马相比,说:"关于荷马的一句话——你能剥夺海格力斯的棍棒,却不能剥夺荷马的一行诗——也完全适用于莎士比亚。他的作品的最小的优点也都打着印记,这印记会立即向全世界呼喊:我是莎士比亚的!"②他认为莎士比亚的戏剧同法国趣味的悲剧相比,"犹如一幅广阔的壁画和一幅绘在戒指上的小品画"③。他提倡学习莎士比亚,是为了以莎士比亚为榜样,积极创建德国民族的戏剧,描绘德意志民族的高尚性格,反对奴颜婢膝地崇拜外国,他对当时的德国文坛十分不满。"几乎可以说,德国人不想要自己的性格。我们仍然是一切外国东西的信守誓约的模仿者,尤其是永远崇拜不够的法国人的恭顺的崇拜者;来自莱茵河彼岸的一切,都是美丽的,迷人的,可爱的,神圣的;我们宁愿否定自己的耳目,也不想做出另外的判断;我们宁愿把粗笨说成潇洒,把厚颜无耻说成是温情脉脉,把扮鬼脸说成是作表情……"④

在创建统一的德国民族文学的斗争中,莱辛一方面坚决反对把法国的新古典主义奉为金科玉律,反对亦步亦趋地对法国新古典主义作品的抄袭和模仿;同时他又不赞成温克尔曼的静穆理想,特别反对把静穆理想应用到诗里去。他说:"诗人固然也追求一种理想美,但是他的理想美所要求的不是静穆而是静穆的反面。因为他们所描绘的是动作而不是物体,而动作则包含的动机愈多,愈错综复杂,愈互相冲突,也就愈完善。"⑤静穆是一种忍耐克制的精神在艺术上的表现。这种精神或者是在恶劣环境中能耐劳耐苦不怒不怨的忍受能力,或是对于现实苦乐无动于衷的冲淡态度。这种精神状态必然满足于现状,从而取消了对反动势力的斗争和反抗精神。在封建专制制度的残酷压迫下,以静穆精神来克制忍受生活的痛苦,不怨不愤,苟安偷活,这正是当时德国统治者所需要的一种庸人哲学。在艺术中描绘和

---

① 莱辛:《汉堡剧评》,张黎译,上海译文出版社1981年版,第161页。
② 同上书,第374页。
③ 同上书,第375页。
④ 同上书,第512页。
⑤ 同上书,第204页。

表现静穆美当然是可以的。但作为一种艺术理想来加以提倡,这自然与启蒙运动时期的时代精神相悖的。莱辛强调文学所要求的"不是静穆而是静穆的反面",诗应描绘人物的动作和真实的表情,这是莱辛的民主主义革命精神和侧重实践行动的人生观在艺术上的反映。正如朱光潜所说:"温克尔曼更多地朝后看,倾向静止的世界观,这种世界观很容易满足现状,和现实妥协,莱辛更多地朝前看,倾向变动世界的世界观,这种世界观必然要求变革现实,拿叙述动作的诗来和描绘静态的画相对立,拿表情的真实来和静穆的美相对立,骨子里都是用实践行动去变革现实的人生观和跟现实妥协的静观的人生观相对立。"①我们只有从德国的启蒙运动的任务和莱辛的世界观、人生观的高度上去认识《拉奥孔》与《汉堡剧评》,才能领会其精神实质,弄清它的性质、内容、特点和意义。

莱辛的美学和文艺理论专著《拉奥孔》和《汉堡剧评》在方法论上有四个鲜明的特点:

第一,论战的方法,在破中立,破立结合。

海涅在《论浪漫派》中说:莱辛是一个完人,"他用论战文章给陈旧老朽之物以毁灭性的打击,同时自己也创造了一些新颖的更加美好的东西。有一位德国作家说:'他和那种虔诚的犹太人相仿,当他们第二次修建神庙的时候,往往受到敌人侵袭的骚扰。于是他们一手抗击敌人,一手继续建造神庙。'"②在《拉奥孔》中,他一开始就抓住温克尔曼美学思想的核心——静穆美,以论辩的方式加以具体分析,并联系实际,做出自己的新解释,提出自己的艺术理想。温克尔曼认为拉奥孔雕像群的优点在于出色的表现出"一种伟大而沉静的心灵",显示出"一种节制住的焦急的叹息"。"高贵的单纯和静穆的伟大"是希腊古典艺术表现出的最一般的特征。莱辛用荷马史诗中描写的事实,具体反驳了温克尔曼的观点。女爱神维纳斯只是擦破了一点皮也大声地叫起来。这不是显示这位欢乐女神的娇弱,而是让遭受痛苦的自然(本性)有发泄的权利。就连铁一般的战神在被狄俄墨得斯的矛头刺痛时,也号喊得顶可怕,仿佛有一万个狂怒的战士同时在号喊一样,惹得双方军队都胆战心惊起来。因此,"尽管荷马在其他方面把他的英雄们描写得远远超出一般人性之上,但每逢涉及痛苦和屈辱的情感时,每逢要用号

---

① 朱光潜:《拉奥孔·译后记》,见莱辛:《拉奥孔》,朱光潜译,人民文学出版社1979年版,第220页。

② 海涅:《论浪漫派》,张玉书译,人民文学出版社1979年版,第21页。

喊、哭泣和咒骂来表达这种情感时,荷马的英雄们却总是忠实于一般人性的。在行动上他们是超凡的人,在情感上他们是真正的人。"①莱辛的论战,高屋建瓴,所向披靡,不迷信任何权威。他所论战的对象都是当时国内外的一些著名权威和作家,如法国的高乃依、拉辛、伏尔泰,德国莱比锡大学教授戈特舍德,哈雷大学教授克洛茨,汉堡大主教葛茨等。在论战中,尽管也有某些矫枉过正的成分,如对伏尔泰,但就论战的实质来讲,莱辛是符合时代要求的,服务于德国启蒙运动的总的任务。

第二,典型分析的方法。通过对带有典范性的艺术作品的具体分析,探讨艺术的特殊规律。莱辛的文学批评和美学理论研究,一个重要特点,就是从具体的艺术作品出发,特别是从分析典范性的艺术品如拉奥孔的雕像群,回答时代提出的问题,总结艺术史的经验,进而上升到理论。因此,读他的理论专著,一直感到有一种魅力在吸引着你,具体、生动而又有说服力。朱光潜在《拉奥孔·译后记》中,对西方文艺理论史上的理论著作两种不同的写作方式(实际是两种不同的研究方式和途径的表达形式),做了一个概括,并且特别指出了莱辛的《拉奥孔》的研究方法的特点。他说:过去西方的一般理论著作在写作方式上可分两种:一种是总结研究成果,主要的是要做出一些结论,得出结论后,便"过河拆桥",不让人看出得到结论所必经历的摸索和矛盾发展过程。这种结论只是盛在盘里的一些已成熟的果子;另一种则把摸索和解决矛盾的发展过程和盘托出,也做出结论,但结论却是生在树上的有根有叶的鲜果。前一种让读者看到的只是已形成的多少已固定化的思想,后一种则让读者看到正在进行的活生生的思想。属于前一种的是大多数理论著作,典型的代表是亚里士多德的《诗学》、布瓦洛的《诗的艺术》和斯宾诺莎的《伦理学》。少数属于后一种的有柏拉图的《对话集》、狄德罗的《谈演员》《拉摩的侄儿》和莱辛的《拉奥孔》。《拉奥孔》的正文结合附录的两个提纲和一些笔记遗稿来读,就更能见出这部著作在作者思想中的生长过程,这样就更能启发读者如何学习,如何结合实际经验和书本知识进行独立钻研和思考,如何批判继承前人的遗产,从而建立自己的新观点。②《拉奥孔》在世界美学史和文艺理论史上是一部著名的历史文献,不仅以它的见解深刻、卓著而影响后世,而且也以其生动具体的表现方式和典型分析的方法而对后来学者发生重大影响。

---

① 莱辛:《拉奥孔》,朱光潜译,人民文学出版社1979年版,第8页。
② 同上书,第232页。

第三，比较的方法。在《拉奥孔》与《汉堡剧评》中，运用比较方法研究文艺问题，可以说处处可见。这里既有国与国、民族与民族之间的比较（如英、法文学的比较），又有国与国、民族与民族文学之间相互影响的研究（如法国新古典主义文学对德国文学的影响）；既有不同艺术类型之间的比较研究（如雕刻、绘画与诗的比较），又有相同艺术类型内部的不同艺术种类的区别分析（如对寓意画和历史画的分析）；既有纵的比较，又有横的比较。莱辛时代没有比较文学的名称，比较文学的兴起，是 19 世纪末 20 世纪初以来的事情。但是比较研究的方法的运用，在历史上却不乏其例。莱辛就是运用这一方法研究文艺问题的伟大先驱。他的名著《拉奥孔》，从某种意义上说，可谓当今比较文学的重要源头。在《汉堡剧评》中，莱辛在批评法国新古典主义理论时，是以亚里士多德的《诗学》为武器的。然而法国新古典主义者也是从《诗学》中来找自己的理论根据。莱辛通过理论上的比较研究，尖锐地指出了新古典主义者对《诗学》的曲解的错误。比如他对"三一律"的批评就是一个突出的例子。他说："有的人听任规则摆布；有的人确实重视规则。前者是法国人干的；后者似乎只有古人懂得。行动整一律是古人的第一条规则；时间整一律和地点整一律仿佛只是它的延续，古人对待后者并不像对待前者那样严格。"①毫无疑问，马克思是赞成莱辛对法国古典主义的批评的，他明确指出："路易十四时期的法国剧作家从理论上构想的那种三一律，是建立在对希腊戏剧（及其解释者亚里士多德）的曲解上的。但是，另一方面，同样毫无疑问，他们正是依照他们自己艺术的需要来理解希腊人的，因而在达西埃和其他人向他们正确解释了亚里士多德以后，他们还是长时期地坚持这种所谓的'古典'戏剧。"②

第四，符号研究方法。在《拉奥孔》中，莱辛在论述诗与画的界限时，自然就牵扯到诗与画所使用的媒介的不同。他首次提出了艺术中的人为的符号与自然的符号的概念，并以此作为研究诗与画的不同特点的重要依据。他说："我只不过才开始研究诗和绘画的一个差别，这个差别起于它们所用符号的差别，一种符号在时间中存在，另一种符号在空间中存在。这两种符号都同样可以是自然的或是人为的；因此，绘画和诗都有两种，高级的和低级的。绘画所用的符号是在空间中存在的，有自然的也有人为的；这种差别

---

① 莱辛：《汉堡剧评》，张黎译，上海译文出版社 1981 年版，第 241 页。
② 马克思：《致斐·拉萨尔》(1861 年 7 月 22 日)，见《马克思恩格斯全集》第 30 卷，人民出版社 1974 年版，第 608 页。

在诗所特有的在时间上先后承续的符号中也可以看到。说绘画只能用自然的符号，和说诗只能用人为的符号，都同样是不正确的。但是有一点却是确凿无疑的：绘画脱离自然的符号愈远，或是愈把自然的符号和人为的符号夹杂在一起，它离开它所能达到的完美也就愈远；而就诗方面来说，它愈使它的人为的符号接近自然的符号，也就愈接近它所能达到的完美。"①莱辛还具体论述了人为符号的局限性和优越性，自然符号的特征和力量，论述了人为符号与自然符号的结合问题等。这些对于研究绘画、诗、音乐、戏剧的审美特征都是不无意义的。莱辛关于人为符号与自然符号的区别和联系的研究，可以说开了近代美学符号学、语义学研究的先河。

莱辛的美学思想和文艺理论的总的出发点与方法论，是我们学习、研究他的《拉奥孔》《汉堡剧评》时首先必须解决的问题。

第三节 《拉奥孔，或称论画与诗的界限》

1776 年出版的《拉奥孔》，副标题是"论画与诗的界限"，是美学史上的一部重要的历史文献。莱辛从拉奥孔这座雕像群所表现出的感情与维吉尔在史诗《埃涅阿斯纪》中所描绘的拉奥孔的形象谈起，具体探讨了造型艺术和诗的区别及其特殊规律。莱辛所提出和论述的问题，都是美学与文艺学上带有根本性的问题。

拉奥孔（Laokoon）是 1506 年 1 月 4 日由意大利考古学家德·佛列底斯在古罗马皇宫的废墟中挖掘出来的一座雕像群。现代考古家在罗德斯（Rhodes）岛上发现一些碑文证明，它是阿革山德罗斯、波利多鲁斯和阿典诺多鲁斯三位罗德斯岛的艺术家在公元前 42 年—公元前 21 年之间创作的。发掘出的雕像拉奥孔的右手膀已残缺，后来由著名艺术大师米开朗基罗、蒙托索理、考提勒修补完整。据希腊传说，拉奥孔是特洛伊国日神庙的司祭。他的名字最早见于荷马之后关于特洛伊的传说中，他的故事在罗马诗人维吉尔的史诗《埃涅阿斯记》里最后形成。特洛伊国王巴里斯访问希腊，带着美女海伦私奔回国。希腊人动员全国人组成远征军去攻打特洛伊，打了九年不下，第十年上，希腊将领奥地苏斯提出了一个"木马计"，将精兵藏于大木马的腹内，放在特洛伊城门外。希腊人假装撤退以后，特洛伊人好

---

① 莱辛给尼柯莱的信（1869 年 3 月 26 日），见《拉奥孔》，朱光潜译，人民文学出版社 1979 年版，第 205—206 页。

奇地把木马拖进城内,这时司祭拉奥孔极力劝阻,结果触怒了偏爱希腊人的海神。海神便遣两条大蛇把他和他的两个儿子缠住。拉奥孔雕像所表现的就是这个题材。这座雕像是西方艺术史家理论探讨的一个重要课题。

关于诗与画的界限问题,在莱辛以前,西方大多数学者强调诗画一致说。古希腊诗人西摩尼德斯说:"画是一种无声的诗,诗是一种有声的画。"以后贺拉斯在《论诗艺》中也认为"画如此,诗亦然"。这种诗画一致说一直延续到莱辛时代,都被理论界奉为经典的看法。不但英国的斯彭司和法国的克路斯宣扬诗画一致说,就连屈黎西派和温克尔曼也是诗画一致说的信徒。这种观点由于反映了封建贵族阶级的艺术趣味,因此长期居于统治地位。新古典主义宣扬这种观点,目的是要为当时宫廷贵族所爱好的寓意画(用人物来象征某一抽象概念如"自由""贞洁""虔诚"之类)和历史画(写历史上伟大人物和伟大事迹来奉承当时统治阶级)做辩护;屈黎西派宣传诗画一致论,这是因为他们要为当时在德国盛行的受英国汤姆逊和扬恩一派影响的描绘自然的诗歌做辩护。温克尔曼通过对拉奥孔雕像的分析,突出地宣扬了他的"高贵的单纯和静穆的伟大"的艺术理想。这种传统的诗画一致说,对于当时正在蓬勃发展的德国启蒙运动是无益的。它的实质在于引导艺术家脱离现实的斗争生活,削弱艺术的审美教育作用。莱辛尖锐地批评诗画一致说,主要目的是为了建立统一的德国民族新文学,引导艺术家与现实的反封建、反宗教的斗争生活紧密结合,走现实主义的道路。他在《拉奥孔·前言》中就清楚地阐明了诗画一致说对文艺创作和文艺批评带来的危害。他说:

> 这种虚伪的批评对于把艺术专家们引入迷途,确实要负一部分责任。它在诗里导致追求描绘的狂热,在画里导致追求寓意的狂热;人们想把诗变成一种有声的画,而对于诗能画些什么和应该画些什么,却没有真正的认识;同时又想把画变成一种无声的诗,而不考虑到画在多大程度上能表现一般性的概念而不至于离开画本身的任务,变成一种随意任性的书写方式。

> 这篇论文(指《拉奥孔》——引者)的目的就在于反对这种错误的趣味和这些没有根据的论断。①

资产阶级学者企图抹杀《拉奥孔》在德国启蒙运动中所起的巨大的战斗作

---

① 莱辛:《拉奥孔》,朱光潜译,人民文学出版社 1979 年版,第 3 页。

用,这是极其片面的。苏联学者格里勃公正地指出:"《拉奥孔》首先是个政论性的作品,政治抨击性的论著,但这丝毫也不降低它的理论上的意义,相反地,却充实和巩固了它的理论上的意义。如果有谁企图把《拉奥孔》的理论逻辑从它的社会逻辑那儿割裂出来,那么他就给自己堵了门道,永远也不会理解莱辛这一名著的真正意义。"①

科学研究的主要任务就是要探讨和研究一事物区别于他事物的特殊的矛盾、特点和规律。莱辛的《拉奥孔》的可贵之处,就在于他不仅看到并论述了诗与画的共同性的规律,最主要的是他着重探讨和论述了诗与画的特殊规律。什么是诗与画的共同性规律?什么是诗与画的特殊性规律?这是我们学习《拉奥孔》这部著作时应注意的基本问题。莱辛认为:

> 诗和画固然都是模仿的艺术,出于模仿概念的一切规律固然同样适用于诗和画,但是二者用来模仿的媒介或手段却完全不同,这方面的差别就产生出它们各自的特殊规律。②

在诗与画的共同规律问题上,莱辛继承了亚里士多德《诗学》中所阐发的艺术模仿自然而又比自然更美的主张。莱辛既反对自然主义的照抄自然,又反对新古典主义理论家主张的那种脱离现实生活的美化自然的观点。他所说的自然是现实的社会生活。在对待艺术与自然的关系上,显示出了他的文艺观中的唯物主义成分和辩证法因素。他强调"真实与表情应该是艺术的首要的法律"③。艺术理想"毕竟须服从逼肖原身的要求"④。他嘲笑那种不加选择、概括和集中的模仿。在《拉奥孔》中莱辛提到康斯旦丁·玛拿赛斯写的一段关于海伦的诗,认为作者"是多么愚蠢"。尽管诗中用了一大堆词藻,但是"我读到这段诗时,仿佛看到把一些石头滚上山头,要用它们在山顶上建成一座堂皇的大厦,但是它们一滚到山顶,又自动地滚下山那边去了"⑤。在《汉堡剧评》中,他对艺术与自然的关系进一步做了说明,他说:

> 在自然里,一切都是互相联系的,一切都是互相交错的,一切都是互相变换的,一切都是互相转化的。但是就这种无限的多样性来说,它只是为具有无穷智慧的人演出的戏剧。为了让智慧有穷尽的人同样欣

---

① 见《现代文艺理论译丛》第 6 辑,人民文学出版社 1964 年版,第 47 页。
② 莱辛:《拉奥孔》,朱光潜译,人民文学出版社 1979 年版,第 181 页。
③ 同上书,第 18 页。
④ 同上书,第 13 页。
⑤ 同上书,第 113 页。

赏这部作品,他们必须获得赋予自然本身所没有的局限性的能力,必须有进行鉴别的能力,并能随心所欲地驾驭自己的注意力。

在生命的每一瞬间,我们都在运用这种能力。没有这种能力我们便根本不可能有生命;在各种各样的感情面前,我们将无所感受,我们将成为表面印象的永久的俘虏;我们在做梦的时候,也不知道自己梦见些什么。

艺术的使命,就是使我们在这种鉴别美的领域里得到提高,减轻我们对于自己的注意力的控制。我们在自然中从一个事物或一系列不同的事物,按照时间或空间,运用自己的思想加以鉴别或者试图鉴别出来的一切,它都如实地鉴别出来,并使我们对这个事物或一系列不同的事物得到真实而确切的理解,如同它所引起的感情历来做到的那样。[1]

莱辛这段对自然的看法和对艺术的使命的看法,是他整个文艺思想的基础。他所理解的自然,充满了无限多样的关系,一切都是互相联系、互相变换、互相转化的。他重视艺术家的注意力和鉴别力,艺术家在模仿自然时应按照事物在时间和空间的种种表现加以鉴别和选择,作家应"把现实世界的各部分加以改变,替换,缩小,扩大,由此造成一个自己的整体,以表达他自己的意图"[2]。他强调艺术对现实生活的影响,认为艺术帮助人们提高鉴别美的能力,影响美的人物的成长。他说:"美的人物产生美的雕像,而美的雕像也可以反转过来影响美的人物,国家有美的人物,要感谢的就是美的雕像。"[3]

对于绘画或造型艺术与诗(主要是叙事诗、史诗)的特殊规律问题,莱辛进行了卓有见识的探讨,在理论上有重大的建树。在《拉奥孔》中最主要的有三个方面应重点研究一下。

第一,空间艺术与时间艺术的特殊规律。

莱辛的文艺思想体系中,时间与空间是两个重要的概念。他认为绘画、雕刻属空间艺术,它受空间规律的支配;诗是时间艺术,它受时间规律的支配。莱辛是从绘画与诗用来模仿的媒介或手段、模仿的对象、产生的效果等方面来探讨空间艺术与时间艺术的特殊规律的。

首先从媒介或手段来看,"绘画运用在空间中的形状和颜色。诗运用

---

[1] 莱辛:《汉堡剧评》,张黎译,上海译文出版社1981年版,第359页。
[2] 同上书,第179页。
[3] 同上书,第13页。

在时间中明确发出的声音。前者是自然的符号,后者是人为的符号,这就是诗和画各自特有的规律的两个源泉"①。但是在文艺作品中,有时诗中有图画,造型艺术中也有图画,那么这二者又怎样区别呢?莱辛说:"诗的图画与造型艺术的图画的分别是从哪里起来的,是从绘画与诗所用的符号的分别起来的。绘画所用的符号是在空间中存在的,自然的;而诗所用的符号却是在时间中存在的,人为的。"②人为符号指的就是语言符号。艺术家既可以运用这种符号,"把一个物体的各部分描绘得既像它们在自然中并列的样子,也可以是先后承续的"③。语言符号反映生活的广阔性和丰富性,最适宜于创作。但是自然符号与人为符号在文艺创作中也不是绝对的。"绘画所用的符号并非全都是自然的","诗所用的符号也不单纯是人为的。文字作为音调来看待,可以很自然地模仿可以耳闻的对象"④。诉诸听觉的先后承续的人为符号和诉诸视觉的先后承续的自然符号的结合,是诗与音乐、舞蹈的结合,戏剧艺术因为有演员的表演,因而它是人为符号与自然符号的巧妙结合。当然,二者的完美结合是不容易的,还有不同系列、不同层次、不同艺术种类的差别。"把多种美的艺术结合在一起,以便产生一种综合的效果,这种可能性和难易程度就要随这些艺术所用的符号的差异而定。"⑤

其次,从模仿的对象来看,诗与绘画或造型艺术也是有区别的。莱辛认为:规律仍然有效,那就是:"时间上的先后承续属于诗人的领域,而空间则属于画家的领域。"⑥他说:"我的结论是这样:既然绘画用来模仿的媒介符号和诗所用的确实完全不同,这就是说,绘画用空间中的形体和颜色而诗却用在时间中发出的声音;既然符号无可争辩地应该和符号所代表的事物互相协调;那么,在空间中并列的符号就只宜于表现那些全体或部分本来也是在空间中并列的事物,而在时间中先后承续的符号也就是只宜于表现那些全体或部分本来也是在时间中先后承续的事物。全体或部分在空间中并列的事物叫作'物体'。因此,物体连同它们的可以眼见的属性是绘画所特有的题材。全体或部分在时间中先后承续的事物一般叫作'动作'(或译为

---

① 莱辛:《拉奥孔》,朱光潜译,人民文学出版社 1979 年版,第 181—182 页。
② 同上书,第 171 页。
③ 同上书,第 91 页。
④ 同上书,第 174 页。
⑤ 同上书,第 189 页。
⑥ 同上书,第 97 页。

'情节')。因此,动作是诗所特有的题材。"①总之,绘画宜于描绘属于相对静态的物体,表现那些全体或部分在空间中并列的事物,它的主要目的在于追求物体美的理想。而物体美包括形体美和精神美,通过形体美表现出精神美。诗宜于表现动态的事物,描绘那些全体或部分在时间中先后承续的事物,它的主要目的是通过动作或行为的描写反映事物的动态美。"诗的理想却必须是一种关于动作(或情节)的理想。"②当然绘画和诗模仿的对象也不是绝对的,而是相对的。"绘画描绘物体,通过物体,以暗示的方式,去描绘运动。诗描绘运动,通过运动,以暗示的方式,去描绘物体。"③莱辛说,"绘画的最高法律是美"④。诗与造型艺术区别的真正理由是"美的规律"。他所说的美,主要是指对称、比例、和谐等形式美。这种观点说明莱辛对美的看法基本上沿袭了亚里士多德的观点。

再次,从诗与画的效果来看,画是通过自然符号直接用眼睛来感受的,视觉能够把在空间中的并列的事物同时摄入眼帘,所以适宜于感受静态美。莱辛说:"我们对一个占空间的事物,怎样才能获得一个明确的意象呢?首先我们逐一看遍它的各个部分,其次看各部分的配合,最后才感到整体。"⑤莱辛说:"凡是不能按照组成部分去描绘的对象,荷马就使我们从效果上去感觉到它。诗人啊,替我们把美所引起的欢欣,喜爱和迷恋描绘出来吧,做到这一点,你就已经把美本身描绘出来了。"⑥莱辛极力赞扬荷马对海伦的美的描写,认为这是"典范中的典范"。荷马写海伦的美,主要是从美的效果上显示出海伦的美。比如他写海伦走到特洛亚元老会议场里的那一段诗,这些元老们见了海伦,交头接耳,彼此私语道:

> 没有人会责备特洛亚人和希腊人,
> 说他们为了这个女人进行了长久的痛苦的战争,
> 她真像一位不朽的女神啊!

荷马"能叫冷心肠的老年人承认为她战争,流了许多血和泪,是值得的,有什么比这段叙述还能引起更生动的美的意象呢?"⑦莱辛认为诗显示美的另

---

① 莱辛:《拉奥孔》,朱光潜译,人民文学出版社1979年版,第82—83页。
② 同上书,第177页。
③ 同上书,第195页。
④ 同上书,第206页。
⑤ 同上书,第91页。
⑥ 同上书,第120页。
⑦ 同上。

一重要途径是"化美为媚"。"媚就是在动态中的美。"①化静为动,在动态中显示出美的理想,这是莱辛的一个重要美学思想。莱辛以文艺复兴时期意大利诗人阿里奥斯陀(1474—1533)在《疯狂的罗兰》中塑造的阿尔契娜的形象为例,说明这个人物的魅力全在于她的媚。"她那双眼睛所留下的印象不在黑和热烈,而在它们娴雅地左顾右盼,秋波流转,爱神绕着它们飞舞,从它们那里放射出他箭筒中所有的箭。她的嘴荡人心魂,并不在两唇射出天然的银朱的光,掩盖起两行雪亮的明珠,而在于从这里发出那嫣然一笑,瞬息间在人世间展开天堂;从这里发出心旷神怡的语言,叫莽撞汉的心肠也会变得温柔。"②

第二,时间与空间的辩证关系,选择最富有包孕性的顷刻的艺术规律。

莱辛在探讨诗与绘画和造型艺术的特殊规律时,显示出他美学思想中的辩证因素。他认为在诗与绘画中,时间与空间不是绝对的界限,只是相对的界限。他重点阐明了在造型艺术中如何寓时于空,在诗中又如何寓空于时,提出了选择最富有包孕性的顷刻的艺术规律。他说:

> 一切物体不仅在空间中存在,而且也在时间中存在。物体持续着,在持续期中的每一顷刻中可以现出不同的样子,处在不同的组合里。每一个这样顷刻的显现和组合是前一顷刻的显现和组合的后果,而且也能成为后一顷刻的显现和组合的原因。因此仿佛成为一个动的中心。因此,画家也能模仿动作,不过只是通过物体来暗示动作。
>
> 就另一方面来说,动作不是独立自在的,必须隶属于某人某物。这些人和物既然都是物体,诗也就能描绘物体,不过只是通过动作来暗示物体。
>
> 绘画在它的并列的布局里,只能运用动作中的一顷刻,所以它应该选择孕育最丰富的那一顷刻,从这一顷刻可以最好地理解到后一顷刻和前一顷刻。
>
> 诗在它的先后承续的模仿里,也只能运用物体的某一特征,所以诗所选择的那一种特征应该能使人从诗所用的那个角度,看到那一物的最生动的感性形象。③(着重号引者加)

时间与空间是世界上一切事物存在的基本形式。按照莱辛的观点,绘画、雕

---

① 莱辛:《拉奥孔》,朱光潜译,人民文学出版社 1979 年版,第 121 页。
② 同上书,第 121 页。
③ 同上书,第 182 页。

刻模仿的对象是物体及其感性特征；诗模仿的对象则是动作。但是物体的静态美只是相对的，它不能与动态美截然分开。莱辛从事物的静态美与动态美的关系上，阐明了绘画、雕刻与诗的区别。造型艺术是"通过物体来暗示物体"，在事物的静态美中显示出它的动态美，以有限的富有包孕性的顷刻，显示出无限的丰富而深远的意蕴；诗则"通过动作来暗示物体"，选择某一特征，表现出诗的艺术整体。

  莱辛关于选择最富有包孕性的顷刻的观点，是一个十分有价值的美学观点。莱布尼兹（Leibniz）曾经说过："现在包孕着（gros）未来而负担着（charge）过去。"莱辛的观点使莱布尼兹对时间的普遍界说获得了特殊意义。在生活的长河中，时间的每一顷刻都是背着负担而怀着胚胎的；在具体人生经验里，每一顷刻又有其不同的价值和意义。它所负担的过去或轻或重，或则求卸不能，或则欲舍不忍；它所包孕的未来有的尚未成熟，有的即可产生，有的是恰如期望的，有的是大出意料的。艺术家就根据这种种来挑选合适的情景。① 在永远变化的自然中，艺术家无法全面地描绘出这种时间的流动性，特别是在造型艺术中，它只能选用某一顷刻中的某一情景。为了使艺术作品让人玩味欣赏，产生最大的效果，选择什么样的顷刻最好呢？莱辛认为"最能产生效果的只能是可以让想象自由活动的那一顷刻了。我们愈看下去，就一定在它里面愈能想出更多的东西来"②。这一富有包孕性的顷刻，既是前一顷刻的显现和组合的后果，又是后一顷刻的显现和组合的原因。正因为如此，这一顷刻不能选在一种激情发展的顶点。到了顶点就到了止境，眼睛就不能朝更远的地方去看，想象就被捆住了翅膀，因为想象跳不出感官印象，就只能在这个印象下面设想一些较软弱的形象，对于这些形象，表情已达到了看得见的极限，这就给想象划了界限，使它不能向上超越一步。莱辛认为，拉奥孔雕像选择拉奥孔在叹息时的那一顷刻，是最富有包孕性的顷刻，它给欣赏者的想象以最充分的自由活动的余地。人们通过他的叹息，既可想象他走过来的道路和内心的矛盾与痛苦，又可以想象他未来的命运，仿佛听得见他的哀号。假如艺术家选择拉奥孔哀号的顷刻，那就到了顶点。"想象就不能往上面升一步，也不能往下面降一步；如果上升或下降，所看到的拉奥孔就会处于一种比较平凡的因而是比较乏味的状态了。

---

① 钱锺书：《读〈拉奥孔〉》，见《文学评论》1962年第5期。
② 莱辛：《拉奥孔》，朱光潜译，人民文学出版社1979年版，第18—19页。

想象就只会听到他在呻吟,或是看到他已经死去了。"①为此,在艺术创作里,凡是可以让人想到只是一纵即逝或按其本质只是忽来忽去的东西,只能在某一顷刻暂时存在的现象,就不应该在那一顷刻表现出来。为了进一步说明问题,莱辛又以古希腊两幅画美狄亚的画作了比较,一幅是古希腊的著名画家提牟玛球斯画的,他画美狄亚,并不选择她杀亲生儿女那一顷刻,而是选择杀害前不久,她还在母爱与妒忌相冲突的顷刻,欣赏者可以从这一顷刻的情景预见到冲突的结果,可以想象到很远。另一幅是一位不知名的画家画的,他选择了美狄亚极端疯狂地杀害子女的顷刻,因而违反了一切自然的本性。两相比较,提牟玛球斯的画真正显示出了美,博得了经常的热烈的赞赏;而后一位画家则遭到人们的谴责。比如谴责他的一位诗人说:"你就这样永远渴得要喝自己儿女的血吗?就永远有一位新的伊阿宋,永远有一位新的克瑞马萨,在不断地惹你苦恼吗?滚到地狱去吧,尽管你是在画里!"②从这里也可以看出,莱辛提出的选择最富有包孕性的顷刻的艺术规律,实际是古希腊绘画和雕刻艺术经验的总结。

选择最富有包孕性的顷刻的规律,不仅适用于绘画和雕刻,对于戏剧艺术和诗也是有效的。莱辛自己就说:"戏剧要靠演员所刻画出来的生动的图画,也许因此就必须更严格地服从物质媒介的绘画艺术的规律。"③他并以索福克勒斯的《菲罗克忒忒斯》为例说明,剧本使读者感到最强烈的同情是在看到菲罗克忒忒斯的弓被人夺去的那一顷刻。莱辛虽然说过,诗人没有必要把他的描绘集中到某一顷刻,他可以随心所欲地就他的每个情节(即所写的动作)从头说起,通过中间所有的变化曲折,一直到结局,都顺序说下去,但是他并没有排除诗可以利用富有包孕性的顷刻的原则。钱锺书就以莱辛赞许过的但丁《地狱》篇里描写饥饿的诗句为例说明:富有包孕性的原则,不但指图画里箭锋相直或骰子旋转的状态,也很适用于但丁诗里这个情景。"诗歌里的描叙是继续或'进展'性的,可以把一桩动作原原本本、自始至终地传达出来,不像绘画只局限于事物同时并列的一个场面;但是它有时偏偏见首不见尾,不写顶点,让读者想象得之。换句话说,文学艺术也能利用'有包孕的片刻'的原则。"④钱锺书结合中外文学史的实际论证了这一观点,既肯定了莱辛提出的原则,又纠正了莱辛的偏颇。

---

① 莱辛:《拉奥孔》,朱光潜译,人民文学出版社1979年版,第19页。
② 同上书,第21页。
③ 同上书,第23页。
④ 钱锺书:《读〈拉奥孔〉》,见《文学评论》1962年第5期。

第三，美的规律与表现"有人气的英雄"。

莱辛在《拉奥孔》中，从讨论诗与绘画的界限入手，批评了温克尔曼的静穆美的艺术理想，反对斯多噶派所宣扬的禁欲主义，适应时代的需求，提出了表现"有人气的英雄"的艺术理想。在绘画雕刻等造型艺术上，莱辛对温克尔曼做了些让步，他的观点接近温克尔曼的观点。他认为美的规律是艺术的首要规律，"凡是为造型艺术所能追求的其它东西，如果和美不相容，就须让路给美；如果和美相容，也至少须服从美"①。他强调模仿的对象的表情和激情都必须服从美的规律，不能超出艺术的范围。表情在艺术中表达到什么地步，要以表情能和美与尊严结合到什么程度为准。在谈到丑时，他认为，丑可以入诗，丑在诗里可以加强喜剧的可笑性和悲剧的可怖性；但是丑在绘画中却不然，作为美的艺术来讲，"绘画却拒绝表现丑"②。莱辛在谈到人体美的理想时认为："身体美的表现就是绘画的目的，所以身体的最高美就是艺术的最高目的。但是身体的最高美只有人才有，而人之所以有这种最高美是由于理想。这种理想只以较低级的形式存在于动物界，植物界或无生命的自然界都见不出这种理想。"③在艺术理想问题上，莱辛注意到了绘画与诗的共同性及其不同的表现形式。他认为："绘画中美的理想也许导致了诗中道德完善的理想。不过这里应该想到理想怎样应用于动作。动作的理想在于(1)缩短时间；(2)提高动作的动机，排除偶然的东西；(3)打动情感。"④由此出发，莱辛对西塞罗所宣扬的禁欲主义美学思想，表现出了极大的反感。他强调艺术，特别是悲剧艺术一定要显示情感，反对把人物写成一些缺乏情感和激情的"格斗士"。接着他便以索福克勒斯的《菲罗克忒忒斯》为范例，提出了"有人气的英雄"的艺术理想。他说：

> 浮夸不能激发起真正的英雄气概，正如菲罗克忒忒斯的哀怨不能使人变得软弱。他的哀怨是人的哀怨，他的行为却是英雄的行为。二者结合在一起，才形成一个有人气的英雄。有人气的英雄既不软弱，也不倔强，但是在服从自然的要求时显得软弱，在服从原则和职责的要求时就显得倔强。这种人是智慧所能造就的最高产品，也是艺术所能模

---

① 莱辛：《拉奥孔》，朱光潜译，人民文学出版社 1979 年版，第 14 页。
② 同上书，第 135 页。
③ 朱光潜：《西方美学史》上卷，人民文学出版社 1979 年版，第 314 页。
④ 莱辛：《拉奥孔》，朱光潜译，人民文学出版社 1979 年版，第 172 页。

仿的最高对象。①（着重号为引者所加）

莱辛在这里明确地阐明了自己的艺术理想和社会理想。这一思想同他的启蒙主义立场紧密联系在一起。他的目的就是要通过艺术来培养德国新型的资产阶级的英雄人物的理想。莱辛提倡的表现"有人气的英雄"的思想，打破了古典主义把英雄人物抽象化、寓意化、概念化的理论教条，这不仅在当时，而且在今天都有现实的意义。

"有人气的英雄"，这就是说，艺术所描绘的人物形象，首先他是一个普通的人，具有普通人的思想感情。他是一个人，不是一个超凡拔俗的神；同时他又有比普通人更为高尚的品质，他是一个有血有肉的生活在现实生活中的优秀人物。莱辛认为索福克勒斯描写的菲罗克忒忒斯就是一个"有人气的英雄"。他既有丰富的感情，又是一个"岩石般的人"，具有"坚定的风度"，和出于自由意志的行动而表现出的"真正的勇敢"和"英雄的气概"。荷马史诗中所写的英雄也是一些有人气的英雄。维吉尔在诗中描写的拉奥孔也是这样一个人物。他在激烈的痛苦中放声哀号，并不损他的英雄的品质。因此我们不把他的哀号归咎于他的性格，而只把它归咎于他所遭受的人所难堪的痛苦。

艺术家要表现"有人气的英雄"，绝不应片面地把人物的英雄品质抽象化，应当充分表现出人物的情感和激情，显示出其复杂的内心世界。他说："替人类情感定普遍规律，从来就是最虚幻难凭的。情感和激情的网是既精微而又繁复的，连最谨严的思辨也很难能从其中很清楚地理出一条线索来，把它从错综复杂的牵连中一直理到底。就假定这是可能的，那又有什么用处呢？自然界从来就没有一种单纯的情感，每一种情感都和成千的其它情感纠缠在一起，其中任何最细微的一种也会使基本情感完全发展变化，以至例外之外又有例外，结果那个所谓普遍规律就变成只是少数几个事例的经验。"②莱辛这里批评的是英国经济学家亚当·斯密在《道德情操论》中指责菲罗克忒忒斯的呻吟、哀号有失体统，说他没有以足够的忍耐精神去忍受哪怕是最难堪的痛苦，而违反情感的"普遍规律"。这位英国人规定的情感的普遍规律，实质是新古典主义者的一种清规戒律。这种看法同西塞罗宣扬克制情欲的观点没有多少区别。莱辛提倡表现"有人气的英雄"。重点强调的就是要充分表现出英雄人物的感情和激情，不应把人物写成某种抽

---

① 莱辛：《拉奥孔》，朱光潜译，人民文学出版社1979年版，第30页。
② 同上书，第28页。

象品质的化身。在莱辛看来，荷马笔下的英雄，索福克勒斯描绘的菲罗克忒忒斯之所以是"真正的人"，拉奥孔之所以能使我们感动，就是因为在他们身上，既有英雄的品质，又有现实的人所具有的基本情感的变化，并在他们的丰富的情感变化之中显示英雄的性格。莱辛在创作上实践了自己的理论主张，他的剧本《萨拉·萨姆逊小姐》就是很好的佐证。对此车尔尼雪夫斯基有一段公正的评价，他说："《萨拉·萨姆逊小姐》在德国文学史中，也像狄德罗的戏剧在法国文学中占据同样的地位，产生同样的影响。在这里，外表上一种寒森森的光辉以及空洞无聊的伟大，第一次让位给真正的热情，手执纸剑的英雄第一次让位给真正的人。"①

莱辛在《拉奥孔》中富有独创性地对诗与画的特殊规律的探讨，对文艺学、美学的发展是有重大意义的，但是他的观点也不无片面性。他的基本弱点，赫尔德（1744—1803）在《批评之林》中指出，主要是缺乏历史发展的观点，尽管莱辛在论述诗与画的分界时也结合当时反封建、反教会的斗争，但是具体论述时，又仿佛把文艺看成一种独立的而且孤立的自然现象，与社会基础并无直接的关联，他从来不去考虑社会历史因素对诗与画的性质、特点的影响问题。由于他缺乏历史主义的辩证发展观点，因而他也就不可能认识到古希腊的绘画、雕刻和诗与近代艺术和文学的区别。他把荷马史诗和希腊悲剧奉为典范，并把从中概括出的规律，作为评价一切时代文学艺术的标准。这种做法本身，说明莱辛还未完全摆脱新古典主义的桎梏。

第四节 现实主义戏剧理论的重要历史文献——《汉堡剧评》

1766年莱辛在完成《拉奥孔》之后，被汉堡民族剧院聘为艺术顾问和戏剧评论家。剧院从1767年4月22日发了预告正式开张，到1768年4月19日，莱辛根据上演的52场戏，写了104篇剧评，1769年以《汉堡剧评》为名正式出版。这一著作是世界戏剧理论史上的重要历史文献。书中莱辛与法国启蒙运动领袖狄德罗相呼应，大力提倡市民戏剧，批判新古典主义的戏剧理论和创作，继承和发扬了亚里士多德以来的现实主义戏剧理论，并结合具体的艺术实践，探讨了戏剧艺术创作的规律。车尔尼雪夫斯基在论述启蒙

---

① 《莱辛，他的时代，他的一生与活动》，见《车尔尼雪夫斯基论文学》中卷，辛未艾译，上海译文出版社1979年版，第418页。

运动时期的戏剧理论时说过,当时"在理论中站在首创地位的,毫无疑问就是狄德罗。莱辛自己也说,他是向狄德罗学习的;然而通过实践来证明理论,——也就是说,为了自己对理论进行充分解释,莱辛所获得的成功却比这个理论的发明者更早"①。莱辛在《汉堡剧评》中涉及的问题很多,我们着重讲三个问题。

第一,关于市民剧的理论。

亚里士多德在《诗学》中,根据古希腊戏剧艺术的实践,论述了悲剧和喜剧两种戏剧类型的特点。启蒙运动时期,狄德罗适应时代的需要,提倡一种严肃戏剧。莱辛倡导的市民剧与狄德罗提出的严肃戏剧的基本精神一致。在他心目中的市民剧,实际上既不是悲剧,也不是喜剧,而是一种由莎士比亚型的悲喜混杂剧演变出来的法国的"泪剧"和英国的"市民悲剧"。关于市民剧的产生及其特点,莱辛做了如下的说明:

> 我想谈一谈戏剧体诗在我们的时代所发生的变化。无论是喜剧还是悲剧都没有逃脱这种变化。喜剧提高了若干度,悲剧却降低了若干度。就喜剧来说,人们想到对滑稽玩艺的喜笑和对可笑的罪行的讥嘲已经使人腻味了,倒不如让人轮换一下,在喜剧里也哭一哭,从宁静的道德行为里找到一种高尚的娱乐。就悲剧来说,过去认为只有君主和上层人物才能引起我们的哀怜和恐惧,人们也觉得这不合理,所以要找出一些**中产阶级的主角**,让他们穿上悲剧角色的高底鞋,而在过去,唯一的目的是把这批人描绘得很可笑。喜剧的变化造成提倡者所称的打动情感的喜剧,而反对者则把它称为啼哭的喜剧。悲剧经过变革,成为**市民的悲剧**。……前一种变化是法国人造成的,后一种变化是英国人造成的。我敢说这两种变化都起于这两个民族的特殊习性。法国人的习性是想显出自己比实际较伟大一点,而英国人的习性却喜欢把一切伟大的东西拖下来,拖到自己的水平。法国人不欢喜看到自己老是在滑稽可笑的一方面被人描绘出来,他骨子里有一种野心驱遣他把类似他自己的人物描绘得比较高贵些。英国人则不高兴让戴王冠的头脑享受那么多的优先权,他认为强烈的情感和崇高的思想不见得就只属于戴王冠的头脑们而不属于他自己行列中的人。②(着重号为引者所加)

---

① 《莱辛,他的时代,他的一生与活动》,见《车尔尼雪夫斯基论文学》中卷,辛未艾译,上海译文出版社 1979 年版,第 418 页。

② 朱光潜:《西方美学史》上卷,人民文学出版社 1979 年版,第 317—318 页。

莱辛提倡市民戏剧,应真实、自然地反映现实的社会生活,特别应反映广大市民阶级日常的社会生活。莱辛激烈地反对新古典主义的矫揉造作、竭力去投合封建贵族的艺术趣味,而把市民阶级的人物一律写成被嘲笑的对象。因此他提出了自己的市民喜剧的理想,认为喜剧应当表现市民的日常生活,在喜剧里也可以哭一哭,"从宁静的道德行为里找到一种高尚的娱乐",并以高尚的道德行为去感动广大市民,而不应把市民阶级人物尽写成些被嘲笑的人物。他说:"喜剧要通过笑来改善,但却不是通过嘲笑;既不是通过喜剧用以引人发笑的那种恶习,更不是仅仅使这种可笑的恶习照见自己的那种恶习。它的真正的、具有普遍意义的裨益在于笑的本身;在于训练我们发现可笑的事物的本领;在各种热情和时尚的掩盖之下,在五花八门的恶劣的或者善良的本性之中,甚至在庄严肃穆之中,轻易而敏捷地发现可笑的事物。"①莱辛站在新兴资产阶级立场,赞扬英国的市民悲剧,反对以高乃依为代表的法国古典的悲剧。他提倡市民剧的目的就是要清除新古典主义在德国的恶劣影响,建立一种德国民族的新戏剧。他说,高乃依是造成危害最多的人,"尤其是他的理论,被整个民族(直至一两个自命博学的人,如海德伦、达希埃,这些人连自己都常常是无所适从)奉为至理名言,被一切后辈作家奉为金科玉律。按照这些理论进行创作——恕我一点一点加以证明——只能产生最空洞、最乏味、最不具有悲剧精神的东西"②。在悲剧中绝不能"只让戴王冠的头脑享受那么多的优先权",这是一种历史颠倒的现象,中产阶级(即资产阶级)理应成为悲剧的主角。悲剧专为王公贵族歌功颂德,不可能感动广大市民观众,只有让中产阶级的人物成为悲剧主人公,真实地描写市民阶级的日常社会生活,才能打动观众的心。在艺术表现形式上,莱辛提倡的市民剧,主张打破新古典主义的清规戒律,不受所谓"三一律"的限制,语言上也应朴素自然、通俗易懂,便于广大人民群众接受。他认为"感情绝对不能与一种精心选择的、高贵的、雍容造作的语言同时产生。这种语言既不能表现感情,也不能产生感情。然而感情却是同最朴素、最通俗、最浅显明白的词汇和语言风格相一致的"③。莱辛的伟大之处,不仅在理论上为市民剧的创作指明了方向,开辟了道路,而且在实践上为市民剧提供了范例。他的戏剧创作本身就是他的戏剧理论的很好的体现。他的

---

① 莱辛:《汉堡剧评》,张黎译,上海译文出版社1981年版,第152页。
② 同上书,第413—414页。
③ 同上书,第307—308页。

《萨拉·萨姆逊小姐》是德国第一部市民悲剧。他的《爱米丽娅·迦洛蒂》则是德国最杰出的市民悲剧。弗·梅林说:"在上一世纪(指18世纪——引者)的德国觉醒起来的市民阶级的阶级意识,在某种意义上来说,在《爱米丽娅·迦洛蒂》一剧中达到了顶峰。此剧的命运也反映了当时市民阶级的命运。"①"1868年左右,莱辛在汉堡重新把这出悲剧拿来加工时,他正处于创作力最为旺盛的时候。这部作品的写作,正好可以检验他在《汉堡剧评》中写下的那些有关剧评的认识。"②

第二,戏剧的审美教育功能。

莱辛作为一个德国启蒙运动的思想家和艺术家,十分重视戏剧艺术的审美教育功能。他认为艺术既要反映市民阶级的生活,又要起着照亮他们、改善他们的作用。优秀剧作家创造人物、安排情节,都包含着远大的目的:"即教导我们应该做什么或者允许做什么的目的;教导我们认识善与恶,文明与可笑的特殊标志的目的;向我们指出前者在其联系和结局中是美的,是厄运中之幸运;后者则相反,是丑的,是幸运中之厄运的目的;还有一个目的,即在那些没有直接竞争,没有对我们直接威吓的题材中,至少让我们的希望和憎恶的力量借适当的题材得到表现,并使这些题材随时显出真实的面貌,免得我们弄得是非颠倒,该我们希望的却遭到憎恶,该我们憎恶的却又寄予希望。"③艺术的使命就是要使人民在鉴赏美的领域里得到提高,受到教育。莱辛说:"真正的艺术批评家,不是从自己的鉴赏趣味中引出规律,而是按照事物的自然本性所要求的规则来形成自己的鉴赏趣味。"④莱辛的全部艺术批评活动,都是从艺术与现实的审美关系中探讨艺术的规律,引导人们提高自己的鉴赏趣味,并在美的鉴赏中陶冶和净化自己的思想感情。

莱辛特别重视美与善的统一。他把剧院看作"道德世界的大课堂"⑤。在舞台上表现的一切,在道德世界里,都必须保持其合理的过程,人物行为的动机,必须是按照严格的真实性产生出来的。戏剧在人民的社会生活中,它对规范社会道德起着法律起不到的巨大精神作用。因此,他认为戏剧是

---

① 弗·梅林:《莱辛的〈爱米丽娅·迦洛蒂〉》(1894年9月),见梅林:《论文学》,张玉书等译,人民文学出版社1982年版,第9页。
② 同上书,第6页。
③ 莱辛:《汉堡剧评》,张黎译,上海译文出版社1981年版,第181页。
④ 同上书,第100页。
⑤ 同上书,第10页。

"法律的补充"。"在人的道德行为中,有些微不足道的、自身变化无常的事物,就其对社会利益的直接影响来说,似乎值得或者适于置身法律的正确监督之下。还有另一些事物,一切法律对它们都是无能为力的;其动机是不可理解的,其本身是令人不可思议的,它们能引起无法估量的后果,它们要么完全不受法律的惩处,要么无法对它们施加法律的惩处。"①莱辛所说的戏剧艺术的道德教育,不同于基督教的道德自我完善的殉难者的教育,而是一种健康的、理性的、体现着启蒙运动时代精神的教育。他说:"现在我们生活在一个健康理性的呼声广为传播的时代,而那时每一个狂怒的人都会轻率地、毫无必要地怀着对他的一切公民职责的轻蔑走向死亡,以猎取殉难者的称号。现在我们懂得区分真假殉难者,我们鄙视假殉难者,尊敬真殉难者,而且他们最多只能引起我们为他们的盲目与荒谬淌几滴伤感的眼泪,这是因为我们在他们身上总还能看到人性的作用。"②莱辛懂得,戏剧的道德教育,不是抽象的道德说教,而是通过真实而又相互联系的生动的情节自然而然地影响观众的心灵。莱辛声明:"我并不是想说,戏剧作家安排他的剧情为说明或者证实任何一个伟大的道德真理服务是错误的。但是,我敢说,剧情的这种安排是必要的,这样可以产生不以表达某一格言为目标的非常有教益的完美作品;如果把古代人各种悲剧的结尾的最后一句格言看成似乎全剧都是为它而存在,那就错了。"③莱辛非常赞赏莎士比亚戏剧的艺术性,戏剧作家在安排剧情时,从来不愿意事先泄露自己的行动,"人们可以把听众要达到的目标表现给他,但达到这目标的不同的道路,则必须完全隐藏起来"④。莱辛强调艺术家在安排剧情时,应把明显不同的相互矛盾的感受,有机地网成一个艺术的整体,只有在剧情的有机联系中,才能产生强烈的艺术感染力量。他说:"谁若是想同我们的心灵说话,并唤起我们的同情,必须像要娱乐和启迪我们的理智一样注意联系。没有联系,没有各个部分的内在的联结,最好的音乐也不过是一堆无用的沙粒,不可能给人以持久的印象;只有联系才能使它们成为一块坚实的大理石,在这样一块大理石上,艺术家的手才能雕出不朽的作品。"⑤

对于悲剧和喜剧的审美教育作用的不同特点和途径,莱辛分别做了考

---

① 莱辛:《汉堡剧评》,张黎译,上海译文出版社1981年版,第39页。
② 同上书,第9页。
③ 同上书,第64—65页。
④ 同上书,第142页。
⑤ 同上书,第144页。

察和研究。

在悲剧的审美教育功能问题上，莱辛针对当时德国文坛上对亚里士多德《诗学》的歪曲，进一步阐发了亚里士多德的观点，他采取的方法是"处处用亚里士多德来说明亚里士多德"①。针对高乃依等人认为悲剧应该激起怜悯与恐怖，暴君歹徒也可成为正面的悲剧主人公的观点，莱辛依据亚里士多德的《诗学》和《修辞学》中的有关论述，说明把悲剧的激情分成怜悯与恐怖的，显然不是亚里士多德的观点。亚里士多德说是怜悯与恐惧，并非怜悯与恐怖；他所说的恐惧，绝非另外一个人面临的厄运在我们心里引起的为他感到的恐惧，这是我们看见不幸事件落在这个人物身上时，唯恐自己也遭到这种不幸事件的恐惧，这是我们唯恐自己变成怜悯对象的恐惧。总而言之，这种恐惧是我们对自己的怜悯。怜悯的情感不能脱离为我们自己所产生的恐惧而单独存在。正因为如此，莱辛认为悲剧是一首引起怜悯的诗。按其性质来说，它是对一个行动的模仿，像史诗和喜剧一样；然而按其体裁来说，它是对一个引起怜悯的行动的模仿，悲剧正是借助怜悯与恐惧，使观众的这种类似的激情得到净化，而不是像高乃依所说的那样，无区别地净化一切激情。那种作恶多端，披着人皮的魔鬼的厄运，绝不能引起我们的怜悯。对于这种人物，我们可以眼巴巴地望着他被打入十八层地狱，而丝毫不同情他。

喜剧的审美教育功能又有不同于悲剧的特点。莱辛说："任何体裁都不能改善一切；至少不能把每个人都改善得像别人一样完善；一种体裁最擅长的，正是另一种体裁所不及的，这就构成了它们的特殊作用。"②喜剧的特殊手段是"笑"，通过笑使人发现社会生活的矛盾，预防一切坏的倾向，以保持社会的健康向上状态。应当承认，即使莫里哀的《悭吝人》也从未改善一个吝啬鬼。雷雅尔的《赌徒》，也从未改善一个赌徒。喜剧通过笑，能使健康人保持健康状况，也就满足了。"对于慷慨的人来说，《悭吝人》也是有教益的；对于从来不赌钱的人来说，《赌徒》也有教育意义；他们没有的愚行，跟他们共同生活的其他人却有；认识那些可能与自己发生冲突的人是有益的；防止发生那些例举的印象是有益的。预防也是一帖良药，而全部劝化也抵不上笑声更有力量，更有效果。"③（着重号为引者所加）莱辛站在新兴资产阶级立场，反对新古典主义者用嘲笑来对待市民群众，这在当时无疑有其

---

① 莱辛：《汉堡剧评》，张黎译，上海译文出版社1981年版，第383页。
② 同上书，第396页。
③ 同上书，第152页。

进步的一面;但他把嘲笑从喜剧中排除出去,又不免失之偏颇。

第三,戏剧人物性格论。

莱辛在《拉奥孔》中,已谈到刻画人物的个性、表现人物的性格特征问题。他认为在艺术创作中,"所谓主要的东西是指让人物行动起来,通过行动来显示人物的性格特征"①。在《汉堡剧评》中,他在评述戏剧人物的创造时,进一步强调了描写人物的性格特征,并且具体论证了性格的内在真实性、性格的一致性和性格的目的性问题。亚里士多德在《诗学》中,把情节摆在戏剧创作的首要地位。莱辛在反对新古典主义的斗争中,继承了《诗学》的传统,同时他又根据新时代的实际而有所突破和发展。他与亚里士多德不同,把性格问题摆到了戏剧艺术创作的首要地位。他说:"对一个作家来说,性格远比事件更为神圣。首先是因为,如果对性格进行仔细的观察,那么事件,只要它们是性格的一种延续,便不可能有多少走样儿;因为相反,可以由完全不同的性格当中引出相同的事件。第二,因为丰富的教育意义并非寓于单纯的事件,是寓于认识。"②他把事件看作某种偶然的、许多人物可能共有的东西,性格则是某种本质的和特有的东西。正因为如此,他强调指出:"一切与性格无关的东西,作家都可以置之不顾。对于作家来说,只有性格是神圣的,加强性格,鲜明地表现性格,是作家在表现人物特征的过程中最当着力用笔之处;最微小的本质的改变,都会失掉为什么他们用这个姓名而不用别的姓名的动机;而再也没有比使我们脱离事物的动机更不近情理的了。"③戏剧作家创造性格,首先应符合人物性格本身发展的必然性与可能性,绝不能违反性格的内在真实性。莱辛说:"作者如果不以原来历史人物的性格赋予他的剧中人物,他所犯的过失比违反他所自由选择的人物性格本身,——即违反性格的内在真实性,或教育目的来说——要轻微得多。"④对于一部作品来讲,"只要它在艺术上是真实的,只要我们承认,这样的性格,在这样的情况下,处在这样的激情中,只能做出这样的判断,也就够了"⑤。作家创造的性格的内在的真实性,是现实的生活真实的反映,它是作家把现实世界的各部分加以改变、替换、缩小、扩大,由此造成的一个艺术整体。作家创造的性格具有两个主要特征:性格的一致性和目的性。性

---

① 莱辛:《拉奥孔》,朱光潜译,人民文学出版社1979年版,第62页。
② 莱辛:《汉堡剧评》,张黎译,上海译文出版社1981年版,第176页。
③ 同上书,第125页。
④ 伍蠡甫主编:《西方文论选》上卷,上海译文出版社1979年版,第427页。
⑤ 莱辛:《汉堡剧评》,张黎译,上海译文出版社1981年版,第14页。

格的一致性,要求人物性格不能有自相矛盾之处,应具有自己的内在逻辑的一致性。如果人物性格失去它的一致性,那么它就不可能是真实的。性格的目的性,是指作家在创造性格时应有一定的审美教育目的。莱辛认为,"一个缺乏教育性的性格是缺乏目的性的。——有目的的行动,使人类超过低级创造物;有目的的写作,有目的的模仿,使天才区别于渺小的艺术家。后者只是为写作而写作,为模仿而模仿,他们采用低劣的手法来满足低级趣味,他们把这种手法当成全部目的,并且要我们也满足于这种低级趣味。"①莱辛强调性格的目的性,这与他的积极变革现实的进步立场分不开,同他提倡表现有人气的英雄性格是一致的。

在《汉堡剧评》第87和89篇中,莱辛还针对狄德罗关于喜剧表现类型、悲剧表现个性的看法,具体论述了人物性格的普遍性和个别性统一的问题,并且提出了性格创造中的个性化问题。莱辛认为:"悲剧的性格必须像喜剧的性格一样,是具有普遍性的。狄德罗所主张的那种区别,是错误的。"②他主张悲剧性格应既有个别性,又有普遍性。他同意英国批评家哈德的看法,即:悲剧性格必须具有个别性,但这不是说,性格当中应该得到表现的那些特征,不应该具有普遍性。"具有普遍性的事物在我们的想象中是一种存在方式,它与具有个别性的事的真实存在的关系,犹如具有可能性的事与具有真实性的事的关系一样。"③在《汉堡剧评》第93篇的一个注释中,莱辛总结古代戏剧创作的经验,指出:"古代剧作家懂得,不用幽默也可以使作品,使他们的人物个性化。是的,所有古代作家都是如此。"④他还打算搜集更多的例子,以便"从中找出规律"。在艺术史上他找到了拉奥孔雕像,从这个高度个性化的典型雕像入手,探讨了诗与画的规律。

在性格与环境的关系问题上,莱辛比狄德罗又有所前进,明确主张塑造在特定的环境中的人物性格。他说:"我们不应该在剧院里学习这个人或那个人做了些什么,而是应该学习具有某种性格的人,在某种特定的环境中做些什么。"⑤(着重号为引者所加)莱辛认为作家所设想的特定的环境,应将其内在的可能性与历史的真实性统一起来,作家只有描绘出某种性格在特定的环境中做些什么,才能真正显示出人物的性格,反映出历史的真实。

---

① 莱辛:《汉堡剧评》,张黎译,上海译文出版社1981年版,第181页。
② 同上书,第463页。
③ 同上书,第465页。
④ 同上书,第470页。
⑤ 同上书,第101页。

如果脱离了特定环境孤立地去表现人物性格,这种性格则往往是不真实的。莱辛曾以莎士比亚的《哈姆雷特》中的鬼魂同伏尔泰作品中的鬼魂相比,认为莎士比亚的描写是真实的、独一无二的;伏尔泰的描写则是可笑的、不成功的。其原因莱辛认为:"莎士比亚的鬼魂真是从那个环境里产生的。因为它出现在庄严肃穆的时刻,出现在恐怖的寂静的夜间,出现在充满着忧郁、神秘气氛的环境中,犹如我们当年和乳母在一起等待和想象鬼魂时一样。"[1]而伏尔泰笔下的鬼魂纯系一个冷静的作家为了迷惑和恐吓我们却又不知从何下手的创造出来的一个东西。莱辛还以高乃依描写的伊丽莎白为例说明作家的最高任务就是塑造特定环境下具有真实性格的艺术典型。莱辛的这些论述,对于我们理解后来恩格斯提出的"真实地再现典型环境中的典型人物"的著名原则,也是有意义的。

在西方文艺理论发展史上,莱辛是从古典主义类型说开始转向性格特征说的代表人物之一,但是他在典型性格问题上,也仍然没有最终冲破类型说的樊篱。比如,他认为"普遍的性格",或称"超载性格","这与其说是性格化的人物,毋宁说是拟人化的性格观念。但就另一层意思来说,普遍的性格则是这样一种性格,在他身上有着从许多个别人,或者从一切个别人身上观察来的东西,体现了某种平均值,体现了一种中间比例:简言之,这是一个'常见性格',不仅性格是常见的,而且性格的程度和限度也是常见的"[2]。莱辛把普遍的性格看作"某种平均值"的体现,实质就是一种类型。由于莱辛思想上缺乏历史主义观点,因此在论述戏剧人物性格时同样也暴露了出来。

莱辛在《汉堡剧评》中,对于表演艺术的理论、文艺鉴赏批评问题以及如何正确对待古典文化遗产和外来文化等问题,都不乏精辟的见解,我们在学习时也应注意。

第五节 《拉奥孔》和《汉堡剧评》所产生的巨大影响

被称为德国新文学之父的莱辛,他的理论和实践,促成了德国启蒙运动的高潮,为德国民族文学的建立和发展起了巨大的推动作用。他的戏剧理

---

[1] 莱辛:《汉堡剧评》,张黎译,上海译文出版社1981年版,第61页。
[2] 同上书,第479页。

论和创作,在德国建立了资产阶级所需要的市民剧,在欧洲戏剧发展史上占有重要的地位。莱辛处在欧洲新古典主义到浪漫主义的过渡时期,他的反封建专制制度、反教会的民主主义精神,他对新古典主义的批判,对诗与画和戏剧艺术的特殊规律的探讨,对亚里士多德《诗学》的阐发和对古典艺术的态度,他的卓越的理论建树和成功的创作实践经验,对德国以及整个欧洲都产生了不可忽视的影响。他的著名美学、文艺学专著《拉奥孔》,不仅在方法论上有重大的意义,而且对当时德国青年一代的思想也是一次大解放。歌德曾经回忆当时的情景,说:"卓越的思想家从幽黯的云间投射给我们的光辉是我们所最欢迎的。我们要设想自己是青年,才能想象莱辛的《拉奥孔》一书给予我们的影响是怎样,因为这本著作把我们从贫乏的直观的世界摄引到思想的开阔的原野了。给人误解那么久的'诗如图画'(ut pictura poesis)的原则一旦摒弃,造型艺术和语言艺术的区别了然自明,纵然它们彼此的基础是那样互相交错,但是两者的顶点这时却显出是截然分开了。……莱辛这种卓越的思想的一切结果,像电光那样照亮了我们,从前所有的指导的和判断的批评,都可以弃如敝屣了,我们认为已从一切弊病解放出来,相信可以带着怜悯的心情来俯视从前视为那样光辉的16世纪了。"①车尔尼雪夫斯基对莱辛也是十分敬仰,莱辛的一生直接影响了这位伟大的俄国革命民主主义者。车尔尼雪夫斯基说:"《汉堡剧评》是《葛兹·封·柏利兴根》、《浮士德》、《强盗》以及《威廉·泰尔》根据它而产生的法典。歌德与席勒的诗的共同精神就是接受了《拉奥孔》的启迪。《汉堡剧评》给他们的悲剧制定下法则。"②弗·梅林对莱辛的理论与创作给予了高度评价,他称莱辛是个"辩证的战士"。莱辛的文章,无论题目是多么艰深费解,或者为人忘却,总使人觉得心旷神怡,精神振奋。"美学对于莱辛来说,归根到底,只是达到目的的手段;他在文学领域清扫积秽,为的是加强和促进市民意识,这种意识只有在这个战场上才能得到证实;对于莱辛来说,凡是适合于这个目的的,都是他的榜样。他摈弃了高谢特立下的规则,可是对于亚里士多德的权威连他也是深信不疑的。"③梅林在上个世纪90年代写的评论莱辛的文论巨著《莱辛传奇》,受到恩格斯的热情赞扬。马克思在青年时代,认真钻研过莱辛的《拉奥孔》,并做过摘记。马克思对莱辛在德国历史

---

① 歌德:《歌德自传·诗与真》,刘思慕译,人民文学出版社1983年版,第323页。
② 《莱辛,他的时代,他的一生与活动》,见《车尔尼雪夫斯基论文学》中卷,辛未艾译,上海译文出版社1979年版,第437页。
③ 梅林:《论文学》,张玉书等译,人民文学出版社1982年版,第37—38页。

上所起的巨大作用,给予充分肯定的评价。他说:"如果一个德国人回顾一下他的历史,他会发现莱辛以前德国政治发展迟缓和文学情况凄惨的主要原因之一在于所谓'有资格的作家们',各守门户,享有特权的专行学者们,博士们和其他权威人士们,十七八世纪大学里一些没有性格的作家们,披着浆过的假发,卖弄他们的学问,写作他们的分辨毫发的小论文,就是这些人是站在人民和精神之间,生活和科学之间以及自由和人之间的障碍物。创造我们德国文学的是些'没有资格的作家'。在高特雪特和莱辛之中,谁是'有资格的作家',谁是'没有资格的作家',由你去选择吧!"①在马克思看来,莱辛显然是创造德国文学的"没有资格的作家"的代表人物。

参考书目:

1. 莱辛:《拉奥孔》,朱光潜译,人民文学出版社1982年版。
2. 莱辛:《汉堡剧评》,张黎译,上海译文出版社1981年版。
3. 韦勒克:《近代文学批评史》第1卷,第8章,杨岂深、杨自伍译,上海译文出版社1987年版。
4. 钱锺书:《读〈拉奥孔〉》,见《七缀集》(修订本),上海古籍出版社1995年版。

思考题:

1. 莱辛研究文艺的方法和原则。
2. 谈诗与画的共同规律与特殊规律。
3. 联系作品实际说明"最富有包孕性的顷刻"的深刻含义。
4. 莱辛的市民戏剧理论述评。

---

① 转引自朱光潜:《西方美学史》上卷,人民文学出版社1979年版,第323页。

第十四章　康德及其《判断力批判》

第一节　生平与思想

康德(Immanue Kant,1724—1804),德国最著名的哲学家之一,德国古典美学的奠基者,近代西方美学发展中承先启后的人物。他的美学与文艺理论著作《判断力批判》在欧洲美学与文艺理论史上影响深远。

康德出生在东普鲁士的哥尼斯堡,父母均为虔诚派教徒,家庭充满浓厚的宗教气氛。在大学期间,他广泛地学习了物理学、数学、地理学、哲学和神学,打下了深厚的知识基础。大学毕业后,从 1746 年到 1755 年,当了九年家庭教师。1755 年,到哥尼斯堡当讲师,担任多种课程的教学任务。1770 年,被提升为教授,主要讲授"逻辑学"和"形而上学"。1797 年退休,仍继续其著述活动,直到逝世。

康德的思想发展有一个过程,一般以 1770 年为界,1770 年以前为前批判时期,1770 年以后为后批判时期。在前批判时期中主要研究自然科学。他的大学毕业论文为《活力测定考》,1754 年发表了论述潮汐的著作。1755 年,出版了《自然通史和天体论》,提出了著名的"星云说"假设。1760 年左右,他开始由对自然的研究转而注重对人性的研究。1770 年,转变完成,进入了批判时期。他作为资产阶级唯心主义的代表人物及其在哲学史、美学史与文艺理论史上的重要地位,主要是由其在批判时期的成就决定的。这个时期,他写了著名的三大批判,即《纯粹理性批判》(1781)、《实践理性批判》(1788)和《判断力批判》(1790)。

在政治思想上,康德集中地反映了当时德国资产阶级的两面性。一方面接受了法国启蒙主义的某些观点,反对封建制度,主张民主共和,强调人的地位与能动作用。但另一方面又具有极大的妥协性,认为民主共和是永远不能实现的,贵族等级制度还可以存在。因此,他的启蒙主义的进步倾向就集中地表现在理论研究之中,而在现实的实际斗争中却一无所为。马克思曾经极其深刻地将康德哲学称为"法国革命的德国理论"①。

学习、研究康德的美学与文艺思想必须首先学习、研究其哲学思想。这是因为,康德的最主要的美学与文艺理论著作——《判断力批判》是其整个哲学中不可分割的组成部分。康德把《判断力批判》看作沟通和统一他的认识论(真)和伦理学(善)的中介。他试图通过写这部著作,结束他的全部的"批判"工作,构成他的哲学体系。

黑格尔曾经正确地指出,康德哲学是欧洲近代哲学由形而上学到辩证法的"转折点"②。在康德之前,哲学领域分为两大派。一派以先天的理性为客观世界和人类知识的基础,这就是以德国的莱布尼茨、沃尔夫为代表的大陆理性主义。另一派则承认物质的独立存在,主张一切知识从感觉经验开始,这就是以培根、柏克为代表的英国经验主义。在认识论方面,经验派认为一切知识都以感性经验为基础,理性派却认为没有先验的理性基础,知识就不可能。在方法论方面,经验派以产生于经验的因果律来解释世界,而理性派则以产生于先天理性的目的论(天意安排)来解释世界。两派的对立是明显的,斗争是尖锐的。而到了康德,则充分地看到了经验派与理性派的对立与各自所包含的合理因素,因而企图在主观唯心主义的基础上将两者调和起来。因此,康德哲学带有二元论的色彩,包含着辩证法的因素,但究其实质仍是主观唯心主义。

康德把自己的哲学称为"批判哲学",这里所谓的"批判",是指批判地研究人的认识能力,确定认识的方式和限度,这主要是针对着理性派而言的。因为,理性派无限制地强调理性的作用,在没有事先考虑人的认识能力之前就预先断定:理性无须经验的帮助,单凭自身的力量就可认识事物,对各种问题做出理论上绝对正确的证明。康德将其称为独断论,他不同意这种"独断论",而要给思辨哲学领域内的研究以"一个完全不同的方向"③。当然,康德的这种哲学研究的出发点是错误的。因为,马克思主义认为,认识只能产生于实践并被实践所检验,决不可能离开实践而去考察人的认识能力。

康德经过自己对于认识能力的批判得出结论:人的认识能力是有限的,只能认识"现象界",而不能认识"物自体"。"现象界"和"物自体"是贯穿

---

① 《马克思恩格斯全集》第1卷,人民出版社1960年版,第100页。
② 黑格尔:《美学》第1卷,朱光潜译,商务印书馆1979年版,第70页。
③ 康德:《任何一种能够作为科学出现的未来形而上学导论》,庞景仁译,商务印书馆1982年版,第9页。

于康德哲学体系的两个基本概念,而将两者从根本上分开则是其整个哲学体系的轴心。这里所谓的"物自体"是指在主体之外的"客体",但我们只能感知到它对感官的刺激,却不能认识到它是什么样子。而所谓"现象界",则是"物自体"作用于我们的感官而在我们心中引起的"感觉表象"。但这种表象已经过我们的认识能力以其先天固有的认识形式综合整理,打上了主观形式的烙印,有了"增加改变",而非"物自体"的本来面目。由此,他认为一切认识都是后天的感觉经验经由先天的认识形式综合整理的结果,其公式为:科学知识 = 先天形式 + 经验质料。

以上就是康德对人的认识能力的一个考察。具体说来,他认为人的认识能力有三个环节:感性、知性、理性。它们由低到高,逐步发展、深化。在感性认识中,经验质料是"物自体"刺激我们的感官所引起的"感觉",而其先天形式则是时间与空间的"感性直观纯形式",经过它对感觉的综合整理,就使感性认识脱离了"物自体",成为主观的、不依赖于经验的。在知性认识中,经验质料是感性,而其先天形式则是"因果性""必然性""可能性"等 12 个先天的知性范畴。感性认识只有经过先天知性范畴的综合整理,才能具有普遍必然性,从而成为科学知识,自然法则就是由人的知性强加到自然之上的,因此"人是自然的立法者"。而理性认识则指对无限、绝对的本质的认识。康德认为,知性对知识的综合还不是最高的,人的认识能力要求将知性所把握的知识再加以综合整理成最高最完整的系统,认识的这种最高的综合整理能力就叫作理性。它所追求的最高统一体有三个:物理现象中的"世界"、精神现象中的"灵魂"和二者统一的"上帝"。这三者又可统称为"理念",即超越于经验和现象之外的"物自体"。对于这种"理念"或"物自体",尽管可借用 12 个知性范畴去把握,但立即会陷入矛盾和错误。因此,康德认为"理念"或"物自体"不是认识的对象,而是信仰的对象。

第二节 《判断力批判》的结构与基本内容

《判断力批判》是康德的代表性的美学与文艺理论论著,在欧洲美学与文艺理论史上占有极重要的地位,对我们理解美与艺术的本质极富启发性。但因其所要解决的问题本身较为繁难,加之具有抽象的思辨哲学的特点,所以该书显得特别晦涩,需要对全书做一简单扼要的介绍。

1. 《判断力批判》的结构

《判断力批判》分导论、分析论、辩证论、目的论四个部分。导论是总结性论述其整个哲学体系。上卷为"审美判断力的批判",包括分析论和辩证论两个部分,主要阐述他的美学思想。下卷为"目的论的判断力批判",内容是考察目的论的自然观及道德问题。"审美判断力的分析论"又分两章。第一章,美的分析,主要论述对于形式美(纯粹美)的鉴赏(判断)问题,从质、量、关系、方式等四个方面着手,为形式美鉴赏的愉快界定了无利害与具有普遍性、必然性、主观合目的性等四个方面的特点。第二章为崇高的分析,主要论述美的鉴赏与崇高的鉴赏的异同,阐述了崇高的对象是一种不符合任何形式美规律的"无形式",崇高的鉴赏的愉快是以不愉快为媒介的消极的愉快,而其根源完全在于主体的心灵。"审美判断力的辩证论"是对审美鉴赏的二律背反提出解决的办法。康德认为,作为审美鉴赏来说,有两个相互对立但又各有其合理性的命题:审美鉴赏的不可论证的特点说明它不是建立在一个概念的基础之上;审美鉴赏的普遍性则要求它建立在一个概念的基础之上。这样两个命题就构成二律背反,实际是审美内在本质矛盾的两个侧面,康德人为地将它们调和于主观的合目的性(理性)之中。

2. 审美判断力的性质

《判断力批判》是专门研究审美判断力的。为此,必须了解审美判断力的性质,而要了解审美判断力的性质就首先要了解什么是判断力。康德认为,判断是基本的认识形式之一,包括主词、宾词和系词三个部分。它通过肯定或否定指明事物的属性,给予人们某种知识。判断有两种,一种是分析判断,宾词包含在主词之中,没有给人以新的知识。再一种是综合判断,把本来互不包含的概念综合在一起,给人以新的知识。但这种综合判断必须凭借某种先天的知性范畴,才能使知识具有普遍必然性,因而又叫先验的综合判断。先验的综合判断又分定性判断与反思判断两种。所谓定性判断,即是通常所说的逻辑判断,由普遍到特殊,从先验的概念范畴出发来规范个别对象的性质。例如,花是植物,由植物的概念出发确定某一事物是否具有植物的属性。一般来说,凭借知性力的理论思维都是采用定性判断。而所谓反思判断则是由特殊到一般,即由特殊的个别事物反思其是否具有某种本质的普遍性。这种反思判断又有两种情形:一种是审目的判断,即是判定某一对象的存在与结构是否符合自身先天统一性(完善)的目的,因为是判定对象是否同自身的目的符合,所以叫作客观的合目的性。另一种是审美判断,即是判定某一对象的形式是否符合主体的某种心理功能,从而使人们在主观情感上感到某种合目的性的愉快。因为在审美判断中主客体之间是以情感而不是以概念作为媒介,所以又叫情感判断。它的合目的性叫作形式的合目的性,或主观的合目的性。对于反思判断的上述区别,康德自己是这样说的:"判断力批判区分为审美的和目的论的判断是建基在这上面的:前者我们了解为通过愉快或不快的情感来判定形式的合目的性(也被称为主观的合目的性)的机能,后者是通过悟性和理性来判定自然的实在的(客观)合目的性的机能。"①由此可知,所谓审美判断力就是一种以情感为媒介的,对于对象的形式的一种反思判断的能力。而《判断力批判》一书的任务就是批判地考察这种审美判断力的能力、方式和限度,研究它是如何可能的,怎样构成的,为什么对个别事物的美的判断却具有普遍必然性?为什么作为主观的情感判断却具有客观的可传达性?凡此种种,说明康德抓住了审美中个别与一般、客观与主观的普遍性矛盾,从而在揭示审美与艺术的本质方面为我们提供了许多极富启发性的宝贵意见。

3. 审美判断力的作用

康德写作《判断力批判》,其主观目的主要并不是为了揭示审美与艺术的本质,而是为完善其哲学体系。因为,康德在写作《判断力批判》之前已经完成了《纯粹理性批判》与《实践理性批判》两部著作。前者涉及的纯粹理性世界,属于现实界、自然的领域,受自然的必然律支配,知性力在其中行使自己的职能。后者则是实践理性世界,属于道德、意志、物自体的自由领域,理性力在其中行使自己的职能。这两个世界彼此孤立,各自成为独立封闭的系统,当中有一条难以逾越的鸿沟。这样,他的哲学体系就还不是完整的。因为,作为其实践理性世界中的道德意志,具有强烈的实践愿望,要求在现实界里实现自己。这样,就需要在自然与自由、知与意之间找到一座桥梁将两者沟通起来。他认为,审美判断力就具有这种桥梁的作用,能完成"从自然诸概念的领域达到自由概念的领域的过渡"②。因为,审美判断力所凭借的先验原理是形式的(主观的)合目的性,而形式的合目的性就既包含自然领域中对象的形式与合规律的知性力,又包含自由领域中的合目的

---

① 康德:《判断力批判》,宗白华译,商务印书馆1964年版,第32页。
② 同上书,第16页。

性的愉快，因而能够成为沟通自然与自由的桥梁。上述观点是具有极重要的理论价值的。因为，尽管康德的主要目的不在探讨审美与艺术的规律，但实际上，这些观点却极为深刻地为审美和艺术开辟了独立的情感领域，揭示了它们作为自然与自由、真与善的中介的本质。

第三节 《判断力批判》中的文艺思想

康德整个美学体系的核心是论述真、善、美之间的关系，以美到善的过渡作为其中心线索。实际上表现为两个具体的过渡：一个是由美到崇高的过渡；一个是由纯粹美到依存美的过渡。所谓纯粹美即是不包含任何内容的纯粹形式的美，而依存美则是依存于一定的概念、具体内容意义的美。他认为，全部的艺术品和大部分自然美都属于依存美。而在完成了上述两个过渡之后，康德断言"美是道德的象征"①。这就真正使美成为真与善的中介。

关于艺术美，康德没有在《判断力批判》中列专章论述，只在"审美判断力的分析论"中有所涉及。但这决不意味着他不重视艺术美，而只是再次证明他的注意力只在于哲学体系的完整，而不在于对美学与艺术规律的探讨。事实上，他是非常重视艺术美的。因为他把理想美归结为依存美，而在依存美中又主要是艺术美。

1. 游戏说

康德对于文艺的本质的论述，集中表现在他把文艺看成"自由的游戏"。他的这一观点，成为欧洲文艺理论史上长期发生影响的"游戏说"的滥觞。康德的"游戏说"并非像有些人所曲解的那样是将文艺看成无意义的儿童嬉戏，而是将文艺界定为不受任何外在束缚的"自由的愉快"。因而，康德的"游戏说"实质上就是一种"自由说"。他指出，"诗人说他只是用观念的游戏来使人消遣时光，而结局却于人们的悟性提供了那么多的东西，好像他的目的就是为了这悟性的事。感性和悟性虽然相互不能缺少，它们的结合却不能有相互间的强制和损害，两种认识机能的结合与谐和必须好像是无意地，自由自在相会合着的，否则那就不是美的艺术"②。他还说，

---

① 康德：《判断力批判》，宗白华译，商务印书馆1964年版，第201页。
② 同上书，第168页、第203—204页。

"没有这自由就没有美的艺术,甚至于不可能有对于它正确评判的鉴赏"①。

康德"游戏说"的提出不是偶然的,而是建立在他对审美本质认识的基础之上的。众所周知,康德所生活的18世纪的欧洲,哲学领域中形而上学的机械论的理论仍然占据着统治的地位,表现在美学与文艺理论上就形成了互相对立的经验派与理性派。经验派将美与艺术的本质归结为感性快感,而理性派则将美与艺术的本质归结为先天的理性。康德不满于经验派与理性派各自将审美束缚于感性快感与理论概念的局限性。他说:"人们能够首先把鉴赏的原理安放在这里面,即:鉴赏时时是按照着经验的规定根据,也就只是后天的通过感官所赋予的。或者人们可以承认:鉴赏是由于先验的根基来下判断的。前者将是鉴赏批判里的经验主义,后者是唯理主义。按照前者我们的愉快的对象将不能从舒适,按照后者——假使那判断是建基于规定的概念上的话——将不能和善区别开来。这样一来,一切的美将从世界里否定掉,而只剩下一特殊的名词来代替它,指谓着前面所称的两种愉快的某一种混合物。"②康德打破经验派和理性派的桎梏,独创地将审美的本质归结为情感判断。所谓情感判断就是主体因不受对象的感性存在和理性概念的束缚而获得自由,由此引起的情感愉悦,是主体的一种解放。他说:"于是我们能够一般地说:不管是自然美或艺术美,美的事物就是那在单纯的评判中(不是在官能感觉里,也未曾通过概念)而令人愉快满意的。"③康德认为,这种审美的情感愉快的根据是凭借着一种特有的先验原理,即是无目的的合目的性,又叫自由的合目的性。它既同对象的存在无直接关系,又同对象的概念无直接关系,而是主观上的各种心理功能的自由的协调一致。总之,由于对于对象的"无利害""不凭借概念"的自由的鉴赏而唤起主体各种心理功能的自由的协调,从而引起主体的合目的性的愉快,这整个的审美过程都同"自由"密切相关。

康德对于这种以"自由"为特性的审美愉快给予极高的评价,认为它既涉及对象的形象又涉及主体的合目的性的愉快,因而成为客体与主体、感性与理性、真与善之间的一种过渡和桥梁。他说:"判断力以其自然的合目的性的概念在自然诸概念和自由概念之间提供媒介的概念,它使纯粹理论的过渡到纯粹实践的,从按照前者的规律性过渡到按照后者的最后目的成为

---

① 康德:《判断力批判》,宗白华译,商务印书馆1964年版,第168页。
② 同上书,第194页。
③ 同上书,第152页。

可能。"①这就说明,康德给予"自由"的审美以多么高的地位,将其确定为由真到善、自然到人、感性的人到理性的人的必由之途。当然,这是指整个审美来说的,但作为包含着理性的艺术美,则能更好地承担起这种桥梁和过渡的作用。因此,康德在"导论"的最后部分,在列表说明由自然到自由的过渡时就明确地以艺术代替审美作为真与善的中介。

康德"游戏说"的提出不仅有其追求真善美统一和批判地继承经验派与理性派的美学根据。而且,在政治思想方面,也是他受到资产阶级启蒙主义思想影响的结果。因为,在这一理论中,康德特别强调了人及其价值,强调了理性与自由。

现在,需要进一步探讨康德为艺术界定的"自由的游戏"的具体含义。根据康德的论述,我们认为其具体含义就是通过形象对于理性的不受任何障碍的自由的观照(直观)。康德在论述审美直接使人愉快时解释道:审美的愉快对于理性"只是在反味着的直观里,不像道德在概念里"②。正因为如此,所以艺术美作为"自由的游戏"决不是无意义的嬉戏,而是包含着某种理性观念,具有某种价值。康德认为,这是艺术同自然、艺术美同自然美的最重要的区别,也是通过"自由"而产生的产品的重要特性。他说,"正当地说来,人们只能把通过自由而产生的成品,这就是通过一意图,把他的诸行为筑基于理性之上,唤做艺术"③。在他看来,只有这种以理性观念为基础的艺术创作活动才真正是创造性的,是有目的的"制作"。但自然却与此相反,只是一种无目的、无意识的本能性的"动作"。从成品来说,自然物是有果无因(目的)的"效果",而艺术品则是有果有因(目的)的"作品"。他举例说,蜜蜂的蜂巢尽管很规则,但却只不过是蜜蜂的无目的的本能所产生的"效果",而沼泽地里发掘出来的远古人作为工具而削制的木头,看似粗糙,但却是包含着理性观念的艺术作品。另外,康德还通过论述艺术美与自然美的区别,进一步阐明了艺术美包含着理性观念。他认为,自然美只是事物本身美,而艺术美则是对事物所做的美的形象描绘,应该将事物自身的性质与对事物的美的形象描绘区别开来。因为,在美的形象描绘中已经包含了文艺家的理性观念,对事物做了某种程度的改造。由此,他认为艺术显出它的优越性的地方就在于可以把自然中本来是丑的或不愉快的事物描写得

---

① 康德:《判断力批判》,宗白华译,商务印书馆1964年版,第35页。
② 同上书,第202页。
③ 同上书,第148页。

美。例如,复仇、疾病、战争的毁坏等坏事都可以作为文艺的题材,运用理性观念改造加工,变自然丑为艺术美。康德认为,正因为艺术美必须包含着理性观念,所以自然只有在像似艺术时才美。① 这就是说,作为自然美必须在自然中见出艺术的自由,看出它的合规律性好像是在某种理性观念指导之下经过人工创造时,才显得美。

但是,艺术美包含着某种理性观念只是"游戏说"的一个方面,更重要的是,康德认为艺术美是一种对于理性的自由的观照(直观)。这种"自由的观照"就是要求艺术做到使其理性目的显不出任何痕迹,虽有理性但却看不到任何理性,虽是趋向于某种理性概念但却觉察不到任何概念,显露在人们面前的只是同生活本来的面目一样的形象。这一关于自由的观照的观点是其"游戏说"的精髓之所在,贯串于他的艺术理论的始终。他是从两个方面来论述文艺的这种自由观照的特征的。首先是通过艺术创作与手工艺劳动的比较,认为艺术创作不同于手工艺劳动,在内容上不受对象的存在束缚。他说,"艺术也和手工艺区别着。前者唤做自由的,后者也能唤做雇佣的艺术。前者看作好像只是游戏,这就是一种工作,它是对自身愉快的,能够合目的地成功。后者作为劳动,即作为对于自己是困苦而不愉快的,只是由于它的结果(例如工资)吸引着,因而能够是被逼迫负担的。"②这就是说,他认为手工艺劳动是被迫的,本身是痛苦的。原因在于主体被劳动报酬所束缚,而劳动报酬是由对象的数量来计算的,因而也可以说在手工艺劳动中主体被对象的存在所束缚,所以是不自由的。而艺术创作却好像是游戏,因为它本身是愉快的,主体在艺术创作中是自由的,不受束缚的,心情舒展,犹如在游戏中一般。当然,康德在这里泛用"劳动"的概念是片面的。因为,痛苦的强制的劳动只是剥削社会中"异化"了的劳动,而不是共产主义社会中作为人的第一需要的劳动。同时,完全将艺术与劳动对立起来,也就在实际上割裂了艺术与实践的关系。但康德在这里强调的重点是艺术不像劳动那样有明显的外在目的,而是不受对象存在束缚的、自由的。他还通过艺术与科学的比较,认为艺术创作不同于科学之处在于在形式上不受对象的概念束缚。当然,康德在论述艺术与科学的区别时,将科学单纯地归结为知(死的书本知识),而将艺术归结为能(技能),这本身并不科学。但他在批判关于"美的科学"的概念时,倒是抓住了艺术与科学在思维形式上的区

---

① 康德:《判断力批判》,宗白华译,商务印书馆1964年版,第152页。
② 同上书,第149页。

别,从另一个侧面揭示了"游戏说"的含义。康德指出:"没有关于美的科学,只有关于美的评判;也没有美的科学,只有美的艺术。因为关于美的科学,在它里面就须科学地,这就是通过证明来指出,某一物是否可以被认为美。那么,对于美的判断将不是鉴赏判断,如果它隶属于科学的话。至于一个科学,若作为科学而被认为是美的话,它将是一个怪物。"①这就是告诉我们,艺术作为审美的鉴赏判断,是以形象为形式的思维,而科学作为证明,则是以概念为形式的思维。在科学的判断中,主体受到概念的束缚,是有限制的,但在艺术创作的鉴赏判断中,主体不受对象的概念的束缚,是自由的,这种自由性表现在形象不是蕴含一个概念内容,而是可以蕴含无限丰富的内容。

综合上述主体在内容与形式两个方面都不受对象束缚的自由性的特点,康德认为艺术的这种"自由的游戏"的本质特征就是无目的的合目的性,或曰自由的合目的性。他说:"所以美的艺术作品里的合目的性,尽管它也是有意图的,却须像似无意图的,这就是说,美的艺术须被看作是自然,尽管人们知道它是艺术。"②这就说明,艺术的这种"自由的游戏"的本质特征实质上就是合目的性与无目的性、有意图性与无意图性、艺术与自然的统一。虽有目的却看不到目的,虽含意图却不显露意图,虽是艺术却看似自然。这真是抓住了艺术寓思想于形象的根本特征。

还需要说明的一点就是,康德还从生理学的角度探讨了"游戏说"理论,认为艺术的自由和谐必将引起身体的自由放松,从而促进人体的健康。他说,"所以人们可以,我想,承认伊比鸠的说法:一切的愉快,即使是通过那些唤醒审美诸观念的概念所催起来的,仍是动物性的,即肉体的感觉。"③他进一步将其过程归结为:由精神的自由放松(想象力的自由驰骋)导致肉体的自由放松,推动内脏和横膈膜的和谐活动,并进而加强精神上的自由愉快。他形象地举了一个谐谑的例子:一个印第安人在一个英国人的筵席上看见一个啤酒坛子打开时,有许多泡沫喷出,于是惊呼不已,主人问他有何可惊之事,这个印第安人说,我并不是惊讶那些泡沫怎样出来的,而是惊讶它们当初是怎样被搞进去的,于是人们听后大笑不已。康德认为,在这种谐谑中人们产生愉悦的原因不在于知性获得了什么知识,而是在于由紧张的

---

① 康德:《判断力批判》,宗白华译,商务印书馆1964年版,第150页。
② 同上书,第152页。
③ 同上书,第182页。

期待到虚无,从而引起精神的放松(自由)和肉体的放松(自由)。正是通过这样的精神和肉体放松的"自由的游戏",才产生了情感愉悦。这就说明,康德尽管认为艺术是一种包含着某种理性观念的超越生理快感的愉悦之情,但并不否认艺术美包含着生理快感的因素,并正确地将身体的自由放松也包含在自由的游戏的内涵之内。这是十分切合艺术创作实际的、极有价值的见解。

2. 审美观念

"审美观念"是康德关于艺术美的中心概念,接近于当代文艺理论中"典型"的概念。所谓"观念"即德文字"Idee",意指某种包含着丰富内容的不确定的理性概念。朱光潜借用中国古典美学中"意象"的概念翻译。根据康德的论述,所谓审美观念即指某种包含了无限理性内容的现实的形象。康德说:"人们能够称呼想象力的这一类表象做观念;这一部分因为它们对于某些超越于经验界限之上的东西至少向往着,并且这样企图接近到理性诸概念(即智的诸观念)的表述,这会给予这些观念一客观现实性的外观。"①当然,审美观念只不过是从创作的角度给艺术典型所界定的概念,而从欣赏的角度,康德则将其称之为审美理想。这个概念被黑格尔在《美学》中所接受。而"理想"(Ideal)本身则"意味着一个符合观念的个体的表象"②。朱光潜更明确地将其翻译为"把个别事物作为适合于表现某一观念的形象显现"③。而所谓"形象显现"就是理性与形象之间不经过概念的自由的统一。这就更充分地揭示了这一概念同黑格尔关于"美是理念的感性显现"的定义之间的渊源关系。一般来说,理性观念尽管无比丰富,但还需借助于概念来表达,而审美观念却不经过概念,仅借助于一个表象将无比丰富的理性观念直接显现出来。因此,康德认为,审美观念"生起许多思想而没有任何一特定的思想,即一个概念能和它相切合,因此没有语言能够完全企及它,把它表达出来"④。正是在这个意义上,康德认为,审美观念是理性观念的"对立物"。

康德认为审美观念具有巨大的作用,标志着艺术美所达到的高度,使艺术形象具有"精神"和"灵魂"。而"精神"(灵魂)在审美的意义里就是那心

---

① 康德:《判断力批判》,宗白华译,商务印书馆1964年版,第160页。
② 同上书,第70页。
③ 朱光潜:《西方美学史》下卷,人民文学出版社1979年版,第395页。
④ 康德:《判断力批判》,宗白华译,商务印书馆1964年版,第160页。

意赋予对象以生命的原理。① 这里所谓"生命"就是艺术形象的艺术魅力、感染力和吸引力。他进一步论证道，有些艺术形象，表面上看也符合美的规律，找不出什么毛病，但却没有精神，不具备艺术的魅力，就好像一个妇女，尽管俊俏、健谈、规矩，但却缺乏内在的吸引人的力量，而这种内在的吸引人的力量就正是审美观念所特有的。那么，审美观念的这种内在的吸引人的力量或艺术的魅力是从哪里产生的呢？根据康德的论述，就是由理性与形象的不经过概念的自由的统一中产生的。因为，理性本身是具有巨大的力量的，经过这样一种与形象的自由的统一，就能产生巨大的、震撼人心的、潜移默化的效果。

康德还进一步对审美观念的性质做了论述，认为它是经过理性观念改造的"另一自然"。他说："想象力（作为生产的认识机能）是强有力地从真的自然所提供给它的素材里创造一个像似另一自然来。"②朱光潜先生更明确地翻译为"第二自然"③。这个"另一自然"所依据的是现实自然所提供的素材，其外在形式是保持现实自然的本来面目，看上去似乎同自然一样是无目的、无理性的，而其实质却是经过了理性的改造，充满着理性的内容，因而是"优越于自然的东西"④。这就在一定的程度上揭示了艺术美与自然美的关系，说明自然美是艺术美的根据，艺术美不脱离现实自然的外在形式，但艺术美中渗透着理性内容，同自然相比更为"优越"。这说明，虽然在康德的总的美学体系中形式主义色彩浓厚，但在审美观念的理论中却对其形式主义的弊病有所补救，并在一定程度上纠正了理性派过分重视艺术美、感性派过分重视自然美的偏颇。

不仅如此，他还进一步探讨了"另一自然"的产生过程。他认为，这个过程就是给理性观念一个客观现实性的外观，也就是使理性观念具体化，使其通过直观的形象显现出来。而这种具体化有两种情况，一种是对于极乐世界、地狱世界、永恒界、创世等抽象的概念，应使其具有感性外观；另一种是对于死、忌妒、恶德、爱、荣誉等现实的思想，应使其超出现实，达到理性的高度，"在完全性里来具体化"⑤。这就反对了自然主义倾向，强调了理性在审美观念创造中的作用，表现了康德受到启蒙主义影响的进步倾向。

---

① 康德：《判断力批判》，宗白华译，商务印书馆1964年版，第159页。
② 同上书，第160页。
③ 朱光潜：《西方美学史》下卷，人民文学出版社1979年版，第399页。
④ 康德：《判断力批判》，宗白华译，商务印书馆1964年版，第160页。
⑤ 同上书，第161页。

康德对于审美观念的寓无限于有限的重要特征也做了深刻论述。他说:"在一个表象里的思想(这本是属于一个对象的概念里的),大大地多过于在这表象里所能把握和明白理解的。"①这里所说的"思想"是指表象(形象)本身所包含的理性内容,而"所能把握和明白理解的"则指读者或观众在鉴赏中所能把握和明白理解的思想。这就是我们通常所说的"形象大于思想",也就是中国古代美学中所说的"言有尽而意无穷""意在言外""咫尺之图写千里之势""以一当十"等。为什么会这样呢?原因之一,是审美观念作为无限的理性内容与有限的感性形象的自由的统一,实际上就是寓无限于有限;原因之二,是在艺术创作中经过了艺术提炼的过程。这就是运用想象力的自由驰骋,在可能表达某种理性内容的杂多的形式中选出一个能够最完满地显现理性观念的形式,从而使人们可从这一个形式联系到不能用语言表达的无限深广的理性内容。正如康德所说:"通过它使想象力自由活动,并在一给予了的概念的界限内,在可能的与此相协和的诸形式的无限多样性之下,提供那一形式,这形式把表现这概念和一种思想丰富性结合着,对于这思想的丰富性是没有语言的表达能够全部切合的因而提升自己达到诸理念。"②当然,康德在这里所说的"提供"(即选出),并未真正地揭示提炼的内在本质。而这一任务将由黑格尔来承担;原因之三,是从鉴赏的角度看,由于审美观念是具体的、感性的个别形象,这就给人以充分自由地发挥想象能力和给形象以补充的余地。因为,如果面对着概念,主体的想象力就受其局限,没有发挥驰骋的可能,而只有面对着形象,想象力才是自由的、不受束缚的,才有可能浮想联翩,通过自己的想象补充形象间的空白,最后引导到无限广阔的理性领域。

3. 创造的想象力

康德对审美的探讨从总的方面来说是侧重于心理的分析。这是其论美的基本特点。他对艺术美的论述也不例外,最后也归结到心理功能的分析。他认为,艺术美的心理功能是一种创造的想象力。③ 这种创造的想象力是多种心理功能的综合,包括着想象力、知性力、理性力(精神)和鉴赏力。他说,"所以美的艺术需要想象力、悟性、精神和鉴赏力"④。这四种心理功能

---

① 康德:《判断力批判》,宗白华译,商务印书馆1964年版,第161页。
② 同上书,第173页。
③ 同上书,第161页。
④ 同上书,第166页。

在艺术创作中处于一种合目的自由的协调状态。文艺作为一种"自由的游戏"就是根源于这种创作过程中各种心理功能的合目的的自由协调,也正是由这种自由的协调才使主体产生了美的愉悦之情。他说,艺术创作就是"把心意诸力合目的地推入跃动之中,这就是推入那样一种自由活动,这活动由自身持续着,并加强着心意诸力"①。

当然,在这四种心理功能中最核心的还是鉴赏力。康德在论述艺术创作需要四种心理功能时,特别加注指出"前三种机能通过第四种才获得它们的结合"②。这就说明,创造的想象力中的想象力、知性力、理性力的自由协调必须以审美的情感判断为中介。它们都统一于情感判断,最后的目的也是为了产生审美的情感判断,离开了审美的情感判断作中介,创造的想象力将不复存在。

但是,比较起来,想象力却是最活跃的因素。因为,作为创造的想象力始终是以直观形态的感性表象为其心理活动的基本元素的。只是在想象力的生气勃勃的活动中才把知性与理性的功能带进了艺术创作的复杂的心理活动之中。正如康德所说,"在这场合,想象力是创造性的,并且把知性诸观念(理性)的机能带进了运动"③。而且,艺术创作中合目的的审美愉快也主要是由想象力的自由活动唤起的。康德指出:"这主观合目的性是建基于想象力在自由中的活动。"④他认为,艺术创作中想象力具体表现为象征、类比手法的运用。因为,艺术创作中对于理性观念是无法用一个概念来表达的,那就只好借助于一个直观的形象来加以类比和象征。康德将这种类比、象征称作审美对象的状形词(Attributc),它可以使想象力活跃起来,通过类似表象的联想,表达出某种理性概念,最后创造出审美观念。这种方法是远远地超出借助于文字的、通过逻辑概念对理性的表达的。正如康德所说,"这些东西给予想象力机缘,扩张自己于一群类似的表象之上,使人思想富裕,超过文字对于一个概念所能表出的,并且给予了一个审美的观念,代替那逻辑的表达。它服务于理性的观念,本质上为了使心意生气勃勃,替它展开诸类似的表象的无穷领域的眺望"⑤。他举例说,朱庇特的鹫鸟和它爪子里的闪电就是那威严赫赫的天帝的形状标志。因为,通过鹫鸟及其爪

---

① 康德:《判断力批判》,宗白华译,商务印书馆1964年版,第160页。
② 同上书,第166页。
③ 同上书,第161页。
④ 同上书,第198页。
⑤ 同上书,第161页。

上的闪电这样的直观的感性表象,可以象征类比另一感性表象天帝朱庇特。这是想象力的特殊作用,比借助于语言和逻辑概念要丰富得多。在语言和逻辑概念里是什么就是什么,但具体的表象却可以使人引起丰富的联想。例如,通过鹫鸟及其爪上的闪电不仅可使人想到天帝的赫赫威严,还可以使人想到他的残忍凶暴及其他。这就可将人引导到无限丰富的理性观念的领域。

不过,知性力在创造的想象力之中仍然占有重要的地位。康德认为,在一切审美判断中都是判断先于快感,这是审美愉快与生理快感的根本区别。正因为如此,知性才是创造的想象力中不可或缺的因素。这样,就使创造的想象力的成果——审美观念成为有意义的和具有内在逻辑的精神产品。他指出,"对于美观念的丰富和独创性不是那样必要的,而想象力在它的自由活动里适合着悟性的规律性却是必要的。因前者的一切富饶在它的无规律的自由中只能产生无意义的东西,而判断力与此相反,它是那机能,把它们适应于悟性"①。正因为知性是创造的想象力的不可或缺的因素,所以就使艺术创作必然地包含着认知的性质。但这却又是一种特殊的认知,是一种不凭借概念而只是凭借形象的认知。这就使这种认知带有直观的无意识的性质,看似通过形象的直接领悟,实际是一种形象的感染、情感的启迪,但其中确又包含着某种认识和内在的逻辑。只是,这种认识不是概念所表达的认识,这种逻辑不是外在的形式逻辑,而是一种形象所唤起的认识和内在的情感逻辑。因为,在创造的想象中,想象力与知性力之间,是知性力服务于想象力,而不是想象力服务于知性力。想象力是主要的,充分自由的,始终处于主动的活跃的状态。正是在想象力的自由的生气勃勃的活动当中,自然而然地"暗合"了某种知性规律,但又不经过任何概念,因而是语言难以表达的。这与中国古代文论中所谓的"不涉理路,不落言筌""羚羊挂角,无迹可寻"非常接近。康德也讲过一段类似的话,他说"想象力(作为先验诸直观的机能)通过一个给定的表象,无意识地和悟性(作为概念机能)协和一致,并且由此唤醒愉快的情绪"②。

在创造的想象力中理性力占据着突出的地位。它决定了创造的想象力的性质,使艺术具有了无限丰富深广的内涵,具有了深刻的伦理道德的价值,也使创造的想象力与复现的想象力划清了界限。复现的想象力是对形

---

① 康德:《判断力批判》,宗白华译,商务印书馆1964年版,第166页。
② 同上书,第28页。

式美的鉴赏中所凭借的想象力,是想象力与知性力的自由协调,运用的是经验的联想律,只把自然物的外形复现出来,使其同原物类同。例如,用红云比喻盛开的红梅,用伞盖比喻亭亭青松等。这完全是一种刻板的"再现",对现实的纯然相同的"模仿",有如我们通常所说的自然主义创作方法。康德认为,创造的想象力完全与此不同。它是想象力与理性力的自由协调,是根据更高的理性原则去进行联想、类比,将经验所提供给我们的印象加以改造。这就不仅是借助于经验材料的再现,而且是经过主观改造,打上了主观理性印记的表现,是再现与表现的统一。

4. 天才论

康德认为,只有天才才具备创造的想象力,因此"美的艺术必然地要作为天才的艺术来考察"①。这就必然地由艺术创作问题过渡到天才问题。在西方文艺理论史上,关于天才的理论始终笼罩着神秘主义的迷雾,从柏拉图开始,许多理论家都把天才归之于"灵感""神启"。但康德却与此相反,认为天才是文艺家独具的创造能力,是一种先天的心灵禀赋,它就是创造的想象力,是与生俱来的,同人的生理因素一样是身体结构的一部分,属于"自然"的范畴。其原因在于审美不是凭借概念判断,而是凭借主体的某种合目的性的情感判断,而这种情感即来自自然生成的心理功能。他说:"因美必须不按照概念来评定,而是按照想象力和概念机能相一致时的合目的性的情调来评定的。因此,不是法规和训示,而只是那在主体里的自然(本性),不能被把握在法规或概念之下。"②关于天才的"自然"属性,他还曾以审美观念的"传授"加以说明。他认为,审美观念得以"传授"完全基于师生之间在心灵上被大自然装配了类似的比例。他说:"一个艺术家的诸观念激动了他的学徒的类似的观念,假使大自然给他的心灵能力装配了一个类似的比例。"③但苏联的阿斯穆斯在《康德论艺术中的天才》一文中将此处的"自然"解释为"理性所认识的世界"④。这是不符合康德的原意的。不仅如此,康德还进一步认为,通过天才,自然给艺术制定法规。因为,在他看来,艺术必须具备某种普遍可传达的规则性,但这种规则性不能来自客观的概念,所以是一种不凭借概念的不明确的规则。这种不明确的规则性就只

---

① 康德:《判断力批判》,宗白华译,商务印书馆1964年版,第153页。
② 同上书,第191页。
③ 同上书,第155页。
④ 《现代文艺理论译丛》第6辑,人民文学出版社1964年版,第200页。

能来自天才所独具的主体的创造想象力的心理功能。而康德认为,这种心理功能是属于"自然"范畴的。正是在这样的意义上,康德才断言,"通过它自然给艺术制定法规"①。关于天才的特征,康德在第四十六节和第四十九节中分别归纳为四个规定性。前者侧重于无目的的独创性,后者侧重于合目的的典范性。因此,归结起来就是两者的统一。正如康德所说,"天才就是:一个主体在他的认识诸机能的自由运用里表现着他的天赋才能的典范式的独创性"②。这就告诉我们,他认为天才是以主体的创造想象力的心理功能为根据的独创性与典范性的统一。首先是天才具备某种无目的的独创性。这是天才的第一特性和构成天才品质的本质部分。这种独创性就意味着,天才所创造出来的作品是独一无二的,不符合任何客观规则的,同模仿完全对立的,具有一种不受任何束缚的自由性。这样,艺术天才的这种独创性就将它和科学家的才能区别了开来。康德认为,艺术天才的独创性具有一种不能明确传达的特征,不能对自己的创作过程进行描述证明,不能提供明确的规范传达给别人,因而常常造成人亡艺绝,只好让新的天才去重新受之于天。而科学家却可规定自己的创作道路,让别人追随学习。他举例说,大科学家牛顿可将自己的知识传授给别人,但古希腊诗人荷马和德国诗人魏兰却无法为后人提供学习的规范。而从不同的产生途径来说,天才是先天具备的,在诞生时守护神指导而产生的,但科学知识却靠后天学习。从成果来说,天才的产品也不同于科学。天才的作品只是作为导引工具性的范例来唤醒、启发、引导另一天才;但科学成果却作为范本让人模仿。其次,天才具有着合目的的典范性。但这只是艺术的典范性,而不是科学的典范性,它只存在于具体的艺术形象之中,而不存在于概念与法规之中,是一种无明确规则的规则。康德认为,这种典范性也是十分重要的,它是对于天才的陶冶和训练,就好像是驯马与悍马的区别。因此,如果缺乏典范性就不能成其为艺术作品,而只是偶然性的自然事物。

5. 艺术分类

关于艺术的分类,康德认为可用借以表现的物质手段加以区分。具体说来可类比于语言的表现手段,从文字、表情和音调三个方面区分。他说:"所以我们如果要把美的艺术来分类,我们所能为此选择的最便利的原理,

---

① 康德:《判断力批判》,宗白华译,商务印书馆1964年版,第152页。
② 同上书,第164页。

至少就试验来说,莫过于把艺术类比人类在语言里所使用的那种表现方式,以便人们自己尽可能圆满地相互传达它们的诸感觉,不仅是传达他们的概念而已。这种表现建立于文字、表情和音调(发音,姿态,抑扬)。"①这里所谓文字是说话所使用的文字,用于艺术即指语言文学,所谓表情是说话时的姿态、形体动作,用于艺术即指造型艺术,所谓音调是说话时抑扬顿挫的语调,用于艺术即指感觉的艺术。

关于语言艺术,康德认为可分为雄辩术和诗的艺术两种。"雄辩术是悟性的事作为想象力的自由活动来进行;诗的艺术是想象力的自由活动作为悟性的事来执行。"②在他看来,演说家为了取悦听众,在使用雄辩术时,有意把严肃的理解力的事情作为自由的感性的游戏来进行,使得听众乐而不倦;诗人则与此相反,是在一种自由的感性想象力的游戏中寄寓着深刻的理解与目的。对于造型艺术,他认为是"诸观念在感性直观里的表现"③。这就是,观念不必通过文字,而是直接在感性直观中表现出来。具体可分为感性的真实形体的艺术和感性的假像的艺术。前者为雕塑,因为是立体的,所以诉诸视觉和触觉。后者为绘画,因为是平面的,所以仅仅诉诸视觉。绘画又可分为对于自然的美的描绘和对于自然产物的美的安排。前者为绘画本身,后者为园林艺术,即是对自然风景用绘画的意境加以安排、布置。他认为感觉的自由活动的艺术所涉及的是"对于感觉所隶属的感官的不同程度的情调(紧张)间的比例,这就是说那调子的准确把握"④。也就是,在他看来,这种艺术是感官对于外界刺激的不同程度的准确把握。这里又可分为通过听觉和视觉对外界刺激的把握,即音乐和色彩的艺术两种。但由于光的摇曳不定,难以把握,因而通过视觉的色彩的艺术就不包括在内。所以,这种感觉的自由活动的艺术只有音乐一种。

随着艺术的发展,单一的艺术种类已不可能,而必然出现各种艺术种类相互结合的趋势。康德看到了这一点,他指出,戏剧是雄辩术和绘画的表现方式的结合;歌唱则是诗和音乐的结合;歌剧是歌唱和戏剧的结合;至于舞蹈,则是音乐和形象的游戏的结合。

对于各艺术种类审美价值的比较,康德认为有两种不同类型的艺术:"第一种从诸感觉达到不规定的诸观念;第二种却从规定的诸观念达到诸

---

① 康德:《判断力批判》,宗白华译,商务印书馆 1964 年版,第 167 页。
② 同上书,第 167—168 页。
③ 同上书,第 168 页。
④ 同上书,第 171 页。

感觉。"①第一种即指语言艺术、造型艺术等,是一种具有持久性的艺术。第二种即指音乐,"只是流转着的印象"②。对于这两种艺术按照不同的标准有不同的评价。他说:"如果人们把诸艺术的价值按照着它们对人们的心情所提供的修养来评量,并且把人们认识过程里必须集合起来的诸机能的扩张作为评量标准,那么,音乐就将在诸美术中居最低的位置。"③也就是,他认为,从道德和认识的标准看,诗的价值最高,造型艺术次之,音乐的位置最低,雄辩术因为使道德原则和人的心术受了损害,所以是"应被放弃的"。但如果"按照它们的舒适性来评价的,音乐大概会占据最高"④。

第四节 《判断力批判》在欧洲文艺理论史上的地位、影响及其局限性

《判断力批判》是一部包含着丰富内容的美学与文艺理论著作,长时期以来一直为后代理论家和文艺家所重视。德国大诗人歌德曾经充满感情地说:"我一生中最愉快的时刻都应归功于它。在这本书里我找到了我的那些井然有序的极其多种多样的兴趣:对艺术作品和自然界作品的解释是按同一方式进行的,审美的和目的论的判断力是相互得到阐明的。"⑤《判断力批判》一书在西方文艺理论史上有着极其重要的贡献与影响。

首先,《判断力批判》奠定了感性与理性统一的文艺研究的道路。在欧洲文艺理论史上,长期以来存在着感性派与理性派、模仿论与灵感论、再现说与表现说的尖锐对立。它们或从感性因素出发,或从理性因素出发,因而各有其片面性。这反映了欧洲形而上学机械论对文艺研究的影响。康德则打破形而上学的桎梏,独辟蹊径,首次以感性与理性统一的方法研究文艺,为文艺界定了理性内容与感性形象自由的统一的深刻含义。这就既包含了客观的感性因素,又包含了主观的理性因素,较为符合文艺的实际。更重要的是开始将文艺现象作为感性与理性统一的整体来研究,包含着辩证法的合理内涵,从而为整个欧洲近代文艺理论,特别是德国近代文艺理论发展指明了正确的途径。黑格尔在《美学》中运用的辩证的研究方法,就同康德的

---

① 康德:《判断力批判》,宗白华译,商务印书馆1964年版,第176页。
② 同上书,第177页。
③ 同上书,第176页。
④ 同上。
⑤ 阿尔森·古留加:《康德传》,贾泽林等译,商务印书馆1981年版,第206页。

《判断力批判》有着直接的渊源关系。而且,正因为《判断力批判》在方法上有所突破,所以能够深刻地揭示文艺内在的感性与理性、合规律性与合目的性、无意图性与有意图性等矛盾现象,康德将其称为互相对立而又带有某种合理性的"二律背反"。对于这样的"二律背反",康德在《判断力批判》中尽管并未给予真正地解决,但却较充分地加以揭示,因而特别富有启发性。

其次,为文艺开辟了崭新的"情感领域"。在欧洲文艺理论史上,长期以来文艺并未形成自己独立的领域,理性派将其同哲学与伦理学混同,而感性派则将其同生理学混同。康德在《判断力批判》中第一次明确地指出了文艺的独特领域是介于认识与意志之间的独立的情感领域,文艺是一种不凭借概念的主体的情感愉悦。这就将文艺同哲学、科学及伦理道德划清了界限。他还认为,文艺是一种包含着理性内容、判断先于快感的高级形式的愉悦之情。这又将文艺与生理快感划清了界限。更重要的是,他还在《判断力批判》中指出,文艺的独立的情感领域具有沟通知与意的中介作用。这就既完成了他自己的哲学体系,实现了真善美的统一,而且还使文艺成为不同于知与意的人类掌握世界的特有手段。马克思在《〈政治经济学批判〉导言》中指出:"整体,当它在头脑中作为被思维的整体而出现时,是思维着的头脑的产物,这个头脑用它所专有的方式掌握世界,而这种方式是不同于对世界的艺术的、宗教的、实践——精神的掌握的。"[①]这里所说的艺术的掌握世界的方式就是从情感的角度掌握世界的方式,正是马克思对康德的《判断力批判》批判地继承的成果。

再次,提出了著名的"自由的游戏说",在一定的程度上揭示了文艺的本质。康德在《判断力批判》中提出的关于文艺的本质的"自由的游戏说",在欧洲文艺理论史上影响极大,后为席勒和斯宾塞所补充与发展。这个理论虽有其明显的局限与消极作用,但却在一定的程度上揭示了文艺的本质。它揭示了文艺具有的不受对象的存在及其概念直接束缚的自由性的本质特征。这既说明了康德文艺思想中的资产阶级民主主义色彩,又在一定的程度上反映了文艺创作与欣赏中的自由观照和主客体统一的内在规律。同时,"游戏说"也揭示了文艺创作与欣赏的真实性与假定性统一的特点。康德在《判断力批判》中认为,文艺同客体的内容与形式有关,具有真实性的一面,但又不受其内容与形式的束缚,具有同真实性有别的假定性。正由于这种真实性与假定性的统一,使得文艺既同实践活动、认识活动有关,又不

---

① 《马克思恩格斯选集》第2卷,人民出版社1972年版,第104页。

同于它们而具有超越客体的目的与意义。这就使文艺成为再现与表现的统一，既同现实生活密切相关，又具有超出现实生活的宏大的意义，有如我国古代文论常说的"味在咸酸之外"。

另外，康德在《判断力批判》中着重从文艺心理学的角度探讨了文艺创作问题，具有开创的意义。李泽厚认为，康德的"审美判断力部分所谓相对独立的内容和性质，实际上正在它主要是对审美心理所作的与前两大《批判》基本无关的形式分析上"①。李泽厚的意见是十分正确的。康德在整个的对于审美的分析中最后都要落脚到心理根据的探寻之上。对于艺术美的分析也不例外，最后归结到对于创造的想象力的深刻分析，论述了文艺创作中想象力、知性力、理性力等心理功能以情感判断为中介的有机统一，揭示了文艺创作中认识与直观、理性与情感内在的和谐一致的特点。这种分析是极为深刻细致的，在欧洲文艺理论史上具有开创意义。因为，尽管对于文艺创作与欣赏中心理现象的分析从英国经验派美学即已开始，但它们较多地偏重于生理快感一面。康德却在一定的程度上克服了这种片面性，较全面、深刻地论述了文艺创作中的心理现象。这对于文艺心理学这一独立学科的形成具有重要意义，对于我们后人真正把握文艺创作的内在本质也有极大的启示作用。

综上所述，从《判断力批判》的巨大贡献可以看出，它在欧洲文艺理论发展史上处于关键性的转折点，是一部影响深远的伟大著作。它不仅在当时开创了美学与文艺理论研究的新时代，而且直接成为欧洲现代与当代一系列文艺理论思潮的源头。

当然，《判断力批判》决不可能是一部完美的著作，而不可避免地有其历史的与阶级的局限，最主要的是这部著作在哲学上的主观唯心主义的理论内核。康德在这部著作中，对于感性与理性、客体与主体、个别与一般、无目的与合目的等二律背反的解决统统是以其主观唯心主义为出发点，亦即把它们人为地统一于主观，最后归之于属于信仰领域的理性。这不仅不能给上述矛盾以科学的解决，而且是违背客观现实的极大谬说。

另外，这部著作也带有明显的形式主义的非理性的倾向。这不仅表现在论述真善美的关系时过分地强调了三者的区别而忽视了它们的统一，在一定程度上将美与真善相割裂。在论述纯粹美时又完全抽去了思想内容。而且，在艺术美部分，在论述"游戏说"的过程中，又特别地强调无功利的直

---

① 李泽厚：《批判哲学的批判》，人民出版社1979年版，第361页。

观的特征,相对忽视了具有功利性的一面。这都被后来的形式主义与非理性主义文艺思潮所袭用。

　　再就是这部著作本身还有其内在的不统一性。有的命题前后不够一致,例如"无目的的合目的性"的中心命题,在纯粹美、壮美和艺术美中含义都不完全相同,经历了由纯形式到美是道德的象征的重大变化。有的概念前后也不统一,例如,关于鉴赏力,前面解释为包含着想象力与知性力和谐统一的情感判断,后又单纯地将其归结为知性力。关于天才,前面将其作为各种心理功能的统一,后又仅仅将其作为想象力理解。凡此种种,都说明体系本身不够严密,不免给后人的学习与研究带来困难。

参考书目:

1. 康德:《判断力批判》上下,宗白华、韦卓民译,商务印书馆1985年版。
2. 阿尔森·古留加:《康德传》,贾泽林等译,商务印书馆1981年版。
3. 李泽厚:《批判哲学的批判》,人民出版社1979年版。

思考题:

1. 康德的美学在其理论体系中的地位。
2. 康德是如何论述审美判断力的性质与作用的?
3. 康德的"游戏说"的理论实质何在?
4. 康德的"审美观念"概念的基本内涵是什么?
5. 康德的艺术论的主要内容是什么?
6. 如何评价康德的美学和文艺理论?

第十五章 《歌德谈话录》与歌德的文艺观

歌德(Joham Wolfgang Goethe,1749—1832),德国伟大的文学家、文学理论家和美学家。1749 年 8 月 28 日生于美因河畔的法兰克福,1832 年 3 月 22 日在魏玛逝世。歌德除创作了大量的诗歌、戏剧、小说外,在美学、历史学、造型艺术和自然科学等许多领域,都有卓越的成就。歌德一生跨着两个世纪,处于欧洲社会大动荡、大变革的年代。封建制度日趋崩溃,资产阶级革命运动迅猛发展,科学技术有了长足的进步。这一切,促使歌德不断接受进步的社会思潮的影响。他自己说:"我出生的时代对我是个大便利。当时发生了一系列震撼世界的大事,我活得很长,看到这类大事一直在接二连三地发生。对于七年战争、美国脱离英国独立、法国革命、整个拿破仑时代,拿破仑的覆灭以及后来的一些事件,我都是一个活着的见证人。因此我所得到的经验教训和看法,是凡是现在才出生的人都不可能得到的。"[①]他的主要著作有:历史剧《葛兹·冯·伯里欣根》(1773),未完成的诗剧《普罗米修斯》(1773),中篇小说《少年维特之烦恼》(1774),剧本《哀格蒙特》(1788)、《塔索》(1789),长篇叙事诗《列那狐》(1793),自传体小说《诗与真》(1811),长篇小说《威廉·迈斯特》(1829)和长篇诗剧《浮士德》(第一、二部)等。此外还发表了《迷娘曲》等大量抒情诗、评论文章和自然科学著作《植物变态学》《色彩学》等,《歌德全集》有 143 卷之多。

歌德在青年时代就接受了荷兰哲学家斯宾诺莎的唯物主义和泛神论思想,在赫尔德的影响下,培养起了对德国民间文学、荷马史诗和莎士比亚戏剧的强烈爱好,在美学观点和文艺思想上,他受狄德罗和莱辛的影响最深。随着时代和科学的进步,歌德的美学观点和文艺思想,比起启蒙主义美学家来说,具有更多的辩证法因素。他在德国古典美学家中,是最注重实际、反对以抽象的哲学思辨指导创作的突出代表人物,他的深广的文艺修养和科学修养,使他能够从理论和实践的结合上总结历史经验和回答现实创作中

[①] 见《歌德谈话录》,朱光潜译,人民文学出版社 1978 年版,第 30 页。

提出的理论问题。

歌德的美学观点和文艺思想是极其丰富的,歌德有关的言论和主张散见于其大量著作中,而又多半通过一些零星片段的感想、谈话和通信表达出来。由爱克曼辑录、朱光潜翻译的《歌德谈话录》,比较集中地表现出了歌德的一些最基本的美学观点和文艺理论主张。下面我们分几个问题,谈一下歌德对文学理论的贡献。

第一节　文艺与现实生活的关系

文艺与现实生活的关系是文艺理论中的一个根本问题。从柏拉图和亚里士多德开始,关于这个问题,在西方文艺理论史上,一直存在着重大的分歧。在德国古典美学中,康德、谢林、黑格尔都是从唯心的方面来观察和说明这个问题,能够比较正确地说明文艺与现实生活的辩证关系的,最重要的代表人物就是歌德。

恩格斯在论述歌德的创作道路时,曾经指出:"歌德过于博学,天性过于活跃,过于富有血肉,因此不能像席勒那样逃向康德的理想来摆脱鄙俗气;他过于敏锐,因此不能不看到这种逃跑归根到底不过是以夸张的庸俗气来代替平凡的鄙俗气。他的气质、他的精力、他的全部精神意向都把他推向实际生活,而他所接触的实际生活却是很可怜的。"①歌德的文艺观具有唯物主义和现实主义的性质。他认为一切文学艺术作品都是来自现实生活,而不能脱离现实生活,现实生活是形成文学作品的基础。1823年9月18日,歌德在对爱克曼谈话中指出:

> 世界是那样广阔丰富,生活是那样丰富多彩,你不会缺乏做诗的动因。但是写出来的必须全是应景即兴的诗②,也就是说,现实生活必须提供诗的机缘,又提供诗的材料。一个特殊具体的情境通过诗人的处理,就变成带有普遍性和诗意的东西。我的全部诗都是应景即兴的诗,来自现实生活,从现实生活中获得坚实的基础。我一向瞧不起空中楼

---

① 《马克思恩格斯全集》第4卷,人民出版社1958年版,第256页。
② 原文 Gelegenheitsgedichte 照字面译是"应机缘而写的诗",类似我国诗中的"即兴诗",不过"即兴"侧重诗人的主观兴致,歌德则主要是指从客观情境出发。姑译为"应景即兴的诗",以求主客两面俱到。这一段谈话扼要地说明了歌德的现实主义文艺观点,值得特别注意。——译者原注

阁的诗。

不要说现实生活没有诗意,诗人的本领,正在于他有足够的智慧,能从惯见的平凡事物中见出引人入胜的一个侧面。①

歌德这里说的"诗",泛指一切文学作品。现实生活不仅为作家提供作诗的动机,而且为作家的创作提供丰富的材料。同时,作家必须面向现实生活,研究现实生活,生动地显示出生活的诗意。歌德在与爱克曼谈话中,坚决反对作家脱离现实生活去深思苦想埋头搞大部头作品,反对作家从抽象的哲学思辨观念出发。他认为这种倾向对德国人是特别有害的。他一再赞扬席勒的创作,但他又不只一次地指出:"席勒对哲学的倾向损害了他的诗,因为这种倾向使他把理念看得高于一切自然,甚至消灭了自然。凡是他能想到的,他就认为一定能实现,不管它是符合自然,还是违反自然。"②歌德诚恳地劝告爱克曼应从观念中解放出来,深入现实生活中去,对所描写的每一个别事物,都要做仔细观察,进行深入彻底的研究,去探索和发现生活中突出的、具有意义的东西。他说:"我只劝你坚持不懈,牢牢地抓住现实生活。每一种情况,乃至每一顷刻,都有无限的价值,都是整个永恒世界的代表。"③他在另一首诗中也曾写道:

> 我觉得,我认识你,自然,
> 所以我必须抓紧你。
> …………
> 自然啊,我对你多么怀念,
> 忠诚爱慕地探索你!
> 你将射出快活的喷泉,
> 从那无数的水管里。④

歌德的诗文和谈话中,说到"自然"的地方很多。他所说的"自然"包括人类的社会生活和整个大自然界。他从"泛神论"观点出发,把自然看成一个客观存在的并遵循着一定规律运动的整体。他认为:"对艺术家所提出的最高的要求就是:他应该遵守自然,研究自然,模仿自然,并且应该创造出一种

---

① 见《歌德谈话录》,朱光潜译,人民文学出版社 1978 年版,第 6 页。
② 同上书,第 13 页。
③ 同上书,第 12 页。
④ 《歌德诗集》(下),钱春绮译,上海译文出版社 1982 年版,第 209—210 页。

毕肖自然的作品。"①

歌德的可贵之处,在于他以朴素的唯物主义和辩证法观点,论述了艺术与自然的关系。文学艺术既要从现实生活出发,服从自然,又要超越自然,创造出"第二自然"。他说:

> 艺术家对于自然有着双重关系:他既是自然的主宰,又是自然的奴隶。他是自然的奴隶,因为他必须用人世间的材料来进行工作,才能使人理解;同时他又是自然的主宰,因为他使这种人世间的材料服从他的较高的意旨②,并且为这较高的意旨服务。③

歌德用吕邦斯的绘画为例说明艺术家既要反映自然,又要在作品中"显示出他本着自由精神站得比自然要高一层,按照他的更高的目的来处理自然"④。艺术家在细节的描写上,要恭顺地模仿自然,忠实于自然。比如,画一个动物,就不能任意改变其骨骼的构造和筋络的部位。如果任意改变,就会破坏那种动物的特性。这就无异于消灭自然。但是,在艺术创造的较高境界里,艺术家就可借助于虚构和想象,用自由大胆的精神创造出既来自自然,而又高于自然的优美作品。艺术家是"自然的奴隶",这是说艺术创造,必须以现实生活为基础,要受客观世界的规律的限制,正确地认识和驾驭客观事物的规律。歌德在《自然与艺术》一诗中说:"谁要成大事,就必须集中全力,在限制中才显示大师的本领,只有规律才能给我们自由。"⑤艺术家是"自然的主宰",这是说艺术创作是艺术家的主观能动性的表现,是一种有目的、创造性的活动,艺术家不仅可以认识自然的规律,并且可以通过形象的描绘集中显示出自然的规律,创造出来自现实而又高于现实的"第二自然"。歌德说:"我们眼前的整个世界,就好像建筑师面前巨大的采石场一样,只有当建筑师用这些偶然的自然物质把出自精神的理想同最大的节约、目的性和坚固性结合在一起时,他才配得上这个名称。我们以外的一切只不过都是元素,甚至我完全可以这样说,我们身上的一切也同样都是元素;但是,我们的内心深处却有这样一种创造力量,它能创造出应该是那样的东

---

① 歌德:《〈希腊神庙的门楼〉的发刊词》,见朱光潜:《西方美学史》下卷,人民文学出版社1979年版,第425页。
② 目的。——译者原注
③ 见《歌德谈话录》,朱光潜译,人民文学出版社1978年版,第137页。
④ 同上书,第136页。
⑤ 歌德:《自然与艺术》,见《歌德抒情诗选》,钱春绮译,人民文学出版社1983年版,第102页。

西,而不容我们得到安宁,直到我们在我们以外或在我们身上用某种方法表现出这种东西来为止。"①与歌德同时代的黑格尔,虽然也十分重视艺术家在艺术创作中的主观能动作用,认为艺术美高于自然。但他却从根本上否认现实生活是文艺创作的基础,他颠倒意识和存在的关系,把艺术看作由心灵产生和再生的美。歌德一方面充分肯定艺术家的主观能动性,强调艺术家是"自然的主宰";同时又指出了艺术创作受现实生活的制约性,艺术家只有从现实生活出发才能找到自己创作的坚实基础。既是"自然的主宰",又是"自然的奴隶",这就从主客观统一上,辩证地阐明了现实生活与文学艺术的关系。

第二节 "创作方法":古典的和浪漫的

从我们目前见到的文献资料看,歌德是第一个提出"创作方法"的概念的人,古典主义、现实主义与浪漫主义的概念,他也是最早使用的人之一。1830 年 3 月 21 日他在同爱克曼谈话中说:

> 我力图使一切在古典意义上具有鲜明的轮廓,丝毫没有符合浪漫派创作方法的那种暧昧模糊的东西。
> 古典诗和浪漫诗的概念现已传遍全世界……这个概念起源于席勒和我两人。我主张诗应采取从客观世界出发的原则,认为只有这种创作方法才可取。但是席勒却用完全主观的方法去写作,认为只有他那种创作方法才是正确的。为了针对我来为他自己辩护,席勒写了一篇论文,题为《论素朴的诗和感伤的诗》。他想向我证明:我违反了自己的意志,实在是浪漫的,说我的《伊菲姬尼亚》由于情感占优势,并不是古典的或符合古代精神的,如某些人所相信的那样。史雷格尔弟兄抓住这个看法把它加以发挥,因此它就在世界传遍了,目前人人都在谈古典主义和浪漫主义,这是五十年前没有人想到的区别。②(着重号为引者所加)

歌德这里所说的古典主义实际上就是现实主义。这种创作方法最基本的特点是如歌德所说的,"采取从客观世界出发的原则"。根据当时德国文坛的

---

① 歌德:《威廉·迈斯特的学习时代》,见汉斯-尤尔根·格尔茨:《歌德传》,伊德等译,商务印书馆 1982 年版,第 112 页。
② 见《歌德谈话录》,朱光潜译,人民文学出版社 1978 年版,第 220—221 页。

实际情况,歌德大力提倡现实主义,反对"软弱的、感伤的、病态的"浪漫主义。他说:"我把'古典的'叫作'健康的',把'浪漫的'叫作'病态的'。这样看,《尼伯龙根之歌》就和荷马史诗一样是古典的,因为这两部诗都是健康的、有生命力的。最近一些作品之所以是浪漫的,并不是因为新,而是因为病态、软弱;古代作品之所以是古典的,也并不是因为古老,而是因为强壮、新鲜、愉快、健康。如果我们按照这些品质来区分古典的和浪漫的,就会知所适从了。"①歌德在《说不尽的莎士比亚》一文中,他进一步将古典的与浪漫的做了比较,并列出了表:

古典的　近代的
纯朴的　感伤的
异教的　基督教的
英雄的　浪漫的
现实的　理想的
必然　　自由
天命　　愿望②

他认为莎士比亚的著作中,虽然也出现过像预言、疯癫、梦魇、预感、异兆、仙女和精灵、鬼魂、妖异和魔法师等虚幻的成分,但这并不是他著作中的主要成分,"作为这些著作的伟大基础的是他生活的真实和精悍,因此,来自他手下的一切东西,都显得那么纯真和结实"③(着重号为引者所加)。歌德认为古典纯朴的、现实的作品的基础就是真实,而病态的、伤感的诗往往流于矫揉造作,缺乏真实性。莎士比亚的作品不属于感伤的、病态的浪漫派范畴,而是属于纯朴的那一类。"莎士比亚的伟大多半要归功于他那个伟大而雄强的时代。"④可贵的是,歌德开始注意以发展的观点,研究不同时代的特点,寻找产生古典的和浪漫的作品的根源。他对爱克曼说:"现在我要向你指出一个事实,这是你也许会在经验中证实的。一切倒退和衰亡的时代都是主观的,与此相反,一切前进上升的时代都有一个客观的倾向。我们现在这个时代是一个倒退的时代,因为它是一个主观的时代。这一点你不仅

---

① 见《歌德谈话录》,朱光潜译,人民文学出版社 1978 年版,第 188 页。
② 见《欧美古典作家论现实主义和浪漫主义》(二),中国社会科学出版社 1981 年版,第 287 页。
③ 同上书,第 286 页。
④ 见《歌德谈话录》,朱光潜译,人民文学出版社 1978 年版,第 16 页。

在诗方面可以见出,就连在绘画和其它许多方面也可以见出。与此相反,一切健康的努力都是由内心世界转向外在世界,像你所看到的一切伟大的时代都是努力前进的,都是具有客观性格的。"①歌德并不反对作品应展现美好的理想,并不反对积极浪漫主义作品,相反他对拜伦这样的浪漫主义诗人非常敬仰。他反对的只是在他那个时代流行的一种病态的、伤感的、消极的浪漫主义文学。因此他对作家们的种种现实主义的探索和努力,都充分加以肯定。他说:"由于寻求现实主义的欲望而产生的感觉上的各种错误倾向,总比那表现为寻找理想主义的欲望而产生的错误倾向要好得多。"②(着重号为引者所加)从歌德对莎士比亚创作的论述和他自己的创作实践可以看到,在创作方法上,他是在探求和寻找古典主义(现实主义)与浪漫主义的某种程度上的结合。在古典的和浪漫的作品的历史比较中,他认为:"古代诗篇中占着统治地位的是天命与完成之间的不协调,近代诗篇中则是愿望与完成之间的不协调。"③"由于莎士比亚以一种极妙的方式把古与今结合起来,他在这方面是独一无二的。"④古代作品中,在天命与完成之间的矛盾中,天命(在人物性格中即是命运)总是显得太严峻,它决定着一切,因此这些作品只能使我们对它感到惊奇,而不会感到愉悦。"那种或多或少或者完全剥夺一切自由的必然性,是与今天我们的思想意识不相容的;可是莎士比亚通过他的途径接近了这些东西,因为他使必然性具有了道德意义,借此也就把古与今结合起来,使我们感到愉悦惊奇。"⑤歌德的基本思想,是强调创作应从客观现实生活出发,在真实的基础上,表达出某种性格的"自由的必然性"。接着歌德写了下面一段意味深长的话:

> 如果有什么东西要向他学习的话,那么就是这一点我们必须在他的学校里去学习。我们也许既不该责备也不该抛弃我们的浪漫主义文学,但把它过分地绝对地颂扬,或片面地迷恋着它,这种做法会使它的坚强、壮实、精干的那一面被误解或受到损害的,我们应该企图把那个巨大的、似乎不能结合的矛盾在我们胸中结合起来,尤其因为一个伟大的、独一无二的大师,这位我们极其敬重的、往往说不出理由地推崇得

---

① 见《歌德谈话录》,朱光潜译,人民文学出版社1978年版,第97页。
② 见《歌德的格言和感想集》,中国社会科学出版社1982年版,第91页。
③ 见《欧美古典作家论现实主义和浪漫主义》(二),中国社会科学出版社1982年版,第287页。
④ 同上书,第289页。
⑤ 同上书,第289—290页。

多于一切的大师,已经真正做出了这个奇迹了。①

歌德自己的创作,也始终没有与积极的浪漫主义相脱离,他从浪漫主义到古典主义,而追求的则是古典主义(现实主义)与浪漫主义相结合。这种结合又是以莎士比亚的创作为榜样的。他在诗剧《浮士德》最后描写主人公与古希腊的美女海伦的结合,就充分表现出了歌德在艺术实践上的这种探求。

第三节 从特殊到一般,"显出特征的整体"

客观世界的万物都有自己发展的规律,那么文艺创作有没有规律可寻呢?歌德对此做出了明确的回答。他说:

> 艺术并不完全服从自然界的必然之理,而是有它自己的规律。②

歌德根据自己丰富的创作实践经验和长期的理论上的思考,认为艺术创作的基本规律,是从现实生活出发,掌握和描述个别特殊的事物,在特殊中表现一般,通过创造一个显出特征的有生命的整体,来反映世界。

第一,歌德总结了文学创作的历史经验,从理论上论述了为一般而找特殊还是在特殊中显出一般这样两条不同创作路线的本质区别。1820年歌德在编辑他同席勒的通信集时,曾写下了一段重要的感想:

> 诗人究竟是为一般而找特殊,还是在特殊中显出一般(着重号为引者所加),这中间有一个很大的分别。由第一种程序产生出寓意诗,其中特殊只作为一个例证或典范才有价值。但是第二种程序才特别适宜于诗的本质,它表现出一种特殊,并不想到或明指到一般。谁若是生动地把握住这特殊,谁就会同时获得一般而当时却意识不到,或只是到事后才意识到。③

在歌德时代,德国文艺界和理论界特别关心理想与特征的对立。温克尔曼强调显出"高贵的单纯和静穆的伟大"的"理想的美",忽视事物的个性特征。希尔特则强调"特性"的原则。歌德在强调掌握和描述"特征"方面,同希尔特是一致的,但他又比希尔特向前跨进了一步,强调在特殊中表现出一

---

① 见《欧美古典作家论现实主义和浪漫主义》(二),中国社会科学出版社1982年版,第289—290页。
② 见《歌德谈话录》,朱光潜译,人民文学出版社1978年版,第136页。
③ 朱光潜:《西方美学史》下卷,人民文学出版社1979年版,第416页。

般。希尔特对于事物的特征所要表现的内容并没有讲清楚。歌德则明确提出了"意蕴"的概念。他说:"古人的最高原则是意蕴,而成功的艺术处理的最高成就就是美。"①艺术之所以可以超越自然,就在于它在具体的个别中显现出了"意蕴",显示出了特征。"艺术家一旦把握住一个自然对象,那个对象就不再属于自然了;而且还可以说,艺术家在把握住对象那一顷刻中就是在创造出那个对象,因为他从那对象中取得了具有意蕴,显出特征,引人入胜的东西,使那对象具有更高的价值。因此,他仿佛把更精妙的比例分寸,更高尚的形式,更基本的特征,加到人的形体上去,画成了停匀完整而具有意蕴的圆。"②(着重号为引者所加。"圆"指圆满形体。)歌德所说的"意蕴""特征"是一事物区别于他事物的本质的规定性。它既是普遍的、一般的、理性的,又是特殊的、个别的、感性的,是普遍与特殊、一般与个别、理性与感性的统一体。这样在歌德那里,已初步将"特征"说与"理想"说统一起来了。对此,黑格尔做了充分的肯定,他说:"按照这种理解,美的要素可分为两种:一种是内在的,即内容,另一种是外在的,即内容所借以现出意蕴和特性的东西。内在的显现于外在的;就借这外在的,人才可以认识到内在的,因为外在的从它本身指引到内在的。"③黑格尔的"美是理念的感性显现"说,就是从批判温克尔曼和希尔特以及发挥歌德的思想中得来的。不过黑格尔是把歌德的"意蕴"说完全纳入了他的唯心主义美学体系。关于这一点蒋孔阳先生已经指出,他说:"在歌德看来,'意蕴'就是客观事物的特征,它是客观事物本身所具备的内在特性、特点和规律。而黑格尔说的'意蕴',却是'理念',来自于绝对的精神,完全是精神性的东西。"④

为一般而找特殊,还是从特殊显出一般,这是典型创造中两种不同的思想路线的反映。为一般而找特殊,实际是从抽象的观念或"理念"出发,进而把这种抽象的一般转化成有形的实体。历史上的古典主义者,主张从"义理"出发,就是从抽象的"一般"出发。反映在人物创造上,就是从某种性格的平均值,即类型性出发,而忽视人物的个性、特殊性。歌德认为,类型说不能反映出自然的本质,不能显示出事物的本来的丰富性和生动性。他说:"类型概念使我们漠然无动于衷,理想把我们提高到超越我们自己;但是我们还不满足于此;我们要求回到个别的东西进行完满的欣赏,同时不抛

---

① 见黑格尔:《美学》第 1 卷,朱光潜译,商务印书馆 1979 年版,第 24 页。
② 朱光潜:《西方美学史》下卷,人民文学出版社 1979 年版,第 427 页。
③ 黑格尔:《美学》第 1 卷,朱光潜译,商务印书馆 1979 年版,第 25 页。
④ 蒋孔阳:《德国古典美学》,商务印书馆 1980 年版,第 160 页。

弃有意蕴的或是崇高的东西。这个谜语只有美才能解答。美使科学的东西具有生命和热力,使有意蕴的和崇高的东西受到缓和。因此,一件美的艺术作品走完了一个圈子,又成为一种个别的东西,这才成为我们自己的东西。"[1]在歌德看来,客观世界呈现在人们面前的,是具体的各具特征的事物,而不是抽象的概念。因此艺术家要认识生活、反映自然,就必须从认识和把握具体的、感性的、个别的东西入手,从显示特征开始,才能达到美。歌德同爱克曼说,在社会生活中,"我把每个人都看作一个独立的个人,可以让我去研究和了解他的一切特点,此外我并不向他要求同情共鸣。这样我才可以和任何人打交道,也只有这样我才可以认识各种不同的性格,学会为人处世之道。因为一个人正是要跟那些和自己生性相反的人打交道,才能和他们相处,从而激发自己性格中一切不同的方面使其得到发展完成,很快就感到自己在每个方面都达到成熟。你也该这样办。你在这方面的能力比你自己所想象的要大,过分低估自己是毫无益处的,你必须投入广大的世界里,不管你是喜欢还是不喜欢它"[2]。从具体的、个别的事物出发,通过个别显示一般,这是为实践所证明了的一条正确的文艺创作路线。恩格斯指出:"要不研究个别的实物和个别的运动形式,就根本不能认识物质和运动;而由于认识个别的事物和个别的运动形式,我们才认识物质和运动本身。"[3]一个进步的作家要在自己的作品中塑造出各种各样的典型人物来,就必须忠于现实生活,认真地去观察研究各种各样人物的个性、特殊性。不注意研究各种人物的个性、特殊性,就不能真正认识自己所要描写的对象,就无法区别出这一个人和另外一些人的差别,进而也就不可能通过个性的刻画反映出现实关系发展的本质必然和规律。

第二,艺术的真正生命在于对个别特殊事物的掌握和描述。

歌德认为,对于作家来讲,必须闯过真正高大的难关,这就是对个别事物的掌握。只有抓住特殊,通过特殊显示出一般,这才称之为写作,也只有这样才适宜于表现诗的本质。1823年10月29日,歌德同爱克曼比较集中地谈论了这个问题,他说:

---

[1] 歌德:《搜藏家和他的伙伴们》第五封信,见朱光潜:《西方美学史》下卷,人民文学出版社1979年版,第420页。

[2] 见《歌德谈话录》,朱光潜译,人民文学出版社1978年版,第41页。

[3] 恩格斯:《自然辩证法》,见《马克思恩格斯全集》第20卷,人民出版社1973年版,第579页。

> 我知道这个课题确实是难，但是艺术的真正生命正在于对**个别特殊事物**的掌握和描述。此外，作家如果满足于一般，任何人都可以照样模仿；但是如果写出个别特殊，旁人就无法模仿，因为没有亲身体验过。你也不用担心个别特殊引不起同情共鸣。每种人物性格，不管多么个别特殊，每一件描绘出来的东西，从顽石到人，都有些普遍性；因此各种现象都经常复现，世间没有任何东西只出现一次。①（着重号为引者所加）

在歌德看来，客观世界中的事物，"从顽石到人"，都是个别与一般、特殊与普遍的统一体，事物的普遍性寓于特殊性之中。如果作家在创作中，只是抽象地描写事物的普遍性，那就显不出事物的差别，所描写的人物也就只能是千篇一律、类型化、概念化式的人物。如果作者通过自己的亲身体验，掌握了个别，并通过个别特殊的描述表现出一般，这样的艺术才能广泛地引起读者的共鸣。因此，文艺创作，只有"到了描述个别特殊这个阶级，人们称为'写作'（Komposition）的工作也就开始了"②。歌德一再劝告，"诗人应该抓住特殊，如果其中有些健康因素，他就会从这特殊中表现出一般"③。

作家掌握和描述特殊并不是目的本身，这只是文艺创作的真正的开始，目的是要"从这特殊中表现一般"，达到美的境界。歌德论述的通过特殊表现一般，从显示特征开始以达到美的理想，在他分析法国优秀画家克劳德·劳冉（1600—1682）的创作时，表述得很清楚。他对爱克曼说：

> 这一次你从这些画里看到了一个完全的人，他想到的和感觉到的都美，他胸中有一个在外界不易看到的世界。这些画都具有最高度的真实，但是没有一点实在的痕迹。克劳德·劳冉最熟悉现实世界，直到其中的最微小的细节，他用这些作为媒介，来表现他的优美的心灵世界。这正是真正的理想性，它会把现实媒介运用来产生一种幻觉，仿佛像是真的东西，像是实在的或实有其事。④

克劳德·劳冉从现实世界出发，描绘了"一个完全的人"，他通过选择一系列"最微小的细节"的描绘，最真实地显示出了人物胸中在外界不易看到的世界——"他的优美的心灵世界"。歌德说："这正是真正的理想性。"显然

---

① 见《歌德谈话录》，朱光潜译，人民文学出版社1978年版，第10页。
② 同上书，第10页。
③ 同上书，第90页。
④ 同上书，第193页。

歌德所说的理想性,既不同于温克尔曼的抽象的"理想"说,又不同于黑格尔的客观唯心主义的"理念"说。他是把从现实世界出发,在特殊中显现一般,以外部的具体和感性的形象,反映出人物"优美的心灵世界",最后达到真、善、美的统一看作真正的理想性。而这也正是歌德的具有唯物主义倾向的典型理论的重要内容。

第三,艺术家通过个别来反映一般,这个显现着一般的个别又具有什么样的特点呢?歌德认为,作家根据现实生活熔铸而成的个别,应是一个显出特征的、优美的、生气贯注的整体。歌德这方面的论述很多。1772年写的《论德国建筑》中,歌德就提出了"显出特征的整体"①的概念,他认为这种显出特征的艺术才是唯一真实的艺术。在同爱克曼谈话中又多次论述到这个问题。他在对青年诗人的忠告中就说:

> 必须由现实生活提供做诗的动机,这就是要表现的要点,也就是诗的真正核心;但是据此来熔铸成一个优美的、生气灌注的整体,这却是诗人的事了。②

在谈到处理题材时,又说:

> 题材既是现成的,人物和事迹就用不着新创了,诗人要做的工作就只是构成一个活的整体。③

当他谈到艺术的基本特征时,进一步概括地说:

> 艺术要通过一种完整体向世界说话。但这种完整体不是他在自然中所能找到的,而是他自己的心智的果实,或者说,是一种丰产的神圣的精神灌注生气的结果。④

整体概念是歌德世界观中的一个重要概念。随着自然科学的进步,特别是生物学的发展,在歌德的时代,有机统一的整体观逐渐取代了机械观,强调事物的有机性和完整性,注意事物本身各部分互相依存、相反相成的内在规律。比如康德在《判断力批判》中,就明确提出和论证了"自然是作为人在其中也是一个环节的系统整体"的观点。⑤ 歌德本身是一个伟大的艺术家,

---

① 朱光潜:《西方美学史》下卷,人民文学出版社1979年版,第419页。
② 见《歌德谈话录》,朱光潜译,人民文学出版社1978年版,第6—7页。
③ 同上书,第8页。
④ 同上书,第137页。
⑤ 参见李泽厚:《批判哲学的批判》,人民出版社1979年版,第383页。

同时他对自然科学又有很深的造诣,他的整体观念含有丰富的内容和辩证法的因素。他说:"法国人用Komposition①来表达自然界的产品,也不恰当。我用一些零件来构成一部机器,对这样一种活动及其结果,我当然可以用Komposition这个词。但是如果我想到的是一个活的东西,它有一种共同的灵魂②贯串到各个部分,是一种有机整体,那么我就不能使用Komposition这个词了。"③对于一件真正的艺术品,如莫扎特的乐曲《唐·璜》,绝不像一块糕点饼干,用鸡子、面粉和糖掺和而成,"它是一件精神创作,其中部分和整体都是从同一精神熔炉中熔铸出来的,是由一种生命气息吹嘘过的"④。最能体现歌德的整体观的是他对艺术描写的对象——人的看法,他说:"人是一个整体,一个多方面的内在联系着的能力的统一体。艺术作品必须向人这个整体说话,必须适应人的这种丰富的统一体,这种单一的杂多。"⑤在文艺理论发展史上,歌德将艺术的整体概念同现实生活中有生命的个人结合起来,加以论述,这是带有独创性的。由于人本身是一个整体,是一个多方面的有着内在联系的统一体。因此艺术家所精心创造的人物形象,它所显示的特征,也绝不应是某种概念的抽象品,而应是多种性格特征的有机统一的活的整体。各种性格属性之间都有一种内在的必然性的联系,而且是由某种基本性格特征,将其他各种次要特性有机地结合在一起的。1824年2月26日歌德同爱克曼说:"在每个人物性格中都有一种必然性,一种承续关系,和这个或那个基本性格特征结合在一起,就出现某种次要特征。这一点是感性接触就足以令人认识到的。"⑥歌德的这一观点,比起希尔特的"特征"说,显然是向前发展了,进一步丰富了关于典型创造的理论。在《浮士德》第一部中,歌德通过浮士德与靡非斯特一段对话,把"优美""典型"与"一个活人"统一于一体:

浮士德
　　你让我赶快再看看那面镜子!
　　那幅佳人的画像真是过于优美!

---

① 原义是"把不同部分摆在一起,来构成一个整体"。作家作文、音乐家作曲、画家作画之类文艺创作活动往往都用这个词。——译者原注
② 生命。——译者原注
③ 见《歌德谈话录》,朱光潜译,人民文学出版社1978年版,第246页。
④ 同上书,第247页。
⑤ 朱光潜:《西方美学史》下卷,人民文学出版社1979年版,第431页。
⑥ 见《歌德谈话录》,朱光潜译,人民文学出版社1978年版,第34页。

靡非斯特
　　　　不,不!那种的女性中的典型,
　　　　你立刻便要看见一个活人。①

歌德在谈到《少年维特之烦恼》中绿蒂这个典型人物的塑造时还说,"我写东西时,我没有忘记美术家有机会从对于各种美女的研究中,塑造出维纳斯的形象来,这是多么幸运的事。因此,我也把许多美女的容貌和特征,用来作为我的绿蒂的原型。虽然主要的特征,还是从我所最喜欢的女人那儿取来的"②。这就更清楚地说明了歌德的创作,是从现实生活中具体的人出发,经过选择和概括,抓住其主要特征,而不是取其所谓"平均值"来塑造典型的。这一点与莱辛的观点比较起来,也前进了一步,具有了更多的辩证法因素。

　　显出特征的整体,是一个生气贯注的活的整体。它是主观与客观、感性与理性的统一体。歌德多次指出,艺术家所塑造的人物,应是一个活的整体,它虽然来自现实,但又不是在现实中所能找到的,它是艺术家自己心智的果实,是艺术家求助于虚构,用自由大胆的精神创造出来的。他说:"一个伟大的戏剧体诗人如果同时具有创造才能和内在的强烈而高尚的思想情感,并把它渗透到他的全部作品里,就可以使他的剧本中所表现的灵魂变成民族的灵魂。"③歌德特别推崇莎士比亚,他认为:"莎士比亚的戏剧是个美妙的万花镜,在这里面,世界的历史由一根无形的时间线索串连在一起,从我们眼前掠过。"④"他与普罗米修斯竞争着,以对手作榜样,一点一滴地刻画着他的人物形象,所不同的是赋予了巨人般的伟大(性格)——正因为如此,我们才认不出他们是我们的兄弟——然后以他的智力吹醒了他们的生命。"⑤莎士比亚的人物,既有高度的客观的真实性,同时又熔铸了作者丰富的思想感情。歌德说莎士比亚所有的剧本"全是吐自衷曲","莎士比亚是一个伟大的心理学家,从他的剧本中我们可以学会懂得人类的思想感情"⑥。在歌德的心目中,哈姆雷特就是在莎士比亚笔下诞生的一个显出特

---

① 歌德:《浮士德》第 1 部,郭沫若译,人民文学出版社 1978 年版,第 129 页。
② 蒋孔阳:《德国古典美学》,商务印书馆 1980 年版,第 169 页。
③ 见《歌德谈话录》,朱光潜译,人民文学出版社 1978 年版,第 128 页。
④ 歌德:《莎士比亚纪念日的讲话》,见伍蠡甫主编:《西方文论选》上卷,上海译文出版社 1979 年版,第 455 页。
⑤ 同上。
⑥ 见《歌德谈话录》,朱光潜译,人民文学出版社 1978 年版,第 99 页。

征的有生命的整体。

歌德在艺术上的整体观念,不仅要求作品中的人物应是显出特征的活的整体,而且要求作者创作的整部作品,作品中的每个人物及其相互关系,作品中的部分与部分、部分与整体、作品的内容与形式都应是一个有机的统一体。在谈到写长篇作品时,歌德的这一思想表达得很明确。他说:"至于写大部头的诗,情况却不同。那就不免要把各个部分都按计划编织成为一个完整体,而且还要描绘得维妙维肖。"①"如果有些部分失败了,整体就会显得有缺陷,不管其它部分写得多么好,这样你就写不出什么完美的作品。"②歌德的长篇诗剧《浮士德》的创作,就是以浮士德这位传说中的有名人物的故事为一根线,使各个部分同其他部分在表现主人公的性格上融贯成一体的,而各部分的幕中各景,又都自成一个独立的小世界,在全书中则有一种精神气息在规定着每一组成部分的发展方向,凭着一种内在的规律,达到通体完美的境界。歌德说:"关键在于一部作品应该通体完美,如果做到了这一点,它也就会是古典的。"③海涅对歌德的创作有个评价,他说:"歌德最大的功绩正在于他所描绘的一切,全都完美无缺;在他的作品里,看不见哪些部分强,哪些部分弱;看不见有的部分是工笔描绘,有的部分却是草率勾勒;没有局促窘迫的败笔,没有因袭传统的陈套;没有对细枝末节的偏爱。他的小说和剧本中的每个人物一出场,仿佛便是主人公。荷马和莎士比亚的作品也是如此。其实在一切大诗人的作品里都没有什么配角。每个人物在自己地位上都是主角。"④海涅的这些精彩的论述,对于我们理解恩格斯给敏·考茨基信中谈到的每个人是典型,同时又是一定的单个人的话,是很有启发作用的。

关于歌德怎样在《浮士德》中,通过描绘显出特征的活的整体,反映出时代发展的本质方面,郭沫若在将诗剧全部译完之后写的《〈浮士德〉简论》中有一段很好的说明,他认为《浮士德》"确实是构成了一个整体,在构成一个整体上,它仍然是有一贯的脉络存在的。它是一部灵魂的发展史,一部时代精神的发展史"。"它披着一件中世纪的袈裟,而包裹着一团有时是火一样的不知满足的近代人的强烈冲动,那看来分明就是矛盾,而这矛盾的外表也就形成了'浮士德'的庞杂性。不过我们不要为这庞杂的外表所震惊,尽

---

① 见《歌德谈话录》,朱光潜译,人民文学出版社 1978 年版,第 7 页。
② 同上。
③ 同上书,第 174 页。
④ 海涅:《论浪漫派》,张玉书译,人民文学出版社 1979 年版,第 53 页。

管诗人在发挥着他的最高级的才华,有时是异想天开地闹得一个神奔鬼突,甚至乌烟瘴气,但你不要以为那全部都是幻想,那全部都是主观的产物,都是所谓'由内而外'。它实在是一个灵魂的忠实的记录,一部时代发展的忠实反映。因此我也敢于冒险地说,这是一部极其充实的现实的作品,但它所充实着的不全是现实的形,而主要的是现实的魂。一个现实的大魂(时代精神)包括各种各样的现实的小魂(个性),诗人的确是紧紧地把它们抓住了,而且时而大胆,时而细心地把它们形象化了,他以他锐敏的直觉,惯会突进对象的核心,大之更能朗豁地揭露世界进展的真理,他也把辩证法的精神把握住了。"①

歌德根据自己的实践经验,认为作家要创作出反映时代的显出特征的活的整体,就必须面向现实世界,投身于发展的时代洪流,不断地实践,不断地创造,不断地追求。在《浮士德》中歌德通过主人公的口说道:

  我要跳身进时代的奔波,
  我要跳身进事变的车轮!
  苦痛,欢乐,失败,成功,我都不问;
  男儿的事业原本要昼夜不停。②

作家不仅要向生活学习,还应仔细地学习研究古今第一流作家,使自己的心灵得到高度的文化教养。他说:"各门艺术都有一种源流关系。每逢看到一位大师,你总可以看出他吸取了前人的精华,就是这种精华培育出他的伟大。像拉斐尔那种人并不是从土里冒出来的,而是植根于古代艺术,吸取了其中的精华的。"③特别值得我们注意的是歌德关于学习自然科学与文艺创作的关系的论述,他说:"如果我没有在自然科学方面的辛勤努力,我就不会学会认识人的本来面目。在自然科学以外的任何一个领域里,一个人都不能像在自然科学里那样仔细观察和思维,那样洞察感觉和知解力的错误以及人物性格的弱点和优点。一切都是多少具有弹性、摇摆不定的,一切都是可以这样或那样处理的,但是自然从来不开玩笑,她总是严肃的、认真的,她总是正确的;而缺点和错误总是属于人的。自然对无能的人是鄙视的;她

---

  ① 郭沫若:《〈浮士德〉简论》,见歌德:《浮士德》第 1 部,人民文学出版社 1978 年版,第 3、9—10 页。
  ② 歌德:《浮士德》,郭沫若译,人民文学出版社 1978 年版,第 83 页。
  ③ 见《歌德谈话录》,朱光潜译,人民文学出版社 1978 年版,第 105 页。

对有能力的、真实的、纯粹的人才屈服,才泄露她的秘密。"①他还说假如没有造型艺术和自然科学的基础,他就很难在那个恶劣时代及其每天都发生的影响下立定脚跟。1827年10月18日,黑格尔与歌德在魏玛会见,两人关于辩证法的本质的对话中,歌德进一步阐明,在研究自然时,我们所探求的是无限的、永恒的真理。一个人如果在观察和处理题材时不抱着老实认真的态度,他就会被真理抛弃掉,那种使头脚倒置的唯心主义辩证法的毛病,也只有从研究自然中才能得到有效的治疗。歌德的这些见解,对我们今天的作家来讲,也是有借鉴意义的。

歌德对文学典型理论的贡献是巨大的,它的基本倾向是唯物主义的,并且具有辩证法的因素,但是由于他的历史观仍然是唯心主义的,因此,他的典型理论也没有彻底摆脱德国古典美学中普遍存在着的唯心主义和神秘主义的影响。比如,他认为从显示特征开始,最后达到美;而"美其实是一种本原现象(Urphnomen),它本身固然从来不出现,但它反映在创造精神的无数不同的表现中,都是可以目睹的,它和自然一样丰富多彩"②。那么,这种"本原"现象又是什么呢?歌德把人们可以接触到的一切物理的和伦理的本原现象都看作"自出的神","神既藏在这种本原现象背后,又借这种本原现象而显现出来"③。在谈到人的道德品质时,他又说:"像一切美好的事物一样,道德也是从上帝那里来的,它不是人类思维的产品,而是天生的内在的美好性格。"④这一切,显然是唯心的。他所追求的完美性格,实际上不过是一种抽象的所谓"纯真人性"⑤。歌德也无力战胜当时德国的鄙俗气,就是在他所精心塑造的浮士德典型中,也不可避免地具有当时新兴的德国资产阶级的软弱性质。

第四节 艺术风格,民族文学与世界文学

歌德在文学理论方面的贡献是多方面的。关于艺术风格的理论,他继承和发挥了法国著名思想家、科学家、作家布封提出的"风格就是人"的著名观点。1824年4月15日歌德同爱克曼说:

---

① 见《歌德谈话录》,朱光潜译,人民文学出版社1978年版,第183页。
② 同上书,第132页。
③ 同上书,第183页。
④ 同上书,第127页。
⑤ 同上书,第128页。

> 法国人在风格上显出法国人的一般性格。他们生性好社交,所以一向把听众牢记在心里。他们力求明白清楚,以便说服读者;力求饶有风趣,以便取悦读者。
>
> 总的来说,一个作家的风格是他的内心生活的准确标志。所以一个人如果想写出明白的风格,他首先就要心里明白;如果想写出雄伟的风格,他也首先就要有雄伟的人格。①

世界上没有相同的两个人,每个人都有自己不同的特点。"每一个人都必须按照他自己的方式去思考。"②在实践中形成的艺术风格,是作家的创作个性的具体体现。歌德不仅研究了风格的主观因素,并且注意研究了艺术风格的客观因素。在《自然的单纯模仿·作风·风格》一文中,他具体区分艺术的各种不同的表现方式:自然的单纯模仿,偏重于单纯的客观性;作风,偏重于单纯的主观性;风格则是以其客观性为基础,达到主观性与客观性的统一。他认为这是艺术的最高境界。他说:

> 通过对自然的模仿,通过竭力赋予它以共同语言,通过对于对象的正确而深入的研究,艺术终于达到了一个目的地,在这里,它以一种与日俱增的精密性领会了事物的性质及其存在方式;最后,它以对于依次呈现的形象的一览无遗的观察,就能够把各种具有不同特点的形体结合起来加以融会贯通的模仿。于是,这样一来,就产生了风格,这是艺术所能企及的最高境界,艺术可以向人类最崇高的努力相抗衡的境界。
>
> 单纯的模仿以宁静的存在和物我交融作为基础,作风是用灵巧而精力充沛的气质去攫取现象;风格则奠基于最深刻的知识原则上面,奠基在事物的本性上面,而这种事物的本性应该是我们可以在看得见触得到的形体中认识到的。③

歌德注意从艺术描写对象本身的性质及其存在方式的角度,来论述风格形成的基础,这是一种独创性的见解,比起布封的观点,显然是前进了一步。歌德的这一思想,以后马克思在《评普鲁士最近的书报检查令》一文中,进一步作了发挥。马克思说:"同一个对象在不同的个人身上会获得不同的反映,并使自己的各个不同方面变成同样多不同的精神性质;如果我们撇开

---

① 见《歌德谈话录》,朱光潜译,人民文学出版社 1978 年版,第 39 页。
② 见《歌德的格言和感想集》,程代熙、张惠民译,中国社会科学出版社 1982 年版,第 4 页。
③ 歌德:《自然的单纯模仿·作风·风格》,见《文学风格论》,王元化译,上海译文出版社 1982 年版,第 3—4 页。

一切**主观的东西**即上述情况不谈,难道**对象本身的性质**不应当对探讨发生一些即使是最微小的影响吗?不仅探讨的结果应当是合乎真理的,而且引向结果的途径也应当是合乎真理的。真理探讨本身应当是合乎真理的,合乎真理的探讨就是扩展了的真理,这种真理的各个分散环节最终都相互结合在一起。难道探讨的方式不应当随着对象改变吗?当对象欢笑的时候,探讨难道应当严肃吗?当对象悲痛的时候,探讨难道应当谦逊吗?"①

歌德是德国历史上出现的伟大的爱国主义诗人,但他又是最少狭隘民族主义观念,在西方文艺史上,他鲜明地反对世界文化的"欧洲中心论",大力提倡发展民族文学,并且第一个从理论上提出了"世界文学"的概念。

恩格斯说:"歌德在德国文学中的出现是由这个历史结构安排好了的。"②歌德作为德国民族的伟大作家,非常希望德国能够实现统一,他说:"德国应统一而彼此友爱,永远应统一以抵御外敌。他应统一,使德国货币的价值在全国都一律,使得我的旅行箱在全境三十六邦都通行无阻,用不着打开检查,而一张魏玛公民的通行证就像外国人的通行证一样,在德国境外邻邦边界上不被关吏认为不适用。德国境内各邦间不应再说什么内地和外地。此外,德国在度量衡、买卖和贸易以及许多其他不用提的细节方面也都应统一。"③只有统一,才有利于发展个别人物的伟大才能,才有利于为人民大众谋幸福。实现德国统一是发展德国民族文化的重要条件;大力发展民族文化,又是实现德意志民族统一的重要途径。歌德说:

> 德国假如不是通过一种光辉的民族文化平均地流灌到全国各地,它如何能伟大呢?④

歌德总结了古希腊以后欧洲各民族文学形成的经验,以历史发展的观点,论述了民族文学的建立问题,他说:

> 一个古典性的民族作家是在什么时候和什么地方生长起来的呢?是在这种情况下:他在他的民族历史中碰上了伟大事件及其后果的幸运的有意义的统一;他在他的同胞的思想中抓住了伟大处,在他们的情感中抓住了深刻处,在他们的行动中抓住了坚强和融贯一致处;他自己被民族精神完全渗透了,由于内在的天才、自觉对过去和现在都能同情

---

① 《马克思、恩格斯论文学与艺术》(一),人民文学出版社1982年版,第197—198页。
② 同上书,第492页。
③ 见《歌德谈话录》,朱光潜译,人民文学出版社1978年版,第175页。
④ 同上书,第176页。

共鸣;他正逢他的民族处在高度文化中,自己在教养中不会有什么困难;他搜集了丰富的材料,前人完成的和未完成的尝试都摆在他眼前,这许多外在的和内在的机缘都汇合在一起,使他无须付很高昂的学费,就可以趁他生平最好的时光来思考和安排一部伟大的作品,而且一心一意地(着重号原文所有)把它完成。只有具备这些条件,一个古典性的作家,特别是散文作家,才可能形成。①

在这段论述中,歌德清楚地表明了,一定民族文学的建立,不能离开一定历史民族的生活土壤,而民族的统一则是形成民族文学的重要前提,同时民族文学的形成,又不能脱离开民族的文化传统。一个伟大的民族作家只有在汲取一切伟大的前辈和同辈的有益的东西的基础上,才能对民族文化的发展做出新的贡献。他曾以自己为例说明这个问题。他说:"如果我能算一算我应归功于一切伟大的前辈和同辈的东西,此外剩下来的东西也就不多了。"②莱辛、温克尔曼、康德都对歌德发生过影响;席勒、韩波尔特兄弟和史雷格尔兄弟比歌德年轻,但是歌德也从他们身上"获得了说不尽的益处"。

在歌德的时代,也有人认为,诗人需要的只有他自己,而且必须在孤独中才能最确切地听到文艺女神的启示,创造出不朽的作品。歌德说:"所有这一切只不过是自我欺骗,要知道,假如诗人和造型艺术家在他们之前没有千百年来各民族的创作——他们作为最杰出人物的成员献身于这种创作,并且努力使自己无愧于这样一批人物——那么他们将会是什么呢?如果一位艺术家不了解最高尚的公众并且总是在心中记住他们,那么艺术品创作出来有什么用呢?那些赢得声誉的古人,他们之所以能达到艺术之巅峰,不正是因为全民族都参加了他们的奋斗吗?不正是因为他们有机会仿效同行并同他们一起创作吗?不正是因为可贵的竞争心需要每一个人用最大的努力去完成我们力所能及的事业吗?"③歌德认为,对于作家、艺术家来说,需要的不是闭门不出的孤独,而是作家与人民群众之间的相互交往,作家之间的相互交往。在无拘束的、开诚布公的相互交往中,可以得到最大的启示和满足。"一个暗示,一句话,一个忠告,一阵掌声,一个异议往往能在适当的

---

① 歌德:《文学上的无短裤主义》,见朱光潜:《西方美学史》下卷,人民文学出版社 1979 年版,第 433 页。
② 见《歌德谈话录》,朱光潜译,人民文学出版社 1978 年版,第 88 页。
③ 汉斯-尤尔根·格尔茨:《歌德传》,伊德等译,商务印书馆 1982 年版,第 91 页。

时候在我们心中开启一个时代。"①歌德在自己的创作过程中,不断从人民生活中吸取了丰富的养料,从民族的文学传统中吸取力量。他在临终前几个星期,曾对自己一生的创作下了这样一个评语:"老实说,如果我具有看见和听清周围世界的一切、然后再传达给别人的天才和爱好的话,那么我的作品不仅归功于自己,还要归功于成千上万的现象和人们。他(它)们给了我以创作的素材。在他们当中,有头脑清醒的人和糊涂人,有聪明人和蠢人,有孩子、青年和德高望重的老人。他们把自己的智慧告诉我,而我只不过是汲取这些智慧和收割他人播种的庄稼而已……我的创作是用歌德这个姓氏的集体创造物。"②歌德的这个体会,深刻地说明了作家、艺术家同民族生活的关系,同人民群众的关系,它对于我们今天的作家的成长,也是有教益的。

歌德在阐述民族文学的建设时,一再告诉作家、艺术家,一定要认识自己民族的特点,并在作品中显示出民族的特点;文艺作品越具有民族特点,越有利于各民族文学的相互交往,越有普遍的价值。他说:"人们必须认识每一民族的特点,这样才能使它保持这些特点并且通过这些特点同它交往……一个真正的、全面的宽容肯定能够做到,如果人们使每一个别的人和民族的特点能够自己保持下来,因为他们确信,真正有价值的东西会因此而显露出来,而它是属于全人类的。"③

随着科学技术的进步和人类社会的发展,歌德清楚地看到,一个世界性的文化交流的新时期已经开始了,他确信将会形成一种普遍性的世界文学,而德国文学将在其中占有一个荣誉地位。1827年1月31日,他在同爱克曼谈话时,明确地提出了"世界文学"快要来临的问题,并且以欣喜的心情希望所有作家艺术家都应该以自己的实际行动促使它的早日来临。他说:

> 诗是人类的共同财产。……我们德国人如果不跳开周围环境的小圈子朝外面看一看,我们就会陷入上面说的那种学究气的昏头昏脑。所以我喜欢环视四周的外国民族情况,我也劝每个人都这么办。民族文学在现代算不了很大的一回事,世界文学④的时代已快来临了。现

---

① 汉斯-尤尔根·格尔茨:《歌德传》,伊德等译,商务印书馆1982年版,第91页。
② 艾米尔·路德维希:《歌德传》,甘木等译,天津人民出版社1982年版,第623页。
③ 汉斯-尤尔根·格尔茨:《歌德传》,伊德等译,商务印书馆1982年版,第182页。
④ 歌德这里提出"世界文学",比马克思、恩格斯在《共产党宣言》里提出这个名词恰恰早20年。基本的区别在于歌德从唯心的普遍人性论出发,而马克思主义创始人则从经济和世界市场的观点出发。——译者原注

在每个人都应该出力促使它早日来临。不过我们一方面这样重视外国文学,另一方面也不应拘守某一种特殊的文学,奉它为模范。……对其它一切文学我们都应只用历史眼光去看。碰到好的作品,只要它还有可取之处,就把它吸收过来。①

歌德对民族文学与世界文学的相互关系的看法,是合乎辩证法的,他一方面强调各民族文学都有自己的特殊性,另一方面又提倡各民族文学之间相互了解、互相吸收。他说:"我们重复一句:问题并不在于各民族都应按照一个方式去思想,而在他们应该互相认识,互相了解;假如他们不肯互相喜爱,至少也要学会互相宽容。"②(着重号为引者所加)歌德从自己的实践经验中,深切地体会到吸收外国优秀文艺的经验对于发展民族文学的好处,他同爱克曼说:"我们的发展要归功于广大世界千丝万缕的影响,从这些影响中,我们吸收我们能吸收的和对我们有用的那一部分。我有许多东西要归功于古希腊人和法国人,莎士比亚、斯泰恩和哥尔斯密给我的好处更是说不尽的。但是这番话并没有说完我的教养来源,这是说不完的,也没有必要。关键在于要有一颗爱真理的心灵,随时随地碰见真理,就把它吸收进来。"③歌德从法译本中读到中国的传奇,立即引起极大的兴趣,在书上写了很多评语。他对爱克曼说:"中国人有成千上万这类作品,而且在我们的远祖还生活在野森林的时代就有这类作品了。"④歌德并且还准备根据读到的中国传奇写一首长诗,可惜诗还没有来得及写,歌德就与世长辞了。

上面我们谈到的几点,仅是歌德文艺思想中的几个主要方面的内容。实际上《歌德谈话录》及歌德其他著作中所表达出的文艺观点,远不只这些,如关于天才问题,关于艺术鉴赏问题,关于艺术独创性问题,关于作家作品的评论等方面,歌德都不乏精辟的见解。但是在《歌德谈话录》及其他著作中,也可以明显地看到歌德思想中庸俗的一面。关于歌德思想中的两重性,恩格斯在批判卡尔·格律恩的著名论文中,已经做了深刻的分析。恩格斯指出:"歌德在自己的作品中,对当时的德国社会的态度是带有两重性的。有时他对它是敌视的;如在《伊菲姬尼亚》里和意大利旅行的整个期间,他讨厌它,企图逃避它;他像葛兹、普罗米修斯和浮士德一样地反对它,

---

① 见《歌德谈话录》,朱光潜译,人民文学出版社 1978 年版,第 113—114 页。
② 见朱光潜:《西方美学史》下卷,人民文学出版社 1979 年版,第 435 页。
③ 见《歌德谈话录》,朱光潜译,人民文学出版社 1978 年版,第 178 页。
④ 同上书,第 113 页。

向它投以靡菲斯特斐勒司的辛辣的嘲笑。有时又相反,如在《温和的讽刺诗》诗集里的大部分诗篇中和许多散文作品中,他亲近它,'迁就'它,在《化装游行》里他称赞它,特别是在所有谈法国革命的著作里,他甚至保护它,帮助它抵抗那向它冲来的历史浪潮。问题不仅仅在于,歌德承认德国生活中的某些方面而反对他所敌视的另一方面。这常常不过是他的各种情绪的表现而已;在他的心中经常进行着天才诗人和法兰克福市议员的谨慎的儿子、可敬的魏玛的枢密顾问之间的斗争;前者厌恶周围环境的鄙俗气,而后者却不得不对这种鄙俗气妥协、迁就。因此,歌德有时非常伟大,有时极为渺小;有时是叛逆的、爱嘲笑的、鄙视世界的天才,有时则是谨小慎微、事事知足、胸襟狭隘的庸人。"①

歌德的美学思想和文艺理论遗产是极其丰富的,在我国介绍和研究还很不够,这方面今后还需继续加强。

参考书目:

1. 《歌德谈话录》,朱光潜译,人民文学出版社1978年版。
2. 《歌德自传——诗与真》上、下,刘思慕译,人民文学出版社1983年版。
3. 韦勒克:《近代文学批评史》第1卷,第10章,杨岂深、杨自伍译,上海译文出版社1987年版。
4. 蒋孔阳:《德国古典美学》,商务印书馆1980年版。
5. 艾米尔·路德维希:《歌德传》,甘木等译,天津人民出版社1982年版。

思考题:

1. 歌德论文艺与生活的关系。
2. 歌德提出的"创作方法"的涵义。
3. 歌德论文艺创作规律与"显出特征的整体"。
4. 歌德论民族文学与世界文学的现代意义。

---

① 恩格斯:《诗歌和散文中的德国社会主义》,见《马克思、恩格斯论文学与艺术》(一),人民文学出版社1982年版,第494页。

第十六章　席勒的文艺观和他的《论素朴的诗与感伤的诗》

第一节　席勒的生平、著作和研究文艺理论的出发点

席勒(Friedrich Schiller,1759—1805),德国诗人、剧作家、狂飙突进运动的主要人物之一。1759年11月10日生于内卡河畔的马尔巴赫。父亲是军医,母亲是面包师的女儿。1766年,举家迁往路德维希堡。幼年曾进拉丁语学校。十三岁时,被公爵强迫选入军事学校,接触到莎士比亚剧作、狂飙运动文学和启蒙思想家卢梭的作品,深受影响。1780年毕业后,在一个步兵旅当军医。1781年,完成《强盗》的写作,公演后引起强烈反响。1781年9月23日,席勒毅然摆脱公爵束缚,乘机逃出斯图加特,到达曼海姆。其间,完成《阴谋与爱情》。这是席勒青年时代最成功的一部剧作,恩格斯曾说,它的"主要价值就在于它是德国第一部有政治倾向的戏剧"。1785年4月,席勒接受克尔纳等人的邀请,前往莱比锡。由于深感友情温暖,写成名诗《欢乐颂》。同年秋,迁居德里斯顿,写成中篇小说《失去荣誉的犯罪者》和未完成的《视鬼者》,同时完成名剧《唐·卡洛斯》。这是席勒青年时代最后一个剧本,也是他的文艺创作由狂飙突进时期进入古典时期的一个过渡。1787年7月,席勒应卡尔普夫人之邀前往魏玛,因感需要学习,毅然放下写作。从1788—1795年,研究历史与康德哲学。1789年3月,经歌德介绍到耶拿大学任历史教授。1792年,获法国国民会议颁发的荣誉公民状。1793年9月,席勒回路德维希堡探望父母,结识了出版商科塔,商定出版文艺刊物《季节女神》,后又出版《文艺年鉴》。其间,席勒同歌德结为深交。从1794年到1805年的十年,两位大诗人的结交给德国民族文学的发展以深刻的影响。两人通力协作、相互启发。歌德的已经衰褪的创作精力经席勒的激荡而又旺盛起来,获得"第二次青春";席勒也得到歌德的帮助,逐步从

唯心主义的哲学探讨中摆脱出来,面对现实。由于两人的密切合作而产生了一系列重要的作品。席勒最大的一部历史剧《华伦斯坦》于1799年完成。同年12月,席勒举家迁往魏玛。1801年,完成剧本《玛丽亚·斯图加特》和《奥尔良的姑娘》。1803年,完成他最后的一部剧作《威廉·退尔》。这部剧作塑造了一个反抗异族统治和封建统治、进行解放斗争的典型,洋溢着爱国主义激情,具有高度的现实意义。它是席勒的呕心沥血之作,演出时受到群众的热烈欢迎。1805年5月9日,席勒因病逝世。

席勒对德国封建专制制度进行了激烈的批判,为冲破封建的枷锁、赢得资产阶级的"民主、自由"而大声疾呼。早在青年时代,他就在《强盗》一剧中发出"德国应该成为一个共和国"的革命呼声。晚年,他又在《威廉·退尔》中公开地对自由进行召唤,以澎湃的激情唱道:"他们冲锋陷阵,封建之花凋谢,自由高高地举起胜利的大旗。"但作为德国资产阶级的思想代表,他又必然地具有软弱性的一面,对封建制度的批判和对"自由"的呼唤都仅仅是停留在思想观念上而已。在哲学上,席勒并没有形成自己的完整的理论体系,而是受到康德、歌德、孟德斯鸠、卢梭、温克尔曼、莱辛等各种思想流派的影响。其中,对他影响最大的是康德和歌德,尤其是康德。所以,人们一般都把席勒看作康德哲学的信奉者。但席勒并没有完全拘泥于康德哲学,而是努力摆脱其主观先验的局限。正因为如此,席勒的文艺思想才没有成为康德理论的翻版而有其独特的意义和地位。

席勒不仅是著名的诗人、剧作家,而且对理论深有兴趣。自1791年开始研究康德哲学后,他就先后写作了一系列有关美学和文艺理论的论著。最具代表性的有《论美》《美育书简》和《论素朴的诗与感伤的诗》等。《论美》又名《给克尔纳的信》,写于1793年2月。此时,他正在研究康德的《判断力批判》,同时又受到歌德的影响。这就使他对康德将美归结为主观性有些不同的看法,准备把这些看法写成一篇论美的对话。结果,对话没有写成,写出的却是给友人克尔纳的7封信,其中最重要的是1793年2月28日写的题为《论艺术美》的一封。《美育书简》的初稿写于1793年5月至次年7月。当时,席勒为了报答丹麦亲王奥古斯登堡的克里斯谦公爵所曾给予自己的资助,将十多封论述美育的信寄给了公爵。这些信最初只流传于哥本哈根的宫廷之中。1794年,因火灾原稿被焚,但保留了复制件。后来,席勒又重写了全部书简,篇幅较原稿加长了几乎一倍,并于1795年上半年陆续发表。《论素朴的诗与感伤的诗》写于1794年秋,完成于1796年1月。最初分几部分发表,各有独立的标题:《论素朴》《感伤的诗人》《关于素朴诗人和感伤诗人的结论。附关于人们的一个突出差别的若干意见》。

席勒的美学和文艺理论论著尽管也同康德一样，具有思辨哲学的特点，但其出发点却同康德迥异。康德的美学与文艺理论研究不是从现实的社会和文艺现象出发，而是从其先验的哲学体系出发。席勒的美学与文艺理论研究却完全是从活生生的德国现实出发的，在抽象的理论形式中包含着丰富的现实内容。他的美学和文艺理论研究开始于震荡整个欧洲大陆的法国大革命之后。这场大革命一方面取得了推翻封建统治、促进资本主义生产发展的巨大成就，另一方面也暴露了资产阶级革命和资本主义生产方式本身所固有的弊病。那就是，这场革命尽管以"自由"为旗帜，但却并未能真正给人民带来"自由"。席勒在描述当时的现实时说道，"国家和教会、法律和习尚现在是分裂开了；享受同工作分离了，手段同目的分离了，努力和奖励分离了。由于永远束缚在整体的一个小碎片上，人自身也就成为一个碎片了；当人永远只是倾听他所转动的车轮的单调声音，他就不能够发展自己存在的和谐，他并不在自己的天性上刻下人性的特征，而是仅仅成为自己的业务和自己的科学的一个刻印。"①这是对资本主义社会矛盾的深刻揭露。不仅如此，他还深刻地洞察到了弥漫于整个资本主义社会的"畜类状态"。这就是所谓由于不知道自己的人的尊严，因而不能够尊重别人的尊严；由于意识到自己的粗野的情欲，因而害怕别人这种类似的情欲；从来在自己身上看不见别人，而只能在别人身上看到自己；社交越来越把人封闭在个体之内，而不是把他向全社会扩展。席勒看到了资产阶级革命和资本主义社会的弊病，并试图改造污浊的现实。但是，选择什么样的道路来实现这一目的呢？席勒对以法国革命为标志的政治革命的道路已感绝望。他认为这只不过是一场政治暴乱和"梦想"。因此，他决心采取超现实的方式来解决现实问题，彻底摆脱现实的政治与经济要求，希望通过美与艺术来改造人的灵魂，实现人的内在心灵自由。他在1795年11月4日给歌德的信中写道："我看不出天才有什么脱险的办法，除非抛弃现实的领域，努力避免和现实建立危险的联系，和它完全断绝关系。因此我想诗的精神要建立它自己的世界，通过希腊神话来和辽远的不同性质的理想时代维持一种因缘，至于现实则只会用它的污泥来溅人。"②他甚至还在《美育书简》中设想过一个培养拯救人类的艺术天才的最佳途径。那就是，当天才还在襁褓之中时，就由神

---

① 《古典文艺理论译丛》第5辑，人民文学出版社1963年版，第97页。
② 转引自朱光潜：《西方美学史》下卷，人民文学出版社1979年版，第456页。

把他从母亲的怀抱中攫走,带到辽远的希腊的明朗天空下养大,成为完全脱俗的纯洁而高尚的人,再让他回到祖国,用艺术来教育和清洗他的时代。由此可见,席勒已将美与艺术的追求看作改造社会与人的唯一手段。

从理论上看,席勒的美学与文艺理论的研究是从资产阶级的人性论出发的。他的这种人性论主要来自康德的影响。他在《美育书简》的第一封信中就明确地说:"我对您毫不隐讳,下述命题绝大部分是基于康德的基本原则。"席勒同康德一样,将统一的具体的人性分成了抽象的感性与理性两个方面,并认为现代社会导致了这两个方面的分裂,只有通过美与艺术才能使这两个方面重新统一,从而达到人的改造和社会改造的目的。他在《美育书简》第九封信中声言:"当人的内在分裂还没有停止的时候,任何改革都是不合时的,建筑于其上的任何希望也都只能是空想。"①这一思想贯穿席勒文艺思想的始终,成为一条中心的理论线索。只有抓住这条中心线索才能理解席勒的文艺思想。在哲学观上,席勒试图摆脱康德美学的主观性的弊病,克服康德将美与艺术的根源归结为某种主观先验的原则。为此,他努力探索美与艺术的客观性。诚如黑格尔所说:"席勒的大功劳就在于克服了康德所了解的思想的主观性与抽象性,敢于设法超越这些局限,在思想上把统一与和解作为真实来了解,并且在艺术里实现这种统一与和解。"②席勒在著名的给克尔纳的信中指出,"我希望以充分的说服力证明,美是客观的属性",并认为美是对象中的"客观要素","当它存在时使对象有美,而当它不存在时就使对象失掉这种美的东西本身"。③ 席勒在一定的程度上承认了美与艺术的客观性,但抽象人性的观点却又使他将这种客观性仅仅停留在美与艺术本身的领域,而完全脱离了社会的政治与经济状况。

在文艺上,席勒的美学与文艺理论研究正值德国文学由浪漫时期到"古典"时期转变之时。席勒曾经是德国浪漫主义文学的狂飙突进运动的主要代表人物之一,力主文艺创作从主观的思想感情出发,使之成为时代精神的号筒。但从18世纪80年代开始,特别是席勒与歌德结交之后,他就逐渐倾向于"古典主义"文学。在当时的德国,以史雷格尔兄弟为代表的消极浪漫主义势力甚大。席勒与歌德对这种消极浪漫主义是持批判的态度的,并逐渐形成了以他们为代表的特有的德国古典主义文学。这种古典主义既

---

① 转引自蒋孔阳:《德国古典美学》,商务印书馆1980年版,第182页。
② 黑格尔:《美学》第1卷,朱光潜译,商务印书馆1979年版,第76页。
③ 《美学述林》第1辑,武汉大学出版社1983年版,第284、292页。

不同于17世纪法国的古典主义,又不同于德国启蒙运动初期高特舍特派所倡导的侧重于模仿法国文学的古典主义。在艺术理想上,他们把古希腊艺术作为典范,同时也从民间文学吸收养分。在思想上,他们继承文艺复兴时期的人文主义传统,坚持人道主义原则。在创作方法上则倾向于现实主义,并强调现实主义与浪漫主义的结合。在艺术上,要求形式的完整、语言的纯洁。席勒的文艺理论论著就表现了这种德国古典主义的特征。

第二节 论素朴的诗与感伤的诗

在写完《美育书简》和《论艺术形式运用上的必要界限》之后,席勒于1796年写成了《论素朴的诗与感伤的诗》。这是席勒最重要的一篇文艺理论论文,在欧洲文艺理论史上、特别是欧洲近代文艺理论史上具有重要的地位和广泛的影响。

1. 素朴的诗与感伤的诗的起源

席勒认为,所谓"素朴的诗"即是"模仿自然"的诗。此时,诗人与自然之间是一种原始的和谐的素朴关系。而所谓"感伤的诗"则是"表达理想"的诗。此时,诗人失掉了自然,所以在作品中千方百计地寻求自然,对自然的态度就像成人失去了童年一样,是依恋的、感伤的。他说,这类作品中所描写的自然"代表着我们失去的童年,这种童年对于我们永远是最可爱的;因此它们在我们心中就引起一种伤感"[①]。马克思在阐述古希腊文艺的永久魅力时曾吸收了席勒这一关于人对自己童年眷恋的思想。马克思指出:"一个成人不能再变成儿童,否则就变得稚气了。但是,儿童的天真不使他感到愉快吗?他自己不该努力在一个更高的阶梯上把自己的真实再现出来吗?在每一个时代,它的固有的性格不是在儿童的天性中纯真地复活着吗?为什么历史上的人类童年时代,在它发展得最完美的地方,不该作为永不复返的阶段而显示出永久的魅力呢?"[②]席勒认为,素朴的与感伤的这两种诗的对立起源于人同自然(现实)的关系。素朴的诗起源于诗人同自然(现实)的和谐一致,而感伤的诗则起源于诗人同自然(现实)的对立。他说:"诗人或者是自然,或者寻求自然。前者使他成为素朴的诗人,后者使他成

---

① 转引自朱光潜:《西方美学史》下卷,人民文学出版社1979年版,第460页。
② 《马克思恩格斯选集》第2卷,人民出版社1972年版,第114页。

为感伤的诗人。"①而人与自然的关系又同人性密切相关。当人性处于内在的感性与理性和谐统一的状况时,他本身就是自然(现实),因而诗人同自然处于素朴的和谐关系之中,同自然之间是"一种现实的协调"。而当人性处于感性与理性的分裂状态时,诗人就同自然处于对立的关系,只能通过表现理想来追寻自然,这时人同自然的协调就只能在理想中存在。因此,在席勒看来,素朴的诗和感伤的诗的对立实际上是两种不同的人性的对立,也就是感性与理性和谐统一的人性同感性与理性分裂的人性的对立。这就超出了文艺学的范围,而将文艺学的问题同伦理学的问题联系起来了。

不仅如此,席勒还进一步将素朴的诗与感伤的诗的对立归结到社会学上来,认为它同社会历史时代紧密相联。具体地说,就是一定的社会时代产生了一定的人性,进一步产生出某种特定的艺术类型。他认为,古代希腊罗马的时代是一种自然的素朴时代,这个时代为人性的和谐统一提供了足够的条件,人可以在自己的感性行动中充分体现理性的力量。而近代的文明社会则由于道德的沦丧、分工的发展导致了人性的分裂。正是从这个意义上,席勒认为素朴的诗是古代诗的代表,而感伤的诗则是近代诗的代表。他说,"在自然的素朴状态中,由于人以自己的一切能力作为一个和谐的统一体发生作用,他的全部天性因而表现在外在生活中,所以诗人的作用就必然是尽可能完美地模仿现实;在文明的状态中,由于人的天性的和谐活动仅仅是一个观念,所以诗人的作用就必然是把现实提高到理想,或者换句话说,就是表现或显示理想。"②这种追溯素朴的诗与感伤的诗产生的社会历史根源的做法,反映了席勒文艺思想中所包含的极其重要的历史意识。这是对温克尔曼与莱辛将古今文艺在对比中加以研究的继承和发展。

2. 素朴的诗与感伤的诗的区别

素朴的诗与感伤的诗之间有着根本的区别,集中表现于它们处理艺术与现实的关系时遵循着根本不同的原则。席勒将此归结为对艺术与现实的关系在"处理上"的差别,他说,"因为素朴的诗人除了素朴的自然和感觉以外,再没有其他的范本,只限于模仿现实,所以他对于自己的对象只能有单一的关系,因而在处理上是没有选择余地的",而感伤的诗人则"沉思事物在他身上所产生的印象;他的心灵所引起的和他在我们心灵中所引起的感

---

① 《古典文艺理论译丛》第2辑,人民文学出版社1961年版,第1页。
② 同上书,第2页。

情,都是以他的这种沉思为基础。对象是联系着观念而考察的,它的诗的印象就是以同观念的这种关系为基础"①。这就说明,素朴的诗是以对现实的客观的"模仿"作为其原则的,而感伤的诗则以主观的"沉思"为原则。因此,"素朴的诗"就具有主观与客观绝对统一的根本特点,具体表现为客观描写对象与文艺作品是完全一致的,客观对象作为主观表象的文艺的唯一范本,而文艺则是客观现实的忠实"摹本"。席勒说:"因果的这种绝对的统一是素朴的诗的特点。"②而"感伤的诗"则是一种对客观对象的主观的"沉思",对象经过了观念的改造加工,客观经过了主观的变形的处理,主观与客观、因与果已不完全一致。他在另一个地方用另一种方式对这两类诗的不同的创作原则进行了表述。他说:"当然,诗应当以无限为描述的内容;诗之所以为诗就在于此;但是这个要求可以用两种不同的方式实现出来。诗可以描述它的对象的一切界限,即把它个性化,而表现出形式的无限;或者诗可以使它的对象摆脱一切界限,即把它理想化,而表现出绝对观念的无限,——换句话说,诗或者作为绝对的描述可以是无限的,或者作为绝对物的描述可以是无限的。前一条路是素朴诗人所走的,后一条路是感伤诗人所走的。"③这是完全从艺术创作的过程来论述素朴的诗与感伤的诗的不同的原则的。席勒认为,作为文艺,"素朴的诗"与"感伤的诗"的目标是相同的,都要通过有限表现出无限,但达到目标的方式却迥然不同。"素朴的诗"采取"个性化"的方式,始终不离开感性的个别的形象,通过艺术的提炼与加工使之具有巨大的艺术概括性,从而在有限的个别中蕴含着无限的内容。这是一种"绝对的描述",即通过相对的事物表现出绝对的内容。但"感伤的诗"则与之相反,采取的是"理想化"的方式,可以脱离客观的描写对象,直接地表现主观的具有无限性含义的思想观念,这是一种对于作为无限理性的"绝对物的描述"。这就是所谓的"达到同一目标的不同道路"④。

席勒曾举出一些生动的事例来说明素朴诗与感伤诗的区别。其中一个例子是荷马在《伊利亚特》卷六中写特洛伊方面的将官格罗库斯和希腊方面的将官阿麦德在战场上相遇,在挑战时的交谈中发现彼此有世交之谊,就交换了礼物,相约此后在战场上不交锋;而文艺复兴时代意大利诗人阿里奥斯陀的《疯狂的罗兰》也有类似的情节,是说回教骑士斐拉古斯和基督教骑士芮

---

① 《古典文艺理论译丛》第 2 辑,人民文学出版社 1961 年版,第 5 页。
② 同上书,第 29—30 页。
③ 同上。
④ 同上书,第 20 页。

那尔多原是情敌,在一场恶战中都受了伤,当他们听说他们共同爱恋的安杰里卡正在避险之中,两人就言归于好,在深夜里同骑一匹马去追寻安杰里卡。席勒认为,这两段情节尽管类似,但两位诗人在表现时所遵循的原则却完全不同。阿里奥斯陀是一位近代的感伤诗人,他"在叙述这件事之中,毫不隐藏他自己的惊羡和感动",以至"突然抛开对对象的描绘,自己插进场面里去",以诗人的身份表示他对"古代骑士风"的赞赏。而荷马却丝毫不露主观情绪,"好像他那副胸膛里根本没一颗心似的,用他那种冷淡的忠实态度"描写。① 这就是主观的"理想化"方式与客观的"个性化"的方式的明显区别。通过席勒的这些论述,我们可以清楚地看到,他所讲的"素朴的诗"即是"现实主义的诗",而"感伤的诗"就是"浪漫主义的诗"(或理想主义的诗)。1796年3月21日,就在席勒完成《论素朴的诗与感伤的诗》的两个多月后,他在写给威廉·亨布尔特的信中写道:"我突然发现了","我的关于现实主义和理想主义的思想的非常令人惊奇的证明,这个证明同时能在我的诗的结构中顺利地给我帮助"。② 而歌德对此也有着明确的表述。③

如上所述,素朴的诗与感伤的诗的产生有其历史的根源,而其典型形态也产生于特有的古代和近代,从而成为古典主义和浪漫主义的不同流派。但作为创作方法,它们又决不仅仅局限于古代与近代,在古代会有感伤的诗,在近代也同样有素朴的诗。诚如席勒自己所说,"如果把近代诗人拿来和古代诗人比较,我们就不仅应该注意到时间的差别,也应注意到风格的差别。甚至在近时,而且在最近期间,我们也看到多种多样的素朴的诗,虽然不是完全纯粹的;在古代罗马诗人中,甚至在希腊诗人中,也不是没有感伤诗的"④。他认为,莎士比亚和荷马尽管是被时代的无法计量的距离所隔开,但在按照客观的态度模仿自然这一点上却是完全一致的,因而都属于"素朴的诗",即现实主义的创作方法。席勒指出这一点是十分重要的。这就深刻地揭示了创作方法与文学流派之间的紧密联系和严格区别。

席勒还进一步具体地阐述了素朴的诗与感伤的诗之间的区别。主要有如下四个方面:第一,题材不同。素朴的诗侧重于摹写客观的自然(现实),而感伤的诗则侧重于表现主观的观念。席勒认为"正是题材才使感伤的诗

---

① 参见朱光潜:《西方美学史》下卷,人民文学出版社1979年版,第464页。
② 《现代文艺理论译丛》第6辑,人民文学出版社1964年版,第185—186页。
③ 参见《歌德谈话录》,朱光潜译,人民文学出版社1980年版,第221页。
④ 《古典文艺理论译丛》第2辑,人民文学出版社1961年版,第2页注(1)和第30页。

和素朴的诗迥然不同"①。第二,产生的效果不同。素朴的诗由于侧重于对客观现实的模仿,是一种较单纯的形象浮现,因而产生的效果不是那么强烈复杂,而是愉快的、纯洁的和平静的。这也同素朴诗人与自然(现实)处于和谐协调的状态有关。而感伤的诗则由于侧重于对主观观念的表现,想象力被理性观念所左右,情感在爱与憎、喜与怒之间摇摆。因而产生的效果是包含着严肃和紧张的多种复杂感情的混合。这当然也由诗人与自然(现实)处于矛盾对立的关系所造成。席勒指出:"任何人只要注意到素朴的诗在他身上产生的印象,并且能够把内容所引起的兴趣分开,他就会发现这种印象是愉快的、纯洁的和平静的,即使作品的题材是极其悲惨的。在感伤的诗中,印象总多少是严肃的和紧张的。这是因为在素朴形式的诗中,不论它的题材如何,我们总是从真实中,从对象活生生的存在于我们的想象中获得快乐的,并且除了真实以外我们是不寻求别的东西的;至于在感伤的诗中,我们必须把想象力的表象和理性的概念结合在一起,并且在两种截然不同的心境中摇摆不定。"②第三,代表性的艺术种类不同。由于素朴的诗侧重于客观的摹写,因而造形艺术在素朴的诗中具有代表性。而由于感伤的诗侧重于表现主观观念,所以诗歌在感伤的诗中具有代表性。席勒指出:"在造形艺术中,近代艺术家的观念上的优越对于他没有多大帮助;他在这里不得不以精确测定的空间来限制他的想象力所产生的形象,并且在古代艺术家占有确实优势的领域中同他们比较力量。在诗的作品中情形就不同了。如果古代诗人以素朴的形式,以从感觉上描绘的具体的对象占有上风,那么近代诗人则以丰富的内容,以超出造形艺术和感性表现的界限的对象,总之,以称为艺术作品的精神的东西胜过了古代诗人。"③这里涉及我们通常所说的再现艺术和表现艺术的区别。第四,对现实的态度不同。素朴的诗人由于以占有感性现实见长,因而总是带着愉快的态度对待现实,而感伤的诗人则由于失去并远离了现实,所以总是对现实生活感到厌恶。由此形成素朴的诗人总是充满欢快的情绪来描写感性现实,而感伤的诗人则设法使心灵超过自然,沉溺在自身的精神生活之中。席勒认为:"感伤的诗是隐遁和静寂的产物,它又招引我们求取隐遁和静寂;素朴的诗是生活的儿子,它引导我们回到生活中去。"④席勒对于感伤诗的这一种看法应该说并不太完

---

① 《古典文艺理论译丛》第2辑,人民文学出版社1961年版,第2页注(1)和第30页。
② 同上书,第5页注(1)和第4页。
③ 同上。
④ 《古典文艺理论译丛》第2辑,人民文学出版社1961年版,第34页。

全符合浪漫主义文艺的特点。因为,在浪漫主义文艺中,只有消极浪漫主义才对现实取厌恶态度,并引导人们走隐遁的道路,积极浪漫主义则仍是以乐观进取的态度来对待现实人生的。

3. 素朴的诗与感伤的诗的优劣

关于素朴的诗与感伤的诗的优劣,歌德曾有一段明确的评述。他说:"我想到一个新的说法,用来表明这二者的关系还不算不恰当。我把'古典的'叫作'健康的',把'浪漫的'叫作'病态的'。"① 这就反映了歌德试图以现实主义反对消极浪漫主义的努力。而在这一点上,席勒与歌德是站在同一立场之上的。自从 1794 年同歌德结交以来,席勒深受歌德影响。他在 1797 年 6 月 18 日给歌德的信中写道:"您越来越使我""抛弃那个在任何实践的、特别是在诗的活动中不可容忍的志愿,——从一般的事物走向单个的事物,与此相反,您给我指出了从个别情况达到一般法则的道路"。② 席勒在《论素朴的诗与感伤的诗》一文中也从总的方面观点鲜明地肯定了素朴的诗、贬抑了感伤的诗。他不仅像歌德一样将素朴的诗说成是"健康的"、将感伤的诗说成是"病态的",而且,突出地肯定了自然(现实)在艺术创作中的巨大作用。他说,"甚至现在,自然还是点燃和温暖诗的精神的惟一的火焰。诗的精神只是从自然才获得它的全部力量;在追求光明的人身上,它也只是对自然说话","在人类文明当前的情况下,能够强烈地激起诗的精神的仍然是自然"。③ 因此,崇尚自然的现实主义精神是贯穿《论素朴的诗与感伤的诗》全文的主旨。但席勒作为一个有远见的思想家,又绝不是一个复古主义者。他尽管认为,从总体上来看,古典的素朴诗优于近代的感伤诗。前者标志着人性的和谐完善,后者标志着人性的分裂破坏。但从历史的发展来看,他又认为近代的感伤诗对于古代的素朴诗来说是一个历史的进步。他把素朴诗作为古代"自然人"的作品,而将感伤诗作为近代"文化人"的作品。他说:"自然人是从绝对达到有限而获得他的价值,文化人是从不断接近无限的伟大而获得他的价值。由于只是后者才有等级,并且才有进步,所以遵循文化道路的人的相对价值是决不能确实地加以决定的;虽然从事于文化的人,如果单独来看,比起自然在其身上发生完美作用的那类

---

① 见《歌德谈话录》,朱光潜译,人民文学出版社 1978 年版,第 188 页。
② 《现代文艺理论译丛》第 6 辑,人民文学出版社 1964 年版,第 184 页。
③ 《古典文艺理论译丛》第 2 辑,人民文学出版社 1961 年版,第 1—2 页。

人来,一定居于不利的地位。但是,人类的最终目标只有依靠进步才能够达到,而自然人除了走上文化的道路,是不能够取得进步的,所以只要考虑到最终目标,哪一方面占着优势,就十分明显了。"① 这又一次证明了席勒的文艺观中包含着历史意识,说明他已认识到,任何文艺现象(包括一定的创作方法)都是历史的产物,因此,尽管都不可避免地有其时代的局限,但又同时具有历史发展的必然性,不能轻率地、抽象而孤立地加以否定。正是根据这样的理由,席勒尽管自觉地站在现实主义立场对浪漫主义有所贬抑,但他还是从历史发展的角度肯定了浪漫主义创作方法的历史地位。这是难能可贵的。

席勒还围绕着艺术与现实的关系更具体地阐述了素朴的诗和感伤的诗的优劣。关于素朴的诗,他认为"在感性的现实方面总是比感伤诗人占有优势,因为他是把感伤诗人仅仅力求达到的东西作为实在的事实来处理的"②。但素朴的诗也存在着不足之处。首先是素朴的诗所塑造的形象存在着局限性。因为素朴的诗本身就是感性现实,而一切感性现实都是有限的。感性现实的这种有限性就使形象的内涵在时间和空间上都受到了极大的限制。③ 其次是素朴的诗人对现实有着某种依赖性。因为素朴的诗人着力于对现实的模仿,所以现实是什么样就决定了作品是什么样。这就使其创作活动在很大的程度上受制于现实。如果他所看到的是丰富多彩的自然、诗的世界和天性纯洁的人类,那么创作就会取得成功;如果看到四周都是毫无生气的物质,就会导致创作的失败。由此,席勒断言"素朴诗人需要的是外面的帮助"④。正因为素朴的诗人依赖于外在的感性现实,所以题材对素朴的诗起着极为重要的作用。席勒在这里提出,应该划清"实际的自然"与"真正的自然"的界限,素朴的诗必须以"真正的自然"为题材。他说:"但是必须以极大的细心把实际的自然与真正的自然区别开来,真正的自然是素朴诗的题材。实际的自然到处都有,而真正的自然是非常罕见的,因为它需要有存在的内在必然性。"⑤这就阐明了艺术的真实与生活的真实的界限,说明并非一切实际存在的生活现实都可成为文艺的题材,而只有符合"内在必然性"的现实、即所谓"真正的自然"才可成为文艺的题材。很明

---

① 《古典文艺理论译丛》第 2 辑,人民文学出版社 1961 年版,第 3 页。
② 同上书,第 33、34 页。
③ 同上。
④ 同上书,第 35 页。
⑤ 同上书,第 36 页。

显,以"实际的自然"为题材的文艺就是自然主义的文艺,而只有以"真正的自然"为题材的文艺才是现实主义。席勒所说的"素朴的诗"是以"真正的自然"为题材的现实主义的诗。但是,他还是不断地提醒素朴的诗人警惕堕入自然主义的泥坑,使自己的作品流于"乏味的庸俗"。他认为由于素朴的诗人的天性是感受性超过主动性,在对自然的加工提高上较为逊色,不免于屈从外界的印象,因而一旦面对实际自然,就常常流于"乏味的庸俗"。他说,"没有一个素朴的天才,从荷马起到波特马止,曾经完全避开了这个暗礁"①。他认为,这种自然主义的倾向是素朴诗的极大危险,因为许多人对素朴的诗有一种误解,以为单是纯自然的感情和对实际自然的摹拟就构成诗人的天性,而其结果必然导致接近卑俗的现实。甚至,在悲剧艺术中也会形成对贫乏可怜的感情的表述,"因为这些感情表述并不是真正的自然的模仿,而仅仅是现实生活的枯燥和鄙陋的复写。因此,在这样一场眼泪的筵席之后,我们所有的感受几乎就像访问了一所医院或读了沙尔茨曼的《人类苦难》以后一样"②。在这里,他把自然主义的悲剧艺术对悲剧固有的崇高性的抛弃喻为"眼泪的筵席",真是十分形象而又深刻。

对于感伤的诗,席勒也不是一味地贬抑,而是认为仍有其优点,最重要的就是感伤的诗在崇高性上优于素朴的诗。他说,"另一方面,感伤诗人比素朴诗人占有这个巨大的优势:他能够比素朴诗人提供给这种冲动以更崇高的形象"③。原因就是,感伤的诗人以理想为自己的题材,而理想同现实相比是无限的、不受任何束缚的、包含着理性精神的。因此,他所提供的形象就必然地具有一种无限的理性的崇高性。而且,席勒还具体地描述了感伤的诗人将现实"理想化"、使其具有崇高性的过程。他说,感伤诗人"通过主观从内部把外表粗糙的材料加以灵性化,通过沉思来提供外在感受所不能达到的诗的价值,通过观念来完成自然,——一句话,通过感伤的手段使有限的对象变成无限的对象"④。在这里,席勒已经涉及浪漫主义的主观性的特点。他把这种主观性叫作"灵性化",就是一种理性的加工、改造、乃致变形处理的过程。其结果是使粗糙的材料经过了理性的改造,并将直接的感受加以提高使之具有诗的价值,最终是使有限的自然变成了无限的精神。这就是"感伤的手段",即浪漫主义的创作过程。这个创作过程的特点是使

---

① 《古典文艺理论译丛》第2辑,人民文学出版社1961年版,第37页。
② 同上书,第39页。
③ 同上书,第34页。
④ 同上书,第37页注(1)。

文艺摆脱了客观现实的有限性的束缚，并完全借助于诗人内在的理性力量来使带有缺陷的现实完善起来，同时也使自己的灵魂得到滋养和净化。这种超脱客观与主观自然束缚的特点正是感伤的诗优于素朴的诗之处。诚如席勒所说，"感伤天才开始自己活动的地方，正是素朴天才结束自己活动的处所"①。素朴诗人的活动局限于现实，而感伤诗人的活动却超出现实伸展到理性精神领域。席勒的话正是这一文艺创作实际情形的哲学概括。由于席勒是在德国古典美学的氛围中成长，因而他的文艺思想中处处渗透着辩证的精神。他一方面看到了感伤的诗超脱现实，有其优越性的一面，另一方面又看到了这容易导致感受和表现上的夸张的危险。他说，"夸张这个缺点是基于感伤天才的方法的特殊性，正如弛缓这个缺点是基于素朴天才的特殊方法一样"②。原因是在感伤诗人身上主动性超过感受性，但任何诗的创作都必须要求主动性与感受性之间的某种协调，两者之间要有相应的比例，一旦突破这种比例，破坏这种协调，就会导致夸张。夸张的根本特点是脱离了感性现实，而成为一种缺乏现实根据的"空虚"。但是，席勒并不是反对一切夸张。他认为，"夸张这个字眼只能适用于这样的东西，它不是违反逻辑的真实，而是违反感觉的真实，但又要求有感觉的真实"③。这就是说，他认为夸张首先不能违反逻辑的真实，也即是不能违反理性所固有的逻辑性，如果这样就会陷入自相矛盾而成为"荒谬"。其次是，夸张尽管从总的方面超越了感性现实，但却不能完全超越感性现实。因为，任何文艺创作都不能脱离作为感性能力的想象力，诗的创作一旦脱离了想象力就会变成一种非艺术的"夸大"。所以，感伤诗人的夸张只能把对象包括在想象力的范围之内。例如，希腊神话，尽管宙斯和众神都具有超凡的神奇力量，但无非都是现实的人的力量的扩大，仍是在想象力的范围之内。这是对浪漫主义文艺所特有的"夸张"手法的深刻阐述，指出了"夸张"的特点和界限。

在综合地论述了素朴的诗与感伤的诗的优劣之后，席勒说道："素朴诗的杰作后面一般紧跟着许多平庸无聊的东西，感伤诗的杰作后面紧跟着一些空想的作品。"这是对现实主义与浪漫主义创作方法的深刻理解，说明任何真理只要多迈出一步都会变成谬误，现实主义有可能成为自然主义，而浪漫主义则有可能成为空想主义。文艺发展的历史充分地证明了席勒上述论

---

① 《古典文艺理论译丛》第 2 辑，人民文学出版社 1961 年版，第 35 页。
② 同上书，第 40 页。
③ 同上书，第 41 页。

断的正确性。

4. 素朴的诗与感伤的诗的结合

席勒的理论探讨旨在寻找一种理想的艺术用作审美教育的手段,以便解决现实社会中人性分裂的重大课题。他写作《论素朴的诗与感伤的诗》一文,目的就在于探寻这种理想艺术的创作道路。探寻的结果是,理想的艺术应是素朴的诗与感伤的诗的结合,亦即现实主义与浪漫主义的结合。他在论述了素朴的诗与感伤的诗的特点之后,认为这两者的结合更符合人道的概念。他说,"但是还有一种更高的概念可以统摄这两种方式。如果说这个更高的概念与人道观念叠合为一,那是不足为奇的"①。他表示对于这个道理要写专文论述,却并未实现自己的诺言。但我们通过上面的简短论述亦可看到,他所认为的"这个更高的概念"就是"统摄这两种方式"的新的创作道路。他还认为,尽管理想的素朴诗与感伤诗结合的作品并未出现,但在优秀作家的作品中已经见出两者结合的端倪。例如歌德的《少年维特之烦恼》就是这样的作品,而且比较其他的作品常常更能使人感动。他说:"不仅在同一个诗人身上,而且也在同一部作品中,也往往发现这两类的诗结合在一起,例如,在《少年维特之烦恼》中就是这样;正是这种性质的作品才常常使人最受感动。"②那么,为什么素朴的诗和感伤的诗这两种根本对立的创作方法必须结合起来呢?席勒认为,这首先是历史发展的必然要求。因为,席勒是具有较强历史意识的思想家,相信社会的进步、人类的发展。他虽然肯定素朴的诗,相对地贬抑感伤的诗,但还是认为感伤诗毕竟是社会进步的结果。而且,他还从社会进步的角度看到了素朴诗与感伤诗的必然结合。他说,"自然使人成为整体,艺术则把人分而为二,理想又使人恢复到整体"③。也就是说,在他看来,人类的童年阶段,社会和谐统一,人性和谐统一,文艺也是素朴的和谐统一的;而到了有文化的近代社会则将人性一分为二,文艺也由此形成反映人性分裂的感伤的诗;只有到了理想的时代,在现实社会中人性恢复到统一,文艺也必将在素朴诗与感伤诗的基础上形成二者结合的更高级的创作方法。他认为,这既是人类必走的道路。同时也是"近代诗人所走的道路"。虽然由于德国资产阶级固有的软弱性,使席

---

① 转引自朱光潜:《西方美学史》下卷,人民文学出版社1979年版,第464页。
② 《古典文艺理论译丛》第2辑,人民文学出版社1961年版,第2页注(1)。
③ 同上书,第3页。

勒对于理想艺术的实现抱有悲观主义的怀疑态度,认为"理想是人决不会达到的无限的东西",但社会和文艺发展的这一趋势他还是看到了,并且是指明了的。更重要的,席勒认为素朴诗与感伤诗的结合也是人性发展的必然要求。他认为素朴诗与感伤诗既是两种不同的艺术种类,而对于诗人来说又是两种不同的性格。这两种不同的性格决定了文艺的两种根本对立的倾向。素朴的性格偏重于物质的感性方面,因而把诗作为休息和娱乐的工具,提出了著名的"休息说";而感伤的性格则偏重于理性的精神方面,因而把诗作为提高人的道德的工具,提出了著名的"高尚化说"。席勒认为,这两种性格以及由此产生的两种诗都是违背人性要求的、片面的,应该克服其片面性,将两者结合起来,这样才能使人性得到解放。他说,"诗人的任务是使人性从一切偶然的障碍中解放出来。而不是否认人性的观念本身或超过人性的必要界限"①。这里,"否认人性的观念本身"即指素朴的性格及其所提出的"休息说",而"超过人性的必要界限"即指感伤的性格及其所提出的"高尚化说"。席勒认为,这两种倾向都是对人性的障碍,必须加以克服,使之统一,才能使人性获得解放。他将素朴诗与感伤诗的结合寄托于一个新的阶级的产生。他认为,人类当中的劳动阶级由于偏重于物质,因而对文艺更多的是感性休息方面的要求,而人类当中"沉思的一部分"(即知识阶级)则对文艺更多的是道德高尚化方面的要求。而只有一个新的阶级,他们既不劳动但却积极地面对现实,虽不空想但却能理想化。总之,他们保持了"人性的美的统一"。只有这样一个阶级才能集素朴性格与感伤性格于一身,并最终实现这两种创作方法的结合。他说:"在这一阶级(我在这里仅仅把它作为一种观念提出来,而决不是指的一个实际存在的东西)中间,素朴的性格同感伤的性格可以这样地结合起来,以致双方都相互提防走向极端,前者提防心灵走到夸张的地步,后者提防心灵走到松弛的地步。因为我们终于不能不承认,不论素朴的性格或感伤的性格,如果单独来看,都不能完全包括美的人性这个观念,这个观念只有在两者的密切结合中才能产生出来。"②当然,席勒在这里对于他所期望的新的阶级的出现仍然是迷惘的,但在实际上他是希望他所代表的德国资产阶级能够摆脱资本主义社会的弊病而承担起这一历史的重任。但现实生活中的资产阶级却是污浊的、软弱的德国庸人,因此他感到某种失望和悲怆。

---

① 《古典文艺理论译丛》第 2 辑,人民文学出版社 1961 年版,第 46 页。
② 同上书,第 47—48 页。

5. 感伤诗的种类

感伤诗是席勒时代占主导地位的文学流派。席勒写作《论素朴的诗与感伤的诗》的目的也是为了摆脱感伤诗的束缚。因此,对感伤诗的论述,特别是对感伤诗的各种类型的论述成为这篇文章的重要部分,占据的篇幅最大。但席勒在这里所讲感伤诗的种类不是通常意义上的艺术种类,而是着重从体现创作方法的角度来划分艺术种类,目的也不是为了谈艺术的分类,而是为了进一步阐述自己关于创作方法的观点。也就是说,他还是从处理艺术与现实关系时所遵循的根本原则,亦即从对现实的"感受状态"的角度来划分感伤诗的种类,说明其典型形态与非典型形态,并进而评判其优劣。他说:"我应当再说一遍,我所举出来作为惟一可能的三种感伤诗的讽刺诗、哀歌和牧歌,是和以这三个名字著称的三种形式的诗作毫无共同之处,除了它们大家都特有的感受形式之外,从感伤诗的概念本身很容易推论出:在素朴诗的界限之外只有三类感受和创造的形式,它们把感伤诗的整个领域完全包括了。"① 席勒对感伤诗的论述同莱辛对诗画文体的论述有些类似。莱辛在《拉奥孔》中表面是论述诗画的界限,而实质却是阐述两种不同的美学理想。席勒在这里,表面是论述感伤诗的三种类型,而实质是为了进一步论述感伤诗,即浪漫主义艺术的特征。

席勒认为,感伤的诗人既然是以对现实的主观的沉思为其特点,那么,感伤诗人所碰到的就是两个互相冲突的因素:具有有限性的现实和具有无限性的观念。尽管从总的方面看,感伤诗是以主观的观念性为其特点,但具体到艺术作品中现实和观念之间的关系就十分复杂,对于两者关系的处理亦有差别,从而产生了不同的艺术种类。席勒说,"于是发生这个问题:诗人着重的是现实还是理想?他是把前者当作厌恶的对象来处理,还是把后者当作喜爱的对象来处理?因此,他的描述不是讽刺的,便是哀歌的(就这个用语的广义而言,往后将加以说明):每个感伤的诗人都将依属于这两种感受中的一种。"② 在这里,他把感伤诗分成讽刺诗与哀歌诗两种形态。所谓讽刺诗是把现实当作厌恶的对象来处理,而所谓哀歌诗则是把理想当作喜爱的对象来处理。讽刺诗虽然借助于理想来批判现实,但侧重的还是现实,仍同素朴诗较为接近,所以不能称作典型的感伤诗,只是素朴诗到感伤

---

① 《古典文艺理论译丛》第 2 辑,人民文学出版社 1961 年版,第 26 页注(2)。
② 同上书,第 5—6 页。

诗,即现实主义到浪漫主义之间的一种过渡的中间类型。而只有哀歌诗,是以对理想的追求作为特征,完全摆脱了现实,从而成为典型的感伤诗的形态。席勒对感伤诗的分析并没有止步于此,而是进一步又将哀歌诗更细致地分成了哀歌与牧歌两种。他说:"感伤的诗之区别于素朴的诗,是在于把构成素朴的诗的题材的现实加以理想化,把理想应用到现实上面。因此,如前面说过的,感伤的诗是处理两个相互冲突的对象——理想与现实或经验;在这两者之间可能存在着下面三种关系。主要占据着心灵的不是现实同理想的对抗,就是现实同理想的一致,否则就是心灵被现实和理想所分占。在第一种情况下,心灵是被内在斗争的力量或精力的充沛活动所占据;在第二种情况下,心灵完全被内在生活的谐和或精神充沛的休息所占据;在第三种情况下,斗争与谐和交替,休息与活动交替。这三类感受状态产生了三类诗;如果我们仅仅注意到这三类诗在我们心灵中所引起的情绪,如果我们使自己的思想离开那些用以引起这些情绪的手段,那么讽刺诗、哀歌和牧歌这三个通用的名称是同这三类诗相符合的。"①很明显,席勒在这里从理想与现实之间的不同关系的角度将感伤诗更具体地分成了三类。第一类,即讽刺诗,是理想同现实的对抗,理想仍未能摆脱现实的束缚,内心处于斗争的状态,是由素朴诗到感伤诗的过渡或中间类型。第二类,即哀歌,理想已摆脱了现实,但仍未实现,因而内在心灵处于既向往理想又留恋现实的特殊状态,是感伤诗的典型形态。第三类,即牧歌,此时理想已完全压倒了污浊的现实,它在遥远的过去或渺茫的未来成为"现实"。在这类诗中,现实与理想之间表现为一种虚假的一致,内心也呈现出虚假的平静。这是感伤诗的超越类型,严格地讲也是一种畸形。这样,席勒就以现实与理想之间的关系为基准,为我们描画了一条由素朴诗发展到感伤诗的历史轨迹。其中,有过渡形态的讽刺诗、典型形态的哀伤诗和超越形态的牧歌诗。这种对创作方法的研究就不是孤立的、静止的、形而上学的,而是根据文艺特有的内在的感性与理性、现实与理想的矛盾,将创作方法的形成看作一个互相联系与不断发展的历史过程。这是一种辩证的研究方法的萌芽,在文艺理论史上具有巨大的理论价值。

席勒还具体地阐述了讽刺诗、哀歌和牧歌三种艺术类型的特点。关于讽刺诗,他认为总的特点是把现实当作厌恶的对象来处理。但在讽刺诗中,又有两种处理方式。一种是凄厉的处理方式,我们称之为凄厉的讽刺诗;一

---

① 《古典文艺理论译丛》第2辑,人民文学出版社1961年版,第26—27页注(2)。

种是戏谑的处理方式,我们称之为戏谑的讽刺诗。这两者之间有较大的区别。从题材来说,凄厉的讽刺诗的题材是"现实与理想的矛盾",即是违背理想的现实,道德上的邪恶;而戏谑的讽刺诗的题材则是"同自然的隔离",即是违背自然规律的现实,是在道德上无关重要的题材。从灵感来源说,凄厉的讽刺诗的灵感来自意志的领域,即理想的道德的领域;而戏谑的讽刺诗的灵感则来自理解力的领域,即认识的智力的领域。从描写方式来说。凄厉的讽刺诗以严肃和热情的方式描写,对现实表现出一种愤怒的态度;而戏谑的讽刺诗则以戏谑的愉快的方式描写,对现实表现出一种嘲弄的态度。从美学范畴来说,凄厉的讽刺诗具有崇高的性质,属于悲剧的范畴;而戏谑的讽刺诗则具有优美的性质,属于喜剧的范畴。正是从具体分析凄厉诗与戏谑诗的不同特点的角度,席勒将悲剧与喜剧做了比较。他认为从题材方面看,悲剧的题材较为严肃。而喜剧的题材则可以说是无关紧要的,因而悲剧在这一方面占有优势。但从诗人个人的作用来看,悲剧诗人更多地依靠题材,而喜剧诗人则更多地依靠个人的力量。由此,他得出结论说,"所以这两种艺术作品的审美价值就和它们的题材的重要性成反比例了"①。席勒在这里之所以将喜剧看得比悲剧更高,也是由其对素朴诗所持的总的褒扬的态度分不开的。因为,在他看来具有喜剧性质的戏谑诗更接近于以现实为主的素朴诗,而具有悲剧性质的凄厉诗则更接近于理想。这也进一步证明,他所肯定的素朴诗不是 17 世纪法国新古典主义艺术,因为新古典主义是力主悲剧高于喜剧的。席勒认为,所谓哀歌是理想被表现为不可企及,因而产生一种悲哀。但这种悲哀只应产生于追求理想所引起的热情,而不能产生于感官需要的满足。这样,哀歌才具有诗的价值。至于牧歌,则是理想已成为现实,变成了欢乐的对象。席勒认为,"感伤牧歌是最高类型的诗"②。这就是说,在感伤诗的发展中,牧歌已发展到了最后的阶段,理想与现实已实现了统一。但席勒并没有对牧歌持肯定的态度。原因是:第一,牧歌不是引导人们前进,而是引导人们后退。这是因为牧歌的环境是虚构的,所以只能"产生在文化开始以前的时代。牧歌不仅排除了文化的弊害,而且同时也排除了它的优越性;所以牧歌根本是同文化对立的。因此,从理论上说,牧歌使我们后退,但是从实际上说,牧歌又引导我们前进,使我们高尚起来。可惜牧歌把它应该引导我们去争取的那个目标放在我们后边,因而

---

① 《古典文艺理论译丛》第 2 辑,人民文学出版社 1961 年版,第 8 页。
② 同上书,第 31 页。

只能引起我们一种对于损失的悲伤感情,而不能引起对于希望的欢乐感情"①。第二,牧歌只能给病态的心灵以治疗,而不能给予健康的心灵以食物。它不能使人生气蓬勃,而只能使人性情柔和。第三,牧歌的性质是现实与理想之间的一切矛盾完全被克服,各种感情的冲突也完全停止。因而,牧歌具有一种特有的宁静的气氛,这种宁静尽管也具有某种充实的内容,但终究是意味着运动的停止,而这是同艺术的本质背道而驰的。席勒认为:"正因为一切抵抗停止了,所以在牧歌里就比在讽刺诗和哀歌里更难于引起运动,然而没有运动在任何地方都不可能产生诗的效果。"②席勒的这一看法,表现了他对消极浪漫主义的深刻认识,并渗透着运动的、发展的文艺思想。而他对牧歌的这一具体评价被后来的黑格尔所继承和发展。

第三节 论 美

1. 艺术美问题

席勒在《论美》(又名《给克尔纳的信》)中,着重探讨了美的本质问题,而在第 7 封信,即 1793 年 2 月 28 日的信中集中地论述了艺术美的问题。

首先是探讨了艺术美的特性。什么是艺术美呢?席勒回答道:"当艺术作品自由地表现自然产品时,艺术作品就是美的。"③很显然,席勒在这里袭用了德国古典美学通用的"美在自由"的命题,并将其用于艺术美之上,从而将艺术美归结为对自然的"自由地表现"。所谓"自由地表现"的第一个含义就是把对象的特征"提供给直接的直观",即使对象的特征与直观、内容与形象处于直接的统一之中。这种直接的统一是两者的融为一体,而决不经过理智的概念。席勒认为,艺术的表现一旦经过概念就是一种对自然的"描述",而不是"表现",是对"自由"的破坏,从而背离艺术美的基本特性,成为理智的认识。"自由地表现"的第二个含义是从审美主体来说,在艺术活动中必须凭借直观的想象能力而不是理性的概括能力。想象力是艺术活动的基本心理功能,因为只有在形象的想象中,主体才是自由的,不受束缚的。

---

① 《古典文艺理论译丛》第 2 辑,人民文学出版社 1961 年版,第 29 页。
② 同上书,第 32 页。
③ 《美学述林》第 1 辑,武汉大学出版社 1983 年版,第 309 页。

其次是论述了艺术形象与物质媒介及艺术家之间的关系。席勒深刻地研究了艺术活动的本质特征。他认为,艺术活动面临着三种不同的自然物之间的斗争,即所表现的对象(形象)、物质媒介及艺术家个人的自然特性之间的斗争。他的基本要求是三者之间的斗争结果应是艺术形象的感性特征完全地克服了物质媒介和艺术家个人的感性特征。他说:"那么,在艺术作品中质料(再现者的自然本性)应该溶化在(被再现者的)形式中,物体应该溶化在外观中,现实应该溶化在形象的显现之中。"①这里,所谓"质料应该溶化在形式中",是从总的方面论述艺术形象应克服物质媒介和艺术家自然本性的质料。而"物体应该溶化在外观中"是指艺术美的观念性的特点,说明通过艺术创造将媒介与艺术家的物质性消融在精神性的形象之中。而"现实应该溶化在形象的显现之中"则指媒介与艺术家的偶然性的感性特征消溶在必然的美的艺术形象之中的艺术典型化的特点。这里所说的"消溶",实际上就是指物质媒介、艺术家的自然本性与艺术形象直接统一、融为一体,也就是艺术的自由地表现。席勒认为,只有做到了这一点才是真正的艺术美,而做不到这一点就是一种丑。他举例说:"如果在(铜版画中)肌肉的灵活性由于金属的硬度或艺术家的手不够灵活而受到损害,那么表现是丑的。"②

再次,席勒还探讨了艺术创作中主客体之间的关系,反对由于过分表现主体形成的一种"特别作风"。而主张主体溶化于客体之中的"纯粹客观性",并将这种"纯粹的客观性"称作"风格"。他说:"特别作风的对立面是风格,风格不是别的,而是表现的最高独立性,这种表现应脱离一切主观的和一切客观的偶然性的规定。表现的纯粹客观性是好的风格的本质,是艺术的最高原则。"③他以当时的演员对《哈姆雷特》一剧的表演为例,说明艺术家在处理主客体关系时的三种情况。一种是扮演哈姆雷特的演员,作为一个大艺术家只"给我们表现对象",而将自己的个性完全消融到哈姆雷特的个性之中。一种是扮演奥菲莉雅的演员,作为一个平庸的艺术家,完全按照自己的主观的原则演出,从而仅仅体现了"特别作风"。再一种是扮演国王的演员,完全是低劣的艺术家,在演出中老是令人嫌厌地表现自己身体的自然本性。

---

① 《美学述林》第 1 辑,武汉大学出版社 1983 年版,第 311 页。
② 同上书,第 312 页。
③ 同上书,第 312 页。

不仅如此,席勒还在《论美》中探讨了诗歌艺术(即语言艺术)在艺术表现上的特殊性问题。他认为,诗歌艺术在运用克服物质媒介自然本性的规律方面是十分困难的。原因在于诗歌所运用的物质媒介是词语。词语不是一种感性的自然形态,而是一种"类或种""无限多个体的符号",实际上即是反映事物的抽象性和概括性的概念符号。他说,"诗歌力图达到直接的直观,语言却仅仅提供概念"①。显然,作为概念符号的语言是同艺术的具体性、个别性相对立的、异己的。因此,诗歌艺术的任务就是运用自己的艺术力量克服语言通向一般的倾向,以达到艺术美的高度。他说,"诗的表现的美是自然(本性)处在语言枷锁中自由的自动"②。这就是说,诗歌艺术的美也在于"自由的表现",即是克服语言特有的通向一般的倾向而形成的"纯粹的客观性"。而其具体途径就是运用语言来进行具体地形象地表现,以便唤起人们的想象。他说,"诗人为了表现个别事物只有一个办法——就是精致地结合一般",而所谓"精致地结合一般"就是"借助于仅仅概括的符号来表现的那种情况"。③ 也就是借助于语言这一"概括的符号"来进行艺术的"表现"。为此,他举了一个例子:"站在我面前的烛台倒下。"这里借助的是语言,但却运用了形象表现的手法。具体为拟人化的比喻手法,将烛台比喻成站着的人。再就是描绘的手法,具体地感性地描绘了烛台像人一般地倒下。其结果是唤起人们的想象,似乎是如闻其声,如睹其貌。当然,还有许多借助于语言进行形象表现的具体手法,正是凭借这些手法,诗歌艺术才得以"穿过概念抽象领域的漫长环形道路",到达"自由地表现"的美的目标。

2. 游戏说

"游戏说"是席勒关于艺术起源与本质的理论,是对康德有关理论的继承和发展。他将人类的艺术活动说成一种特殊的以"审美的外观"为对象的游戏冲动。他说:"当那以外观为快乐的游戏冲动一出现的时候,立刻就产生模仿的创造的冲动,这种冲动认为外观是某种独立自主的东西。"④所谓"游戏冲动"是席勒借助于康德的主观先验的方法对人性进行抽象分析的结果。他认为,在人身上存在着两个对立的因素,一个是持久不变的"人

---

① 《美学述林》第 1 辑,武汉大学出版社 1983 年版,第 315 页。
② 同上书,第 315 页。
③ 同上书,第 315 页。
④ 《古典文艺理论译丛》第 5 辑,人民文学出版社 1963 年版,第 87 页。

身",即主体、理性和形式;另一个是经常改变的"情境",即对象、"世界"、感性、材料或内容。这两个因素在"绝对存在"的理想的完整的人格中是统一的,而在"有限存在"的经验世界中则是分裂的。因此,人就有两种先天的要求或冲动,一种是"感性冲动",另一种是"形式冲动"或"理性冲动"。所谓"感性冲动"就是把人的内在的理性变成感性现实的一种要求;而所谓"理性冲动"即使感性的内容获得理性的形式,从而达到和谐。这两个概念后来被马克思用社会实践的观点加以改造,成为"人的本质的对象化"和"对象的人化"的著名命题。但在席勒的先验的抽象理论中,"感性冲动"和"理性冲动"作为人的两种对立的天性的要求,还是没有统一的,而只有"游戏冲动"才能使这两种"冲动"统一,并进而使人性达到统一。所谓"游戏冲动"就是以美为对象的艺术创造冲动。他说:"美是这两种冲动的共同对象,也就是游戏冲动的对象。"①这里所说的"美",就是指"活的形象""审美的外观"。它们正是"游戏冲动"的对象或产物。席勒认为:"用一个普通的概念来说,感性冲动的对象就是最广义的生命,这个概念指全部物质存在以及凡是直接呈现于感官的东西,也用一个普通的概念来说,形式冲动就是同时用本义与引申义的形象。这个概念包括事物的一切形式方面的性质以及它们对人类各种理智功能的关系。还是作为一个普通的概念来看,游戏冲动的对象可以叫作活的形象,这个概念指现象的一切审美的品质,总之,指最广义的美。"②这就是说,感性冲动的对象是感性现实,理性冲动的对象是理性的形式,而只有"游戏冲动"的对象才是具有感性与理性直接统一特点的"活的形象"。这"活的形象"泛指一切美的现象,但主要指艺术。因此,席勒又将它称作"审美的艺术冲动"。他说:"审美的艺术冲动发展得或早或晚,这只决定于他借以能够集中注意在单纯外观上面的那种热爱的程度。"③

席勒同康德一样,将"游戏"的含义归结为摆脱了一切强制的"自由"。他说:"我们说一个人游戏,是说他审美地观照自然,并创作了艺术,把自然对象都看成是生气灌注的。在这里面,单纯的自然必然性,让位给了各种能力的自由的活动;精神自发地与自然相和谐,形式与物质相和谐。"④又说:"游戏这个名词通常是用来指凡是在主观和客观方面都不是临时偶然

---

① 《西方美学家论美和美感》,商务印书馆1980年版,第175—176页。
② 同上。
③ 《古典文艺理论译丛》第5辑,人民文学出版社1963年版,第87页。
④ 蒋孔阳:《德国古典美学》,商务印书馆1980年版,第185页。

的事,而同时又是不受外在和内在强迫的事。"①席勒在《美育书简》第 14 封信中曾借用一个生动的例子来解释"游戏说"中"自由"的含义。他说,当我们怀着情欲去拥抱一个理应鄙视的人时,我们就痛苦地感到自然的压力;而当我们仇视一个值得尊敬的人时,我们也痛苦地感到理性的压力;但如果一个人既能吸引我们的欲念,又能博得我们的尊敬,情感的压力和理性的压力就同时消失了,我们就开始爱他,这就是同时让欲念和尊敬在一起游戏。这里所谓的"游戏"即指在摆脱感性与理性压力的前提下欲念与尊敬两种心情的自由活动。但席勒在对"游戏说"的"自由"的理解中较之康德增加了新的"过剩"的含义。他认为,精力过剩是"游戏"的动力,甚至连动物也只有在物质过剩、需求得到满足时,才能游戏。他说:"当狮子不受饥饿折磨,也没有别的猛兽向它挑战的时候,它的没有使用过的力量就为它自身造成对象;狮子的吼叫响彻了充满回声的沙漠,它的旺盛的力量以漫无目的的使用为快乐。昆虫享受生活的乐趣,在太阳光下飞来飞去;当然,在鸟儿的悦耳的鸣啭中我们是听不到欲望的呼声的。毫无疑问,在这些运动中是自由的,但这不是摆脱一般需求的自由,而只是摆脱一定的外部的需求的自由。当缺乏是动物的活动的原动力的时候,它是在工作;当力量过剩是这种原动力的时候,当生命力过剩刺激它活动的时候,它是在游戏。"②这种"精力过剩"所引起的"游戏",对于人来说是有着不同层次的含义的。首先是一种物质的过剩,由此引起身体器官的"游戏",这是一种未摆脱动物性的生理的快感。其次是一种超出物质需求的精神方面的过剩,由此引起的是想象力的"游戏"。但当理性没有参与想象力的游戏之前,这种游戏虽然摆脱了物质的束缚,属于观念的自由的活动,但只是一种对现实世界的再现,缺乏"创造"的因素,因而仍未完全摆脱动物性。只有在理性参与之后,想象力的游戏才成为审美的游戏。它是一种创造性的活动,因此不仅在范围和程度上扩大化了,而且在性质上也有了跃进,使之高尚化。席勒指出:"等到想象力试图创造自由形式的时候,它就最后地从这种物质的游戏跃进到审美的游戏了。这是必须叫作跃进的,因为在这里出现了一种完全新的力量,因为在这里立法的精神第一次干涉盲目本能的活动,使想象力的任意活动服从于它的不变的和永恒的统一,并且把自己的独立性硬加在易变的事物

---

① 《西方美学家论美和美感》,商务印书馆 1980 年版,第 176 页。
② 《古典文艺理论译丛》第 5 辑,人民文学出版社 1963 年版,第 91 页。

身上,把自己的无限性硬加在感性的事物身上。"①这种想象力在理性力参与下的自由的游戏集中地表现为一种精神性的"创造活动"。这种"创造活动"完全同实用目的和直接的功利割断了关系,使具体的感性对象表现出人的锐敏的智力、灵巧的双手和自由的精神,从而成为一种挣脱现实需要枷锁的对美的追求。他说:"但是,他不久就不满足于事物使他喜欢;他自己想给自己快乐,最初只是通过属于他的事物,后来就通过他本人。他所拥有的事物、他所创造的事物,不能再只具有服务的痕迹、他的目的的懦怯的形式了;除了它所作的服务以外,它同时必须反映那思考它的锐敏的智力,那执行它的可爱的手,那选择和提出它的明朗和自由的精神。现在,古德意志人为自己寻找更光泽的兽皮、更堂皇的鹿角、更雅致的饮酒器,而古苏格兰人为自己的祝宴寻找最美丽的贝壳。甚至武器在今天也不仅可以是恐怖的对象,而且可以是享受的对象;精工细造的剑带也像杀人的剑刃一样力求引起人们的注目。不满足于把审美的过剩现象归入必要事物之内,自由的游戏冲动最后完全和需要的枷锁割断关系,于是美本身就成为人的追求的对象。人装饰自己。自由享受列入了他的需求,过剩的东西不久就成为他的快乐的更好部分。"②

席勒还探讨了审美游戏与人的关系。他的结论是:"只有当人充分是人的时候,他才游戏,只有当人游戏的时候。他才完全是人。"③这就是说,艺术的审美的游戏是人的特有的能力,是人之所以为人的证明。因为,这种艺术的审美的游戏必须建立在听觉和视觉特别发展的基础之上。他说,"自然本身赋予人以两种感官之后,就把他从实在提高到外观,这两种感官只是通过外观才使他认识实在。在眼睛和耳朵里,恣意专横的材料从感觉中排除出去,我们用动物的感觉直接触知的对象就离开了我们。"④原因之一是视听感觉使对象同主体之间保持一段距离,而触觉却以直接的感觉为限。原因之二是视听感觉对于对象经过了主体的某种主动的加工、创造,而触觉对于对象只是被动的接受。同时,也正是艺术的审美游戏才使人真正摆脱了动物状态。他说:"野蛮人以什么现象来宣布他达到人性呢?不论我们深入多么远,这种现象在摆脱了动物状态的奴役作用的一切民族中间

---

① 《古典文艺理论译丛》第5辑,人民文学出版社1963年版,第92页。
② 同上书,第93页。
③ 转引自朱光潜:《西方美学史》下卷,人民文学出版社1979年版,第450页。
④ 《古典文艺理论译丛》第5辑,人民文学出版社1963年版,第93页。

总是一样的:对外观的喜悦,对装饰和游戏的爱好。"①主要是当人还是处于动物状态时,他自己只能被动地接受自然,所以同自然一体;而只有当人处于艺术的审美游戏状态时,才真正地将自己同自然分开,而对自然取观照的态度。

第四节 审美教育

审美教育问题在西方美学和文艺理论史上源远流长,至晚从古希腊的柏拉图、亚里士多德就开始探讨这一问题,此后的西方美学对此也一直相当重视。但是"美育"这个概念却是席勒首次提出来的,他的《美育书简》在西方美学和文艺理论史上、同时也在人类文化史上第一次明确提出"美育"概念,并对审美教育问题做出了系统的理论阐述。

首先,席勒认为审美教育所凭借的手段是"活的形象"或"审美的外观",主要指艺术。他说:"轻视外观,就是轻视一切艺术,因为外观是艺术的本质。"②所以,审美教育主要指艺术教育。那么,为什么"活的形象""审美的外观"是审美教育的手段呢?这是因为,"活的形象"与"审美的外观"是一种不受任何束缚的自由的形式。席勒面对着资本主义的现实世界,认为找不到任何理想的教育手段。如果以强力作为教育手段,那只会束缚和压抑人的感性力量;而如果以法则为教育手段,则又会压抑和束缚人的理性的意志;只有以"活的形象""审美的外观"为教育手段才能摆脱感性和理性的束缚。他说:"如果在权利的动力的国家中,人作为某种力量跟人对抗,并且限制他的活动;如果在义务的伦理的国家中,他以法则的尊严跟人对立,并且束缚人的意志,那末在美的交往范围内,在审美的国家中,人只能作为形式出现,只能作为自由游戏的对象跟人对抗。"③这里所说的"形式"就是指感性与理性统一的"活的形象""审美的外观",是审美教育的必要手段。

其次,席勒认为审美教育有着不同于感性与理性的独立的情感的领域。用他的话来说,就是要在力量的王国和法则的王国之外创建一个新的以情感愉悦为特点的审美的王国。他说:"在力量的可怕王国中以及在法则的

---

① 《古典文艺理论译丛》第5辑,人民文学出版社1963年版,第85页。
② 同上书,第86页。
③ 同上书,第94—95页。

神圣王国中,审美的创造冲动不知不觉地创建第三个王国——游戏和外观的愉快的王国,在这里,它卸下了人身上一切关系的枷锁,并且使他摆脱一切可以叫作强制的东西,不论是身体的强制或者道德的强制。"① 这就说明,审美王国的领域既不同于力量王国的感性领域,又不同于法则王国的理性领域,而是一种独立的介于感性与理性之间的情感领域。这是由美育的手段——"活的形象""审美的外观"的特点决定的。因为,"活的形象""审美的外观"作为认识对象具有理性的形式的特点。而作为主体的创造物在其中又凝聚着生命和情感。他说:"美的确对于我们是一种对象,因为反省是我们借以感觉到美的条件,但是美同时又是我们的主观的状态,因为感情是我们借以得到美的概念的条件。美是形式,因为我们可以静观它;但是它同时是生命,因为我们可以感觉它。总之,美同时是我们的状态,又是我们的行为。"② 诚如他自己所概括的"活的形象""审美的外观"的特点是"反省和感情这样完全交织在一起"。这就是说,"活的形象"和"审美的外观"所引起的感情是一种包含着反省的理性内容的高尚的感情。

席勒为了进一步阐述审美教育独特的情感领域,特别在第25封信中将审美教育与科学活动(认识真理)加以区别。他认为审美教育与科学活动有两大重要区别。一是科学活动必须抛弃一切感性的材料进行纯粹的抽象,而审美活动则始终不抛弃感性的材料,因为审美的表象与感觉的表象是无法区分的。二是科学活动是排除了任何主观色彩的纯粹客观规律的探索,而审美活动却具有强烈的主观色彩。在论述审美教育的情感领域时,席勒还细致地将审美情感同其他性质的情感加以区别,认为审美情感是不同于"感性的快乐"与"理性的快乐"的"美的快乐"。他认为,"感性的快乐"只有个性才能享受,因而不具普遍性;"理性的快乐"只有作为种族才能对其享受,但由于每个人都具有个体的痕迹,因而这种快乐也是不具普遍性的;而只有"美的快乐"才既是个别的,又是普遍的,所以是一种高尚的情感的快乐。

席勒在《美育书简》中用了较长的篇幅来论述审美教育的作用。他最基本的观点就是认为美是实现自由的必由之途。歌德曾说,"贯穿席勒全部作品的是自由这个理想"③。我们也可以说,"让美走在自由之前"这一思

---

① 《古典文艺理论译丛》第5辑,人民文学出版社1963年版,第94页。
② 同上书,第84页。
③ 见《歌德谈话录》,朱光潜译,人民文学出版社1978年版,第108页。

想是贯穿整个《美育书简》的主题。这是席勒在《美育书简》的第 2 封信中提出的。在这封信中,他说道:"正当时代情况迫切地要求哲学探讨精神用于探讨如何建立一种真正的政治自由(这在一切艺术作品中是最完善的一种艺术作品)时,我们却替审美世界去找一部法典,这是否至少是不合时宜呢?"接着他提出了"让美走在自由之前"的思想,并说道:"这个题目不仅关系到这个时代的审美趣味,而且也关系到这个时代的实际需要;人们为了在经验界解决那政治问题,就必须假道于美学问题,正是因为通过美,人们才可以走到自由。"① 由此可见,席勒是将审美教育当作解决现实社会问题、实现政治自由的理想的途径。他认为,审美是人摆脱动物性、同现实世界发生的"第一个自由的关系",是人对现实"感觉方式"的彻底革命,是人性的真正开始,只有在这时,人类才走上了一条无限漫长的文明之路。这是一条争取社会政治自由的道路。席勒认为,在这条道路上必须由对人性的改造开始,使人摆脱感性现实的束缚,由感性的人变成理性的人,但首先须使其成为审美的人。他说:"想使感性的人成为理性的人,除了首先使他成为审美的人以外,再没有其它的途径。"② 这就是说,在席勒看来,审美教育在人性的发展过程中具有由感性过渡到理性、使两者达到平衡的中介和桥梁作用。他说:"一切其他形式的表象都使人分裂,因为它们完全是以人的存在的感性部分或精神部分为基础的;只有美的表象才使人成为整体,因为它要求他的两种天性跟它一致。"③ 这种感性与理性统一为整体的人就是"美的灵魂和人性",而只有在这种"美的灵魂和人性"出现之后,才能建立起理想的自由社会。因为,席勒认为人是社会的基础,人性发展的和谐必将导致社会的和谐。他说:"只有趣味才能给社会带来和谐,因为它在个人心中建立起和谐。"④ 就像先验而抽象地将人性分成感性与理性两个方面一样,席勒也先验而抽象地将社会分成感性力量的国家和理性法则的国家两种。同样,如同将审美的人作为由感性的人到理性的人的中介一样,他也将审美的国家作为由感性力量的国家到理性法则的国家的中介。他说,"只要趣味支配着和美的王国扩大着,任何优先权、任何独占权都是不可容忍的。这种王国向上一直伸展到这样的界限:理性以绝对的必然性统治着,一切物质都消失不见。它向下一直伸展到这样的界限:自然冲动以盲目的力量支配着,形式

---

① 朱光潜:《西方美学史》下卷,人民文学出版社 1979 年版,第 443—444 页。
② 《古典文艺理论译丛》第 5 辑,人民文学出版社 1963 年版,第 73 页。
③ 同上书,第 95 页。
④ 同上书,第 95—96 页。

还没有产生。"①这就生动地说明了,审美的王国向上伸展到理性统治的王国,而向下则联系到感性力量的王国,成为两者之间的"桥梁"。可见,在席勒看来,这个"审美的王国"是克服了感性力量王国和理性法则王国弊病的无限美好的自由平等的社会。但这样的理想的社会到底在哪儿呢?席勒自己也感到十分渺茫。他认为,在实际上"它也许只可以在少数优秀人物的圈子里找得到"②。

第五节 席勒文艺思想的地位、贡献和局限性

1. 席勒文艺思想的历史地位和主要贡献

第一,席勒在西方文艺理论史上具有独特的地位,他的文艺思想成为由康德的主观唯心主义文艺观过渡到黑格尔的客观唯心主义文艺观的中介。席勒是在康德哲学和美学思想的影响下从事文艺研究的,他的文艺观无疑受到康德主观唯心主义的影响。但他又不满于康德的主观唯心主义,感到康德并没有真正地将感性派与理性派的对立统一起来,从而试图从客观的意义上将两者统一。由此,他提出了"活的形象""审美的外观"的概念,打破了康德将美的形象的根源归结为主观先验原理的臆断,承认了"形象"本身的客观性质。这就将感性与理性的对立在艺术与审美中客观地统一了起来。正是从这个意义上说,席勒的文艺思想来源于康德,但却超越了康德,从而为黑格尔的客观唯心主义文艺观奠定了理论的基础。而且,也正由于席勒强调感性与理性在客观意义上的对立统一,并将这一思想贯穿于对创作方法、艺术本质和审美教育的论述中,还初步涉及人的本质对象化的问题。这就说明席勒的文艺思想比康德具有更多的唯物主义的因素。

第二,席勒在西方文艺理论史上的杰出贡献在于对素朴诗与感伤诗的论述,从而首次从理论的意义上阐明了现实主义与浪漫主义创作方法的基本特点。具有现实主义与浪漫主义特征的文学现象尽管自古就有,但从理论的意义上对它们进行研究却是近代的事情,而席勒就是全面地从理论上进行这一研究的第一个人。他在著名的《论素朴的诗与感伤的诗》一文中,从诗人处理艺术与现实关系所遵循的不同原则的角度将文学分成了"素朴

---

① 《古典文艺理论译丛》第5辑,人民文学出版社1963年版,第96页。
② 同上。

的诗"和"感伤的诗"两类。前者是现实主义创作方法,后者为浪漫主义创作方法。更为可贵的是,席勒认为理想的诗应是素朴诗与感伤诗的结合,这些论述是从理论的高度对当时欧洲文学的深刻总结,开了创作方法研究的先河,并推动了现实主义与浪漫主义两种文学潮流的自觉形成和不断发展。

第三,从研究方法来说,席勒不是孤立地研究文艺,而是将文艺放在社会和人的发展中进行研究。首先,他是为着改造现实社会来研究文艺的,将文艺看作改造现实社会唯一重要的手段,而文艺对于人性的完善也起着协调的中介作用。在创作方法问题上,他将一定的创作方法的产生同一定的时代社会紧密相联,认为"素朴的诗"产生于和谐统一的古代,"感伤的诗"产生于动荡分裂的近代,而两者结合的"理想的诗"则只能期待于未来的自由时代。在这个问题上,他初步地运用了历史与逻辑相统一的方法,既将一定创作方法的产生置于一定的历史背景之上,又较科学地总结了现实主义与浪漫主义的创作原则。而从基本的方面来说,他所做的历史的研究还是服务于逻辑的研究。所谓"素朴的诗"与"感伤的诗"并不主要作为历史形态的文学流派出现,而主要是作为现实主义与浪漫主义两种根本不同的创作方法。

第四,在康德论述艺术美的基础上,进一步阐发了"游戏说",揭示了艺术所固有的"心理自由"的内在规律。席勒继承并发展了康德关于艺术本质的"游戏说",并以"过剩"的新的含义给予补充。他在康德论述的基础上,正确地阐明了艺术的创作和欣赏在本质上是一种内在的心理自由,即想象力在自由地驰骋中对美的自由的形式的创造,而且带有一种发自内心的审美愉悦。而这种内在的心理自由完全是由文艺家和欣赏者在艺术活动中处于自由的境地而形成的。这种自由的境地即是一种不受任何束缚的"过剩"的状态,既不受感性束缚处于物质过剩,又不受理性束缚处于精神的过剩。这样,在艺术活动中主体才能摆脱同对象的利害关系而处于内在心理自由的状态,并创造出自由的美的艺术品。不仅如此,席勒还进一步将"自由"的概念运用到艺术与时代的关系之上。他谴责了近代资本主义社会的社会分裂导致人性分裂,并进而引起艺术的内在和谐的破坏,并由此认为自由的艺术应产生于自由的时代,从而期望一个新的自由的理想时代的到来。这正是席勒作为资产阶级思想家进步性的表现,并且的确在一定程度上揭示了艺术发展的客观规律。

第五,在西方美学史和文艺理论史上首次提出了"美育"的概念,并进行了较系统的阐述。艺术教育尽管自古就有,但"美育"这个概念却是席勒首次提出来的。他的著名的《美育书简》既是第一部资产阶级在"美育"方面的理论论著,也是人类文化史上第一部明确系统地论述美育的论著。席勒在这部著作中阐述了美育的任务、性质和作用,特别是着重论述了美育的情感教育的独特领域及由此形成的在人的心理上从感性过渡到理性的中介作用。这些理论观点对于我们形成社会主义的"美育"(或"艺术教育")理论具有历史的借鉴作用。

2. 席勒文艺思想的局限性

第一,席勒的文艺思想从政治上看具有明显的资产阶级改良主义色彩,而且产生引导人们逃避现实的消极作用。他虽不满于当时的资本主义社会,并企图加以改造、疗救,但为社会所开的却是一剂改良主义的药方。席勒主张放弃政治革命的途径而假道于审美的文艺的途径,并希图借此建立一个理想的审美的王国。这纯粹是一条逃避现实的改良主义道路,而所谓"审美的王国"也不过是一种乌托邦式的社会理想。正如恩格斯所说,席勒"逃向康德的理想来摆脱鄙俗气","归根到底不过是用以夸张的庸俗气来代替平凡的鄙俗气"。[①] 这就集中地反映了德国资产阶级在政治上的妥协性。

第二,席勒的文艺思想在理论上仍未能真正摆脱康德主观先验主义的束缚。他从对人性的先验而抽象的分析入手。认为人性的分裂形成了相互对立的感性冲动与理性冲动,而要将两者统一必须借助于艺术的游戏冲动,以此形成完美的人性。这是一种较典型的抽象人性论观点,同马克思主义的历史唯物主义根本对立。

第三,席勒的"游戏说"虽在一定的程度上揭示了艺术的内在自由的本质,但却从总的方面脱离了社会实践,并片面地将艺术归结为一种主观的心理活动。这就使对艺术起源和本质的理解有着重大的理论缺陷。在他的"游戏说"的基础上,经英国哲学家斯宾塞进一步发挥而形成的"席勒-斯宾塞说"以及郎格和谷鲁斯的审美幻象说与内模仿说,更着重于把艺术活动同人的本能相联系,包含着某种本能发泄的含义。这就堕入了"生物社会学"的泥坑,在一定程度上歪曲了艺术的本质。

第四,席勒的文艺思想缺乏理论本身所应有的科学性和内在的逻辑性。具体表现为在论述素朴诗与感伤诗时尚未能在严格的科学意义上将创作方

[①] 《马克思恩格斯论文艺和美学》,文化艺术出版社1982年版,第235页。

法和艺术发展的历史形态加以区别,以致造成后人理解上的歧义,而在对美育的本质和"游戏说"的特征的论述中也都有语焉不详的弊病,甚至在许多概念的表述上也都不够严密清晰。

参考书目:

1. 席勒:《论素朴的诗与感伤的诗》《艺术的美》,见伍蠡甫、胡经之主编:《西方文艺理论名著选编》上卷,北京大学出版社1985年版。
2. 席勒:《美育书简》,徐恒醇译,中国文联出版公司1984年版。
3. 席勒:《秀美与尊严》,张玉纯译,文化艺术出版社1996年版。
4. 朱光潜:《西方美学史》下卷,人民文学出版社1979年版。
5. 蒋孔阳:《德国古典美学》,商务印书馆1980年版。

思考题:

1. 席勒论素朴的诗与感伤的诗的不同特点和形态。
2. 席勒的"游戏说"的理论内涵是什么?有何美学意义?
3. 如何理解和评价席勒的审美教育思想?
4. 如何评价席勒美学和文艺理论的地位?

第十七章 黑格尔和他的《美学》

第一节 黑格尔的生平、著作和《美学》在他整个思想体系中的地位

黑格尔(Georg Wilhelm Friedrich Hegel,1770—1831),德国伟大的哲学家和美学家。1770年8月27日生于德国西南部符腾堡公国的首府斯图加特城。1785年进斯图加特市立文科中学。1788年10月进图宾根修道院的神学院学习,与荷尔德林、谢林是同学,1793年9月神学院毕业。1806年完成《精神现象学》,1807年正式出版。1808年12月开始任纽伦堡文科中学校长,1812年《逻辑学》第一卷出版。1816年8月被聘为海德堡大学教授。1817年《哲学全书》出版。1818年3月12日普鲁士国王任命他为柏林大学哲学教授。1829年10月当选为柏林大学校长。1831年1月荣获国家三级红鹰勋章。同年夏季和秋季,增补、修订和再版《逻辑学》,并于11月7日为该书写了前言。11月14日逝世,终年61岁。

黑格尔在青年时代,深受卢梭思想的影响。他认为法国大革命是卢梭思想的实践。1789年7月14日,当巴黎人民攻占巴士底狱的消息传到德国时,黑格尔的政治热情很高,是图宾根政治俱乐部中的积极分子,与谢林一起参加了栽"自由树"的活动。在保留下来的他的纪念册上记载了一些革命的口号:"反对暴君!""打倒妄想绝对统治心灵的暴君!""自由万岁!""卢梭万岁!"法国资产阶级大革命和黑格尔的学说血肉相联。他虽然反对雅各宾派专政,但他并没有改变对于法国大革命的肯定态度,认为这是一次灿烂辉煌的日出。甚至当黑格尔的政治立场转向保守妥协方面以后,他还认为,如果没有这一场大变动,欧洲的历史是不可想象的。他欢迎"拿破仑法典",相信拿破仑的政策将摧毁旧的秩序,促进德国民族的复兴。恩格斯曾经指出:"黑格尔本人,虽然在他的著作中相当频繁地爆发出革命的怒

火,但是总的说来似乎更倾向于保守的方面。"①黑格尔思想的革命性和保守性,突出地表现在他提出的"凡是合乎理性的东西都是现实的,凡是现实的东西都是合乎理性的"②这一命题中。后一句话显然是把当时德国社会现存的一切神圣化,是在哲学上替专制制度祝福,表现了黑格尔与封建专制政权妥协的一面,但整个命题又贯穿了革命辩证法精神。在他看来,现实的属性仅仅是属于那同时是必然的东西,现实性在其展开过程中表明为必然性。在社会生活的发展过程中,以前的一切现实的东西都会成为不现实的,都会丧失自己的必然性、自己存在的权利、自己的合理性;一种新的、富有生命力的现实的东西就会起来代替正在衰亡的现实的东西。哲学革命是政治变革的前导。19世纪初期由黑格尔哲学总其成的德国哲学革命,是德国即将到来的民主革命的序幕。恩格斯:"黑格尔是一个德国人而且和他的同时代人歌德一样拖着一根庸人的辫子。歌德和黑格尔各在自己的领域中都是奥林帕斯山上的宙斯,但是两人都没有完全脱去德国的庸人气味。"③

　　黑格尔是德国古典哲学的集大成者,德国古典哲学在他身上达到了顶峰。他一生著述很多,构成了一个庞大的体系。恩格斯说:"黑格尔完成了新的体系。从人们有思维以来,还从未有过像黑格尔体系那样包罗万象的哲学体系。逻辑学、形而上学、自然哲学、精神哲学、法哲学、宗教哲学、历史哲学——这一切都结合成为一个体系,归纳成为一个基本原则。"④黑格尔生前正式出版的主要著作有:《精神现象学》《逻辑学》《哲学全书》(包括《逻辑学》[又称《小逻辑》]、《自然哲学》《精神哲学》三部分)、《法哲学原理》。他死后由他的学生根据手稿、讲义及听课笔记等整理编辑出版的有:《历史哲学》《宗教哲学》《哲学史讲演录》《美学》等。

　　黑格尔的《美学》,主要是由他的学生霍托根据听课笔记和黑格尔亲自写的讲课提纲整理、编辑而成,于1835年正式出版。黑格尔生前多次讲过美学课程。1817年和1818年夏在海德堡讲过两次,后在柏林讲过四次:1820年第二学期、1823年第一学期、1826年第一学期、1825年第二学期。霍托主要是用的1823年和1826年的听课笔记,还有黑格尔1817年写的讲课提纲(1820年又做了修改),但该提纲的手稿后来被编辑者丢失。以后

---

① 恩格斯:《路德维希·费尔巴哈和德国古典哲学的终结》,见《马克思恩格斯选集》第4卷,人民出版社1972年版,第216页。
② 黑格尔:《法哲学原理》,范扬、张企泰译,商务印书馆1982年版,第11页。
③ 见《马克思恩格斯选集》第4卷,人民出版社1972年版,第214页。
④ 见《马克思恩格斯全集》第1卷,人民出版社1960年版,第588—589页。

《黑格尔全集》的编辑者拉松(1864—1932),又根据他所能收集到的听课人的笔记,对霍托编辑的《美学》第一部分进行了仔细的校订。

黑格尔的美学思想,在20世纪初,已有人开始在我国做了些介绍(如徐念兹)。《美学》全书,由朱光潜先生根据德文原本,参考英俄法译本,已全部翻译到我国。

黑格尔的《美学》是他的庞大的哲学思想体系的组成部分。黑格尔的整个哲学体系分三大部分:一、精神现象学,是整个体系的导言部分;二、逻辑学,是全体系的核心部分;三、应用逻辑学,这是黑格尔所说的逻辑学和哲学的两种实在科学,即自然哲学和精神哲学。精神哲学又分主观精神、客观精神、绝对精神。绝对精神是精神从自在到自为发展的最高阶段。美学或艺术哲学、宗教和哲学则是绝对精神发展的三个阶段。美学或艺术哲学在黑格尔整个哲学体系中所占的地位,是属于绝对精神自我认识的低级阶段,哲学是理念发展的最高峰,是理念的全部目的的实现,以后它就不再发展了。

在黑格尔的客观唯心主义哲学体系中,理念主宰一切,推动一切。他的整个哲学体系,就是从客观唯心主义立场出发,研究理念怎样按着辩证法的规律,发展自己,实现自己,最后又回复到自己。黑格尔关于"美是理念的感性显现"的基本理论,就是他的理念论的派生物。由于美(黑格尔主要是讲的艺术美)能够显现理念,认识理念,因此它是无限的、绝对的、自由的,美在黑格尔整个哲学体系中属于精神哲学发展的最高阶段——绝对精神阶段。但是由于美毕竟不能离开感性而显现,所以它又不能充分地全部地认识理念。这样美或艺术哲学就只好让位给宗教和哲学了。结果,最后又等于杜绝了美学的发展,进而否定了艺术和美学。这个问题是黑格尔客观唯心主义体系和辩证法之间不可克服的矛盾所必然导致的。

恩格斯指出:"黑格尔的体系作为体系来说,是一次巨大的流产,但也是这类流产中的最后一次。就是说,它还包含着不可救药的内在矛盾:一方面,它以历史的观点作为基本前提,即把人类的历史看作一个发展过程,这个过程按其本性来说是不能通过发现所谓绝对真理来达到其智慧的顶峰的;但是另一方面,它又硬说自己是这个绝对真理的全部内容。包罗万象的、最终完成的关于自然和历史的认识的体系,是和辩证思维的基本规律相矛盾的;但是这决不排斥,反而肯定,对整个外部世界的有系统的认识是可以一代一代地得到巨大进展的。"①辩证法始终承认矛盾、对立统一规律是它的根本规律,黑格尔则宣布绝对精神完全回归到自己的阶段,就没有了矛盾,进入了和谐统一的无差别境界;辩证法是彻底的发展观,黑格尔则认为艺术发展的黄金时代在过去,不在未来,艺术发展的结果是取消艺术,而被宗教、哲学所代替;辩证法的本质是革命的、批判的,黑格尔宣布普鲁士国家为"绝对精神"的完善体现,并且力图把君主说成是真正的"神人",把国家看成地上的"神物",极力为普鲁士王国的封建专制制度辩护。这样一来,"方法为了要迎合体系就不得不背叛自己"②。黑格尔的客观唯心主义哲学体系和辩证法的矛盾,贯穿在他的自然哲学和精神哲学中,自然在美学中也鲜明地表现出来。把辩证法运用到美学研究之中,是黑格尔美学思想的最重要的特点和最主要的成就。他的辩证法为了迎合以理念为出发点和归宿的唯心主义体系,在解释艺术时,不是到人类的现实生活中去找根源,去解释艺术冲突的产生和发展的原因,而是从绝对理念的运动发展中去研究所谓"普遍力量"之间——实际是神与神之间的矛盾和冲突,这种观点的荒谬性是显而易见的。方法为了迎合体系的需要,使黑格尔不可能将辩证法的原则在美学中贯彻到底,加上他的政治上的妥协性,因此他所追求的最高艺术境界,仍然是矛盾的和解、"理想的静穆"。

黑格尔的唯心主义哲学体系和辩证法的矛盾,有其深刻的社会历史根源,它反映了德国资产阶级的软弱性和妥协性。

第二节　黑格尔《美学》的结构和方法

黑格尔的《美学》是马克思主义以前在西方美学和文艺理论发展史上的一座雄伟的高峰。这部著作虽然读起来感到抽象、晦涩、难懂,但是只要你认真钻进去,就会发现许多新鲜而有价值的东西。内容的丰富,结构的完整,在历史上是空前的。

《美学》是黑格尔的客观唯心主义哲学体系和辩证法的具体运用。按照黑格尔的理论逻辑系统,《美学》全书的结构包括四大部分:一、全书序论,这是黑格尔全部著作中最长的一篇序论,可以说是全书的纲。序论中概

---

① 恩格斯:《反杜林论》,见《马克思恩格斯选集》第3卷,人民出版社1972年版,第64页。
② 恩格斯:《路德维希·费尔巴哈和德国古典哲学的终结》,见《马克思恩格斯选集》第4卷,人民出版社1972年版,第225页。

括地讲了美学的范围和地位、美和艺术的科学研究方式、艺术美的概念、题材的划分。二、第一卷讲的是艺术美的基本原理,论述了艺术美的理念或理想、自然美和艺术美的关系、艺术理想的本质特征和艺术家的想象、天才、灵感、作风、风格和独创性等问题。三、第二卷讲艺术史,论述了理想发展为各种特殊类型的艺术美,历史地考察了象征型艺术、古典型艺术和浪漫型艺术的特点和发展演变。四、第三卷最长,分上下两册,讲各门艺术的体系。具体论述了建筑、雕刻、绘画、音乐和诗(包括戏剧)这些门类艺术的特征和历史发展。他所讲的诗,实际指的是各类文学作品。他的诗论,就是文学理论。由于黑格尔本人对诗有很高的修养和研究,因此他的诗论就成了《美学》中的精华所在。著名的黑格尔传记作家阿尔森·古留加曾经说过:黑格尔的美学是一座宏伟的建筑,"这部著作不仅以其系统性和逻辑—历史性结构,而且还有对于细节(个别艺术作品、个别艺术家的全部作品、全部艺术种类)的丰富而贴切的分析,证实了作者渊博的知识,同时证实了他对艺术一往情深的热爱"①。

　　黑格尔《美学》在方法论上的最大特点就是运用辩证法来研究美学,坚持历史的观点与逻辑系统观点的统一。恩格斯曾经指出:黑格尔的最大的功绩,就是恢复了辩证法这一最高的思维形式。黑格尔的思维方式不同于所有其他哲学家的地方,就在于他的思维方式有巨大的历史感作基础。形式尽管是那么抽象和唯心,他的思想发展却总是与世界历史的发展紧紧地平行着,而后者按他的本意只是前者的验证。黑格尔在《美学》第一卷全书序论中,专门论述了美和艺术的科学研究方式,他历史地考察了两种相反的研究美和艺术的方式。

　　第一种是以经验作为研究出发点的方式。它的基本特点是从现存的个别作品出发。这种艺术的科学只围绕着实际艺术作品的外表进行活动,把它们造成目录,摆在艺术史里,或是对现存作品提出一些见解或理论,为艺术批评和艺术创作提供一些普泛的观点。以这种方式从事研究,艺术方面的博学所需要的不仅是渊博的历史知识,而且要有很专门的知识,还需要有很好的记忆力、锐敏的想象力,只有这样才能紧紧掌握住艺术形象的一切特色,进而才能拿它和其他艺术作品做比较。黑格尔充分肯定这种科学研究方式在历史上的科学价值和现实的指导意义。他说:"每个人要想成为艺

---

① 阿尔森·古留加:《黑格尔小传》,刘半九等译,商务印书馆 1980 年版,第 140 页。

术学者,都必须走这条路。"①从经验出发的艺术科学,对于形成一些一般性的标准和法则,形成"各门艺术的理论",起过重要的作用,产生了一些著名的理论文献。黑格尔特别提到的,如亚里士多德的《诗学》、贺拉斯的《诗艺》和朗吉弩斯的《论崇高》,认为:"这些著作中所作出的一些一般性的公式是作为门径和规则,来指导艺术创作的,特别是在诗和艺术到了衰颓的时代,它们就被人们奉为准绳。但是这些艺术医生的处方对于艺术所收到的治疗功效还不如一般医生所开的。"②这种科研方式的不足之处,由于它所根据的是一个很狭小的范围的艺术作品,尽管这些作品是好的,在艺术领域中却只是一小部分,它所概括出来的某些公式、规则,有一部分只是很琐屑的感想,不能解决艺术的具体问题。比如贺拉斯的《诗艺》就充满这样的公式。黑格尔说:"其实艺术哲学没有任务要替艺术家开方剂,而是要阐明美一般说来究竟是什么,它如何体现在实际艺术作品里,却没有意思要定出方剂式的规则。"③这种以经验作为出发点的科学研究方式,在近代哲学史上称之为经验派。培根则是这种科研方法的鼻祖,以后洛克又进一步发挥了培根的经验论,提出了白版论。关于哲学上对经验论的评价,黑格尔在《哲学史讲演录》中,做了具体的论述。

第二种是以理念作为研究出发点的方式。这种研究美和艺术的科学研究方式,与以经验作为出发点的研究方式正好相反,它完全用理论思考的方式,它要认识美本身,深入理解美的理念。这种研究方式是从理念或概念出发,着重于理性、普遍性的方面,忽视个别的、特殊的、感性的因素。在美学史上柏拉图被认为是理念研究的奠基人和引路人。黑格尔一方面充分肯定柏拉图从理念出发的研究方式,说:"美既然应该从它的本质和概念去认识,唯一的路径就是通过思考的概念作用,无论是一般理念的逻辑的和形而上学的性质,还是美这种特殊的理念,都要通过这种思考的概念作用才能进入思考者的意识。"④同时黑格尔又指出柏拉图这种从理念出发的研究方式,很容易变成一种抽象的形而上学。这是因为柏拉图式的理念是空洞无内容的,不能解决美究竟是什么这个基本理论问题。他在《逻辑学》中,对于单纯从理念、概念出发的推论、演绎曾讽刺说:"所谓规则、规律的演绎,尤其是推论和演绎,并不比把长短不齐的小木棍,按尺寸抽出来,再捆在一

---

① 黑格尔:《美学》第 1 卷,朱光潜译,商务印书馆 1979 年版,第 18—19 页。
② 同上书,第 19—20 页。
③ 同上书,第 23 页。
④ 同上书,第 27 页。

起的作法好多少,也不比小孩子们从剪碎了的图画把还过得去的碎片拼凑起来的游戏好多少。"①黑格尔本人对美和艺术的研究也是从理念出发,不过他所说的理念已不同于柏拉图的理念。他说:"不错,我们在艺术哲学里也还是必须从美这个理念出发,但是我们却不应该固执柏拉图式理念的抽象性,因为那只是对美进行哲学研究的开始阶段的方式。"②柏拉图所说的"理念",是与现实的具体的个别的感性的事物脱离的,实际是太空中虚无缥缈的实体,共相=神。而黑格尔所说的理念,是与现实世界的具体、个别、感性事物统一在一起的,尽管在其本质上与柏拉图的理念一样都是唯心的、神秘的。列宁指出:"黑格尔确实证明了:逻辑形式和逻辑规律不是空洞的外壳,而是客观世界的反映。更正确些说,不是证明了,而是天才地猜测到了。"③黑格尔的理念与柏拉图的理念另一点的不同则是黑格尔并不像柏拉图那样,把理念看作静止不动的,理念一直是处于不断地发展过程之中,是一个在对立统一的矛盾运动中不断否定自己而又不断回复到自己的发展过程。

第三种是经验观点与理念观点的统一的研究方式。这种方式就是德国古典哲学中研究美和艺术的方式。黑格尔扼要地批判了经验派和理性派研究方式的片面性,指出:"我们就必须把美的哲学概念看成上述两个对立面的统一,即形而上学的普遍性和现实事物的特殊定性的统一。只有这样,我们才是按照它的真实性来理解它。"④在德国古典美学中,以康德为开端,打破了从经验出发或从理念出发的传统研究方式,开始走上了按经验与理念统一的方式研究美或艺术的新阶段。但是康德只是从主观方面看到了普遍性与特殊性、概念与对象、目的与手段的辩证统一,而否定其客观性。黑格尔批判继承了康德的辩证法,进一步论述了这种对立统一的关系,不仅存在于主观世界中,而且同样存在于客观世界之中。因此,只有克服康德的缺点,"我们才能凭借这种概念去对必然与自由、特殊与普遍、感性与理性等对立面的真正统一,得到更高的了解"⑤。在黑格尔看来,对美和艺术之所以必须采取经验的观点和理念的观点相统一的方式,这是由艺术的内在必然性及其历史发展所决定的。"从一方面看,美的哲学概念与空洞的片面

---

① 黑格尔:《逻辑学》上卷,杨一之译,商务印书馆1981年版,第34—35页。
② 黑格尔:《美学》第1卷,朱光潜译,商务印书馆1979年版,第27—28页。
③ 列宁:《哲学笔记》,人民出版社1956年版,第192页。
④ 黑格尔:《美学》第1卷,朱光潜译,商务印书馆1979年版,第28页。
⑤ 同上书,第76页。

抽象的思考相反,它本身是丰产的,因为按照它的概念,它须发展为一些定性的整体,而它的概念本身及其在发生中所得到的定性,都含有一种必然性,它必然要有它的特殊个体以及这些特殊个体的发展和互相转化。从另一方面看,转化所成的这些特殊个体也包含着概念的普遍性和本质,它们就作为这普遍性和本质所特有的特殊个体而出现。"①黑格尔提出的"经验观点和理念观点的统一"的研究方式,贯穿了他的唯心主义的历史主义和辩证法,具体体现了历史的和逻辑系统方法的统一。在《小逻辑》中,他概括地阐明了历史的和逻辑系统方法的统一,他说:"在哲学历史上所表现的思想进展的历程与在哲学系统里所发挥的思想进展的历程,原是相同的,不过在哲学系统里,解脱了历史的外在性或偶然性,而纯从思想的本质去发挥思想进展的逻辑历程罢了。……哲学若没有系统,绝不能成为科学。没有系统的哲学理论,只能表示个人的主观的特殊心情,它的内容必是偶然而乏理性的。哲学的内容,只有为全体思想系统中的有机分子,方有其效准,外此,便只能认作无根据的假设或个人主观的确信而已。"②对于黑格尔论述的这一方法论原则,马克思主义创始人给予高度重视,并且批判地加以改造。恩格斯说:"逻辑的研究方式是惟一适用的方式。但是,实际上这种方式无非是历史的研究方式,不过摆脱了历史的形式以及起扰乱作用的偶然性而已。历史从哪里开始,思想进程也应当从哪里开始,而思想进程的进一步发展不过是历史过程在抽象的、理论上前后一贯的形式上的反映;这种反映是经过修正的,然而是按照现实的历史过程本身的规律修正的,这时,每一个要素可以在它完全成熟而具有典范形式的发展点上加以考察。"③黑格尔将历史的和逻辑系统的观点统一起来,将经验和理念的观点统一起来,并且卓越地运用于美或艺术的研究之中,使他对美学和文艺学做出了重大的贡献。剥去其方法论原则的唯心的、神秘的外衣,吸取其合理的内核,对于建设马克思主义美学是十分有益的。

第三节 黑格尔的"美的艺术哲学"的基本内容

黑格尔在《美学》演讲一开头就说:"我们的这门科学的正当名称却是

---

① 黑格尔:《美学》第 1 卷,朱光潜译,商务印书馆 1979 年版,第 28 页。
② 黑格尔:《小逻辑》,贺麟译,商务印书馆 1959 年版,第 67—68 页。
③ 恩格斯:《卡尔·马克思〈政治经济学批判〉》,见《马克思恩格斯选集》第 2 卷,人民出版社 1972 年版,第 122 页。

'艺术哲学'，或者更确切一点，'美的艺术的哲学'。"①他认为自然美是不完善的，不是真正的美，只有艺术美才是真正的美。因此，美学研究的范围就是艺术，或者"美的艺术"。我们在这里重点讲一下黑格尔关于艺术美的概念和美的定义；艺术理想和理想性格说；艺术发展的类型及其特点；各门艺术的体系，诗论，及悲剧冲突问题。

1. 关于艺术美的概念和美的定义

黑格尔在论述了美和艺术的科学研究方式之后，接着就从研究艺术美的概念开始，来构筑他的庞大的美学体系。

黑格尔认为要对美学的对象做科学的研究，首先应该说明艺术美在现实领域里一般所占的地位，以及美学对于哲学等其他部门的关系，以便建立真正的美的科学的出发点。在谈到艺术美在现实领域所占的地位时，黑格尔写道：

> 只要检阅一下人类生存的全部内容，我们就可以看出在我们的日常意识里种种兴趣和它们的满足有极大的复杂性。首先是广大系统的身体方面的需要，规模巨大组织繁复的经济网，例如商业、航业和工艺之类，都是为着满足这些需要而服务的。比这较高一层的就是权利，法律，家庭生活，等级划分，以及整个的庞大国家机构。接着就是宗教的需要，这是每个人心里都感觉到而从教会生活中得到满足的。最后就是分得很细的科学活动，包罗万象的知识系统。艺术活动，对美的兴趣，以及美的艺术形象所给的精神满足也是属于这个范围的。这里就有这样一个问题：联系到世界中其他生活部门，这种需要有什么内在必然性呢？首先我们看到这些范围的需要只是存在面前的事实。但是按照科学的要求，我们就得深入研究它们的本质上的内在联系和彼此之间的必然性。②

黑格尔的这段论述，把社会生活看作一个大系统，而又把复杂的经济网看作第一个层次，把庞大的国家机构看作第二个层次，把宗教艺术等精神生活看作最高的层次，并要求从研究它们之间的内在联系和必然性，来确定艺术美的本质，这种观点是十分深刻的，其中可以说已有历史唯物主义的

---

① 黑格尔：《美学》第 1 卷，朱光潜译，商务印书馆 1982 年版，第 3 页。
② 同上书，第 122 页。

萌芽。

那么是"什么需要使得人要创造艺术作品呢"？黑格尔认为艺术是和整个时代和整个民族的一般世界观和宗教旨趣联系在一起的。值得注意的是,他特别将实践的观点引进了艺术创造活动之中。他说:艺术的普遍需要是由于人是一种能思考的意识,"他由自己而且为自己造成他自己是什么,和一切是什么"。人是通过两种方式:一是认识的方式;二是以实践的方式,来认识自己、观照自己。人不仅可以认识人的内心世界,也可以认识外在世界,并且能够"把思考所发现为本质的东西凝定下来"。更为重要的是,"人还通过实践的活动来达到为自己(认识自己),因为人有一种冲动,要在直接呈现于他面前的外在事物之中实现他自己,而且就在这实践过程中认识他自己。人通过改变外在事物来达到这个目的,在这些外在事物上面刻下他自己内心生活的烙印,而且发现他自己的性格在这些外在事物中复现了"①。艺术表现的普遍需要,是一种理性的需要。人一方面把凡是存在的东西在内心里化成"为他自己的"(自己可以认识的);另一方面也把这"自为的存在"实现于外在世界,通过实践活动,把存在于自己内心世界里的东西,为自己也为旁人,化成观照和认识的对象。黑格尔说:"这就是人的自由理性,它就是艺术以及一切行为和知识的根本和必然的起源。"②艺术创作是一种复杂的有目的的精神劳动。马克思对于黑格尔把艺术看成人的自我创造,人自己的外在现实,给予肯定的评价。"黑格尔把人的自我创造看作一个过程,把对象化看作非对象化,看作外化和这种外化的扬弃;因而,他抓住了劳动的本质,把对象性的人、真正的因而是现实的人理解为他自己的劳动的结果。"③接着马克思指出,黑格尔只知道而且只承认劳动的一种方式,即抽象的心灵劳动,把人的本质同自我意识等同起来,所谓人的本质的对象化,不过是抽象的、能思维的本质,即自我意识的外化。这样,他虽然提出了人的实践活动与艺术根本的和必然的起源的关系问题,但由于是抽象的、唯心的理解,最终也就不可能科学地解释艺术的本质。

理念是黑格尔哲学体系(包括美学体系)的逻辑起点和归宿。他认为:"艺术的任务在于用感性形象来表现理念,以供直接观照,而不是用思想和纯粹心灵性的形式来表现,因为艺术表现的价值和意义在于理念和形象两

---

① 黑格尔:《美学》第1卷,朱光潜译,商务印书馆1979年版,第39页。
② 同上书,第40页。
③ 马克思:《1844年经济学—哲学手稿》,刘丕坤译,人民出版社1979年版,第116页。

方面的协调和统一,所以艺术在符合艺术概念的实际作品中所达到的高度和优点,就要取决于理念与形象能互相融合而成为统一体的程度。"①美和艺术的基本特质是形象的鲜明性和感官性。人同美的艺术作品的关系,既不是一种实践欲望的关系,又不是一种对于理智的纯粹认识性的关系。因为理智体系探求的是对象的普遍性、规律、思想和概念,它不仅把个别事物丢在后面,而且把它转化为内在的,从一个感性的具体的东西转化为一种抽象的思考的东西,这就是把它转化为和感性现象根本不同的东西。正是在这一点上,使哲学或其他科学同艺术有了根本区别。人同艺术作品的关系,是一种个别的感性观照的关系,正如艺术品借颜色、形状、声音等方面直接的感性的个别定性,显现为外在对象一样,艺术观照也不离开它所直接接触的对象。"由此可知,艺术兴趣和欲望的实践兴趣之所以不同,在于艺术兴趣让它的对象自由独立存在,而欲望却要把它转化为适合自己的用途,以至于毁灭它;另一方面,艺术观照和科学理智的认识性的探讨之所以不同,在于艺术对于对象的个体存在感到兴趣,不把它转化为普遍的思想和概念。"②艺术、宗教、哲学同属于绝对心灵的领域。艺术的使命在于用感性的艺术形象的形式去显现真实,从而使理念成为观照和感觉的对象。黑格尔说:"感性观照的形式是艺术的特征,因为艺术是用感性形象化的方式把真实呈现于意识,而这感性形象化在它的这种显现本身里就有一种较高深的意义,同时却不是超越这感性体现使概念本身以其普遍性相成为可知觉的,因为正是这概念与个别现象的统一才是美的本质和通过艺术所进行的美的创造的本质"③。美的本质,艺术美的本质,都是理念。"美就是理念的感性显现。"④黑格尔的这个定义,是西方美学思想发展的一个总结,包含着丰富的思想内容。

第一,理念是概念与客观存在的统一。美即理念,不是柏拉图所说的那种脱离客观存在的抽象的理念。概念是指哲学逻辑里的那种纯理性的理念。而美或艺术的理念,则是与客观现实结合而成为概念与实在的统一体的那种理念。概念如果脱离它的客观存在,就不是真实的概念,理念如果没有现实存在而外在于现实存在,也就不是真实的理念。"只有作为现实的

---

① 黑格尔:《美学》第 1 卷,朱光潜译,商务印书馆 1979 年版,第 90 页。
② 同上书,第 48 页。
③ 同上书,第 129—130 页。
④ 同上书,第 142 页。

理念,美的理念才能存在,而理念的现实性,只有在具体个别事物里才能得到。"①黑格尔所说的理念,既是世界的实体、本质,又是现象界一切具体事物的灵魂。"就艺术美来说的理念并不是专就理念本身来说的理念,即不是在哲学逻辑里作为绝对来了解的那种理念,而是化为符合现实的具体形象,而且与现实结合成为直接的妥帖的统一体的那种理念。因为就理念本身来说的理念虽是自在自为的真实,但是还只是有普遍性,而尚未化为具体对象的真实;作为艺术美的理念却不然,它一方面具有明确的定性,在本质上成为个别的现实,另一方面它也是现实的一种个别表现,具有一种定性,使它本身在本质上正好显现这理念。这就等于提出这样一个要求:理念和它的表现,即它的具体现实,应该配合得彼此完全符合。按照这样理解,理念就是符合理念本质而现为具体形象的现实,这种理念就是理想。"②由此可以看出,黑格尔所说的美的理念,不仅是概念与实在的统一,而且是普遍与个别、本质与现象的统一。他所说的"理想",包括近代文艺理论中所说的典型的含义,但实际意义又比典型要广。

第二,理念与感性显现的统一。"显现"有"现外形"和"放光辉"的意思。黑格尔说:"美的生命在于显现(外形)。"③这个显现,是理念的自我显现。理念要显现自己,就必须与具体的、感性的、个别的事物联系起来,就必须找到表现自己的最恰当的形式,并且显示出自己是一个生气贯注的整体。"在艺术里,这些感性的形状和声音之所以呈现出来,并不只是为着它们本身或是它们直接现于感官的那种模样、形状,而是为着要用那种模样去满足更高的心灵的旨趣,因为它们有力量从人的心灵深处唤起反应和回响。这样,在艺术里,感性的东西是经过心灵化了,而心灵的东西也借感性化而显现出来了。"④心灵化就是理性化。感性的东西理性化,理性的东西感性化,理性与感性的统一,内容与形式的统一,这就是黑格尔所说的"感性显现"的真正含义。当然在理性与感性、内容与形式的关系中,理性、内容,也就是理念,起着主导作用,是美的本原、基础和灵魂。因为黑格尔始终把艺术看成是由绝对理念本身生发出来的,并且把艺术的目的看成是绝对本身的感性表现。在他看来,"艺术的内容就是理念,艺术的形式就是诉诸感官的形

---

① 黑格尔:《美学》第1卷,朱光潜译,商务印书馆1979年版,第185页。
② 同上书,第92页。
③ 同上书,第7页。
④ 同上书,第49页。

象。艺术要把这两方面调合成为一种自由的统一的整体"①。在《哲学史讲演录》中,黑格尔更为具体地阐发了他的关于"美是理念的感性显现"的思想,他说:"美之为美即感性的美,并不是在人所不知的无何有之乡;不过在感性上是美的东西,也正是精神性的。美的理念一般也是这样的情形。正如现象界的事物的本质和真理是理念,同样现象界美的事物的真理也是这个理念。对于肉体的关系,就其为各种欲望间的关系,或者舒适的事物或有用的事物间的关系而言,并不是美的关系;这仅只是感性的关系,或个别与个别之间的关系。而美的本质只是在感性形态下作为一个事物而出现的简单的理性的理念,这个美的事物除了理念外没别的内容。"②美的本质,艺术美的本质,依据黑格尔的观点,就是理念与感性显现的统一,理性与感性的统一,内容与形式的统一。

  黑格尔提出的"美是理念的感性显现",不仅包含着辩证而又丰富的含义,而且在理论上也有重大的意义。在西方美学史上,自从鲍姆嘉登在1750年创立美学(Asthetik)这门学科的名称以来,对于美的本质,理性派和经验派各执一端,争论不休。理性派认为美的基础是理性;经验派认为美的本质在感性,美只是在感性形象上,美的享受只是感官的享受。在包括德国在内的西欧,经康德、谢林、施莱格尔、叔本华、尼采、柏格森和克罗齐,都是割裂感性与理性的关系,强调美只与感性相关的看法。因此,黑格尔以辩证的观点,明确提出"美是理念的感性显现",强调理性与感性的统一,这不论在美学史上,还是在艺术创作上,都有积极的意义。同时,我们又必须看到,黑格尔提出的美的定义,毕竟是一个唯心主义定义。他的美学是一种理性主义美学。他把美和艺术,看成是绝对理念的派生物,这自然就否定了美和艺术的客观的现实根源。在理念的感性显现中,他虽然强调理念与感性显现的统一,但它的核心基础则是理念,是心灵。他说:"艺术美是由心灵产生和再生的美。"③"自然美只是属于心灵的那种美的反映。"④这样,在他的美的定义中,必然是颠倒了艺术和现实的关系,因而也就不可能真正科学地揭示出美和艺术的本质。

---

① 黑格尔:《美学》第1卷,朱光潜译,商务印书馆1979年版,第87页。
② 同上书,第267页。
③ 同上书,第4页。
④ 同上书,第5页。

2. 黑格尔的理想性格说

"美是理念的感性显现",正如朱光潜所说,这是黑格尔关于美的定义,也是艺术的定义,其实也就是典型的定义。典型在他的《美学》里一般叫作"理想",它是理性内容与感性形象的统一。① 黑格尔把艺术美和艺术理想看作同一的东西,他所说的艺术理想中的人物性格,或称理想性格,就是指的典型人物。黑格尔认为艺术发展到成熟期,就必须用人的形象来表现。"因为只有在人的形象里,精神才获得符合它的在感性的自然界中的实际存在。"②因此,人物性格就成了理想艺术表现的真正中心。而艺术理想不要求普遍性以抽象的形式表现出来,人物性格不应描绘成脸谱化的面具。作为一个具有定性的理想,"有一个更迫切的要求,就是要性格有特殊性和个性"③。在黑格尔看来,普遍性是个性现实存在的坚固基础和真正内容,它是作为个体所特有的内在的本质必然的东西在个体中的实现。"无论是在单纯的精神内容方面,还是在感性形式方面,普遍性和个性都必须处理得协调一致,然后彼此才能不可分割地结合起来。"④个性即使形式的普遍性由于体现在个别具体的形象里面而显得是活的,又使这具体形象的感性的实际存在成为精神贯注生命的完满表现。

黑格尔继承和吸取了莱辛、康德、歌德对于艺术典型的一些有价值的观点,辩证地论述了理想性格的基本特征。

第一,理想性格是一个具备各种属性的活的整体。它有丰富性,又有整体性,是多样性的统一。理想性格,不是像古典主义作品中的人物那样,只是抽象的、任某种情欲支配的性格,而是许多性格特征的充满生气的总和。它们"每个人都是一个整体,本身就是一个世界,每个人都是一个完满的有生气的人,而不是某种孤立的性格特征的寓言式的抽象品"⑤。艺术理想的人物性格,应是"自成整体的显出特征的个性"⑥。人物性格的整体性,是指人物性格中各种属性,即性格的各个侧面有机地融合成为一个完整的整体。黑格尔说:"艺术的统一就应只是一种内在的联系,把各部分联系在一起,

---

① 朱光潜:《西方美学史》下卷,人民文学出版社 1979 年版,第 703 页。
② 黑格尔:《美学》第 2 卷,朱光潜译,商务印书馆 1979 年版,第 166 页。
③ 黑格尔:《美学》第 1 卷,朱光潜译,商务印书馆 1979 年版,第 304 页。
④ 黑格尔:《美学》第 3 卷,上册,朱光潜译,商务印书馆 1979 年版,第 207 页。
⑤ 黑格尔:《美学》第 1 卷,朱光潜译,商务印书馆 1979 年版,第 303 页。
⑥ 黑格尔:《美学》第 3 卷,上册,朱光潜译,商务印书馆 1979 年版,第 286 页。

成为一个有机的整体,而且没有着意联系的痕迹。只有这样由精神贯注生命的有机的统一体才是真正的诗。"①人物性格的整体性,不仅表现在广度上把各部分属性结合成一体,而且在深度上使整体渗透到一切个性,整体实际就是一个完整的个性。在谈到戏剧人物性格时,黑格尔写道:"戏剧人物必须显得浑身有生气,必须是心情和性格与动作和目的都互相协调的定型的整体。这里的关键并不在于特殊性格特征的广度,而在把一切都融贯成为一个整体的那种深入渗透到一切的个性,实际上这个整体就是个性本身,而这种个性就是所言所行的同一泉源,从这个泉源派生出每一句话,乃至思想,行为举止的每一个特征。"②正是因为这样,艺术家笔下的人物才成为自成整体的显出特征的个性。理想性格,只有靠整体才有生命;也只有贯注生气的整体,有生命的整体,才会使理念得到感性显现。

第二,理想性格是以一个基本突出的性格特征为主导的生动完满具有更大明确性的性格。黑格尔认为,理想性格不能停留在单纯的整体性方面,它必须是具有定性的理想,显出较明确的个性特征。艺术理想的人物性格,应是"每一个人有每一个人的特征,本身是一个整体,一个具有个性的主体"③。人物性格中的各种属性,不是静止地、平面地呈现出来,由于特定的矛盾和冲突,使其显示出界限明确的内容。他说:"要显出更大的明确性,就须有某种特殊的情致,作为基本的突出的性格特征,来引起某种确定的目的、决定和动作。但是如果这界限定得过分死板,以至使一个人物仅仅成为某种情致——例如爱情和荣誉感之类——的完全抽象的形式,那么,一切生气和主体性也就会完全消失了,而这种艺术表现也就会因此枯燥贫乏——例如德国的戏剧作品就是如此。所以性格的特殊性中应该有一个主要的方面作为统治的方面。但是尽管有这个定性,性格仍必须保持住生动性与完满性,使个别人物有余地可以向多方面流露他的性格,适应各种各样的情景,把一种本身发展完满的内心世界的丰富多彩性显现于丰富多彩的表现。"④理想性格中作为基本的突出的性格特征,不是作为某种单一情欲的完全抽象的形式表现出来,而是以一个主要的突出特征作为统治方面(或主导方面)具有生动性与完满性的性格。基本的突出的性格特征,是人物性格的各种属性中最具有内在的必然方面。抓住了它,就等于抓住了人物

---

① 黑格尔:《美学》第3卷,下册,朱光潜译,商务印书馆1979年版,第35页。
② 同上书,第265页。
③ 黑格尔:《美学》第2卷,朱光潜译,商务印书馆1979年版,第343页。
④ 黑格尔:《美学》第1卷,朱光潜译,商务印书馆1979年版,第304页。

性格的要害;但若将它同其他性格属性孤立出来加以抽象化,那就会失去人物的生动性与完满性。因此,艺术家在显示基本的性格特征的同时,必须写出人物性格的丰富性,描绘出人物性格的丰富性,又可以进一步衬托出基本的性格特征,使它有更大程度的可理解性和鲜明性以及达到艺术加工方面的圆满。

第三,从性格的发展来看,理想性格应具有本身一贯的坚定性。黑格尔认为,理想性格"必须是一个得到定性的形象,而在这种具有定性的状况里必须具有一种一贯忠实于它自己的情致所显现的力量和坚定性。如果一个人不是这样本身整一的,他的复杂性格的种种不同的方面就会是一盘散沙,毫无意义。和本身处于统一体,艺术里的个性的无限和神圣就在于此。从这方面看,对于性格的理想表现,坚定性和决断性是一种重要的定性。"①人物性格之所以有这种坚定性与决断性,是由于它所代表的力量的普遍性与个别人物的特殊性融会在一起,而在这种统一中变成本身统一的自己与自己融会一致的主体性和整一性。理想性格应有自己的辩证的发展逻辑,它是根据自己的意志发出动作,不能让外人插进来替他作决定。在性格发展的每个阶段,虽然有矛盾的对立和转化,但人物性格始终保持自己的统一性和内在发展的必然性。黑格尔尖锐地批评了长久在德国文坛占统治地位的那种感伤主义的内在软弱,痛斥了那种以一些神奇鬼怪的东西破坏人物性格的统一性和坚定性的消极浪漫主义倾向。黑格尔特别推崇莎士比亚的人物性格描写。他说:"莎士比亚的特点正在于他把人物性格描绘得果断而坚强,纵然写的是些坏人物,他们单在形式方面也是伟大而坚定的。哈姆雷特固然没有决断,但是他所犹疑的不是应该做什么,而是应该怎样去做。"②恩格斯对黑格尔的这一评价是充分肯定的。他在《致斐·拉萨尔》中指出:"我觉得一个人物的性格不仅表现在他做什么,而且表现在他怎样做;从这方面看来,我相信,如果把各个人物用更加对立的方式彼此区别得更加鲜明些,剧本的思想内容是不会受到损害的。古代人的性格描绘在今天是不再够用了,而在这里,我认为您原可以毫无害处地稍微多注意莎士比亚在戏剧发展史上的意义。"③

在《美学》中黑格尔不仅联系作品实际详细地论述了理想性格的基本

---

① 黑格尔:《美学》第 1 卷,朱光潜译,商务印书馆 1979 年版,第 307 页。
② 同上书,第 310—311 页。
③ 恩格斯:《致斐·拉萨尔》(1859 年 5 月 18 日),见《马克思恩格斯选集》第 4 卷,人民出版社 1972 年版,第 344 页。

特征,而且进一步论述了理想性格与环境的对立统一关系。他认为在艺术作品里,人物必须在它周围的世界里自由自在地存在,就像在自己家里一样,他的个性必须能与自然和一切外在关系相安,才显得是自由的。一方面是人物性格内在的主体的统一以及他的情况和动作;另一方面是内在的客观存在的客体的统一。这两方面相互依存,彼此之间保持着本质性的联系,从而构成一个统一体。理想的性格,如果没有产生和形成它的社会环境、思想观念、风俗道德、一般世界情况,它就又会成为它现在所是的这个样子;同时,人又能够利用外界事物来满足他的需要,人把他的环境人化了。正因为如此,"世界与个体仿佛是两间内容重复的画廊,其中的一间是另外一间的映象;……前者是球面,后者是焦点,焦点自身映现着球面"①。黑格尔所说的艺术理想的环境,包括自然环境、人化了的环境和复杂的精神关系的总和。这三方面彼此保持着本质性的联系,形成一个完备的整体。理想性格在它生存于其中的复杂的精神关系总和中,包含着引起动作的矛盾冲突。人物的性格与性格之间,由于阶级地位、出身情况、知识、教养、能力、思想方式的差别,最重要的是由于内在性格的"绝对"(黑格尔称之为理念的儿子或伦理性的实体)的不同,因此形成了对立面的斗争,通过在活动中的理想的差异对立,人物的性格就会自然地显现出来。"生活情况、行动和命运的总和固然是个人的形成因素,但是他的真正的性格、他的思想和能力的真正核心却无待于它们而能借一个情境和动作显现出来,在这个世界情境和动作的演变中,他就揭露出他究竟是什么样的人,而在这以前,人们只是根据他的名字和外表去认识他。"②

黑格尔的理想性格说,在西方文艺理论发展史上,把典型学说的发展推进到一个新的阶段。从我们概括的介绍中,可以看出,黑格尔是力图用辩证法去总结艺术史的经验,解释理想性格的普遍性与特殊性、共性与个性,理想性格的基本特征,以及理想性格与理想环境的关系,引导人们从整体上、从理性与感性、客观与主观、一般与个别、必然与偶然的对立统一中去认识艺术理想、理解人物的性格。他所说的理想性格,相当于我们今天所说的典型人物。他的理想性格说,直接成为马克思主义典型学说的理论前提。恩格斯在《致敏·考茨基》中说:"对于这两种环境里的人物,我认为您都用您平素的鲜明的个性描写手法给刻画出来了;每个人都是典型,但同时又是一

---

① 黑格尔:《精神现象学》上卷,贺麟、王玖兴译,商务印书馆1962年版,第203页。
② 黑格尔:《美学》第1卷,朱光潜译,商务印书馆1979年版,第277页。

定的单个人,正如老黑格尔所说的,是一个'这个',而且应当是如此。"①黑格尔所说的一个"这个",最早见于他的《精神现象学》。在这部被看作"黑格尔的圣经"②的著作中,黑格尔从最初、最简单的精神现象开始,通过对一个"这个"的分析,揭示出了辩证法的个别和一般对立统一的原则,并以此作为他的辩证法的最基本原则。在《逻辑学》中,黑格尔进一步说:"'这个'是用来确定区别和确定被认为是肯定的某物。"③在《美学》中黑格尔对艺术理想的系统阐述,实际是他在《精神现象学》《逻辑学》中所说的一个"这个"的辩证法思想在艺术领域的具体运用和发挥。恩格斯称赞和借用黑格尔老人所说的一个"这个",主要是吸取其辩证法的合理内核,强调文艺作品中的典型人物应当既是典型,又是鲜明独特的个性,是典型与明确个性的统一整体。

3. 艺术发展的历史类型及其特征

黑格尔在《美学》最后说:"我们用哲学的方法把艺术的美和形象的每一个本质性的特征编成了一种花环。编织这种花环是一个最有价值的事,它使美学成为一门完整的科学。艺术并不是一种单纯的娱乐、效用或游戏的勾当,而是要把精神从有限世界的内容和形式的束缚中解放出来,要使绝对真理显现和寄托于感性现象,总之,要展现真理。这种真理不是自然史(自然科学)所能穷其意蕴的,是只有在世界史里才能展现出来的。这种真理的展现可以形成世界史的最美好的方面,也可以提供最珍贵的报酬,来酬劳追求真理的辛勤劳动。因为这个缘故,我们的研究不能只限于对某些艺术作品的批评或是替艺术创作方法开出方单。它的惟一目的就是追溯艺术和美的一切历史发展阶段,从而在思想上掌握和证实艺术和美的基本概念。"④黑格尔有着很高的艺术鉴赏力和渊博的艺术史知识,他从"美是理念的感性显现"这个最基本的概念出发,以历史的和逻辑的观点相统一的方法,联系人类社会的历史发展,具体考察了世界艺术的发展史,论述了不同历史阶段的艺术的内容(理念、意蕴)与艺术形式之间必然出现的三种相互

---

① 恩格斯:《致敏·考茨基》(1885年11月26日),见《马克思恩格斯选集》第4卷,人民出版社1972年版,第453页。
② 马克思、恩格斯:《德意志意识形态》,见《马克思恩格斯全集》第3卷,人民出版社1956年版,第163页。
③ 黑格尔:《逻辑学》上卷,杨一之译,商务印书馆1981年版,第111页。
④ 黑格尔:《美学》第3卷,下册,朱光潜译,商务印书馆1979年版,第335页。

关系;物质表现形式压倒精神内容;物质表现形式与精神内容和谐一致;精神内容压倒物质表现形式。他认为在艺术发展中,起决定作用的总是内容意义。按照艺术的概念(本质),艺术没有别的使命,它的使命只在于把内容充实的东西恰如其分地表现为如在目前的感性形象。因此,艺术哲学的主要任务就在于凭思考去理解这种充实的内容和它的美的表现方式究竟是什么。与各个不同历史阶段艺术的内容与形式的相互关系相适应,黑格尔把世界艺术发展的类型分为三种:象征型艺术——古典型艺术——浪漫型艺术。

(1) 象征型艺术

黑格尔把人类艺术发展史看作艺术理想自我运动的历史。象征型艺术是最初的艺术类型。它是理想概念发展为真正艺术的准备阶段。在论述艺术发展史时,任何一个艺术史家都不能不回答艺术的起源问题。黑格尔在研究象征型艺术的产生和发展时,也是以艺术起源作为起点的。他说:"艺术起源是艺术理念本身所产生的结果。"①绝对理念最初展现为自然现象,人们从自然现象中隐约地可以窥见绝对理念。于是就出现了用自然事物的形式来把绝对理念变成可以观照的最早的艺术。因此,"象征"无论就它的概念来说,还是就它在历史上出现的次第来说,都是艺术的开始,是"艺术前的艺术"。

对于"象征"的含义,黑格尔说:"象征一般是直接呈现于感性观照的一种现成的外在事物,对这种外在事物并不直接就它本身来看,而是就它所暗示的一种较广泛普遍的意义来看。"②象征首先是一种符号。它以一种人们可以感性观照的现成的外在事物,暗示某种普遍性的意义。比如,狮子象征刚强,狐狸象征狡猾,圆形象征永恒,三角形象征神的三位一体。象征型艺术的主要特征,是物质的表现形式压倒精神的内容,形式和内容的关系仅是一种象征的关系,物质不是作为内容的形式来表现内容,而是用某种符号、某种事物,来象征一种朦胧的认识或意蕴。最有代表性的象征型艺术是埃及、波斯、印度等东方民族的建筑。比如:金字塔,这是埃及古代帝王或神牛、神猫、神鹭之类神物的坟墓的外围。黑格尔说:"它们是些庞大的结晶体,其中隐含着一种内在的(精神的)东西,它们用一种由艺术创造出的外在形象把这种内在的东西包围起⋯⋯标志这样一种内在精神的形象对于它

---

① 黑格尔:《美学》第2卷,朱光潜译,商务印书馆1979年版,第33页。
② 同上书,第10页。

所确定的内容(即精神)还只是一种外在形式和外围。金字塔就是这样一种隐藏一种内在精神的外围。"①金字塔的每一部分都被赋予象征的意义。塔的尖顶象征日光;塔内庞大的结构、曲折的通道象征人生的奥秘;其他如凤凰、狮身人首、神兽等,也都具有一定的象征意义。像金字塔这类象征型艺术,是用体积庞大的物质和东西,来象征一个民族的某些朦胧的、抽象的理想,明显地表现出物质形式与精神内容的不调和。内容决定形式。象征型艺术的物质形式与精神内容的不相适应,原因主要是由于精神内容本身不是具体明确的,而是暧昧的、抽象的、神秘的。在这个时期人类的认识还处于自在的阶段,理论本身也还处于朦胧、含糊、不确定的状况。因而它还找不到合适的感性显现的形象。于是就采取了以某种符号或外在事物作为象征的形式。黑格尔说:"我们把一般象征型艺术看作意义和表现形式还没有达到完全互相渗透互相契合的一种艺术形式。"②象征型艺术的发展,经历了不自觉的象征——崇高的象征——自觉的象征三个阶段。随着历史的发展,人类逐渐从自在阶段走向自觉阶段,象征型艺术中的那种内容与形式不相适合的矛盾,开始向新的方向转化,进而过渡到较完美的古典型艺术。

(2) 古典型艺术

古典型艺术是完全符合黑格尔关于美的概念的理想艺术。他说:"古典型艺术是理想的符合本质的表现,是美的国度达到金瓯无缺的情况。没有什么比它更美,现在没有,将来也不会有。"③

象征型艺术的表现方式是古典型艺术的前提。古典型艺术是从象征型表现方式的发展过程中发展出来的。"进展的关键在于内容具体化为明确的自觉的个性。要表现这种个性,既不能运用其原自然的或动物的自然形象,也不能运用和自然形象胡乱混杂在一起的人格化和人体形象,而是要用完全由精神贯注而显出生气的人的躯体。"④在这个阶段人的认识已进入自觉的阶段。因此艺术所表现的精神内容已不是抽象、模糊的了,而是具体的、明确的,并且找到了适合表现自己本质的形象。理念与明确的自觉的个性达到了完美的统一。比如希腊神话中的雅典娜,是和平与智慧这一理念的具体化、个性化;阿波罗是光明、青春、艺术等理念的具体化、个性化;维纳

---

① 黑格尔:《美学》第 2 卷,朱光潜译,商务印书馆 1979 年版,第 71—72 页。
② 同上书,第 148 页。
③ 同上书,第 274 页。
④ 同上书,第 175 页。

斯则是爱情这一理念的具体的、感性的、人性化的显现。黑格尔引用法国人一句谚语:上帝按照他自己的形象创造了人,但是人也回敬了上帝,按照人的形象把上帝创造出来了。在古典型艺术里,神总是作为人表现出来的,比如希腊神话中诸神的内容(理念)都是从人的生活中汲取的,是人类心胸中所特有的东西。人首先是从他自身认识到绝对理念,而人的形体又是绝对理念最好的表现形式。人的形象固然与一般动物有许多共同处,但是人的躯体与动物的躯体的全部差别就只在于按照人体的全部构造,它显示精神的住所,而且是精神的唯一可能的自然存在。正因为这样,所以只有人的形象才能以感性方式把精神的东西表现出来。

古典型艺术,最主要的特点是消除了象征型艺术表现出的那种物质形式和精神内容不协调的矛盾,使内容与形式构成了一个有机的活的整体。黑格尔说:"内容和完全适合内容的形式达到独立完整的统一,因而形成一种自由的整体,这就是艺术的中心。"① 古典型艺术用恰当的表现方式实现了黑格尔提出的这一最高要求。古典型艺术理想的典范是希腊艺术。黑格尔认为,艺术在希腊就变成了绝对精神的最高表现方式。古典美以及它在内容意蕴、材料和形式方面的无限广阔领域是分授给希腊民族的一份礼品。这个民族值得我们尊敬,因为他们创造出一种具有高度生命力的艺术。在人类艺术由象征型向古典型发展的转折点上,他们攀登上了美的高峰。在希腊艺术中,黑格尔认为最符合古典美的理想的是雕刻。这种艺术形式一方面理想性较强,适宜于表现神们的静穆和悦的特点,而另一方面又把神们的性格个性化为完全具体的人类面貌,并使二者达到了完备程度。因此,"作为理想的这种表现方式,作为符合内在本质意义的外在形状,希腊的雕刻形象就是自在自为的理想,为自己而存在的永恒的形象,古典型造形艺术美的中心"②。在对古典型艺术的具体论述中,表现出黑格尔的进步的人道主义伦理观。他说:"我们曾把古典型艺术叫作具有客观真实的人道的理想。古典型艺术的想象以实体性的伦理情致的内容为中心。"③ "形成真正的美和艺术的中心和内容的是有关人类的东西。"④ 而这些有普遍性的东西,又需通过具体的个性化的人物形象显现出来,黑格尔的这些观点,一方面概括了希腊艺术的实际,同时也有益于艺术的进一步发展。

---

① 黑格尔:《美学》第 2 卷,朱光潜译,商务印书馆 1979 年版,第 157 页。
② 同上书,第 236—237 页。
③ 同上书,第 317 页。
④ 同上书,第 163 页。

黑格尔根据他的唯心的辩证法,认为理念一直处于运动发展过程之中。古典型艺术尽管精神内容与物质形式和谐统一,但由于精神内容(理念)是活跃的、自由的,普遍性的伦理实体将分化为许多具体的、个别的精神力量。这样精神内容就必然要溢出物质形式,使内容与形式出现新的分裂,最后导致古典型艺术的解体。

(3) 浪漫型艺术

黑格尔所说的浪漫型艺术和欧洲文学史上通常说的 18 世纪末出现的浪漫主义思潮有所不同,它的时间跨度从中世纪到黑格尔所处的时代(18 世纪末—19 世纪初)。内容包括得也比较广。

在浪漫型艺术中,精神内容压倒了物质形式,内容与形式出现了新的不协调。"精神愈感觉到它的外在现实的形象配不上它,它也就愈不能从这种外在形象中去找到满足,愈不能通过自己与这种形象的统一去达到自己与自己的和解。"① 内在主体性原则是浪漫型艺术的基本原则。浪漫型艺术的真正内容是绝对的内心生活,相应的形式是精神的主体性。它的内容全都集中到精神的内在生活上,也就是集中到感觉、想象和心情上。它所追求的是自在自为的内心世界作为本身无限的精神的主体性的美,把表现绝对人格、普遍人性看作主体性原则的基本内容。黑格尔说:"浪漫型艺术的原则在于不断扩大的普遍性和经常活动在心灵深处的东西,它的基调是音乐的,而结合到一定的观念内容时,则是抒情的。抒情仿佛是浪漫型艺术的基本特征,它的这种调质也影响到史诗和戏剧,甚至于像一阵由心灵吹来的气息,也围绕造形艺术作品(雕刻)荡漾着,因为在造形艺术作品里,精神和心灵要通过其中每一形象向精神和心灵说话。"② 在基督教艺术和以后表现爱情题材的作品中主观抒情性的特点表现得很突出。浪漫型艺术的内在主体性原则,在以塑造人物为中心的叙事性作品中,主要体现在个别人物性格的独立和完整性上面。黑格尔认为浪漫型艺术的出发点是孤立的主体的无限性,人物的性格不是形式化、抽象化的面具,每个人都有每个人的特征。都有自己所特有的个体独立性和顽强实现自己的坚定性。如同我们在莎士比亚作品中所看到的人物,他们都是一些完全依靠自己的独立的个别人物,都是首尾融贯一致的,始终忠实于自己和自己的情欲的,他们所追求的特殊目的是只有他们才有的。他们是什么样的人,有什么样的遭遇,都是由他们自

---

① 黑格尔:《美学》第 2 卷,朱光潜译,商务印书馆 1979 年版,第 285 页。
② 同上书,第 287 页。

己凭自己坚定的性格来决定的。与古典型艺术的人物相比,古代的人物性格固然也很坚定,也导致不可挽救的矛盾对立,但是促使人物行动的力量,不是来自人物性格的内因,而是取决于"命运",人物之间的矛盾对立则是靠用机械降神的办法解决。从这种意义上说,浪漫型艺术比古典型艺术是前进了一步。

  黑格尔在对艺术史发展类型的分析时,是与欧洲文学艺术发展的实际紧密相联的,抛开他的一些理念转化的谬说,有许多深刻、精辟的见解。他明确地提出了艺术的时代性和民族性问题,他说:"每个人在各种活动中,无论是政治的,宗教的,艺术的还是科学的活动,都是他那个时代的儿子,他有一个任务,要把当时的基本内容意义及其必有的形象制造出来,所以艺术的使命就在于替一个民族的精神找到适合的艺术表现。"①有些论述,又可以说是对现实主义艺术的特点的最恰当的分析和概括。他说:"人要在他的现实世界里凭艺术把现实事物本身按照它们的本来生动具体的样子再造出来。"②黑格尔认为,现实生活领域可以包括的题材范围是无穷的。但是,所用的题材必须对于艺术是本身所固有的,本乡本土的,也就是说,它应该是诗人和听众自己的民族生活。他以荷兰绘画为例,说明"艺术的任务首先就见于凭精微的敏感,从既特殊而又符合显现外貌的普遍规律的那种具体生动的现实世界里,窥探到它的实际存在中的一瞬间的变幻莫测的一些特色,并且很忠实地把这种最流转无常的东西凝定成为持久的东西"③。通过特殊反映一般,通过有限反映无限,这恰恰是艺术反映现实生活的一条重要规律。

  精神内容超出物质形式,进一步的发展就使内容与形式完全分裂。"因此浪漫型艺术就到了它的发展的终点,外在方面和内在方面一般都变成偶然的,而这两方面又是彼此割裂的。由于这种情况,艺术就否定了它自己,就显示出意识有必要找比艺术更高的形式去掌握真实。"④最后,就是艺术让位给宗教和哲学。这样,黑格尔就在世界艺术史领域内完成了他的理念的循环圈。在这里不仅暴露了他的艺术史观的唯心主义和形而上学,而且表现出他对艺术发展的悲观主义思想。

---

① 黑格尔:《美学》第2卷,朱光潜译,商务印书馆1979年版,第375页。
② 同上书,第340页。
③ 同上书,第370页。
④ 同上书,第288页。

4. 各门艺术的体系,诗论和悲剧冲突

黑格尔在《美学》第3卷(上下)以主要篇幅论述了各门艺术的体系,重点谈了艺术分类的标准和各门艺术的历史发展过程及其主要特征。他以巨大的历史感去努力探索每门艺术发展的内在规律。他说:"每一门艺术都有它在艺术上达到了完满发展的繁荣期,前此有一个准备期,后此有一个衰落期。因为艺术作品全部都是精神产品,像自然界产品那样,不可能一步就达到完美,而是要经过开始、进展、完成和终结,要经过抽苗、开花和枯谢。"①

从"美是理念的感性显现"这个美的基本概念出发,黑格尔认为,研究各门艺术的体系,区别和分类各门艺术的真正标准只能根据艺术作品的本质。各门艺术都是由艺术总概念所含的方面和因素展现出来的。由此得出结论:"艺术作品既然要出现在感性实在里,它就获得了为感觉而存在的定性,所以这些感觉以及艺术作品所借以对象化的而且与这些感觉相对应的物质材料或媒介的定性就必然提供各门艺术分类的标准。"②黑格尔是从内容和形式的统一中来进行艺术分类的。艺术的本质、理想及从艺术概念本身发展出来的一些普遍的类型,这是区分不同艺术种类的内在的定性,但这还不能最终使各门艺术区分开来,还需要看美的理念如何体现在具体的艺术作品中,也就是要看这种艺术与表现内容相适应的感性的物质材料是什么。"在用明确具体的形式使内容意义体现为实际存在(作品)之中,艺术就变成一种专门的艺术。"③

黑格尔从审美主体的三种艺术的认识方式(视觉方式、听觉方式和感性的表象功能)同与之相适应的感性物质材料或媒介相结合,将艺术分为三种:第一种是造型艺术,它把内容表现为外在的客观的可以眼见的形状和颜色,如建筑、雕刻、绘画。第二种是声音艺术,即音乐。形成音乐主体,即人的心灵、情感,它的感性材料是声音,它的形象表现是声音彼此之间的协调、划分、结合、对应、矛盾和解决,具体表现为强弱、节奏、旋律等。第三种是诗,即语言的艺术。黑格尔再三讲明,艺术分类不能仅仅限于感觉和不同的感性材料,在艺术分类中起决定作用的是艺术本身的具体概念(理念)。

---

① 黑格尔:《美学》第3卷,上册,朱光潜译,商务印书馆1979年版,第5页。
② 同上书,第12页。
③ 同上书,第27页。

他说:"艺术只有一个任务,那就是把真实的东西,按照它在精神里的样子,按照它的整体,拿来和客观感性事物调和(统一)起来,以供感性观照。"①不同的感性材料,由于它们显现理念的功能的不同,于是各门艺术就有了明显的差别。各门艺术的发展过程同艺术类型的历史发展过程是一致的。依据这样的原则,黑格尔把各门艺术的系统划分为:建筑、雕刻、绘画、音乐、诗。

诗论在黑格尔《美学》中占了近四分之一的篇幅,是黑格尔研究各门艺术体系时注意的中心。他说:"诗比任何其它艺术的创作方式都要更涉及艺术的普遍原则,因此,对艺术的科学研究似应从诗开始,然后才转到其它各门艺术根据感性材料的特点而分化成的特殊支派。"②黑格尔系统地论述了诗的本质、诗的表现和诗的分类,具体论述了史诗、抒情诗、戏剧体诗的性质、特征及其历史发展。因此,他的诗论,实际就是他的文学理论。这一部分值得我们认真地加以批判地吸取。这里我们重点讲三个问题。

(1) 三种掌握世界的方式

黑格尔为了具体地揭示诗的本质和特征,提出并且论证了散文的、诗的和哲学(或称玄学)的三种掌握世界方式的区别。

诗的艺术作品和散文的艺术作品的区别,首先由于诗的掌握方式不同于散文的掌握方式。散文的掌握方式是单凭知解力去了解事物关系,不能从整体上把握事物的本质规律,它是一种孤立的和静止的思维方式。黑格尔说:"日常的(散文的)意识完全不能深入事物的内在联系和本质以及它们的理由、原因、目的等等,它只满足于把一切存在和发生的事物当作纯然零星孤立的现象,也就是按照事物的毫无意义的偶然状态去认识事物。"③散文的掌握方式是与日常的实践活动联系在一起的单凭知解力的思维方式。黑格尔认为知解力对待繁复的现象不外取两种方式:一种是认识的方式,从一般观点出发,把繁复的现象摆在一起来看,把它们抽象成为感想和范畴(概念);另一种是实践的方式,使它们服从某些具体的目的,因而使个别特殊的东西不能充分行使它们的独立自在权。

诗的本质在大体上是与一般艺术美和艺术作品的概念一致的。因此,诗的掌握方式不同于散文的掌握方式。诗的观照把事物的内在理性和它的实际外在显现结合成活的统一体。④ 诗的创造活动,是一种创造性的想象

---

① 黑格尔:《美学》第3卷,上册,朱光潜译,商务印书馆1979年版,第15页。
② 同上书,第14页。
③ 同上书,第23页。
④ 同上。

(Phantasie),即形象思维。它首先要求艺术家具有掌握现实及其形象的资禀和敏感。这种资禀和敏感,通过听觉和视觉,把现实世界的丰富多彩的图形印入心灵里。艺术的想象,不仅要求艺术家应有捕捉形象的敏锐的感受力,而且要有牢固的记忆力,能把多样图形的花花世界记住。黑格尔面对作家的实践经验论述艺术想象时,有时颇似唯物主义美学家的看法。他说:"在艺术和诗里,从'理想'开始总是很靠不住的,因为艺术家创作所依靠的是生活的富裕,而不是抽象的普泛观念的富裕。在艺术里不像在哲学里,创造的材料不是思想而是现实的外在形象。所以艺术家必须置身于这种材料里,跟它建立亲切的关系;他应该看得多、听得多,而且记得多。"①想象的任务是要把内在的理性的意蕴化为可以观照的感性具体的形象。因此在诗的创造里,艺术家一方面要求助于清醒的理解力,另一方面也要求助于深厚的心胸和贯注生气的情感。诗的掌握方式,"是一种还没有把一般和体现一般的个别具体事物割裂开来的认识,它并不是把规律和现象、目的和手段都互相对立起来,然后又通过理智把它联系起来,而是就在另一方面(现象)之中并且通过另一方面来掌握这一方面(规律)"②。一般和个别、规律和现象、理性和感性、必然和偶然不是互相脱离,而是在个别、现象、感性、偶然中显示出一般、规律、理性、必然的内容。诗的掌握方式,始终不脱离形象,不脱离情感,是寓于现象和感情中的思维。黑格尔说:"从诗的掌握和创作的角度来看,每一个部分和每一个细节都有独立的兴趣和生动性,所以诗总是喜欢在个别特殊事物上低徊往复,流连不舍,带着喜爱的心情去描写它们,把它们看成各自独立的整体。"③诗的创造的结果,是将理念(真理)在富有特征的、生气贯注的形象整体中显现出来,用黑格尔的话说:"是真理和现实世界在现实现象本身中的和解。"④

哲学的掌握方式或称玄学的思维方式,可以克服凭知解力的思维和日常散文意识的观照方式的缺陷,它与诗的想象有血缘关系,但又不同于诗的掌握方式。它是以概念的形式显示理念的内容。黑格尔说:"玄学的思维只以产生思想为它的结果,它把实在事物的形式变成纯概念的形式。纵使它也能按照现实事物的基本特殊性和客观存在去认识事物,也毕竟要把这些特殊性相提升为一般的观念性的因素,它只有靠这种一般的观念性的因

---

① 黑格尔:《美学》第3卷,下册,朱光潜译,商务印书馆1979年版,第357—358页。
② 同上书,第20页。
③ 同上书,第31—32页。
④ 同上书,第24—25页。

素才能自由活动。因此,玄学的思维就造成一个和现象世界对应的新的世界。这个新的世界固然也显出现实世界的真理,但是这种真理在现实世界本身里却显不出自己就是它所特有的灵魂或使它成其为它的那种力量。玄学思维只是真理和现实世界在思维中的和解。"①玄学的思维是从一般中推演出特殊,并且要求加以具体地论证和说明。它所创造的一个"新世界"是一个从感性上升到理性而又完全脱离了具体的现象世界的纯粹的理性世界。玄学思维与形象思维相比较,这种精神形式也有缺点,它和抽象概念打交道,使思想因素作为纯然理想的普遍性来阐发,这就使人们不能通过具体的感性的观照认识到生活的真理。

黑格尔关于三种掌握世界方式的论述,对于研究艺术的本质特征有重要的理论意义。它对于我们进一步学习和理解马克思在《〈政治经济学批判〉导言》中提出的对世界的理论的、艺术的、宗教的、实践精神的四种掌握方式是有帮助的,从中可以看出它们之间的批判继承和改造的关系。

(2) 诗的分类

黑格尔在各门艺术的分类中,把建筑看作外在的艺术;雕刻是客观的艺术;绘画、音乐和诗是主体的艺术。广大的艺术之宫是作为美的理念的外在实现而建立起来的。诗同样需用精神性的东西,即美的理念作为内容,不过在对内容进行艺术加工之中,诗不能像造型艺术那样仅满足于提供感性观照的形象,也不能满足于像音乐那样从内心迸发出的声音,只让心灵去领会。此外也不能采取抽象思维的形式。而是要处在直接凭感官形象的生动性和情感思想的主体性这两极之间。诗要提供一个完整的世界,其中实体本质要以艺术的方式展现于人类动作、事件和情感流露所组成的客观现实。诗是语言的艺术。"作为艺术的整体,诗不再由于材料(媒介)的片面性而只限于某一种创作方式,它一般可以把各种艺术的各种创作方式用作它自己的方式。因此,诗的品种和分类标准就只能根据一般艺术表现的普遍原则。"②诗既可以采取造型艺术的客观性原则,按照事物的本来的客观形状去描述客观事物。也可以诉诸人的灵魂深处,采取音乐艺术的主观抒情原则,还可以将客观性原则与主观性原则统一起来。依据这样的观点,黑格尔把诗分为三类:史诗、抒情诗、剧诗。

史诗在希腊文里是 EPOS,原意是"平话"或故事,它是一个民族的"传

---

① 黑格尔:《美学》第 3 卷,下册,朱光潜译,商务印书馆 1979 年版,第 24 页。
② 同上书,第 98 页。

奇故事""书"或"圣经"。"史诗以叙事为职责,就须用一件动作(情节)的过程为对象,而这一动作在它的情境和广泛的联系上,须使人认识到它是一件与一个民族和一个时代的本身完整的世界密切相关的意义深远的事迹。所以一种民族精神的全部世界观和客观存在,经过由它本身所对象化成为具体形象,即实际发生的事迹,就形成了正式史诗的内容和形式。"[1]史诗的主要特点是反映和描写现实生活的客观性。它像其他诗作品一样,也须构成一个本身完满的有机体。诗人作为主体必须从所写对象退到后台,客观地、实事求是地描述一个有内在理由的,按照本身的必然规律来实现的世界。史诗的主人公往往是一些一定民族在历史形成过程中涌现出来的英雄人物。如荷马史诗中就写了阿喀琉斯、阿伽门农、奥德赛等传说中的希腊民族的英雄人物。在对史诗的论述中,很明显地流露出了黑格尔的"西方中心论"的错误观点,比如他公开宣称:"过去时代的史诗都描绘出西方对东方的胜利,也就是欧洲人的权衡力和受理性节制的个性美对亚洲的组织简陋,联系松散,貌似统一而经常濒于瓦解的那种宗法社会的耀眼浮华的胜利。"[2]黑格尔称小说是"近代市民阶级的史诗"。在这种体裁里,一方面像史诗叙事一样,充分表现出丰富多彩的旨趣、情况、人物性格。生活状况乃至整个世界的广大背景;但是另一方面却缺乏产生史诗的那种原始的诗的世界情况。近代意义的小说要以已安排成为具有散文性质现实世界为先行条件。在这种基地之上,在既定的前提许可之下,小说在事迹生动性方面和人物及其命运方面,力图恢复诗已丧失的权利。谈到小说的特点,从渊源上同史诗的特点联系起来,他说:"小说最常用的而且也适合于它的一种冲突就是心的诗和对立的外在情况和偶然事故的散文之间的冲突。这种冲突可以用悲剧的或喜剧的方式解决……关于描述方式,正式小说也和史诗一样,也要求要有一个世界观和人生观的整体,其中多方面的题材和内容意蕴也要在一个具体事迹的范围之内显现出来,这个事迹就对全部作品提供了中心点。关于构思和创作细节,作者可以发挥作用的范围愈大,他也就愈难免沉没到对现实生活散文的描绘中去,而自己却不投身到散文性的日常生活中去。"[3]对于当时刚刚处于萌芽状态的现代小说来说,黑格尔的这些见解是颇具创见的。他并且预言:"关于现代民族生活和社会生活,在史诗领域

---

[1] 黑格尔:《美学》第 3 卷,下册,朱光潜译,商务印书馆 1979 年版,第 107 页。
[2] 同上书,第 129—130 页。
[3] 同上书,第 167—168 页。

有最广阔天地的要算长短程度不同的各种小说。"①

抒情诗的出发点是诗人的内心和灵魂,它不同于接近造型艺术的史诗以客观冷静的态度去描述对象的外在形状,它所依据的是诗的主体性原则,其基本特点是主观抒情性。抒情诗既是个别主体的自我表现,而又能通过诗人所抒发的情感和情境,反映出带有普遍性意义的情致。它的内容是多种多样的,可以涉及民族生活的各个方面,在各民族发展的任何阶段都可以出现。"一纵即逝的情调,内心的欢呼,闪电似的无忧无虑的谑浪笑傲,怅惘,愁怨和哀叹,总之,情感生活的全部浓淡色调,瞬息万变的动态或是由极不同的对象所引起的零星的飘忽的感想,都可以被抒情诗凝定下来,通过表现而变成耐久的艺术作品。"②可贵的是,黑格尔辩证地论述了抒情诗中的主观与客观因素的关系,他说:在史诗中是诗人把自己湮没在客观世界里,让独立的现实世界的动态自生自发下去;在抒情诗里却不然,诗人把目前的世界吸收到他的内心世界里,使它成为经过他的情感和思想体验过的对象。只有在客观世界已变成内心世界之后,它才能由抒情诗用语言掌握住和表现出来。抒情诗要求极复杂的变化、多方面的音律和多种多样的内部结构。它把诗人瞬息涌现的情感和思想按伸展次序表现为时间上的先后承续。黑格尔称赞东方抒情诗的卓越成就,但对中国古典诗歌又显然不了解。

戏剧体诗是诗和一般艺术的最高层。它的基本特点是客观性原则与主体性原则的统一。黑格尔说:"在各种语言的艺术之中,戏剧体诗又是史诗的客观原则和抒情诗的主体性原则这二者的统一,这就是说,戏剧把一种本身完整的动作情节表现为实在的,直接摆在眼前的,而这种动作既起源于发出动作的人物性格的内心生活,其结果又取决于有关的各种目的、个别人物和冲突所代表的实体性。"③戏剧体诗一方面要客观地展开动作和情节,同时又要通过动作和情节展示人物的内心世界,刻画人物的性格。戏剧的动作和情节的原因和动力,黑格尔是从自觉活动着的主体的内因去解释。人物行动的目的、人物之间的矛盾斗争以及结局都是以某种内在的普遍力量为依据。黑格尔认为戏剧的任务是按照它的实际发展把一个完整自足的动作(情节)在观众面前展现出来。由于戏剧体诗是以人物性格的冲突以及这种冲突的必然解决为中心,所以它的分类基础只能是个别人物及其目的

---

① 黑格尔:《美学》第 3 卷,下册,朱光潜译,商务印书馆 1979 年版,第 187 页。
② 同上书,第 192 页。
③ 同上书,第 241 页。

与内容主旨这两方面之间的关系。这种关系的具体情况对于戏剧的冲突及其解决的特殊方式起着决定性作用,因此提供了全部剧情进程在生动的艺术表现中所具有的基本类型。戏剧的种类有:悲剧、喜剧和正剧。我们这里重点讲一下他的悲剧理论。

(3) 悲剧论

悲剧在黑格尔的整个艺术体系中占有最高的地位。他认为诗在各类艺术中处于最高层,戏剧体诗又占诗的最高层,悲剧则是戏剧体诗的最高形式。黑格尔在《美学》中关于悲剧问题虽然谈的篇幅并不多,但对悲剧理论发展的贡献,却是值得我们重视的。正如西方有人所说:"如果谈论黑格尔的艺术哲学而不去考察他关于悲剧的本质的概念,那就几乎等于演《哈姆雷特》这出戏缺了丹麦王子的角色。"①英国研究黑格尔的学者布拉德雷也说:"亚里士多德曾经论述过悲剧,而且照例以后人无从匹敌的妥帖与朴素的笔法,勾勒出他的题目的要点,此后惟一以既独创又深入的方式探讨悲剧的哲学家就是黑格尔。"②

黑格尔哲学体系的精华是他的辩证法。事物对立统一的矛盾法则是他的辩证法思想的核心和实质。他说:"矛盾则是一切运动和生命力的根源;事物只因为自身具有矛盾,它才会运动,才具有动力和活动。……某物之所以有生命,只是因为它自身包含矛盾,并且诚然是把矛盾在自身中把握和保持住的力量。"③在《美学》中同样贯穿和运用了矛盾的法则。黑格尔认为,"谁如果要求一切事物都不带有对立面的统一那种矛盾,谁就是要求一切有生命的东西都不应存在。因为生命的力量,尤其是心灵的威力,就在于它本身设立矛盾,忍受矛盾,克服矛盾。在各部分的观念性的统一和在实在界的互相外在的部分之间建立矛盾而又解决矛盾,这就形成了继续不断的生命过程,而生命就只是过程。"④黑格尔的悲剧理论就是建立在他唯心主义的辩证法的矛盾法则基础之上,他对悲剧理论的卓越贡献和明显的局限性,也都与此有关。

运用对立统一的矛盾法则解释悲剧冲突,揭示悲剧的实质,是黑格尔对

---

① 诺克斯:《康德、黑格尔和叔本华的美学理论》,见汝信、夏森:《西方美学史论丛》,上海人民出版社1980年版,第149页。
② 布拉德雷:《黑格尔的悲剧理论》,见《古典文艺理论译丛》第8辑,人民文学出版社1964年版。
③ 黑格尔:《逻辑学》下卷,杨一之译,商务印书馆1981年版,第66—67页。
④ 黑格尔:《美学》第1卷,朱光潜译,商务印书馆1979年版,第154页。

悲剧理论发展的最大贡献。他把冲突看作戏剧的最高的情境,只有当着情境显示对立统一、导致冲突的时候,情境才开始见出它的严肃性和重要性。他认为戏剧冲突一般可分为三种:第一种是由物理的或自然的情况所产生的冲突;第二种是自然条件,实际是社会条件产生的精神冲突;第三种是由精神本身的差异而产生的分裂,形成的冲突,这是形成悲剧的真正的冲突。黑格尔认为,形成悲剧动作情节的真正内容意蕴,是在人类意志领域中具有实体性的本身就有理由的一系列的力量。如夫妻、父母、儿女、兄弟姊妹之间的亲属爱;国家政治生活;公民的爱国心以及统治者的意志,等等。这些伦理性的实体,黑格尔有时称之为"理念的儿子",当它们由抽象概念转化为具体现实和人世间的现象时,就必然要导致对立和冲突。黑格尔说:"只有在神们住在奥林普山峰上那种想象和宗教观念的天空中,我们才可以认真地把他们当作神来对待;而现在他们下凡了,每个神体现为一个凡人个性中某一种情致了,尽管他们各有辩护的理由,他们也就由于各有特性或片面性,也必然要和他们的同类处于矛盾对立,要陷入罪过和不正义之中了。"①黑格尔强调悲剧冲突是悲剧的基础。这种矛盾冲突不是来自外面或上面的某种"命运",而有其内部的合理的、必然的矛盾运动规律。没有冲突就没有悲剧的动作和情节的展开;没有冲突,悲剧人物的性格,也就不能鲜明而又尖锐地显示出来。这些观点打破了自亚里士多德以后欧洲长期对悲剧的形而上学的看法,无疑是正确的。但是他把悲剧冲突的根源看成是伦理性的实体,精神的普遍力量或绝对理念的儿子,而不是社会生活中的矛盾和斗争的反映;把悲剧冲突看成是伦理性实体的自我分裂和内部斗争,矛盾的双方都有其合理性,也有其片面性,处于同等的地位;悲剧矛盾冲突的结果,不是真的、善的、美的东西的毁灭,而是理性、"永恒正义"的胜利,是矛盾双方各自克服其片面性,达到矛盾的和解。他说:"通过这种冲突,永恒的正义利用悲剧的人物及其目的来显示出他们的个别特殊性(片面性)破坏了伦理的实体和统一的平静状态;随着这种个别特殊性的毁灭,永恒正义就把伦理的实体和统一恢复过来了。"②这一切又充分暴露出了黑格尔悲剧观的唯心主义和为现实的反动专制制度辩护的庸人态度。他一方面认为,"只有当一个可敬的人遭遇灾祸或死亡的时候,只有当一个人遭受无辜的灾难或

---

① 黑格尔:《美学》第3卷,下册,朱光潜译,商务印书馆1979年版,第287页。
② 同上书,第287页。

冤屈的时候,我们才特别称之为悲剧"①,说苏格拉底的悲剧是雅典的悲剧、希腊的悲剧;同时他又认为:"在真正悲剧性事件中,必须有两个合法的、伦理的力量互相冲突"②,苏格拉底既是一个英雄,又是一个有罪的人。他提出的精神的更高的原则是正义的,但也有片面性。雅典法庭维护现存秩序是正义的,但也有片面性。苏格拉底的死是罪有应得。这种解释暴露出黑格尔悲剧观的自相矛盾。实际上,苏格拉底的悲剧并不是什么两种伦理实体的矛盾,而是当时雅典社会的内部斗争,即奴隶民主派和奴隶主贵族派斗争的结果。如果拿黑格尔这种各打五十大板的矛盾冲突说,去解释历史上革命阶级的代表人物的悲剧,那就是十足的反动。黑格尔认为在历史上出现的悲剧作品,《安提戈涅》最能体现他的悲剧冲突观,因而是一部最优秀最圆满的悲剧。安提戈涅不顾国王的法律,遵守传统的"天条",收葬了她哥哥的尸体,这既是正义的,又是片面的、有罪的;国王克瑞翁为维护国家的安全,执行法律,严惩收尸者,也是正义的,但又是片面的。因此双方受到了惩罚,整个悲剧最后以"尸首上堆尸首"的大流血而告终。在黑格尔看来,这就是各自片面性的克服,永恒正义的胜利。黑格尔抹杀和否认悲剧中正义与非正义、进步与反动、善与恶、无罪和有罪的界限,这是完全错误的,由此也就不可能揭示悲剧的真正本质。

19世纪50年代末,拉萨尔依据黑格尔的悲剧观,创作了《弗兰茨·冯·济金根》,受到了马克思恩格斯的深刻批评。恩格斯还以历史的和美学的观点对剧本做了分析,明确指出,悲剧性的冲突是历史的必然要求和这个要求实际不可能实现之间所构成的冲突。马克思、恩格斯对拉萨尔的悲剧观念和剧本的批评,实际也是对黑格尔悲剧理论的批评。

第四节　马克思、恩格斯对黑格尔《美学》的批判继承

德国古典美学是马克思主义美学和文艺学的直接理论前提。马克思在大学时代,就"从头到尾读了黑格尔的著作,也读了他大部分弟子的著作"。③ 在一首《黑格尔·讽刺短诗》(1837年初)中写道:

---

① 黑格尔:《哲学史讲演录》第2卷,贺麟、王太庆译,商务印书馆1959年版,第44页。
② 同上书,第44页。
③ 马克思:《给父亲的信》(1837),见《马克思恩格斯全集》第40卷,人民出版社1982年版,第16页。

> 请原谅我们这些短小诗篇,
> 对这阴沉的旋律也别见嫌,
> 我们已陷进黑格尔的学说,
> 无法来摆脱他的美学观点。①

苏联著名学者米哈依·里弗希兹曾引证这节诗,认为马克思在世界观形成的过程中,早在1837年就"彻底研究了黑格尔的《美学》"②。1857年美国的《纽约论坛报》主笔查尔兹·安德生·德纳曾邀请马克思为《美国新百科全书》撰写关于美学的条目,为此马克思还专门研究了黑格尔美学的继承者费肖尔等人的美学著作。恩格斯对德国古典美学同样也有很深的研究。他在自己的著作中多次赞扬过黑格尔的《美学》,认为它同在历史哲学、宗教哲学、哲学史等领域一样,起了划时代的作用。1891年11月1日恩格斯在致康·施米特信中说:"由于黑格尔的每一个范畴都是哲学史上的一个阶段(他在多数情况下也指出这种阶段),所以您最好把《哲学史讲演录》(最天才的著作之一)拿来作一比较。建议您读一读《美学》,作为消遣。只要您稍微读进去,就会赞叹不已。"③1885年12月26日恩格斯在致敏·考茨基信中,直接引用了黑格尔所说的"这一个",来说明自己对文学典型人物的理解。这一切,足以说明马克思恩格斯对黑格尔的《美学》是十分熟悉,并且做过认真研究的。

列宁指出:"用唯物辩证法从根本上来改造全部政治经济学,把唯物辩证法应用于历史、自然科学、哲学以及工人阶段的政策和策略——这就是马克思恩格斯最为注意的事情,这就是他们做了最重要最新颖的贡献的地方,这就是他们在革命思想史上英明地迈进的一步。"④毛泽东进一步阐明了马克思恩格斯对黑格尔哲学进行革命改造的伟大意义。他说:"生活在十八世纪末和十九世纪初期的德国著名哲学家黑格尔,对于辩证法曾经给了很重要的贡献,但是他的辩证法却是唯心的辩证法。直到无产阶级运动的伟大活动家马克思和恩格斯综合了人类认识史的积极成果,特别是批判地吸取了黑格尔的辩证法的合理部分,创造了辩证唯物论和历史唯物论这个伟

---

① 马克思:《黑格尔》,同上书,第652页。
② 希·萨·柏拉威尔:《马克思和世界文学》,梅绍武等译,三联书店1980年版,第30页。
③ 恩格斯:《致康·施米特》(1891年11月1日),见《马克思恩格斯选集》第4卷,人民出版社1972年版,第494页。
④ 列宁:《论马克思恩格斯及马克思主义》,人民出版社1963年版,第45页。

大的理论后,才在人类认识史上发起了一个空前的大革命。"①马克思恩格斯对黑格尔美学的批判是同对黑格尔哲学的批判结合在一起的。德国古典哲学的终结,也是德国古典美学的终结。辩证唯物论和历史唯物论的创立,为美学和文艺学提供了最科学的世界观和方法论,从而揭开了马克思主义美学和文艺学的崭新的一页。

马克思、恩格斯批判地吸取了黑格尔美学的积极成果,剥去了其神秘的、唯心的外衣,以实践的观点,科学地论证了关于人的本质力量对象化的问题,关于人类掌握世界的不同方式的问题,辩证地阐明了物质生产与艺术生产、艺术消费的关系,艺术与现实生活的关系。具体地考察了人的审美意识的历史发展和美感的形成,提出了"美的规律"的问题,进一步揭示了文学艺术的本质特征。

马克思、恩格斯把黑格尔的头脚倒置的"这一个",重新颠倒过来,批判地吸取了其理想性格说的合理内核,创立了马克思主义典型论,并且以革命实践的观点,科学地解释了人的本质,阐明了人物性格与环境的辩证关系,批判了黑格尔的唯心主义的冲突论与"和解说",联系莎士比亚、歌德、巴尔扎克等欧洲著名作家的创作经验,阐发了现实主义创作的基本原则。这对总结世界文学艺术发展的历史经验、推动无产阶级文艺的发展,有着深远的意义。

恩格斯说:"黑格尔不同于他的门徒,他不像他们那样以无知自豪,而是所有时代中最有学问的人物之一。他是第一个想证明历史中有一种发展、有一种内在联系的人,尽管他的历史哲学中的许多东西现在在我们看来十分古怪,如果把他的前辈,甚至把那些在他以后敢于对历史作总的思考的人同他相比,他的基本观点的宏伟,就是在今天也还值得钦佩。在《现象学》《美学》《哲学史》中,到处贯穿着这种宏伟的历史观,到处是历史地、在同历史的一定的(虽然是抽象地歪曲了的)联系中来处理材料的。"②黑格尔的《美学》,可以说从头至尾贯穿着"宏伟的历史观"。但是他的历史观毕竟是历史唯心主义。他从理念出发,把艺术的全部历史都削足适履地纳入到他的艺术发展的三段论法之中,并且宣布艺术发展到浪漫型就将被宗教和哲学所代替。由于黑格尔对艺术史十分熟悉,对世界艺术的发展做出了许

---

① 毛泽东:《矛盾论》,见《毛泽东选集》,第1卷,人民出版社1991年版,第278—279页。
② 恩格斯:《卡尔·马克思〈政治经济学批判〉》,见《马克思恩格斯选集》第2卷,人民出版社1972年版,第121页。

多深刻的分析和猜测,但是他的唯心主义的绝对理念自我发展论、艺术发展的公式主义和艺术发展的消亡论,显然是十分荒谬和错误的。资本主义制度不利于艺术的发展,但由此得出艺术必然灭亡的结论,这是悲观主义的、神秘主义的宿命论。

　　用马克思主义的立场、观点和方法,认真地研究黑格尔的《美学》,批判继承黑格尔的美学遗产,对于坚持和发展马克思主义美学,建设具有中国特色的文艺学、美学,促进社会主义文艺的繁荣,仍然具有现实的理论意义。

参考书目:

1. 黑格尔:《美学》1—3卷,朱光潜译,商务印书馆1979年版。
2. 黑格尔:《小逻辑》,贺麟译,商务印书馆1959年版。
3. 黑格尔:《精神现象学》上下,贺麟、王玖兴译,商务印书馆1962年版。
4. 阿尔森·古留加:《黑格尔小传》,刘丰九等译,商务印书馆1980年版。
5. 蒋孔阳:《德国古典美学》(五、黑格尔),商务印书馆1980年版。
6. 李衍柱:《重读黑格尔——谈黑格尔〈美学〉与中国文艺学建设》,见《文学评论》1999年第3期。

思考题:

1. 黑格尔《美学》的方法论。
2. 黑格尔论美及其对后世的影响。
3. 黑格尔论理想性格的基本特征。
4. 黑格尔的悲剧理论。
5. 重读黑格尔《美学》的现代意义。

第十八章　华兹华斯及其《〈抒情歌谣集〉序言》

第一节　生平和时代

威廉·华兹华斯(William Wordsworth, 1770—1850),英国开一代诗风的重要诗人,浪漫主义文学和"湖畔派"诗人最主要的代表。

1770年4月7日,华兹华斯出生在英国坎伯兰郡的考克第斯的一个律师家庭。8岁不幸丧母后,他被送至豪克斯海德镇一个颇有名气的学校上学。该镇地近湖区中央,风光旖旎。他和同学们寄宿在当地居民家中,经常可去附近的大自然中嬉戏游荡,结识农夫、羊倌。该校校长对华兹华斯在诗歌方面的兴趣爱好和才能起了很好的引导、点拨作用。十年的学生生活,对华兹华斯日后的思想和艺术风格的形成起了重要作用。1787年—1791年,他在剑桥大学就读,深受法国启蒙思想家卢梭"回归自然"思想的影响,其间还曾和友人徒步漫游法国、意大利和瑞士等国的山区,更广泛地接触了大自然。

华兹华斯生活的时代是风云变幻,翻天覆地的时代。这个时代发生的两次大革命对他的思想和创作产生了强烈而深刻的影响。

对英国18世纪60年代开始的产业大革命,恩格斯曾说:"竞争从市场上赶走了小土地出租者和小自耕农,并且毁灭了他们;他们变为农业工人和织工,依靠工资为生……由于他们的流入城市,各城市开始以惊人的速度成长起来。"[①]面对这场大革命带来的急剧变化和工业资产阶级文明,华兹华斯极为不满,他伤心地看到工业发展带来的严重的负面结果。因此诗人在1791年—1808年这十多年间所写的抒情歌谣和叙事诗大都描写了种种普通下层人民的形象,抒写了产业革命给他们带来的悲惨命运以及他们绝望

[①] 《马克思恩格斯全集》第2卷,人民出版社1957年版,第359页。

的挣扎,从各个侧面反映了资本原始积累阶段的残酷性。

对1789年法国爆发的大革命,当时尚在剑桥大学读书的华兹华斯误以为法国大革命的目的就是为了回归大自然,恢复宗法制社会,是人性的完美表现,因此开始表现出极大的热情,并于1791年亲自赶赴法国,对革命表示同情和支持,并到被击毁的巴士底监狱拣起一块砖石作为纪念。但法国大革命的进程,特别是1793年雅各宾党镇压了政治上温和的吉伦特党实行专政,粉碎了诗人温和的政治幻想,他感到恐惧和失望,后离开法国回到英国,思想发生了急剧变化,定居于乡间湖畔潜心创作。1793年他的最早的诗作《黄昏信步》《写景诗》发表。

1795年华兹华斯与柯勒律治邂逅,同住于英格兰北部的湖区,过从甚密,立志用新的方式写诗,以新的风格表达他们对时代的感受。于是两人以相近的兴趣合作撰写的《抒情歌谣集》于1798年出版问世。这本诗集今天看似平常,但在当时却如同霹雳闪电,引起一些所谓的文坛雅士的惊讶,甚至震怒。柯勒律治的著名长诗《古舟子咏》居诗集之首,其余大部分为华兹华斯所作。其中最得好评的有《丁登诗》《我们是七个》《早春》等等。这些诗篇以农村下层人民的生活为题材,着力开掘人的内心世界,歌颂大自然,以其真实的情感,纯朴的语言和清新的风格,开创了英国诗歌浪漫主义的一代新风。

由于华兹华斯、柯勒律治、骚赛等几个年轻诗人都在英格兰北部的湖区居住过,而且他们的诗作又大多是以"湖区"为描写对象,因此,人们把他们称为"湖畔派"。而在这派诗人中,华兹华斯又是最孚众望和最有代表性的人物。湖区当时尚未受到产业革命的影响和冲击,因此仍然保存着宗法制农村经济和社会生活的特点。华兹华斯重回湖区后,在大自然的怀抱里,他找到了慰藉,并尽情地歌颂这里的一切,把它看作"世外桃源",并且把这里的一切与当时的一些工业城市对照着写,通过对田园牧歌式的理想生活的讴歌,来否定城市的产业革命,从而成为雪莱称赞过的"大自然的歌手"。正是在1798年—1808年这前后十年左右的最佳创作时间中,华兹华斯形成了自己浪漫主义诗歌理论及风格特点,他的创作主张及理论观点主要表现在《抒情歌谣集》1800年和1815年再版时所写的序言中。诗人曾计划写一部哲理性长诗《隐者》,以表达对人、自然和社会的看法,但只完成了其中的第一部《序曲》(1805)和第二部《漫游》(1814)。中年以后,华兹华斯思想意志日趋消沉,沉溺于哲学冥想,想象力渐衰,而且逐步接近英国上流社会,尤其是从1842年起,每年都接受政府给他的三百英镑的赏赐,1843年骚赛死后,他又被封为"桂冠诗人"。晚年则主要是为宫廷写作应景诗。由于实际生活地位和思想倾向发生的重要变化,他的创作也因之失去了思想情感的活力和原有的清新流畅的风格。

华兹华斯的文论著作除《论墓志诗文》(1810)三篇,一部分批评文章和通信外,最有代表性的是他为《抒情歌谣集》第二版(1800)和第三版(1802)所写的序言和附录,以及 1815 年诗人从诗集中抽出自己的诗作,单编成集出版时撰写的另一篇序言。写作这两篇序言和附录,如诗人所申明的,其目的仅在于为"这些诗所根据的理论作一个系统的辩护",作者并无意建立一种新的诗歌理论,但是由于诗集本身代表着英国诗歌一次重大的变革,因此,为这部诗集作辩护的序言,实际上标志着英国古典主义诗歌的终结和浪漫主义诗派的形成,是英国浪漫主义诗论中的具有划时代意义的开篇之作。

关于两篇自序的要旨,华兹华斯有一段话说得十分详明:

> 这些诗的主要目的,是在选择日常生活里的事件和情节,自始至终竭力采用人们真正使用的语言来加以叙述或描写,同时在这些事件和情境上加上一种想象力的色彩,使日常的东西在不平常的状态下呈现在心灵面前;最重要的是从这些事件和情境中真实地而非虚浮地探索我们的天性的根本规律——主要是关于我们在心情振奋的时候如何把各个观念联系起来的方式,这样就使这些事件和情境显得富有趣味。①

这段话既说明了华兹华斯诗歌创作的特点,也概括了他的诗歌理论的主要论题。需要说明的是,两篇序言的主要论题的外在标志或自然顺序是题材、语言和诗人的能力禀赋及想象,因而以往论者大都把题材问题放在首位加以论析,我们认为这并不符合华兹华斯序言内容的内在逻辑结构。从内在逻辑结构来看,起根本作用的是对于诗的本质、目的或使命的认识,应把诗的本质、目的、使命问题放在首位。因为正是对诗的本质、目的和使命的认识,决定了选用什么样的题材,语言,诗人应具备哪些能力禀赋等等。对此,吉尔伯特在论及华兹华斯关于诗的目的在于真理的思想时正确地指出:"对于美学史家来说,这是首要的问题,而不是第二位的问题,第二位的问题是借助怎样的语言和形象来表现这哲学真理。"②因此,本书把诗的本质问题放在首位,依次论析题材、语言、诗人禀赋及想象等问题。

---

① 华兹华斯、柯勒律治、雪莱:《十九世纪英国诗人论诗》,刘若端、曹葆华译,人民文学出版社 1984 年版,第 5 页。

② 吉尔伯特、库恩:《美学史》下卷,夏乾丰译,上海译文出版社 1989 年版,第 520 页。

第二节　诗的本质:"强烈情感的自然流露"
　　　　　诗的目的:"普遍的和有效的真理"

从内在逻辑来看,诗的本质或诗是什么,诗的目的或使命是什么的问题,是序言首要的核心的问题。在序言中,华兹华斯对属于诗的本质范围内的诗是什么,诗的目的是什么等问题下过很多断语。如"诗是一切知识的起源和终结——它像人的心灵一样不朽";"诗是一切知识的精华,它是整个科学面部上的强烈的表情";"诗是人和自然的表象"等等。但公认的、最重要的、最集中的论述是如下两段话:

>　　一切好诗都是强烈情感的自然流露。这个说法虽然是正确的,可是凡有价值的诗,不论题材如何不同,都是由于作者具有非常的感受性,而且又深思了很久。因为我们的思想改变着和指导着我们的情感的不断流注,我们的思想事实上是我们已往一切情感的代表;我们思考这些代表的相互关系,我们就发现什么是人们真正重要的东西,如果我们重复和继续这种动作,我们的情感就会和重要的题材联系起来。①

>　　我记得亚里士多德曾经说过,诗是一切文章中最富有哲学意味的。的确是这样。诗的目的是在真理,不是个别的和局部的真理,而是普遍的和有效的真理;这种真理不是以外在的证据作依靠,而是凭借热情深入人心;这种真理就是它自身的证据,给予它所呈诉的法庭以承认和信赖,而又从这个法庭得到承认和信赖。②

这两段话清楚地说明了华兹华斯对诗的本质的认识和他对情感与"真理"关系的看法。正是这一点使他既不同于理性派对诗的本质的认识,又区别于后来列夫·托尔斯泰的情感说。

侧重强调华兹华斯认为诗的本质是情感的学者提出了"情感"说。它的直接根据主要是上引第一段话中的"一切好诗都是强烈情感的自然流露"以及序言另一处提到的"诗是强烈情感的自然流露"两句话。此说持此论主要着眼于华兹华斯的理论与西方传统的模仿说,尤其是与古典主义的

---

① 华兹华斯、柯勒律治、雪莱:《十九世纪英国诗人论诗》,刘若端、曹葆华译,人民文学出版社1984年版,第6页。
② 同上书,第15页。

根本区别,着眼于它与 19 世纪浪漫主义崇尚情感的本质联系及其在当时尤其是后世的实际影响。就华兹华斯序言本身和目前已有的研究成果来看,大体可以归纳出以下理由。

首先,从发生学和创作论看诗都起源或产生于情感。就诗的起源来看,各民族最早的诗人都是受到真实事件所激发的情感的驱使而写诗的。华兹华斯认为,情为诗的本源,自诗产生以来,一切成功之作,无不出自诗人的感情。即使是洪荒之初人类历史上最早出现的诗人,他们诗的语言也是人类朴素情感的自然倾吐和流露。他指出:"各民族最早的诗人,通常都由于现实事件所激起的热情而作诗;他们作诗很自然,而且同人们一样,他们的情感强烈,所以他们的言语很大胆,很富于比喻。到了以后,诗人以及那些想作诗的人,看到这种语言的影响,很想不经过同样热情的激发而产生同样的效果……把这些词汇用来表现与它们没有自然联系的情感和思想。"①由此而产生了"与真正诗歌语言相对立的赝制的诗歌语言"。这就是说,各民族最早的诗人作诗,通常都是由现实事件所激发的热情的驱动,一切真正的诗歌语言也必定是情有所动的结果,是从诗人心中流溢出来的。唯此,诗的语言才丰富、自然、流畅,富于形象和比喻,从而给人以愉快和启迪。反之,不经过热情的激发只能产生"模仿他人"或粗制滥造的"赝制的诗歌语言"。诗与情感密不可分,只有强烈的情感需要表现,才会写出具有真情实感,动人心弦的诗歌来。

从具体一首诗的创作来看也是如此。华兹华斯指出:"诗是强烈情感的自然流露。它起源于在平静中回忆起来的情感。诗人沉思这种情感直到一种反应使平静逐渐消逝,就有一种与诗人所沉思的情感相似的情感逐渐发生,确实存在于诗人的心中。一篇成功的诗作一般都从这种情形开始。"②这与诗歌起源时,诗人通常"都由于现实事件所激起的热情而作诗"的概括是完全一致的,包含了从现代发生学和创作心理学来看的合理内容。

其次,从题材选择来看,选择微贱的田园生活作为诗的题材,最根本的就是它最符合诗歌的本质,最适于表现人们的热情和基本情感。华兹华斯把田园生活作为诗的题材,完全是从情感在诗歌中所占的最重要的地位出发的。在他看来,在微贱但不失纯朴的田园生活中,人们的感情具有萌发滋

---

① 华兹华斯、柯勒律治、雪莱:《十九世纪英国诗人论诗》,刘若端、曹葆华译,人民文学出版社 1984 年版,第 28 页。

② 同上书,第 22 页。

生的最好的土壤,这与已浸透了虚情假意的城市的工业文明环境截然不同。田园生活适合在基本情感中萌生各种习俗,而且这种情感与美丽、永久的自然形式融为一体。显而易见,选择描写田园生活根本目的,就是要表现处在田园生活中的人们的基本情感生活。

再次,就诗的功能来看,诗通过直接给人愉快或凭借热情深入人心,陶冶人们的性情,培养人的天性中健康有益的情感,启迪人类天性中一切美好的、自然的东西,使其恢复自然本性。华兹华斯对诗的功能的看法显然是立足于情感的。他一再强调:诗应当直接给人愉快,因为产生愉快的基础乃是一种"同情"的感情。在他看来,诗给予人的愉快乃是对宇宙间的美的一种承认,是对人的庄严性的顶礼膜拜,是人所具有的爱的表现。因此,"不论在什么地方,只要我们对苦痛表示同情,我们就会发现同情是和快感微妙地结合在一起而产生和展开的"。"只有愉快所激发的东西,才能引起我们的同情"。① 而这种同情的情感又是出自人的天性。这是一切其他科学都无法胜任的使人回归自然的重任,唯独诗具有这种特殊功用。它支持和保护人类天性,是"捍卫人类天性的磐石","不管地域和气候的差别,不管语言和风俗的不同,不管法律和习惯的各异,不管事物会从人心里悄悄消逝,不管事物会遭到强暴的破坏,诗人总以热情和知识团结着布满全球和包括古今的人类社会的伟大王国"。② 对此,韦勒克十分精辟地指出:"诗歌在华兹华斯看来首先是为着驾驭人类感情的目的:为着人的精神和道德的健康幸福。'一位伟大的诗人必须陶冶人的性情,予人以新的感情成分,使其感情变得更加健全,纯洁而恒久,总之,变得更合本性,即更合永恒的本性,以及万物伟大的原动力'。这里的'本性'一方面意味着与大自然息息相通的理想人性,简朴地生活在大地上,远离都市文明的罪恶,一方面又意味着 18 世纪所指的'自然':即对我们的普通人性、所有人民之间的纽带关系、人与外界自然的统一性所具有的一种意识。"③这些从情感角度认识诗的独特功能的看法,既与把诗歌的作用主要归结为教益的古典主义文学理论大相径庭,也充分显示了浪漫主义美学重视情感的基本理论特征。

当然,华兹华斯前后对诗的功能的看法并不完全一致。正如韦勒克所

---

① 华兹华斯、柯勒律治、雪莱:《十九世纪英国诗人论诗》,刘若端、曹葆华译,人民文学出版社 1984 年版,第 16 页。
② 同上书,第 17 页。
③ 韦勒克:《近代文学批评史》第 2 卷,杨自伍译,上海译文出版社 1997 年版,第 172—173 页。

指出的:在他的"早期言论中,诗歌大多仍被看作感情的驾御,而非道德主张或真理的传达。然而,随着年事增长,华兹华斯的观点日愈变成了简单的说教和训导。'每个大诗人都是导师:我但愿要么被看成导师,要么被视如草芥。'诗歌甚至替乌托邦绘画出蓝图。它将被用来'塑造典范,去改进人类的生存规则,重新铸造世界。'纵然说出这些拙笨的道德或说教的公式,华兹华斯还是领悟到诗歌不单单是谆谆教诲道德真理。在当时语汇不足的情况下,他强调了快感的分享作用"①。从总体来看,华兹华斯还是始终坚持从情感角度认识诗的功能的基本立场。

第四,就诗人的能力禀赋来看,诗人独具的特质是必须具有想象和创造力,即那种离开感知对象也能够"从自己的心灵中唤起热情"的能力。既然"诗是强烈感情的自然流露",是"一切知识的起源和终结",是"一切知识的菁华",承担着表现和净化人类基本情感的重任,因此诗人就必须具有与之相应的种种特质。诗人不必具有科学家和哲学家的知识,但是必须具有比一般人更丰富的感情,更多的热情和温情,诗人必须更了解人的本性,善于以其开阔的心灵和内在的活力,激发人的思想感情,给人以愉快,特别是诗人必须更富于想象和创造力,他们不仅善于"观察宇宙现象相似的热情和意志",而且善于在没有观察到适宜于表现感情的对象时,也能凭借他的热情和活力去创造。从而达到表现情感、传播真理,以情动人,以愉快激发人的心灵的目的。华兹华斯把这种离开感知对象也能够"从自己的心灵中唤起热情"的能力,看作诗人独具的特质,并将这种特质的形成的原因归之于诗人的特殊的心灵构造。从诗的独特本质和诗人的独具禀赋的相互要求和相互作用的角度来看,这些看法还是颇有见地的。

第五,就诗与哲学、科学的比较来看,诗的特点在表现情感,直接给人愉快,使真理凭借热情深入人心。其中包含了诗的特殊内容是表现情感,其特殊的社会作用是以情动人、以情化人的思想。

关于诗的本质和目的,在亚里士多德之后,尽管西方文学理论界的理论家们在各自理论体系中赋予"模仿"这个概念的含义和重要性不尽相同,但却一直以它来概括文艺的本质特征。华兹华斯作为第一代浪漫主义诗人却从自己的创作实践出发,吸收有益的思想资料,大胆突破了模仿说的理论框架,将其理论研究的重点从模仿对象转移到诗人的主观感情,并以此为中心

---

① 韦勒克:《近代文学批评史》第 2 卷,杨自伍译,上海译文出版社 1997 年版,第 174—175 页。

建立了诗的题材、诗的语言表现形式、诗人能力、诗的价值和效果的理论。在这个意义上说,《序言》既是讨伐古典主义的檄文,又是张扬浪漫主义的宣言,它标志着西方文学思潮从古典主义到浪漫主义、文学理论从模仿说到表现说的重大历史转折。对此,艾布拉姆斯精辟地指出:"华兹华斯是第一个伟大的浪漫主义诗人,同时,他的著作影响极大,他使诗人的情感成为批评指向的中心,因此也标志着英国文学理论上的一个转折点。"[1]

"诗的目的是在真理",这是华兹华斯对诗的目的的一个极为重要的概括。何谓"真理"？华兹华斯在序言中没有明确的界定,因此留下了很大的阐释空间,学术界对此的看法颇有分歧。如有学者认为"他所说的真理绝非是某种个别的、通过实践人们认识到的具体真理,而是指人的天性的真理,与他在《序言》开篇时所指出的,他创作诗歌的目的在于探索'我们天性的根本规律'完全一致"[2]。有的认为华兹华斯的真理是一种"经验性的真理,也就是说,他们所相信的真理是被敏感的人们的心灵,首先是被诗人的心灵所感知并检验过的东西"[3]。还有的援引华兹华斯《听潭寺左近所作诗》中的诗句,指出:"华兹华斯认为诗歌要传达的普遍真理,就是(上帝赋予自然和人类的)这样一种无所不在的灵性,它只能属于神。"[4]

我们认为华兹华斯的"真理"说主要是在肯定褒扬的意义上引用亚里士多德"诗是一切文章中最富有哲学意味的"观点的,因此,大略考察一下亚里士多德的论述,对我们把握"真理"的含义是极为必要和重要的。亚里士多德是在《诗学》中比较诗与历史的不同及揭示模仿的本质时表达了这样的思想:

> 诗人的职责不在于描述已发生的事,而在于描述可能发生的事,即按照可然律或必然律可能发生的事。历史家与诗人的差别不在于一用散文,一用"韵文";希罗多德的著作可以改写为"韵文",但仍是一种历史,有没有韵律都是一样;两者的差别在于一叙述已发生的事,一描述可能发生的事。因此,写诗这种活动比写历史更富于哲学意味,更被严肃的对待;因为诗所描述的事带有普遍性,历史则叙述个别的事。[5]

---

[1] 艾布拉姆斯:《镜与灯》,郦稚牛等译,北京大学出版社1989年版,第160页。
[2] 张秉真等:《西方文艺理论史》,中国人民大学出版社1994年版,第343页。
[3] 吉尔伯特、库恩:《美学史》下卷,夏乾丰译,上海译文出版社1987年版,第519—520页。
[4] 潘翠菁:《西方文论辨析》,中山大学出版社1984年版,第173页。
[5] 亚里士多德:《诗学》,罗念生译,人民文学出版社1982年版,第28—29页。

这就是说,诗所模仿的不是偶然现象而是现实世界的本质规律;诗不能离开具体事物来叙述一般,而要通过特殊的、个别的事物来显露其中隐藏着的必然性与普遍性,在揭示事物的本质和规律上,达到哲学的高度。这就是亚里士多德在诗与历史诗与哲学的比较中,对模仿的本质或艺术的本质所做的卓越概括。两相比较可以看出,华兹华斯正是在诗应表现事物的普遍性与必然性的意义上继承和发挥亚里士多德的这一思想的。因此,这里的"真理"的含义应该与亚里士多德的"哲学意味"并无本质区别,其核心内涵主要是诗所传达的真理,不是个别的和局部的,而是普遍的和有效的。举凡具有这样性质的内容都可以纳入这个范围,不必过于拘泥。

需要注意的是,华兹华斯在这段论述中把诗所表达的真理与人的情感结合起来,强调诗歌中的真理是"凭借热情"才打动人心并深入人心的,这就深刻地揭示了诗与哲学、历史和科学在传播真理方式方面的本质区别,从而发展了亚里士多德的理论,深化了人们对诗的本质的认识。

"真理"说侧重华兹华斯与西方传统理论的联系,侧重他与某些浪漫主义作家和"情感表现"说的代表人物的区别。前者如华兹华斯与亚里士多德的观点,甚至如韦勒克所说的与古典主义观点的某种联系,后者如他与西方文学批评史上"情感表现"说的著名代表之一列夫·托尔斯泰的区别。

全面来看,华兹华斯实际上在情感与思想、热情与理智、"情感"说与"真理"说的矛盾中,提出了"富于感情的真理"的命题和"一种与思想相平衡的感情理论"[①],从而在某种程度上超越了这些悖论,把情感与思想、热情与理智,"情感"说与"真理"说融合在一起。这从以下诸方面可以看出。

首先,华兹华斯关于诗的本质、目的的两段话虽侧重点不同,但都体现了这种融合特点。两段话不同的侧重点形成了一个颇有意思的反差。第一段话重点在强调诗是强烈情感的自然流露,但并没有忽略"深思""思想"对情感的指导作用,甚至认为"我们的思想事实上是我们已往一切情感的代表",充分表明华兹华斯对情感与思想之间紧密的内在联系有深刻的认识。第二段话重点在强调诗的目的在于传达真理,但也没有排斥情感,因为作为诗的目的的真理,需要"凭借热情深入人心"。对此,吉尔伯特就曾特别指出:"与其他浪漫主义诗人不同,华兹华斯在人的心灵与外在世界的关系方面,在艺术家创作活动的心理构成方面,基本上保持了一种均衡的观点。他所拥有的不是布莱克那种超感觉的感觉学说,而是一种与思想相平衡的感

---

① 吉尔伯特、库恩:《美学史》下卷,夏乾丰译,上海译文出版社1989年版,第525页。

情理论。……人们常常引用华兹华斯为优秀诗歌所下定义的前半部分,即好诗都是'强烈感情的自然流露',但是,如果丢掉他这一定义的后半部分——'能够拥有各种价值的诗歌,决不是由气质上变化多端的人创作出来的,而是出于长期深思熟虑的人之手',那么就会把人引向歧路。"①"华兹华斯的著作反映了诗人和哲学家之间为了争夺'智慧大厦'中的首要地位而进行的斗争。……由于他著作中存在着如此高超的文艺批评观点、经验和真理,因此,他几乎也可以配称作一位哲学家,不仅是一位可以同其他哲学家对话的哲学家,而且是一位可以同其他哲学家相媲美的哲学家。"②韦勒克也说:"华兹华斯不能算作赤裸裸的情感主义的提倡者。他在重申'感情流溢'这句名言时有所修正","华兹华斯在许多段落里承认作诗时的意识作用。在他的诗才能力表里,反思和判断在一种看来是假设的时间顺序上占据第三和第六位。观察和感觉先于反思,而反思在于确定'行动、意象、思想感情的价值'。想象、幻想和虚构先于判断,而判断则是对所要肯定的这些能力(是想象还是幻想)做出选择并且决定写作的种类,即体裁。华兹华斯总是字斟句酌地修改自己的诗作和书面意见","在华兹华斯的头脑里,承认修改和技巧的重要性与凭借最初的灵感即'内心冲动'是完全并行不悖的"。③

华兹华斯对诗的本质的看法与列夫·托尔斯泰的"情感表现"说十分接近。韦勒克曾指出:"这种思想完全预示着托尔斯泰的《论艺术》,虽说托尔斯泰从未读过华兹华斯。他们的共同特点就是卢梭主义,对都市文明的仇视,对自发和真诚的情感的信赖,对文学作用于人类的关切,把文学作为一种用博爱精神达到统一的工具。"④但两人在情感与思想的关系问题上却存在着重大区别。列夫·托尔斯泰的"情感表现"说否定思想的作用,华兹华斯则认为诗虽然是情感的自然流露,但必须经过诗人的沉思。因为华兹华斯所说的情感不是现实生活中即时发生的情感,而是在平静中回忆起来的情感。诗人通过对于这种情感的沉思使自己渐渐激动起来,并产生一种与沉思相似的情感时,才有可能用诗句把这种情感表现出来。沉思的过程实际上是诗人将现实生活情感转化为审美情感的过程。一般成功的诗作都

---

① 吉尔伯特、库恩:《美学史》下卷,夏乾丰译,上海译文出版社1989年版,第525页。
② 同上书,第526页。
③ 韦勒克:《近代文学批评史》第2卷,杨自伍译,上海译文出版社1997年版,第171—172页。
④ 同上书,第173页。

是从这种情形中开始的。这既是诗人切身的创作体会,也是对创作过程中情感与思想关系的一种正确的理论概括。鲁迅所谓"长歌当哭,是必须在痛定之后的"也是表达了大致相同的意思。

总之,在诗的本质和目的问题上,华兹华斯既前所未有地重视情感的中心地位和作用,又没有忽略思想的意义和价值,并力图在理论和实践上把情感表现和真理传达密切结合起来,显示了他比赤裸裸的情感主义和冷冰冰的唯理主义更为全面、更为深刻的创作追求和理论思考。当然,华兹华斯对诗的本质和目的的认识也有偏颇之处。他把人类本性视为无论何时何地都固定不变,把恢复建构这种普遍天性、永恒人性或超越时空的人类本性看作诗的目的及审美标准的主要内容,视为对抗工业文明弊端,回归自然生活的理想方式,虽然表达了一定的历史和现实内容,但也表现出较明显的非历史主义倾向和乌托邦色彩。

第三节 诗的题材:选择日常生活特别是田园生活

基于上述对诗的本质和目的理解,华兹华斯认为古典主义的创作原则没有充分地反映出诗的本质和目的的内在要求,针锋相对地提出诗不仅要写伟大的历史事件和伟大人物,而且更要以普通人的平凡的日常生活,特别是田园生活为题材的主张。华兹华斯指出:

> 因为在这种生活里,人们心中主要的热情找着了更好的土壤,能够达到成熟境地,少受一些拘束,并且说出一种更纯朴和有力的语言;因为在这种生活里,我们的各种基本情感共同存在于一种更单纯的状态之下,因此能让我们更确切地对它们加以思考,更有力地把它们表达出来,因为田园生活的各种习俗是从这种基本情感萌芽的,并且由于田园工作的必要性,这些习俗更容易为人了解,更能持久;最后,因为在这种生活里,人们的热情是与自然的美而永久的形式合而为一的。[①]

在这里,华兹华斯从不同角度、方面指出了四个理由。四个理由中分别提到诗所表现的是"人们心中的主要热情""我们的各种基本情感""基本情感萌芽""人们的热情",一言以蔽之,就是认为普通的平凡的田园生活题材

---

① 华兹华斯、柯勒律治、雪莱:《十九世纪英国诗人论诗》,刘若端、曹葆华译,人民文学出版社1984年版,第5页。

最适于表现人们的热情和基本情感,因而也最符合诗的本质和目的。换句话说,是诗歌表现人们的热情和基本情感的需要,决定了应该选择普通人的平凡的日常生活特别是田园生活为题材。

我们从华兹华斯一系列论述可以看到这一点。他在《序言》中对诗歌题材的探讨,始终是以情感的表现为中心展开的。例如在论述情感与情节二者的关系时,他明确指出:"是情感给予动作和情节以重要性,而不是动作和情节给予情感以重要性。"并且声明《抒情歌谣集》中的诗篇与一般流行的诗的不同之处即在于此。这就是说,题材的选择对于诗歌来说虽然是至关重要的,但它并不是孤立的。在更高层次上,题材的选择应服从于诗的本质和目的的需要,服从于情感的表达。一个优秀的诗人必须根据诗的本质和目的选择能够激发起自己强烈感情的题材,即便是平凡的日常生活情景和普通人的喜怒哀乐,也能够表达出不平凡的感受和真情实感。

华兹华斯实现了题材上的两大突破。一是打破了古典主义的清规戒律,把描写的主要对象从宫廷转向民间,从城市转向山乡湖畔。他主张"选择日常生活的事件和情节",而在这种选择中,他又"通常都选择微贱的田园生活作题材"。这恰恰是对启蒙主义者主要是卢梭所提倡的"平民化"和"回归自然"的观点的继承和发展。二是继他的先行者库柏和布莱克之后,把审美对象(表现对象)由外部世界转向人的内心,使人的灵魂,人的精神世界成为艺术描写的中心。他的著名的自传体长诗《序曲》,就是对这种理论的最好实践。长诗主要剖析了一个人的心灵的成长过程,素有"心理史诗"之称。毋庸置疑,对于以挖掘、探索人的内心世界为主要目标的西方现代诗风,华兹华斯也有开拓之功。

华兹华斯强调通过平凡日常的田园生活题材来表现人们的热情和基本情感,有着极强的现实针对性,是对资本主义异化文明的有力批判和对人类自然而纯真的基本感情的热情呼唤。华兹华斯生活的时代,正是资本主义工业文明迅猛发展并成为社会统治力量的时代。科学和理性为资本主义大厦奠定了基础,却未给人们的心灵留下栖息之地。对物质的追求窒息、禁锢了人们的情感,就连文学艺术也受到这种文明趋势的影响,"以往作家的非常珍贵的作品……已经被抛弃了,代替它们的是许多疯狂的小说,许多病态而又愚蠢的德国悲剧,以及像洪水一样泛滥的用韵文写的扩张而无价值的故事"。华兹华斯对于资本主义异化文明深恶痛绝,因而幻想通过表现田园生活中普通的人和事,来唤起人类自然而纯真的感情,以拯救为工业文明所毒化的人性。他在给克里斯托弗·诺思的信中曾提出,诗歌必须赋予

"现存和将来的人性"以愉快，但是从大部分现存的人性看，大多数读者已被人为的欲望、虚伪的风雅所颠倒，因此一个伟大的诗人应该"矫正人们的情感，使他们的情感重新组合，使他们的情感更理智、更纯洁、更持久，总之，更加合乎自然"①。显然，华兹华斯把表现质朴的田园生活和普通人的欢乐和痛苦，看作净化和升华情感的一剂良药和"拓展人类情感领域"的重要途径。

华兹华斯强调选择平凡的日常生活和田园生活题材的另一个主要原因，是因为在他看来，只有在田园生活中，人们的热情才可以与自然美的永久形式合而为一，实现"人与自然的共鸣"，达到人类天性最完美的境界。像其他英国浪漫主义诗人一样，华兹华斯认为万物皆有灵，人只有置身于大自然中，与自然共存，才能从人世的功利和创伤中摆脱出来，回归到纯真的自然本性。因此华兹华斯呼唤诗人抛弃沉重的文明社会的镣铐回到洪荒太古、幽静质朴的大自然怀抱，接受自然的陶冶。诗人的创作实践对此也做了很好的说明。华兹华斯一生创作了大量的田园诗，一方面诗人以山地湖区美丽自然的风光和平民质朴的生活与城市的喧嚣和人欲横流的现实相对照，表现作者对社会现实的不满，另一方面诗人又寄深情于江山之景，使主观之情与客观之景融合为一，在大自然中寻觅精神的自由和心灵的慰藉。对此，吉尔伯特深刻地指出：华兹华斯的理论和创作强调和表现了"人与自然的共鸣"。他说："在他的著作中，人的发展与自然的发展是那样互相依存着，以至我们难以在他的哲学中确定自然与人相比何者居首位。华兹华斯讲道，他决心写简朴人们的理由之一，就是因为这些人的感情同自然界美的和永恒的形式相契合。他常常流露出这样的意识：感情的外在世界与感情的内在世界之间是有区别的；但同时，他又认为，这两个世界的相互影响是那样生动，以至使他常常觉得，似乎这两个世界——有机界与无机界，铸成了一个正在呼吸的和脉动的宇宙。"②虽然华兹华斯的所论所写表现出某种神秘色彩，但在生态问题成为当今世界最受关注的问题之一，人们痛定思痛反思人与自然关系的新背景下，这些观点和创作就有着极为重要的意义，应该给予更高、更为积极的评价。

华兹华斯认为诗应该通过平凡的田园生活来表现的所谓热情或基本情感是什么呢？为什么只有平凡的日常生活题材才适宜表现它呢？他本人没

---

① 艾布拉姆斯：《镜与灯》，郦稚牛等译，北京大学出版社1989年版，第167页。
② 吉尔伯特、库恩：《美学史》下卷，夏乾丰译，上海译文出版社1989年版，第522页。

有直截了当、系统完整地加以说明，但通过分析，我们还是可以归纳出来的。华兹华斯指出，人的心灵的优美和高贵，表现在它不用巨大猛烈的刺激就能兴奋，作家的任务是竭力产生或增大这种能力，这种任务在当时显得特别重大，这是因为："许多的原因，从前是没有的，现在则联合在一起，把人们分辨的能力弄得迟钝起来，使人的头脑不能运用自如，蜕化到野蛮人的麻木状态。这些原因中间影响最大的，就是日常发生的国家事件，以及城市里人口的增加。在城市里，工作的千篇一律，使人渴望非常的事件。这种渴望，只有迅速传达的新闻能时时刻刻给以满足。这种生活和习俗的趋势，我国的文学和戏剧曾力求与之适应。"①为此，他严厉谴责当时所谓恐怖派的小说和戏剧之类的东西，反对它们用那样强烈的激情来引起人们的兴趣。华兹华斯所讲的这一切，不是别的，正是资本主义文明的产物。他否定资本主义的文明，认为资本主义文明带来的种种后果，毒化了人们的生活与习俗，损害了人们的心灵的优美和高贵。为此，他要求返朴归真，回到田园生活中去。他指出，田园生活中的人，"因为他们在社会上处于那样的地位，他们的交际范围狭小而又没有变化，很少受到社会上虚荣心的影响，他们表达情感和看法都很单纯而不矫揉造作"②。这就是说，他把旧式的宗法制的自给自足的农村奉为理想，把它拿来与他所厌恶的资本主义文明相对抗。由此可见，华兹华斯所追求的热情或基本情感，正如他自己所说的，是只有在未受资本主义文明影响的宗法制的农村里，才"能够达到成熟境地"，"共同存在于一种更单纯的状态之下"的。这些热情和基本情感，毫无疑问，只有通过平凡的日常生活题材，特别是田园生活题材，才能够表现出来。题材问题的重要性就在这里。

华兹华斯的创作实践，也形象地说明了他的理论主张。他的诗作，无论写自然景物还是写人，无论抒情还是叙事，都闪耀着表现理想的想象的光彩，使平凡的日常的东西在不平常的状态下凸现在心灵面前。就描写大自然来说，与同时代的任何英国作家相比，华兹华斯都是更乐于写大自然的。他写的这方面的诗，既是他作品中最有造诣的部分，在英国的同类诗歌中也是获得最高成就的。他对大自然有着深厚的感情，对实现了工业化之后有着种种痼疾的城市却颇为厌恶；他认为大自然能够启迪人性中的博爱和善

---

① 华兹华斯、柯勒律治、雪莱：《十九世纪英国诗人论诗》，刘若端、曹葆华译，人民文学出版社1984年版，第8页。

② 同上书，第5页。

良的感情,而且,融合在大自然之中能够使人得到真正的幸福。他一生中的绝大部分时间都是在他出生地所在的湖区一带度过的,他的诗歌中有很大一部分是在直观地描绘那里的自然风貌。华兹华斯对大自然的感觉极其敏锐,他本人又是一位写景的高手。有人说,从他诗中景物稀有的庄严与光荣中,可以呼吸出"大自然的中庸之道",是有一定道理的。他喜欢写天堂的宁静,月儿的顾盼,薄暮的孤星,黄昏海洋的沉寂,高原田野的凄凉,孤寂山间的睡眠等等,都体现出一种特殊的情调和风味。为此艺术评论家罗斯金(John Ruskin,1819—1900)称他为那个时代英国诗坛上的风景画家。①

不无巧合的是,19世纪中叶,在同华兹华斯有过一段渊源的法国形成了巴比松画派。该派画家们在艺术上或反对当时的学院派因袭古典传统,或不满绮靡浮华的风格,于是先后来到巴比松村,以那里大自然中的田园风光和农夫、牧人为描绘对象,创造出淳朴简练的作品使人一新耳目。这种情形同华兹华斯的十分相像,在某种意义上来说,他们的画和华兹华斯的诗歌是同一种艺术思想在两个国家两种艺术领域内的表现,可以相互补充、相互说明。

华兹华斯写人,多写一些同大自然息息相关的平凡的人和生活,特别是下层人民及农民。作为对他所否定的资本主义文明的对照,他多以赞美和同情的态度描写他们自然纯朴的生活、劳动和习俗,有时割断社会联系孤立地描写某种情景,使人几乎成为自然景物的一部分。例如《孤独的收割者》所写的只是一个农家姑娘边割边唱的平凡的田园生活情景。它虽然只是宗法制农村中人与自然极为平凡单纯的一景,但与资本主义工业生产那种千篇一律、机械呆板的操作相比,确实还保留着少许诗意。诗人通过想象,把少女的歌声和阿拉伯沙漠的夜莺、海布里地群岛的杜鹃、久远悲惨的往事以及早年的战争联系起来,平凡的一景就获得了不平凡的意义,化成萦回脑际、鲜明生动、经久不灭的形象,极富感染力地表达了诗人肯定和向往宗法制农村自然而然的人及生活的社会理想。

华兹华斯主张选择日常生活和田园生活题材表现人们的热情和基本情感,冲破了古典主义题材观的桎梏,包含着对都市工业文明的批判。虽然诗人寄希望于诗歌发扬所谓人的自然本性来医治社会创伤,以回归自然作为解决社会尖锐矛盾的理想道路,是幼稚的和非历史主义的,但是诗人对资本主义工业文明一系列弊端发出的抗议和所进行的反思,对人与自然和谐的

---

① 参见《华兹华斯抒情诗选》,黄杲炘译,上海译文出版社1986年版,第11—12页。

企盼和向往,还是值得肯定的。

第四节　诗歌的语言:采用人们真正使用的日常语言

要实现诗的本质,描写平凡的日常生活,就必然要求革新语言等诗歌的主要表现形式。因此,华兹华斯极为重视诗歌的语言及其革新问题。《序言》的大部分内容都是探讨这一问题的。

华兹华斯在《序言》中主张诗歌应使用"真实的语言""人们真正使用的语言""合情合理的语言""自然的语言",并且反复强调"散文语言和韵文语言并无任何本质区别"。《序言》发表时,就如韦勒克所说:"华兹华斯反对18世纪诗藻而主张口头语,从而引起一场热烈争论。"[①]"华兹华斯的许多反对意见,在措辞上过于笼统而不严谨,对'语言'一词的运用太不确定。"[②]至今,理论界对上述不同提法也一直歧见纷纭。韦勒克就曾分析过华兹华斯所提倡的人的"自然语言"的多义性和复杂性。韦勒克指出:这种语言"不是指实际的乡巴佬语言……他只是把它们作为'试验'而加以捍卫"。后来"华兹华斯在相当程度上修正了关于乡间言语的主张。有些时候,他心里想的是社会阶层的区别","有些时候,他把自己某些诗篇视为歌谣","有时,华兹华斯的'乡间言语'说和一般人类言语、感情语言、即为了诗人目的而净化过的语言,变得难以区分。他谈到'筛选人们的真正语言',谈到'质朴无华'但又'洗尽令人厌恶或作呕的种种病因'的表达"。[③]韦勒克认为这种语言具有自然性、普遍性、生动性和情感性。

华兹华斯对诗歌语言革新的主张,虽然提法不同,但它的主旨或核心,是提倡以人们实际使用的日常语言作为理想的诗歌语言,既反对古典主义提倡的高雅绮丽、矫揉造作的宫廷贵族语言,反对诗人脱离日常语言去生造华而不实的辞藻,亦不赞成将散文语言和诗歌语言截然分开,去追求某种特殊的诗的词汇。

为什么要竭力采用人们真正使用的日常生活语言呢?从华兹华斯的相关论述中,我们可以概括出如下理由。

---

① 韦勒克:《近代文学批评史》第2卷,杨自伍译,上海译文出版社1997年版,第161—162页。
② 同上书,第163页。
③ 同上书,第164—165页。

首先,诗的题材、内容的改革需要如此。如前所述,华兹华斯认为"题材的确非常重要",主张"选择日常生活的事件和情节",而在这种选择中,他又"通常都选择微贱的田园生活作题材",因为"在这种生活里,我们的各种基本情感共同存在了一种更单纯的状态之下","人们的热情是与自然的美而永久的形式合而为一的"。从而突破了古典主义的清规戒律,把审美对象或诗的题材从宫廷转向民间,从城市转向山乡湖畔。既然要描写和表现平凡的日常生活或田园生活,以表达人们的热情或基本感情及自然天性为目的,语言就应服从题材的需要,选择人们日常生活使用的语言,以达到题材内容和语言表现形式的统一。华兹华斯也正是这样来进行创作实践的。他在谈到《抒情歌谣集》的语言选择时说:"在这本集子里,也很少看见通常所称为的诗意辞藻;我费了很多力气避免这种词汇……我之所以这样做,理由已经在上面讲过了,因为我想使我的语言接近人们的语言。……我时常都是全神贯注地考察我的题材;所以,我希望这些诗里没有虚假的描写,而且我表现思想都是使用适合于它们各自的重要性的文字。这样的尝试必然会获得一些东西,因为这样做有利于一切好诗的一个共同点,就是合情合理。"①这里华兹华斯强调了诗歌的语言应自然、合理、真诚、恰到好处,应适合于诗歌题材内容表现的需要,表达了对诗歌语言的基本要求。从他对于民间语言的选择中可以看到,他对于诗歌语言问题思考的出发点是语言应当服从于所表现的内容。不论是题材、还是情感、趣味,涉及的都是诗歌的内容,只有能够适合并充分表现内容的语言才是诗歌所需要的语言。华兹华斯之所以高度重视使用人们真正使用的语言,最重要的原因就是要求诗歌的语言表现形式与所要表达的思想内容有机地结合在一起。

其次,诗歌语言的原初面目决定了应该如此。华兹华斯指出,各民族最早的诗人写诗都是采用日常使用的语汇,这些语汇很大胆,也富有比喻色彩。这种语言又不是完全等同于日常语言,而是在非常情况下的语言,是诗人被他所描写的事物所激动时所说所写的语言,或者是诗人所听到的周围人们所说的语言。然而后来的诗人们的语言却开始败坏了。原因何在呢?华兹华斯认为就在于韵律。他指出最早的诗人的语言与日常人们所说的语言有一点不同,就是具有韵律,这使得读者读到或听到他们的诗时,总会觉得自己所受到的感动不同于现实生活中所受到的感动,于是后来的诗人便

---

① 华兹华斯、柯勒律治、雪莱:《十九世纪英国诗人论诗》,刘若端、曹葆华译,人民文学出版社1984年版,第9页。

创造了一种诗歌的专门用语,韵律就成了这种专门用语的符号,最终导致了人们鉴别能力的破坏,反而把这种人为的不自然的语言当成了自然的语言,完全忽视了在最早的诗人那里,他们所用的语言尽管不是普通的语言,但毕竟还是日常人们所使用的语言。

那么最早的诗人所用的语言与被后来的诗人们所败坏的语言之间的根本区别何在呢?华兹华斯认为就在于所用的语汇与情感、思想是否具有自然联系。最早的诗人写诗是在受到现实事件所激起的热情推动下写诗,他们的词汇与强烈的情感和思想有着自然的联系,因此能够打动读者,而后来的诗人们的语言却不是这样,因此他们的语言是一种被歪曲的语言,在不同程度上违反了人的健全的理智和天性。在这里,华兹华斯批判的锋芒直接指向古典主义诗歌语言的矫揉造作、过于雕琢、缺乏真情实感,无法真正表现人的天性中合乎人情的内容的流弊。

再次,诗的写作对象决定了应该如此。华兹华斯认为,诗人绝不是单为自己而写诗,"他是为人们而写诗","诗人是以一个人的身份向人们讲话"。虽然诗人比一般人具有更敏捷的感受性,更多的热情和温情,更了解人的本性的奥秘,因此,更能为现实激起热情,并具有更好地敏锐地表达思想和情感的能力。但是华兹华斯仍然认为,"不论我们以为最伟大的诗人具有多少这种能力,我们总不能不承认这种能力给诗人所提示的语言在生动上和真实上总常常比不过实际生活中的人们的语言,实际生活中的人们是处于热情的实际紧压之下,而诗人则在自己心中只是创造了或自以为创造了这些热情的影子"①。在他看来,诗人的语言不如实际生活中的语言的根本原因是在于前者的热情只是一种真正热情的影子,而后者则是实际热情的表达。而且在他看来,这种语言是"从最好的外界东西得来的",是与大自然息息相通的;田园生活中的人们纯朴而不虚伪,较少受到虚荣心的影响,他们的语言是从正常的情感中产生出来的,因而纯朴有力。这种语言比一般诗人的不仅更清新生动,而且更永久更富有哲学意味。如果用人们实际生活中真正使用的语言来描写日常生活中的事件和情节,加上想象力的作用,就可以使日常的东西以不平常的状态呈现在读者面前,从而能更好地向人们讲话,最大限度地达到为人们写诗的目的。

第四,诗歌和散文语言的本质相同决定了应该如此。华兹华斯认为无

---

① 华兹华斯、柯勒律治、雪莱:《十九世纪英国诗人论诗》,刘若端、曹葆华译,人民文学出版社1984年版,第14页。

论是诗歌语言还是散文语言,只要是成功的,都必定是在真诚热情驱使下的人们使用的语言,不是在散文语言和韵文语言的单个词语或语法结构上的区别,而是就两种词语的这一性质而言,它们之间"并没有也不能有任何本质上的区别"。因此,诗也可以像散文一样,自由地使用"生活和自然界语言"。华兹华斯用一个形象的比喻,把这一思想表达得十分清晰生动:诗与散文"是用同一的器官说话,而且都向着同一的器官说话,两者的本体可以说是同一个东西,感动力也很相似,差不多是同样的,甚至于在程度上也毫无差别;诗的眼泪,并不是'天使的眼泪',而是人们自然的眼泪;诗并不拥有天上的流动于诸神血管中的灵液,足以使自己的生命汁液与散文的判然不同;同样人的血液在两者的血液里循环着"①。既然散文语言与韵文语言同样发自肺腑,是诗人真情的自然流溢,因此,只要它经过诗人恰当正确的筛选,完全可以成为自然优美、丰富多彩的诗的语言,两者之间并没有也不可能有不可逾越的天然鸿沟。

　　当然,华兹华斯主要是在内容根源方面强调散文语言与韵文语言并没有也不可能有任何本质上的区别,他并没有因为强调散文语言而根本否定、排斥诗歌语言韵律在审美效果方面不可代替的作用,相反地他明确承认它们之间的一个重要差别,十分重视诗歌韵律及其音乐效果。他指出:"和谐的韵文语言的音乐性,克服了困难之后的感觉,已往从同样的韵文作品里所得到的快感的任意联想,对这种语言(它与实际生活的语言十分相似而在韵律上却又差别很大)的一再的模糊的知觉,——所有这一切很微妙地构成一种复杂的快乐感觉。"②华兹华斯认为,"在轻快的诗篇里,诗人在安排韵律上的轻巧和优美就是使读者感到满意的主要源泉";而"在打动人心和充满激情的诗中","它的缓和那总是与更深热情的强烈描写掺杂在一起的痛苦感觉方面是非常有用的"。他甚至认为,即使诗人的文字未能适应他要表达的热情,单是韵律造成的快感,也能够"把热情赋予文字,并且使诗人的复杂的目的得以实现出来";韵律可以缓和并限制过度苦痛的感情,防止诗所引起的兴奋"有超出正当范围的危险"。虽然他的这些话有过分夸大韵律的功用的偏颇,但他对韵律对诗的审美效果的微妙影响的论述,还是相当精细且颇有见地的。

---

　　①　华兹华斯、柯勒律治、雪莱:《十九世纪英国诗人论诗》,刘若端、曹葆华译,人民文学出版社1984年版,第12页。
　　②　同上书,第22页。

需要说明的是,华兹华斯并不认为日常语言不经选择就可直接入诗,而是主张对诗歌语言加以"筛选",即进行提炼加工去掉其缺点,这样的语言才是真正的诗歌语言。他结合自己的创作实践指出:"这本集子里的诗所用的语言,是尽可能地从人们真正使用的语言中选择出来的。这种选择,只要是出于真正的趣味和情感,自身就形成一种最初想象不到的特点,并且会使文章完全免掉日常生活的庸俗和鄙陋。"①因为尽管日常生活中的语言具有许多优点,然而诗歌作为一种语言艺术,所使用的语言必定有着诗歌特点本身的要求,这就决定了诗人在向人民大众学习语言的同时,必定要加以提炼加工,使之适合诗歌创作和审美效果的需要。对这个问题,韦勒克曾做过细致分析。他说:"乍看起来华兹华斯俨如一位捍卫民谣模仿和乡间言语的自然主义者;或者起码是赫尔德一类的原始主义者,赞成素朴的和充满激情的'自然'诗而斥责'艺术'诗和人工诗。不过实际上华兹华斯在其'自然'的观念上融合了斯宾塞、弥尔顿、乔叟和莎士比亚的艺术成分,而未将之转变为原始主义的东西。""所谓人们说的语言则是意味着与自然主义大不相同的一种语言。终究指的还是弥尔顿和莎士比亚的语言,即大诗人的满腔热情的语言。""我们看到,这里有一座通向情感主义的桥梁,它显然是与模仿乡间言语说格格不入的。"②

总之,华兹华斯的诗歌语言理论提倡语言的纯朴、自然、有力、民间化和口语化,抨击和矫正了古典主义艺术语言的种种流弊,对英国文学特别是诗歌的发展起到了积极的影响。但是,华兹华斯关于诗歌语言改革的主张,在理论和实践上也有偏颇之处。他过分强调了散文语言和韵文语言的相同之处,一定程度上忽视了它们之间的差别,容易造成诗歌语言的过分散文化;他过多地把一个阶层使用的日常语言等同于诗的语言和标准语言也是不严谨的。过分刻意追求,反而容易导致另一种形式的不自然和虚假。

第五节　诗人的禀赋:六种能力及想象

诗的本质、目的的实现,田园生活题材的选择,日常语言的运用,最终都依赖于诗歌创作的主体,依赖于诗人的能力和禀赋。作为一个具有丰富的

---

① 华兹华斯、柯勒律治、雪莱:《十九世纪英国诗人论诗》,刘若端、曹葆华译,人民文学出版社1984年版,第12页。

② 韦勒克:《近代文学批评史》第2卷,杨自伍译,上海译文出版社1997年版,第168页。

创作经验并取得杰出成就的诗人,作为一个强调创作主体的作用并开一代诗风的浪漫主义大师,华兹华斯深知这种重要性。因此,序言中对诗人的论述占据很大篇幅,华兹华斯的诗人论涉及诗人的职责、作用、语言,诗人与哲学家、历史家、科学家,诗人与常人的同异等诸多问题。有些问题本文已在相关部分论及,这里主要就华兹华斯对诗人能力、素质、禀赋,特别是想象的论述予以述评。

在第一篇序言中回答"诗人是什么"这个问题时,他曾说过一段十分重要的话:

> 诗人是以一个人的身份向人们讲话。他是一个人,比一般人具有更锐敏的感受性,具有更多的热忱和温情,他更了解人的本性,而且有着更开阔的灵魂;他喜欢自己的热情和意志,内在的活力使他比别人快乐得多;他高兴观察宇宙现象中的相似的热情和意志,并且习惯于在没有找到它们的地方自己去创造。除了这些特点以外,他还有一种气质,比别人更容易被不在眼前的事物所感动,仿佛它们都在他的面前似的;他有一种能力,能从自己心中唤起热情。①

在这段话中,华兹华斯明确阐明了诗人在对现实的感受能力、观察能力、对人的本性的理解能力、创造能力以及想象能力等方面应该具有很高的修养。

在1815年的序言中,他又把这些思想更进一步概括为写诗需要的即诗人应具备的六种能力。两段集中论述,既略有区别,又有根本联系。结合其他相关论述,大体来说,包括了诗人能力、禀赋的以下内容:

观察和描绘的能力。华兹华斯认为诗人离不开对现实生活的深切感受和观察,诗人的创作之根是扎在现实生活的深厚土壤之中的。所以他要求诗人应当按照事物本来的面目准确地加以观察,并忠实地加以描绘,不要用自己的情感去改变事物的本来面貌,而应当像翻译家或雕刻家对待原著(型)那样。强调对生活的准确观察、描绘,实际上是揭示了诗人与现实生活的重要关系,这无疑是正确的。不过要求诗人完全不受自己的情感影响去观察则勉为其难了。

感受能力。"这种能力愈敏锐,诗人的知觉范围就愈广阔,他也就愈被激励去观察对象,不是观察它们原来的样子,就是观察它们在他心中的反

---

① 华兹华斯、柯勒律治、雪莱:《十九世纪英国诗人论诗》,刘若端、曹葆华译,人民文学出版社1984年版,第13页。

映。"这里强调的是诗人的敏锐性、思维的活跃性、更丰富的感情及从心中唤起热情的能力。华兹华斯认为诗人从自己心中唤起热情,不是由现实事件直接激起的,而是非常像由现实事件激起的热情。普通人只是由现实事件的刺激而产生各种情感,诗人则没有现实事件的直接刺激也可产生情感。这实际上表明了诗人一方面具有极其丰富的想象力,另一方面由于诗人并没有脱离现实生活,所以他的这种虽非来自现实事件直接刺激而产生的情感却仍与后者非常相像。这样,华兹华斯就深入、细致地揭示了诗歌创作中诗人所具有的情感特点。

沉思或很强的理解能力和开阔的灵魂。这是一种不脱离形象和情感的反思判断力和深刻洞察力。它在宏观上帮助诗人去理解现实奥秘,把握人生真谛,开掘人性底蕴;在具体创作中,又可帮助诗人去把握动作意象、思想和情感之间的关系,指导和改变诗人的感情。这实际上是肯定了诗人的理性思维能力在创作中的地位。

想象和幻想。总体上说,这是一种"改变、创造和联想的能力"。

虚构。这是在前四种能力的基础上,把观察来的素材加以再造的能力。

判断。这是一种选择的能力,即选择"应该以什么方式,在什么地方,并且在什么程度上把上述几种能力中间的每一种能力都加以运用"。它的作用是使"较小的能力不被较大的能力所牺牲"。

如果我们从纵向来看这六种能力,就不难发现,华兹华斯实际上是为我们提供了一条创作过程的发展线索。从诗人摄取素材开始,通过感受和沉思而把原始素材加以消化,再经过想象、幻想、虚构和再创造。判断,则是一种综合性的能力,是贯穿于创作过程之中的。

不过就华兹华斯诗人能力论的总体来看,在上述六种能力当中,华兹华斯最为重视的还是被他视为诗人的根本品质的想象力。在他看来,"许多诗人……就是凭借这种根本的品质而超群出众的"[①]。诗人凭借想象才能进行虚构和创造,没有想象力的诗人是不可思议的。因此,想象就成为华兹华斯诗人能力论的重点或中心。对此,韦勒克曾正确地指出:在华兹华斯的理论中"作为一种统一和最终洞见到世界统一性的力量的想象占有中心位置"[②]。

---

① 华兹华斯、柯勒律治、雪莱:《十九世纪英国诗人论诗》,刘若端、曹葆华译,人民文学出版社1984年版,第48页。

② 韦勒克:《近代文学批评史》第2卷,杨自伍译,上海译文出版社1997年版,第183页。

将想象置于诗歌创作论的中心地位并力求阐明想象的作用和实质的,在英国文论中首推华兹华斯。华兹华斯对想象问题的探究主要受到18世纪想象理论的影响,把想象力看成一种改变、创造和联想的能力。这种能力建立在追忆和组合意象的基础之上。同时,他有时也把想象力看成一种理智洞见力。在1815年的序言中,华兹华斯密切结合诗歌创作实践,主要从心理学角度研究了想象问题。他认为,想象力在本质上"意味着心灵在那些外在事物上的活动,以及被某些特定的规律所制约的创作过程或写作过程"①。华兹华斯认为想象力的主要作用有三:

1. 想象力的基本特性是影响和改变意象,使之产生新的意义。华兹华斯说:"人的头脑中由于受到某些本来明显存在的特性的激发,就使这些形象具有它们本来没有的特性。想象的这些程序是把一些额外的特性加诸于对象,或者从对象中抽出它的确具有的一些特性。这就使对象作为一个新的存在,反作用于执行这个程序的头脑。"②在他看来,想象力的基础应当是记忆,即对于"某些本来明显存在的特性"的记忆,在记忆的基础上,诗人就能够对要处理的意象加以改变,或者加上些东西,或者减少些东西,从而使所创造的艺术形象成为一个"新的存在"。华兹华斯举了两个例子。一是莎士比亚的《李尔王》第四幕第四场中的著名诗句:

——在那半山腰上
悬挂着一个采茴香的人。

另一个例子是弥尔顿《失乐园》第二卷中的:

好像遥远的海上出现的一支舰队
悬挂在云端,借助赤道的风
沿着孟加拉湾、特索岛
或者泰多岛航行③

他认为这两个"悬挂"就表现了想象力的全部力量,因为"由于感官面前出现这种模样的东西,心灵在自己的活动中,为了满足自己,就认为它们是悬挂着的"。通过想象力的塑造,感官印象已成为一个新的视觉意象,让

---

① 华兹华斯、柯勒律治、雪莱:《十九世纪英国诗人论诗》,刘若端、曹葆华译,人民文学出版社1984年版,第42页。
② 同上书,第44—45页。
③ 同上书,第42—43页。

人寻味遐想。

想象力也造成了通感:"从视觉的印象转到听觉的印象。"例如:

> 野鸽孵着自己悦耳的啼声;
>
> 它的啼声隐没在丛林中,
> 微风吹起却又飘来,
>
> 布谷鸟啊!你可是一只鸟儿,
> 还是一个飘荡的声音?①

"孵着""隐没""飘荡",创造了啼声柔和、幽寂、深沉的听觉意象,同时也勾画了布谷鸟温柔、安适,既无所不在、又无影无踪的视觉印象,通过想象力,实现了听觉与视觉的相互挪移,交互为用,强化了审美效果。

2. 想象力具有一种"赋予的能力,抽出的能力和修改的能力,不论直接或间接地发生作用,三者都是联系在一起的"。如在《决心和独立》一诗中,有下列诗句:

> 好像是块大石头,有时候
> 高卧在荒山的峰顶上,
> 人人都会惊讶,只要发现
> 它怎样到了这里,打从何处而来,
> 它仿佛具备了五官,
> 像一只海兽从海底爬出来,
> 躺在岩石或沙滩上休息,晒着太阳。
> 这个人正是这样;半死半活,
> 似睡非睡,真是老态龙钟。②

华兹华斯认为,在这里,大石头被赋予了某种生命力,很像是海兽,海兽被抽去一些重要特性,跟大石头相似。这样处理间接的意象是为了使原来的意象(即石头意象)跟老人的形状和处境更相像。

3. "想象力也能造形和创造"。想象力最擅长的是把众多合为单一,以及把单一分为众多。这些诗人及艺术家在艺术创作活动中最常见的想象活

---

① 华兹华斯、柯勒律治、雪莱:《十九世纪英国诗人论诗》,刘若端、曹葆华译,人民文学出版社1984年版,第43—44页。

② 同上书,第45页。

动。例如,古埃及艺术家创造的人面狮身像就是把众多合为单一,把人类的面孔与狮子的身躯结合在一起,从而创造了一个新的艺术形象。作为中华民族象征的龙的创造更是如此。

华兹华斯也论及了幻想与想象的同异问题。幻想与想象的同异问题,在西方有一段很复杂的公案。在17世纪,二者本来被认为近乎同义的,以后逐渐发现差异,幻想的地位下降。到18世纪,两者地位不断变换。到18世纪末,才把想象高于幻想的地位确定下来。但两者含义如何,始终众说纷纭。在这个问题上,华兹华斯与柯勒律治也有争论。柯勒律治把想象与幻想严格地区别开来,把幻想看成只是和固定的、有限的事物打交道,并且只具有联想性,而想象则充满着活力和创造性。韦勒克指出:华兹华斯反对柯勒律治的观点,认为他"把幻想说成是'聚合和联想的能力'的定义过于笼统(和想象是'塑造和修改的能力'相对照)。他坚持认为想象和幻想一样,具有聚合和联合、唤起和组合的能力,幻想和想象一样,也是一种创造才能"①。但二者也有重要的区别。首先,彼此所唤起和合并的素材不同,或者彼此依据不同的规律和为了不同的目的把素材聚集在一起。幻想对素材的改变,往往是"轻微的,有限的和暂时的"。而想象却能创造比喻,创造"相似的真实性"。这种相似"更多地在于神情和影响,而不在于外形轮廓和特点,更多地在于天生的内在的特性,而不在于偶然的突出的特征"。换句话说,想象要达到的是想象物与实际物之间内在的相似,即神似。其次,幻想的过程,"所遵循的规律是和偶然的事物一样变化多端",它能产生新奇感,但其影响却是不稳定的、短暂的,经不起人们的长久回味。而想象则"拥有一种不可摧毁的统治权",稳固而长久,"其他任何能力都不能使它松弛,也不能损害它,或者削弱它"。再次,这两者之所以有着种种区别,其根本原因是,"幻想是在于激发和诱导我们天性的暂时部分,想象是在于激发和支持我们天性的永久部分"。想象"诉诸无限",能"引向永恒,赞美永恒","因此想象和华兹华斯的世界观,或则无宁说和他对世界的感受联系融合起来了,他把世界看成由生物组成的统一体和共同体"。② 尽管华兹华斯与柯勒律治两人在想象和幻想的问题上打过笔墨官司,但实际上他们的理论有不少共同之处,甚至如韦勒克所说:"是十分吻合的。"③例如他们都

---

① 韦勒克:《近代文学批评史》第2卷,杨自伍译,上海译文出版社1997年版,第181页。
② 同上书,第182—183页。
③ 同上书,第181页。

十分重视想象对于诗歌创作的巨大作用,都看到了想象与幻想有所区别等等。这都表明浪漫主义诗歌理论高度重视想象的作用这一重要美学特征。

总起来看,华兹华斯提出了一系列与古典主义文学理论针锋相对的看法。他把情感表现置于诗歌中心本质的位置,又不否认真理传达的作用;他强调以平凡的日常生活,尤其是田园生活为题材,追求人与自然的和谐;他倡导采用人民大众真正使用的日常语言,极为重视诗人的主体能力特别是想象的作用,并以诗的本质目的为基础,以情感为中心,构建了一个较为系统的关于诗的题材和语言,诗的目的和功用,诗人的能力和禀赋的浪漫主义文学理论体系。自然他的理论也有某些不足,例如在诗的题材问题上,他由憎恶城市工业文明而过度美化田园生活,甚至赞扬封建宗法制度,显然有失偏颇;他对古典主义诗歌语言的批判,也存在着矫枉过正的问题。但是正如文学批评史家们所指出的:"华兹华斯(1770—1850)的文学批评是英国浪漫主义运动的宣言,和新古典主义时代决裂的信号"[1],是"英国批评理论中的模仿说和实用说为表现说所取代的标志"[2]。

华兹华斯的诗作和理论,曾经被打入消极浪漫主义的冷宫,长期以来在我国学术界没有得到应有的重视。近年来这种情况已有改观,但仍有进一步实事求是地评价的必要。

参考书目:

1. 华兹华斯、柯勒律治、雪莱:《十九世纪英国诗人论诗》,刘若端、曹葆华译,人民文学出版社1984年版。
2. 吉尔伯特、库恩:《美学史》下卷,夏乾丰译,上海译文出版社1989年版。
3. 韦勒克:《近代文学批评史》第2卷,杨自伍译,上海译文出版社1997年版。

思考题:

1. 华兹华斯是如何理解诗歌的本质和目的的?
2. 华兹华斯关于诗歌语言的论述有何意义?
3. 华兹华斯诗论体现了怎样的浪漫主义特色?

---

[1] 韦勒克:《近代文学批评史》第2卷,杨自伍译,上海译文出版社1997年版,第161页。
[2] 艾布拉姆斯:《镜与灯》,郦稚牛等译,北京大学出版社1989年版,第25页。

第十九章 雨果的《克伦威尔》"序"

维克多·雨果(Victor·Hugo 1802—1885)是 19 世纪法国杰出的诗人、小说家和文艺理论家,法国资产阶级浪漫主义文学运动的领袖人物。他在 1827 年发表的《克伦威尔》"序"是一篇声讨伪古典主义的檄文,也是浪漫主义文学运动的宣言书,在文艺理论发展的历史上,占有突出的地位。

第一节 雨果的时代和他的创作道路

19 世纪的法国,社会矛盾极为复杂,斗争十分激烈。社会关系的深刻变化,必然在思想文化领域得到反映。传统的贵族思想家在大革命的打击下苏醒过来,他们以历史传统的名义,重新抬出宗教意识来对抗资产阶级的社会契约论,力图用宗教神秘主义和教权主义恢复封建等级制和专制王权的秩序。这股思潮不仅适应了复辟的需要,而且对文学艺术等领域产生了巨大的影响。随着资产阶级革命的深入,资产阶级的理论家们继承启蒙思想家的理论财富,从《人权宣言》出发,在哲学上提出唯灵论和实证主义,历史学中发展了社会学理论和庸俗经济学,形成一股强大的以人道主义为核心的自由主义思潮。这个思潮不仅是反对封建教权主义的有力武器,而且成为资产阶级政治的理论基础。此外,在资产阶级打垮了它的竞争者后,同无产阶级和其他劳动者的矛盾,成为社会的首要问题。在此基础上以圣西门、傅利叶为代表的空想社会主义思潮,他们从社会发展的观点,开展了对现存资本主义制度的批判,深刻揭露社会的贫富对立,对社会的未来做了天才的预测。空想社会主义产生在无产阶级未成熟阶段,它虽然像"一颗闪耀的流星,在引起思想界的注意之后,就从社会的地平线上消失了"[①],并且为后来的科学社会主义思想所取代,但在当时的法国社会生活里产生了巨大的反响。

---

① 《马克思恩格斯全集》第 1 卷,人民出版社 1960 年版,第 577 页。

维克多·雨果的一生，几乎经历了整个19世纪。法国社会的变动，复杂的社会思潮，对他的政治社会活动、思想、创作产生了巨大的影响，他的诗歌、戏剧、小说以及文艺理论著作都打上社会、时代的印记，可以说，他的作品成为动荡的法国社会的镜子。

雨果出生在平民家庭，自幼接受的是贵族传统教育。波旁王朝复辟后，贵族倾向使他反对革命，歌颂保皇主义，成为伪古典主义的公开拥护者。这段经历既表现了他的保守主义的政治偏见，又为他后来从伪古典主义内部揭起反叛的旗号，击中要害地批判它的虚伪、做作和扼杀创造精神的弊端，奠定了基础。思想敏锐的青年雨果在追随复辟王朝、崇奉伪古典主义的同时，也感受到了自由主义思潮的不可阻挡的威力。特别是1824年查理十世上台后，颁布了加强教会对文化教育的控制、对报刊出版物严加检查以及赔偿革命期间流亡国外的贵族的损失等一系列法案，加深了社会矛盾，使王朝更加孤立。这一事实使雨果认识到"在复辟时期的最后几年，19世纪的新精神渗透到了历史、诗歌、哲学等各方面，使得一切改观，万象更新"[1]，"现在毁谤、辱骂、仇恨、嫉妒、阴险的陷害和卑劣的出卖正在某些人周围不停地酝酿聚集，这些人都正直诚实，然而却遭到不义的攻击，他们心地赤诚，只求带给国家一种自由，即艺术的自由或思想的自由，他们辛苦勤劳，安分地进行精神的劳作，但一方面却要遭到检查机构和警宪当局的阴谋暗算，另一方面往往更要忍受他们为之工作的思想界的忘恩负义的待遇"[2]。雨果终于由倾向自由主义而前进到批判专制王权、批判文学上的伪古典主义，成为资产阶级浪漫主义的首领人物。七月革命建立了以路易·菲力浦为首的金融贵族的统治，他们独揽大权，强订法律，推行资产阶级君主立宪，严重地损害了工商资产阶级和小资产阶级的利益，阶级内部矛盾日益尖锐。这个时期，雨果写了著名的长篇小说《巴黎圣母院》(1831)、抒情诗集《秋叶集》、剧本《国王取乐》(1832)和《玛丽·都铎》(1833)等，以强烈的反封建反教会的精神，揭露了封建贵族和教会的腐朽本质。然而，在金融贵族统治日益稳固的情势下，雨果的政治观出现了逆转。同现实妥协，拥护君主立宪，反对共和政体，甚至赞扬菲力浦是"民族精华和文明……的尊严和不倦的守卫者……您的血就是国家的血，您的家庭和法兰西具有同一的心"，"上帝和

---

[1] 参见雨果《玛丽容·德·洛尔美》"序"。
[2] 参见雨果《关于多瓦勒先生》。

法国都需要您"。① 雨果因此而在 1845 年获得菲力浦授予的"法兰西世卿"的称号。政治态度的逆转,安于为现实世界唱赞歌,必然导致创作热情的衰退,1843 年以中世纪历史为题材的剧本《城堡里的伯爵》上演的失败,宣告了雨果倡导的浪漫主义戏剧运动的结束,雨果面临着严重的创作危机。1848 年欧洲资产阶级革命,特别是巴黎无产阶级在二月革命中提出推翻七月王朝、建立共和国的口号,打破了雨果内心的平静。革命的声势帮助雨果做出抉择,使他同君主立宪彻底决裂,站在共和派一边,同情被压迫的起义者。由于他的行动,雨果被选为共和派的制宪会议的成员。至此,他成为坚定的资产阶级共和国的拥护者,以民主主义战士的身份投身于创作活动,特别是在 1851 年路易·波拿巴发动政变,恢复帝制,镇压革命之际,他挺身而出,做了不屈的斗争,表现了一个资产阶级革命者的勇气和信念。这个转折对雨果的创作事业发生重大影响。在被迫流亡的 19 年中,雨果充满激情,用辛辣嘲讽的手法写了大量的政治讽刺诗,完成了长篇名著《悲惨世界》《海上劳工》《笑面人》等,从而成为浪漫主义小说的卓越代表。作为爱国者和人道主义作家的雨果,在结束流亡生活后,面临普法战争和巴黎公社起义等重大历史事件的考验,经历了由反战到参加保卫巴黎的国民自卫军,由不理解公社起义到保护被迫害的公社社员并为他们辩护的转折,表现了一个民主主义战士的敏锐思想、强烈的正义感和爱憎观念,赢得了人民的理解和尊敬。

　　雨果的一生是在激烈的阶级斗争和复杂的社会思潮的起落中度过的。他的政治思想和哲学观虽有反复,然而他的跟随历史脚步前进的积极进取精神,对封建制度的批判态度,以及对被压迫的社会下层的深切同情,使他的作品始终贯穿"歌唱思想,热爱人类,信仰进步,祈求永恒"②的基本格调,成为 19 世纪法国社会生活的真实记录。

第二节　浪漫主义与《克伦威尔》"序"的发表

　　19 世纪的法国是一个动荡的社会。在复杂错综的社会矛盾面前,众多的艺术家分别做出了自己的分析判断,抒发了自己的情怀,发表了大量的作品,由此而涌现了众多的艺术流派。贵族浪漫主义、资产阶级浪漫主义、批

---

① 《拉法格文学论文选》,罗大冈译,人民文学出版社 1961 年版,第 83 页。
② 《莎士比亚论》,《雨果论文学》,柳鸣九译,上海译文出版社 1980 年版,第 188 页。

判现实主义以及自然主义等等,几乎同时并进或相继出现。在这些艺术流派中,浪漫主义运动有着自己特殊的地位。

浪漫主义作为一种创作方法,具有对理想的追求、感情的激越、形象和语言的夸张等表现手法的特点。作为一种思潮,除了浪漫主义的一般特点外,明显地打上了法国社会的印记,是法国资产阶级革命的产物。大革命的风暴使贵族阶级失去了往日的荣华富贵。断头台的恐怖使他们深感人生虚幻、命运多变,他们满怀强烈的仇恨,诅咒资产阶级新的国家。他们留恋昔日的特权和豪华生活,却又无力同当权者较量以重做社会的主人,于是表现悲观绝望和忧郁情状,逃避现实、寻求宗教神秘境界的贵族浪漫主义应运而生。德·迈斯特、波尔纳、夏多布里昂、拉马丁和维尼等成为贵族阶级的文学代表。特别是夏多布里昂,不仅直接参与波旁王朝的复辟,而且还以他的创作实践和文学理论提出了贵族浪漫主义的美学主张。他在《基督教真谛》(1802)里,露骨地宣扬教权主义和神秘主义。他认为:生活中除了神秘的事物之外,就没有美、甜蜜和伟大。这种神秘的事物来自永恒的上帝,"在一切现今存在过的宗教中,基督教是最富诗意的,最人道的,最利于自由和文艺的"。基督教是创作的源泉,它是一种狂热的"激情","向诗人提供了大量的珍宝"。他还认为"基督教还是产生现代忧郁的根源",这就是说基督给人们激情(朝气蓬勃的、充满活力的),然而这个世界却是虚空的,激情还未发挥作用,就使人感到"万念俱灭"。于是就去追求天国,"忧郁"正是对天国的思慕之情。夏多布里昂主张中世纪的衰朽、坟墓、废墟以及为宗教殉身应该成为文学的重要题材,而那种"模糊的思慕之苦",那种"忧郁"正是文学所追求的美的境界。显然,夏多布里昂的文学主张和作品创造的形象(如阿达拉·勒内等)集中表现了贵族阶级没落的心理,是浪漫主义运动中的一股逆流。

动荡的社会、革命中的极端手段对资产阶级来说早已超越他们原先的估计。他们在"这一个从流亡地点归来,那一个从牢监里出来,这一个一起床就被逮捕,充军到边境去,另一个以微温派的罪名被告发"①的日子里,深切地感受到启蒙思想家的理性王国同变动的现实的矛盾。他们厌倦刀光剑影的生活,寻求暴风雨外的世外桃源。他们在风暴的间隙中,沉醉于暂时的平静,希冀通过"出人意料的事件,残酷的场面以及硫酸性的热情小说"的

---

① 拉法格:《浪漫主义的根源》,见《拉法格文学论文选》,罗大冈译,人民文学出版社1961年版。

创作和阅读来忘却可怖的现实。特别是启蒙思想家的"人生来自由"的信念，激励着他们追求个性解放的理想。他们对已经建立起来的资产阶级秩序的"各方面的限制"，对它同封建制度的妥协表示强烈的不满，于是表现自我，崇拜自我，抒发自我苦闷、彷徨、失望和怨愤，倾泻强烈的主观激情的资产阶级浪漫主义成为一股文学的主潮。斯达尔夫人、龚斯当、塞南古、诺缔埃等是这一潮流的早期代表。

但是，以斯达尔夫人为首的资产阶级浪漫主义运动并不利于拿破仑军事独裁的统治，反而处处冲击独裁的意志。因而独裁政权断然地采用禁止、放逐的手段迫害浪漫派诗人，致使浪漫运动在很长时期内得不到发展。波旁王朝复辟后，封建贵族反攻倒算，戕害民主，推行封建的传统观念和伪古典主义的艺术趣味。这种倒行逆施不仅没有为封建王朝赢得任何实际收效，反而激起人们的强烈不满，在资产阶级自由主义思潮的推动下，长期受压的浪漫运动迸发出炽热的光亮，终于在新的历史条件下形成了高潮，维克多·雨果1826年完成的《克伦威尔》"序"就成了这个运动的宣言。

第三节 《克伦威尔》"序"是法国浪漫主义的宣言书

雨果的剧本《克伦威尔》由于不适合舞台演出，没有上演，因而影响不大。然而剧本的"序"，系统地论述了浪漫主义的根源、原则和表现手法，强调真实、反对虚假、追求独创、批判模仿、颂扬天才、蔑视守旧，成了讨伐伪古典主义的檄文，新文学运动的宣言，是世界文学史上重要的文艺批评论著。《克伦威尔》"序"涉及的问题很多，现就几个主要问题做些简析。

1. 浪漫主义是时代的产物

艺术是时代的产物，随着社会的变革、时代的推进，艺术也要随之变革、更新。离开历史的发展，不顾艺术的内容和表现形式的变化，将特定时期的艺术规则当作固定不变的法则顶礼膜拜，必然导致艺术的僵化，这是艺术发展的历史所证明的一个真理。雨果在"序"里开宗明义地提出了这个事实，"诗总是建筑在社会之上"的，浪漫主义是近代的产物，是伪古典主义无法遏制的强大思潮。雨果认为人类社会经历了生长、发育和成熟的阶段，"建筑在社会之上"的诗也因而具有自己的特点。在原始时代，"当人在一个刚刚形成的世界中觉醒过来的时候"，没有私有财产，没有法律，没有冲突也没有战争。一切东西都属于个人,也都属于集体,没有任何东西约束人,而且自然现象光怪陆离,使他们眼花缭乱想象驰骋。于是,祈祷成为他们全部的宗教,颂歌成为他们仅有的诗章,"上帝,心灵和创造"成为抒发内心之情的竖琴的三根弦,这就是原始时代的冥想诗,它的形式是纯朴的抒情短歌《创世纪》。到了古代,人类社会出现了民族、王国,产生了权杖和管理人民的"牧人"。宗教取得一种形式,信仰有了固定的教义,神权开始成为治理人类的政治力量。民族之间开始摩擦,互相妨碍,以致发生战争。社会发生巨大的转折,有的民族入侵,有的迁徙流浪。这些巨大的事件孕育了时代的文艺,歌唱"世纪、人民和国家"的史诗应运而生,荷马史诗成为伟大、庄严、雄伟的历史事件的记录。由抒情转向叙事,"赋予一切以形体和外貌、甚至对精神和灵性也不例外"[1],看得见、摸得着的"单纯性"构成古代艺术的显著特征。到了近代,雨果说,"一种精神的宗教,取代物质的、外在的多神教并潜入古代社会的心脏,将这个社会除灭,而在这种衰老文化的尸体上,播下近代文化的种子"[2]。一种新的宗教,一个新的社会使文艺具有近代的特色。雨果指出,由于基督教的启示,人们终于认识到生活有二种:一是尘世的、暂时的,另一是天国的、不朽的。人的身上有兽性,也有灵性,有灵魂也有肉体。"神的智慧""用一种巨大而普照的光明"代替了人的智慧中那些摇晃不定的灵光,于是在"古老的大陆""天翻地覆","一切都起了根本的变化"的时候(许许多多摧毁欧罗巴、再重建新欧罗巴的事变,天下大乱,闹得沸沸扬扬),雨果说:"人,在这巨大的变迁面前反省起来,开始对人类产生怜悯之心,开始思索生活中苦味的揶揄"[3],"忧郁和沉思的天使与分析和争论的恶魔同时出现,彼此提携",基督教把诗引到真理,诗人就能发现"丑就在美的旁边,畸形靠近着优美,丑怪藏在崇高的背后,美与恶并存,光明与黑暗相共"[4],就可摆脱旧的规则的限制,更接近于表现生活的真实。诗着眼于既可笑又可怕的事物,并且在基督教的忧郁、沉思的精神影响下,发生了惊人的改变,于是一种新的艺术典型、新的艺术形式诞生了,这就是滑稽丑怪,这就是喜剧,它构成了近代浪漫主义的基本范围和特征。

  雨果以艺术家的眼光将社会划分为原始、古代和近代三个阶段,并且将社会的变革归根于宗教精神的演变,强调基督教精神的灵智和完美,表现了

---

[1] 《雨果论文学》,柳鸣九译,上海译文出版社1980年版,第27页。
[2] 同上书,第26页。
[3] 同上书,第29页。
[4] 同上书,第30页。

他的保守的教权主义的世界观。但是,作为资产阶级浪漫主义运动的首领,雨果敢于面对现实,面对社会,指出社会是不断向前发展的,文艺也要随之变革、更新,"世界既然罹受了一次如此深刻的革命,那么在精神领域里也不可能不发生类似的变化"①,这是一种辩证的思想。同时,雨果主张向前,赞扬进步,追求新的境界,对于打破伪古典主义的"理性"教条,无疑起到了积极作用。

2. 浪漫主义强调对理想的追求

雨果在"序"里明确提出,近代诗歌的一个突出之处,就是"反省""思索",表现"忧郁和沉思",艺术更侧重表达艺术家的主观的内向的情绪。然而随着社会前进的艺术,不是怀恋过去,逃避现实,堕入到自己内心世界的无益的深渊中去,堕入到人生的命运之谜中去,而是追求未来,追求理想境界。雨果说:"理想是艺术的动力"②,理想的追求不仅使人类摆脱野蛮进入文明,鼓舞有志之士争取社会进步。而且可以使艺术历观各世纪和自然界,使散乱的材料穿上既有诗意而又自然的外衣,表现出幻想、真实和生命的活力。使诗人不断地探索、攀登,创造一部又一部杰作。雨果在他后来的理论著作里,多次提出"在诗人和艺术家身上有着无限,正是这种成分赋予这些天才以坚不可摧的伟大"③,这种"无限"具有"无穷性"和"无数性"的特点,使艺术家在把握表现对象上不受时空的限制,选择表现手法上不受陈规的约束。这种"无限"必然使艺术家产生特别强烈的情感态度,使澎湃的激情溢于言表,浓郁的抒情弥漫字里行间。而且雨果还说,在舞台上,有两种办法激起群众的热情,即通过"伟大"和"逼真","伟大掌握群众,真实攫住个人"④,这里的"伟大"指的是超群和奇特,还是"无限"的意思,这就是说"伟大"(无限)还能产生强烈的艺术效果,激起群众的热情,去争取未来的完善。当然雨果倡导"像莎士比亚一样,真实之中有伟大,伟大之中有真实"⑤,即通常所说的现实中有理想,理想中表现了真实。但他认为无论是历史还是现实,是一场骚乱还是一场情话,产生的"是笑、是泪、是善、是恶、

---

① 《雨果论文学》,柳鸣九译,上海译文出版社1980年版,第28页。
② 同上书,第129页。
③ 雨果:《莎士比亚论》,同上书,第132页。
④ 雨果:《玛丽·都铎》"序",同上书,第110页。
⑤ 同上。

是高超、低劣……在这一切之上,我们可以感到某种伟大的东西在高高飞翔!"①这个飞翔的东西就是诗人所追求的理想。

雨果说:"诗人除了自己的目的以外别无其他限制,他只考虑有待实现的思想。"②这个有待实现的思想,用雨果自己的话说就是"要建设":"建设人民""在进步中建设""用智慧来建设"。③ 人类的心灵需要理想甚于需要物质,诗人与作家要将自己的智慧和创造,"献身给善、献身给真、献身给正义"④,让人们面对现实微笑,越过障碍注视将来;让人们从盲从中解脱出来,获得真正的自由。"思想就是力量","但我们以信条反对教条、以原则反对戒律、以坚毅反对固执、以真实反对虚伪、以理想反对梦想……以自由反对专制"⑤,总有一天"在我们头上则是蓝色的宁静的天空"⑥。

以雨果为领袖的浪漫主义作家们认为诗人不应该是生活的旁观者,而是"号召斗争的号角",是未来世界的报信人。艺术"不是对现实的描绘,而是对理想真理的探索"。因此把现实和理想对立起来,反抗暴君和专制制度,争取自由民主和个性解放成为他们的作品的基本主题。浪漫主义作家们为了反对现实的丑,描写美好的理想生活,继承了"返回自然"吟咏自然景物的传统,着力描绘雄伟的高山、辽阔的大海、纯朴恬静的田园风光以及奇特的异国景色,抒发对大自然的赞美之情,寄托自己的理想。激昂的意志、澎湃的热情、大胆的幻想以及异常的情节和非凡的人物,构成了浪漫主义色彩缤纷的神奇世界。

3. 浪漫主义运用优美崇高与滑稽丑怪对照原则

诗总是建筑在社会之上的,随着社会发展而演变,但是诗毕竟不是社会本身。艺术必须反映生活真实,这种反映也不是生活的实录,而是艺术家的创造。雨果在"序言"里写道:有人说戏剧是一面反映自然的镜子,不过"如果这面镜子是一面普通的镜子,一块刻板的平面镜,那么它只能映照出事物暗淡、平板、忠实,但却毫无光彩的形象"。这样的映照远没有表现事物的

---

① 雨果:《玛丽·都铎》"序",见《雨果论文学》,柳鸣九译,上海译文出版社1980年版,第110页。
② 同上书,第148页。
③ 同上书,第169页。
④ 同上书,第184页。
⑤ 同上书,第198页。
⑥ 同上书,第184、198页。

丰富性和多方面性，失去光彩的事物是永远不会惹人喜爱的。雨果说："戏剧应该是一面集聚物象的镜子，非但不减弱原来的颜色和光线，而且把它们集中起来，凝聚起来，把微光变成光彩，把光彩变成光明。"①通过"集中""凝聚"不仅可以准确地表现现实，而且可以强化它的色彩，增加它的生动性，给人更"真实"的感受。在雨果的这个论述中，提出了两个至为重要的问题：什么是生活的真？怎样才能"集中"和"凝聚"？雨果认为现实生活是一个矛盾的整体。造物主在创造人类世界时，就设置了它的对立物，男人与女人、善与恶、欢乐与忧伤、爱情与仇恨、光明与畸形、高尚与卑下、公正与偏倚、伟大与渺小、灵与肉、生与死、冷与热、高山与深谷……"大自然，就是永恒的双面像"②。它不断地运动着、演进着，然而对称却"无时不有，无处不有；这是一种普遍存在的对照"。从这一辩证的思想出发，雨果提出了"万物中的一切并非都是合乎人情的美，……丑就在美的旁边，畸形靠近着优美，丑怪藏在崇高的背后，美与恶并存，光明与黑暗相共"的著名论断。并且认为只有发觉这种对称，看到奖章的荣光和它的背面，才能认识"真"。生活中普遍存在着对称，并且构成着矛盾运动过程，然而在艺术中却远没有对它做出真实的反映。雨果认为古人已经注意到这点，在《伊利亚特》里，在描写崇高的事件中，出现了戴尔西德和武尔甘这样喜剧式的人和神，也出现海神、半羊半人、独眼巨人这样丑怪的形象。但是从总体看，"古代的丑怪还是怯生生的，并且总想躲躲闪闪。可以看出它还没有正式上台"，"还没有充分显示其本性，它对自己还一味加以掩饰"。③到了近代，滑稽丑怪已经广泛被使用。但丁、弥尔顿、莎士比亚的作品里已经为那些丑怪形象"解开了手脚"，自由活动，受到人们的喜爱。然而却因此而受到古典主义的责难，那些学究一味崇尚"理性"，唯"秩序"为重，强调表现优美崇高，排斥滑稽丑怪，最终落入两个结果："一是恶习和可笑的抽象化"，"二是罪恶、英雄主义和美德的抽象化"。雨果认为近代戏剧的特点是真实，这种真实产生于两种典型——崇高优美和滑稽丑怪的自然结合，对立面和谐统一，才是真正的诗、完整的诗。

对于优美崇高和滑稽丑怪的关系，在"序言"里，雨果先后用了两者"相溶合""混合"或者"相配合"，其主旨都在说明两者互相依存、互相演绎而不

---

① 《雨果论文学》，柳鸣九译，上海译文出版社1980年版，第62页。
② 同上书，第155页。
③ 同上书，第32页。

是互相割裂、互相排斥。艺术的任务是将两者调配起来,在比照中显示出自然和生活的真实来。雨果认为,艺术的首要任务是反映出生活的真实来,因此艺术中丑恶滑稽与典雅高尚相结合,并不是背逆生活的规律,自然中美丑进入艺术品,仍保持原来的美丑关系,艺术中的奇丑的面相,仍然是"人类的怪相的侧影",正如撒旦的形象是"两只头角、一双山羊蹄、一对蝙蝠翅膀",虽然它有时"在基督教的地狱里投进一些奇丑的形象,有时则投进一些可笑的形象"①,但它仍然是魔鬼而不是圣者,艺术作品中美丑结合的意义,就使人认识这种"关系"。同时,就生活中的人说,"在他身上,有兽性,也有灵性,有灵魂,也有肉体","就像两根线的交叉点"②,肉体的形象同心灵的品格并不完全一致,优美的形象有时包藏着邪恶的用心。相反,高尚的心灵也可能配以奇丑的形象。况且就形象与心灵说,两者并非都能完美体现。形象的部分美可能同部分丑结合,心灵的灵性与部分兽性也在矛盾中存在。人的两重性表现为生活的复杂性,显示了现实的无比丰富性。来自于生活的艺术形象,既表现生活中人的肉体与灵魂的一致,又写出它们的矛盾,不仅能够反映"真",而且更表现了生活本身的完整性和丰富性。雨果还指出,滑稽丑怪与优美典雅之间并没有不可逾越的鸿沟,它们是"互相关连、互相推演"③,他说:"一切雄才大略的伟人,不论怎样了不起,身上总有愚蠢之处蒙蔽的聪明",例如恺撒大帝凯旋而归,这样的大英雄,坐在战车上担心着"覆车殒命",岂不十分令人可笑?难怪拿破仑说:"崇高与可笑,只有一步之差"。最可笑的东西也常常能达到崇高的境界,最高尚的事物也免不了有凡俗和可笑的时候,因此,在戏剧里"忽而滑稽突梯,忽而惊心动魄,有时则滑稽突梯与惊心动魄俱来并至"④,既合乎生活规律,也能增加戏剧效果。

美与丑、典雅与滑稽既然对立统一地存在生活之中,那么,崇尚优美典雅,排斥滑稽丑怪势必不能表现生活的"真"。戏剧的特点就是真实,就是"集聚物像的镜子",就要将美与丑、典雅与滑稽同时"凝聚"起来,从形体到心灵形成强烈的对照,既"照亮人物的外部"也"照亮人物的内心","把生活的戏和内心的戏交织在同一幅画面中"。在雨果看来,由于滑稽丑怪收揽了一切可笑、畸形和丑陋,它将是奢侈、卑贱、贪婪、吝啬、背信、混乱、伪善,

---

① 《雨果论文学》,柳鸣九译,上海译文出版社1980年版,第33页。
② 同上书,第26页。
③ 同上书,第46页。
④ 同上。

将是"千变万化"。戏剧中运用对照原则，不仅"侵入、涨溢、泛滥；终于像一道激流冲破高雅的堤防"①，同整个万物相协调。而且通过奇美的想象，将种种奇形怪状突现出来，使美的东西更鲜明。同时，对照的运用，"使观众每时每刻从严肃到发笑、从滑稽的冲动到痛苦的激情，从庄重到温柔、从嬉笑到严肃"②。以一种印象代替另一种印象，使人不致感到单调冗长，得到必要的休息，以便让观众能以一种更新鲜和更敏锐的视觉移到美的对象上去，既得到娱乐，又受到启迪。

雨果的对照原则运用在戏剧上，就表现出三个特点：首先，在创作实践上打破传统的"悲剧表现崇高、喜剧表现滑稽"的不可逾越的界限。提倡悲剧中有喜剧因素，喜剧中有悲剧成分，从而增强了戏剧的表现力，使戏剧更接近于生活；其次，美与丑、典雅与滑稽的矛盾，在戏剧中表现为人物与人物之间矛盾冲突，强调对照，更有利于表现戏剧冲突。在雨果的时代，社会矛盾极为复杂，光明与黑暗、美与丑往往混淆不清甚至被颠倒，运用"对照"，就有利于表现社会矛盾的复杂性；第三，雨果指出一个伟大的人物也可能有愚蠢之处，有神性与兽性的矛盾，描写人的两重性及其冲突，才能使人物性格鲜明浮现。雨果的美学原则的矛头始终是指向伪古典主义的，它一方面反对伪古典主义将题材、人物、体裁规范化。另一方面要求将平凡粗俗写进艺术品，扩大艺术表现范围，以滑稽丑怪衬托优美崇高，反映理想生活，因而在浪漫主义运动中占有突出的地位。

雨果不仅在理论上，而且在创作实践上，始终贯彻对照原则，他在谈到自己的《国王的取乐》时说："取一个形体上丑怪得最可厌、最可怕、最彻底的人物，把他安置在最突出的地位上，在社会组织的最低下最底层最被人轻蔑的一级上……然后，给他一颗灵魂，并且在这灵魂中赋予男人所具有的最纯净的一种感情，即父性的感情。"结果怎样呢？当高尚的感情炽热化，支配人物行动时，这个卑下的人物由"渺小变成了伟大，畸形变成了美好"③。这类描写在《巴黎圣母院》的伽西莫多、后来的《笑面人》中关伯仑等身上都反复出现过。至于那些在优美的外表下包藏着祸心，同上类人物相比照，也屡见不鲜。雨果正是在美丑的强烈对比中，表现了他的反封建的民主主义思想的。

---

① 《雨果论文学》，柳鸣九译，上海译文出版社1980年版，第37页。
② 同上书，第81页。
③ 同上书，第104页。

然而，在他看来，现实生活中的美丑、典雅滑稽不过是造物主的巧妙安排。基督教的教义使人产生特别发达的崭新感情，教会人们沉思，发现生活中的不幸和苦难。"基督教把诗引到真理"，于是诗人才"把阴影渗入光明，把滑稽丑怪结合崇高优美而又不使他们相混，换而言之，就是把肉体赋予灵魂，把兽性赋予灵智"①。从这一观点出发，雨果崇尚中世纪艺术并将其作为浪漫主义的根源，同时，雨果将现实生活中的矛盾归结为美与丑、善与恶的精神和伦理力量的冲突，是人性与兽性的冲突，必然影响作品揭示社会矛盾的深度。

4. 浪漫主义崇尚天才独创反对规范模仿

雨果在为查理·多瓦勒的诗集《天神》所写的序文里指出："浪漫主义其真正的定义不过是文学上的自由主义而已。……艺术创作上的自由和社会领域里的自由，是所有一切富有理性、思想正确的才智之士都应该同步亦趋的双重目的，是召集着今天这一代如此坚强有力，如此善于忍耐的青年人的两面旗帜。"②社会领域里的对自由的追求和实现是艺术自由的前提，艺术创作的自由则是社会领域自由的体现。反对君主专制，追求个性的自由发展，在艺术领域里必然表现为突破旧的束缚，在内容和形式上追求创新，被称为自由主义文学的浪漫主义正是这样的产物。雨果的这个思想在"序言"里，主要是通过对伪古典主义的批判体现的。

首先，雨果指出"三一律"已成破屋梁木腐朽不堪。戏剧是时代的产物，"戏剧应该弥漫着时代气息，像弥漫着空气一样，使人只要一进去或者一出来就感到时代和气氛都变了"③。古希腊的戏剧，"完全服从于宗教和国家的宗旨"，"它惟一的目的就是给人娱乐，或者说服教育观众"④，取得悲剧、喜剧创作的辉煌成就，亚里士多德《诗学》进行了理论总结，提出悲剧人物、地点和情节的要求，本来是极其自然的。然而两千多年前的理论概括，到了伪古典主义手里，歪曲成固定不变的僵死的教条。"三一律"成为轰击艺术创造的"鱼雷"，"使我们损失了多少美啊"。对此，雨果说："那些在萌芽状态就被他们那股干燥的风吹死了的东西，本来是可以造就成为非常美好的作品的。"伪古典主义虽然一时嚣张，"三一律"被奉为金科玉律，但它

---

① 《雨果论文学》，柳鸣九译，上海译文出版社1980年版，第30页。
② 同上书，第92—93页。
③ 同上书，第63页。
④ 同上书，第50页。

终究远离现实,是缺乏生气的,雨果说:"当代一些杰出人物,不论是外国的还是法国的都已经在实践上和理论上打击了伪亚里士多德法典的这条根本规则。"①它已成为摇摇欲坠的破屋梁木。雨果认为:伪古典主义学者要别人"用现在的东西去换取过去的东西"。正像阿利奥斯特《愤怒的罗兰》里的傻子罗兰那样,"他一本正经要求一个过路人用一匹活马来换取他一匹死马"②。伪古典主义学者甚至不及罗兰,罗兰至少还承认他的牝马是死的这一缺点,而那些学者却硬说那匹死马优于活马,这种混淆是非、以烂充好的做法,除了表明伪古典主义学者在判断事物和诚实态度上失去信誉外,再也不能得到更好的效果。对于"三一律",雨果在"序言"里做了具体分析,他认为剧情或整体的一致是戏剧自身的要求,戏剧的各个部分巧妙地从属于整体,次要情节始终归向中心情节,这是必要的、正确的。问题在于地点与时间的一致,他称为"二一律",他认为"发生变故的地点"是事件不可少的严格的见证人,如果为保持地点不变而舍弃这个"见证人",不仅缺少一个条件,而且不能令人信服;不顾剧情变化,硬要塞入24小时之内,就像鞋匠给大小不同的脚做同样大小的鞋子。雨果说"二一律"像鸟笼的方格,凡是历史上活生生的东西,一到这里就成为一具"枯骨"。艺术是一种创造活动,艺术家的独特感受和奇特的表现手法的运用,构成了艺术品的魅力。伪古典主义的僵死教条,就像剪刀剪断了艺术家展翅高飞的翅膀,结果自然流于平庸。雨果并不一味反对规则,他认为艺术家要遵循一定的规则,"没有别的规则,只有翱翔于整个艺术之上的普遍的自然法则,只有从每部作品特定的主题中产生出来的特殊法则"③。他认为世界上一切事物之所以美,就在于能够自臻完美,一切事物都具有生长、繁殖、增强获取、进步、一天胜似一天的特点。一切事物都具有矛盾和谐统一的特点,这"既是事物的光荣,也是事物的生命"④。就单个人说,"每个人身上都存在着音乐",他倾诉、抽泣、也欢笑,发出强弱、快慢、高低不同的和声。顺其自然,发挥自由想象,像蜜蜂那样"张开金色的翅膀,飞来飞去,停在花朵上,吸取蜜汁,既不使花萼失去光彩,也不让花冠去其芬芳",才是艺术家的真正创造。

其次,天才在于创造,模仿流于平庸,雨果说:"在文学领域里,就像在政治领域一样;秩序要奇妙地和自由和衷共处;它甚至就是自由的产物",

---

① 《雨果论文学》,柳鸣九译,上海译文出版社1980年版,第48—49页。
② 《论拜伦》,同上书,第13页。
③ 同上书,第58—59页。
④ 同上书,第129页。

秩序是事物内部的各种因素的合理安排，艺术家的自由创新就在于发现秩序、认识秩序，以丰富、自然、壮丽、奇特强烈的情感色彩表现这种秩序。雨果认为诗人不仅在叙述，而且是在表现。任何一个诗人身上都有一个反映镜，这就是观察。还有一个储存器，这便是热情；诗人的脑海里在观察时产生那些巨大的发光的身影，渗入他自己的理解，做出善恶的评价，或者"面对现实的微笑"，或者"越过障碍注视将来"，选择事物的特征，使"身影"更鲜明，个性更突出。真正的诗人是用自己的"灵魂和心灵"来写作的，因而时时处处表现出自己的才能来。

在雨果看来模仿只会产生赝品，不能成为天才。模仿得最成功也还是模仿，哪怕你是拉辛的回响或者是莎士比亚的返照，你总不过是回响或返照。如果一个有才能的人，因模仿别人而丢了本色，就像"天神不做，而甘心做下人"①。森林中的树木，形态果实、叶子各不相同，是吸取流遍大地的汁液而长起来的，真正的艺术家"应该从最根本的源泉里吸取滋养"，千万不能把古典主义的车辙当作道路，也不要去模仿近代的浪漫主义的诗人，因为"谁去模仿一个浪漫主义诗人，就必然成为一个古典主义者"②。

第四节 《克伦威尔》"序"的影响和评价

雨果的《克伦威尔》"序"全面批判伪古典主义遵奉的清规戒律，从反映生活真实出发，提出对照原则，强调表现资产阶级的美学理想，因而成为法国浪漫派的旗帜。曾经参加过浪漫主义运动的法国作家戈吉野回忆说："《克伦威尔》'序'在我们眼里发出灿烂的光辉……它引起了一个类似文艺复兴的运动。"

早在启蒙运动时期，卢梭、狄德罗就相继提出"返回自然"，表现事物的"关系"和变革，倡导悲喜混合的市民戏剧，对伪古典主义发起了猛烈的攻击，使它几乎成为过街老鼠。但是，启蒙思想家们为创造资产阶级理性王国而斗争过程中遵循的自然原则，不外是一种先天的普遍人性。这种抽象的理性对于封建等级制具有很大的破坏力，然而不能从根本上消除伪古典主义多层次的伦理观和艺术创作中的"合式"原则。因此在波旁王朝复辟后，伪古典主义就有沉渣再起之势头。雨果的"序言"，则从浪漫主义产生的社

---

① 《雨果论文学》，柳鸣九译，上海译文出版社1980年版，第59页。
② 同上书，第90页。

会根源出发,进而对伪古典主义奉为经典的"三一律"做了有说服力的批判,挖掉了伪古典主义赖以生存的理论基础。从此,伪古典主义作为历史陈迹,进入了博物馆。

"序言"提出的浪漫主义就是自由主义的文学运动,倡导的"对照"原则,像一支响亮的号角,召唤着为自由而战的艺术家,形成了巨大的队伍。在这支队伍里,不仅有雨果、缪塞、戈蒂耶、大仲马等,而且还有后来的现实主义作家巴尔扎克、司汤达、梅里美等。为了反对封建复辟,他们几乎组成了统一战线,互相磋讨艺术问题。因此,可以说"序言"起着组织队伍、探求如何摆脱旧的文学形式的"黏合"作用,使这个运动经久不衰。

特别需要指出,"序言"表现出了强烈的革新精神,它不仅强调一切感情都可入诗,美、丑可同时登台,使得法国诗歌和戏剧发出奇异的光彩,而且强调追求理想,崇尚自我,充分表现激越的情感,以及奇特的情节,夸张的手法,这适应了资产阶级的政治需要,因而推动着世界性的浪漫主义文学运动。《克伦威尔》"序"是西方文艺理论史上一篇重要的文献。

参考书目:

1. 《雨果论文学》,柳鸣九译,上海译文出版社1980年版。
2. 拉法格:《浪漫主义的根源》,见《拉法格文学论文选》,罗大冈译,人民文学出版社1961年版。
3. 蒋孔阳、朱立元主编:《西方美学通史》第5卷,第13章,上海文艺出版社1999年版。

思考题:

1. 为什么说《克伦威尔》"序"是浪漫主义运动的宣言?
2. 优美崇高和滑稽丑怪对照原则的美学意义。

第二十章 《〈人间喜剧〉前言》和巴尔扎克的现实主义理论

奥诺雷·德·巴尔扎克(Honoré de Balzac,1799—1850)是19世纪法国伟大的批判现实主义小说家。父亲本是农民出身,大革命期间因善于投机钻营,跻身资产阶级。巴尔扎克小时候曾在保王党人开办的寄宿学校上学。1816—1819年学法律,并先后在诉讼代理人和公证人事务所当见习生。从形形色色的案件中看到了人们为金钱权势而斗争,洞察到社会黑暗的内幕,但他无意从事法律,而是酷爱文学。1819年开始,他以十年的时间完成了创作的准备阶段。这十年中,他写过悲剧,写过神怪小说,办过印刷厂,出版过古典作家的作品,结果都宣告失败,并背了一身债。但是他得到了锻炼,思想变得深刻了,艺术逐渐成熟了。1829年发表历史小说《朱安党人》,从此得名,并揭开了《人间喜剧》的创作序幕。《人间喜剧》包括九十余部互相联系的长篇、中篇、短篇,共有两千四百多个人物,其中具有典型意义的各阶层的人物不下六七十人。作品描写了1816年至1848年的法国社会现实,以《高老头》《欧也妮·葛朗台》《幻灭》《贝姨》《邦斯舅舅》《农民》等最为著名。1842年巴尔扎克为《人间喜剧》写了序,总结了自己的创作经验,并把这部庞大的著作中的作品分成三个部分:风俗研究、哲理研究、分析研究。其中风俗研究又分《私人生活场景》《外省生活场景》《巴黎生活场景》《政治生活场景》《军旅生活场景》和《乡村生活场景》。恩格斯赞扬巴尔扎克的《人间喜剧》是一部伟大的作品,说:"他在《人间喜剧》里给我们提供了一部法国'社会'特别是巴黎'上流社会'的卓越的现实主义历史。"[1]巴尔扎克对资本主义的揭露达到前所未有的广度与深度,《人间喜剧》所取得的成就,"是现实主义的最伟大胜利之一"[2]。

---

[1] 恩格斯:《致玛·哈克奈斯的信》(1888年4月),《马克思恩格斯选集》第4卷,人民出版社1972年版,第462页。

[2] 同上书,第463页。

第一节　巴尔扎克生活的时代及批判现实主义思潮

在介绍巴尔扎克文学理论之前先简略介绍一下巴尔扎克生活的时代及所受各种社会思潮的影响,可以帮助我们理解巴尔扎克何以提出现实主义的主张、他的理论的思想根源与时代根源。

巴尔扎克生活在19世纪上半期,法国正处于社会矛盾、阶级斗争极为尖锐、复杂的时期。从1789年资产阶级大革命开始到1848年的资产阶级民主革命失败,其间经历了拿破仑称帝、波旁王朝的复辟及七月王朝三个历史阶段。封建阶级与资产阶级复辟与反复辟的斗争十分剧烈,直到1830年建立以金融贵族专政的七月王朝,封建阶级再一次被赶下台,从此便无力卷土重来了。资产阶级对封建贵族最后一次严重的斗争胜利结束,资本主义关系已完全确立。资产阶级统治的巩固,产生了金钱万能、人欲横流的资本主义秩序。随着资本主义的发展,无产阶级的力量也迅速增长,劳资矛盾日益尖锐,成了社会的主要矛盾。恰如恩格斯所说:"无产阶级和资产阶级间的阶级斗争一方面随着大工业的发展,另一方面随着资产阶级新近取得的政治统治的发展,在欧洲最发达的国家的历史中升到了首要地位。"[①]1831年爆发里昂工人大罢工,1834年里昂工人再次起义。与此同时,资产阶级内部也矛盾重重,金融贵族与工商资产阶级、小资产阶级利益不一,共和党和保皇党的观点不同。种种矛盾促使革命爆发。1848年2月,巴黎工人与革命群众终于起来推翻了七月王朝。但革命的胜利果实被资产阶级共和派篡夺,他们反过来镇压工人,迫使巴黎无产阶级又举行六月起义,在资产阶级血腥镇压下起义失败。1850年路易·波拿巴发动政变,实行专制独裁。巴尔扎克1799年诞生,1850年逝世,正好处于法国社会阶级斗争激烈的时期,动荡的政治形势猛烈地冲击着他,各种社会思潮向他汹涌袭来。

金钱统治一切的资本主义现实,冲破了进步的资产阶级作家早期的理想,他们的幻想破灭了。资本主义制度表明,"不论它较之旧制度如何合理,却决不是绝对合乎理性的。理性的国家完全破产了"[②]。社会上富有和贫穷的对立并没有在普遍的幸福中得到解决,反而更加尖锐。司汤达

---

① 恩格斯:《反杜林论》,《马克思恩格斯选集》第3卷,人民出版社1972年版,第65页。
② 同上书,第297页。

(1783—1842)看到了现实是"一堆发臭的烂泥",是"泥泞的大路"。巴尔扎克一方面受到英国经济学派的影响,主张发展资本主义工商业,在《关于劳动的信》中说道:"国家与其致力于规约和组织劳动,还不如效法英国,鼓励出售,给国民生产寻找和开辟出路。这是保护工人和商业的惟一方法。"还在作品《乡村医生》中提出"竞争是实业的生命",对资产阶级的发展抱有热情。另一方面受到19世纪资产阶级历史学派理论的影响。巴尔扎克听过历史学家基佐的课,研究过这派的著作,能像他们一样用唯物的观点来看待历史现象,把19世纪前期的法国历史看成是资产阶级与封建贵族斗争的历史。同时,圣西门、傅立叶的空想社会主义思潮对他影响很深。傅立叶对资本主义社会贫富对立进行了全面、深刻的揭露,认为少数人的寄生与奢侈生活是建立在大多数人的贫困与苦难上的。巴尔扎克接受了傅立叶的观点,在随笔集《正直人法典》中说:"生活可被看成穷人与富人之间的一场持久的战斗。"他深刻认识到社会的弊病,分析在法国,穷人有1800万,中等阶级有1000万,富人有200万。据说数字比例还相当准确。资本主义社会矛盾的暴露、理性王国的破产,在资产阶级进步作家中形成了一种对现实的批判精神。

同时,19世纪自然科学迅速发展,科学精神直接影响到社会各个领域,文学艺术也受自然科学务实求真的感染。作家在求实精神的熏陶下,对社会生活的认识、对人与人关系的分析,比较深刻、切实。司汤达养成了对"精确科学"数学的爱好,在文学作品中也追求真实、精确。巴尔扎克对自然科学也有广泛的兴趣,认识到"世间的一切都是通过运动和数量才存在的","思维产生于有机体","理智完全是物质的产物",并且相信生物进化发展的理论,特别是法国动物学家、比较解剖学家居维埃和博物学家、胚胎学的奠基者圣伊莱尔关于生物有机体适应、平衡的学说,关于不同种类的生物在发展过程中的普遍联系和继承性的学说,对他影响很大。他在《〈人间喜剧〉前言》中说:"这种学说在尚未引起上述的论争很久以前,已经深入我心。"[1]启发他用自然科学的精神来观察社会,对复杂的社会现象做周密的思考,并表示要像博物学家贝丰"写一部书讲述全体动物"那样,"替社会写一部类似的作品"。

法国19世纪批判现实主义思潮就是在这种特定的土壤气候条件下形成、发展的。巴尔扎克是法国19世纪批判现实主义文学最伟大的代表,他

---

[1] 巴尔扎克:《〈人间喜剧〉前言》,《文艺理论译丛》第2辑,人民文学出版社1957年版。

不但运用批判现实主义精神创作了气势宏伟的《人间喜剧》，真实再现了法国社会的历史，在作品中塑造了大量的典型人物，而且也对现实主义文学理论做出了卓越的贡献。如关于真实地反映生活的问题，关于典型人物的塑造问题，关于环境与人物性格的关系问题等都有一系列精辟的论述，大大丰富和发展了现实主义文学的理论。

第二节　巴尔扎克的现实主义理论

巴尔扎克的文学主张大多散见在作品的前言或序言之中，有的通过作品人物之口转述出来，有的见之于通信中，如若我们把这些论述集中起来研究，就可以看出巴尔扎克的现实主义理论是十分全面而深刻的，在理论史上还起到承上启下的作用。由于篇幅的关系，我们以《〈人间喜剧〉前言》为主，结合其他文章，对巴尔扎克的现实主义理论做些简要介绍。

1. 主张真实反映生活，严格摹写现实

巴尔扎克坚信"文学的使命是描写社会"，"从来小说家就是自己同时代人们的秘书"。[①] 在《〈人间喜剧〉前言》中强调"要严格摹写现实"，他说："法国社会将要作历史家，我只能当它的书记。编制恶习和德行的清单、搜集情欲的主要事实、刻画性格、选择社会上主要事件、结合几个性质相同的性格的特点揉成典型人物，这样我也许可以写出许多历史家忘记了写的那部历史，就是说风俗史。"[②] 主张文艺要反映生活，描写社会，一个国家的作品就应该"形成一面照出这个国家全貌的镜子"，一个"活在民族之中的大诗人，就该总括这些民族的思想……就该成为他们的时代化身才是"。[③] 像天才的作家荷马、拉辛、但丁、莎士比亚、歌德等，都是历史的纪念碑，巴尔扎克自己的作品也要像他们的一样。他认为"同实在的现实毫无联系的作品以及这类作品的全属虚构的情节，多半成了世界上的死物。至于根据事实、根据观察、根据亲眼看到的生活中的图画，根据从生活中得出来的结论写的

[①] 巴尔扎克:《〈古物陈列室〉、〈钢巴拉〉初版序言》，《古典文艺理论译丛》第10辑，人民文学出版社1965年版，第121页。

[②] 巴尔扎克:《〈人间喜剧〉前言》，《文艺理论译丛》第2辑，人民文学出版社1957年版，第6页。

[③] 《巴尔扎克论文选》，李健吾译，上海新文艺出版社1958年版，第104页。

书,都享有永恒的光荣"①。而文学"获得全世界闻名的不朽的成功的秘密在于真实"。清醒地认识到文艺要反映生活,创作要从现实出发,不是从主观想象出发,搞虚假的东西。他把生活比作广阔无边的海洋,说生活中有数不胜数的奇遇,有非凡的戏剧,有十分可怕的事物,也有异常美丽的东西,"只凭想象是不能洞察隐藏在这儿而且从未被人发现的现实的"。作家应该像潜水员那样深深地沉潜在生活的底层,到围坐在灶边的家庭中去寻找。在平静而一致的外表下面摸索,到律师办公室里、巴黎一间内室的帷帐后面去挖掘,才能得到一些既复杂而又自然的性格。巴尔扎克在《〈古物陈列室〉、〈钢巴拉〉初版序言》中声明,自己的小说不是光凭脑子想出来的,笔下的全部事实,其中随便哪一件,就是连那些最富于浪漫蒂克气息的、最最少见的事实,都取自生活。

　　要严格摹写现实,必须细致地观察生活,他认为文学艺术就是由观察和表现组成的,作家应具有敏锐的观察力。作家的观察力好比是"一种透视力",能在任何情况下测知真相,揭示那不断瓦解、不断重新组合的社会。他说:"作家应该熟悉一切现象,一切感情。他心中应有一面难以明言的把事物集中的镜子,变幻无常的宇宙就在这面镜子上面反映出来。"②作为艺术家应该什么都能假设,什么都能体验,而且能够看到生活中的正反两面。他通过作品《卡因·发西诺》介绍自己观察生活的经验:"对我说来,这种观察已经成为一种直觉,我的观察既能不忽略外表又能深入对方的心灵;或者也可以说就因为我能很好地抓住外表的一切细节,所以才能马上透过外表,深入内心。当我观察一个人的时候,我能够使自己处于他的地位,过着他的生活,就如同《一千零一夜》里的法师一样,可以附在别人身上,借别人之口说出话来。"巴尔扎克认为作家应该在观察中去分析社会生活中有生命的男男女女,分享被观察者的生活,体验他们的思想感情,抓住那些瞬息即逝的特征,发现常人眼睛所不易看到的变化。然后再加以耐心的组织,构成一个统一的、有创造性的、崭新的整体。正因为巴尔扎克能够细微地观察生活,深入考察人与人之间的社会关系,致使他能真实地反映生活,忠实地描绘了他那个时代。文艺创作是从观察现实生活出发,真实地描绘社会,还是从主观意识出发,虚构与现实毫无联系的东西,代表着两种根本不同的创作

---

　　①　巴尔扎克:《〈古物陈列室〉、〈钢巴拉〉初版序言》,《古典文艺理论译丛》第10辑,人民文学出版社1965年版,第122页。
　　②　巴尔扎克:《〈驴皮记〉初版序言》,同上书,第112—113页。

原则。马克思、恩格斯曾经告诫过拉萨尔:"我们不应该为了观念的东西而忘掉现实主义的东西,为了席勒而忘掉莎士比亚。"①巴尔扎克主张文艺创作要从生活出发,要根据观察得来的生活中的图画写书,"单是一串合乎逻辑的观念或一套感受得正确的原则是不够的"。反对光凭脑子想象、从主观臆想的观念出发。这种创作原则是值得肯定的。

巴尔扎克还十分注意细节描写的真实,他在《〈人间喜剧〉前言》中说过:"小说在细节上不是真实的话,它就毫无足取了。"②因为小说的故事情节,人物性格正是由无数个细节构成的,细节不真实,情节与性格也就失去真实性。他指出,我们在看书的时候,每碰到一个不正确的细节,真实感就会向我们叫起来:"这是不能相信的。"如果这种叫喊的次数太多,而且向大家这样叫,那么这本书不论在现在还是将来,都不会有任何价值的。因此,他要求文学家要像历史学家尊重历史事实那样尊重现实生活的真实。"我对于经久的、日常的、隐秘或明显的事实,个人生活的行为,它们的起因和它们的原则的重视,同到现在为止历史家对各民族公共生活的重视一样。"③主张忠实于历史,忠实于现实,既不粉饰生活又不忽略细节。他曾设想假如有个罗马作者,能写出几篇有关公元1世纪从恺撒到尼禄之间的社会风俗,给我们讲述这个辽阔的帝国的千千百百细节,那些典型的和辉煌的生活,这对于我们是怎样大的瑰宝啊!巴尔扎克主张细节描写要真实,他在《人间喜剧》里,就是通过千千万万细节的真实描写,为我们提供了一部法国社会卓越的现实主义的历史。恩格斯赞扬说:"我从这里,甚至在经济细节方面(如革命以后动产和不动产的重新分配)所学到的东西,也要比从当时所有职业的历史学家、经济学家和统计学家那里学到的全部东西还要多。"④

细节的真实描写在18世纪现实主义创作理论中已有总结,巴尔扎克把它发展到最高的水平,不但对生活场景的每一个具体事物,人物的姿态、动作、衣着、形貌的每一细部都用精确逼真的描写方法使之酷似现实,更重要的是着力于对细节的精心选择上,讲究细节对揭露事物本质的意义,注重细节的表现力,用细节描写反映出生活的广度与深度。即"摹写整个社会,写

---

① 恩格斯:《致斐·拉萨尔》(1859年5月18日),《马克思恩格斯选集》第4卷,人民出版社1972年版,第345页。
② 巴尔扎克:《〈人间喜剧〉前言》,《文艺理论译丛》第2辑,人民文学出版社1957年版。
③ 同上书,第12页。
④ 恩格斯:《致玛·哈克奈斯》(1888年4月),《马克思恩格斯选集》第4卷,人民出版社1972年版,第463页。

出这个时代的广阔的面貌"。他说:"我的作品有它的地理,正如它有它的谱系和它的家族,它的场所和它的物产,它的人物和它的事件一样;正如它有它的盾徽,有它的贵族和市民,有它的手艺者和农民,有它的政治家和花花公子,有它的军队一样,总之,有它的整个社会就是!"①通过细节描写再现了法国一个完整的历史阶段。他在作品里细微地描写了社会生活的各方面,巴黎的上流社会和贫穷苦难的下层人民,外省生活与乡村景象,官场丑事、银行经济、法律监狱、新闻出版,简直包罗万象。笔下的人物也是无所不有,大臣、法官、将军、律师、高利贷者、银行家、贵族、医生、教士、作家、工人、农民,还有强盗、娼妓,两千多个人物囊括了现实生活中的各个阶级。深度与广度是辩证统一的,巴尔扎克在要求艺术家的心灵能烛见整个宇宙,反映出各个地域的风俗、形形色色的人物及其欲念时,也要求艺术家从大量日常的、平凡的,看起来是那样琐碎的生活事件中反映出社会本质的东西来,深刻反映社会各阶层人与人之间的现实关系。他说:"一个既真实而又准确的风俗画家的义务原来是这样来完成的,即他在再现自己时代的同时,他并不去触及任何个人,而应该是不要放过任何本质的东西。"②通过细节描写要反映生活本质,不是拘泥于真人真事的实录。"描写各个时期的服装、家具、屋子、室内景象、私人生活,同时刻画出时代精神。"巴尔扎克在创作实践中遵循自己的现实主义主张,尊重生活真实,按照生活本来的面目再现生活,通过细节的真实描写具体地、历史地再现广阔的社会风貌,极其深刻地揭示了资产阶级种种罪恶的发家史、封建贵族没落的衰亡史,写出了共和党英雄们的斗争业绩,描绘了在饥饿和死亡线上挣扎的里昂工人与广大农民,把19世纪前50年的法国社会的矛盾与斗争表现得淋漓尽致。

2. 强调艺术家要创造伟大的典型

巴尔扎克在《〈人间喜剧〉前言》中提出,要使作品引人入胜,艺术家就应当使用他们的才华塑造出典型人物。要让"这些人的存在,同他们在那里生活的世代的存在相比,变得更为悠久,更为真实确凿,他们差不多总是必须作为反映现在的一个伟大形象,才活得下去。这些人物是从他们的时代的五脏六腑孕育出来的,全部人类感情都在他们的皮囊底下慄动着,里面

---

① 巴尔扎克:《〈人间喜剧〉前言》,《文艺理论译丛》第2辑,人民文学出版社1957年版。
② 巴尔扎克:《〈一桩无头公案〉初版序言》,《古典文艺理论译丛》第10辑,人民文学出版社1965年版。

往往掩藏着一套完整的哲学。"①巴尔扎克明确地提出创造典型的问题。能否创造典型,这是现实主义与自然主义的根本分界线,自然主义要求严格地描写生活,就像摄影师照相,机械地记录生活的表面现象,巴尔扎克要求严格摹写现实,不是照抄照搬生活,而是要传达出活跃的生命来。他在《无名的杰作》中说:"艺术的任务不在于摹写自然,而在于反映自然。你不是可怜的摹写者啊,你是一个诗人!要不然,一个雕塑家从女人身上脱下一个模子,就可以完成他的工作了。"巴尔扎克曾经借达文的笔,写下了自己的文学主张:"艺术的使命是选择自然的分散的部分、真理的细节,以便使它们成为一个纯一的完全的整体……艺术家的使命就是创造伟大的典型,并将完美的人物提到理想的高度。"②艺术不是单纯的模仿,艺术作品应该用最小的面积,惊人地集中了最大量的思想。艺术家也不是可怜的摹写者,他要创造比实际生活更高更集中更有普遍意义的艺术典型。这就要求艺术家对生活进行选择、概括、加工、提炼,创造典型形象。关于典型的理解,巴尔扎克在《一桩无头公案》初版序言中论述较为集中,他说:"'典型'这个概念应该具有这样的意义,'典型'指的是人物,在这个人物身上包括着所有那些在某种程度跟它相似的人们的最鲜明的性格特征;典型是类的样本。因此,在这种或者那种典型和他的许许多多同时代人之间随时随地都可以找出一些共同点。"③意思是指在这个有个性的人物身上,集中了那些和他相类似的人们的性格特征,他是他那一类人的典型。典型人物应当是某一类人的代表,有其普遍性。如同动物之有千殊万类,人也有各种类别,而且对社会类别——人的描写应当比动物类别的描写多一倍。在社会中各类人物,如国王、银行家、艺术家、资产者、教士和穷人的习惯、服装、语言、住宅,是完全不相同的,并随着文明程度的高下而起着变化。典型人物不仅是一个类别的代表,他们每个人还具有鲜明的个性特点,人性有千殊万类的差别。因此巴尔扎克提出作家应当搜集我们生活中各种各类的人物事件,抓住人物和他们的思想的物质表现,创造出各种各样的典型来。

如何创造典型人物呢?巴尔扎克认为文学中的全部真实不等于现实生活的真实,小说家不同于历史家,在《〈人间喜剧〉前言》中,他肯定了奈克尔

---

① 巴尔扎克:《〈人间喜剧〉前言》,《文艺理论译丛》第2辑,人民文学出版社1957年版。
② 达文:《巴尔扎克〈十九世纪风俗研究〉序言》,《古典文艺理论译丛》第3辑,人民文学出版社1962年版,第168页。
③ 巴尔扎克:《〈一桩无头公案〉初版序言》,《古典文艺理论译丛》第10辑,人民文学出版社1965年版,第137页。

夫人的话,"历史的规律,同小说的规律不一样,不是以一个美好的理想作为目标。历史所记载的是,或应该是,过去发生的事实;而小说却应该描写一个更美满的世界"①。指出小说家须有一个美好的理想作为目标,根据理想,对所描写的人与事有所抉择。"选择社会上主要事件、结合几个性质相同的性格的特点糅成典型人物。"②他认为作家主要的事是分析求得综合,要"做综合的处理",在《〈古物陈列室〉、〈钢巴拉〉初版序言》中指出"为了塑造一个人物,往往必须掌握几个相似的人物"③,"把一些同类的事实融成一个整体,加以概括地描写"④。还可以把这件事的开头部分和另一件事的结尾部分融合在自己的作品里,他曾风趣地用一句意大利谚语"这条尾巴原来是另一只猫身上的"来比喻。总之,他认为文学塑造典型人物"采用的也是绘画的方法,它为了塑造一个美丽的形象,就取这个模特儿的手,取另一个模特儿的脚,取这个的胸,取那个的肩。艺术家的使命就是把生命灌注到他所塑造的这个人体里去,把描绘变成真实"⑤。这种做综合处理的过程也就是典型化的过程。巴尔扎克在创作中深刻体会到经过典型化从生活的海洋中综合出来的人物,"他不仅能够真正地立起来、自如地行动,而且他还同时是我们发自灵魂深处的感情的一个人格化的人物。这样的人物就好比是我们的愿望的产物、是我们希望的体现。他们身上的生动丰富的色彩就表现出了作家所再现的实在人物的真实性,并且他还高于实在的人物。没有这一切就既谈不上什么艺术,也谈不上什么文学"⑥。文学典型不仅来自客观的生活,而且经过作家的加工综合,渗透了作者的理想与愿望,比现实生活中的人物更高、更理想、更丰富,在某种意义上说更具有真实性。巴尔扎克关于典型人物的理论是十分精辟的。

应当特别指出的是,巴尔扎克的典型理论有一个重要的特点,就是强调环境的作用,重视典型人物周围环境的描写。他认为性格是环境的产物,主张把人物放在一定的生活环境中来描写。他说人物的行动只是一种现象,而现象给我们留下的印象可能是生活中的偶然事件,并不是生活本身。因

---

① 巴尔扎克:《〈人间喜剧〉前言》,《文艺理论译丛》第 2 辑,人民文学出版社 1957 年版,第 10 页。
② 同上。
③ 巴尔扎克:《〈古物陈列室〉、〈钢巴拉〉初版序言》,《古典文艺理论译丛》第 10 辑,人民文学出版社 1965 年版,第 120 页。
④ 同上。
⑤ 同上。
⑥ 同上书,第 122 页。

此作家"不是应该进一步研究产生这些社会现象的多种原因或一种原因，寻出隐藏在广大的人物、热情和事故里面的意义么？"①他还在《不知名的杰作》中指出，"不论是艺术家、诗人或雕塑家，都不应当把印象与原因分开来，它们原是互不分离的"。艺术家要"深知事物内在的原因"，并在作品中写出促使人物活动的原因来。到哪里去找人物活动的原因呢？巴尔扎克认为人物的一举一动都可以从他周围的环境中找到原因，环境是性格形成的真正原因。他在《社会解答》中说："人在自然处境，肯定或者决定，全和他的周围事物有关。"②人物是环境的产物。他又在《纽沁根银行》中借人物之口说："大自然仅仅把我们造成无聊的动物，而我们之所以变成傻瓜，其责任在于人为的环境。"又在《遭人诅咒的孩子》中说："只要我们在生活里走了几步，便会认识到环境对于心灵状态的影响。"巴尔扎克坚信"大自然中没有孤立现象，样样相连，精神行为彼此相连、形体行为彼此相连"。人物与环境也密切相连。一方面他看到的是环境决定了人的性格、人物行动的思想感情是从他所生活的社会环境中、从时代的潮流中得来的。在《〈人间喜剧〉前言》中，他说过"社会不是按照人类展开活动的环境，把人类陶冶成无数不同的人，如同动物之有千殊万类么？"③社会上各类人的差异如士兵、工人、官吏、科学家、商人、教士等等各阶级、阶层之间的差异都是社会环境所造成的，典型人物"是从他们的时代的五脏六腑孕育出来的，全部人类感情都在他们的皮囊底下慄动着，里面往往掩藏着一套完整的哲学"。另一方面他也看到了人对环境的作用，认识到社会环境并不是一成不变的，环境本身也在运动，作家描写社会"就须要带有它的运动的理由"，即写出推动社会运动的动力。他认为"社会环境有着一些自然界不许有的偶变，因为社会环境是自然加社会。……总之，动物彼此之间，惨剧很少，混乱也不常发生；它们只是互相角逐，没有别的。人们也互相角逐，可是他们或多或少的智慧把战斗弄得特别复杂"④。人类社会的斗争是复杂的，他看到在矛盾斗争中杂货商人肯定可以成为法国元老，而贵族有时会沦落到社会的最底层。人类以实践活动、矛盾斗争推动社会的变化。文学作品中人物所生活

---

① 巴尔扎克：《〈人间喜剧〉前言》，《文艺理论译丛》第 2 辑，人民文学出版社 1957 年版，第 6 页。
② 《巴尔扎克论文选》，李健吾译，上海新文艺出版社 1958 年版，第 58 页。
③ 巴尔扎克：《〈人间喜剧〉前言》，《文艺理论译丛》第 2 辑，人民文学出版社 1957 年版，第 2 页。
④ 同上书，第 3 页。

的环境也应当是时代的缩影,体现着每一个时代的社会生活发展情势。用巴尔扎克的话来说就是"描写各个时期的服装、家具、屋子、室内景象、私人生活、同时刻画出时代精神",一个典型环境可以反映出社会发展的基本面貌。

基于这种理论认识,在创作中他把环境描写同人物塑造紧密结合起来,作品细致地描述主人公生活的时代,这个时代的社会风俗、政治事件、经济措施、主人公居住的处所、地区、街道、房屋,一切物质条件与精神生活条件,以及主人公周围的其他人物和这些人物之间的各种关系等等。随着主人公生活环境的这样、那样的变化,人物内心活动与外部行动也相应地变化发展。巴尔扎克不像自然主义作家那样回避错综复杂的社会原因,而是在作品中热情、耐心,甚至津津有味地一一解释这些因素,从而引导读者从社会环境、历史发展中去分析人物性格形成的原因,寻找人物命运的真正答案。巴尔扎克在《人间喜剧》里创造了各式各样的典型环境中的典型人物。如他写了不少青年野心家的典型,《幻灭》中的吕西安、《欧也妮·葛朗台》中的查理·葛朗台、《高老头》中的拉斯提涅等。他们都在自己的典型环境中生活,受到周围人们的雕琢,个个都形成了自己独特的性格,走着不同的人生道路;有的沉下去,有的浮上来。又如他以编年史的方式描绘了处在资本主义不同发展阶段中各种资产阶级的典型,生活在18世纪末19世纪初的高布塞克,奔走全球,榨取资源,积累资本,在巴黎以放高利贷作为积贮财富的主要方式,是早期的资产阶级。葛朗台老头是原始积累过渡到自由掠夺时期的资产阶级典型,他靠侵吞大革命的成果发迹,善于理财,索漠城里几乎个个都被他那钢铁般的利爪干净利落地抓过一下,但是人人都尊敬他,因为他作为资本的人格化,偌大的一笔财产把他最卑劣的行为都镀了金。《贝姨》中的花粉商克勒凡,作为新式的资本家不再仅仅是资本的化身了,他放纵自己的欲望,花费大量的钱财挥霍享乐,马克思说他是"最淫乱的巴黎庸人"。纽沁根银行家则是自由资产阶级晚期的产儿,靠买空卖空起家,靠"停止支付"出名,是19世纪后半期垄断资产阶级的典型。这些金钱的巨人,打败了贵族,成为法国无冕的国王。巴尔扎克把他们放在各个不同的历史阶段中来描写,每个人都从所处的历史潮流中获得行动的动机。因此不仅具有鲜明的个性特点,还带有浓厚的时代气息,成为一定的阶级和倾向的代表。他们是典型环境中的典型人物。巴尔扎克关于典型的理论是十分全面而深刻的,并且在创作中实践了自己的主张,不仅丰富了现实主义的创作经验,而且大大发展了现实主义的文学理论。

第三节　现实主义理论的继承与发展

巴尔扎克的现实主义也是在继承前人的文艺思想,总结前人的创作经验的基础上发展起来的。在法国,早在 18 世纪,"描写人生、贴合真实"已为很多作家所追求。现实主义理论在启蒙运动领袖狄德罗那里得到了提高,狄德罗把"模仿自然"作为艺术创作的标准,他说:"模仿的美是什么?是描绘跟事物本身的吻合。"而且认为"模仿得愈完善,愈能符合各种原因,我们就会愈觉得满意"。[①] 狄德罗提倡"对自然有更严格的模仿,对细节有更仔细的观察",要求小说真实反映现实生活,强调细节描写的真实,反对保守、僵化的古典主义,提倡现实主义。巴尔扎克不但继承了法国的现实主义传统,还吸取了世界文学中现实主义的优秀传统。他对莎士比亚的现实主义创作十分崇拜,多次赞扬莎士比亚,即使在评论别人作品时也以莎士比亚作比。如评论司汤达的《帕马修道院》写得十分动人,说这是"最完整、最激动、最奇异、最真实"的,"像莎士比亚的戏剧一样生动"。他自己的创作也受到莎士比亚的影响,在《高老头》里采用了莎士比亚《李尔王》里的情节形式。从莎士比亚笔下的吝啬鬼夏洛克受到启发创造了葛朗台、高布塞克。莎士比亚是文艺复兴时期的现实主义的巨人,巴尔扎克是 19 世纪资产阶级批判现实主义的大师。丹纳在评论巴尔扎克时把这两位文豪相提并论,是十分有见地的。巴尔扎克也继承发展了英国著名历史小说家司各特的现实主义。司各特以英格兰历史为题材,创作了许多历史小说。他以敏锐的观察力捕捉重大的历史时刻和激烈尖锐的矛盾冲突,用浪漫主义和现实主义交织的手法绝妙地再现了过去的历史,并显示出历史发展的必然趋势。司各特的历史小说像是一幅巨大的历史画卷,把封建时期到资产阶级革命时期以至资本主义的英国都包罗无遗,为 19 世纪现实主义文学中的社会小说准备了条件。巴尔扎克十分佩服司各特,在《〈人间喜剧〉前言》中说"他在小说里面表现了古代的精神,他把戏剧、对话、画像、风景、描写结合在一起;他把奇妙和真实——史诗的两种元素放进小说里面,使穷室陋巷亲切的语言和诗情画意互相辉映"[②]。认为司各特塑造出来的人物是伟大的形象,与

[①] 狄德罗:《绘画论》,见伍蠡甫主编:《西方文论选》上卷,上海文艺出版社 1963 年版,第 382 页。

[②] 巴尔扎克:《〈人间喜剧〉前言》,《文艺理论译丛》第 2 辑,人民文学出版社 1957 年版。

他们生活着的世代相比,更为悠久,更为真实,因为"这些人物是从他们的时代的五脏六腑孕育出来的"。巴尔扎克理解到司各特小说中这些动人心弦的故事是从深不见底的生活海洋里挖掘出来的,是对生活的真实描写。所描写的人物不是出于杜撰,而是属于不同社会集团利益的代表,有真正的原型或者就在周围的熟人中间便可以找到。在高度赞扬司各特现实主义描写的同时,巴尔扎克还指出他的不足之处,即没有想到把作品联系起来,编写成为一篇完整的历史,让其中每一章都是一部小说,每一部小说都描写一个时代。巴尔扎克表示自己要补足司各特的"这种缺乏",把历史小说提高到新的阶段,写出许多历史家忘记了写的那部历史,即法国社会的风俗史。

巴尔扎克还在同时代的作家中吸取现实主义的养分。法国 19 世纪上半期的现实主义作家除巴尔扎克外,还有司汤达、梅里美、福楼拜这一系列光彩夺目的名字。如司汤达是法国最早出现的批判现实主义作家。他的作品主要是对封建势力的批判与揭露,发掘非常深刻,并创造了像于连·索黑尔那样世界文学史上著名的典型人物;在现实主义理论上也有许多精当的见解。在理论著作《拉辛与莎士比亚》中,表述现实主义的原则,贬斥已经过时的古典主义,他认为"文学就是社会的表现",学习莎士比亚就要像莎士比亚一样表现"当时的风尚",不是去直接模仿他的戏剧,说:"我们应该向这位伟大人物学习的是:对我们生活于其中的世界的研究方法,和为我们同时代人创作他们所需要的悲剧的艺术。"① 反对因袭古人,主张表现现实生活。李健吾先生曾概括地介绍说:"他从 18 世纪走进 19 世纪,好像一个陌生人;人家要热狂,他要冷静;人家要描写,他要分析;人家要梦想,他要现实;人家要色彩,他要正确。然而他热情,爱意大利,爱力量,爱戏剧性故事,爱莎士比亚,爱一切属于美丽和正义的真实东西。"② 巴尔扎克吸取了司汤达要冷静、要分析、要现实、要正确的精神,接受了司汤达表现时代风尚的观点,并指出"文学就是社会的表现"是一种"真理"。同时还总结了司汤达的现实主义创作经验,他详细地分析过司汤达的《帕马修道院》,在《拜耳先生研究》中认为这是"一部用密密扎扎的事实兴建起来的小说","一切非常和谐,不是自自然然连在一起,就是通过技巧连在一起,然而天衣无缝,恰到好处"。巴尔扎克不但肯定司汤达的优点,还总结出他的缺点,指出司汤达的

---

① 司汤达:《拉辛与莎士比亚》,见伍蠡甫主编:《西方文论选》下卷,上海文艺出版社 1964 年版,第 157 页。

② 《巴尔扎克论文选》,李健吾译,上海新文艺出版社 1958 年版,第 116 页。

叙述方式虽然素朴、率直,并不造作,却显出凌乱的危险。产生这个危险的原因是"拜尔先生按照事故发生或者应该发生的样子,一件一件布置,可是他在安排事实的时候,犯了若干作家也犯的错误,就是用了一个在自然中真实然而在艺术中并不真实的材料"①。巴尔扎克认为艺术真实与生活真实是有区别的,一位大画家看见一片风景,并不依样画葫芦,作画时,"他多给我们它的神,少给我们它的形",作家的创作也应抓住事物的本质,应该删削若干精致然而没有用的细节。其中有些不必要的细节"即使完全取消掉,作品也不会受到丝毫损伤"②。可见巴尔扎克比司汤达更进一步,认识到现实主义的创作不仅要从事实出发,按照生活原有的样子描写生活,注意细节描写的真实,而且更重要的是要通过描写来表现生活的本质,像画家那样"多给我们它的神"。细节描写要为塑造典型服务,不是为细节而细节,这就把细节的真实描写发展到更高的水平。巴尔扎克的现实主义除了注意细节描写外还强调创造典型,这是他比同时代作家高出一筹的地方。巴尔扎克总结了前人现实主义创作的经验,继承了前人现实主义的理论,把资产阶级现实主义发展到批判现实主义的最高峰,无疑是一种可贵的进步。

当然,巴尔扎克作为资产阶级批判现实主义作家,不可避免地具有他的局限性。批判现实主义的思想基础是资产阶级人道主义,巴尔扎克从资产阶级人道主义出发批判资本主义社会的种种罪恶,从人性的角度来揭露资产阶级的贪婪、吝啬、狠毒、腐朽等。虽然他看到了环境对形成人物性格的决定作用,强调把人物放在一定的环境中来描写,并提出写作必须着笔于"人物和他们的思想的物质表现"③在作品中也注意到描写人物的经济地位、生活条件。但是,在人对环境的推动作用这个问题的认识上仍有局限性,他一方面对封建贵族进行讽刺、鞭挞,写出他们必然灭亡的命运,一方面又参加保皇派,对垂死的贵族流露出无限的同情。一方面在作品中同情劳动人民的贫困,一方面仍然把"贫民阶级"看作"一个未成年者",要求以"一些严峻的法律来控制无知的大众"。巴尔扎克找不到真正推动社会进步的力量,在《〈人间喜剧〉前言》里公开鼓吹天主教信仰,认为宗教"是一切社会里,把恶的数量减少,把善的数量增加的惟一的手段"④,"是压制人类邪恶

---

① 《巴尔扎克论文选》,李健吾译,上海新文艺出版社1958年版,第186页。
② 同上。
③ 巴尔扎克:《〈人间喜剧〉前言》,《文艺理论译丛》第2辑,人民文学出版社1957年版,第3页。
④ 同上书,第7页。

的一套完整的制度,因此它也是稳定社会秩序的最大的因素"①。表示"我在两种永恒真理的照耀之下写作,那是宗教和君主政体,当代发生的事故都强调二者的必要,凡是有良知的作家都应该把我们的国家引导到这两条大道上去"②。巴尔扎克思想观点上的种种局限正是阶级局限与时代局限的反映。

批判现实主义通过对现实关系的真实描写,揭露了现实的矛盾与黑暗,在客观上有助于"来打破关于这些关系的流行的传统幻想,动摇资产阶级世界的乐观主义,不可避免地引起对于现存事物的永世长存的怀疑"③。巴尔扎克的现实主义达到了资产阶级现实主义登峰造极的程度,巴尔扎克对社会现实认识的深刻、艺术表现的精湛,大大丰富了现实主义,形成了一种相对独立的现实主义的认识生活、表现生活的思想原则和艺术方法,对后世影响非常大。诚然,在巴尔扎克时期,"现实主义"这个概念并未广泛流行,现实主义作为文学运动还是 50 年代的事。1855 年,画家库尔贝(1819—1877)为抗议巴黎万国博览会拒绝展出他追求真实的作品,回击人们把他的画讥讽为"现实主义",故意在展览会旁开了个人画展,并以被人鄙薄的"现实主义者"自诩,得到新派文艺家的支持。此后,批评家杜朗蒂(1833—1880)于 1856 年办了《现实主义》的杂志,小说家夏夫勒利(1821—1889)在 1857 年又出版了《现实主义》论文集,接着,福楼拜的现实主义小说《包法利夫人》问世,这是继巴尔扎克之后第一部重要的批判现实主义作品。但是 19 世纪 50 年代以后的批判现实主义,批判的锐气已大为减弱,出现了单纯追求细节真实的倾向,都不能提高到他们卓越的先辈——巴尔扎克的水平,往后则更蜕变为自然主义了。尽管如此,巴尔扎克的现实主义无论在创作实践上还是在理论上,贡献都是不朽的,特别是他把现实主义要求细节描写的真实推到一个新的更高的水平,不仅要求描写精确、真实,而且强调体现本质,细节经过精心选择,用以塑造典型。其二是发展了典型理论,创造了典型环境中的典型人物,巴尔扎克认为人是环境的产物,典型人物是在时代的五脏六腑中孕育出来的,主张把人物放在一定的社会环境中来描写,写出人物的时代精神。巴尔扎克的现实主义理论值得我们继承发扬。马克思、

---

① 巴尔扎克:《〈人间喜剧〉前言》,《文艺理论译丛》第 2 辑,人民文学出版社 1957 年版,第 7 页。

② 同上。

③ 恩格斯:《致敏·考茨基》(1885 年 11 月 26 日),《马克思恩格斯选集》第 4 卷,人民文学出版社 1972 年版,第 454 页。

恩格斯十分推崇巴尔扎克的现实主义,曾给以极高的评价。马克思说巴尔扎克"在深刻理解现实关系上总是极其出色的"①。恩格斯说巴尔扎克"是比过去、现在和未来的一切左拉都要伟大得多的现实主义大师"②,赞赏巴尔扎克的现实主义能违背自己的政治偏见,真实地反映生活,为我们提供了一部法国社会的卓越的现实主义历史,取得了现实主义的伟大胜利。并且在总结了巴尔扎克现实主义的理论及创作经验的基础上概括出:"据我看来,现实主义的意思是,除细节的真实外,还要真实地再现典型环境中的典型人物。"③巴尔扎克的现实主义理论是值得我们继承的宝贵财富。

参考书目:

1. 《巴尔扎克论文学》,中国社会科学出版社1986年版。
2. 《巴尔扎克论文选》,上海新文艺出版社1985年版。
3. 恩格斯:《致玛·哈克奈斯》(1888)、《致敏·考茨基》(1885),见《马克思恩格斯选集》第4卷,人民出版社1972年版。

思考题:

1. 巴尔扎克的现实主义理论述评。
2. 恩格斯论巴尔扎克的现实意义。

---

① 马克思:《资本论》第3卷,人民文学出版社1975年版,第43页。
② 恩格斯:《致玛·哈克奈斯》(1888年4月),《马克思恩格斯选集》第4卷,人民出版社1972年版,第462页。
③ 同上。

第二十一章　丹纳的《艺术哲学》

丹纳(Hippolyte Adolphe Taine,1828—1893)是法国文艺理论家、史学家。生于律师家庭,1848年进国立高等师范,攻读哲学,对孔德实证论发生很大兴趣,后又在医科学校学生理学,并做解剖实习。毕业后任中学教师。1857—1871年间游历英国、比利时、荷兰、德国、意大利等国。1864年起在巴黎美术学校讲授艺术史与美学,1871年在英国牛津大学讲学一年,1878年被选为法兰西学院院士。

主要著作有《拉·封丹及其寓言诗》(1854)、《英国文学史》(1864—1869)、《评论集》《评论续集》《评论后集》(1858、1865、1894)、《意大利游记》(1864—1866)、《艺术哲学》(1865—1869)。在哲学方面有《十九世纪法国哲学家研究》(1857),在历史方面有《当代法国的根源》(1871—1894)。

《艺术哲学》一书是丹纳在美术学校讲课时讲稿的辑录(在定稿时次序及标题稍有修改),也是使他在文学史上获得文学艺术史家、理论批评家声誉的重要论著。全书分别于1865年出《艺术哲学》部分,即本书第一编《艺术品的本质及其产生》,1866年出《意大利的艺术哲学》,即第二编《意大利文艺复兴期的绘画》,1867年出《艺术中的理想》即本书第五编,1868—1869年出《尼德兰的艺术哲学》及《希腊的艺术哲学》,即本书第三、四编。

19世纪是自然科学飞速发展的时期,在能量守恒及转化定律、细胞学说及达尔文进化论三大发现之后,自然科学又有了许多新的发现和发明。丹纳深受19世纪自然科学的影响,特别是对达尔文的进化论更为崇敬。在哲学上又受德国的黑格尔和法国孔德实证论的影响。19世纪60年代,孔德实证主义流行,强调只有人的感觉才是可信的,要"实证"经验现象与经验事实是"确实的"。丹纳接受了孔德的实证论,主张在文学艺术史的研究中,也要"实证""确实的"事实。在《艺术哲学》中,我们可以看到达尔文进化论与孔德实证论直接影响到丹纳对文学艺术研究的态度和方法。丹纳认为一切事物的产生、发展、演变、消灭都有规律可循,无论是精神科学还是自然科学,在方法上是相类似的。因此他主张运用自然界的规律,以求真求实的科学态度来研究艺术,研究文艺的发展史。要从具体的事实出发,剖析大量的艺术史料,再归结出必要的结论。他说:"我们的美学是现代的,和旧美学不同的地方是从历史出发而不从主义出发,不提出一套法则叫人接受,只是证明一些规律。"①认为科学的方法是从事实出发,指出特征,探求原因,证明规律,不是在一些抽象的概念中打转。同时他还认为科学的方法不抱偏见,"科学同情各种艺术形式和各种艺术流派,对完全相反的形式与派别一视同仁,把它们看作人类精神的不同的表现"②。丹纳把自然科学的原则引到精神科学之中,以为"精神科学采用了自然科学的原则、方向与谨严的态度,就能有同样稳固的基础,同样的进步"③。他在《艺术哲学》这本著作中,实现了自己的主张,运用大量的史实,剖析具体的事例,实证确实的事实。书中例举了古代希腊、欧洲中世纪、15 世纪的意大利、16 世纪的法兰德斯、17 世纪的荷兰的艺术发展史加以分析比较,极其形象生动地论证艺术发展的规律,用科学的方法揭示了文学艺术与它的时代、社会的关系,关于他的理论贡献着重介绍以下两个方面。

第一节 "种族、环境、时代"三要素说

丹纳认为文化艺术的发展取决于种族、环境、时代三个要素。关于构成精神文化的三个要素,他在《英国文学史》序言中已经提出,在《艺术哲学》中又结合具体的艺术现象,分析了艺术发展的历史,进一步论证了这个观点。

1. 种族

丹纳的种族指的是种族特性,又与民族特性的概念相混同。

丹纳说种族"是指天生的和遗传的那些倾向,人带着它们来到这个世界上,而且它们通常更和身体的气质与结构所含的明显差别相结合。这些倾向因民族的不同而不同"④。种族特性是一种天生的遗传性。他认为人有不同的天性,"某些人勇敢而聪明,某些人胆小而存依赖心,某些人能有高级的概念和创造,某些人只有初步的观念和设计,某些人更适合于特殊的

---

① 丹纳:《艺术哲学》,傅雷译,人民文学出版社 1963 年版,第 10 页。
② 同上书,第 11 页。
③ 同上。
④ 伍蠡甫主编:《西方文论选》下卷,上海文艺出版社 1964 年版,第 236 页。

工作,并且生来就有更丰富的特殊的本能"①,那么,一个种族也会显示出血统和智力上的共同特点,丹纳称它是"原始模型的巨大标记"。在《艺术哲学》中,他也把种族性、民族性看作民族"永久的本能",并且认为这种民族永久的本能非常牢固,是"不受时间影响,在一切形势一切气候中始终存在的特征"②;他认为同一种族,即使是时代不同,命运有别,总可以从深部发现原始印记的几个显著的特征来。丹纳受达尔文进化论的影响,认为这种天性是"一种突出的力量"。比如希腊人身上都有水手的素质,远在荷马时代,希腊人就能随时泛舟入海,这种民族素质遗传至今。据统计,希腊1840年全国90万人口就有三万水手、四千条船,地中海的短程航运,几乎全给他们包了。丹纳还认为希腊人有艺术家的才能,他们天赋优厚,有精明、机智的头脑,有欢乐和活泼的本性,而精细的感官、敏捷的才智正是艺术家必备的素质,因而希腊艺术也特别发达。丹纳把民族的特性看作文学艺术发展的永久的动力。他套用了达尔文生物进化的学说,以为精神文明的产品和动物、植物的产物一样。虽然后来在《艺术哲学》中,丹纳也论述到种族特征形成的原因,但是他所找到的只是地理环境与自然气候等因素。用自然环境来解释民族特征,说它是自然界的结构留在民族精神上的印记,并认为自然环境对幼年民族的影响特别大。如希腊的气候温和,没有酷热没有严寒,风土天色的美丽,使民族具有天生的快乐。他说:"在这样的气候中长成的民族,一定比别的民族发展更快,更和谐。没有酷热使人消沉和懒惰,也没有严寒使人僵硬迟钝。"③希腊境内是多山的丘陵地,土地贫瘠,因而居民生活俭朴,普通人只要有一个鱼头、一个玉葱、几颗橄榄就满足了。生活要求简单,思想发展敏捷,"好像只有思想是他的本行"。希腊又是海滨区,到处有海,养成这个民族喜欢航海游历、探险猎奇的特征。由于自然界景物大小适中,比例调和,形体明确,希腊人在明净的空气下看惯了明确的形象,没有茫然的恐惧、不安的猜测,从而培养起这个民族思想清楚、倾向于肯定和明确观念,总之,是客观的自然环境造成希腊人这些种族的特性,而种族的特征又体现在他们民族的精神文化上。丹纳进一步认为几乎所有的希腊艺术都体现了希腊人的种族特征,如希腊神庙都建造在山岗上,力求明确,整个轮廓都清清楚楚地突出在明净的天空中,船只一进港就能远远地向它

---

① 伍蠡甫主编:《西方文论选》下卷,上海文艺出版社1964年版,第237页。
② 丹纳:《艺术哲学》,傅雷译,人民文学出版社1963年版,第147—148页。
③ 同上书,第245页。

致敬。在神庙的建筑上,希腊人把一切水平线向上提起,垂直线向外凸出,这些微妙的曲线其美无比,体现出希腊人的感官精细、才智聪明的天性。丹纳的结论表明:种族是构成精神文化的原始动力之一。

我们认为长期形成的某种民族的特性、民族的心理素质、民族的审美习惯及爱好,在不同的民族之间的确存在着差异,而且这些民族特性对于文学艺术的发展会有重大的影响,但是并不能认为艺术繁荣和发展的永久动力就是这种民族特性,它不能解释同一个民族的文艺为什么在不同时期有盛衰之别,如希腊文学艺术在伯里克利时代达到繁盛时期,自公元前2世纪中叶以后,同一个希腊民族的文学却进入尾声。其实民族特性也不是一种"先天的"东西,而是这个民族历史的产物。丹纳的种族说既有可取的一面,又有不足的一面。

2. 环境

丹纳认为民族特征是构成精神文化的一种永恒的"内在的动力",环境则是构成精神文化的一种巨大的外力。丹纳说:"人在世界上不是孤立的;自然界环绕着他,人类环绕着他;偶然性的和第二性的倾向掩盖了他的原始的倾向,并且物质环境或社会环境在影响事物的本质时,起了干扰或凝固的作用。"[①]他所指的环境有时指地理环境、气候条件,有时也指社会环境,他在《〈英国文学史〉序言》中说:"有时,气候产生过影响。……以日耳曼民族为一方面和以希腊民族与拉丁民族为一方面、二者之间所显示出的深刻差异,主要是由于他们所居住的国家之间的差异……有时,国家的政策也起着作用,例如意大利的两种文明便是这样形成的……有时,社会的种种情况也会打下它们的烙印,如18个世纪以前的基督教,和25个世纪以前的佛教,当时在地中海周围,以及在印度斯坦,阿利安的征服和它的文明产生了一些最后的结果。"[②]

地理环境主要指气候、土壤。如上所述,丹纳认为由于居住条件的差异出现民族性格的差异,住在寒冷潮湿的地带,濒临惊涛骇浪的海岸,人们为忧郁或过激的感觉所缠绕,倾向狂醉贪食、喜欢流血的战斗生活。住在可爱的风景区,光明愉快的海岸上,人们向往航海与商业,没有强大的食欲,而倾向于发展精神方面的事业,如雄辩术、科学发明、文学艺术的创造等等。

---

① 伍蠡甫主编:《西方文论选》下卷,上海文艺出版社1964年版,第237页。
② 同上书,第237—238页。

社会环境是指国家政策、政治局面、军事战争、宗教信仰等。他说:"某些持续的局面以及周围的环境、顽强而巨大的压力,被加于一个人类集体而起着作用,使这一集体中从个别到一般,都受到这种作用的陶铸和塑造。"[①]比如在英国,政治秩序的建立已有8个世纪之久,便使人们习惯于在法律的权威下进行联合斗争。精神文化、艺术品的产生也受社会环境的制约。如希腊悲剧,埃斯库罗斯、索福克勒斯、欧里庇得斯三大悲剧家的作品的诞生,正是处于希腊人战胜波斯人的时代,由于小小的共和城邦从事于壮烈的斗争之中,人们以极大的努力去争取独立,终于在文明世界中取得了领袖的地位,整个社会政治形势使人们感受到悲壮、崇高与伟大,悲剧艺术也得到发展。等到马其顿入侵以后,希腊受到异族的统治,民族独立的精神与民族的元气都丧失了,悲剧也随之消失。又如法国古典主义悲剧的出现,恰好是正规的君主政体在路易十四统治下确定了规矩礼法,提倡宫廷生活,讲究优美的仪表和文雅的起居习惯的时候。悲剧一般都以讨好宫廷贵族与侍臣为目的,供他们娱乐,所有的剧中人物都是宫廷人物,讲究庄严、文雅,冲淡事实,回避使耳目难堪的景象,对白全用工整的诗句,这些特点都是为适应贵族社会的需要。当贵族社会和宫廷风气被大革命一扫而空的时候,法国古典主义悲剧也不存在了。丹纳认为艺术的发展,人类的精神产品的出现、衰落,都应当从客观物质世界、自然环境、社会环境中寻找决定因素。这个见解是十分精辟的。在整部《艺术哲学》中,丹纳总是力图从历史现实出发去分析文艺现象的社会根源,在客观的历史事实中寻找文艺繁荣、衰落的原因。丹纳的文艺批评观点是进步的、唯物主义的。更为可贵的是丹纳在"社会环境"这个因素的分析中进而看到了各种不同艺术的产生是特定历史条件作用的结果,由于特定的社会环境都是不可重复的历史现象,因此他说:"要同样的艺术在世界上重新出现,除非时代的潮流再来建立一个同样的环境。"[②]丹纳清楚地认识到"每个形势产生一种精神状态,接着产生一批与精神状态相适应的艺术品。……今日正在酝酿的环境一定会产生它的作品,正如过去的环境产生过去的作品。"[③]他的观点体现了资产阶级理论家在当时所能达到的最高的认识水平。

---

① 伍蠡甫主编:《西方文论选》下卷,上海文艺出版社1964年版,第239页。
② 丹纳:《艺术哲学》,傅雷译,人民文学出版社1963年版,第144页。
③ 同上书,第66页。

3. 时代

丹纳所指的时代，内容更为广泛，包括精神意识、社会制度、政治文化等上层建筑诸因素在内，丹纳把它们统称为"精神的气候"。他说："有一种'精神的'气候，就是风俗习惯与时代精神，和自然界的气候起着同样的作用。"① 他认为自然界的气候对于动植物起着清算和取消的作用，就是所谓"自然淘汰"，那么，艺术品的产生也取决于时代精神和周围的风俗。他把自然气候与精神气候做了比较，认为两者的作用都在于淘汰和自然选择，在艺术的发展上，精神气候，即"时代的趋向始终占着统治地位"②。他肯定了时代精神、社会意识对文学艺术的决定作用，肯定了一定的艺术品种、艺术流派只能在特殊的精神气候下才能诞生，指出是"群众思想和社会风气的压力，给艺术家定下一条发展的路，不是压制艺术家，就是逼他改弦易辙"③。这个观点是符合客观规律的。

精神气候如何对艺术品发生作用呢？他举例做了分析，说悲观绝望的精神状态占优势的时代就会产生悲哀的艺术，如3世纪至10世纪的欧洲就是如此。首先是时代的精神状态对艺术家起着作用。文学艺术家作为某一时代的成员，他的思想感情要受时代社会的决定，艺术家不是与世隔绝、孤立的人，他是群众中间的一分子，不能不分担集体的命运。如若蛮族入侵、连年饥馑、疫疠频生，天灾人祸一连持续几个世纪，人民处于悲哀痛苦的生活之中，艺术家同样身受苦难，即使他是本性快活的人也会变得抑郁。因为他在愁眉不展的人们中间成长，日常感受到的都是悲伤的事，心中刻着的苦难不断加深。何况，艺术家还有一种特殊气质，能很快就把握时代氛围的本质，他感受时代的精神气候要比一般人更细致更全面，如若悲伤是时代的特征，"他所看到所描绘的事物，往往比当时别人所看到所描绘的色调更阴暗"④。其次，艺术家的创作也不是孤立的，创造一个艺术品，除了艺术家本人的苦功与天才之外，还包括周围的群众以及前几代群众的苦功与天才。要有同时代人的协助，要有千百万个无名者在暗中和他合作。艺术家头脑中的一个观念，好比一粒种子，它的发芽、开花，要从周围人们的精神世界中吸取养料。在悲哀成为时代特征的时候，能吸取的不外乎悲伤的情感与悲

---

① 丹纳：《艺术哲学》，傅雷译，人民文学出版社1963年版，第34页。
② 同上书，第35页。
③ 同上。
④ 同上书，第37页。

哀的暗示。如若艺术家要表现悲哀,那么整个时代都在帮助他,方法技巧是现成的,前人已经为他开辟了道路。如若表现欢乐,他就会显得孤立无援。其三,艺术家从事创作,必然希望受到大众的赏识和赞美。丹纳以为艺术家要使自己的作品受到赏识,必须在自己的心灵里装满时代的思想感情。风俗习惯与时代精神对于群众来说和对于艺术家来说都是相同的,艺术作品只有表达了群众所了解的感情,才能受到群众的赏识。一个作家只有表达整个民族和整个时代的生存方式,才能在自己的周围招致整个时代和整个民族的共同感情。伟大的艺术家不仅能唱出时代的最强音,而且在他洪亮的歌声四周还伴随着群众的和声。丹纳充满深情地说:"我们隔了几世纪只听到艺术家的声音;但在传到我们耳边来的响亮的声音之下,还能辨别出群众的复杂而无穷无尽的歌声,像一大片低沉的嗡嗡声一样,在艺术家四周齐声合唱。只因为有了这一片和声,艺术家才成其为伟大。"①他强调艺术家的审美趣味应当体现时代精神,艺术品的产生总是为了满足社会的需要。他的结论是:"作品的产生取决于时代精神和周围的风俗。"②丹纳深刻地指出了文学艺术和它的时代的密切关系。

丹纳认为,种族、环境、时代是构成精神文化的三个要素,也是艺术创造的三个原始力量,种族是内部主源,环境是外部压力,时代为后天动量,这三种力量拧成一股绳促使精神文化的发展。而艺术是文化的优秀成果,因此不论在什么情形下艺术的产生都是这三种力量决定的,艺术品的主要特色必然也反映了时代与民族的主要特色。他在《艺术哲学》第四编中详细分析了希腊雕塑的产生就是种族、环境、时代三个要素决定的。丹纳分析希腊民族不采取神权统治和等级制度却发明城邦制度,每个公民都有权参加政治活动,公共事务与战争是公民的职责。为此,公民必须懂政治,会打仗,而且要有强壮的身体。法律也规定要制造强壮的种族,社会风俗要求青年人大半时间都在练身场上裸体锻炼。特有的风气产生了特殊的观念,希腊人以发育良好、比例匀称、身手矫健的裸体为荣。他们在运动会上,在庄严的祭神典礼中展览肉体,为多次获奖的运动员塑像留念,以美丽的裸体为模范,甚至敬若神明。在这种时代精神、社会风俗的影响下,几个世纪下来这个民族就有无数的雕像,雕塑成为希腊的中心艺术。据说后来罗马清理希腊遗物时发现罗马城中的雕像数目竟和居民的数目差不多。同时,希腊雕

---

① 丹纳:《艺术哲学》,傅雷译,人民文学出版社1963年版,第6页。
② 同上书,第32页。

像形式完美,直到今天仍然是我们不可企及的范本,由于这三四百年以来,雕塑家们就生活在这样的社会环境之中,在练身场、敬神典礼、公众竞技中经常看到的是最美的裸体动作,他们发现并逐步修正、改善裸体美的观念,终于得到人体的理想模型。希腊雕像还有端庄和平、肃穆光辉的特色,体现了人们心目中的模范与神明的特征。总之,丹纳认为是当时的社会、制度、风俗、观念等一切力量在共同培养这门艺术,希腊雕塑体现了古希腊时代与希腊民族的主要特征。

在丹纳的结论中不仅把三要素作为艺术品产生的规律,作为公式看待,而且还由这个公式引出第二个公式,即艺术品产生的四个阶段。他认为根据三要素的原则,任何艺术品的产生都要经过四个阶段,"首先是总的形势;其次是总的形势产生特殊倾向与特殊才能;再次是这些倾向与才能占了优势以后造成一个中心人物;最后是声音、形式、色彩或语言,把中心人物变成形象,或者肯定中心人物的倾向与才能:这是一个体系的四个阶段。"①他说可以用三要素的规律、四阶段的公式来分析、解释各种文艺现象,回答各流派的区别和风格的变迁,分析各类作品的特色等等。丹纳的理论不但很受当时法国的重要批评家圣·佩韦等人的称赞,就是今天来看也是值得借鉴。他所说的"总的形势",即某种社会形式、政治制度、生产发展情况、宗教影响、学术空气等,"在古希腊是好战与蓄养奴隶的自由城邦,……在19世纪是工业发达、学术昌明的民主制度;总之是人类非顺从不可的各种形势的总和"②。总形势引起人们相应的"需要",特殊的"才能"与特殊的"情感",产生一种有特殊倾向的精神状态。如爱好、追求等,在古希腊追求肉体的完美、机体的平衡,中世纪是感觉敏锐,过于活跃的幻想等。这种特殊的需要、才能、情感等集中起来归结到人身上,便构成一个时代的中心人物,他是同时代人的典型,被众人钦佩与同情,这种典型在古希腊是擅长运动的裸体青年,中世纪是多情的骑士,他是时代精神面貌的集中体现者。最后是通过声音、色彩、语言等媒介物把中心人物转化为艺术形象,构成可供观照的艺术品。艺术品或者竭力表现中心人物,肯定中心人物的倾向与才能,或者诉之于中心人物,向中心人物倾吐思想感情。丹纳说:"一切艺术都决定于中心人物。"③这个"中心人物"其实就是时代的典型。丹纳三要

---

① 丹纳:《艺术哲学》,傅雷译,人民文学出版社1963年版,第65页。
② 同上书,第64页。
③ 同上书,第65页。

素、四阶段的规律曾经被自然主义利用,自然主义企图从丹纳对生活与遗传的强调中寻找它的理论依据。对丹纳三要素理论我们应当给予历史的、公正的评价,从中吸取丰富的营养成分。

丹纳关于构成精神文化三要素的理论也是在继承前人思想材料的基础上发展起来的。如18世纪前期的启蒙运动思想家孟德斯鸠(1689—1755)主张从人类社会和客观环境去探讨决定政治法律的因素,他认为法律应该和国家的自然状态有关系;和寒、热、温的气候有关系,和土地的质量、形势与面积有关系;和农、猎、牧各种人民的生活方式有关系。法律应该和政治所容忍的自由程度有关系;和居民的宗教、癖性、财富、人口、贸易、风俗、习惯相适应。强调地理条件的作用。丹纳受到孟德斯鸠创立的地理学派的影响。19世纪初期法国浪漫主义女作家史达尔(1766—1817)承袭了孟德斯鸠以风俗、环境、气候等地理自然条件为动因的理论,用来考察文学史,主张自然环境支配社会生活,能左右人的思想情感,认为自然环境与时代精神决定了文学艺术的发展,文艺是"民族精神"的产物。她在《论文学》第一部分中说到北方文学与南方文学在形象上产生的差别,主要原因是气候。"南方的诗人不断地把清新的空气、丛密的树林、清澈的溪流这样一些形象和人的情操混合起来。……北方各民族对欢乐的关怀不及对痛苦的关怀大,他们的想象却因而更加丰富。大自然的景象在他们身上起着强烈的作用。大自然的这个作用,跟它在天气方面所表现的一样,总是阴暗而多云。"[①]她的自然环境、时代精神、民族精神等说法,给丹纳影响很大,为丹纳的文学艺术发展三要素的理论开辟了道路。对丹纳影响最大的要数德国古典美学集大成者黑格尔(1770—1831),丹纳曾经仔细研究过黑格尔的著作,认为这位哲学家是"最接近真理的"。黑格尔在《美学》的全书序言中也说到艺术与时代、民族的关系,他说:"每种艺术作品都属于它的时代和它的民族,各有特殊环境,依存于特殊的历史的和其它的观念和目的。"[②]显然,丹纳关于文学艺术与时代精神气候关系的理论,也继承了黑格尔的思想。同时,在丹纳那个时代,主张以科学的方式研究精神产品,特别是文学艺术的,已经不是个别人的意见了。如法国文学批评家圣·佩韦(1804—1869)也主张把文学史当作自然史来研究,宣称要写出批评界的"自然史",要做精神的"博物学家",要像"采集标本"那样对不同作家、不同题材的作品进行分门别类的

---

① 伍蠡甫主编:《西方文论选》下卷,上海文艺出版社1964年版,第126页。
② 黑格尔:《美学》第1卷,朱光潜译,商务印书馆1979年版,第19页。

整理。丹纳的理论受到了前人学说的影响,而在丹纳的著作里,关于精神文化取决于种族、环境、时代三种力量的理论,又大大超越了前人,发展为一个较为严密的、完整的学说。他所分析的种族、环境、时代三要素不再是抽象的概念,却有着具体的、历史的内容,在《艺术哲学》一书中,他从种族、环境、时代三个原则出发,分析了大量艺术发展史的材料,论证了艺术品产生的普遍规律。丹纳在三要素的论述中竭力挖掘精神文化的构成因素,从人们的生活方式、思想情感、道德宗教、政治法律、风俗习惯等方面考察了一些社会现象,以客观的物质世界作为精神文化的决定因素,从根本上说是唯物主义的、是科学的、进步的。

第二节 "特征"说——对艺术本质的认识

丹纳明确地指出:艺术要表现事物的主要特征。所谓主要特征是指事物最基本、最重要的特征,是事物的一种凸出而显著的属性,其他所有别的属性都是根据一定的关系从主要特征引申出来的,主要特征也就是事物的本质。丹纳说:"我们要记住'主要特征'这个名词。这特征便是哲学家说的事物的'本质',所以他们说艺术的目的是表现事物的本质。'本质'是专门名词,可以不用,我们只说艺术的目的是表现事物的主要特征,表现事物的某个突出而显著的属性,某个重要观点,某种主要状态。"[①]为什么艺术要表现主要特征呢? 这涉及丹纳对艺术本质的认识。他认为艺术是一个总体,是各部分相互联系的总体,这个总体并非在一切艺术中都需要与实物相符。丹纳从唯物的观点出发,肯定艺术要依赖于现实,模仿现实,再现客观世界。但是他进一步指出,艺术的目的并不在于单纯地模仿现实,"用模子浇铸是复制实物最忠实最到家的办法,可是一件好的浇铸品当然不如一个好的雕塑"[②]。绝对正确的模仿并非必定产生最美的作品,他举了卢浮宫内一幅但纳的肖像画为例。认为尽管作者花了四年的时间,用放大镜工作,画出皮肤的纹缕,颧骨上细微莫辨的血筋,散在鼻子上的黑斑,表皮底下细小至极的淡蓝血管,肖像好像一个真人的头,可算最工细最正确的艺术品了。但是丹纳认为单纯的模仿不能产生美,梵·但克的一张速写反而要比它有力一百倍。指出哄骗眼睛的东西不是真正的艺术,因为绝对正确的模仿并

[①] 丹纳:《艺术哲学》,傅雷译,人民文学出版社1963年版,第22—23页。
[②] 同上书,第17页。

非艺术的目的,艺术要模仿的是事物各部分的关系,要把物质方面和精神方面的各种关系再现出来,表现事物的主要特征,制成相当于实物的作品。

艺术要表现事物的主要特征,必须发挥艺术家主观能动作用。艺术家应当在现实面前有所选择,选取事物的主要特征来表现,不但有权选择而且有权进行加工改造。丹纳认为现实生活中某些事物的主要特征可能受到别的因素的阻碍,表现不够充分,在某个事物身上并未留下特别显明的印记,或者存在种种缺陷,需要艺术家去加工补充。他说:"现实不能充分表现特征,必须由艺术家来补足。"①"补足"就意味着艺术家可以根据自己的创作意图、自己的美学理想来改变现实的某种关系,从而让事物的特征在艺术品中比在实际事物中表现得更显著。他提出为了使对象的某个主要特征表现得格外显著,为了使艺术家对那个对象所抱的主要观念显得特别清楚,作家在模仿事物各部分之间关系的时候可以加工改造或者故意改变这种关系,"配合或改变各部分的关系,然后构成一个总体"②。艺术品这个总体的各部分关系应当是艺术家为了表现特征而改变过的,艺术家创造的这个艺术品就能更体现出作家对现实深刻精辟的认识,表现作家独特的感受。他说:"艺术家改变各部分的关系,一定是向同一方向改变,而且是有意改变的,目的在于使对象的某一个'主要特征',也就是艺术家对那个对象所抱的主要观念,显得特别清楚。"③他还举实例来证明一切上乘的艺术品都是如此。比如米开朗琪罗创作的梅堤契墓上四个云石雕像——《晨》《暮》《昼》《夜》,在现实生活中没有一个真正的男人与女人会和他们相像。这样的典型是作者有意改变了人体各部分之间的比例关系而造成的。为了突出愤激与悲痛的情绪,故意把躯干和四肢加长,眼眶特别凹陷,额上的皱痕像怒目的狮子,这些典型是愤怒的英雄,是悲痛的巨人式的处女。再如拉斐尔在画林泉女神《迦拉丹》的时候,感到现实生活中美丽的妇女太少了,他不能不按照"自己心目中的形象"来画。丹纳极其赞赏这些大师的创作方法,因为他们善于观察生活,抓住主要特征,按自己的审美理想,把真人身上只有一些痕迹或只有细微片段的特征,尽量发挥出来,使事物的主要特征在艺术中占主导地位。丹纳下结论说:"可见艺术品的本质在于把一个对象的基本特征,至少是重要的特征,表现得越占主导地位越好,越显明越好;艺术家为

---

① 丹纳:《艺术哲学》,傅雷译,人民文学出版社 1963 年版,第 26 页。
② 同上书,第 346 页。
③ 同上书,第 22 页。

此特别删节那些遮盖特征的东西，挑出那些表明特征的东西，对于特征变质的部分都加以修正，对于特征消失的部分都加以改造。"①从而使艺术品"比实际事物表现得更清楚更完全"。丹纳这段话相当深刻而全面地回答了文艺创作中艺术家的主观创造与客观现实的关系问题，既要表现客观事物的主要特征，又要充分发挥作家的主观创造性。

丹纳对艺术品本质的认识实际上阐明了他关于艺术典型的理论。过去有人以为丹纳的美学理论只为自然主义提供依据，其实这只看到了一个方面。自然主义主张作家描写现实要把现实中一切细微的东西、每个最小的阴影、最轻的声音、咳嗽、打嗝、喉音等都要毫不遗漏地如实反映。自然主义忽视概括，排斥典型。丹纳却认为过分正确的模仿只会令人反感，绝对正确的模仿并非艺术的目的，艺术的目的是要模仿事物各部分的关系，表现事物的本质。艺术家要选择事物的主要特征来表现，创造出典型形象来。着重典型创造乃是现实主义文艺的主要标志。西方文艺理论中关于典型的论述向来总是与强调表现事物的特征分不开的。歌德早在1772年《论德国建筑》中，就提出艺术要描绘"显出特征的整体"，认为"显出特征的艺术才是惟一真实的艺术"，艺术家应该从显出特征开始，以便达到美的理想。黑格尔也认为"诗所应提炼出来的永远是有力量的，本质的，显出特征的东西"②，不是把所有的细节都按实际情况一一罗列出来，否则，它必然是干燥乏味，令人厌倦，不可容忍的。提出要表现理想的艺术。他们所指的理想也就是典型。艺术家要创造典型，必须具备辨别主要的和非主要的特征的能力，通过刻画鲜明的特征，把人物内在世界里隐藏的秘密揭露出来。丹纳主张艺术家把现实中分散的、片段的特征集中起来，根据作家的理想加工改造，使事物主要的特征表现得比在现实中更清楚更完全，正是明确地体现了他的典型观点。

从艺术的本质出发，丹纳规定了衡量艺术品价值的三条尺度。提出艺术品要表现事物最重要的特征，表现事物有益的特征，并且要使这些重要的、有益的特征充分地、集中地体现出来。为此，他规定表现事物特征的重要程度、有益程度、效果的集中程度这三条，是衡量艺术品价值的尺度。

首先，丹纳认为一部作品价值的高低是随着作品所表现的特征的重要

---

① 丹纳：《艺术哲学》，傅雷译，人民文学出版社1963年版，第27页。
② 黑格尔：《美学》第1卷，朱光潜译，商务印书馆1979年版，第214页。

程度而定的。他把事物的特征分为两种,"一种是深刻的,内在的,先天的,基本的,就是属于原素或材料的特征;另外一种是浮表的,外部的,派生的,交叉在别的特征上面的,就是配合或安排的特征。"① 艺术必须表现第一种特征,因为"一个特征本身越不容易变化越重要"②。他以地质层为比喻,认为人的一切特征中最浮浅最不稳固的是流行的风气。只能持续三四年的一些生活习惯与思想感情,是暂时的东西。表现时行特征的时行文学,它与时代特征一样短促,风气稍有变动就会消失,连同浮浅的特征一起淘汰。表现能持续半个世纪的思想感情的作品,可以被当时的一代人所认可。杰出的作品总能抓住经久而深刻的特征,这就是一个时代、一个民族的主要特征,尤其是民族的特征,世世代代连绵不断,就像始终存在着的原始地层。艺术家如若能塑造出标志着一个时代、一个民族的不朽的典型人物,深刻地表现出民族的气质来,那么这类作品比产生作品的时代与民族的寿命更长久,可以超出时间与空间的界限。如唐·吉诃德就是人类史上永久的典型之一,"艺术家很幸运地找到了一个经久的典型,每个读者在周围的环境中或自己的感情中都能发见那个典型的面貌"③。这类作品存在的时期是无限的。他说:"艺术品等级的高低取决于它表现的历史特征或心理特征的重要、稳定与深刻的程度"④,表现的特征越经久越深刻,作品所占的地位越高。丹纳要求艺术家表现"深刻而经久的特征",创造出"经久的典型",这是非常精辟的观点,他以为最经久、深刻的特征就是人类普遍持久的本性。丹纳强调表现普遍永恒的人性,无疑他把握了文艺最基本的特征。当然文艺要表现的不是一般抽象的人类普遍性,而是"每个时代历史地发生了变化的人的本性"⑤。

其次,丹纳提出艺术要表现有益的特征,这实际上是艺术的道德教育作用问题。他说:"文学价值的等级每一级都相当于这个道德价值的等级。别的方面都相等的话,表现有益的特征的作品必然高于表现有害的特征的作品。"⑥他认为人身上一切意志与智力的特征凡能帮助人的行为、帮助人的认识的,便是有益的特征。艺术与道德密切相关,艺术家应当再现有益的

---

① 丹纳:《艺术哲学》,傅雷译,人民文学出版社1963年版,第349页。
② 同上书,第348页。
③ 同上书,第360页。
④ 同上书,第364页。
⑤ 马克思:《资本论》第1卷,人民出版社1975年版,第669页。
⑥ 丹纳:《艺术哲学》,傅雷译,人民文学出版社1963年版,第383页。

特征,能帮助个体与集体生存发展的特征。同时他认为在这些有益的特征中"爱是最有益的特征",是"超乎一切之上的动力","因为爱的目的是促成另外一个人的幸福","爱的对象越广大,我们越觉得崇高"。① 丹纳以人类之爱作为道德的最高标准,而真正理想的人物是各个民族人民心中的英雄与神明。艺术"在这个阶段上,人改变了容貌,充分显出他的伟大;他有如神明一般无所不备"②。他认为在艺术品的峰顶上,就有一批崇高而真诚的作品,表现了理想,表现了最有益的特征。

最后,所谓效果的集中程度就是指艺术家运用艺术品各方面的原素"通力合作,表现特征"的程度。要使这些重要的,有益的特征"能在艺术品中比在现实世界中表现得更分明"③。其实这也就是艺术典型化的问题。丹纳认为一部艺术品各种原素都在起作用,艺术家不能失去任何一个原素的作用,以文学作品为例,首要的原素就是心灵,即具有显著性格的人物。在性格这一组原素中又可分好几个部分,如种族、遗传、先天的气质、后天的培养、教育、环境的影响等等,都会在人的性格上印下深刻的痕迹。艺术家就要把构成人物性格的大量原素与大量的精神影响集中起来,突出表现性格形成的必然性。丹纳说:"在现实世界中往往缺少这一步集中的工作,在大艺术家的作品中却永远不会缺少;因此他们描写的性格虽则组成的原素与真实的性格相同,但比真实的性格更有力量。他们很早而且很细致地培养他们的人物;等到那个人物在我们面前出现,我们只觉得他非如此不可。他有一个广大的骨架支持;有一种深刻的逻辑做他的结构。"④像莎士比亚、巴尔扎克就是善于把形成性格的各种因素、许多力量,有效地集中在一个河床之内,仿佛是一条汇合了大量的水的河流,往外奔泻。第二组原素是遭遇与事故,即作品的情节因素。丹纳认为情节是"特意安排来暴露性格"的,通过情节推动人物的行动,从而"表现出性格的真相和结局"。艺术家必须使人物的遭遇与性格相配合,用一连串的故事使人物被掩盖着的深藏的本能,一齐浮到面上。因此如何安排场面,形成高潮,构成结局,都要为表现人物性格服务。第三组要素是风格。丹纳说:"人物的特性固然要靠情节去诉之于读者的内心,但必须用语言诉之于读者的感官。"⑤独特的风格、技巧

---

① 丹纳:《艺术哲学》,傅雷译,人民文学出版社 1963 年版,第 377—378 页。
② 同上书,第 377 页。
③ 同上书,第 412 页。
④ 同上书,第 395 页。
⑤ 同上书,第 399 页。

的创新运用,句子的结构韵律等等,这些表现内容的形式因素也是极其重要的原素,艺术家有意识地对风格原素进行选择、改变、配合,使人物的性格更为突出,让假想的人物比真实的人物,话说得更好,更符合他们的心境,更能表现内心的风暴。风格原素的集中也体现了艺术高于现实的规律。丹纳指出只有人物、情节、风格三种力量集中以后,性格才能完全暴露,人物形象才更集中更典型。他说:"凡是优秀作品所表现的特征,不但在现实世界中具有最高的价值,并且又从艺术中获得最大限度的更多的价值。"①丹纳这个观点揭示了文艺创作的规律。

总之,丹纳关于"种族、环境、时代"三要素的学说,关于艺术要表现事物主要特征的学说,是社会学美学的宝贵遗产。丹纳竭力以科学的方法挖掘精神文化的构成因素,把艺术科学向前推进了一大步。他把种族的因素、先天的遗传当作基础,强调地理自然环境的作用,对于社会环境与时代精神的分析则着重于道德宗教、风俗人情、政治形势等上层建筑范畴,他看到了上层建筑之间的相互作用,看到了上层建筑各因素对艺术发展的巨大影响。然而精神生产是随物质生产的改变而改变的。我们判断一个变革的时代,不能以它的意识为根据,相反,这个意识必须从物质生活的矛盾中,从社会生产力和生产关系之间的现存冲突中去解释。显然丹纳的艺术社会学在这方面的分析尚有不足。普列汉诺夫在《没有地址的信》中对丹纳的理论做过评价,指出在丹纳的《艺术哲学》中有着"不容置疑的真理"。他说:"批评丹纳的人们中间没有一个人甚至能够动摇一下这个归纳了他的美学理论中几乎全部真理的论点,这就是:艺术是由人们的心理创造的,而人们的心理是随着他们的境况而变化的。"②他的关于"人们的境况的任何变化,都会引起他们的心理变化"的说法,以及"人类精神的产物,正如活的自然的产物一样,只能由它们的环境来说明"的见解,都是正确的、科学的。同时,普列汉诺夫又指出在丹纳那里的矛盾,"当丹纳说人们的心理是随着他们的境况的变化而变化的时候,他是一个唯物主义者,可是当同一个丹纳说人们的境况是由他们的心理所决定的时候,他是在重述 18 世纪唯心主义的观点。"③且不说普列汉诺夫的评价是否全面、公正,但丹纳学说中的矛盾正是我们在继承他的宝贵理论遗产时值得注意的问题。

---

① 丹纳:《艺术哲学》,傅雷译,人民文学出版社 1963 年版,第 412 页。
② 普列汉诺夫:《论艺术(没有地址的信)》,曹葆华译,三联书店 1964 年版,第 46 页。
③ 同上。

参考书目：

1. 丹纳：《艺术哲学》，傅雷译，人民文学出版社1963年版。
2. 《〈英国文学史〉序言》，见伍蠡甫、胡经之主编：《西方文艺理论名著选编》中卷，北京大学出版社1986年版。
3. 韦勒克：《近代文学批评史》第4卷，杨自伍译，上海译文出版社1997年版。

思考题：

1. 简评丹纳的"三要素"说。
2. 怎样理解丹纳的"特征"说。

第二十二章 左拉的"实验小说"理论

左拉(Emile Zola,1841—1902),法国19世纪后期的小说家。他的青年时代是在贫困中度过的,做过运输公司的职员、书店的雇员。在他开始创作后,一度转到新闻方面,为《费加罗报》和其他日报撰写评论文章,引起了公众的注意。60年代中期,左拉受到丹纳的环境"决定"论和克罗德·贝尔纳的遗传学说的影响,开始探索一种新的文艺创作理论,即自然主义。他在1868年制订的《卢贡·马卡尔家族史》的写作计划,就是以第二帝国为背景,描写一个家族的两个分支在遗传法则的支配下的盛衰兴亡的历史。这套包括20部长篇小说的巨著,反映了法国社会的巨大变化,写出了劳资对立和劳动者的苦难,特别是将工人阶级引进作品,自有它的历史功绩,属现实主义之列。1893年在出版了《家族史》的最后一部作品后,左拉又着手写另一套长篇小说:《三大名城》(即卢尔德、罗马、巴黎)。流亡英国期间,写了《四福音书》(《繁殖》《劳动》《真理》《正义》——未完成),歌颂人的生存和繁殖的本能,明显地表现了他的自然主义倾向。左拉的《实验小说论》(1880)是他的理论的代表作。它同《戏剧中的自然主义》等文集一起,构成了左拉的自然主义创作理论。

第一节 实证哲学、实验医学和自然主义

左拉生活和创作的年代,由于自然科学的发展,使人们对自然过程的相互联系的认识大踏步地前进了,"不仅能够指出自然界中各个领域内的过程之间的联系,而且总的说来也能指出各个领域之间的联系了……以近乎系统的形式描绘出一幅自然界联系的清晰图画"[①]。自然科学从上个世纪末的"搜集材料的科学"发展成"整理材料的科学,关于过程、关于这些事物

[①] 《马克思恩格斯选集》第4卷,人民出版社1972年版,第241—242页。

的发生和发展以及关于把这些自然过程结合为一个伟大整体的联系的科学"①。这种状况,一方面扩大了艺术家的视野,能够在更广阔的社会生活中吸取题材。另一方面,科学精神促使艺术家更准确、精微地进行艺术描写。巴尔扎克、福楼拜都深受影响,左拉也在所难免。

随着自然科学的发展,19世纪30年代,欧洲产生一种新的哲学流派——实证哲学,50—70年代在法、英两国知识分子中广为传播。实证哲学力图将哲学和科学、政治和社会、宗教和道德等方面的思想理论,"综合"成统一整体,建立一个以爱为原则、秩序为基础、进步为目的的体系。它强调哲学的本质是"实证",就是现象的确实存在、精确描述,至于造成这种现象的原因,在现象后面的本质,事物的因果关系、规律等,都不属实证的范围,而是神学的猜测。法国实证哲学创始人孔德说:"我们的企图只是在精确地分析产生现象的环境,用一些合乎常规的先后关系和相似关系把它们互相联系起来。"②实证哲学没有任何现象以外的知识,现象的彼此前后相续的规律,就是关于现象所知的一切。实证哲学也提出社会现象的规律,在他们看来,决定社会起源、社会性质的,不是物质资料的生产方式,而是人的情感意志或者说是人的本能。人的本能有个人和社会之分,个人本能表现为利己心,社会本能表现为利他心,"个人感情给我们的社会活动指出了目的和方向"③,是起决定作用的,社会本能使人具有改革的精神,两者调和就是社会生活的起源。他们还说家庭是社会的基础,家庭的关系是由家长调节而处于和谐,社会的关系则由政府首脑来调节。在家庭里,每个成员要互助合作,互相服从,在社会中,人们也要相互友爱,相互同情,并且服从领袖,服从秩序。由此,实证论者提出相互友爱,相互同情是一切社会问题解决的根本动力。这样,实证哲学同基督教的爱的说教,相距甚近。

实证哲学适应了资本主义秩序的需要,因而产生巨大的影响。在美学领域里,法国的哲学家丹纳糅合了孔德的实证论和达尔文的进化论,运用自然规律来解释文艺现象,提出了种族、环境、时代决定文学创作的理论。而且他还从观察,按科学方法对生活进行描写出发,赋予文学创作以实证主义的内容。丹纳的这些见解,直接导引着左拉提出新的创作理论,左拉自己说:"我是在25岁的时候,才读了丹纳的,读着他的理论,我作为理论家、实

---

① 《马克思恩格斯选集》第4卷,人民出版社1972年版,第241页。
② 洪谦主编:《西方现代资产阶级哲学论著选辑》,商务印书馆1964年版,第30页。
③ 孔德:《实证哲学教程》,引自《西方名著提要》(哲学社会科学部分),中国青年出版社1958年版,第330页。

证主义者,才有了发展。我在我的书里面运用他的关于遗传和环境的理论,我把这个理论应用到小说里来了。"

对左拉的自然主义理论的形成产生直接影响的,是实验医学的发展,特别是解剖学的进展,左拉说:"光就解剖学来说吧,它开辟了整整一个新的世界,每天都揭示着生命的一些秘密。"[①]他所敬重的,并且在它的理论著作中整段引用的《实验医学研究导论》的作者克罗德·贝尔纳,就是著名的生理学家、解剖学家。左拉认为他的老师在生理学和医学上的成就,可以"导致对物质生活的认识",同样也应当"导致对情感和知识生活的认识",因此,只要将克罗德·贝尔纳著作中的"医学"一词改为"实验小说",便可成为一种新的创作方法的理论基础。左拉宣称,他不想做政治家、哲学家、道德家,只要做"一个纯粹的生理学家""一个科学家就满足了"[②],正说明他的创作理论的生理学基础。

第二节 自然主义的基本含义

什么是自然主义?左拉说:"自然主义就是回到自然",就是从物体和现象出发,通过实验和分析,寻求物体和现象的本源。自然主义是学者惯用的手法和研究的目标。文学上的自然主义,就是这种方法在文艺领域的应用,他说:"文学中的自然主义同样是回到人和自然,是直接的观察,精确的解剖以及对世上所存在的事物的接受和描写",在自然主义的作品中,"就不用抽象的人物,不再有谎言式的发明,不再有绝对的事物,而只有真实的人物,每个人物的真正故事,日常生活中的相对事物,一切都必须从头开始,在像那些发明典型人物的理想主义者那样地作出结论之前,必须先从人的存在的本源去认识人;作家们今后只须从根本上来重新把握结构,提供尽可能多的有关人的文献,按这些文献的逻辑来展现它们,这就是自然主义。"[③]这是左拉对他所倡导的理论的明确解释,在左拉这个近乎定义的说明中,可以发现他的自然主义至少包含这样一些基本内容:

1. "自然主义来自人类生命的本质"

左拉说,他所倡导的文学上的自然主义,不是一种新的发明,更不能说

---

① 见左拉的《戏剧中的自然主义》。
② 弗莱维勒:《左拉》,王道乾译,新文艺出版社 1955 年版,第 69 页。
③ 见左拉的《戏剧中的自然主义》。

是一场革命,而是人类生命的自然流露,他只是将这个词应用在民族文学发展的现阶段而已。在左拉看来,世上万物都具有自己的一种"永恒内核",这种"内核"就是万物的"生命",是一种遗传基因。在人类社会的历史长河里,时序转换,生物盛衰,国家、民族的兴亡,呈现出极为复杂、极为丰富的形态,而"内核"却保持着不变的常轨运行着,支配着生物的进程,规定着万物的性质和运动。抓住这个"内核",才算抓住了本质,才能发现进程和规律。一个研究、描写人和自然的作家,也总是以表现这种"内核"为最高职责,因为"内核"是艺术的真实性的基础和最高标准,也是艺术所以能为不同时代、不同国家的人们接受、赞赏的根本原因。无论是荷马还是亚里士多德,直至巴尔扎克,都十分重视"内核",他们的作品或批评虽然只反映了自然的一角,在这一角中,却始终有一个生命存在的问题,因而可以说他们是自然主义的诗人和批评家。左拉认为"回到自然和人"这条自然主义的脉络,一直深入到往古的一连串时代之中,这是一个基本事实。但是,由于"永恒内核"隐藏在万物之中,在不同时代、不同的文明条件下,被不同的形式包裹着,因而每个时代、每个民族都从自己的理解出发,采用自己的方式认识它,解释它。18世纪是一个"壮丽的百花齐放的时代",数学、天文学、物理学、化学、生物学等自然科学的进展,终于使理性成为科学和哲学中的权威。人们相信真理不是教皇颁布的,而是自由研究获得的。人类要从超自然的研究转向自然的研究,要用自然的原因解释物质和精神世界,解释人类社会。神学把它的王冠让给科学和哲学,必然会引起一场"全局性的进展"。返回自然,重新弄清人类的一切问题,终于在文学批评里,"对事实及环境的研究取代了经院哲学的旧法则"。在作品里,树木、山川成为存在,人类成为自然的基础,自然主义成为时代的潮流和进化的产物,这就是现阶段对"内核"的理解。从这个理解出发,左拉检查了法国大革命后的浪漫运动。他认为浪漫派在文艺领域里向古典主义发动了猛烈的攻击,强调感情激越,将美与丑、欢乐与痛苦交织在一个作品里,以显示生活的丰富多样。强调文学自由,反对因循守旧和清规戒律,使文学向现实生活迈进了一大步,在这个意义上,它应属于自然主义的。但是,他认为真实对浪漫派并不重要,他们只是为了打破古典主义的"冷静和规矩",使自己的中世纪人物"表现出热情与崇高",他们的人物依然是虚幻的,是"可以摘下天上的星辰"的。他们不能揭示人的本源,不能正确表现"内核"在各种环境里的表现,归根结底是一种真实的不断歪曲和夸张。"浪漫主义运动只不过是一场小小的交锋罢了,"左拉说,"他们并不代表任何明确的东西,他们只是前哨,负责清扫阵地,以过度的热情来肯定胜利。"浪漫的热情过去后,冷静的现实迫使艺术家重新走上返回自然的道路,从人的"内核"认识人,于是自然主义在文学中应运而生。

2. 自然主义是"对存在事物的接受和描写"

在实证论看来,人类没有现象以外的任何知识,现象是唯一的出发点。左拉由此而提出,"真实感是小说家的最高品格",他认为一种现象的出现自有它的因果关系,现象与现象的相续或重复出现,都有一定的逻辑关系,"对自然、种种的存在和事物的探讨"①是可以揭示真理的。生活事实,无论是历史上曾出现过的人物和事件,或者现实生活中的相对事物,都是真实的,可以说"诗到处存在着,万事万物皆有诗,而且在现在与现实中比过去与抽象中存在更多的诗"。对文艺创作来说,接受这些事物,并将它们"一丝一毫都不遗漏"地描写出来,"赤裸裸地前进",就能达到真实性的要求。古典主义强调理性,忽视存在。浪漫主义缅怀过去,否认现实的诗意,沉溺于幻想之中,必然使人物"带一种硬邦邦的神态",成为义务、爱国精神、母爱的抽象物。从事实出发,左拉说:"想象不再有用武之地。"作家也不必操心故事的编排、关节和结局,顺其自然,"按本来的面目去接受自然,既不对它作任何改变,也不对它作任何缩减;对于以它本身来提供一个开端、一个中段和一个结尾来说,它是足够美的,足够宏伟的了"②。在自然面前,艺术家不需要构想一段惊险的故事,也不要用戏剧手段安排情节,只要在生活中取出一个人或一群人的故事,忠实地记载精确地解剖他们的行为即可。小说家是一名事实的记录员,作品就是事实的忠实记录。在左拉看来,记录事实可以从两方面反映真实:首先从局部方面看,作品不是叙述头尾完整的生活,而仅仅是生活中的一个片断,人生传记的一页,就可能细致入微,栩栩如生,达到摄影般的逼真;其次从全局看,政治、社会经济、历史、现实、生理与心理等等,"整个自然界都是它的领域。它在其中自由活动,采纳它所喜爱的形式,使用它所认为最佳的声调"③,不再受任何限制,从而扩大了题材与表现的对象。左拉断言,由于自然主义的接受和描写现实,那种古典主义的公式将被取代,真正的自然主义必然为社会所公认。左拉强调事实的真实,

---

① 见左拉的《戏剧中的自然主义》。
② 同上。
③ 同上。

对存在事物的接受和描写，无疑是现实主义的理论主张。但是，他忽视了所谓诗意并不如左拉所说存在于一切现象中。真正的诗意在于事物的互相联系和矛盾运动中。离开这个运动的整体，个别的静止不变的现象，不过是无法开动的机器的部件。以左拉的理论，难道熟练而精确地描写一个现象的细节，如他的作品里的剧院、货摊、交易所等等，一定能反映剧院、交易所的诗意吗？其实，包厢、乐队、舞台、正厅，并不引起人们的兴趣。剧院、交易所只有同人物命运相联系，成为表现人物不可缺少的条件和媒介的时候，它才有诗意。离开人物的命运对事物做完备精细的描写，充其量不过是物品展览的说明书，而不是艺术品。同样，人的音容笑貌、形体风度，也只有在对人物的经历遭遇，同他人的交往过程中起到作用时，描写才有意义，否则只不过是一个没有灵魂的躯壳而已。

小说是事实的记录，艺术家"不插手于现实的增删"，那么作品岂不成为生活的简单复制、作家的能动作用还有什么意义？左拉为了解决困境，提出了自然主义的"真实感"。所谓"真实感"，就是如实地感受自然，如实地表现自然。一个伟大的小说家，就是一个有真实感的人，并且能独创地表现自然，赋自然以新的生气。他认为小说家不能做到真实感和独创性，那么，与其说写小说还不如去卖蜡烛，"你要去描绘生活，首先就请如实地认识它"，不是得到表面的印象，而是"从人生的真源来认识人"。① 一方面从遗传学的角度，考察家族给人带来的内在性格的因素。另一方面认识职业、习俗、居住地点等周围环境对性格形成、发展的影响。两者兼顾，才能说是"如实地认识"。左拉认为人的认识能力是有很大差异的，对同一事物，不同的人可以有相异的结论，让几位画家同时观察自然，各人所见的主导色彩是各不相同的：黄色，紫色，还有的会看成绿色。在物体的形态上，也会有不同的反映，这种各自独特的感受，是由于眼睛和大脑中枢神经不同程度地害了某种瘫痪症造成的。对于这种生理现象，当时的科学还不能解释，左拉也没有做进一步的说明。但是，在他看来，"真实具有自己的声音"，只要通过"实验"的方法细致地去辨别，视觉能力是可以恢复的，对物体还是可以如实地认识的。而且，艺术创作除了认识，还有一个表现问题，还要有作家的个人特色。他说，"为了指出事物的机理，我们必须产生并调排现象"，允许对事物作某些修改。他在讲到阿尔封斯·都德的创作经验时指出：当作家认识了事物，进而要表现它时，作家自己就变成作品里的人物，生活到作品

---

① 见左拉的《戏剧中的自然主义》。

的环境里去,把自己的个性同要描绘的人物融合在一起,同自己的主人公同哭同笑,在亲密的合作中,"书中的场景的现实性与小说家的个性合而为一"①。在这种状况下,呈现在读者面前的书籍,也不再是一束印着黑字的白纸,"而是一个人,一个读者可以听到他的头脑和心灵在字里行间跳跃着的人"②。这种"现实是出发点,是有力地推动了小说家的冲击力,小说家遵循着现实,向这个方向展开场景,同时赋予这场景以特殊的生命"③、"蘸着自己的血液和胆汁来写作"④的态度,完全是一种积极的文学主张。真实感与独创性的结合使巴尔扎克"再现整整一个世界",使司汤达以一种"严格的真实映照出"表面冻结的大湖的岸边的一切,使一切有成就的艺术家形成自己的独特的风格。可见,左拉"不插手现实的增删",强调的是对现象的接受,如实地认识,旨在反对虚幻的捏造,"赤裸裸地前进"也不是冷漠地照抄现实表象,而是在事件的进展中,表现作家的情感态度。只是由于他过分强调艺术家的生理机制的独特功能,忽视艺术个性形成的社会原因,因此削弱了理论的力量。

左拉自己也承认,由于自然猛烈地闯进了作品,有时,"大树和岩石的奔流淹没和冲走了人性和人物"⑤,同人物和情节无关的场景、细节占据了他的作品的中心,堆砌、罗列生活细节成了作品的败笔。但是,从他的理论主张看,他是注意人物与环境的关系的。他给描写下的定义是:"描写是限定人、完成人的某一环境的情况"⑥,描写的目的是"向自然的复归"。因为人不能离开他的环境,他必须有自己的衣服、住宅、城市、省份,他必须有同周围人物、事件的关系,"人不再像17世纪人们所认为的那样,是智慧的抽象,他是能思想的动物,是大自然的组成部分,处于他所生长和生活的土壤的种种影响之下,这就是何以某种气候,某个国家,某个限界,某种生活条件,往往都会具有决定性的重要作用"⑦。为了使人们能够完善地看到整个人类的"戏剧",才采用完备而明确的描写手段。左拉说:"我只要给你一些事实和数目,实质上,我在艺术里只有一个热烈的欲望:生活,我用我的爱情

---

① 《论小说》,见《古典文艺理论译丛》第8辑,人民文学出版社1964年版,第126页。
② 同上。
③ 同上书,第127页。
④ 同上书,第128页。
⑤ 同上书,第131页。
⑥ 同上。
⑦ 见左拉的《戏剧中的自然主义》。

忠实于现代生活,忠实于我的整个时代。"①注重环境描写,指出气候、国家和生活条件对人的性格的决定性影响,本是18世纪来动物学研究的新发展深入艺术家之心的结果,巴尔扎克就是从"环境论的天才的代表"乔弗瓦·圣底来那里接受了"外在世界的每一个变化"都可以"在动植物身上的相应的变化中……找到它的回声"(拉法格《左拉的〈金钱〉》),以无穷的细心,去描写他的各种人物生活和行动的环境的影响。左拉的理论也是在这种创作经验的基础上提出的。问题在于,左拉在时代、社会矛盾的分析上,深受丹纳的"决定论"和解剖学的影响,侧重于自然条件和遗传上研究社会现象,"让人看看环境的作用",从生物学的观点分析人,解剖社会病态,"逃避多种复杂的原因",陷入庸俗进化论的泥坑。左拉在《卢贡·马卡尔家族史》"序"中说:"从生理的观点来看,卢贡·马卡尔这家人,是精神病的慢性继承人,这个病是在这个家族机体第一次受到损伤之后得上的,而又随着环境的不同,决定了这个家族里各个成员的感情、欲望、情欲,以及天然和本性的流露,而人性流露的种种结果,就是通常所谓的道德和罪恶。"遗传的历史,决定于人性内核,所谓环境,不过是人性内核显露的外界条件,起决定作用的还是"内核"的遗传,从这里出发,他认为下层阶层的反抗,是一种人的向上爬的生理本能,工人的堕落是由于酗酒的遗传,他们的不幸和低下的地位,不过是促使他们生理本能外露的条件。这样提出问题,必然不能正确分析社会矛盾的根源,不能达到真实性与独创性的统一,必然影响作品的现实主义深度。

3. 自然主义要"提供尽可能多的人类文献"

左拉认为生理学和医学的目的在于支配生命,人必须成为生命的主人,利用自然的法则来统治地球上最大量的正义和最大可能的自由。自然主义小说家对"存在事物的接受和描写"其目的也在于利用自然法则,"深入事物的原因……使它们成为驯服的机械部件"②。左拉说:"我们以实验指出,在某种社会环境中,某种情感会以何种方式表现出来。我们一旦能掌握这种情感的机理,我们就能处置它、约束它,或至少使它成为尽可能的无害。"③对人的"内核"做详尽的分析,把握它在各种条件(环境)下的变化,

---

① 引自《瞿秋白文集》。
② 见左拉的《实验小说论》。
③ 同上。

就能采用各种手段去防止它的堕落,宣扬它的正义,从而达到改造社会、改造人性的目的。在左拉看来,艺术只要能左右个人和环境,那么,艺术就能"做善与恶的主宰,支配生活、治理社会,逐步解决社会上的一切问题"①,在这个意义上,他宣称自然主义是"实验论的道德学家"。

显然,左拉要求"提供尽可能多的人类文献"并不单是暴露社会病态,而是从遗传学的角度指出社会弊病的生理根源,为了治病。他说巴尔扎克《贝姨》中于洛的最后结局,正是说明于洛好色,他堕落了,接着他的家庭也被毁灭了,他的周围的一切也随着腐败变质,社会循环被扰乱。艺术家的责任就在于通过这个人物的堕落,告诫人们不要纵欲,至少要约束自己的欲望,根除害己、害人的根源,使悲剧不再产生,社会恢复平衡。显然,左拉的道德训诫的理论,并不能真正揭示于洛堕落的社会根源,他力图恢复的社会平衡,也属于乌托邦的空想。这里特别指出,不过说明自然主义并不是如有些人所说的是"冷漠的纯客观"的描写,仅仅是病尸的解剖,丑行的展览。左拉自己说过:"我们不必从我们的作品中去抽取结论,这句话的意思就是,我们的作品本身就包含着结论。实验论者不作结论,因为,实验恰恰为他下了结论。"②在现实的客观描写中,"指出益与善的机理""和整个时代一起从事征服自然的宏伟事业"③,这才是提供"人类文献"的真正意义。

第三节　自然主义的方法论——实验论

实验是自然科学用以认识客观事物的方法,是通过观察、分析对象在各种不同的条件下所引起的变化,"找出某一现象与其近因之间的因果关系,换句话说,是确定该现象的表现所必需的条件"④。它不关心"为什么"而只说明"怎样"。在19世纪物理、化学、医学飞速发展的社会条件下,实验的方法成为无尚的权威,它横扫了一切经验论的形而上学论,理所当然地被自称为时代的产物的自然主义,当作方法论的旗帜。左拉就是将生理学家克罗德·贝尔纳的《实验医学研究导论》作为自己理论的"坚实基础",几乎在所有论点上都以它做"掩护",因此对实验论的分析,有助于彻底了解自然主义的理论体系。

---

① 见左拉的《实验小说论》。
② 同上。
③ 同上。
④ 同上。

1. 实验是如实地认识现象的手段

自然是按着自己的"永恒内核"运行的,这种"内核"照左拉看来是由事物内部的逻辑顺序(内部环境)和外界的宇宙的环境构成的,它以惯常的然而是隐蔽的方式前进着,这就决定着它的反复出现而又不易被人察觉的特点。但是,科学的发展使人们不再局限于现象经验的认识,而进入追根究底的探求。于是,"按某种目的用简单或复杂的调查方法来变化或修改自然现象,并使之显现在自然并不把这些现象呈现出来的环境或条件中"(左拉转引克罗德·贝尔纳《导论》),这种实验是观察的深化,是"为了检查目的而发起的一项观察"。

左拉认为,观察不过是现象的摄影师,他倾听自然的声音,记下自然所倾诉的一切,一旦事实被验证,现象被观察之后,它就完成了使命。实验却不然,观察的终点,就是实验的起点。在已有的观察的基础上,实验者定下种种假设,然后在各种变化了的条件下,进一步观察结果,以鉴定假设的可靠性,最后提出明确结论。左拉认为这种实验的方法,也是艺术家认识事物的方法。他举《贝姨》为例说明,他说巴尔扎克在生活里看到一个好色的人的品质,以及他给家庭、社会带来的危害,此时还属于观察。他为了进一步探究好色同周围环境的关系,于是设想了一个实验,把于洛放到一系列试验中,让他经历种种环境(设置各种社会地位、身份的女性),"借以指出他的情欲机能的作用"。在这个过程中,巴尔扎克是从搜集的事实出发的,但已不是将事实拍成照片,而是实验者,在不断的实验中,去认识个人品质与家庭、社会的关系,因而是观察的继续和深入。左拉在引用贝尔纳的"实验是自然的预审法官"的比喻后,推导出小说家则是"人类及其情感的预审法官"[①],就是要求小说家在隐秘的、不易被人发现的人类的意志、欲念的范畴中去实验,去审视它们在不同条件下的表现。从真实的事实出发,经过艺术家的"调排"指出遗传和周围环境影响下的智慧与情欲,"怎样每天改变着环境,又怎样反过来在环境中接受着不断的改变",以达到完备明确地"告知"给别人的目的。

左拉说"实验方法是宣告思想解放的科学方法"。他认为在实验面前不仅要抖落哲学和神学的桎梏,而且也不再承认任何个人的科学权威。实验的方法将在认识现实,特别是在人类的感情生活里,开辟一个新的天地。

---

① 见左拉的《实验小说论》。

2. 实验是表现对象的方法

实验的过程是一个认识深化的过程,对于文艺创作来说,还是一个表现生活的过程。自然主义的创作方法就是实验过程的显现,左拉多次提出自然主义作家是接受已被证明的事实的作家,但又不满足于现有的事实,还需要继续设想多种条件以利于深化。他在讲到自然主义小说家写一本戏剧界的小说时,经历了这样的过程,"他首先关心的是从他的笔记里收集他对自己所要描绘的领域所能掌握的一切知识",从他同演员的接触、观看演出的已有材料出发,酝酿故事,然后"他开始活动,和最内行的交谈,收集有关的词汇、故事和肖像","参考成文的材料,阅读一切对他有用的东西",最后,他要参观故事发生的地点,为了看清楚每一个细小的角落,在一个剧院里住上几天。在女演员的化妆室里度过几个晚上,尽可能地沉浸在周围的气氛里。在整个过程中,小说家不断地观察,提出问题,寻求答案。从各种现象中,得出合乎规律的结论,于是形成整个小说故事。左拉认为,这里不需要幻想,不需要虚构离奇的情节,只要不断地观察实验,并将它的结果如实地记载下来,那么,即使故事一般,也有典型意义,因为它是真实发生的,它向读者提供了自然和社会的一角。

综观左拉的创作可以发现:虽然在局部的细节上达到了不厌其烦的详尽,在人物的个别行动上表现出突出的性格特征,但在整体上却是"写意"的,并不能真正揭示人性的本源在特定历史阶段表现的特点。实验是一种科学的认识手段,它有利于认识的深化,但实验的方法终究不能取代艺术创造,现象实录也不是典型化的唯一途径,左拉的自然主义在方法论上远离了艺术创造的真谛,这不能不说是这一理论体系的一个局限。

第四节 自然主义理论的影响和评价

左拉的自然主义理论是建立在科学进步和实证论基础上的,他本人在政治上虽属资产阶级激进的自由主义,甚至接近空想社会主义,但是对"科学性"的执着,使他始终没有超越进化论和遗传学的局限。左拉说"社会的运转和生命运转是相同的:在社会中,就像在人体中一样,不同的器官有一种连带关系把它们彼此联成这种样子,如果一个器官化了脓,溃烂就会蔓延到别的器官,结果就会形成一种非常复杂的疾病"①。他认为社会同人体一样,本质是"和谐"的;不和谐就表现为对抗,为消除对抗求得"和谐"就是社会的动力。自然主义者宣称自己是"实验论的道德家",在对存在事物的描写中,鞭挞社会弊病,揭露恶德败行,固然表现了作家的勇气和真诚,但是,离开对社会关系的把握,追求生物学的"和谐",必然影响作品的深度。左拉强调要写社会生活中的普通人、普通事件,认为越是写出它的"自然"、写出它的"普遍性"就越有"典型性",忽视个性与典型性的辩证统一,必然导致"恶劣的个性化"和机械的"平均数"两种截然相反的结果。他虽然注重人物的活动环境,但这种环境也只是生物学的遗传基因和生存条件,在作品中,往往成为一种装饰物,或者成为一幅巨大的天幕,人物只在天幕下匆匆来去而已。左拉要求自然主义小说家不断地"实验",在实验中保持清醒的头脑,仔细观察,做出判断,这样的结果,必然使作家不再成为社会事件的积极参与者,时代斗争的投身者,只是公众生活的单纯的旁观者和记录者。对待生活的冷漠态度,割断艺术家与生活的血肉联系,即使在描写中做出道德判断,也是软弱无力的。自然主义理论的这些弱点,在左拉自己的创作中,明显地阻碍着他的成就。不断进取的左拉也深切地感受到这些障碍,因此,他不断地提出巴尔扎克、福楼拜,借鉴他们的经验,直至将他们奉为自然主义大师以补自身理论的不足。但是,正如拉法格所指出的:左拉完全没有顾及变化了的时代,仿效《人间喜剧》,使每一部小说都有卢贡家族的一个成员为主角,结果"与其说它是真实,不如说是一种俗套而已"②。他的"实验"不过是隐居生活的"写意",或者是收集的资料的汇编,绝不可能像巴尔扎克那样达到对"现实关系的深刻理解"。在这个意义上,他的作品在总体上也同他的理论一样,是一种浅薄的描写现实。

左拉正式提出自然主义理论当在19世纪70年代。此时,以巴尔扎克为代表的旨在深刻反映法国社会变动的艺术高潮已经过去,但从理论上总结他们的创作经验,特别是提出现实主义概念,并运用到文学领域,还为时不久。自然主义、现实主义作为理论口号,几乎是同一时期产生,在早期的现实主义理论的创始人那里,如库尔贝、尚夫勒利,现实主义几乎同于自然主义。然而在理论的发展上,自然主义一方面对真实描写理论做了新的开拓,从生理学角度观察人、描写人,对表现有血有肉的人另有积极意义。另

---

① 见《卢卡契文学论文集》(二),中国社会科学出版社1980年版,第418页。
② 《拉法格文学论文选》,罗大冈译,人民文学出版社1961年版,第152页。

一方面现实主义与自然主义确实存在着分歧。左拉自己在谈《卢贡·马卡尔家族》的创作时说,这个家族的每个成员都有一种遗传的"公律",在生理方面,他们全是神经与血缘的变态的继承人,在历史方面,他们全是平民阶级,随着本性的冲动而在社会变动中浮沉,表现出"一个充满疯狂和耻辱的奇异时代的画图"。如此分析社会现象,描写生活,就不可能写出巴尔扎克那样的"法国社会风俗史",塑造出有价值有社会影响的艺术典型。

  自然主义同现实主义既有联系又有分歧的状况,使它成为一种比较广泛的国际思潮。在批判现实主义高潮过去之后,仍有较大影响。在法国,不仅龚古尔兄弟的《白尔米尼·拉赛德》是一部典型的自然主义小说,而且福楼拜、莫泊桑的作品也受这种理论影响。在德国,出现"彻底的自然主义"文学运动,主张把现实中一切细微的事物毫不遗漏地描写出来,认为只有表现每秒钟发生的事情,甚至咳嗽、打嗝、喉音都不放过,才是真正的人的生活。自然主义文学运动在德国曾起过一定的积极作用,但是,它否定艺术构思,不能反映社会本质,是没有前途的,不久就为有才能的艺术家所抛弃。此外,自然主义在美、英、日等国先后发生影响,表现大体相似。特别需要指出,19世纪末,在叔本华、尼采的悲观主义和超人哲学的影响下,部分资产阶级文人接受自然主义理论,热衷于描写人的变态心理、动物式的欲望,为了满足"权力意志"而不择手段地伤害他人,于是赤裸裸的色情描写、凶杀现场的可怖展览,以及庸俗繁琐、格调卑下的场景细节占据了作品的中心。当然,将近代文艺中出现的光怪陆离的现象,说成是自然主义理论的"恶果",是言过其实的。不过,在文学的蜕变中,自然主义的遗传公律、本能冲动,通常被用来表现疯狂的热情的现象,也是屡见不鲜的。

参考书目:

1. 左拉:《戏剧中的自然主义》《实验小说论》,见伍蠡甫、胡经之主编:《西方文艺理论名著选编》中卷,北京大学出版社1986年版。
2. 左拉:《论小说》,见《古典文艺理论译丛》第8辑,人民文学出版社1964年版。

思考题:

1. 左拉的自然主义理论述评。
2. 自然主义与现实主义的异同。

第二十三章 《1847年俄国文学一瞥》与别林斯基的文学理论

别林斯基(1811—1848),俄国伟大的革命民主主义者,卓越的文学批评家。1811年6月11日出生于斯韦阿博尔格城。1848年6月7日在彼得堡病逝。其父任过军医。别林斯基1829年进入莫斯科大学语文系学习,曾组织"文学社",撰写剧本揭露沙皇黑暗统治,宣传废除农奴制度。19世纪30年代开始,他先后在《望远镜》《祖国纪事》《同时代人》等著名进步刊物工作。他毕生鼓吹革命民主主义思想,以文学批评为武器,在极其艰苦的历史条件下,以大无畏的革命气魄,勇敢地探求真理,把文学和美学的斗争与当时俄国农民解放运动的政治斗争结合起来。正如列宁所说的,他是"俄国社会民主主义的先驱者"之一。

作为革命民主主义美学和现实主义的创始人,别林斯基在文学杂志的岗位上,默默地战斗了一生。用他自己的话说,"俄国文学是我的生命和我的血"。在他数以千计的文学理论和批评著作篇目中,我们很难指出哪些是他的代表作。从为他博得广泛声誉的成名作《文学的幻想》和《论俄国中篇小说和果戈理君的中篇小说》,到40年代成熟时期的关于普希金的11篇长文,连同关于果戈理的一系列论文,以及从1840年到1847年每年的年度综述,还有临终前给果戈理的著名的信,无疑都是俄国革命民主主义美学理论宝库中的珠玉。别林斯基的文学思想是博大精深的,单就论述果戈理而言,据统计就有九十多篇文章谈到过。《1847年俄国文学一瞥》是他留给后世最后的也是最成熟的一篇年度概评,可以概括他的现实主义理论和批评的某些重要方面。但是,为了阐明他美学思想的形成和发展线索,我们就不能不从他的哲学思想入手,联系他早期和中期的有关论著,来说明他的现实主义文学理论和批评的基本观点。

第一节　别林斯基的思想发展过程

别林斯基的文学活动时期从19世纪30年代持续到40年代，不足15年。当时，在西欧启蒙运动和法国革命的浪涛冲击下，俄国落后的农奴制的生产关系和日益发展的资本主义经济之间产生了越来越尖锐的矛盾。1825年十二月党人彼得堡起义惨遭失败后，沙皇尼古拉一世变本加厉，开始了更为残酷的专制统治。别林斯基没有被反动势力所吓退，在艰险的历史条件下，以文学刊物为阵地、文学批评为武器，极力宣传反对沙皇，反对农奴制的革命民主主义思想。作为社会活动家，英勇的革命民主主义斗士，他的天才的文学理论和批评，直接反映了俄国广大农民的情绪，体现了那个时代的先进革命思想。这是我们在分析别林斯基思想发展过程时必须首先肯定的。

同历史上一些伟大人物一样，别林斯基的思想发展，经历了一个由唯心主义到唯物主义、由启蒙主义到革命民主主义的发展过程。多数学者把他的思想发展以1840年代为界，分为前后两个时期。一般认为，从前期到后期，他的认识论有了很大的转变；但是，到底有多大程度上的转变，以及这种转变的性质，国内外尚颇有争议。

如何从历史实际出发，唯物主义地研究和评价别林斯基的思想发展过程，对科学地理解他的现实主义文学理论和批评是十分必要的。

别林斯基的文学活动，处于俄国革命民主主义运动的上升时期，也是俄国现实主义文学蓬勃发展的胜利时期。作为"解放运动中代替平民知识分子的先驱"，别林斯基最突出的特点是把反对农奴制的政治斗争和文学美学的斗争紧紧地联系起来。我们知道，19世纪初期，俄国文学中以茹科夫斯基为代表的浪漫派作家，悲观地宣扬一种感伤忧郁的消极情调和神秘主义的幻想。这一流派占据了当时文坛的主导地位。与此相呼应的是，美化现实，麻痹人民斗志的"为艺术而艺术"的"纯艺术"论，风行于文艺界。这一切，只对腐败黑暗的沙皇专制制度有利，而对革命民主主义的解放斗争有害。随着社会阶级矛盾的日益激化，19世纪30年代，以果戈理为首的"自然派"，也就是现实主义文学，开始以生气勃勃的崭新姿态出现了。这就带来了一场旷日持久的激烈的大论战："自然派"与"纯艺术"论的浪漫主义的斗争。实质上，这是革命民主主义的解放运动和农奴制之间的政治斗争在文艺领域的反映。别林斯基以及他的继承者的文学批评，直接服务于这场社会政治斗争的现实需要。如果孤立地肯定他们在跟浪漫主义流派的斗争中建立了俄国文学的理论基础和原则,推动了俄国现实主义文学的发展,而忽视或者低估他们作为时代的杰出的思想家革命家的理论贡献和斗争精神,就不可能科学地评价其在俄国文学史上的地位和意义的。只有从这一角度出发,我们才有可能对别林斯基在1837—1840年的一段"与现实妥协时期",以及后来的转变做具体深入的分析。

在罐头般封闭的落后黑暗的尼古拉一世时期,别林斯基试图建立一种新的社会制度的理论,这就需要探索,需要吸收人类思想的全部成果,于是不可避免地产生了他对各种哲学体系的"迷恋",尤其是当时占统治地位的黑格尔的唯心主义,对他的影响极大。"在与现实妥协"时期,别林斯基接受了黑格尔在历史哲学中提出的"凡是现实的都是理性的,凡是理性的都是现实的"公式的消极影响。但是,他仍然不失为一个独立的思想家。他的"妥协",只是理论上的一度迷误,是其思想发展过程的锁链中的一环;而黑格尔与普鲁士现实的妥协,则是其全部哲学体系的终结。前者属于难以避免的"插曲",后者却是必然的归宿。应该说,这是别林斯基的"妥协"和黑格尔的"妥协"的本质差别。实际上,别林斯基从未像黑格尔那样,认为现实世界是完美无缺、无须变革的;相反,他自始至终都是俄罗斯现实的激烈抨击者、批评者。自然,这种认识上的迷误,使他1830年代的著作呈现出深刻的矛盾:理论上肯定现实的合理性,具体的批评实践却又赞许那些描写了不合理的现实的艺术作品。作为理论探索,别林斯基无愧于自己的时代;从方法论上,他初步察觉到纯理性主义之弊,试图用历史主义去解释它,这无疑具有进步意义。他勇敢的探索精神之所以可贵,是因为他的理论总是和俄国广大农民的情绪紧密相联。他是农奴制下千百万农民的代言人。

别林斯基所处的客观现实条件,包括各种社会思潮的影响,给他的探索带来了相当大的阻力。

别林斯基不懂德文,他是通过"哲学的门外汉"巴枯宁的介绍而受到德国古典哲学的影响。在"与现实妥协"时期,他对存在和思维的关系的认识是唯心主义的。他说,"现象乃是观念的果实","思想之外一切都是幻影,幻想;只有思想才是本质的。"[①] 他不满现实,提出了理想的与现实的两种生活的说法,肯定理想的生活才是具体的,现实的生活却是"否定、幻影、渺小、空虚"[②]。更为严重的是,这时期他断然排斥一切否定现实的思想,甚至

---

① 参见《别林斯基全集》俄文版,第11卷,第146页。
② 同上书,第175页。

连政治活动也否定了。这一思想必然导致他的文学批评忽视文学对生活的批评与否定。这时他对讽刺文学评价极低，充分暴露了他认识论上的偏颇倾向。

但是，对于嫉恶如仇的别林斯基来说，这种把黑暗、丑恶视为幻影，以便苟安于一时的精神状态，毕竟不能持久。1840年代初，俄国人民风起云涌的革命斗争的现实，使他那颗诚实而炽热的心无法平静，他不能固守在抽象的所谓现实是无条件的"合理"的蜗牛壳里。其实，即使在"与现实妥协"时期，他的思想也不是单一的，仍然有其清醒的一面。在《智慧的痛苦》里，他已开始承认否定现实的思想。1840年代初，他对社会主义的兴趣（自然是空想社会主义）日益增强。这也有助于他从世界观的高度，尽快摆脱黑格尔的唯心主义束缚。不过，促使和推动他正视现实的强大动力，还是俄国现实主义文学的蓬勃发展和他自己的文学理论及文学批评的实践活动。他为之赞叹不已的果戈理的批判现实主义文学，使他不能不承认从反面否定现实生活的作品，有权进入优秀艺术的行列。

走出迷津的别林斯基，声称他要向黑格尔的"哲学帽子""致意"，同它分道扬镳。从此，他在革命民主主义的道路上，迅速前进了。

1840年代中期，别林斯基思想日趋成熟。他在一系列天才的文学批评著作中，以其鲜明的爱憎激情，把斗争的矛头直接对准丑恶的现实。他的著作，震撼了广大进步青年的心灵，成为揭露俄国专制制度的强大武器。特别值得一提的是，他在生命垂危之时，以满腔热情、烈火般的语言写给果戈理的那封著名的信，集中而又完整地表达了他的革命民主主义的思想纲领，反映了他毫不妥协的顽强斗志和革命精神。列宁称这是"没有经过审查的民主出版界的优秀作品，直到今天，它仍具有巨大的、生动的意义"①。因此，别林斯基的思想，从整体上说，属于俄国先进的社会思想的组成部分。

用辩证的方法，历史地具体地评价别林斯基，可以看出，他的思想发展，尽管经历了一段艰苦曲折的过程，但最终仍然不失为一个彻底的战斗的唯物主义者。从历史提供的现实条件出发，纵观他的优秀的文学、美学的实践斗争活动，可以说，他从唯心主义到唯物主义的转变是彻底的。自然，由于时代的局限，在对人类历史的看法上，他不可能走上历史唯物主义。

---

① 《列宁全集》第20卷，人民出版社1989年版，第241页。

第二节　别林斯基的现实主义文学理论

别林斯基是俄国现实主义文学理论的奠基者。他以 18 世纪和 19 世纪上半期俄国文学的丰富经验为基础,通过文学批评,揭示出它的现实主义的历史规律。他建立了现实主义文学理论的原则,阐明了它的本质及主要特征,制定了现实主义文学的发展纲领,为俄国文学的发展开辟了道路,一般地说,他的文学论著都是对他那个时代的作家作品的具体评价。正是这种根植于活生生的文学实践的沃土中的理论,构成他的美学体系的显著特征。他的文学批评的另一重要特征,是对于文学和生活的关系、文学的社会作用的深刻理解。这些特征,最显明地体现在《1847 年俄国文学一瞥》中。别林斯基在自己的著作中,并没有使用"现实主义"术语,1840 年代,他使用的"艺术性""自然主义",实际上涵盖了现实主义的基本内容。例如,他非常推崇的普希金诗作的"艺术性",也即真实性,称他为"现实生活的诗人",就是指现实主义。再如他说克雷洛夫为"自然主义者",也是就其作品的现实主义而言的。

1. 文学和生活

文学和生活的关系问题,是文学理论的根本问题。别林斯基花费了巨大的精力,撰写了许多文章,对此做过反复论述。从他前期和后期对这一问题的理解的总的趋势看,是日趋成熟、日益完备的。

别林斯基在文学活动初期,就发出过"哪里有生活,哪里就有诗"的呼声。这一看法,固然不能说明文学和生活的全部意义,但却十分明确地提出了生活是文学之源。如果我们结合 19 世纪 30 年代俄国文坛上消极浪漫主义思想的现状看,就更不能忽视它的鲜明的针对性和强烈的倾向性。他在《文学的幻想》中说:"什么是艺术的使命和目标?……用言辞、声响、线条和色彩把大自然一般生活的理念描写出来,再现出来:这便是艺术的惟一而永恒的课题!"[①]从理念出发,是唯心主义的;但它的重点显然是指实,而不是理念。强调对自然的"再现",说明他重视文学和现实生活的联系。稍后,他说:诗歌应"忠实于生活的现实性的一切细节、颜色和浓淡色度,在全部赤裸和真实中来再现生活"。"我们要求的不是生活的理想,而是生活本

[①] 《别林斯基选集》第 1 卷,满涛译,上海译文出版社 1979 年版,第 21 页。

身,像它原来的那样",以至"赤裸裸到令人害羞的程度,把全部可怕的丑恶和全部庄严的美一起揭发出来,好像用解剖刀切开一样"。① 应该说,强调真实地再现生活,忠实于生活的态度是现实主义的基本信条,也是别林斯基从事文学活动一开始就建立的观点。

但是,在"与现实妥协"时期,别林斯基明显地后退了。这个时期,他的有关现实主义的论述,一般都比较抽象、笼统。在理论上,他否定文学批判现实的一面,认为它必须对客观世界做"冷静""恬淡"的描写,不必掺杂主观成分,因为作家只是"目击者",而不是"判断者"。更令人遗憾的是,他把历史的发展看作受某种僵死不变的法则所控制,它的任何一个发展阶段都是合理的、必要的,因此主张"与现实和解"。这种观点,导致他宣扬政治与艺术毫不相干的错误论调,甚至对《福音书》还唱了几句赞歌。在文学实践上,他的文学批评著作,此时也暴露了同样的弱点。例如,他对歌德晚年清寂冷漠,鼓吹庸俗的道德克制,以及囿于自我的狭窄天地的消极遁世哲学,不仅未予指责,反而认为这是歌德优于席勒的长处。果戈理原来在他的心目中,属于"现实的诗"的代表者,此时他却基本上否定了他的作品的主观因素和思想倾向。格利鲍耶陀夫的《智慧的痛苦》,对丑恶的俄罗斯现实提出控诉和抗议,他偏激地把它的辛辣揭露部分,排除于"艺术性的作品"之外。

1840年代初,别林斯基的艺术观有了明显的转变。他认为:现实是混杂着矿物质和泥土的一块金子,科学和艺术把它清洗干净,锻炼成典雅的形式。"现实之于艺术和文学,正如同土壤之于它在它怀抱里所培养的植物一样。"②现实是金子,是文学艺术的土壤。可以看出,别林斯基确认:生活赋予文学以生命,它是文学唯一的源泉;再现生活是文学的天职,即使历史题材,也不例外。要求文学忠实地描绘生活,反映现实,这是现实主义文学富有艺术生命力的根源;如果没有丰富而深刻的生活真实,也就没有现实主义。

别林斯基有一句名言:"诗在于创造性地复制有可能的现实。"③什么是"有可能的现实"?他在给巴枯宁的信里说:"我不是按照它的一般抽象意义,而是按照人与人之间的关系来理解现实的。"④在他看来,所谓现实,首

---

① 《别林斯基选集》第1卷,满涛译,上海译文出版社1979年版,第147、154页。
② 《别林斯基选集》第3卷,满涛译,上海译文出版社1980年版,第700页。
③ 《别林斯基论文学》,新文艺出版社1958年版,第111页。
④ 转引自朱光潜:《西方美学史》下卷,人民文学出版社1979年版,第528页。

先是指人和社会;文学要真实地再现现实,就应描写人和社会。因此,从现实关系(主要表现为人与人的关系)中具体而真实地描绘生活,是现实主义文学最主要的标志。从人与人的关系来理解现实,这说明别林斯基已经观察到现实生活的某些规律性,尽管他还不能从哲学的高度去论证和揭示这种规律性。什么是"创造性地复制"?别林斯基指出:使想象和理智活生生地联系在一起,即诗人不仅需要创作才能,还需要理智去理解现实。"创造性地复制",显然不是自然主义的有闻必录,照抄现实现象,而是要探索处于不断运动和发展中的现实的某些规律性,从现实自身所包含的可能性中再现现实。他没有停留于艺术忠实地复制现实这一点上,而是努力寻求这种"复制"的创造性的规律。那么,究竟如何用理性解释现实,创造性地复制现实呢?别林斯基在《1847年俄国文学一瞥》中,对此做了极为深刻的阐述。他说:"若要忠实地摹写自然,仅仅能写,就是说,仅仅驾驭抄写员和文书的技术,还是不够的;必须能通过想象,把现实的现象表达出来,赋予它们新的生命。"①这就是说,他认为艺术不是消极被动地反映现实,而是运用形象思维,在对客观现实真实描绘的基础上,创造出新的现实。也正是在这篇最卓越的论文里,他对艺术与现实的关系做了更进一步的解释:"艺术是现实的复制,被重复了的、重新被创造了的世界。"②艺术中的现实,是一个"新的生命","重新被创造了的世界",因此,它已不再是生活中那个现实了。真正的现实主义作品并不是照相式地罗列生活现象,而是要把握生活的脉搏,捕捉生活中的新生事物,透视生活的本质。为此,他要求诗人表现"一般的和必要的、赋予他的时代以色彩和意义的东西"③;告诉作家要以审美的感情,对所描写的对象,进行"思想和艺术化的处理"④。只有这样,才能描绘出真正的生活画卷,唤起读者的审美感情,从而"在其全部真实性上"复制生活。如果只是注意外形的描绘,那就容易引起读者的厌烦,歪曲生活,以致流于自然主义。

别林斯基除了要求文学反映生活、再现生活的真实面貌外,还要求它能概括出生活的广阔性和深刻性。所谓广阔性,指文学与自己时代的脉搏一起跳动,它是时代的生活面的延伸和发展;所谓深刻性,指文学对现实本质规律的揭示和开掘。别林斯基对普希金和果戈理现实主义创作的一系列评

---

① 《别林斯基选集》第2卷,时代出版社1953年版,第415页。
② 同上书,第418页。
③ 同上书,第420页。
④ 同上书,第417页。

论,充分体现了这一点。普希金是俄国文学现实主义的奠基人。别林斯基现实主义理论的建立是以普希金的创作为出发点的。他称普希金为"俄国第一个民族诗人""第一个现实生活的诗人";赞扬他的诗是"自己时代精神的表达者",反映了整个俄罗斯民族精神的复杂性和多样性,是"俄国生活的百科全书"。他从历史的审美的角度,阐明了普希金诗歌扎根于俄罗斯民族的历史土壤,表现了俄国社会的基本矛盾:新旧事物的尖锐而复杂的斗争现实。果戈理是普希金的继承者,但就其创作概括生活的广阔性与深刻性看,他比普希金有了新的开拓和扩展:扩大了创作的题材范围,使默默无闻的下层人物闯入了文学领域。他对平凡生活中的群众,做了深入细致的观察和了解,同情他们的处境和遭遇,关切他们不幸的命运,以及对未来的愿望。正是因为他的艺术触角是伸向社会各阶层的普遍生活,他的作品才"能够在其全部深度和广度上看透对象,在其全部现实性的丰满和完整上把握住它"①。在《1847年俄国文学一瞥》中,别林斯基站在革命民主主义立场,无情地批驳了那些恪守旧诗学的"没有纹章的贵族们"的观点,高度赞扬了果戈理的成就。他说,艺术的意义和本质,再也不是"被装饰的自然"这种古老而陈旧的定义了,它必须在全部真实性上反映现实。而俄国的现实是,它"还有陋巷,那儿全家人衣不蔽体,瑟缩寒颤",许多人"生来注定得挨穷受苦"②。因此,文学必须关注构成俄国现实生活主要内容的受苦受难的普通群众的生活。只有关心群众的命运,描写群众的生活,反映群众的愿望和要求,现实主义文学才能在丰满而完整的现实基础上,显示其艺术真实的广阔与深刻。

2. 现实主义典型论

文学的基本特征是用形象反映现实生活。因此,塑造完美的艺术形象即典型,永远是文学的重大课题。别林斯基现实主义文学理论的极其重要的部分,就是关于文学典型的理论。

别林斯基对克雷洛夫寓言的赞许,对果戈理创作的高度评价,是因为他们的作品(尤其是果戈理)通过平凡的日常生活,表现了不平凡的重大的思想。这不仅表明他反对浪漫主义强调描写特殊事物的主张,更重要的是表明他对现实主义作家的要求——唤醒并培养群众的自尊心、自信心,向他们

---

① 《别林斯基选集》第2卷,时代出版社1953年版,第339页。
② 同上书,第406—407页。

进行教育,帮助他们认识自己,同时认识生活。因此,他提出了"每一个典型对于读者都是似曾相识的不相识者"的著名论断,而且肯定典型性是"创作本身的显著标志之一","是作者的纹章印记"。① 他从审美的高度,一方面强调作家和人民生活的联系,着眼于"似曾相识"者,即现实普遍存在的人;同时他又十分重视文学的特点和社会职能,要求作家能以高度概括的能力创造出体现新的思想、新的性格的人物,即一个"不相识者"。他在一百四十多年前提出这一观点,是难能可贵的。

别林斯基在文学活动初期提出的这个论点有极大的启发意义,但不意味着他的典型观是完善无缺的。他的文学思想由于受西欧,特别是黑格尔的影响,在其初期,表现在典型观上,一般地说,还没有摆脱观念化、类型化的毛病,尽管他也重视典型的个性化。

他说:"什么叫作作品中的典型?——个人,同时又是许多人,一个人物,同时又是许多人物,也就是说,把一个人描写成这样,使他在自身中包括着表达同一概念的许多人,整类的人。"②他举奥赛罗作例,认为他是"嫉妒的人的整个范畴、整个类、整个部分的代表"。可以看出,他的观点虽然有来自现实生活的积极因素,却仍然没有摆脱长期以来控制西欧文坛的典型为某一观念的具体化的消极影响。在一个不短的历史时期,西方文论中典型观念化的倾向十分普遍。他们认为,典型是观念的产儿。例如美德、正直、嫉妒、悭吝等概念,常常被视为典型人物的胚胎。黑格尔把典型看成观念的形象化:观念是决定因素,人物性格的意义就在于他代表了这种观念显现出来的一种神化的普遍的精神力量。别林斯基受这种思想的影响,认为典型是摆脱了概念的普遍性,转化而为具体个别的概括性的人物形象。这种概括性,用别林斯基的话说,即"概念的再否定或普遍概念的回复"。结合他对现实主义文学的主客观因素的融合的要求来看,这种典型观含有重视现实关系的积极的一面,但也极容易使人产生一种抽象的认识:典型是观念的化身。除了观念化的毛病之外,别林斯基的典型论同时还带有古典主义布瓦洛等人的类型化的痕迹。他主张"根据严格必然性的不变法则来获得实现的一种作为可能性而存在的现实",即符合客观规律的合理的现实;而对这种规律性的理解却是抽象的、笼统的。如何界定同一类型的人?古典主义指同类性格的人,别林斯基未予明确回答。他说:"即使在描写挑水

---

① 《别林斯基选集》第1卷,满涛译,上海译文出版社1979年版,第191页。
② 《别林斯基选集》第2卷,满涛译,上海译文出版社1980年版,第24页。

人的时候,也不要只描写某一个挑水人,而是要借一个人写出一切挑水的人。"①"挑水人"好像是指社会某一阶层的人而言,但上述所说的奥赛罗的例子,却不是这样。通过一个挑水人写出一切挑水人,还是强调从具体的"这一个"出发,因此不能认为是从理念出发的。不过,总的说来,他的典型论虽然带有民主主义色彩,却仍然不免概念化、抽象化的弊病。

重视典型的个性化,是19世纪现实主义文学理论的一个重大发展。别林斯基说:"必须使人物一方面是整个特殊的人物世界的表现,同时又是一个人物,完整的个性化的人物。只有在这种条件下,只有通过这些对立现象的调和,才能成为一个典型人物。"②强调"完整的个性化的人物"在典型创造中的重要,说明他并不完全是从理念或者类型的角度去理解典型。只有充分的个性化,典型的本质特征才能有所附丽,典型也不会流于概念化、观念化。不仅如此,他还再三解释和阐述艺术的独创性,认为"诗作品的独创性不过是制作者的个性中的独立性的反映而已"③。可见,他对典型的个性化的理解是极其深刻的。别林斯基对个性化的重视,固然与西欧启蒙主义者大力提倡人的个性解放分不开,但也不能排除黑格尔的积极影响。众所周知,黑格尔典型观的极为可取的一点,恰恰是对人物个性化的概括:"每个人都是一个整体,本身就是一个世界,每个人都是一个完满的有生气的人,而不是某种孤立的性格特征的寓言式的抽象品。"④别林斯基吸取了黑格尔辩证法的合理因素,这是很明显的。

别林斯基晚期终于冲破了典型观上的观念化的束缚,向前迈进了一大步。在评论普希金的第11篇论文中,别林斯基指出:果戈理的泼留希金和普希金的吝啬骑士,同属于悭吝人一类典型,前者卑鄙贪婪,令人可厌而又可笑,后者却是个可怕的悲剧角色。但是,这两个典型已不是莫里哀式的吝啬鬼的词藻的拟人化,尽管"他们两人都为同一种卑劣的情欲所吞噬,但是他们仍旧没有一点彼此相似的地方,因为无论哪一个人都不是他们所表现的那个概念的隐喻和拟人化,而是活生生的人,他们身上的普遍恶习是个别地、随个性而表现出来的"⑤。典型不是"概念的隐喻和拟人化",而是"活生生的人"所表现出来的某一种社会力量的普遍性。他显然已抛开了观念

---

① 《别林斯基论文学》,新文艺出版社1958年版,第129页。
② 转引自《美学论丛》[2],第163—164页。
③ 《别林斯基论文学》,新文艺出版社1958年版,第146页。
④ 黑格尔:《美学》第1卷,朱光潜译,商务印书馆1979年版,第295页。
⑤ 《别林斯基论文学》,新文艺出版社1958年版,第135页。

化的模式,在寻找个性与共性的"对立面的调和"。

别林斯基在《1847年俄国文学一瞥》中说:"关键是在典型,而理想也不被理解作装饰(从而是虚谎),却是作者适应其作品所想发挥的思想而把他所创造的各色典型安排在里面的一种关系。"[①]在他看来,现实主义文学的重要任务是创造典型;或者说,它首先是典型化的文学。在西方文论家中,他是把典型化提到艺术创作首要地位的第一个人。他说过,典型化是创作的一条基本法则,没有典型化,就没有创作。只有通过典型化,才能把生活真实转化为艺术真实。别林斯基在许多重要的文学批评著作里,都阐明过这个问题。需要说明的是,他在论述典型创造时,常常把它与自己极力倡导的现实主义文学的理想因素联系起来。他认为,现实主义文学应该运用夸张的手法,从合乎规律的发展中展示生活,即再现现实于其可能性中;这对于从正面还是从反面塑造典型都是适用的。他说:"'把现实理想化'意味着通过个别的、有限的现象来表现普遍的、无限的事物,不是从现实中摹写某些偶然现象,而是创造典型的形象。"[②]这里的"理想化",同典型化的含义是统一的。他认为,在典型创造中,理想是根植于现实的一种关系,虽然它只是一种合理的"可能性",但却存在于现实沃土中(想象中的现实),因而具有"必然性"。艺术创作正是要重视这种"必然性",才能显示它的典型的概括性。他从艺术概括的角度提出理想化的要求,因而和典型化是统一的。当然,理想化并不完全等同于典型化,它只是典型化过程中必不可少的一部分。别林斯基反对浪漫主义、训诫主义的"理想化",而又反复强调现实主义的理想化,这跟他先进的革命民主主义的政治观点有机地联系着,也跟他那个时代的具体状况有关:当时毕竟只有为数不多的几个作家站在民主主义的思想立场上,因此,为争取建立一种完全令他满意的理想的文学,还是一项极端艰巨的任务。

别林斯基对典型理论的重要贡献还在于他自始至终重视典型性格与时代环境的关系。他在文学活动初期说过,一切作品"在精神上和形式上都带有它那时代的烙印,并且满足它那时代的要求"。这句话是他主张的"各色典型安排在里面的一种关系"的注脚。他指出:"要评判一个人物,就应考虑到他在其中发展的那个情境以及命运把他所摆在的那个生活领域。""时代的烙印"和"时代的要求",以及"情境"和"生活领域",都是指围绕着

---

① 《别林斯基选集》第2卷,时代出版社1953年版,第400页。
② 《别林斯基选集》第2卷,满涛译,上海译文出版社1980年版,第102页。

典型人物并促使他们行动的环境。这表明他认识到时代环境对典型人物性格的形成有重要作用。不过,由于时代和阶级的局限,他尚未明确提出典型环境的概念。但是,他初步界定了它的内涵。如果联系他对现实主义文学发展的历史观点(确信艺术属于历史发展的过程),就不难看出:他要求的时代环境是能够"表现和实现当代的意识,对当代生活的意义和价值的看法,对人类道路和永恒的真实存在的看法"的环境,即典型人物"用他所属阶层的语言说话,以便他的情感、概念、仪表、行动方式,总之,他的一切都证实他的教养和生活环境"①的环境。人物的"所属阶层"的提法显然已经是阶级论的萌芽了。

3. 形象思维论

别林斯基是西方美学史上明确地把形象和思维联系起来,作为一个完整的艺术创作的客观规律而提出来的人。大略统计,1838 年到 1845 年,他在 7 篇著作中都直接谈到过形象思维。不过,具体运用这一概念时,他的提法前后并不一致:有时说"寓于形象的思维",或者"用形象来思考",有时说"形象的思维",或者"形象中的思维"。1841 年在《艺术的概念》中,他才明确地提出:"艺术是对于真理的直感的观察,或者说是用形象来思维。"②在彻底转向唯物主义以后,他又经常用"想象""创造性想象",有时也仍用"用形象来思考"等说法。

诗用形象思维,不论证真理而只显示真理的论断,可以说抓住了艺术创作的本质特征:形象性。所谓"直感的观察",或"用形象来思维",都是指形象性。为了突出艺术形象性的本质特征,他把艺术和哲学做了对比,认为两者都是思维,但艺术依靠"一般生活的美丽鬼斧神工的形象",借以唤起人的"崇高的感觉",而哲学则"依靠对于一般生活法则的透彻的认识"达到同一目的。别林斯基关于形象思维的论述,跟他对艺术本质的理解是密切相关的。如上所述,在早期,特别是"与现实妥协"时期,他受黑格尔的影响,倒置了思维和存在的关系,这不仅使他错误地理解了思维的本质,也使他给艺术所下的定义与创作过程中的某些特征混为一谈。不过,他的文学批评一旦接触到具体的创作过程,却一直是比较明确的。例如在"与现实妥协"时期的重要论文《智慧的痛苦》中,他提出"诗人用形象来思考",就相当准

---

① 转引自朱光潜:《西方美学史》下卷,人民文学出版社 1979 年版,第 548—549 页。
② 《别林斯基选集》第 3 卷,满涛译,上海译文出版社 1980 年版,第 93 页。

确地概括了创作的基本特征。他相信,"作者的意图",也就是观念,有两种显示方法。一种是创作时因为用形象来思考,自然首先面对的是具体的人物和事件,这样,其作品真实地描绘了生活,给读者以生动鲜明的形象画面,作者的"观念延伸到形式里面去,从而在形式的全部完美中透露出来,温暖并照亮形式",并同"形式一起产生出来"。另一种是创作时只有某种抽象的观念,先构思好情节与结构,凭空塞进一些人物,并迫使他们扮演观念的相应角色;这种方法使观念和形式失去内在联系,因而其形象只能是它的僵硬的化身。别林斯基显然是肯定前者,否定后者的。可惜,不久他思想产生了动摇,从理论上又返回到对立面去了。在《杰尔查文作品集》一文中,他论及诗歌的本质时说,观念是"海水的浪花",形象是"浪花中产生出来的爱和美的女神"。这无异于说,艺术的感性形象产生于作家抽象的观念。

在一个不短的时期内,别林斯基对艺术本质的阐述,基本上是唯心主义的。但他的文学批评实践,却可以说始终是沿着现实主义前进的。他的形象思维论,既受到他对艺术本质的理解的制约,也受到他的文学批评实践的冲击:一方面是理论上的唯心主义,一方面又是实践上的现实主义。此二者的矛盾,恰恰反映了他思想发展中的曲折而又复杂的真实面貌。

晚期的别林斯基,随着哲学观点的转变,他的形象思维论日趋成熟了。他在最后一篇年终概评中说:"哲学家用三段论法,诗人则用形象和图画说话,然而他们说的都是同一件事。……诗人被生动而鲜明的现实描绘武装着,诉诸读者的想象,在真实的画面里面显示社会中某一阶级的状况,由于某一种原因,业已大为改善,或大为恶化。"①这段精辟的论断,不仅泾渭分明地区别开科学和艺术的特征,突出了艺术的形象性,而且比以前更加深入而全面地论证了形象思维的规律。更重要的是,他初步认识到社会现实生活中的阶级关系,这不能不说是他的彻底的唯物主义认识论的反映。从这一观点出发,可以推论:文艺描写真实的生活画面,即社会现实中某些阶级的生活状况及其变化,从而揭示各阶级之间的现实关系。这段话,对于未来的文学理论和创作产生了深远的影响。在他之后,杜勃罗留波夫对此作了进一步发挥。当时的俄国优秀作家如屠格涅夫、冈察洛夫等人,都在自己谈创作经验的文章中充分肯定过它。如果说还有不足的话,那只是对哲学和文学的对象的阐述,稍嫌抽象和笼统。

别林斯基的形象思维论,在涉及创作过程时,总是十分重视它的突出特

---

① 《别林斯基选集》第 2 卷,时代出版社 1953 年版,第 429 页。

征——想象的作用。他早期对希腊艺术的出色而独到的分析,可以证明。从文学的历史发展中,他指出,希腊人的原始的旺盛的想象力,崇高的精神力量,使它的"灿烂开花"的艺术成为人类艺术史上的典范,并断言:"这艺术是无可匹敌的,不顾浅薄之徒,不学无术的人的荒谬意见,其不朽作品永远对于我们充满着意义和迷人的力量。"他认为,之所以如此,是因为它"主要是文艺性的","诗歌的特色是形象的雕塑性,使人想用手去触摸"[①],"人们首先是在艺术中看到真实,艺术是直观状态的真实,就是说,不是在抽象的思想里面,而是在形象里面"[②]。别林斯基显然是把古代希腊人的艺术的永久不谢的魅力,看作是通过想象,运用形象进行思维的产物。因此,形象思维实际上是人类祖先早已认识并运用过的一种认识事物的能力。

别林斯基坚信:想象是用形象进行思考的能力,作者不具备创造性的想象,就无法通过形象进行思考;不管是智慧、感情,还是信仰的力量,丰富的生活积累,都不能使他成为诗人。晚期,在《1847年俄国文学一瞥》中,他对形象思维做了全面的论述。首先,他明确指出,在艺术中,起着最积极和主导的作用的是幻想。这里的幻想,就是指想象。他认为想象作为思维活动,是创作的根本特征,但又不是唯一的特征;创作同时需要推理和判断,即不排斥逻辑思维。其次,他强调,文学要通过创造典型再现生活,因此必须运用想象,串连起各种生活现象,并使它们有内在的关联,体现出生活的完整性和统一性。第三,生活和事件,只是构成文学作品的基本材料,就像砖瓦一样,而要使它们建成一座艺术大厦,就必须通过想象进行构思;即使对于历史题材的作品,也要经过艺术处理,赋予历史史实以生活的血肉。

可以看出,尽管别林斯基的思想比较复杂、充满矛盾,但他对文艺的特征以及创作过程中的思维规律的探索是极为深刻而富于独创性的。他把艺术称为"寓于形象的思维",这在黑格尔哲学支配着俄国文学界的19世纪30和40年代,尚未见诸任何一本俄文的美学和文学理论著作之中。如果说他前期对艺术本质的理解还不能摆脱黑格尔的"理念的感性显现"说的影响,那么,后期他却是比较彻底地克服了这一点。他对形象思维论的发展做出了卓越的贡献,对后世产生了深远的影响。

4. 创作中的主观和客观的关系

别林斯基就艺术创作中的主客观关系问题,做了大量的论述。这些论

---

① 《别林斯基选集》第2卷,满涛译,上海译文出版社1980年版,第87页。
② 同上书,第85页。

述和当时俄国文艺批评所提供的历史资料有关,也和他在哲学及政治上的不懈的探索以及思想发展的升降起伏有关。

早在1820年代末的俄国文学批评中,就出现了两种倾向:"现实的诗"和"理想的诗"的提法。别林斯基继承并发展了这一理论。从前面所引他早期的艺术再现现实的几段话中,可以看出:他强调"现实的诗",即现实主义文学,因为它能"在全部赤裸和真实中再现生活",符合时代的精神和需要;他也并不排斥"理想的诗",即浪漫主义文学,因为"理想的诗歌和感情一致,现实的诗歌和诗歌所表现的生活的真实一致"时,二者是"不分轩轾"的。① 需要指出,在"与现实妥协"时期,他却忽视了艺术对生活的消极面的揭露,也不能正确地解释创作中的主客观关系。他过分地侧重于艺术的客观性,把原来"现实的诗"称为"客观的诗"。我们说,客观性是现实主义理论的基本的也是重要的要求,但别林斯基这一时期所极力鼓吹的艺术的客观性有明显的片面性:首先,从"与现实妥协"的思想出发,对客观性做了错误的解释,认为它是"恬淡""冷静"地描绘生活,诗人是生活"不偏不倚的见证人";其次,出于同样的思想,对主观性做了不正确的理解,认为讽刺作品和浪漫主义所透露的作者的主观情绪是外加的(例如他对《智慧的痛苦》的批评和对席勒的贬斥),甚至一笔勾销了"现实的诗"的强烈的批判倾向(例如他对果戈理《钦差大臣》的评价)。这种观点,既导致他在一定程度上把浪漫主义摆在与现实主义截然对立的地位,也降低了文学的思想性,削弱了文学的倾向性。

走出"与现实妥协"的泥沼之后,别林斯基修正了自己的观点,真正转向现实主义,对创作中的主观因素作了重新的评价。他在给波特金的信中说:"对生活作纯然客观的诗的描写……过去没有过,将来也不会有","客观诗人与主观诗人的称号把同一创作活动割裂成为实际上并不存在的尖锐对立的两半截,这种作法应该从理论中清除出去",②这种认识上的转变使他在《莱蒙托夫的诗集》一文中肯定了诗人的主观情绪:对现实的强烈的愤怒。并且指出:这种感情是合理的,是时代使然。他确信,古代诗人那种把主观性理解为狭隘的个性表现,不通过个性反映现实关系的看法,已经过时了。他明确地说:"一个具有伟大才能的人,充满着内心的、主观性的因素,这就是他富有人情的标志。你对这种倾向用不着害怕:它不会欺骗你,不会

---

① 《别林斯基选集》第1卷,满涛译,上海译文出版社1979年版,第158页。
② 转引自朱光潜:《西方美学史》下卷,人民文学出版社1979年版,第534页。

引导你陷入迷误。"①这是他第一次提出主观性这一概念。对主观性的肯定,使他将拜伦、歌德和席勒相提并论,指出司各脱小说缺乏的恰恰是主观因素的不足,同时也使他放弃了创作无目的性和不自觉性的观点。

此后,别林斯基对主观性做了愈来愈深入的论述。在《乞乞科夫的经历或死魂灵》一文中,他说,果戈理的最大的成功和跃进"在于《死魂灵》里到处渗透着他的主观性",并且指出:这是"一种深刻的渗透一切的人道的主观性。这种主观性显示出艺术家是一个具有热烈心肠,同情心和精神性格的独特性的人——它不容许艺术家以冷漠无情的态度去对待他所描写的外在世界,逼使他把外在世界现象引导到他自己的活的心灵里走一过,从而把这活的心灵灌注到那些现象里去"②。这段话,撇开"一切人道的"抽象含义外,指出了下列两点:第一,主观性是作家的意识和情绪的内在因素,必然伴随其个性体现于作品;第二,主观性不但可能而且应该与客观性相互统一,即要求作家积极地拥抱生活,感受生活,并把它融入对客观事物的具体描绘中去。这说明,别林斯基已初步认识到:现实主义文学创作的主客观关系是有机统一的。

别林斯基晚期对主观性的探索,是跟他的美学的最重要的原则——要求艺术有强烈的思想性和鲜明的社会倾向性——紧紧联系在一起的。他说:"诗人首先是一个人,然后是他的祖国的公民,他的时代的子孙。民族和时代的精神影响他,不能比对别人影响得少些。"③他确认,诗人的思想、信念、人格,都必然要反映在他的作品中。他把先进的社会思想纳入创作才能的一个重要方面。在他看来,现实主义文学,本身就要求艺术家对所描写的现实生活采取积极关注的态度。他坚决声明,即使最有天才的艺术家,如果对现代生活袖手旁观,也不可能创造出现实主义作品。

在别林斯基有关创作主观性因素的阐述中,还涉及一个概念——"激情"。为了说明他的理论,有必要对"激情"做简括的分析。

别林斯基说,诗人作品中洋溢的兴奋,"就是那种强烈的灵感,那种颤栗的、由于充沛而致疲惫,被黑格尔指为席勒作品里的热情的那种激情"④。他还认为诗的观念或思想,就是"激情"。在论普希金的第五篇论文中他说:艺术"它只容纳诗的思想,而这诗的思想——不是三段论法,不是

---

① 《别林斯基选集》第2卷,满涛译,上海译文出版社1980年版,第507页。
② 转引自朱光潜:《西方美学史》下卷,人民文学出版社1979年版,第534—535页。
③ 《别林斯基选集》第2卷,时代出版社1953年版,第419页。
④ 《别林斯基论文学》,新文艺出版社1958年版,第45—46页。

教条,不是格言,而是活的激情"①。进而他把创作过程比做生育过程,认为它需要"一种强烈的力量",这种力量就是激情。他同时强调:诗的激情不仅具有感情色彩,还富于道德意义,是"纯精神的、伦理的、神圣的"②。通过上述解释,至少可以说明以下三点:第一,激情是一种创作冲动,或者说,推动创作的热情来自现实生活;第二,激情是作家对生活的评价,它构成作品思想倾向的一部分;第三,激情是诗意的观念在作家心灵中点燃的热情,具有理性因素,是感情和思想的交融。此外,别林斯基也把激情看作创作的风格与流派,以及内容与形式的统一等等。可见,他对激情的解释不无矛盾,甚至有些混乱。不过,总的看来,他却是在强调创作主观性因素的基点上,更深入地阐发作家的理想和感情对作品的思想倾向及艺术魅力的积极作用。

主观性作为作家社会立场的体现,是现实主义艺术的重要属性,它要求作家对所描写的社会生活采取积极态度。别林斯基关于创作主观性的见解,极大地促进了现实主义创作中主客观因素的统一,从而加强了文学的思想性,提高了文学的战斗作用。

5. 文学的民族性

文学的民族性是一个思想与艺术、内容与形式的统一的概念。19世纪20年代初,俄国文学界开始提出普希金作品的民族性时,是就其地方特色而言的。普希金认为,民族性是指民族的"风俗、信念和习尚"。此后,民族性的概念不胫而走,广为评论界所用。

别林斯基初期说过,民族性是"民族特性的烙印,民族精神和民族生活的标记"③。民族特色指每个民族的文学,都应该表现本民族的意识,具有自己独特而鲜明的特征。民族特色体现在每个民族的生活和历史文化的发展中,别林斯基对普希金诗作的民族性的高度赞扬,正是因为它反映了发展中的俄国现实生活的迫切问题,反映了俄罗斯民族的精神世界。文学要表现民族特点和民族风格,就必须正视民族的社会生活条件和历史文化的传统。这是一个根本的因素,是文学之源。

面对特定的民族生活的实际状况,首先意味着作家应真实地描绘生活,

---

① 《别林斯基论文学》,新文艺出版社1958年版,第52页。
② 同上书,第53页。
③ 《别林斯基选集》第1卷,满涛译,上海译文出版社1979年版,第107页。

揭示现实关系。正如别林斯基所说的："如果生活描绘是忠实的,那就也必然是民族的。"①果戈理的作品以深刻独到的真实性而散发出浓郁的民族气息。相反,古典主义和浪漫主义也描写了俄国社会生活,但缺乏真实性,因而不能认为是真正的民族的艺术。别林斯基强调民族文学的真实性,显然是与其现实主义相一致的,甚至可以说,提倡民族文学,也就是提倡现实主义文学。

要求民族文学的真实性,按别林斯基的意思,是要把独特的民族精神天衣无缝地渗入形象塑造之中,使整个作品都渗透着民族的思想和感情,生动具体地体现民族的精神世界和心理素质。他反复引用过果戈理的著名的话："真正的民族性不在于描写农妇穿的无袖长衫,而在于表现民族精神本身。"②这句话和别林斯基所说的"无论诗人从哪一个世界提取他的创作内容,无论他的主人公们属于哪一个国家,诗人永远是自己民族精神的代表,以自己民族的眼睛观察事物并按下她的印记的。越是有天才的诗人,他的作品越普遍,而越是普遍的作品就越是民族的、独创的"③,内容实质完全一致。可见,他侧重于文学反映民族意识和民族精神,而这正是民族性的本质方面,或者说思想方面的重要标志。为实现这一目的,他明确指出："必须使文学和民族的历史有着紧密的联系,并且能有助于说明那个历史;必须使文学有机地发展起来,具有自己的历史。"④民族意识和民族精神,固然呈现出相对的稳定性,具有鲜明的特征,但它毕竟是该民族的具体历史环境,首先是物质生产方式和生活方式的产物,因此就不能忽视它和历史的联系。民族文学的发展要受到其他民族文学的影响,但更重要的还是以批判继承本民族的文学遗产为其出发点。从这点看,也不能忽视它和"自己的历史"的联系。

别林斯基对文学民族性的要求还有一点,就是独创性。从某种意义上说,独创性和艺术是孪生姊妹,没有独创性,就没有艺术。民族文学自然也不能例外。不过,在论及这一概念时,他往往是和"民族的""纯俄国的"联系起来,证明他的侧重点是指富于社会内容和生活气息的风土人情、伦理观念、宗教信仰、自然景物等。这类风俗画、风景画,是民族传统和心理素质的具体表现。因此,它是民族性的重要组成部分。每个民族都有自己独特固

---

① 《别林斯基选集》第 1 卷,满涛译,上海译文出版社 1979 年版,第 190 页。
② 段宝林编:《西方古典作家谈文艺创作》,春风文艺出版社 1980 年版,第 416 页。
③ 《别林斯基论文学》,新文艺出版社 1958 年版,第 77 页。
④ 同上。

有的生活方式，从而形成各具特色的审美习惯。忘记了这一点，会使作品的形象画面黯然失色，大大降低思想和艺术的力量。

《1847年俄国文学一瞥》中对果戈理创作的民族性的高度赞许，可以说明别林斯基关于文学民族性理论的基本原则。他指出，果戈理创作的民族性，在于他描写了俄国的现实，并且描写得惊人的逼真和真实；这只有俄国人才能做到。他认为，果戈理之所以获得空前的成功，是因为他"完全使艺术面向现实"，"把全部注意力集中于群众、大众，描写普通的人"，抛弃了陈旧的艺术定义，从而使其作品能够"在其全部真实性上"复制现实，反映现实。他肯定，这种真实性和独创性使果戈理成为俄国文学史上无与伦比的作家。由此可见，对文学民族性的探索，是别林斯基现实主义理论的组成部分。

文学民族性概念的内容，在1840年代的俄国文学界和思想界尚不分明，因为当时对民族的概念还不能做出科学的概括。这样，民族和人民，民族诗人和人民诗人，民族性和通俗性，都是不甚清楚的。别林斯基1844年论普希金时对此做了比较详细的解释，尽管这种解释还不够科学，但对于理解他的文学民族性理论却具有启发意义。第一，他区分了民族和人民的范畴，从而指出民族诗人和人民诗人的界限。第二，他批判了当时伪浪漫主义对民族性的曲解，并且和斯拉夫派、西欧派以及沙皇政府的官方反动理论做了坚决的斗争。值得提出的是，沙皇政府1830年代宣扬的所谓民族性，实质上是把俄国人民落后愚昧、不敢抗争的陈规旧俗视为俄国民族的固有特征。斯拉夫派则反对变革，要求维持现状，因而提倡文学的所谓古朴恬淡之风。别林斯基和斯拉夫主义的保守性、官方理论的反动性是水火不容的。他在促进俄国文学民族化的斗争中做出了出色的贡献。

文学的民族性问题，曾经是俄国文学艺术界普遍关注的理论课题。别林斯基受历史条件的制约，不能对它做科学的概括，因而不免有含糊的、不确切的地方。但是直到今天，这一理论问题仍然不能认为已经彻底解决了。他的见解，对我们来说，是有借鉴作用的。

第三节　别林斯基的文学批评思想
——"行动中的美学"

别林斯基的现实主义文学理论，主要是通过他的文学批评建立起来的。可以说，他的文学实践的全部功绩，集中地反映在他的文学批评——被他称为"行动中的美学"——的科学活动中。文学批评是文学理论的具体实践,也是它的重要组成部分。别林斯基的巨大贡献,就在于他创立了富于战斗性的文学批评,以先进的理论武装了俄国文学,极大地推动了俄国现实主义文学的成长和发展,使它成为揭露农奴制反动统治的强大武器。

1. 历史的审美的原则的确立

正确的文学批评,只有建立在严格的科学的理论基础上,才能为人们所接受,从而产生巨大的力量。别林斯基确立的历史的审美的批评原则,正是建立在这一基础上的。

他说:"每一部艺术作品一定要在对时代、对历史的现代性的关系中,在艺术家对社会的关系中,得到考察;对他的生活、性格以及其他等等的考察也常常可以用来解释他的作品。另一方面,也不可能忽略掉艺术的美学需要本身。"这就是说,对艺术作品的批评,既是一种历史的批评,也是一种美学的批评,二者是紧密结合在一起的。"不涉及美学的历史的批评,以及反之,不涉及历史的美学的批评,都将是片面的,因而也是错误的。"[1]这段话出自1842年《关于批评的话》第一篇论文。在此之前他的文学批评理论与实践往往是矛盾的:理论上反对历史的批评,实践上却又经常运用它。1830年代,他认为美的法则不受历史的支配而独立存在,但他的文学批评又一再否定了这一看法。自从他提出艺术是再现现实于可能性之中的命题以后,他的文学批评理论转向阐明艺术对现实的关系的基础上,从而确立了历史的审美的批评原则。

美学的批评,照别林斯基的看法,是第一步的工作。这就是说,首先从艺术方面考察,对作品的形象画面进行分析,"指出它的诗的成就的程度,它的思想、丰满和完整来"[2]。为了做到这一点,他要求批评家应具备"深刻的感觉,对艺术的热烈的爱,严格的多方面的研究,才智的客观性——这是公正无私的态度的源泉,——不受外界诱引的本领"[3]。文学批评是审美活动,批评家对作品活生生的形象体系的具体感受,是其审美判断的前提,"深刻的感觉",正是指敏锐而独到的审美感受能力。"对艺术的热烈的爱",是这种感受力的源泉。有了这一前提,批评家在进步的美学观点的指

---

[1] 《别林斯基选集》第3卷,满涛译,上海译文出版社1980年版,第595页。
[2] 《别林斯基论文学》,新文艺出版社1958年版,第255页。
[3] 《别林斯基选集》第1卷,满涛译,上海译文出版社1979年版,第324页。

导下,才能对作品深入细致地剖析,鞭辟入里地分辨,从而做出实事求是的评价。

　　从审美感受出发的美学的批评,如果仅仅是囿于作家和作品的圈子,"只想跟诗人及其作品发生关系,而不顾到诗人写作的地点和时间以及为他的诗作开辟道路并影响他的诗活动的诸种状况的纯美学批评",①,也不是别林斯基认为的正确的批评。因为这种"纯美学批评",既没有联系作家所处的时代,也没有联系作家的性格和创作道路,因而看不出他的作品所反映的社会生活是否真实,是否能回答现实所提出的迫切问题,无疑,也就无法断定它在文学发展长河中的地位。在他看来,美学的批评一定要和历史的批评有机统一起来,才是真正的文学批评。具体地说,就是批评家做美学的批评时,一定要注意作品是否忠实于特定历史条件下的现实;做历史的批评时,绝不能忘却作品的审美意义。此二者是同时进行的,它可能而且应该是统一的。从这点出发,别林斯基把历史的审美的批评归结为一句话:评价"表现在艺术中的那个现实所赖以形成的一切因素和一切方面"②。

　　历史的审美的原则的确立,是别林斯基对现实主义文学批评的重大理论贡献。纵观他对这一原则的理论阐述和具体的批评实践,可以归纳为以下几点:

　　第一,他所说的"艺术中的那个现实所赖以形成的一切因素和一切方面",从他后期的文学批评看,侧重点显然是指艺术反映真实的现实关系(他更注重于现实的合理的可能性),艺术家如何把握这种现实关系呢?别林斯基强调:树立和掌握自己时代的进步信念和理论观点是十分重要的。他把这和作家的才能联系起来,认为它是才能的组成部分。更重要的是:由此出发,他深入探讨了个人自由和作品倾向呈现于创作中的相辅相成的关系。这体现了别林斯基现实主义的重要原则之一:要求文学具有深刻的思想性和鲜明的倾向性。他把先进的信念纳入创作,要求艺术家博学多识,具有道德修养(不是在言论而是在行动),同生活密切地联系;他认为一个诗人之所以伟大,"就在于他的痛苦和幸福深深地根植于社会舆论和历史中,因为他是社会、时代和人类的喉舌和代表"③。这些都充分表现了别林斯基文学批评的民主性和进步性。

---

　　① 《别林斯基选集》第 2 卷,时代出版社 1953 年版,第 419 页。
　　② 《别林斯基选集》第 3 卷,满涛译,上海译文出版社 1980 年版,第 595 页。
　　③ 转引自布尔索夫:《俄国革命民主主义者美学中的现实主义问题》,刘宁、刘宝端译,中国社会科学出版社 1980 年版,第 94 页。

第二,艺术作品是以美的形象为它的基本特征。因此,从美学的角度对它进行分析、评价,是首先也是必需的要求。别林斯基说:"确定一部作品的美学优点的程度,应该是批评的第一要务。当一部作品经受不住美学的评论时,它就已经不值得加以历史的批评了。"因为它即使具有"生动的现代兴趣",即对现实某些迫切问题的回答,但却没有"创作和自由灵感的痕迹",它的内容是"强制地"镶嵌在"格格不入的形式里",因此它是"毫无意思的,荒谬绝伦的"。① 重视文学的基本特征——典型性,是别林斯基文学批评的显著特色之一。所谓美学的批评,实际上主要是对作品形象体系的剖析和评价。他认为这是"第一要务",是说它既是起码的准则,也是重要的准则。美学的批评,是一桩复杂而又细致的工作,仅仅指出基本原则显然是不够的,它还必须就衡量作品艺术成就的一系列具体问题做出回答。别林斯基丰富的文学批评遗产,在这方面,给后人提供了极为可贵的经验。大致可概括为:

首先,艺术作品应该采用艺术的手段,而不是其他任何非艺术的手段,因为"诗是艺术的整体,是艺术的全部组织,具有它的一切方面"②。这也就是他反复说的诗用形象思维,以生动感人的形象画面表现客观现实,而不是用三段论法给生活下判断。这是衡量艺术性高低的基本条件。

其次,真挚而强烈的感情是艺术的"主要的活动因素",没有感情就没有艺术。他再三强调激情的作用和力量,足以证明他对感情在创作中的地位是多么重视。真挚的感情,即对于生活的热烈的爱,可以极大地增强作品的艺术感染力量。

再次,统一、完整的艺术形式,是对艺术作品作美学批评时的主要依据。正像别林斯基所说,艺术是"自成一体的世界",是"一个有机的整体:其中没有任何多余的东西,也没有任何不足之处;它是圆满的"。③ 在他看来,由于作者是用艺术的手段进行创作,因而其作品是有机统一的,也是完整的;创造性的活的思想内容,直接融入艺术形式的一切支节,和形式同时出现,温暖并照亮形式。他所说的形式,总是属于一定内容的,不是脱离内容而独立存在的。

总之,历史的审美原则的确立,使别林斯基的文学批评建立在唯物主义

---

① 《别林斯基选集》第3卷,满涛译,上海译文出版社1980年版,第595页。
② 《别林斯基论文学》,新文艺出版社1958年版,第167页。
③ 转引自布尔索夫:《俄国革命民主主义者美学中的现实主义问题》,刘宁、刘宝端译,中国社会科学出版社1980年版,第135页。

的理论基础上。它既以一定的文学理论为指导,同时又不囿于理论,积极地倾听创作实践的呼声,不断地总结新鲜经验,概括出新的创作规律,从而发展和丰富了文学理论。特别值得提出的是他通过对普希金、果戈理等优秀作家的创作的评论,出色地总结了19世纪30—40年代俄国文学发展的历史经验,使他的现实主义文学理论别开生面,独树一帜,卓然挺立于19世纪俄国文学的长廊之中;也正是在这一点上,他的文学批评可谓名副其实的"行动中的美学"。

2. 直率的态度和忠于真理的精神

文学批评既然是一种科学活动,它就要求批评者对批评的对象——作家作品及其他文学现象,采取科学的态度。别林斯基主张的直率的批评,就是实事求是的科学的态度。

他指出,批评有两种态度:一种是"直率的",一种是"躲闪的"。直率的批评"不怕被群众所笑,敢于把虚窃名位的名家从台上推下来,把应该代之而起的真正的名家指点出来";躲闪的批评"虽然同样地了解问题,却阿谀群众,审慎地,用暗示、带有保留条件来说话"①。他肯定前者,反对后者。

在别林斯基看来,真正的文学批评应该是直率的批评。这首先表现在对待文学新人的看法上。他尖锐地指出:应该看到"年轻作者的第一部作品里"的"巨大的力量",并且毫不含糊地公之于众,虽然它并未成形,也不为多数人所理解。他自己就是这样做的:果戈理、莱蒙托夫、屠格涅夫、冈察洛夫、格利戈罗维奇、赫尔岑、陀思妥耶夫斯基等天才作家,可以说,都是他首先发现并预示其远大前程的。他实事求是,直言不讳,好就是好,坏就是坏。他对果戈理给予极高的评价,认为他的创作的独创性、独特性,是无与伦比的;但是,他也尖锐地批评了他的一些失败之作(例如《肖像》)。即使像《死魂灵》这样的俄国现实主义文学的奠基作品,他在反复肯定其思想与艺术成就的同时,也没有忘记指出它的瑕疵(例如,乞乞科夫对平民生活的梦想,以及作者背离现实的某些抒情插笔)。他对刚刚在文坛上崭露头角的陀思妥耶夫斯基的处女作《穷人》的惊喜,热烈的爱,迫不及待地给予鼓励,被传为佳话;正是这同一个人,当他写出有严重错误的《双重人格》后,却遭到别林斯基毫不留情的谴责。赞扬和贬斥,都是出于真正的爱护。

其次,直率的批评还表现在:尊重公众的欣赏要求和审美习惯,反对迎

---

① 《别林斯基选集》第2卷,时代出版社1953年版,第54—55页。

合俗众的低级趣味。在别林斯基眼里,公众是文学的"最高的审判,最高的法庭",他们"能够分清精华和糟粕,褒奖真正的美质,惩罚可怜的庸才或者穷凶极恶的江湖术士"。① 公众由"教养有素,能独立思考的人"组成,因而他们的判断总是正确的。他从公众和作家的密切关系(消费者和生产者)出发,认为尊重他们的意见是理所当然的。这种看法,在今天看来仍然是正确的。它与别林斯基对文学的社会作用的强调是分不开的。但是,尊重公众的批评,绝不意味着要文学迎合"按照传统生活着,根据权威进行论断的"而没有自己见解的俗众的口味。他把俗众称为"庸夫俗子",认为他们虽然人数众多,但因循守旧、"迟钝不灵",是"半文盲"。② 文学批评如果鼠目寸光,牺牲自己的信念而迁就迎合俗众的胃口,那就是卑鄙的、不道德的。晚期的别林斯基,更重视批评与社会生活的联系。他在《1847年俄国文学一瞥》中指出:批评"必须听命于舆论的公判,不再是一种和实际生活脱节的书本上的事情"③。

别林斯基一贯反对文学批评中随声附和,或仅凭个人利害妄加褒贬的庸俗作风。他果断地说:"尊敬是尊敬,礼貌是礼貌,真理也总是真理,阿谀和情歌只适用在客厅里,镶花地板上,却不适用在杂志上。"他认为"最重要的是正直的、独立的、不管个人利害的,但却坚定的、顽强的意见"。④ 正因为他始终不渝地忠于真理,或者说忠于自己的信念,他才能够在后期勇敢地修正"与现实妥协"时期的某些错误观点,以至愤怒地责骂自己:"我诅咒我对卑鄙现实的卑鄙意向";重新对《智慧的痛苦》做了评价;承认反面的否定的生活现象有权进入艺术;向赫尔岑承认了错误,两人重修旧好。更令人难以忘怀的是:长期被病魔所困的别林斯基,在生命垂危之际,给自己一生所钟爱的果戈理写的那封充满激情的愤怒的信,那是一堆永不熄灭的烈火,照亮了他的心灵世界,是我们全面而深刻地理解他对革命事业的献身精神的最有力的证据。

由于先进的美学思想的指导,实事求是的科学态度,别林斯基的文学批评体现出高度的原则性:忠于真理,勇敢地捍卫真理,使文学批评成为他那个时代的先进的革命民主主义思想的组成部分。他以敏锐的洞察力、细致精确的艺术分析见长,把政治激情和哲理思考、科学分析和丰富的想象力融

---

① 《别林斯基选集》第2卷,满涛译,上海译文出版社1979年版,第409页。
② 同上书,第374—377页。
③ 《别林斯基选集》第2卷,时代出版社1953年版,第506页。
④ 《别林斯基选集》第1卷,满涛译,上海译文出版社1979年版,第321—322页。

为一体。他在俄国和世界文学批评史上占有重要的地位。更使人不能忘却的是,他身处尼古拉一世"鞑靼式的审查制度"的严格控制下,却能始终保持着自己的深刻信念和热烈感情,站在时代的前列,披荆斩棘,奋勇前进,这是难能可贵的。

第四节　别林斯基的现实主义理论的意义和影响

别林斯基对于现实主义文学理论的发展,做出了重大贡献。他确立了现实主义的基本原则——真实地再现生活。他要求作家忠实于现实,和生活保持密切的联系,按照生活的本来面目真实地再现现实。在强调文学的真实性的同时,他更重视它的典型性和倾向性,主张描写可能的现实。由此出发,他提出了创作的主观性规律,肯定了激情在创作中的作用。他确立的历史的审美的文学批评原则,以及他的丰富而深刻的批评实践,推动和深化了他的现实主义文学理论。

别林斯基的现实主义理论挺立于19世纪俄国革命民主主义的行列中,也属于整个俄国先进社会思想的组成部分。他既是俄国文学现实主义的带路人,也是革命民主主义运动的领导者,他的文学活动,特别是他的文学理论和批评,与当时方兴未艾的农民解放运动的政治斗争是紧密结合在一起的。作为卓越的文学批评家,他不仅给予俄国文学以先进的理论指南,而且与当时的优秀作家一起,艰苦创业,共同开辟了俄国文学的新时代。

别林斯基的文学理论和批评,极大地推动了俄国现实主义文学的发展,也对以后的俄国文学和世界进步文学,包括中国革命文学,产生了深远的影响。

别林斯基生活和战斗在腐朽黑暗的农奴制的俄国,他的哲学思想、文学理论和批评,都受到时代和阶级的局限,呈现出某些复杂的矛盾的现象。他是从唯心主义营垒中冲杀出来的勇士,自然不可能"一贯正确"。但他毕竟耗尽了自己的心血,做了长期的痛苦的探索,最终洗涤了身上的唯心主义污泥,取得了巨大的成就。因此,认真地研究他的理论遗产,以便借鉴其积极因素,扬弃其消极因素,仍然是一件需要继续深入下去的工作。

参考书目:

1. 别林斯基:《1847年俄国文学一瞥》,见《别林斯基选集》第2卷,时代出版社1953年版。
2. 别林斯基:《别林斯基论文学》,新文艺出版社1958年版。

3. 朱光潜:《西方美学史》下卷,第16章,人民文学出版社1979年版。

思考题:

1. 简论别林斯基的现实主义理论。
2. 别林斯基的文学批评的原则、方法和主要特点。

第二十四章　车尔尼雪夫斯基及其《艺术与现实的审美关系》

车尔尼雪夫斯基(1828—1889)，是19世纪60年代俄国革命民主主义领袖、唯物主义美学家、现实主义文学批评家及作家。1828年7月24日生于萨拉托夫城一个神甫家庭。他从小受到过良好的家庭教育，中学时又受别林斯基和赫尔岑的影响。1846年进入彼得堡大学哲学系，研究哲学、历史、经济学和文学。开始热衷于黑格尔哲学，后转向费尔巴哈。他当时认为，黑格尔的哲学已经过时，费尔巴哈的人本主义却是"崇高、直率、尖锐"的，深深为之感动。大学毕业后，回乡做中学教员，并积极参加农民革命运动。1853年迁居彼得堡，同年写完硕士学位论文《艺术与现实的审美关系》。1855年学位论文发表，并在《同时代人》杂志撰写《俄国文学果戈理时期概观》第一篇论文。1856年开始成为《同时代人》杂志主编，连续发表《俄国文学果戈理时期概观》第二、三、四篇论文，以后又转向评价别林斯基。至此，《同时代人》又恢复了它在俄国期刊中的显著地位，成为革命民主主义的讲坛。在这一时期，车尔尼雪夫斯基开始从事秘密革命活动，和杜勃罗留波夫等人一起筹建革命组织，并草拟传单，在刊物上热情撰文，捍卫农民的利益，主张"无代价地分配土地给农民"，揭露沙皇《农民法令》的骗局，号召农民武装暴动。1862年，农民起义与学生运动风起云涌，《同时代人》杂志被勒令停刊，车尔尼雪夫斯基被捕入狱。从此，他开始了长达二十多年的监禁、流放的囚犯生涯。1889年得以返回故里，于同年10月29日病逝。

车尔尼雪夫斯基的美学思想和文学观点主要反映在《艺术与现实的审美关系》中。他继承和发展了别林斯基的文学思想，为俄国现实主义文学奠定了理论基础。他提出"美是生活"的定义，坚持文学的思想性，反对纯艺术论。他强调作家与时代进步思想的联系，主张艺术对生活做判断，并对群众进行政治教育。他对典型，特别是对典型环境的理解，给人们以很大启发。此外，他的文学批评，尤其是对果戈理、托尔斯泰等人的评价，给俄国现实主义文学注入一股生气勃勃的先进思想。更为重要的是,他是一个彻底的、富于战斗性的民主革命家,"一个资本主义的异常深刻的批评家","他的著作散发着阶级斗争的气息"(列宁语)。尽管他具有空想社会主义思想,但他剖析了资本主义的痼疾,从革命民主主义观点出发,认识到人民革命可以改造社会。这是他对人类解放事业的巨大贡献,因而受到马克思、恩格斯的高度评价。

当然,车尔尼雪夫斯基由于受人本主义思想的影响,还没有科学地解决文艺与生活的关系问题,他的文学思想存在着明显的矛盾,也不无抽象和片面的毛病。

第一节 人本主义与车尔尼雪夫斯基的哲学观

车尔尼雪夫斯基在《艺术与现实的审美关系》第三版序言中说,他厌烦黑格尔哲学,因为它不能使人形成一种科学的思想方法,而费尔巴哈的人本主义却为他提供了这种方法。因此,他再三阅读费尔巴哈的著作,成为其追随者。他声明,他的学位论文是"想用他觉得是从费尔巴哈的思想中得出的结论来解释那些关于艺术,特别是诗歌的概念";或者说"就是一个应用费尔巴哈的思想来解决美学的基本问题的尝试"。[①] 可见,他的哲学思想受到了费尔巴哈很大的影响。他自己这一声明,固然可以作为评价他的哲学思想的重要根据,但是,要科学地评断他的认识论的理论基础,却还应该而且必须联系他的其他哲学著作以及他积极参与现实斗争的革命实践。只有这样,我们才能全面深入地理解他的哲学思想。

车尔尼雪夫斯基在《哲学中的人本主义原理》一文中,说明了自己的基本观点。根据他的解释,这个原理"是要把人看作只具有一种本性的生物"。他认为,人的本性体现在人的全部活动中,即整个机体的"天然联系"中。换句话说,他把人类机体的统一性视为最高原则。由此,他得出结论:人体器官决定一切,心理状态只是机体活动的产物,包括感觉在内。这种观点,和费尔巴哈的人本主义是基本一致的。费尔巴哈把人和自然统一起来,认为人是自然的产物,自然是人生存的基础,并由此推论:人的肉体,是自然的物质实体;依附于肉体的精神,同样是自然的产物。因此,在费尔巴哈看

[①] 车尔尼雪夫斯基:《艺术与现实的审美关系》,周扬译,人民文学出版社1979年版,第4页。

来,人的本质和自然界的其他生物一样,都是维持生命所必需的那些东西,包括情欲、理性在内。可以看出,在人的本质论上,车尔尼雪夫斯基和费尔巴哈都侧重于从生理学观点解释人与自然的关系,强调人与动物相区别的族类的本质,即人的自然属性,着眼于感情、情欲、爱,而忽视人的社会属性。费尔巴哈实际上是把资产阶级的人性当成全人类的普遍本性。这种人性论,在反对封建主义的斗争中是一种有力的理论武器,但同时也是资产阶级反对无产阶级的理论武器。马克思主义产生以后的历史事实证明了这一点。因此,人本主义尽管是一元论的唯物主义,但却是不彻底的唯物主义。正如列宁所指出的,它"只是关于唯物主义的不确切的肤浅的表述"①。

需要指出,车尔尼雪夫斯基的人本主义和费尔巴哈的人本主义是不能也不应该等量齐观的。虽然他再三自称是费尔巴哈观点的拥护者和贯彻者,但他毕竟比费尔巴哈前进了一大步。这表现在:

首先,他比较清醒地认识到人的阶级性,指出"人是一定阶级的代表",哲学家都是"某一政党的代表"。在《艺术与现实的审美关系》中,他论述了农民和上流社会截然不同的审美理想。费尔巴哈偶然也看到这一点,例如他说过:"人的本质只是包含在团体之中,包含在人与人的统一之中。"②他说的"团体""统一"是建立在男女两性关系上,而不是建立在人与人之间的社会关系上。

其次,他比较明确地认识到物质生活在社会生活中的重要作用,指出德国哲学没有重视"人类物质生活方面所产生的实践问题",确信"人类的物质和道德的条件,支配着社会生活方式的经济规律"。③ 这证明他已意识到历史发展的动力在物质方面,而不在精神方面。费尔巴哈则企图用爱的宗教代替上帝的宗教,想通过爱来达到人类文明。

再次,他的哲学观点与其社会斗争实践是紧密相联的。作为别林斯基的继承者,他不仅运用文学为解放事业服务,而且直接领导并参与了波澜壮阔的群众革命斗争运动。费尔巴哈在理论上似乎看到了实践的作用,曾说过:"理论所不能解决的那些疑难,实践会给你解决。"④但是,他长期脱离社会阶级斗争,因而在用人本主义回答社会问题时,总不免导入唯心主义。

总之,车尔尼雪夫斯基用人本主义原理解释自然和社会,虽然比费尔巴

---

① 列宁:《哲学笔记》,人民出版社1956年版,第78页。
② 《费尔巴哈哲学著作选集》上卷,荣震华、李金山译,三联书店1959年版,第185页。
③ 《车尔尼雪夫斯基论文学》上卷,辛未艾译,上海译文出版社1979年版,第333页。
④ 《费尔巴哈哲学著作选集》上卷,荣震华、李金山译,三联书店1959年版,第248页。

哈有所前进,但是他的唯物主义仍然带有明显的局限性。例如,对社会发展规律的探索,他虽然不乏天才的预测,但基本上还是站在唯心主义的立场上。他提出的关于人的本性的天生倾向("真的"和"假的"),关于知识是人类生活进步的动力等看法,以及对家长制的农民村社的理想化,都还远远没有达到历史唯物主义的水平。车尔尼雪夫斯基的先进的革命民主主义思想和斗争实践,使他的唯物主义具有独特的革命性质。费尔巴哈局限在抽象理论的框架里,回避政治、回避革命、回避阶级斗争;而车尔尼雪夫斯基的著作却洋溢着阶级斗争的气息,启迪和培育了无数真正的革命者和新生活的建设者。

关于车尔尼雪夫斯基到底在多大程度上接受了费尔巴哈的影响,苏联学术界自普列汉诺夫发表《车尔尼雪夫斯基的美学》以来,一直存在着分歧。类似情况,在我国一些评价车尔尼雪夫斯基的论文中,也有一定程度的反映。我们认为,从历史实际出发,联系俄国当时阶级斗争的现实条件,联系他的革命民主主义的政治理想和为此而进行的艰苦卓绝的斗争实践,唯物地、辩证地考察他的哲学观点,是唯一正确的途径。

第二节 《艺术与现实的审美关系》所阐明的文艺观

《艺术与现实的审美关系》是车尔尼雪夫斯基青年时期撰写的硕士学位论文。由于彼得堡大学和沙皇政府教育部的无理干涉和阻挠,这篇论文几经周折,才得以出版和通过学位答辩。待作者拿到学位证书,已是它出版后的第五年,即1859年初了。这本著作问世以后,在俄国思想界掀起了轩然大波,引起强烈的反响。但它和作者的坎坷生涯一样,也遭遇到种种厄运:1865年再版时,封面上找不到作者的名字;1888年重新修订过的原稿及其序言,竟拖延到作者逝世17年后,即1906年才得以和读者见面。这部卓越的美学专著,是建国前最早、也几乎是唯一被全面介绍到我国的一部完整的西方美学著作。它在我国美学和文学界曾经产生过广泛而深刻的影响,对我国的美学研究有很大的推动作用。

车尔尼雪夫斯基此后的文学批评与其他美学著作,可以说,都是这篇论文的说明、发挥或补充。他在世时,这篇学位论文连同他的文学批评著作《俄国文学果戈理时期概观》和小说《怎么办?》,虽然都曾产生过广泛的社会影响,但他在美学史上的地位、愈来愈多地引起马克思主义者的关注,却不能不归功于普列汉诺夫第一个对他所做的马克思主义的评价。尽管这种评价不无偏颇之处,当时和后来都曾引起过激烈的争议。普列汉诺夫的功绩在于,他首先提供了一个用马克思主义的观点和方法批判继承文化遗产的例证。他对车尔尼雪夫斯基的哲学思想和美学思想的深刻理解,基本上是正确的。他的不足之处,正如列宁所说的:"由于只看到唯心主义历史观和唯物主义历史观的理论差别,而忽视了自由主义者和民主主义者的政治实践的和阶级的差别。"①令人敬佩的是,列宁从俄国政治斗争的高度洞察到车尔尼雪夫斯基在革命运动中所起的重大作用,赞扬他"善于用革命的精神去影响他那个时代的全部政治事件,通过书报检查机关的重重障碍宣传农民革命的思想,宣传推翻一切旧权力的群众斗争的思想"②。而当时并未查明他直接参与秘密革命活动的历史事实。不容置疑,列宁对车尔尼雪夫斯基的评价,是我们理解其美学思想的指针。

车尔尼雪夫斯基总结了俄国进步文学与美学的成就和经验,把长期统治西欧美学理论的黑格尔的唯心主义移置到唯物主义的基础上,从而给现实主义文学奠定了理论基础。他明确提出了从生活出发的原则,并把它放在首位,这在西方文艺理论的发展史中具有重大的意义。车尔尼雪夫斯基所理解的"生活",是与俄国农民革命斗争的现实联系在一起的,是与他先进的革命民主主义立场和观点联系在一起的,因而具有深刻而丰富的涵义,绝不是黑格尔等德国古典美学家们心目中的"生活"。如果忽视他美学思想的阶级观点(尽管是初步的),以及实践意义上积极的进步的倾向,而只在理论上兜圈子,就会陷入形而上学的泥潭。由于俄国生活的落后和尼古拉二世的文化封锁,车尔尼雪夫斯基的美学思想显然存在着局限性。比如,他在强调现实美的同时,低估了艺术的创造性,在一定程度上混淆了生活真实和艺术真实,也有割裂艺术的内容和形式的关系之嫌。

1. 生活高于艺术,现实美高于艺术美

《艺术与现实的审美关系》,从题意和内容看,车尔尼雪夫斯基把美学作为艺术的科学。正是在这个基点上,他提出艺术对现实的审美关系。他显然是站在唯物主义的立场上来看待艺术的,这和黑格尔把艺术视为唯心主义的"美"的概念截然不同。他认识到,单纯的神秘化的"美",并不能解

---

① 列宁:《哲学笔记》,人民出版社1956年版,第611页。
② 《列宁全集》第17卷,人民出版社1988年版,第105页。

释艺术这一复杂的社会意识形态；必须把艺术和现实紧密联系起来，从它对现实的审美关系中，考察它的形式、对象以及社会作用。显然，车尔尼雪夫斯基是沿着别林斯基开创的现实主义道路前进的。有这位伟大的前驱者丰富而深刻的理论遗产可资借鉴，加上费尔巴哈哲学的影响，使他一开始的文学活动就具有鲜明而坚定的唯物主义观点，而没有像他的前驱者那样，不得不经历一个艰难曲折的探索和自我批判的过程。

什么是美？这是任何美学家都必须回答的中心问题，它是美学理论的基本范畴。车尔尼雪夫斯基明确地说："美是生活。"这个定义说明，美是客观的：它既是客观事物的属性，也是不以人的意志为转移的客观事物。就是说，美存在于现实本身之中，只有现实生活才是人的美感的源泉，艺术美也是由生活美决定的；除了现实生活，不存在能够产生美的任何其他源泉。他的这一观点，和别林斯基所说的"一切美好的东西仅仅包含在活生生的现实中"①是一脉相承的。车尔尼雪夫斯基不仅继承而且发展了别林斯基的唯物主义美学原则。他是唯物主义者，又是革命家。在他看来，美的生活，就是经过革命改造过的生活，即"凡是我们在那里面看得见依照我们的理解应当如此的生活"②。这说明，他的审美理想同农民革命的民主主义思想是统一的。他强调指出，"客观现实中的美是彻底地美的"，"客观现实中的美是完全令人满意的"。③ 关于美是生活的命题和他所做的解释，应当说击中了黑格尔美学的要害——理念先于自然并高于自然的唯心主义。众所周知，在黑格尔的艺术哲学里，美是理念的感性显现。就是说，理念居于统治地位，美只是显现为感性形式的理念；或者说，美是理念发展过程中的一个阶段，它先于自然。一句话，美是理念。根据这一观点，美就不存在于客观现实中，而在理念中。就像我们说桂林山水美，不是因为它本身美，而是因为它显现了山水的理念，所以才美。黑格尔使美完全脱离了现实生活，并把它神秘化了。车尔尼雪夫斯基"美是生活"的定义，把美从黑格尔的抽象理念的彼岸世界，移置到具体的、现实的此岸世界。既然如此，艺术作为一种美，就不能去追求虚幻的理念，而应当面对真实的客观事物。这就为文艺反映现实生活，提供了坚实的理论依据。如果我们联系他的先进的、革命的世界观，那么，对他所说的"应当如此的生活"的新见解，就会有更深刻的理

---

① 《别林斯基选集》第 2 卷，满涛译，上海译文出版社 1979 年版，第 456 页。

② 车尔尼雪夫斯基：《艺术与现实的审美关系》，周扬译，人民文学出版社 1979 年版，第 6 页。

③ 同上书，第 108 页。

解。总之,"美是生活"的定义,与黑格尔所说的"美是理念的感性显现"相反,前者无可置疑地肯定了现实美的存在,为艺术美的源泉找到了唯一正确的根据。

车尔尼雪夫斯基论述艺术对现实的审美关系的目的是:"将现实和想象互相比较而为现实辩护,是在企图证明艺术作品决不能和活生生的现实相提并论。"①众所周知,他和别林斯基面临的历史环境是大体一致的。当时,主观唯心主义和反动浪漫主义的美学思想弥漫于俄国文学界。尤其是创作的"天才"论者,大肆鼓吹什么"诗的"境界的"神的"力量。这使车尔尼雪夫斯基不得不把矛头既指向黑格尔的"绝对理念",以及康德的不可知的"自在之物",同时也指向俄国的纯艺术论者。基于此,他在别林斯基阐述关于艺术再现现实这一问题的基础上,运用费尔巴哈的观点,提出了自己的"再现说"。车尔尼雪夫斯基认为,艺术作为意识,只是客观现实的反映,它是第二性的,而现实是第一性的;完美无缺令人满意的现实比艺术生动得多、丰富得多,它高于艺术。他的自然观是彻底唯物主义的。那么,再现生活的艺术,是否意味着对现实进行自然主义的描绘呢?不是的。他在学位论文和第三版序言中都做过说明。他说,摹拟"需要理解","需要辨别主要的和非主要的特征的能力",需要"活的思想所指导"。② 这样看来,他的再现说,还是要求艺术反映现实的本质和规律的,只是他对此没有给予充分的论述。他"尊重现实生活,不信先验的假设",矛头直指唯心主义,锋芒毕露、旗帜鲜明,这的确是难能可贵的。可惜,他在对艺术真理勇往直前地探索中,却又把艺术与现实对立起来,甚至忽视艺术创造性的倾向。他在强调现实美的基础上,对现实美与艺术美的优劣做了比较,得出现实美高于艺术美的结论。不能否认,这是他的学位论文的中心论题。如何认识这一结论呢?一般说来,就艺术的源泉而言,"美是生活"的命题本身说明:现实生活是艺术的唯一源泉。他毫无保留地断言现实高于艺术的出发点,恰恰就在这一点。正因为如此,他才干净彻底地抛弃了从理念出发的黑格尔的老框框,替艺术的现实主义奠定了理论基础。这是德国古典美学以后的一个重大发展,也是他对美学史的卓越贡献。坚定而明确地把生活放在第一位,而且这种生活的概念远远不是德国古典美学家们所说的那种抽象而模糊的含

---

① 车尔尼雪夫斯基:《艺术与现实的审美关系》,周扬译,人民文学出版社1979年版,第106页。

② 同上书,第94页。

义,它具有明显的阶级斗争的内容。这就使他的美学和以往的唯心主义美学彻底划清了界限。唯心主义者把艺术凌驾于现实之上,认为它具有独立自在的目的,因而用不着再现生活,只表现所谓"永恒的""不变的""美"。车尔尼雪夫斯基无情地揭露了"纯艺术"论的虚伪性,确定了艺术的唯一源泉是现实生活,也因此认定现实高于艺术。但是,现实是客观存在,艺术是根据现实的虚构,是作家形象思维的产物,二者毕竟属于两种不同领域的概念:一个是自然形态,一个是观念形态。因此,把它们置于生活领域互比高低,似乎难以说明问题的实质。车尔尼雪夫斯基或用现实的标准衡量艺术,或用艺术的标准衡量现实,都不免走入极端。车尔尼雪夫斯基在为现实辩护的同时,夸大了现实本身的美,并把它单纯地视为现实的属性,因而得出艺术再现的不但不能多于现实,而且低于现实的结论。在这里,他低估了想象的作用,对艺术美有别于现实美的那些显著的特征没有给予足够的重视。

为了弄清楚车尔尼雪夫斯基对艺术与现实的关系的基本观点,还需要结合他在学位论文中的具体论述做些分析。

在确定了美的本质,即现实本身就是美后,车尔尼雪夫斯基从以下几方面批驳了黑格尔派的观点:(1)所谓"艺术美弥补自然美的缺陷"。这是指名针对费肖尔,自然也适用于黑格尔。关于这一点,他的看法是:自然美未必有像黑格尔派所说的那些缺陷,那些缺陷表现在艺术美上更甚。在批判中,他矫枉过正,缺乏辩证观点。例如,他强调现实美,但对想象、虚构以及典型化等创作理论做了片面的理解。(2)所谓"艺术起于人对美的渴望"。这是他结合艺术的起源问题,对黑格尔的"艺术产生于人不能满足于现实"的看法的批驳。在车尔尼雪夫斯基看来,正由于现实中丰富多彩的美,才使人想在艺术中再现它。这就是说,艺术不限于"人对美的渴望",它涉及人对真理的追求,对爱情和幸福生活的向往。因此,艺术具有认识和实践的广泛的意义。可惜,他在论述艺术满足人的多方面需要时,有时是从抽象的"人的本性"出发的,而没有从社会的历史发展看问题。(3)所谓"艺术的内容是美"。这实质上和第二点是一个问题,但他从另一个角度把它提得更为明确:艺术作品在内容上大半不能归入美,艺术的范围是全部的生活和自然。显然,这一看法和托尔斯泰是一致的。他把矛头直指西方大多数美学家和当时流行于俄国的"纯艺术论"者,因为他们都公认艺术的目的是创造美。他的见解,开拓了艺术创造的题材范围,为现实主义创作指出了正确的方向。但他有割裂艺术的内容和形式的毛病,尽管他重视内容,却有时不免要落于形式主义。他的批判锋芒,并不止这几点,这只是主要的方面。

车尔尼雪夫斯基现实美高于艺术美的论点,建立在这样的主导思想上:任何虚假的艺术都是同现实对立的,都会阻碍现实的发展;只有真实的艺术才能与现实统一,促进现实的发展。正是在这一思想前提下,他论证了艺术与现实的审美关系。毫无疑问,他的认识论的基本原则,是唯物主义的。因此,他的现实美高于艺术美的结论,具有一定的积极意义。作为战斗的唯物主义美学家,他有力地抨击了黑格尔派的唯心主义美学;作为革命民主主义的哲学家,他同样有力地抨击了一般的唯心主义。他是在唯心主义艺术哲学占统治地位时期,与它们经过激烈的搏斗而建立起自己的美学理论的。当然,肯定他对现实主义美学的巨大贡献,并不意味着否定他确实存在的人本主义观点和形而上学的思想方法。正因为他没有在论证中自始至终贯彻辩证法,才使他把艺术视为现实的"代替物",产生了忽视创作的主观性因素,没有处理好艺术创造中的主客观关系问题。我们对他在尖锐地批判黑格尔派的看法、热情地捍卫现实主义理论原则的战斗中所流露出来的费尔巴哈唯物主义的机械论倾向,应当历史地加以分析和评价。

2. 艺术是生活的再现,它以生活本身的形式反映生活

艺术与现实的关系,是从认识论角度给作家提供如何把握生活和反映生活的一般原则,它并不等于创作的具体规律。创作的根本规律是典型化。因此,衡量美学家的艺术观,还必须考察他的典型观。

车尔尼雪夫斯基说:"艺术不是用抽象的概念而是用活生生的个别的事实去表现思想;当我们说'艺术是自然和生活的再现'的时候,我们正是说的同样的事,因为在自然和生活中没有任何抽象地存在的东西;那里的一切都是具体的;再现应当尽可能保存被再现的事物的本质;因此艺术的创造应当尽可能减少抽象的东西,尽可能在生动的图画和个别的形象中具体地表现一切。"[①] 其实,美是生活这一命题本身,就要求艺术具有形象性。在论述艺术说明生活的作用这一问题时,他更明确地强调,"艺术"必须用鲜明清晰的形象来表现事物的主要特征,因为"当事物被赋予活生生的形式的时候,我们就比看到事物的枯燥的记述时更易于认识它,更易于对它发生兴趣"[②]。

---

① 车尔尼雪夫斯基:《艺术与现实的审美关系》,周扬译,人民文学出版社1979年版,第97页。
② 同上书,第100—101页。

上述引文,明白无疑地告诉我们,在车尔尼雪夫斯基看来,艺术是用"活生生的个别的事实""具体地"再现"事物的本质";也就是说,艺术是通过生动具体的感性画面来把握现实的。不仅如此,更重要的是,他进一步深入地指出:艺术反映生活的感性形式是客观现实本身的生动性和具体性的表现。这样,他就揭示出艺术是生活的再现的哲学根据。列宁在评价他的学位论文第三版序言时曾说:"思维规律不是只有主观的意义,也就是说,思维规律反映对象的真实存在形式,和这些形式完全相似,而不是不同。"① 这里的思维规律,显然是指车尔尼雪夫斯基的上述结论,即艺术形象是生活固有的"活生生的形式"的反映。因此,我们有理由认为,他主张艺术以生活本身的形式反映生活。

车尔尼雪夫斯基对艺术的本质的揭示,完全摒弃了黑格尔的唯心主义认识论体系,也否定了他的把握世界的三种形式(即艺术、宗教、哲学)。车尔尼雪夫斯基断定,只有形象的和科学的两种形式。众所周知,费尔巴哈也曾否定过黑格尔的宗教形式,认为它是想象的产物,从而受到列宁的肯定;但费尔巴哈出于人本主义,虽然以自然为出发点,却没有循此继续前进,以致半途而废、前功尽弃,终于不免陷入抽象的人性论的空谈中去。车尔尼雪夫斯基尽管受费尔巴哈很大的影响,但他毕竟比费尔巴哈更为接近劳动群众。他的先进的世界观和革命民主主义的斗争实践,使他在考察黑格尔旧美学以及建立自己的新美学的过程中常常不期然而然地把艺术同劳动联系起来。当然,他没有也不可能彻底研究人类物质生产方式对艺术思维的关系。

以生活本身的形式反映生活,只有通过创造性的想象才能达到这一点。车尔尼雪夫斯基在"将现实和想象互相比较而为现实辩护"的过程中特别指出:再现现实不是伪古典主义"对自然的模仿",不是复写自然的形式,而是要通过现象,再现现实的本质特征。这无疑为艺术的创造性想象提供了广阔的自由天地。正是在这一基础上,他要求艺术家必须具备观察和发现富于特征性的生活现象,区别本质和非本质、重要的和不重要的生活现象的能力;甚至说,他对艺术的这种观点绝不会使艺术家失去"只把客观现实看作一种材料和自己的活动场所、并且利用这现实、使它服从自己这一最主要

---

① 《列宁选集》第 2 卷,人民出版社 1995 年版,第 368 页。

的人的权利和特征"①。可见,他对想象是重视的。因为在他看来,想象虽然无法超越现实所提供的范围,却可以创造出"形式上新颖的事物"。另外,他把艺术与劳动联系起来,而任何劳动都具有某种创造性,因此,艺术作为观念形态要保持与它所反映的对象——现实生活的一致,就必然具备劳动的潜在属性——创造性。创造性就是艺术想象。他肯定想象的必要,认为"诗人的创造力的活动范围,不会因为我们对艺术本质的概念而受到多少限制"②。这些看法,与他的艺术理想——真实地反映生活、说明生活,并对生活下判断,从而发挥它的重大作用是一致的。

但是,车尔尼雪夫斯基对艺术想象的看法是矛盾的,甚至有时不免混乱。与上述观点相反,他也有忽视想象的一面。他的基本观点是美存在于现实本身之中,艺术不过是现实生活的复制品,因此,它的"创造的想象的力量是很有限的","我们不能想象一件东西比我们所曾观察或经验的还要强烈"。③ 他说:"艺术是客观的产物,而不是诗人的主观活动。"④这是他忽视想象也忽视典型化的根源之一。在这一点上,他较别林斯基后退了。在他的心目中,诗人没有现实生活所有的手段任他使用,因此,"虚构的人物差不多从来不会像活生生的人一样在我们面前显现出来"⑤。此外,他忽视想象与他极力反对消极浪漫主义的态度是分不开的。浪漫主义的幻想、热情和理想,他一律视为"病态",因而尽量贬低它们的作用。很显然,这些观点跟他"应当如此的生活"的主张相违背,也被他的著名的小说《怎么办?》里所描绘的未来社会的几个出色的理想人物的艺术实践所无情地否定了。他对想象的作用的矛盾看法,暴露了他思想方法的形而上学的片面性。

车尔尼雪夫斯基的典型观,还有一点值得提出,就是他对典型环境的理论探索。他在肯定现实生活是艺术的蓝本的基点上,不仅要求艺术家"理解真人的性格的本质,能用锐敏的眼光去看他",同时强调指出:"还必须理解和体会这个人物在被诗人安放的环境中将会如何行动和说话。"⑥在论述诗人对事件的本质描绘必须通过细节时,他说:"这些细节只有在事件的现

---

① 车尔尼雪夫斯基:《艺术与现实的审美关系》,周扬译,人民文学出版社 1979 年版,第 105 页。
② 同上书,第 65 页。
③ 同上书,第 105、65 页。
④ 同上书,第 105 页。
⑤ 同上书,第 78 页。
⑥ 同上书,第 77 页。

实环境中才有真正的意义,而被孤立起来的故事却阉割了这个环境。"①固然,"典型环境"作为一个完整的文学理论概念,是恩格斯1888年在致哈克奈斯的信中第一次提出的。但车尔尼雪夫斯基显然已经比较清楚地认识到它在典型创造中的重要作用了。具体而言,他的贡献在于:首先,看出了人物与环境的关系——人物"如何行动和说话"是受环境支配的,而不是任意自为的;其次,人物的环境是独特的,即具有个性特色的环境;再次,人物的独特环境不是孤立的,它受到其他条件的制约。总之,可以看出,他所重视的是环境中的人物。他在1856年所写的论普希金的小册子中更明确地说:"美的文学作品以活生生的例子向我们描写和讲述,在各种环境中,人们如何感觉,如何行动,这些例子大部分是由作家本人的想象所创造的。"②"各种环境"与上述的"诗人安放的环境"和"事件的现实环境",固然不能说明车尔尼雪夫斯基已经理解了典型环境的本质意义,但是,也不能否认,他的理论与恩格斯关于现实主义典型人物与典型环境的理论有某些相似之处。他们的区别在于,车尔尼雪夫斯基的人本主义观点使他不可能理解人物的真正本质和历史的基本规律;恩格斯则是从人类物质生产所制约的社会关系出发,真正解决了人与环境的本质规律。

此外,车尔尼雪夫斯基的典型论还有一点值得人们注意:作为革命家,他十分重视人对现实的改造活动,认为人可以成为现实的奴隶,也可以成为现实的主人。因而他主张按照一定的信念行动,使人变成一个"积极的人"。在他看来,凡是根据生活本身的规律,自觉地改造生活,推动生活前进的人,就是积极的人。这种人"富有爱心",能够为一种崇高的思想而献身;他们的一切行动都服从于对生活的深刻理解和全体人民的利益。车尔尼雪夫斯基极力提倡文学应描写和创造这种"积极的人"的正面形象。他自己的创作实践也证明了这一点。《怎么办?》里的薇拉·巴夫洛芙娜以及她的朋友们,尤其是作者推崇的真正的当代英雄拉赫美托夫,都无疑是"积极的人"的典型。

以上几点可以证明,车尔尼雪夫斯基对典型的理解是极为深刻而富有启发意义的。他从"美是生活"的命题出发,阐明了艺术以生活本身的形式反映生活;强调要用形象思维,通过生动具体的感性画面再现现实,揭示生

---

① 车尔尼雪夫斯基:《艺术与现实的审美关系》,周扬译,人民文学出版社1979年版,第105页。

② 转引自《现代文艺理论译丛》第6辑,人民文学出版社1964年版,第318页。

活的本质。这种建立在生活真实的基础上,从个别到一般,经过艺术概括创造典型的原则,应该说体现了现实主义创作的基本要求。他有力地批驳了把许多相似特征加在一起来刻画典型的简单化倾向,尖锐地反对不加选择地摹拟现实的自然主义方法。他主张艺术家把握现实的主要特征,描写"积极的人";强调典型人物与"事件的现实环境"的和谐统一关系,指出细节的艺术真实性以及整个作品的"真实和自然"。他在推崇现实、为现实辩护的同时,对典型、典型化和形象思维等艺术创造的内部规律,还是做了卓有成效的探索。但是,他在具体论证中,有时不免偏离辩证法,因而忽视想象,甚至反对典型化,陷入难以自圆其说的矛盾之中。这些,也是应该看到的。当然,如果我们没有忘记他所处的艰险的历史环境,就能够对他在立足现实、脚踏实地、勇敢而热忱地为人们寻求幸福和美的探索中所出现的偏差,做出正确的评价。

3. 艺术是生活的教科书

从"美是生活"的命题出发,车尔尼雪夫斯基确认,艺术的本质不是黑格尔所说的"美的理想的实现",而是再现生活,把生活的美反映出来。因此,艺术才具有真正伟大的社会意义。

车尔尼雪夫斯基非常重视艺术的社会作用,在承认它应当给人以美的享受外,他说:"艺术的主要作用是再现生活中引人兴趣的一切事物;说明生活、对生活现象下判断。"[1]可以说,这是他的艺术观的概括,是他对艺术的社会内容进行考察所得的结论。这一结论,与他对艺术家的看法联系在一起:"人既然对生活现象发生兴趣,就不能不有意识或无意识地说出他对它们的判断;诗人或艺术家不能不是一般的人,因此对于他所描写的事物,他不能(即使他希望这样做)不做出判断;这种判断在他的作品中表现出来,就是艺术作品的新的作用,凭着这个,艺术成了人的一种道德的活动。"[2]总的看来,这段话的出发点是人本主义的。但是,他看出:第一,艺术的本质——对生活下判断,因而它是人的一种道德的活动;第二,艺术的思想内容根源于客观现实(因为他认为艺术以生活本身的形式反映生活)。他在《俄国文学果戈理时期概观》第九篇中还说:"诗就是生活、行动(斗

---

[1] 车尔尼雪夫斯基:《艺术与现实的审美关系》,周扬译,人民文学出版社1979年版,第103页。

[2] 同上书,第101—102页。

争)、情热……和时代的理性的要求有活的联系,就会使人的每一种活动得到毅力和成功","文学不能不是某一种思想倾向的体现者。这是一种它的本性中所包含的使命,——这是一种它即使要想摆脱也没有力量可以摆脱的使命"。① 他把文学作为改造不合理现实的斗争武器,认为它是社会发展的一种积极、强大的力量。他说过,人们的愿望,包括革命的愿望,固然不依赖于文学而形成,但它们的发展、成熟却不能不受到文学的强烈影响。这正是文学的巨大的社会作用。具体地说,这种作用就是使"民族性格和民族愿望得到合理的慎重的发展"②。它表现在向群众传播先进的、革命的思想,抵制反动的意识,培养他们为真理而进行斗争的精神。他的奋斗目标是:文学与解放斗争运动相结合。为此,他对俄国作家发出了响亮的号召:希望他们"更勇敢、更坚决地前进!"同时也希望人民群众支援文学,对它施加影响;实际上是号召人民起来革命。他把文学的使命作为艺术对社会利益的一种普遍的规律性而提出来,因而必然要求它能够也必须体现时代的愿望和思想。他的文学批评实践,正是坚定而出色地贯彻了这一原则。例如,他及时而尖锐地指出奥斯特罗夫斯基《贫非罪》中暴露的反动的斯拉夫主义,诚恳而严肃地向屠格涅夫指出:他的创作富于人道精神和民主主义,但必须尽快摆脱自由派的影响,深刻而正确地预示了年轻的托尔斯泰的创作特征和倾向。车尔尼雪夫斯基不愧为俄国进步文学的领袖,他献身于革命事业,他的理论并不是束之高阁的装饰品。因此,理解他对文学的政治教育作用的重视,必须要和产生它的具体的历史条件相联系。正是由此出发,我们应该首先肯定他对艺术使命的阐述,在实质上是向历史唯物主义靠近了。他对艺术社会作用的理解,是与他的空想社会主义的政治理想分不开的。他的著名的"文学是研究生活的教科书"说,以及作家应当是战士,必须关注"民族性格和民族愿望"等提法,都不能不说是在这种思想指导下的产物。谁也不能否认,空想社会主义思想,作为他的启蒙主义纲领的内容之一,在当时是一种进步的社会理想。

车尔尼雪夫斯基新的美学体系,建立在对唯心主义批判的基础上。他的学位论文,从这种意义上说,主要是针对黑格尔美学的。在黑格尔那里,美或者艺术,都被看作抽象的观念,是远离生活的。这就不仅限制和缩小了

---

① 《车尔尼雪夫斯基论文学》上卷,辛未艾译,上海译文出版社1979年版,第547页。
② 转引自布尔索夫:《俄国革命民主主义者美学中的现实主义问题》,刘宁、刘宝端译,中国社会科学出版社1982年版,第226页。

它的领域,而且必然忽视它和现实的联系,降低它的社会意义。黑格尔所关注的,可以说,只是精神自身的发展,并不是艺术对现实的影响。车尔尼雪夫斯基针锋相对,认为艺术面对整个生活,因而总是强调它和现实的血肉之缘。正是由此出发,他提出艺术再现生活、说明生活,并对生活下判断。再现生活,主要是再现普遍引人兴趣的事物。也就是说,艺术家要通过作品回答时代提出的迫切问题,与同时代人同呼吸、共命运。说明生活,并对它下判断,是对再现生活的重要补充和深化,这是车尔尼雪夫斯基美学的重要特征之一。说明和判断生活,使艺术具有很高的认识价值和社会实践作用,也因而成了"一种道德活动"。"艺术是研究生活的教科书"说最形象地表述了他的艺术观点。作为民主主义革命家,车尔尼雪夫斯基自觉把艺术视为宣传农民解放运动的强大武器,这是他伟大的历史功绩之一。后来整整一代的俄国进步知识分子,举起他的旗帜,以"艺术是生活的教科书"这一理论作为创作指南,使文学对革命事业起了很大的鼓舞作用。

车尔尼雪夫斯基对艺术的社会作用的高度重视,与他坚定不移地反对"纯艺术"论的斗争分不开。他继承别林斯基的批评传统,深刻地指出:"纯艺术"论实质上是掩盖一定的政治倾向的幌子。他说:"那种崇拜纯艺术理论的人,向我们强说艺术应当和日常生活互不相谋,他们不是自欺,就是做作:'艺术应当脱离生活而独立'这种话,一向就只是用来掩饰反对这些人所不喜欢的文学倾向的。它的目的,就是使文学给另一种在趣味上和这些人们更为适合的倾向所驱策"①。他同时一针见血地揭露了"纯艺术"论者所谓的思想倾向,就是同现实生活相安无事的,"只适合少数幸福的无所事事者的口味,而对于极大多数的人们,这样的倾向是一直显得是、而且将来也会显得是无趣味的,或者甚至是绝对可厌的"②。在这里,他无情地揭露了"纯艺术"论者的反动立场,指出他们的政治目的是企图转移文学对社会矛盾的注意,粉饰生活,制造国泰民安的假象。车尔尼雪夫斯基戳穿了他们的伪善;指出他们不是在否认有倾向性的文学,而是想用自己的倾向取而代之,使文学成为少数上等人的娱乐品。车尔尼雪夫斯基一贯坚持文学的思想性,主张用进步倾向武装俄国文学,使它和时代要求保持紧密联系,推动生活的前进和发展。他的看法是,每一个时代都有它的历史任务,文学应该为实现这个任务而战斗。因此,他要求艺术家接受时代的"真正的思想",

---

① 《车尔尼雪夫斯基论文学》上卷,辛未艾译,上海译文出版社1979年版,第547页。
② 同上书,第546页。

以便为人们指出正确的方向,帮助人们更深刻地理解生活,并对它做出判断。只有这样,艺术家才能成为思想家,艺术作品才能取得科学的意义。重视和倡导文学的社会实践作用,给车尔尼雪夫斯基的美学灌注了一股强大的朝气蓬勃的生命力。这和那些把艺术视为"永恒""不变"的美,或认为它的"永恒归宿"是"为美的观念"服务之类漂亮的空话比起来,该是多么气壮而有力!

车尔尼雪夫斯基继承和发展了别林斯基美学最重要的原则——要求艺术有鲜明的社会倾向和深刻的思想内容。他在跟贵族和资产阶级文化的激烈斗争中,阐明了艺术对社会生活的巨大影响。作为坚定的革命家和俄国农民解放运动的领袖,他关于文学社会作用的看法,具有极大的启发意义。车尔尼雪夫斯基不足的地方是:他的世界观中的人本主义,使他不能真正揭示人的本质,不能阐明历史发展的客观规律,也就无法从根本上解决艺术的社会作用问题。文艺是社会意识形态,是人的物质的社会关系的反映,只要真实地反映了这种关系,艺术本身就具备了改造现实的作用。但是,他认为,艺术再现现实,是要在现实不在面前时成为它的"代替物",即艺术与现实的关系是取代物与原物的关系,这无异于勾销了艺术存在的价值,也就谈不上什么社会作用了。他为现实辩护是对的,但把艺术家等同于思想家就不对了。他在《自评》里补充说,艺术的现实意义在于传播科学知识,这也不能认为是圆满的。所有这些,都反映了他形而上学的思想方法与其认识论的矛盾,无疑有损于他的现实主义美学原则的基本精神。

4. "悲剧是人生中可怕的事物"

作为审美对象的悲剧,在艺术美领域内有其重要的地位,向来为西方美学家所重视,被视为崇高的诗(当然,这里所说的悲剧,是指美学范畴而不是戏剧类型的悲剧而言的)。为了揭示艺术的本质,阐明艺术对现实的审美关系,车尔尼雪夫斯基站在唯物主义立场上,批判了黑格尔的从理念必然性而不是从现实生活出发来规定悲剧本质的唯心主义观点。

首先,黑格尔认为,悲剧的根源在于悲剧人物自身的片面性。这一观点车尔尼雪夫斯基大为反感。众所周知,建立在唯心主义辩证法基础上的黑格尔的悲剧理论,其贡献在于:运用对立统一法则解释悲剧冲突,并肯定悲剧冲突是悲剧的基础。但是,黑格尔把悲剧冲突的根源看成是两种不同伦理观念的矛盾和斗争,冲突双方所代表的伦理力量都是合理的,同时又都具有道德上的片面性。因为它们互相排斥,各走极端,每一方都坚持其片面性而否定对方的合理性,因此它们是有"罪过"而要受到"惩罚"的。这种观点,是车尔尼雪夫斯基无法接受的。他在《论崇高与滑稽》一文中以犀利的笔锋反击黑格尔说:"难道苔丝德蒙娜的毁灭其原因在于自己?每个人都看到,致她死命的只是雅各的卑鄙的阴谋。当然,假使我们一定要在每个毁灭者身上看到罪戾所在,一如通常美学概念所命令似的,那么,在我们看来,谁都有过错:苔丝德蒙娜也是有罪的,为什么她这样天真呢?就是罗米欧和朱丽叶吧,他们的毁灭自己也有错:为什么他们要相爱呢?……我们觉得,要在每个遭受毁灭的人身上看出他就是罪魁祸首的念头,这种想法是牵强、残酷到使人的感情达到愤怒的地步的。"①生活在沙皇统治下的俄国,车尔尼雪夫斯基面对现实中千百万被压迫被奴役的人们的悲剧命运,当然不能容忍黑格尔的死者都有罪过的思想。难道人民遭受迫害和镇压,无辜受难,含恨而死,这都是咎由自取?车尔尼雪夫斯基看到,正是沙皇的专制制度是千万人悲剧的根源,而决不是因为悲剧人物自身的片面性。他明确地说:"认为每个死者都有罪过这个思想,是一个残忍而不近情理的思想。"②他鲜明地站在革命民主主义立场上,对黑格尔从两种抽象的伦理力量中,而不是从客观存在的社会生活斗争中寻找悲剧根源的唯心主义,进行了切中要害的批判。

其次,黑格尔认为,悲剧的结局是理性的胜利,是"永恒正义"的胜利。这种观点,也激起了车尔尼雪夫斯基强烈的愤慨。在黑格尔那里,代表悲剧冲突的两种伦理力量都是合理的,因而,所谓冲突实质上是两种同属于善的伦理力量的较量,而不是善与恶、进步与反动的斗争;冲突的结果,是矛盾双方的"片面性"被"扬弃",二者"和解"了,"永恒正义"胜利了,而不是真的、善的、美的东西的毁灭。这样,一切似乎都顺理成章地受到理性法庭的公正判决,绝对世界里没有不正义。显然,黑格尔抹煞了正义和不正义的区别,在理论上混淆了现实生活中美与丑、善与恶的斗争,企图使人相信事实上并不存在的理性胜利,实质上是在美化和粉饰丑恶残酷的现实世界。这充分暴露了黑格尔的庸人哲学的调和气息,使他最终必然成为旧事物的维护者。在车尔尼雪夫斯基看来,世界是人们生活的场所,并不是什么理性法庭。在沙皇统治下的俄国现实中,种种触目惊心、违反伦理道德的丑恶行径,并没

---

① 《车尔尼雪夫斯基论文学》中卷,辛未艾译,上海译文出版社1979年版,第81—82页。
② 车尔尼雪夫斯基:《艺术与现实的审美关系》,周扬译,人民文学出版社1979年版,第31页。

有受到应有的惩罚。所谓"恶有恶报"、犯罪者不是受罚便是内心痛苦的说法,只是无稽之谈。生活中无数铁的事实告诉人们,人间的丑行并不总是受到报应,美德也并不总是得到嘉奖;恶人可能一生荣华富贵、寿终正寝,善人可能终生受苦受难、含冤而死。哪里有什么公平呢? 至于说到舆论的制裁和自我忏悔等等,那就更是骗人的鬼话。斯巴达人可以像追猎兔子那样捕杀希洛德农奴;罗马法律规定父亲有权杀掉或卖掉自己的儿子;雅典人把自己的妻子监禁起来而公开与艺妓同居;等等。这些令人发指的罪行并没有受到当时社会舆论的谴责,犯罪者也不感到良心责备。难道这一切都是"永恒正义"的胜利吗? 目睹千百万无辜者处于水深火热之中的悲惨命运和不幸遭遇,车尔尼雪夫斯基当然不能幻想什么"理性法庭"的公正判决!

再次,黑格尔认为,伟大人物的命运都具有悲剧性。在他看来,伟大人物的性格中总有一些弱点。因此,在行动中,这个弱点便毁灭了他们。就是说,伟大人物以自己的行动破坏了现实世界的历史进程,从而注定要以生命作为代价,所以他们的毁灭是必然的。而车尔尼雪夫斯基则认为,伟大人物的命运是否是悲剧,取决于各种情况,尤其是取决于这些人物所处的社会政治环境。他说:"生活中的意外之事,一视同仁地打击着杰出人物和平常人,也一视同仁地帮助他们。"①在他看来,伟大人物的命运和渺小人物的命运一样,是否构成悲剧,取决于他们所处的具体社会环境,而不是取决于他们的伟大与渺小。他从唯物主义出发,指出黑格尔唯心主义的片面性,这是正确的。但是,他由此便断言道:"伟大人物的苦难和毁灭是没有什么必然性的。"②这就丢弃了黑格尔天才的辩证思想,一笔勾销了黑格尔悲剧理论中极为重要的合理内核,这是错误的。黑格尔关于悲剧中的必然性的思想,是有极大的启发意义的。在黑格尔看来,悲剧中起支配作用的始终是必然性,尽管它往往借助于偶然性而表现出来。例如他认为哈姆雷特的死,表面上看是和勒尔替斯决斗的偶然事件造成的。实质上,哈姆雷特处于特定环境下,形成了独有的内心压抑的性格特征。他的毁灭,是这种性格发展的必然结果。黑格尔从人物性格中寻找悲剧的必然性,比把悲剧纯粹当作偶然事件要深刻得多。但必须指出,黑格尔对必然性的解释是完全错误的。车尔尼雪夫斯基由于对历史发展中的矛盾冲突的规律性缺乏理解,相信一切

---

① 车尔尼雪夫斯基:《艺术与现实的审美关系》,周扬译,人民文学出版社1979年版,第30页。

② 同上书,第32页。

悲剧的不幸和苦难都只是人类社会实践中偶然性的插曲,因而否定了悲剧的必然性。因为他只看到偶然性,看不到必然性,所以不能对悲剧提出真正科学的论证。

车尔尼雪夫斯基说:"悲剧是人生中可怕的事物。"这一定义直截了当地剥去了黑格尔悲剧理论的神秘外衣,指明了悲剧来源于人间的客观事物。但是它过于一般化和简单化了,既不能解释悲剧的实质,也没有揭示出客观现实的矛盾冲突的全部深度。悲剧可能表现为某种形式的偶然性,但它不是偶然的产物;悲剧是生活的反映,产生于社会矛盾的基础之上。车尔尼雪夫斯基在批驳黑格尔时,强调悲剧没有任何必然性,纯粹是由于偶然的原因造成的。这种把偶然性和必然性对立起来的观点,使他丢弃了黑格尔悲剧理论中的合理内核,把脏水和孩子一起倒掉了。

对于悲剧理论,像对美的定义一样,车尔尼雪夫斯基提出了与黑格尔针锋相对的观点:悲剧人物自身不是造成悲剧的根本原因;悲剧的结局不是绝对公正的胜利;伟大人物的命运不一定是悲剧性的。他反对黑格尔及其整个唯心主义体系,从唯物主义立场出发,肯定悲剧来源于现实生活,这就批驳了黑格尔严重地与现实妥协的保守观点。他曾经暗示过产生悲剧的社会基础,肯定悲剧的现实性。他是新生事物的捍卫者。这是他比黑格尔进步的地方。可惜,由于他的历史哲学的局限性,把悲剧规定为人生中可怕的事物,这个定义是不能令人满意的。基于同样的理由,他在批驳黑格尔唯心主义悲剧理论时,连这位天才哲学家的辩证发展的思想也一起丢掉了。这是他的不足之处。

第三节 《艺术与现实的审美关系》在美学史上的地位和影响

车尔尼雪夫斯基的《艺术与现实的审美关系》,从革命民主主义的政治实践和劳动农民的立场出发,以"尊重现实生活,不信先验的假设"的唯物主义态度,深刻地批判了唯心主义的艺术理论,阐明了现实主义美学原则。它在美学史上的最大功绩,是用"美是生活"这一崭新的、划时代的定义取代了长期以来统治西欧的黑格尔派的定义,把美学理论建立在唯物主义基础上,为俄国革命文艺和世界进步文艺的现实主义的发展奠定了坚实的理论基础。

"美是生活",把美从"绝对理念"的牢笼中解放出来,使之由远离世界的冥冥高空返回到生气勃勃的人间大地。它驱散了关于美的种种唯心主义迷雾,为美找到了唯物主义的正确答案。这个定义,不但肯定了美与现实的血肉联系,而且肯定了美离不开人的理想,自然美也不能离开人类生活而独立存在。由此出发,车尔尼雪夫斯基提出了艺术的三大作用——再现生活、说明生活、对生活下判断。这就既肯定了现实生活是艺术的源泉,也肯定了作家在艺术创造中所必须发挥的主观能动作用。从"美是生活"出发,车尔尼雪夫斯基论述了具有美学意义的艺术的本质,揭示了艺术与现实的审美关系。他的现实高于艺术、现实美高于艺术美的结论,和黑格尔的由"心灵产生和再生"的"艺术美高于自然美"以及"纯艺术"论"为艺术而艺术"的唯心主义美学观点是根本对立的。在革命风暴即将席卷俄罗斯大地的严酷岁月里,现实主义与唯美主义在美学领域的生死搏斗,直接反映了民主革命和农奴制谁战胜谁的政治斗争。因此,这一结论是有一定的积极意义的。具体地说,他的学位论文在以下几方面给人们以极大的启示:第一,艺术是现实的再现,艺术形象是"生活的形式"的反映,即它反映生活的具体性、个别性。这对理解艺术的本质特征是有益的。第二,"创造的想象"为劳动和艺术所共有,艺术是劳动的产物。这就抨击了德国古典美学把劳动和艺术分离的传统观点。第三,艺术描写"各种环境中"的人,人受"环境"的制约,"环境"是人物独特的活动场所。这就揭示了人物与其所处环境的关系。第四,艺术的盛衰和社会生活的发展是相联系的。第五,艺术具有倾向性,它服务于社会进步的事业,它是生活教科书,富有政治的道德的教育作用。

　　车尔尼雪夫斯基继承和发展了别林斯基的现实主义传统,从理论上总结和论证了俄国进步文学和美学的经验和成就,并指出它们进一步发展的道路。他的美学思想是马克思主义之前唯物主义美学的最高成就。《艺术与现实的审美关系》不仅在美学发展史上,而且在整个唯物主义发展史上都具有重大的历史意义和影响。但是,由于可以理解的历史局限性,车尔尼雪夫斯基的美学体系存在着明显的不足,这主要表现在他没有把辩证法贯彻始终,有形而上学的绝对化倾向,他"没有上升到,更确切些说,由于俄国生活的落后,不能够上升到马克思和恩格斯的辩证唯物主义"[①]。关于这一点,需要指出的是,我们应该遵循恩格斯的教导:"如果我们在某些地方发现他有弱点,发现他的视野的局限性,那么我们只有对类似的情况不是更多

[①]《列宁选集》第2卷,人民出版社1995年版,第368页。

得多而感到惊奇。"①

参考书目：

1. 车尔尼雪夫斯基:《艺术与现实的审美关系》,周扬译,人民文学出版社1979年版。
2. 车尔尼雪夫斯基:《美学论文选》,人民文学出版社1957年版。
3. 韦勒克:《近代文学批评史》第4卷,第11章,杨自伍译,上海译文出版社1997年版。
4. 朱光潜:《西方美学史》下卷,第17章,人民文学出版社1979年版。

思考题：

1. 解读"美是生活"。
2. 如何理解车尔尼雪夫斯基的"艺术是生活的教科书"?

---

① 《马克思恩格斯全集》第22卷,人民出版社1965年版,第498页。

第二十五章 杜勃罗留波夫及其《俄国文学发展中人民性渗透的程度》

第一节 杜勃罗留波夫及其文学批评活动

尼古拉·亚历克山大罗维奇·杜勃罗留波夫(1836—1861),俄国社会民主主义的先驱、革命民主主义的批评家、哲学家、诗人。1836年1月24日,杜勃罗留波夫出生在尼日尼·诺夫哥罗德(即现在的高尔基城)一个神父家庭。1843—1853年,在尼日尼·诺夫哥罗德的教会小学和正教中学上学。1853年进彼德堡的中央师范学院学习。在师范学院,以他为中心,形成了一个革命小团体,成员们传阅赫尔岑在伦敦出版的书刊和费尔巴哈的著作。他在学院还办过一种手抄报《传闻》,发表以反政府为内容的短评、诗篇。1856年夏,杜勃罗留波夫写出了见解成熟的论文《俄国文学爱好者座谈》,文章经人介绍转给车尔尼雪夫斯基。与车尔尼雪夫斯基相识后,他找到了榜样,这对他的哲学见解的明确有很大影响。1857年,杜勃罗留波夫从师范学院毕业,正式参加《同时代人》杂志编辑部的工作。这时,他的革命民主主义信念已经形成。杜勃罗留波夫以无比的热情,不知疲倦地投入写作和编辑工作。他同车尔尼雪夫斯基一起,成为决定杂志方向的精神上的领袖。1860年5月,杜勃罗留波夫因健康情况恶化,到国外休养。他在德国、瑞士、法国和意大利住了一段时间,一面继续写作,一面考察革命运动。1861年2月,杜勃罗留波夫返回俄国,仍然抱病坚持工作,直至1861年11月17日逝世,年仅25岁。涅克拉索夫曾在他的墓前说:"在一个贫困的乡村牧师家庭里的贫困的童年;贫困的、半饥半饱的教育;后来是四年狂热的、不知疲倦的劳作,最后,在死亡的预感中在国外度过了一年,——这就是杜勃罗留波夫的传记。"杜勃罗留波夫短促的一生,放射出丰富的创造力的光芒,他把自己的一切都贡献给为反对封建专制制度而进行的斗争。

杜勃罗留波夫活动的时间——19世纪五六十年代——正是俄国革命

情绪高涨的年代。当时,旧的东西,即农奴制正在崩溃,新的东西正在发展。俄国在克里米亚战争中的失败,暴露了专制制度的腐败和衰弱。农民骚动遍及全国各地,迫使沙皇不得不于1861年宣布废除农奴制。俄国思想界争论的中心问题,已经不是应不应该废除农奴制,而是如何废除农奴制的问题了。杜勃罗留波夫的革命民主主义和唯物主义思想,就是在当时围绕农奴制改革问题的斗争中,在赫尔岑、别林斯基和车尔尼雪夫斯基的影响下形成的。

杜勃罗留波夫是农民民主主义者,如同车尔尼雪夫斯基一样,主张农民革命推翻专制政权和农奴制度。在这个问题上他同当时与贵族妥协的自由派分道扬镳。这种思想也是同空想社会主义结合在一起的。他认为这种农民革命是由先进的平民知识分子领导的。在农村公社的基础上,不通过农民的分化和资本主义,而建立消灭人对人的任何剥削的社会主义制度,达到"使大家都感到舒适"的境地。杜勃罗留波夫表现了他对社会主义的必然性的信念,但他不了解民主主义革命所建立的只能是资本主义社会。革命民主主义的哲学思想基础是唯物主义。杜勃罗留波夫反对把整个现象世界看作某种高超的观念反映的"概念论",肯定了世界的物质性、思维对于物质的依赖关系。认为一切思维、一切思想不外是"环境"的产物,思想中的某一新现象是现实生活本身变革的先声。杜勃罗留波夫认为把世界分成思维的世界和现象的世界、断言纯粹的观念才有现实性,这是二元论。他说:"已经是时候了,抛却这些柏拉图的幻想,了解面包不是简单的记号,不是生活力这个伟大而抽象的观念底反映,而纯粹只是面包——这个可以充饥的东西。"①他对于思维的能动性有过一些猜测,肯定人们对真理的认识和健全的思想,还要"灌输到生活中去,贯彻到行动中去",把它变为生活的事实。他赞同罗伯特·欧文关于人的性格形成的学说,认为人们的思想性格是由社会环境的特性决定的,同时相信人们也能够改变、改造社会环境。专横霸道是恶劣的社会制度的产物,要消灭专横霸道,就要消灭那个"人为的"社会制度。但是,他和车尔尼雪夫斯基一样,并没有克服旧唯物主义的不彻底性。在解释为什么有的人能为实现真理而斗争,而有的人则不能时,杜勃罗留波夫把问题归之于人们有没有认识到这种真理与人类的共同本质相一致。真理不是被看作历史发展的必然结果,而被看作天才人物的"发现"。杜勃罗留波夫把历史的发展看作偶然的。他认为人们的自然追求和

---

① 《杜勃罗留波夫选集》第2卷,辛未艾译,上海译文出版社1983年版,第129页。

愿望,就是"要大家都好"。但是由于缺乏经验、知识,不会安排,人们在追求自身幸福的过程中必然互相妨碍。这情形正如没有经验的跳舞者在大厅中必然同人相撞一样。这样就必然引起复杂和长期的斗争,直到现在仍不停止。这就是历史的本质。杜勃罗留波夫多少看到了历史发展的矛盾和斗争。但他对这一斗争的解释是唯心的,不了解这一斗争与经济关系客观发展的联系。杜勃罗留波夫的革命民主主义和唯物主义思想指导着他的文学批评活动,形成了他的现实主义文艺思想体系。

杜勃罗留波夫很早就有志于从事文学和文学批评活动。在大学时代,他就写出了几篇著名的文学史著作和文学批评著作。杜勃罗留波夫的文学批评是极其广泛的,他对包括谢德林、冈察洛夫、奥斯特罗夫斯基、屠格涅夫、陀斯妥也夫斯基、谢夫琴科等许多作家作品做了评论。

1857年,杜勃罗留波夫发表了论谢德林的《外省散记》的文章,着重分析了作品中反映的"多余人"的性格,尖锐地批评了自由主义者。他指出,谢德林作品中有两种类型:一种是反动分子,他们是消极被动的,是社会的压舱物。一种就是所谓"当代英雄""天才性格",虽然有热情,有对于真理的朦胧预感,但其根本特征是懒气入骨的冷漠无情、热衷于表面。杜勃罗留波夫高度评价了谢德林对"天才性格"采取的讽刺态度和对于"人民中间纯洁无垢、质朴单纯的阶级"的同情。他肯定谢德林对人民形象的描绘以原来的样子呈现出来,认为这些民众不同于贵族阶级的人物,可以信赖他们去完成他所允诺去做的事业。在《旧时代地主的乡村生活》(1858)一文中,杜勃罗留波夫坚持俄国文学的批判现实主义道路,对亚克萨柯夫作品的艺术价值,避免做出评论。因为要在他的作品中寻找艺术的真实很费劲,根本看不到作家对问题的寻根究底的探索。但是杜勃罗留波夫同时又肯定作品的"素朴的真实","朴实地描写出事实真相",透露了旧式乡村地主的生活习惯和农奴们悲惨命运的若干真相。亚克萨柯夫是一个政治倾向和艺术观点都较保守的作家。对亚克萨柯夫作品的评论是一个榜样,说明进步的文学批评应怎样对待具有不同政治态度的作品,应如何运用这些作品所提供的资料来正确地说明生活。

在《什么是奥勃洛摩夫性格》(1859)中,杜勃罗留波夫把冈察洛夫的才能同屠格涅夫的抒情才能做比较,指出冈察洛夫能够抓住对象的完整形象,对同一事物从四面八方来观察和表现。他把敏锐的感受性和深刻的感情结合起来,对所描绘的对象,采取比较平静、不偏不倚的态度,甚至对于琐碎的详细情节,都要弄得轮廓分明。杜勃罗留波夫深刻而全面地分析了奥勃洛摩夫的性格,研究了奥勃洛摩夫同其他"多余人"典型的共通特征和个性。指出这一典型的出现是同时代的变化、同对这些"天才人物"毫无价值的认识相联系的。文章也批评了小说中的自由主义调子和对斯托尔兹的理想化。《黑暗的王国》(1859)一文的意图同《什么是奥勃洛摩夫性格》是一致的。杜勃罗留波夫把奥斯特罗夫斯基剧作所描绘的世界称之为"黑暗王国"。在这黑暗王国里,统治着的是专横任性的顽固独夫们,人类的尊严、个人的自由等等,都遭到践踏。文章肯定奥斯特罗夫斯基对于俄国生活描绘的完整性,认为作家善于探视人的灵魂深处,把握人的感情,指出作品中有对于专横顽固的抗议,有对于从黑暗王国中摆脱出来的尝试的反映。在杜勃罗留波夫的这些文章中,可听到他对于反对奥勃洛摩夫性格和"黑暗王国"的斗争的召唤。

在1860年的评论文章中,可看到杜勃罗留波夫要求文学反映新的主题、新的人物的思想。因为人民革命的前夜已经来到,俄国的英沙罗夫们正坐在城市的中学和乡村学校的板凳上。在《真正的白天什么时候到来?》中,杜勃罗留波夫揭示了屠格涅夫才能的特点,是"对现代问题的敏感态度",对"刚刚渗透进人们意识的高贵的思想以及真诚的感觉"的敏感反应,"温和以及一种诗意的温文"。他肯定《前夜》创造了英沙罗夫、叶连娜这样的积极勇敢、渗透着伟大思想的人物,他们不同于屠格涅夫以前描写的消极善良的罗亭型的人物。同时指出,英沙罗夫形象的轮廓是苍白的,这是因为俄国的现实生活还没有提供使英雄行动和发展的充分条件。但俄罗斯的生活正在提供这样的人物,文学中一定会出现生动鲜明的俄国的英沙罗夫。由于这一评论,导致了屠格涅夫与《同时代人》编辑部的分歧和决裂。在《黑暗王国的一线光明》中,杜勃罗留波夫特别重视卡德琳娜这样坚决果敢的形象在文学中的出现。认为这不仅在奥斯特罗夫斯基的戏剧中,在整个文学中也是前进了一大步。卡德琳娜的性格是和人民生活的新阶段相呼应的,是当时人民生活和文学所能达到的高峰。

《逆来顺受的人》是杜勃罗留波夫于1861年写的最后一篇论文。文章针对陀斯妥也夫斯基"功利主义"的指责,又一次辛辣地嘲笑了主张艺术的永恒法则的批评家。他一方面肯定陀斯妥也夫斯基作品中受果戈理和别林斯基影响的清醒的、人道主义的内容。另一方面又指出,作者怀着喜爱之心来描写混沌一片的丑恶,小说中人物性格的发展违反了现实主义原则。他在分析陀斯妥也夫斯基的人物时得出的结论和作者在结局暗示的结论并不一致。他认为在"逆来顺受的人"身上,神圣的火花还是在他们心里冒烟燃烧,在麻木僵化的特征中还可观察到活跃的灵魂,最后总会"发怒和抗议,渴求着出路"。杜勃罗留波夫在这里涉及了"逆来顺受的人"的矛盾心理和创作过程的复杂性问题。

杜勃罗留波夫的文学批评活动捍卫和发展了别林斯基、车尔尼雪夫斯基关于文学的性质和社会作用的观点。他认为文学在社会生活中有巨大的意义,它是不流血的战场上的"有力的武器""社会欲望第一个表达者",它要为改善社会这个事业服务。文学以其不同于科学的特有形式再现生活、解释生活,对生活中的问题做出"判决",从而像科学一样,推进事物的正确观念在人民中间的形成和传布。文学的这种作用不是一种强制力量,而是平心静气地说理,激发人的思想和感情。为此,杜勃罗留波夫反对为一小部分人服务的文学(如对某一官员的奴气的颂歌和祝贺节日的饮酒颂等),反对认为艺术不受"预先设定好的目标所支配"的各种"为艺术而艺术"的论调。

从文学再现变化着的生活原则出发,杜勃罗留波夫认为应该根据现实生活及其发展,而不是根据永恒不变的美学原则来评论作品。艺术真实,是作家作品的主要价值所在。艺术真实是对现实生活的改造、概括,不是像照相术那样的消极反映。杜勃罗留波夫详尽地论述了艺术真实的要素以及如何达到艺术真实的方法,这是他对文学理论的重要贡献。

杜勃罗留波夫把艺术真实同真实地描写典型性格联系起来。典型既有个别性、又具有普遍性。一定的性格,如奥勃洛摩夫性格,是一定的社会环境和教育造成的,不是什么天赋的本性。同时,杜勃罗留波夫认为不仅环境影响人,人也可以影响和改造环境。他要求文学创造具有果敢性格和行动能力的、为反对压迫人的制度而斗争的新人形象。

杜勃罗留波夫把人民性和现实主义问题联系起来,发展了关于文学的人民性理论。对于人民性问题的探讨,是杜勃罗留波夫对于文艺理论的又一贡献。

杜勃罗留波夫把自己的文学批评方法称为"现实的批评",正确地说明了现实主义文艺批评的目的、任务、标准、原则、方法等问题。他认为批评的任务,是要正确地解释艺术家在作品中所描写的东西,阐明艺术家创作里面所隐藏的意义。这种意义,作家有时并未意识到,甚至还同作家的主观意图相矛盾。

对于杜勃罗留波夫的著作和文学批评活动,马克思、恩格斯以及列宁曾给予很高的评价。马克思把杜勃罗留波夫看作跟莱辛和狄德罗同样的作家。恩格斯称他和车尔尼雪夫斯基为"两个社会主义的莱辛",赞扬他们的"批判的思想"和"在纯粹理论方面的忘我的探索"①。杜勃罗留波夫的文学批评以及他所阐述的文学观点,对于俄国当时和以后的几代读者、对于民主主义作家、对于皮沙列夫、谢德林的文学批评产生了深刻的影响。这种影响对于我国的文学家、批评家和广大读者的意义,同样也是深远的。

第二节　人民性原则提出的基础

《俄国文学发展中人民性渗透的程度》写于 1858 年,是一篇俄国文学简史性质的文章,又是集中探讨人民性问题的理论著作,论述了人民性提出的根据、内容、意义、发展等问题。在杜勃罗留波夫学生时代的文章《论大俄罗斯民间诗歌在表现法语法上的诗的特点》中,就已蕴育着文学人民性的原则。以后在《俄国平民性格的特征》(1860)一文中,也论述了这一问题。

从 19 世纪 30 年代开始,文学中出现了反映下层人民生活的贫困和痛苦的新潮流。这情况正如恩格斯在 40 年代初所说:"近十年来,在小说的性质方面发生了一个彻底的革命,先前在这类著作中充当主人公的是国王和王子,现在都是穷人和受轻视的阶级了,而构成小说内容的,则是这些人的生活和命运、欢乐和痛苦。"②当时俄国文学的情况也是如此。在别林斯基的倡导下,俄国出现了"自然派"文学,即现实主义文学。"自然派"文学的特征,就在于它从所谓人类天性和生活的崇高理想,转向了"群众",在于作家选择了群众做主人公,并深刻地研究他们;在于它揭示了群众的痛苦,表达了他们的愿望。文学中人民性原则和理论的提出,正是文学发展中这一新的潮流的反映。

杜勃罗留波夫是以唯物主义观点来看待文学和人民性的发展的。他批判了文学能左右历史,能从无中创造一切的唯心观点。认为"艺术、科学是按照生活而形成的,不是生活以诗歌为依归的"③。"不是生活按着文学理论而前进,而是文学随着生活的趋向而改变"④。不是文学激起了农奴制问题,而是这个问题在生活中已经成熟,文学才去抓住它。文学中神奇形式的

---

① 恩格斯:《流亡者文献》,《马克思恩格斯全集》第 18 卷,人民出版社 1964 年版,第 592 页。
② 《马克思恩格斯论艺术》第 2 卷,曹葆华等译,人民文学出版社 1966 年版,第 336 页。
③ 《杜勃罗留波夫选集》第 2 卷,辛未艾译,上海译文出版社 1983 年版,第 128 页。
④ 同上书,第 130 页。

出现,讽刺倾向的表现,关心"社会兴味"的倾向,都是生活趋向的改变在文学上的反映。生活中,由于不善于安排人们相互之间的关系而产生的互相戒惧、愤懑,促使文学"注意社会和家庭生活的安排,注意社会中这一些成员对另一些成员的关系,于是文学倾向于社会兴味了。这种兴味的纷纭多样以及为了这种多样所作的努力的成功,决定着文学继续的发展"①。同样,文学中人民性的发展是生活发展的结果,是同人民群众的觉醒,同人民从农奴制压迫下解放出来的运动和教育的发展相联系的。当人民觉醒起来,感觉到自己的自然需要时,就要求文学表现他们的利益。杜勃罗留波夫认为文学"一向是教育的旅伴:文学的发展和受教育阶级的要求底发展,一向是平行的"②。随着教育范围的扩大,随着平民知识分子的出现及其探索和斗争,也就促使文学面向现实,面向人民这个汪洋大海。当然,杜勃罗留波夫还不能说明究竟是什么促使人民群众觉醒,推动平民知识分子进行斗争的最终根源又是什么。由于不了解社会生活最终的决定因素——经济因素的作用,杜勃罗留波夫还不能科学地说明文学的发展。文学发展决定于社会趋向的发展,社会趋向决定于人们对自己的内在力量和价值的认识,决定于对社会成员间相互关系的认识。这样,文学以及人民性的发展,最后还是归结为思想的因素。这是由于他的唯物主义的直观性所限制的。

杜勃罗留波夫是从文学应该发挥更大的社会作用,劳动群众是社会的基础的观点,考察和提出文学的人民性问题的。

杜勃罗留波夫肯定文学在反映和判断社会问题方面的伟大作用,而这只有当文学为人民群众所接受的时候才能成为现实。他说:"假如文学所唤起的利益最后能够渗透到人民大众的心里去,文学就能成为伟大的东西。"③这是文学未来发展的理想。但在实际上,文学的意义却不能不受到限制,文学影响的范围却是令人可悲地狭小。杜勃罗留波夫指出,对于绝大多数的俄罗斯读者来说,我们正在赞叹着的艺术作品,他们并不感到兴味。人民对于普希金作品的艺术性,对于茹柯夫斯基诗的魅人的甜蜜,根本不相关。甚至连果戈理的幽默、克雷洛夫的狡猾的单纯,也完全没有为民众所领会。造成这种情况的原因,首先是民众的物质生活条件的限制。他们不得不为少数人的吃食、享受而操心,因此没有条件去接近文学。其次是绝大部

---

① 《杜勃罗留波夫选集》第2卷,辛未艾译,上海译文出版社1983年版,第131页。
② 同上书,第158页。
③ 同上书,第125页。

分作品并不反映民众的痛苦、愿望，因此不能为群众所理解、接受。如一个文学家，通过艺术形式描写自然、天空的美，黄玫瑰式的云彩的颜色，或者完成一种鞭辟入里的深刻分析，或者动人地叙述一个看门人在喝醉酒的庄稼人的袋里摸出鞋后跟的故事。"这种创作，第一，不能和人民接近，其次，就是接近了也一点不能使他们理解，也不会给他们带来好处。人民大众和我们的兴味是大异其趣的，我们的痛苦他们并不理解，我们的兴奋，他们也是觉得可笑的。"① 这种文学是为少数人写作的，是从某一派别、某一阶级的局部利益考虑的。杜勃罗留波夫看到在阶级社会中文学所具有的阶级性。在西欧文学中，"对每一种历史现象，对国家的每一种设施，对每一种社会问题，都是按照各种不同派别的利益，从各种不同观点来评判的"。"在文学中的十来个不同的派别中，几乎就没有人民的一派在内"。② 文学表现阶级和集团的观点，为其卑微的利益服务，这种现象，杜勃罗留波夫称之为文学的"宗派性"。在俄国文学中，这种情况同样也是存在的，只是不自觉、不明显而已。因此，文艺要真正发挥伟大的作用，就一定要表现群众的观点和利益，为群众所接受。

　　文学真正发挥伟大作用的思想，是同杜勃罗留波夫对人民群众的历史作用的看法相联系的。杜勃罗留波夫认为劳动群众是社会的基础。他在对认为俄罗斯是有学问、有教养的人建立起来的那种轻视劳动群众的观点进行批判时说："基干的俄罗斯并不在咱们身上。我们所以站得住脚，只是因为在我们的脚下有坚固的基础——真正的俄罗斯人民；而我们本身不过是伟大俄罗斯人民中依稀莫辨的一小部分而已。"③ 劳动群众创造和提供了物质生活的"生存资料"，这样才使一部分人有可能从事教育，获得知识。杜勃罗留波夫看到了劳动群众的创造力量，"在我们的人民中，自古以来就保存着许多可以进行宏伟和有益活动的力量，保存着许多可以作独立而活跃的发展底萌芽"④。人民群众的无知和缺乏知识，是他们被剥夺了他们创造的财富和受教育权利的结果。一旦情况改变，作品反映他们的要求，他们就能够欣赏和接受艺术。正是基于对人民群众力量的这种认识，杜勃罗留波夫认为要发挥文学改造社会、为社会服务的作用，就一定要为群众所接受，表现群众的生活和思想。

---

① 《杜勃罗留波夫选集》第 2 卷，辛未艾译，上海译文出版社 1983 年版，第 137 页。
② 同上书，第 138 页。
③ 同上书，第 179—180 页。
④ 同上书，第 146 页。

第三节 人民性原则的内容

什么是文学的人民性呢?

杜勃罗留波夫在谈到普希金作品的人民性时说:"我们(不仅)把人民性了解为一种描写当地自然的美丽,运用从民众那里听到的鞭辟入里的语汇,忠实地表现其仪式、风习等等的本领……要真正成为人民的诗人,还需要更多的东西:必须渗透着人民的精神,体验他们的生活,跟他们站在同一水平,丢弃等级的一切偏见,丢弃脱离实际的学识等等,去感受人民所拥有的一切质朴的感情。"①人民性主要不在于人民可以接受的形式,不在于描写民间风习,而在于内容渗透人民的精神,在于作家的思想感情同人民的一致。

杜勃罗留波夫具体地考察了俄国文学从古代民歌到当代现实主义人民性发展的过程。

杜勃罗留波夫十分重视古代俄罗斯口头文学中的人民性。他认为俄国的民间诗歌在人民性的意义上较其他欧洲民族的诗歌更有价值。俄国的民间诗歌保持着一种自然和质朴的性质,它描写日常的生活,而较少描写打仗的、骑士的故事;它表现民众日常的痛苦和欢乐,而本能地嫌恶光荣而无益的盛大武功和庄严的生活现象,对于诸侯间的争斗、战争,连最微小痕迹的同情都没有。由于基督教神学和书本文学的侵入,民间口头文学逐渐改变了它的性质,失去了原始的纯洁和新鲜。"书本文学"按照统治阶级的需要把民间文学加以改作,从而造成对民间诗歌的很大一部分歪曲。

一方面民间口头文学越来越丧失其意义,另一方面是书本文学的范围越来越扩大。但是这种书本文学一开始就和俄罗斯人民性完全背离,它的内容没有越出宗教题材的范围,是为教会、世俗政权的利益服务的。到18世纪彼得的时代,文学扩大了它的思想境界,但仍然是远离现实和真正的人道主义的。由于对教育的需要和发展,这时在人民中间出现了像罗蒙诺索夫这样的农民出身的学者和诗人。但杜勃罗留波夫认为他已经不是一个对他所出身的阶级表示同情的人。他的诗是为了奉承他的恩主而写的,没有越出道德教训和对军事武功的浮夸的歌颂。杰尔查文对人民的要求、人民关系的看法,并没有比罗蒙诺索夫的时代前进多少。他的作品有的是繁琐

---

① 《杜勃罗留波夫选集》第2卷,辛未艾译,上海译文出版社1983年版,第184页。

哲学的痕迹，是享乐主义、宫廷中插科打诨的痕迹。卡拉姆静描写了对大自然的迷恋、平凡的生活风习，但是也不能把他作为人民的作家来谈论，不能说他看到了现实生活。而他的继承者茹柯夫斯基追求不可知的东西，希望九霄之外另一世界的安宁，他的诗歌和人民之间横隔着一道无限的深渊。普希金第一个把艺术性和真实性统一起来，把生活"一如实际的模样表现出来"。这是普希金的伟大历史意义。从他这个时期开始，文学就深入到社会生活中去，成为有教养阶级生活的一部分。但是，按照杜勃罗留波夫的意见，普希金只是创造了人民性的形式，却没有理解人民性的内容。

俄国文学中人民性的内容，是与果戈理、莱蒙托夫、柯尔卓夫等的出现相联系的。果戈理在俄国文学史上的意义是揭示了当代社会生活中一切庸俗的东西，但他为自己对平庸生活的批评所吓倒，"没有完全达到俄罗斯人民性的奥秘"。克雷洛夫、柯尔卓夫以及莱蒙托夫表现了人民的生活、人民的愿望。但是，柯尔卓夫的作品只表现平民阶级的局部需要，未能提高到普遍的利益；莱蒙托夫的生活环境使他远离人民，而他的早死也妨碍了他走向人民。杜勃罗留波夫认为文学发展过程中的巨大进步，是别林斯基的思想。别林斯基为俄国文学运动达到完全的人民性做了准备。

由上述俄国文学发展过程的论述，可知杜勃罗留波夫关于文学人民性的涵义是相当深刻和广泛的。

（1）文学的人民性要着重表现人民的生活和愿望。杜勃罗留波夫说：文学的使命，就是"表现人民的生活，人民的愿望"①。文学应该表现人民的贫穷和烦忧，一切歌颂统治阶级军事武功的作品，像卡拉姆静那样把农村生活理想化的作品，都是同人民的生活和要求相违背的。在表现人民生活的时候，人民性还要求表现出人民的力量。杜勃罗留波夫说："文学所达到的最高境界，就是吐露或者表现在人民中间有一种美好的东西。"②尽管人民身上也有备受压制的平庸鄙俗的阴影，但是，杜勃罗留波夫相信人民中间潜藏着一种力量，相信人民群众最终对于专制压迫的胜利。杜勃罗留波夫认为果戈理没有完全达到人民性的奥秘，原因就在于他没有认识到平庸鄙俗不是人民生活注定的命运，他不能从人民中看到希望，于是就企图表现一种任何地方都找不到的理想。莱蒙托夫之所以更值得肯定，就在于他不仅了解俄国现代社会的缺点，而且还能够理解从这条虚伪、贫穷的道路上得救就

---

① 《杜勃罗留波夫选集》第2卷，辛未艾译，上海译文出版社1983年版，第187页。
② 同上书，第187—188页。

得依靠人民。如他在《祖国》一诗中表现的那样,对祖国的爱是同对人民的纯洁的爱,对人民贫穷生活的人道的同情和乐观精神的赞赏联系在一起的。诗中既有对现代社会罪恶的挞伐,又表现了对人民力量的信心。

(2) 文学的人民性要求作家以人民的观点来观察善恶,观察一切问题,体现出人民的利益。人民性不限于只描写人民群众的生活;描写其他阶层的生活,如果体现了人民的观点和利益,也可以有人民性。另一方面,虽然涉及了人民的题材,但如果不是从人民的观点来解释,也就并不能有人民性。按照这一理解,杜勃罗留波夫把对人民苦难的真诚同情与站在统治阶级立场上对人民表现的虚假的慈悲态度相区别。如苏马罗柯夫的作品,只是要求把人当做人,不要当做猪,这样的诗句就不能说是人民的。在谈到俄国文学中的讽刺倾向时,杜勃罗留波夫指出存在着两种不同的讽刺:一种讽刺体现了人民的观点,这就是莱蒙托夫和果戈理这一派的讽刺。另一种讽刺则不是人民的,它局限于揭露极微小的缺点和局部的问题,受着看法上的渺小和狭隘的限制,表现出怯弱、琐碎和近视。这种讽刺不触及社会问题,是在维护现存制度条件下所做的讽刺。

(3) 为了以人民的观点来观察一切,感受人民的感情,作家必须摆脱等级偏见和虚伪教育的影响。作家的贵族阶级偏见,妨碍作家接近和达到人民性。按杜勃罗留波夫的理解,普希金之所以没有理解人民性内容,就是由于他的贵族出身的偏见和所接受的贵族教育。

人民性还表现在它的为群众所理解的形式,其中包括运用从民众那里来的鞭辟入里的语汇。不过,这在杜勃罗留波夫看来,不是主要的,人民性主要在于作品渗透人民的精神。

需要指出,杜勃罗留波夫是从农民的立场考察人民性问题的。他所谓"人民",主要是指农民。因此,所谓"人民性",实际上也就是要表现农民的思想观点和利益。杜勃罗留波夫还不能以历史的观点来解释人民的概念在不同历史时期的发展。他在评价罗蒙诺索夫、杰尔查文在文学史上的意义,特别是在谈到普希金作品中的人民性时表现出来的偏颇,重要原因就是他还不能历史具体地来分析人民性在不同历史时期的表现。

第四节 人民性和现实主义相统一

杜勃罗留波夫在考察俄国文学的发展时,把人民性的发展同文学的现实主义的发展联系起来。俄国文学的发展过程,也就是"文学怎样和人民与现实逐步接近起来",摆脱统治阶级的思想对于文学接近现实的束缚的过程。① 杜勃罗留波夫认为当文学只为少数人而存在的时候,文学和社会问题互不相谋,即它是脱离现实的。当文学摆脱阶级偏见的影响,表现人民的观点和利益时,也就意味着文学接近现实,深入到社会生活。当杜勃罗留波夫认为罗蒙诺索夫的诗歌是为了奉承他的恩主而写的时,同时指出他"不想知道现实生活"。不能把卡拉姆静作为人民的作家来谈论,同样也不能说他看到了现实生活。他所描写的自然风景是从亚尔米丁的花园里采来的,他所描写的农村生活图景,是从某一世外桃源弄来的,其中并没有什么大自然,也没有单纯质朴。普希金、果戈理、莱蒙托夫等作家作品人民性渗透的程度,也就标志着现实主义发展的不同程度和水平。人民性和现实主义有着内在的联系。脱离人民群众的文学,也就是脱离现实的文学;文学走向和接近人民群众的过程,也就是文学接近现实的过程;现实主义的深度和广度,是同人民性渗透的程度相一致的。

　　杜勃罗留波夫在《黑暗王国的一线光明》等一系列评论文章中曾极其广泛地论述了现实主义的真实性原则。真实性是文学作品的基本因素,是作品的价值所在。缺了这个因素,就没有什么价值。杜勃罗留波夫对艺术真实有着更深刻的理解,他不是停留在事实真实的要求上。首先,艺术真实是符合生活中事件的自然进程的逻辑的真实。杜勃罗留波夫说:"在历史性质的作品中,真实的特征当然应当是事实的真实;而在艺术文学中,其中的事件是想象出来的,事实的真实就为逻辑的真实所取而代之,也就是用合理的可能以及和事件主要进程的一致来代替。"②艺术真实并非实有其事,但却是生活中可能有的事,而且对事件的描写是合情合理的,是同现实生活中事件的自然进程相符合的,即是逻辑的真实。按照这一理解,杜勃罗留波夫认为一切荒诞的、做作的、含糊不清的抽象的描写,由于不符合生活中事件的自然进程,都不能认为是真实的。

　　其次,艺术真实要反映生活的本质,达到诗和科学的结合。杜勃罗留波夫指出:一些作品之所以虚伪,并不是因为它们所描写的东西都是不存在的,而是因为这类作品"选取的都是现实生活中偶然而虚伪的特征,这些特征并不是现实生活的本质,并不是它的典型的特点",而根据这种偶然的虚

---

① 《杜勃罗留波夫选集》第 2 卷,辛未艾译,上海译文出版社 1983 年版,第 200 页。
② 同上书,第 362 页。

伪特征的描写,会"达到一种绝对错误的思想",推论出一个很荒唐的结论。① 杜勃罗留波夫认为理想的艺术,是诗和科学的融合,是要在"人生底一切最特殊最偶然的事实中",体现出"它的崇高而普遍的意义"。现象和本质、特殊和普遍意义的统一,这也就是艺术真实的最高要求。

再次,艺术真实包含着作家对生活的正确评价和态度。杜勃罗留波夫指出,有的作家歌颂封建主鲜血流成大海的武功,这些描写不是彻头彻尾的谎言。但是这种赞美和被作者涂抹上的油彩,表明作者没有"人性的真实感情",因此也是荒唐的。艺术真实不是纯客观的,是同作家正确的观点和健康的感情联系在一起的。因此,杜勃罗留波夫又说:"真实是必要的条件,还不是作品的价值。说到价值,我们要根据作者看法的广度,对于他所接触到的那些现象的理解是否正确,描写是否生动来判断。"②

为什么人民性渗透的程度同现实主义的深广程度总是相一致的呢?如上所说,杜勃罗留波夫对于现实主义不是局限于真实地描写现实的一般要求,它还要求反映生活的深度和广阔性,而这是同作家先进的观点和对事物的正确态度相联系的。杜勃罗留波夫明确指出:"对批评最重要的,就是弄清楚作者和人民身上已经觉醒的,或者,由于当前事物规律的要求立刻应当觉醒的那些自然追求是否站在同一水平上,然后才是,他究竟能够把它们了解和表现到什么程度,他是抓住了问题的本质,抓住了它的根呢,还是只是它的表面。"③作家站在与人民同一的立场,以人民的观点来观察和感受一切,才能够深刻、广泛地反映出生活的真实。在杜勃罗留波夫看来,罗蒙诺索夫、杰尔查文、卡拉姆静和茹柯夫斯基之所以没有看到和表现现实生活,是因为他们的观点是贵族式的。像卡拉姆静,他对大自然的描写"是一个生活得舒适如意的人所唱的高调",是一个不考虑别人幸福的人的自我满足的安宁。而果戈理、莱蒙托夫、柯尔卓夫等之所以看到和表现了生活,是因为或者通过艺术感觉接近了人民群众的观点(如果戈理),或者由于来自人民,与平民阶级处于同一地位,亲自体验了平民阶级的生活(如柯尔卓夫)。

但是杜勃罗留波夫并不把问题简单化,把文学作品看作作家观点的体现。他曾指出,只要作家忠实于生活,采取什么观点是无关紧要的。奥斯特

---

① 《杜勃罗留波夫选集》第1卷,辛未艾译,上海译文出版社1983年版,第274页。
② 同上书,第362—363页。
③ 同上书,第364页。

罗夫斯基早期的剧作表现了他受斯拉夫主义的影响，但作品的实际内容却是同它相矛盾的，在作品中总是可以找到深刻、忠实而又明显的特征。《死魂灵》第一部有些地方，就其精神来说是同《书简选》颇为接近的，然而作品的一般意义却同果戈理的理论见解大相径庭。由于作家对艺术规律的自觉，"艺术感受""直觉"在创作过程中的作用，生活真实有时会违背作家的意图、观点表现出来。这种观点和作品的实际内容矛盾的情况，说明人民性和现实主义真实性，有时可以是不一致的。真实的，未必都是人民的。

基于人民性和真实性既统一又矛盾的情况，杜勃罗留波夫在把真实性作为评价作家作品的基本尺度外，又提出了人的自然意向的尺度。他说："衡量作家或者个别作品价值的尺度，我们认为是：他们究竟把某一时代、某一民族的（自然）追求表现到什么程度。"①所谓"人的自然追求"，按照杜勃罗留波夫的解释，就是符合人的永恒的、超历史的"人的本性"的要求，就是追求幸福的要求，其现实的内容，则是指人民群众对从事自由劳动，摆脱专制和压迫的历史要求。以此作为衡量作家作品真实和虚伪的尺度，杜勃罗留波夫认为一切为了灯彩焰火、军事武功、为进行屠杀和抢劫而歌唱的人，写作拍马奉承的颂歌、题铭以及情歌的作者，因距离人民的自然要求十分遥远，所以其作品是虚伪的、不真实的。"他们在文学方面和真正的作者相比，也等于在科学中星相家以及炼金术士与真正的自然学家、详梦书与生理学教科书、占卜休咎书与可靠理论的相比一样。"②

杜勃罗留波夫要求达到人民性和现实主义的统一：人民的文学是忠实于现实生活，力求广泛而深刻地反映生活的；现实主义文学是为人民的利益并体现人民的观点的。杜勃罗留波夫始终为这样一种具有人民性的现实主义文学而斗争。

由杜勃罗留波夫发展了的俄国革命民主主义者关于人民性的观点，在马克思主义前的人民性理论中，是最进步的。文艺的人民性成分，早在古代文艺中就已存在。文艺复兴时期后，一些文艺家和思想家就对文艺的人民性做过程度不同的探讨，注意到文艺的民主化问题。如德国的赫尔德提出了"人民诗歌"的概念。意大利哲学家维柯曾说："诗的崇高性是和通俗性（或人民喜见乐闻）分不开的。"在文艺批评中，明确运用"人民性"概念是在19世纪的俄国，不过20年代一些诗人、思想家，所说的人民性实际上是民

---

① 《杜勃罗留波夫选集》第2卷，辛未艾译，上海译文出版社1983年版，第358页。
② 同上书，第363页。

族性。别林斯基在30年代也把人民性看作对民族生活特点的忠实反映。40年代,他看到了"人民"和"民族"这些词在含义上的区别,主张区分"艺术的民族性"和"艺术的人民性"这两个不同概念。别林斯基批判了沙皇政府的"官方人民性",同时也同斯拉夫派的只能写下层社会的生活,模仿乡村农民的语言,炫耀粗暴感情的假人民性做了斗争。别林斯基认为人民性要求表现普通人民的生活。但人民性不等于通俗性,不在于只描写普通人民的生活。只是在前期,他更重视描写有教养的阶层;40年代,则逐渐着重说明文学中描写普通人民生活的重要性。不过,即使在40年代,别林斯基也未能明确区分"人民性"和"民族性"的概念,有时他还把"民族诗人",即描写社会上层生活的作家看得高于"人民的诗人"。杜勃罗留波夫继承了别林斯基的思想,在使人民性的概念较为明确、科学,在使俄国文学同人民结合,同反对沙皇专制政治的斗争结合的道路上做出了贡献。

由于历史条件的限制,杜勃罗留波夫还不能以历史的观点具体分析人民性在不同历史时期的表现,他所说的人民性还包含着人本主义的因素。但俄国革命民主主义者的观点,是马克思主义文艺理论关于人民性原则形成的前提。马克思主义文艺理论肯定革命民主主义者观点的进步性、合理性,在历史唯物主义的基础上,发展了文学人民性原则的理论,并且同各种否定人民性原则和文化遗产的庸俗社会学观点进行了斗争。

参考书目:

1. 杜勃罗留波夫:《俄国文学发展中人民性渗透的程度》,见《杜勃罗留波夫选集》第2卷,辛未艾译,上海文艺出版社1959年版。
2. 《什么是奥勃洛莫夫性格?》《黑暗王国的一线光明》,见杜勃罗留波夫:《文学论文选》,上海译文出版社1994年版。
3. 韦勒克:《近代文学批评史》第4卷,第11章,杨自伍译,上海译文出版社1997年版。

思考题:

1. 杜勃罗留波夫论文学的人民性。
2. 杜勃罗留波夫文学批评的特点。

第二十六章 托尔斯泰的《艺术论》

具有世界声誉的伟大艺术家托尔斯泰(1828—1910),在近半个世纪的艺术实践中,以巨大的概括、强烈的对照、细腻的心理描写和锋利的嘲弄,塑造了一大批感情真挚、个性突出的艺术形象,再现了1905年前俄国社会的变动,"反映出革命的某些本质方面",为世界文学宝库留下了珍贵的遗产。

艺术大师托尔斯泰在寻求人生道路的同时,还致力于艺术规律的探索。他研究前人的文学遗产,认真总结个人创作得失,公开陈述自己的艺术见解,对艺术理论的发展,做出了一定的贡献。1897年完成的《艺术论》就是经历15年思考、反复琢磨的结晶。在这部艺术论专著里,作家以他一向的批判精神,用"充满调笑的气氛"揭露了上层艺术的虚伪、贫乏和拙劣。结合个人的创作经验,详尽地论述了艺术感染力的奥秘,提出了未来艺术的可贵设想,因此《艺术论》是托尔斯泰艺术实践的重要组成部分。

第一节 托尔斯泰的时代和他的艺术观

《艺术论》是一部内容极为庞杂的美学著作,它反映了托尔斯泰世界观的矛盾和艺术观的偏激,书中掺杂着基督教的说教。但是贯穿全书的却是宗法式农民的纯朴、褊狭的艺术见解和对贵族、资产阶级艺术的辛辣的嘲笑。出自这样一个世界第一流的艺术大师的手笔,《艺术论》的立论是可笑的,但却是真诚的,是自成体系的,对于这种奇特的现象,必须从他生活的时代和他的经历中来寻找答案。

列宁说:"列·托尔斯泰的时代,在他的天才艺术作品和他的学说里非常突出地反映出来的时代,是1861年以后到1905年以前这个时代。"[①]在俄国历史上这是一个重要的时期,一方面是农奴制的崩溃,另一方面是资本

[①] 《列·尼·托尔斯泰和他的时代》,《列宁全集》第17卷,人民出版社1988年版,第32—36页。

主义从下面蓬勃生长和从上面培植的时期。1861年农奴制被废除,资本主义在俄国的发展呈现出突飞猛进之势。但是,俄国的经济、政治制度仍然渗透着农奴制的精神,特别是农村,农奴制残余普遍存在,大土地占有制并未废除,农民对国家、地主的依附关系表面上解除了,但在他们获得"自由"的时候,已经被剥夺得一干二净了。破产、贫困、欺侮和凌辱使农民骚动不仅没有减少,而且就规模和声势说,都超过以往,整个俄国矛盾错综复杂,处在剧烈动荡之中,这是一次资本主义"达到相当高的发展程度的时期的农民资产阶级革命"。

　　托尔斯泰就其出身和教养来说是属贵族地主的,但是,启蒙思想家的理论,剧烈变动的社会现实,终于使他经历了漫长的探索而成为宗法农民情绪、愿望、利益的代表者。托尔斯泰是伟大的现实主义艺术大师,他的艺术观同样经历了曲折发展的过程。

　　青年时期的托尔斯泰,从贵族的爱国和民主精神以及自我修身、纯化道德的观念出发,结合着个人的生活经历,创作了反映俄国现实和人们心理中很多新的方面的作品。这些作品正如车尔尼雪夫斯基所说,以"对内心生活中种种隐秘变化的深刻知识和道德感的坦率纯洁",构成了托尔斯泰的早期创作特色,可是,阅世不深的托尔斯泰在艺术创作的道路上,立即遇到贵族的传统教养和严酷的现实的矛盾。是回避矛盾,还是面对现实?是写出人生的血和泪,还是专唱人类的爱歌?托尔斯泰彷徨、犹豫,无所适从了。他想为自己安排一个"幸福而真正的小世界",在那里"安静地、没有错误、没有悔恨、也没迷乱地悄悄过着自己的日子"。① 他反对车尔尼雪夫斯基、涅克拉索夫等人对现实持批判的态度,反对艺术"企图通过直接对人进行教训的方式来影响他的习俗、生活和观念",认为艺术家应该有意识地在生活中寻找"一切好的、善良的东西",无视一切丑的东西,应该"像蜘蛛似的从自己身上向四面八方散出善于攀缠的爱的蛛网,把一切碰到的东西——老太婆也好,小娃娃也好,妇人也好,警察局长也好,都一视同仁地网罗进去"。② 在创作过程中,作家不要"作深刻、正确的判断;叙述,描写,可是不要判断",从冷漠的客观描写中,让人感到"可爱"。他甚至还试图创办只有"艺术享受、哭和笑"的杂志,去迎合"高雅的口味",他成了当时流行的"为艺术而艺术"理论的崇拜者。

---

① 托尔斯泰给阿·安·托尔斯泰娅的信(1857年10月18日)。
② 贝奇科夫:《托尔斯泰评传》,吴钧燮译,人民文学出版社1959年版,第52页。

作家的博爱精神和超越现实的艺术理论,同俄国社会的剧烈变动是格格不入的,以及由此而带来的创作危机,使作家开始清醒,"要正直地生活,就必须挣扎,迷乱、追求、犯错误、开始、放弃、又开始、又放弃,还要永远地斗争和忍受牺牲,而安静——这是精神上的卑贱行为"①。那种"高雅"的艺术是"一种谎言",他在写完了《家庭的幸福》后给费特的信中说:"想想都惭愧。人们在哭泣、死亡、婚配,可我呢,却一个劲儿地写小说:'她如何如何地爱上了他'。"②作家自我谴责,并同"纯艺术"论分了手。特别是他亲眼看到农民的愚昧、贫困和屈辱的生活,并不因"农民诏书"颁布而得到改善。他在自己的领地里将农民的劳役改为租赋,释放奴仆改用雇工,办学校教育农民孩子,结果却遭到贵族的攻讦和沙皇宪兵的搜查,他失望和愤怒,俄国的出路何在?时时引起托尔斯泰的思考。1870年代,整个俄国饥馑连年,饿殍遍地,经济濒临绝境,农民运动再度高涨,作家的思想发生深刻的矛盾,"我觉得我们现在似乎正处在大变革的边缘"。他走访教堂、监狱、流放所,参加法庭审判、人口调查,和农民、工人广泛谈话,生活里的种种骇人听闻的事件,加深了作家对下层群众悲惨遭遇的同情,他在《忏悔录》中说:"我们圈子里——富人和有学问的人——的生活不仅令我厌恶,而且丧失了任何意义。我们的一切活动,议论、科学、艺术——所有这一切在我看来都像是胡闹,我懂得了在其中探求真理是不可能的。而创造了生活的劳动人民的活动,依我看来是惟一真正的事业。我懂得了,这种生活所具有的意义是真理,于是,我接受了它。"③托尔斯泰的"整个世界观发生了变化",转到了宗法农民立场,"他抛弃这个阶层(指上层贵族——引者)的一切传统观点","对现代一切国家制度、教会制度、社会制度和经济制度作了激烈的批判"。④ 托尔斯泰怀着满腔愤恨,抨击土地私有制夺走了"惟一能养活老百姓的土地"。揭露官办教会,在"举行各种各样圣礼的幌子下欺骗与掠夺老百姓"。谴责资本主义给城市和农村带来普遍犯罪、道德沦丧。托尔斯泰作品里批判精神的增强,标志着作家现实主义的成熟,最终同"为艺术而艺术"彻底决裂。他在这个时期写完的《艺术论》充满了批判精神,表述了其艺术见解,因此可以说《艺术论》正是作家世界观剧变在艺术理论上的反映。

---

① 贝奇科夫:《托尔斯泰评传》,吴钧燮译,人民文学出版社1959年版,第75页。
② 同上书,第83页。
③ 《再论托尔斯泰》,《普列汉诺夫文学与美学论文集》第2卷,人民出版社1983年版,第416页。
④ 《列宁全集》第16卷,人民出版社1988年版,第330页。

第二节　艺术是传达感情和相互交际的手段

《艺术论》首先提出:"千万人为它牺牲劳动、生命、甚至道德的艺术究竟是什么?"对于这个问题历来的美学家有过多种的回答,对于这些回答,托尔斯泰无意于仔细研究,但他是不满意的,并且认为正是这种理论成为"现成艺术中那种自私的享受和不道德的行为"辩解的手腕。托尔斯泰认为,艺术不是少数人"享乐的工具",而是"人类的生活条件之一",是"人与人相互之间交际的手段之一"。通过艺术交流思想,传达感情,实现相互理解。他认为人们有各种各样的感情:强烈的或微弱的,有意义的或微不足道的,非常好的或非常坏的,等等,只要能感染读者、观众、听众,就都是艺术。艺术家"在自己心里唤起曾经一度体验过的感情,在唤起这种感情之后,用动作、线条、色彩、声音,以及言词所表达的形象来传达出这种感情,使别人也能体验到这同样的感情——这就是艺术活动"①。在托尔斯泰的这个定义里,强调艺术的情感性的特征,指出情感既是艺术创造的原动力,又是艺术想象的推动力;既是艺术表现的对象,又是艺术品与欣赏者发生联系、产生共鸣的关键因素,对于把握艺术的特性有积极意义。

在《艺术论》里,托尔斯泰详细地论述了情感在艺术创作和欣赏中的作用。他说:"区分真正的艺术和虚伪的艺术的肯定无疑的标志,是艺术的感染性。"②艺术是传达感情,以情动人的,所谓"艺术的感染性",就是传达感情的程度。如果一个人读了、听了或看了另一个人的作品,就能体验到一种心情,这种心情把他和另一个人甚至同其他同样领会这艺术作品的人们结合在一起,那么,这个作品就是某种感情的传达,就具有较强的感染性。托尔斯泰的这个论断,把艺术家和感受者融洽地结合在一起,是抓住了艺术发挥社会功用的特点,它既是作家创作经验的总结,又是艺术规律的可贵探索。

感情是人类各种生气勃勃富有成果的活动源泉,也是艺术成败的关键。没有感情,"生活的海就不起波动,正像没有风的海洋一样"(别林斯基)。没有艺术家的深切感受,没有强烈的爱憎和由此引起的创作激情,就不能产生真正的艺术品。同时,人类具有通过艺术品而为别人的感情所感染的能

---

① 列夫·托尔斯泰:《艺术论》,丰陈宝译,人民文学出版社1958年版,第47页。
② 同上书,第148页。

力,因此,他就能够在感情的领域内,体会到人类在他以前体验过的或同辈体验过的感情,也能将自己体验的感情通过艺术遗留给后来人。社会生活中崇高的、善的东西引起人们的钦佩与赞赏。善战胜恶、弱战胜强,正当的愿望经历曲折磨难而得以实现,使人喜悦。而奸诈、贪婪、损人利己则为人们憎恨、鄙视,这是人类感情活动的一般规律,因此,正确地传达这种感情活动的艺术品,就能在不同时期、不同国家的读者的心里,引起类似的感情的共鸣。从这个意义上说,感情是艺术的桥梁,起到了古今、前后的贯通作用。

托尔斯泰认为艺术的魅力,就在于表达感情,而这种感情并不因时间的推移而逊色,相反,却具有永久的价值。在托尔斯泰看来,人的本性是不变的,人们总是从人的本性出发对待艺术,在美的、健康的、正常的感情传达中得到启迪、欢愉和力量。人们喜爱希腊艺术,就在于它表现了美、力量和刚毅精神,而那些表现"粗野的肉感、颓丧的心情和柔弱的情感的艺术为人们斥责和轻视"[1]。但是,人是历史的产物,人的本性不能离开历史生活,这种人的本性,是人们对生活意义的理解的结果。托尔斯泰在《艺术论》里说:"如果生活的意义在于自己的民族的幸福,或者在于继续祖先所过的生活和对祖先的尊敬,那么,表达出为民族的幸福或者为发扬祖先的精神和保持祖先的传统而牺牲个人幸福的那种愉快感情的艺术"[2],就是好的艺术。正如中国和罗马作品中,那种为维护民族独立和尊严,坚强不屈、勇于牺牲的英雄形象,它拨动了崇高的爱祖国、争自由的情弦而始终为后人所称颂。人类的这种美好感情不仅没有过去,而且结合着各自对生活的理解和评价,变得更丰富、更动人。

从人的本性出发,人类的感情是相通的,托尔斯泰说:"在每一个历史时期,在每一个人类社会,都有一种对生活意义的崇高理解。这种理解只有这个社会里的人们才可能有,它确定了这个社会所努力争取的崇高的幸福。"[3]在他看来,一个社会的感情好比流动的河水,"它一定有一个流动的方向",这个方向规定着感情的性质和意义,体现着人类共同关心的愿望和企求,表现了感情的具体的历史内容。但是,在实际生活中,人们对生活意义的理解又是有很大差异的,不仅不同时代、不同社会因生活的变化而具有不同的情感内容,即使在同一社会中,也因人们生活地位的差异而对生活事

---

[1] 列夫·托尔斯泰:《艺术论》,丰陈宝译,人民文学出版社1958年版,第154页。
[2] 同上。
[3] 同上书,第153页。

件做出不同的理解,产生不同的情感内容。托尔斯泰说:"富裕阶级的人的享受,对劳动人民来说是不可理解的,这种享受没有在劳动人民心里唤起任何一种感情,再不然就是在他们心里唤起与那些饱食终日、无所事事的人们心里的感情完全相反的感情。"① 被上层阶级的艺术当做主要表现内容的"荣誉",以及相关的决斗、爱国和恋爱等事件所表现的感情,在劳动者心里所唤起的只不过是困惑、轻蔑和愤恨。反之,劳动者在紧张的劳动中产生的困苦、愉快和友谊,则为上层阶级所鄙视。

不同阶层因地位的悬殊,对生活事件做出不同的评价,产生不同的感情生活,这是人类感情的历史具体性的一个方面,另一方面,就单个人说,也由于对生活事件的不同理解,产生不尽相同的感情活动。譬如对待战争,托尔斯泰亲身经历了塞伐斯托波尔保卫战的日日夜夜,国家的独立、尊严激发了他的爱国热忱,作家笔下的士兵大都是有"高昂的英雄气概"的勇士,虽然他们被迫放弃了城市,但他们并不是失败者,他们相信自己一定会回来,作家带着崇敬的心情,热烈歌颂了柯泽尔卓夫兄弟的献身精神。战争的残酷和部队的高昂士气的统一,正是作家爱国感情的传达。然而在《安娜·卡列尼娜》里,作家对战争的热情已经烟消云散,作家写到安娜自杀后,渥沦斯基为摆脱个人的悲痛,自己出钱,带着一连志愿兵上前线为沙皇效劳。渥沦斯基的拼死决心同柯泽尔卓夫的英雄气概,完全属于两种不同的感情,这不能不说是作家对不同性质生活理解的必然结果。

社会生活的丰富性,造成了人类感情的多样性,艺术家在理解生活的基础上,准确地表达自己体验过的感情,不仅能反映出生活的丰富多彩,而且还能震动读者的心灵。托尔斯泰的论述无疑是抓住了艺术的本质特征的。

为了激起人们的强烈感受,发挥出艺术固有的力量,使人类不断进步,托尔斯泰认为,艺术在任何时候,"必须是属于那个时代的",艺术家"千万不要过一种自私自利的生活,而应深入到一般人的生活中间去"②,在多数人那里热情地体验生活,提出他们关心的巨大的社会问题。托尔斯泰预言未来的真正的艺术家,"将过着普通人的平凡的生活,他靠着某一项劳动维持自己的生活,他将努力把浸澈他全身的那种崇高的精神力量的果实交给最大数目的人,因为他的乐趣和慰藉就在于把自己心里所产生的感情传达

---

① 列夫·托尔斯泰:《艺术论》,丰陈宝译,人民文学出版社1958年版,第69页。
② 参见《艺术论》第19节。

给最大数目的人"①。从艺术的这种功用出发,托尔斯泰强烈谴责上层艺术的颓废没落的倾向。千百万人创造的艺术,为少数上层人物所独占,骄傲的感情、淫荡的色情和对生活的厌倦的情绪成了主要表现对象,贫乏的内容同矫揉造作、标新立异和暧昧难解的形式混杂,被当作先进文明的标志,激起严肃的艺术家的极大愤慨。他认为上层人物百无聊赖、无所事事却又自命不凡,为了享乐追求"诗意""惊心动魄"的刺激和性的满足,于是,黄色、荒诞不经的东西被"连续不断地制造出来",致使"我们这个时代和我们这个社会阶层的艺术,已经变成卖淫妇式的艺术"②,结果"使人堕落","使人对快乐贪得无厌","使人的精神力量减弱"③,最终丧失艺术的真谛。托尔斯泰为了彻底揭露上层艺术的腐朽本质,还以讽刺的笔调,批判了为上层艺术辩护的"美学"理论,他们认为劳动者的生活是最简单不过的,没有什么可表现的,而"富人的生活里则有恋爱的事件和对自己的不满等等"④。托尔斯泰认为这种理论只能为"小圈子"所接受。劳动者的生活里有各式各样的劳动,以及和这种劳动有关的感情,这种丰富的生活内容和充实的感情在上层人物看来自然是单调的,因为他们无法理解劳动的真实意义,托尔斯泰说:上层阶级自诩为丰富的生活,无非是"某一个人物吻了他夫人的手掌、另一个人吻了她的胳膊,还有一个人吻了另外什么地方,一个人由于生活懒散而感到寂寞,而另一个人由于人家不爱他而感到孤独。"⑤托尔斯泰正确地指出,艺术的这种现状是由于上层阶级独占艺术成果,艺术家成为上层阶级所雇用的艺术品的赝造者的结果,他说:"在没有把商人送出殿堂之前,艺术的殿堂不是一所殿堂。未来的艺术将把这些商人驱逐出去。"⑥只有社会的大多数人都成为艺术的创造者,才能产生真正的艺术。

  托尔斯泰的《艺术论》深刻批判了上层阶级的颓废艺术,辛辣地嘲弄了他们的精神文明,提出了艺术为多数人享受的见解,无疑是作家对现实批判的一个重要侧面,是作家的现实主义精神的一种体现。《艺术论》的发表,对于当时俄国先进思想界同颓废艺术的斗争,起了极大的推动作用。

---

① 列夫·托尔斯泰:《艺术论》,丰陈宝译,人民文学出版社1958年版,第188页。
② 同上书,第183页。
③ 同上书,第184页。
④ 同上。
⑤ 同上书,第72页。
⑥ 同上书,第188页。

第三节 要使感受者觉得艺术品正是自己要创造的

托尔斯泰不仅论述了感情在艺术创作中的作用,而且结合自己的创作经验,论述了艺术感染力的奥秘。在托尔斯泰看来,要使感受者觉得那个艺术品不是其他什么人创造,而是他自己创造的,作品所表达的一切,正是自己很早就想表达的,就必须具备三个条件。首先,艺术家传达的感情必须是独特的。托尔斯泰说,两片生在树上的叶子不可能相同,因为他们各有自己的生活条件。艺术家的感受也不尽相同,由于他们各自的经历、教养、兴趣爱好,使他们对现实做出不同的评价,激起相异的情感反响。艺术家就要抓住这种特殊的感情体验,表现这种体验,"只有传达出人们没有体验过的新的感情的艺术作品才是真正的艺术作品。……艺术作品只有当它把新的感情带到人类的日常生活中去时才能算是真正的艺术作品"①。那种从以前的作品中借用题材,模仿别人的情感体验,或者假造惊心动魄的情节,给人以刺激,以及追求好奇,满足闲情逸致的做法都会降低作品的格调,这样的东西是不会有感染力的。艺术品传达的感情越独特,艺术家的创作个性表现越突出,感受者所体验的欣喜就越强烈。托尔斯泰在道德态度的支配下,抓住了情感因素而做了独特的表现。列宁说:"托尔斯泰的批判并不是新的,他不曾说过一句以前在欧洲和俄国文学中那些站在劳动者方面的人们所没有说过的话。"②但他从处在急剧变革时期的宗法农民立场出发,真实地表现他们的思想情绪、愿望和要求,因而具有独特的感人力量。

其次,感情的清晰表达有助于作品的感染力。托尔斯泰一贯反对暧昧含糊的作品,认为让读者去猜谜语,这样的作品是根本谈不上有感染力的。感情表达得愈清楚,感受者在自己意识中和艺术家相融合时,感到的满足也就越大。自然,感情的清晰表达并不是思想情绪的直接外露,而是在形象和情节中,在生活的逼真描写中流露。托尔斯泰曾经说过,长篇小说的任务"就在于描写一个人或者许多人的整个人生,因此写长篇小说的人对于生活中什么是好的什么是坏的这一点必须具有明确而坚定的概念"③。这里

---

① 列夫·托尔斯泰:《艺术论》,丰陈宝译,人民文学出版社1958年版。
② 《列宁全集》第16卷,人民出版社1988年版,第331页。
③ 贝奇科夫:《托尔斯泰评传》,吴钧燮译,人民文学出版社1959年版,第356页。

的"明确而坚定的概念"就是对生活的理解是创作的感情基础,但仅有这点还不够,应该写出"人生",要写出个人的思考、谈话、兴趣、欢乐和悲痛,写出一个活生生的有血有肉有感情生活的人来。托尔斯泰在同一个作家谈到四次修改列文忏悔那一章时说:"我注意到任何一件作品,任何一篇小说,只有当它使人无法弄清作者究竟同情谁的时候,才能够产生深刻的印象。"①这就是说,生活本身具有无限的逻辑力量和感情力量,在人物性格的内在逻辑发展中,感受者是可以感到作家的感情流向的,违背性格发展、露出作家主观感情的痕迹,只会败坏作品的感染力。以"心灵辩证过程"的揭示为特长的托尔斯泰,在表现人物的心理气质、感情的变幻时,总是同生活的形象描写结合在一起,无论是纳塔莎在精神发展各阶段上的细致微妙的心情,库图佐夫关于俄国的命运和制胜拿破仑的内心紧张状态,还是列文对于农事的热情,都是在事件的发展中得到表现,因而使人物的情感形象生动,具体可感。浓重的心理分析在《安娜·卡列尼娜》里达到登峰造极的地步,安娜在经历了爱情的欢乐后,发现渥沦斯基冷淡的感情,于是她想到死,要用死"作为使他对她的爱情死灰复燃,作为处罚他",作为维护自己人的地位的手段。她带着对社会的诅咒,熄灭了生命的火花,安娜复杂的内心矛盾和周围人物、景色的错综交映,不可避免的惨变同象征性形象(如乱发蓬松的矮老头、暴风雨和燃尽的蜡烛等)的结合,清晰地表现了安娜的痛苦、绝望以及对现世的强烈控诉的感情,作家的艺术功力达到了炉火纯青的地步。

最后,艺术家的感情的真挚程度直接决定艺术感染的程度。艺术家必须真诚,虚假、矫揉造作是艺术的大敌,真正的艺术品都是作者内心要求的产物。托尔斯泰说:"艺术必须是艺术自己产生在艺术家心里"②,艺术品是"情动于中而形于声"的产物,只有艺术家身历其境,深感其情并点燃心里的艺术火花,才能开放出绚丽的艺术花朵。别林斯基也说过:"如果艺术家只是为了描写生活而描写生活,没有任何发自时代的主导思想,强有力的主观冲动,如果它不是苦难的哀歌或热情的赞美,如果它不提出问题或解答问题,那么,这样的艺术作品就是僵死的东西。"③有成就的艺术家都是以自己的心灵从事创作的,艺术家在观察、比较、分析人物时,总是从自己的情感体

---

① 贝奇科夫:《托尔斯泰评传》,吴钧燮译,人民文学出版社1959年版,第359页。
② 托尔斯泰:《艺术论》,丰陈宝译,人民文学出版社1958年版,第106页。
③ 《别林斯基论文学》,新文艺出版社1958年版,第259页。

验出发的,他所塑造的人物就是这种情感体验的结晶。托尔斯泰为了真实地写出安娜偷偷地跑回家,看望格里莎的亲子之情,曾多次回到自己旧家去体验,他为未能找到真切之情而苦闷,有一天清晨,他愉快地告诉大家,"我找到了!"于是写出了感人肺腑的母子相会的情景。托尔斯泰的这种情感体验,在其他作家中也有类似经历:巴尔扎克写到高老头死时,放声大哭,说"高老头死了";福楼拜说"爱玛——这就是我",因而在写到包法利夫人死时,作家的嘴里都感到砒霜的苦味。艺术家们将自己的喜怒哀乐倾注于人物的身世、命运之中,使感受者为人物的欢乐而欢乐、为人物的哀痛而哀痛,这就是艺术感染力之所在。

深切的体验来自于生活实践,脱离生活,只会带来虚假和做作的矫情,由此而制作的东西,不能产生感人的力量。列宁在论托尔斯泰的文章里,多次提到这种"真诚",列宁指出"托尔斯泰以巨大的力量和真诚鞭打了统治阶级,十分明显地揭露了现代社会所借以维持的一切制度……的内在虚伪"①。这种真诚决不是感情的一时冲动,也不是上天的恩赐。而是生活的感受的"凝聚",托尔斯泰自己说过:"只有当艺术家在探求、在奋斗的时候,这种有感染性的艺术作品才能够产生。"②托尔斯泰所以能创作世界第一流的作品,就在于他在生活中,感受到时代脉搏的跳动,说出了宗法制农民的心声,表达了他们的感情和愿望。托尔斯泰曾多次参观教堂和修道院,跟神父、主教谈话,访问过修道院、苦行僧、隐修士,亲眼目睹了官方教会的谎言、残忍和欺骗,因而在《复活》里写出了任职46年的老神父,教人不要贪图私利,他却挣得了一所房子和三万卢布。揭露了庄严的圣餐礼还未结束,神父们已躲在屏风后吃完了上帝的肉(面包)和血(酒)的伪善和欺骗,愤激之情历历可见。作为新生活的探索者,托尔斯泰热心教育,从事农事改革,为了做出样子,他甚至禁欲,穿树皮鞋同农民一道干活,作家特有的经历,使他塑造了带有自传性的人物——列文,他热心管理田庄,过不惯城市社交生活,特别是他同农民一起割草所体验的"幸福、满足"感情的生动描写,完全是作家内心感受的真实影子。可以肯定地说,没有俄国社会的变动,没有托尔斯泰的经历,就没有托尔斯泰的作品。

《艺术论》在论述了传达感情三项要求后,正确地指出独特、清晰和真挚是相互联系,缺一不可的,任何一方的不足都会削弱艺术感染力,但是三

---

① 见列宁的《托尔斯泰与无产阶级斗争》。
② 《列夫·托尔斯泰论创作》,戴启篁译,漓江出版社1982年版,第10页。

者中最重要的是真挚,"艺术家越是从心灵深处吸取感情,感情越是真挚、那么它就越是独特。这种真挚使艺术家能为他所要表达的那种感情找到清晰的表达"①。

第四节 情感与博爱精神

列宁说,托尔斯泰"一方面,是最清醒的现实主义,撕下了一切假面具;另一方面,鼓吹世界上最卑鄙龌龊的东西之一,即宗教,力求让有道德信念的僧侣代替有官职的僧侣,这就是说,培养一种最精巧的因而是特别恶劣的僧侣主义"②。托尔斯泰学说的矛盾在《艺术论》里,也有明显的表现。托尔斯泰认为艺术是传达感情,以情动人的,艺术感染力的程度决定于艺术家对生活的理解和解释。上层艺术由于适应少数人的享乐和悠闲生活需要,因而是脱离劳动者的,未来的艺术应该是全体人民的艺术。托尔斯泰的这些观点,是值得后人学习借鉴的。但是,正如托尔斯泰在提出社会改革方案时,陷入"勿抗恶"的道德说教那样,在什么是最好的感情,如何才能感染读者的问题上,同样犯了鼓吹宗教精神的错误。在托尔斯泰看来,"人类的进步总是在宗教的引导下完成的",他说,"这里的宗教不是指宗教崇拜(天主教、新教等),而是指也作为现代人类进步的必要指南的宗教意识",这种宗教意识就是"每一个人和天父之间的直接关系,由此而得出全人类的博爱和平等",就是"全人类兄弟般的共同生活""相互之间的友爱的团结",这种"人类博爱的意识"产生的感情是最好的感情,这种感情的传达,才能使艺术真正起到"把全世界的人友爱地团结为一体"的作用。③ 上层艺术的堕落,就在于它表现的是骄傲的感情、淫荡的色情和对生活的厌倦,这是对宗教意识的背叛的必然结果。至于未来的艺术,托尔斯泰说:一旦"现代的宗教意识——承认生活(包括共同的生活和个人的生活)的目的在于人类的团结"为人们所承认,"那时将出现一种共同的友爱的艺术"④,"传达出能把所有的人联合起来"的"兄弟般团结的感情"⑤,在这里,托尔斯泰将宗教

---

① 列夫·托尔斯泰:《艺术论》,丰陈宝译,人民文学出版社1958年版,第151页。
② 《列·托尔斯泰是俄国革命的镜子》,《列宁选集》第2卷,人民出版社1995年版,第370页。
③ 列夫·托尔斯泰:《艺术论》,丰陈宝译,人民文学出版社1958年版,第155页。
④ 同上书,第183页。
⑤ 同上书,第185页。

意识的传达当作艺术感染力的最高标准,力图用宗教意识论述感情的价值,从而使作家陷入进退维谷之境。

托尔斯泰的"宗教意识"论,离开社会历史的发展,离开人们对生活的不同理解和评价,用抽象的"友爱""团结"去评价历史上出现的文艺现象和作品,就不能得出比较符合实际的结论。例如他否认贝多芬的艺术成就,认为贝多芬的奏鸣曲不如村妇的歌唱,第九交响曲表现暧昧不清的感情,应属坏的一类,他将易卜生的触及时事的作品,称为艺术的赝品。对文艺复兴时期的新兴的资产阶级文艺,没有给予应有的评价。难怪罗曼·罗兰说:"如果我们要在这些批评中去探寻那些外国文学的门径,那么这些批判是毫无价值的。"①同样,抽象的"友爱""团结"的说教,并不为艺术的发展指明真正的出路,相反却以它不切实际的空想,削弱了对上层艺术的批判力量。可见托尔斯泰力图证明"宗教意识"论的万能,恰恰在事实面前显出它的无能。

高尔基在 1910 年写给朋友的信里说,托尔斯泰"是一个实实在在的民族作家","他使他这个民族的一切缺点以及我们历史的酷刑所加在我们身上的一切损害都化为肉身活在他那伟大的灵魂里面了"。(《回忆托尔斯泰》巴金译)托尔斯泰的《艺术论》同样地体现了这个特点,它既是对前人文学遗产研究的结果,又是作家本人创作经验的总结,并且带着托尔斯泰学说的印记,为我们提供了宝贵的艺术理论遗产。

参考书目:
1. 列夫·托尔斯泰:《艺术论》,丰陈宝译,人民文学出版社 1958 年版。
2. 《列夫·托尔斯泰论创作》,戴启篁译,漓江出版社 1982 年版。
3. 列宁:《托尔斯泰是俄国革命的镜子》,见列宁《论文学与艺术》,人民文学出版社 1983 年版。
4. 蒋孔阳、朱立元:《西方美学通史》第 5 卷,第 11 章,上海文艺出版社 1999 年版。

思考题:
1. 托尔斯泰艺术观述评。
2. 托尔斯泰关于艺术的情感特征论的美学意义。

---

① 见《艺术论》"后记"。

第三版后记

这部《西方文艺理论名著教程》上下两卷，是做了重大修订的第三版。这次修订，以论及20世纪文艺理论的下卷增补为多，从而使这部教科书能更好地适应21世纪高等教育发展的需要。

《西方文艺理论名著教程》初版的编写始于1982年，完成于1984年，只出了上卷。1986年由北京大学出版社出版，并一再重印。在1988年第三次重印时，我深感必须对20世纪西方文艺理论做更多介绍，应及早尽快扩充篇幅，增补内容。于是，请王岳川、刘小枫一起参与组织编写工作，约请李幼蒸、薛华、方珊等一批中青年学者撰写了论述狄尔泰、尼采、英伽登、杜夫海纳、海德格尔、伽达默尔、姚斯、卢卡契、布洛赫、阿多诺、马尔库塞等人的文艺理论16章，加上一卷本中原有的论及杜威、弗洛伊德、伍尔夫、萨特的4章，共20章，由王岳川任副主编，编成《西方文艺理论名著教程》下卷。

2000年夏天，我和钱中文（中国社会科学院文学研究所）、李衍柱（山东师范大学）、曾繁仁（山东大学）、王岳川（北京大学）、邹贤敏（湖北大学）、李寿福（浙江大学）等同在青岛附近的田横岛聚会，商讨《西方文艺理论名著教程》（两卷本）的修订事宜。大家都认为，这部教科书在八九十年代曾发挥过积极作用，扩展了我们的理论视野，适应了高等教学改革开放的需要。1992年，这部书还被国家教育委员会评为全国高校优秀教材二等奖。如今，需要进一步提高、完善，更要注重精选，并多在阐释和评价上下功夫。为此，我们调整了编辑委员会，由我、王岳川、李衍柱、曾繁仁、邹贤敏、李寿福组成新的编委会，仍由我任主编，王岳川、李衍柱任副主编，特聘钱中文为顾问，并确定王岳川负责下卷修订，李衍柱负责上卷修订。第二次修订，把重点放在下卷，增加了论英美新批评、巴赫金、梅洛-庞蒂、伊泽尔、雅克·拉康、罗兰·巴特、德里达、女权主义、新历史主义、后现代主义、后殖民主义、文化研究等章，削减了伍尔夫、杜威、英伽登等章。在此次增加的一半多篇章中，特别多邀了一些既懂得外语而又熟悉理论的优秀中青年学者参与编写。

我和王岳川在上卷《绪论》和下卷《导言》中分别对于西方文艺理论发展的轮廓,做了简要叙述。

时光转眼过去了 12 年,在西方文论新的发展中,这部名著教程需要做新的修订。今年初,王岳川教授到深圳来看望我,我告诉他,我因年事已高,已经没有精力组织人做修订工作,特别委托王岳川主持下卷的修订工作。经过大半年的努力,终于完成了《西方文艺理论名著教程》第三版的修订工作:减去了马利坦和洛特曼两章,删去了一些章节中冗长的文字,新增了最新的文化研究和生态批评两章,校正了全书文字错误和一些作者生卒年的讹误,增加了下卷的参考书目和思考题。

需要说明的是,《西方文艺理论名著教程》第三版的出版,得到了责任编辑延城城的全力支持,在此深致谢忱!

胡经之
2014 年夏